U0042635

［ 人文研究叢書之 4 ］

「文藝大眾化」的三線糾葛：

台灣知識份子的文化思維及其角力（1930-1937）

趙勳達◎著

中央大學出版中心 ︱ ❧ 遠流

目錄

序

　　東亞區域研究近年來已成為學術界注目的範疇。不論是漢學、文學、哲學、史學、文化人類學等學科皆成為傾力經營的對象。當東亞的傳統性與西方的現代性交會之後，雜揉二者的結果往往也就成為研究的課題。東亞社會接受西方現代性從來就是另類的。當西方現代性以「歷時性」的風貌呈現出發展的結果，東亞社會的現代性卻總是以「共時性」的現象出現。也因此，現代性的接受在東亞社會一直不是均質式的存在，其內部的角力與權力傾軋便造就了現代性接受上的多樣性。當然，台灣也不例外。

　　一九二〇年代台灣知識份子取法中國五四經驗而推展的台灣新文學運動，便是一種文學現代性的移植。不過一九二〇年代的新文學運動尚處於萌芽實驗階段，對於文學現代性的探求也較專注於單一價值。然而台灣新文學運動的發展到了一九三〇年代，呈現了多元並存的現代性風貌。此時的「文藝大眾化」一詞成為文學現代性的代名詞，也就理所當然成為文壇共同的信仰。「文藝大眾化」一詞在東亞社會的出現，原帶有無產階級文學的意識型態，亦即左翼色彩濃厚。然而進入了台灣社會，卻成為左、右翼知識份子，甚或傳統文人競相徵引的話語，此詞彙原有的左翼色彩也因此淡化不少，這可說是台灣文壇的一大特點。

　　本書以「文藝大眾化」為關鍵詞，主張這個當時被台灣知識份子普遍視為最進步的文學話語，實則體現出台灣社會與知識份子對於現代性接受的程度。過去的台灣文學研究習慣將新舊文學領域分開討論，並且已各自形成卓然的論述。不過，在東亞區域研究的概念中，這並不是一個合理的做法。因此，本書首開先例，將日治時期台灣各類知識份子都放在同一座天平上，衡量各種知識份子之間對於文學現代性的理解以及文學實踐的實績。如此一來，才能呈現台灣文學場域接受現代性所產生的多元面貌。並且在透過與中國、日本等東亞國家的現代性接受的比較

與參照之下，台灣在東亞文明中的定位以及台灣文學與文化發展的特殊性也才得以建立。

最後，感謝恩師林瑞明先生一路以來的支持與提攜，以及陳芳明先生、陳萬益先生、游勝冠先生、柳書琴先生、陳建忠先生等師長對我的關懷與指教。當然，本書得以出版，最是需要感謝國立中央大學人文研究中心的青睞與協助，在此任職博士後研究員的一年餘期間，汪榮祖主任的博學廣識與既嚴謹又極富創意的治學態度，以及康來新老師謙沖和藹、樂於與我分享各種觀點的無私精神，都對本書的完成有極大的助益。再者，審查委員陳萬益先生、陳芳明先生、陳建忠先生皆以我的成長為己任，其用心良苦讓我感念不已，這些批評與指教不僅成為本書成書時的關鍵，更成為我此後思考相關學術命題時也十分受用的意見。不僅如此，藉由人文中心所舉辦各類演講與研討會，得以接觸來自哲學、經濟學、歷史學、社會學、語言學等不同學門的觀點，也使我開拓了許多嶄新的視野。再加上人文中心所提供的優良環境，以及中心助理曉婷、玉婷、啟明的傾力相助，讓我心無旁騖地完成此書，也才有今日得以出版的可能。

一部書的完成，需要感謝的人太多，絕非三言兩語所能道盡，所有我未能提及的師長、家人、同學、朋友們，謝謝您。

導言

一、思想光譜的劃分

一九三〇年代（以下皆簡稱為三〇年代）最具代表性的文學團體——台灣文藝聯盟（以下簡稱文聯）可說是因「文藝大眾化」的誤會而結合，又因「文藝大眾化」的了解而分裂。當時以張深切為首的民族立場路線與以楊逵為首的階級立場路線之間的差異與衝突，造成了文聯的分裂。此乃源自於左右兩派知識份子對「文藝大眾化」的認知有異所致。[1]「文藝大眾化」用來解讀文聯的分裂是個合適的詮釋框架（interpretative framework），若再放大視野，即可發現三〇年代因為「文藝大眾化」而產生的文學理念的對立與角力，絕不僅僅文聯分裂一例而已。甚言之，若說三〇年代台灣文學場域大部分的文學紛爭都是肇因於對「文藝大眾化」的不同認知與解讀所致，亦非言過其實。

既然將三〇年代台灣知識份子的觀念史設定為本書的討論範疇，過去所不曾討論的傳統文人的文化思維也將在本書中被問題意識化（probleming），並將納入「文藝大眾化」的詮釋框架中。職是之故，對於三〇年代台灣知識份子的思想光譜的分析，也就成了刻不容緩的工作。文學史家陳芳明曾論道：「質言之，三〇年代左翼文學路線的形成，事實上是從稍早的左翼政治運動轉化而來。」[2] 政治立場與文學立場之間，有著緊密的聯繫，這也正是法國社會學家布爾迪厄（P. Bourdieu）所謂的「同構性作用」（the effect of homologues）使然。布爾迪厄認為場域的概念有助於超越內部閱讀和外部分析之間的二元對立，強調了知識份子在文學場域的內外，其實佔據了同構性的位置，由於權力場域、社會場域、文學場域的同構性，使得知識份子的主張與選擇不得不雙重

---

1 趙勳達，《《台灣新文學》（1935-1937）定位及其抵殖民精神研究》，台南：台南市立圖書館，2006。
2 陳芳明，〈台灣文壇向左轉——楊逵與三〇年代的文學批評〉，《台灣文學學報》7，2005年12月，頁113。

的，既是內部的、又是外部的，既是美學的、又是政治的。[3]

　　換言之，知識份子進入文學場域所佔據的位置，實際上與其在外部場域所佔據的位置有同構性，因此，知識份子在外部場域所積累的性情傾向（disposition）與習性（habitus）就導引著知識份子去定位自己在文學場域中的位置。眾所皆知，三〇年代文學運動的興起肇因於政治運動的挫敗。此時，文學場域之疆界的開放性與易透性[4]（premeability）、，成為政治運動者易於穿梭其中的條件。又由於政治場域與文學場域之間的同構性，使得政治主張與文學主張之間在同構性作用下展現了一致性。

　　本書所涉及的知識份子可分為上述五類。第一類可稱為左翼漢族民族主義者，這一組知識份子對「文化中國」有著極高的憧憬與想像，然而本書之所以不稱為「中國民族主義者」（Chinese nationalist）而改稱為「漢族民族主義者」（Han nationalist），乃基於政治學學者吳叡人的主張，吳叡人將日治時期台灣知識份子對「文化中國」的想像一律定義為「非中國的漢族民族主義」（non-Chinese Han nationalism），這是一種族裔（ethnic group）的認同，亦即我們今日所使用的「華人」（ethnic Chinese）的概念。[5] 必須知道，「中國民族主義」是屬於政治民族主義（political nationalism）的層次，意指通過代表自身共同體的國家的實現、以及對其成員市民權的確保，給自身的集合性經驗與以政治現實性的活動。簡言之，「中國民族主義」的建構必定包含一個民族國家（nation-state）的建構。相較之下，「漢族民族主義」則是屬於文化民族主義（cultural nationalism）的層次，意指民族的文化自我認同意識

---

3 布爾迪厄著，劉暉譯，《藝術的法則：文學場的生成和結構》，北京：中央編譯，2001，頁 103-104、301-304。Bourdieu, *The Field of Cultural Production*, Polity Press, 1993, pp. 44-45.

4 布爾迪厄在討論文學場域時，認為文學場域的疆界是開放的，因為作家的身分難以藉由證書、執照等實質且客觀的標準來評量、認定與限制，因此進入文學場域的門檻就顯得容易的多。見 Bourdieu, *The Field of Cultural Production*, Polity Press, 1993, p. 43.

5 吳叡人，〈台灣非是台灣人的台灣不可：反殖民鬥爭與台灣人民族國家的論述 1919-1931〉，林佳龍、鄭永年編，《民族主義與兩岸關係：哈佛大學東西方學者的對話》，台北：新自然主義，2001 年 4 月，頁 66、72。

三〇年代台灣文學場域政治思想光譜表

思想光譜	左翼		右翼		
	漢族民族主義	本土主義	本土主義	自由主義	新傳統主義
代表人物	賴明弘、廖毓文（中國白話文派）	黃石輝（台灣話文派）、楊逵（《台灣新文學》）、廖毓文（《先發部隊》）	葉榮鐘（《南音》）、張深切（《台灣文藝》）、劉捷	楊熾昌（風車詩社）、吳天賞	連橫、趙雲石（《三六九小報》）
文學主張	國際主義的普羅文學	本土主義的普羅文學	平民文學	純文學	通俗化的傳統文學

缺乏、不穩定，在受到威脅時，通過文化自我認同意識的創造、維持、強化，爭取民族共同體再生的活動，因此文化民族主義是把民族作為獨特的歷史與文化的產物以及以其為基礎的集合性連帶關係來把握的。[6] 吳叡人認為三〇年代台灣知識份子所設想的「中國白話文共同體」，便是一個明確的文化共同體的想像，因此用「漢族民族主義」加以指涉也就更為貼切。[7]

這批左翼漢族民族主義者由於受到了「祖國意識」的影響，強烈主張中國白話文；在鄉土文學論戰中，這批左翼知識份子更以「國際主義」（internationalism）來包裝其「漢族民族主義」，希望利用「國際主義」的「政治正確」來打擊黃石輝、郭秋生等左翼本土主義者的論述。因此，左翼本土主義派所提出之鄉土文學與台灣話文等文化思維，全被他們視為狹隘的、閉門造車的論述，這兩派就在普羅文學應該為誰

<hr>

6 關於政治民族主義與文化民族的定義可見：吉野耕作著，劉克申譯，《文化民族主義的社會學——現代日本自我認同意識的走向》，北京：商務，2004，頁11-12。

7 吳叡人，〈福爾摩沙意識型態：試論日本殖民統治下台灣民族運動「民族文化」論述的形成（1919-1937）〉，《新史學》17：2，2006年6月，頁183。

（中國人或台灣人）服務的界線上產生了歧見。左翼漢族民族主義者可以賴明弘與廖毓文為代表，不過隨著1930至1931年間台灣左翼思潮的退潮，此派漸有向左翼本土主義派靠攏的趨勢，這個變化的軌跡將在第二章做清楚的交代。

其二即是左翼本土主義派，他們同樣在左翼的立場上主張普羅文學，不過與左翼漢族民族主義者不同的是，他們認為與其讓文學服務遙遠的（中國）大眾，不如貼近與自己具有同一時空感的台灣無產階級，其文化思維以建構台灣「無產階級的民族文化」為己任，在書寫語言的使用上為求貼近人民的呼吸，因而視台灣話文的使用為理所當然，儘管像楊逵這種不敵大環境的改變、不得不挪用日文作為文學創作語言的日文世代，也曾經試著以台灣話文創作小說，並積極主張台灣文學要有台灣味非使用台灣話文不可的論調[8]，尤其在他創辦《台灣新文學》雜誌期間，對於「民族文化」的捍衛與保存更是不遺餘力，諸如漢文創作的提倡、民間文學的重視、鄉土色彩的發揚等編輯方針上俱可見其用心。從後設的角度觀之，這一派的主張與實踐顯然較符合當時共產國際的民族文化理論，亦即符合「無產階級民族文化」的基本價值。不過當時這派的左翼知識界缺乏吸取共產國際的民族文化理論的環境，這樣的思維純粹是從台灣的歷史與現實中所探尋出來的文學路線。此派的代表人物除了楊逵，尚有提倡台灣話文的黃石輝、郭秋生等人，以及台灣新文學之父賴和亦是。

其三是右翼本土主義派。這派的思維極似蔣渭水以「農工運動為基礎的民族運動」之路線，主張階級協調（社會民主主義）而非階級鬥爭（共產主義），對資本主義雖有批評，但仍以改良主義為最高原則，同時，對無產階級雖也抱持同情，但認為民族問題的重要性高過階級問題，因此在對於無產階級的態度上，與左翼知識份子相較就略顯疏遠。在文學上，此派亦上承二〇年代既有的平民文學路線，主張以平民文學

---

8 楊逵，〈談藝術之「台灣味」〉（〈藝術における〝台灣らしいもの〞について〉），原載《大阪朝日新聞》台灣版，1937年2月21日，收於彭小妍主編，《楊逵全集‧第九卷（詩文集上）》，台南：國立文化資產保存研究中心籌備處，1998，頁476。

涵蓋普羅文學、以民族立場涵蓋階級立場，所以在殖民地的情境中，發展平民文學亦即是發展民族文學，這樣的論調可以葉榮鐘的「第三文學」論為代表。至於此派的代表人物，當屬張深切與葉榮鐘無疑。

其四是自由主義派，他們追求文學上的自由主義與個人主義，要求不受政治干擾的文學空間。不過，自由主義派的內部主張亦可區分為二。其一是以楊熾昌為首的「風車詩社」，他們在現代主義美學的追求上，展現出「為藝術而藝術」的格局，這樣的美學實踐是前衛的，然而由於他們與三〇年代「文藝大眾化」的文學現代性脫鉤，將自己的讀者設定為「小眾」。因此在當時以「文藝大眾化」作為主流價值的台灣文壇而言，他們的文學生產與文學實踐顯然不符合主流價值，因此他們在文壇中是孤獨的。其二是以吳天賞為首的純文藝文風，其組成份子以部分日本留學生為主幹。這批知識份子受日本的政治環境與文學氛圍的影響，遠較一般本島知識份子來得深遠；從這批知識份子身上，可以看到日本文壇從左翼的普羅文學走向右翼的文藝復興的痕跡，所以當1933年日本文壇的文藝復興吹起擺脫政治性文學的純文藝風之時，這些作家便將純文學的思考帶進台灣文藝聯盟的機關刊物《台灣文藝》之中。此等純文藝觀不同於「風車詩社」所標榜的超現實主義的實驗性純文學，而是以一種感傷情調與個人情感抒發為導向的風月文學。職是之故，《台灣文藝》在1936年受到過於純文藝傾向的批評，實與吳天賞等作家的活躍有關。[9] 這一派的思維在第三章論及左右之爭時，將成為具有參考性的美學意識型態。

其五是新傳統主義者（neo-traditionalist），他們的社會身分是傳統

---

9 張深切在戰後曾回憶道：「文聯獲得了東京支部的大力支持，《台文》的作品也隨著東京寄來的優秀作品而提高水準，島內作家的作品漸有落伍的形勢，尤其中文的作品和日文作品對照起來，相形見拙，《台文》的編輯方針，在實力對比之下，不得不自動轉變，由民族性轉向政治性，再由政治性轉向純文藝性，初創的主旨逐漸無法維持下去了。」可以看出《台灣文藝》轉向純文藝化的軌跡，見張深切，《里程碑》，收於陳芳明等編，《張深切全集·卷二》，台北：文經，1998，頁622。此外，1936年《台灣文藝》曾被陳鈍也批評其沒有社會性也沒有時代感，並認為這樣的《台灣文藝》沒有存在的價值，見陳鈍也，〈與文學界為「敵」〉（〈文學界の「敵」として立つ〉），《台灣文藝》3：7、8，1936年8月28日，頁61-63。

文人，不過和一般傳統文人不同的是，他們對於現代思想的接受較為彈性，顯現出維新的文化思維。這類知識份子的立場與純文學派有其相近之處，在政治上主張自由主義的民族自治，在文學上則主張自由主義的文學自主。而他們和純文學派所不同的是，他們的習性（habitus）迴異於新知識份子：第一，傳統漢詩文被上述四類新文學知識份子視為是貴族文學，傳統文人亦被目為「無病呻吟的腐敗詩人」，因而遭新知識份子所反對，最明顯的例證是在三〇年代新文學知識份子的最大結盟行動──台灣文藝聯盟的成立過程中，傳統文人被排除於結盟的對象之外；[10] 第二，傳統漢詩文由於受到台灣總督府的鼓勵而成為懷柔士紳的工具，更加深新知識份子的敵意。[11] 本書之所以將新傳統主義者從傳統文人中獨立出來，乃著眼於新傳統主義者在現代思想的接受上、甚至是「文藝大眾化」的實踐上俱有具體成果，在這知識與文化再生產的過程中，新傳統文人與新知識份子屢有對話，甚至屢有合作關係，因此新傳統主義者的文化思維也就別具意義。質言之，三〇年代台灣文學場域之「文藝大眾化」的實踐，除了左、右翼知識份子之外，新傳統主義者的文化思維就成了「文藝大眾化」的第三條途徑。此派的代表人物為連橫、趙雲石等文壇宿儒，以及大興娛樂文風的《三六九小報》與《風月》雜誌。

二、「文藝大眾化」的三條途徑

在現代化的過程中，非神聖化一直是知識份子所追求的目標，不管是歐洲的啟蒙運動或是中國的五四運動，都把「人」或「人民」視為文化必然的載體，因而對宗教或貴族的文化傳統予以無情的打擊與拆解。在三〇年代的台灣，人民一詞被當時最為新潮的流行語「大眾」所取代，「文藝大眾化」也被視為是最進步的文學話語。然而，由於各種立

---

10 有關以上文聯大會的紀錄，見賴明弘、林越峰、江賜金，〈第一回台灣全島文藝大會紀錄〉，《台灣文藝》2：1，1934年12月18日，頁7-8。
11 以上說法可見張深切，《里程碑》，收於陳芳明等編，《張深切全集·卷二》，台北：文經，1998。亦可見盧建榮，《台灣後殖民國族認同1950-2000》，台北：麥田，2003，頁91-92。

場的知識份子對「大眾」的解讀並不一致，「大眾」同時可以指涉啟蒙運動意義上的民眾、平民，也可以指涉馬克思主義意義上的農民、無產階級，甚至可以指涉資本主義意義下的消費大眾，誠如日治時期評論者劉捷的所識所見：「令人困擾的是對『大眾』二字的解釋頗紛歧。對大眾的基本認識尚未形成，因此對大眾化的認知可謂百人百樣了。」[12] 對「大眾」的歧見也必然導致了對「文藝大眾化」的詮釋產生了各自表述的現象，其認知的差距不僅是同中存異而已，甚至出現了南轅北轍、水火不容的現象。一種根本的對立關係便存在於左、右翼知識份子之間。此一對立關係由西方學者卡林內斯庫（Matai Calinescu）解釋得最為透徹。

卡林內斯庫認為西方文明史上，有兩種無法彌合而分裂的現代性，一是資產階級的現代性概念，它追求理性、自由、民主、科學、進步與效率，可以說是由中產階級建立的勝利文明中的核心價值。另一種現代性則是對前者充滿了敵意，它厭惡中產階級的思維模式與價值標準，這種現代性稟承了現代性的否定性特性，它既展現出對主體性的捍衛，同時也包含著對理性（reason）的反抗。[13]

「啟蒙現代性」與「反思現代性」這兩個概念，約可大致區分右、左翼知識份子面對現代性的態度。然而在殖民地台灣社會，不論是左是右，知識份子面對現代性的態度都可能是同時涵括「啟蒙現代性」與「反思現代性」，尤其在面對殖民統治時，作家／知識份子既啟蒙人民、振聾發聵，同時也批判殖民體制、反思現代性，因此「啟蒙現代性」與反思現代性」的界線不可能一刀兩斷。因此本書並不採用此二用語，而代之以「右翼知識份子的文化思維」與「左翼知識份子的文化思維」這兩個詞彙。以前者而言，對資本主義及其隨之而來文明與進步有著執著的追求，認為唯有不斷的進步才是正道，因此他們主張透過知

---

12 〈台灣文學當前諸問題──文聯東京支部座談會〉，《台灣文藝》3：7、8，1936年8月26日，收於黃英哲主編，《日治時期台灣文藝評論集（一）》，台南：國家台灣文學館籌備處，2006，頁114。

13 馬泰·卡林內斯庫著，顧愛彬、李瑞華譯，《現代性的五副面孔：現代主義、先鋒派、頹廢、媚俗藝術、後現代主義》，北京：商務，2004，頁47-53。

識普及與文化提升，讓台灣人民的智識水準接近殖民者，如此台灣人民才有脫離被殖民命運的一天。反之，後者則對資本主義表現出懷疑的態度，因此也對文明進化的追求不敢苟同，傾向於關懷在資本主義社會下被榨取的底層勞動者與農民，他們認為台灣人民擺脫被榨取的命運之道無他，便是譴責殖民主義／資本主義所帶來的不公不義，並尋找推翻殖民主義／資本主義之社會結構的機會。這兩種態度，都是企圖尋找台灣人被殖民命運的解決之道，然而態度的不同，便導致實踐方法的不同，而在文學書寫的行為上也就隨之產生差異。

　　除了左、右翼知識份子的意識型態之外，如前所述，在本書中的詮釋框架中，又試圖加入另一種「文藝大眾化」的途徑，以便探究三〇年代台灣文學發展的全貌，那便是「新傳統主義者的維新思維」。在台灣文學的研究領域中，似乎存在著新、舊文學的研究各行其事的現象。就台灣的現代性發展來說，傳統與現代並不似西方一般產生歷時性的斷裂，而是一種共時性的存在，在新文學與舊文學的相對關係上，亦是如此。因此，新、舊之間的對立就不能視為一種歷時性的文體轉移與權力更迭，而是一種共時性的文化霸權的爭奪。論者黃美娥曾指出，過去學界總是誤認為新舊文學論戰以後新文學取得了文化啟蒙運動的領導地位，就意味著新文學的獨大以及舊文學的沒落。黃美娥反駁此論，指出台灣詩社林立的現象在新舊文學論戰之後不但沒有退潮，反而更加興盛，由此反駁了過去學界認為舊文學已經「落敗」的定見。[14]「新傳統主義者的維新思維」的基本主張，與前兩個途徑最大的不同就在於對傳統主義（traditionalism）的堅持並加以改造，在前兩者揚棄舊文體、舊思維的前提下，新傳統主義者則是企圖維護傳統文化的價值，不過受到了台灣社會普遍的知識普及化與「文藝大眾化」之論調的影響，新傳統主義者亦傾向將具有貴族色彩的傳統文化加以通俗化，其具體辦法有二：在文學上採用較通俗的文體與形式以利更多讀者的接受，在思想上

---

14 黃美娥，《重層現代性鏡像：日治時代台灣傳統文人的文化視域與文學想像》，台北：麥田，2004，頁81-86。

則對部分過時的思想採取批判的態度，以展現傳統文化與時俱進的面貌。當然，儘管新傳統主義者也同樣努力在知識與文藝上展現通俗化與世俗化的決心，不過跟新知識份子的努力相比，顯然程度有別，而且方向亦有別，因此這也就造成了上述三條路徑在「文藝大眾化」的實踐上產生了不同的風貌。

　　以上三條路徑都具有一個共識：文藝、知識必須普及，改造社會才有其力量，這是現代社會中一個不可逆反的潮流。在此潮流之下，上述三條路徑都在極力爭取「大眾」作為自己的讀者，企圖透過文學來教育「大眾」，使之服膺於自己的意識型態，以便擴張自身立場與路線之影響力，成為台灣文化生產場域的主導力量。由於路線的不同，儘管三條途徑之間或曾具備短暫的合作關係，不過往往還是因為理念不合，不歡而散。

三、「文藝大眾化」的三種紛爭

　　「文藝大眾化」的三條路徑究竟產生出何等衝突？本書擬出左翼內部之爭、左右之爭、新舊之爭這三個層面來加以說明，此即「文藝大眾化」的三種紛爭。雖說左右之爭（文協分裂）與新舊之爭（新舊文學論戰）的原型在二〇年代的文化運動中即已上演，不過，進入三〇年代，對於「文藝大眾化」的討論最早產生激烈衝突的，卻不是發生於左、右或新、舊之間，而是存在於左翼陣營內部。此一現象也無須奇怪，因為「文藝大眾化」一詞就辭源學上來說，本來就是個左翼色彩鮮明的詞彙，當左翼知識份子接觸這個詞彙卻又各有不同的見解，一場論爭便很容易在激進的左翼知識份子當中展開，此即極負盛名的鄉土文學論戰（1930-1934）。

　　鄉土文學論戰的過程常被化約為台灣話文與中國白話文之間的取捨問題，不過值得注意的是，無論「鄉土」、「台灣話文」、「中國白話文」這些詞彙如何地被指涉、被使用、被定義，其精神都不脫「文藝大眾化」的框架。換言之，鄉土文學論戰並不僅僅是一場決定書寫語言誰屬的論爭，它更大的意義在於自始至終都將「文藝大眾化」的精神視為

核心價值，因此，1930 年 8 月所掀起的這場論爭，實際上「名不符實」地揭開了三〇年代關於「文藝大眾化」之討論的序幕。在論戰初期的1930 年至 1931 年間，主要是由台灣話文派與中國白話文派為了「文藝大眾化」的書寫語言誰屬的問題爭吵得不可開交。

值得注意的是，在鄉土文學論戰初期的 1930 年至 1931 年間，作為論戰主角的兩派雖然各自主張台灣話文與中國白話文，不過究其思想光譜，並不是左、右翼知識份子之間的論辯，而是左翼陣營內部的意識型態信仰的交鋒。此時，支持中國白話文者並非二〇年代那批由張我軍、黃呈聰所代表的右翼／啟蒙知識份子，而是一批由廖毓文、朱點人、林克夫等人所組成、而且在思想上比黃石輝更為左傾、更為激進的左翼新銳作家，此即本書所謂「左翼漢族民族主義者」。關於左翼陣營內部的意識型態衝突，學界過去的討論明顯不足，對於鄉土文學論戰的討論上往往著重於語言選擇所象徵的文化認同傾向，卻未察覺鄉土文學論戰的討論雖然實質上是以文化認同作為交鋒，但是形式上卻是以左翼思想的「國際主義」與「本土主義」的衝突作為討論的焦點，因此論戰過程中往往會出現「左翼漢族民族主義者」以運用「國際主義」的「正統」，質疑左翼本土主義者為「偽左派」的現象。要釐清這樣的現象，就必須從左翼思潮的接受上梳理兩派主張的理論基礎，這就成為本書所欲補足的部分。從語言的選擇上，可以看出本土主義（台灣話文）與漢族民族主義（中國白話文）之間的差異。此一現象肇因於左翼思潮抑或文學書寫應該本土化或者以「文化祖國」（中國）作為書寫對象的不同路線的考量。左翼本土主義，是指在關懷無產階級的立場上，建構屬於無產階級的本土文化，因此他們眼中的「大眾」是台灣人民，為台灣人民服務的普羅文學被他們視之為「價值大的文學」（何春喜語）。左翼漢族民族主義者，對「文化中國」有著高度的想像，不過卻往往以「國際主義」來包裝他們的「漢族民族主義」，以在鄉土文學論戰中取得有利的發言位置。

所謂的國際主義（internationalism），是指在馬克思名言「全世界無產者，聯合起來」的催化之下，一種團結全世界無產階級的理想與策

略，此一思維原來並非文化論述，不過卻在 1930 年這個革命情勢高漲的年代，被生硬地從政治運動的場域移植至文學場域。因此，在國際主義的革命熱情之中，左翼漢族民族主義者將之與自己的文化思維相結合，將能盡可能為多數無產階級服務的文學視為「價值大的文學」。另一方面，由於不認同日本的殖民統治，他們具有向中國靠攏的傾向，企圖以「聯中制日」的策略追求殖民地台灣解放的可能，致使左翼漢族民族主義者以發展中國白話文為書寫語言的普羅文學為職志，在這等思考之下，他們所認知的「大眾」是包含著台灣人民的中國人民。因此，左翼內部之爭便是本主主義（nativism）與漢族民族主義（Han nationalism）之間的論戰，此即「文藝大眾化」的第一種紛爭。本書將會援引當時國際左翼思潮的權威——列寧與史達林對於無產階級民族文化的相關論述，來釐清台灣左翼陣營內部論爭的是非，屆時將會明白：自稱「正統」者卻偏離正統，被斥為背道者卻反而更接近列寧、史達林的正道。這種弔詭的現象源自於台灣左翼思潮在接受上的封閉與不完整。相關的討論與說明將留待第二章再行論述。

　　「文藝大眾化」的第二種紛爭產生於左、右翼知識份子之間。早在 1927 年台灣文化協會分裂之際，台灣思想史上的左、右價值對立的狀況便已浮上檯面，然而左、右翼知識份子在文學上的意見衝突，則必須要等到 1932 年才展開，亦即鄉土文學論戰進入中期之時。原本鄉土文學論戰是由左翼知識份子所挑起、參與，不過到了 1932 年 1 月《南音》雜誌發刊之後，右翼知識份子開始介入討論，論戰的形勢也由原本左翼內部之爭轉變為左右之爭。之所以產生如此變化，是因為左翼本土主義者黃石輝與郭秋生在「本土主義」的價值基礎上，與支持台灣話文的《南音》產生了結盟關係，如此一來，原本略居下風的台灣話文派在《南音》成員的助威之下，聲勢頓時高過中國白話文派。右翼知識份子的介入改變了論戰的局勢，同時也間接改變了論戰的格調。原本相敬如賓的左翼內部之爭，在右翼知識份子的介入後演變成水火不容的左右之爭，理性討論成為過去，人身攻擊屢見不鮮，延燒著 1932 年的台灣文壇，甚至到了 1934 年論戰落幕、台灣文藝聯盟組成之後，其對立情緒

依舊清晰可見。值得注意的是，過去學界總是認為台灣文藝聯盟的結成是由於左、右翼作家在「文藝大眾化」的基礎上取得了共識，事實上，筆者之前即指出，「文藝大眾化」並沒有在台灣文藝聯盟內部形成共識，它反而成為文聯分裂的原因。[15]「文藝大眾化」其實一直是一個由左、右翼知識份子與新傳統主義者自由心證、各自表述的話語，它與其說是個目標，不如說是個口號，可以讓作家自由填補其意義的口號。正因如此，三〇年代台灣作家們對文學的各種討論，表面上也許是以鄉土文學、台灣話文、普羅文學、殖民地文學等等的形式出現，但是究其內涵，無不是以「文藝大眾化」的宗旨為依歸。左右之爭這個作為三〇年代台灣文學路線之爭的基本型態，是如何產生、又如何被放大、最後又產生了如何的質變，就成為本書第三章所論述的內容。

最後要討論「文藝大眾化」的第三種紛爭，亦即「文藝大眾化」的新舊之爭。在殖民地台灣社會的語境中，左、右翼知識份子之間或有對立，但絕不是如同西方文明史上所出現的那般，充滿著不可化解的敵意，而是出現了張力十足、融解彌合的現象，這點尤其在共同面對新傳統主義者的「文藝大眾化」論述時格外明顯。不消說，這正是左、右翼知識份子在知識結構（structure of knowledge）上的同源性所致。儘管面對現代性的態度不同，但是「反帝反封建」的基調卻成為左、右翼知識份子批判傳統文學的思想根源，這從一九一〇年代中國的五四文學運動以及一九二〇年代台灣的新舊文學論戰都可以看到具體的實例。雖說台灣的舊文學並不似中國的舊文學那般在新文學的侵襲下喪失舞台，反而還能在三〇年代台灣社會那樣特殊的時空環境中、藉由與殖民統治的不斷周旋／斡旋之下找到生存空間，但是新知識份子不論左右，卻依舊將舊文學、舊思維視為「革新」的對象，欲除之而後快，這無疑是新文學運動以來一個基本價值的延續。不可否認，傳統知識份子與傳統文學所帶有的文化符碼（cultural codes）確實使得自身在與殖民者並存所產生的差異性中，具備抵殖民的職能，新傳統主義者將傳統文化「通俗化」

---

15 趙勳達，《《台灣新文學》（1937-1937）定位及其抵殖民精神研究》，台南：台南市立圖書館，2006。

的作為也獲得了若干學者的肯定，視之為抵殖民的位置與策略。[16] 然而平心而論，在殖民地情境中，不論是何種文學立場，只要發揮出台灣的特殊性，即可謂具備抵殖民的文化符碼。亦即，抵殖民的職能是必須經過比較，必須在複雜的關係網絡中予以定位，因此它是相對的，而非絕對的。必須知道，當新知識份子致力於建構台灣的民族性（nationality）時，新傳統主義者卻著重於維護傳統。儘管民族性必須由傳統中尋求養分，不過傳統性並不等於民族性。在這個歷史的時間點上，新傳統主義者藉由維護傳統的策略以保有自身的社會地位與文化身分，不過「封建」的本質卻將他們固定於高高在上的位置，因而與「大眾」有段距離。這種新、舊知識份子之間的矛盾，正是本書第四章所欲解決的問題。

四、語言、大眾化與文化認同

語言離不開文化認同，在三○年代是如此，在現今社會亦是如此。學界關於三○年代文學語言的諸多討論，主流的論述如吳叡人主張這是一種語言民族主義；此外，陳培豐主張語言選擇無關乎認同，純粹是追求現代化的「工具理性」的展現。[17] 誠然，我們不可否認語言選擇是具有「工具理性」（Instrumental Reason）之考量，這也是許多作家主張使用中國白話文的理由，因為一個已經制度化的書寫系統的確較易於流通與使用。不過，如果僅僅基於此，那麼被國家機器所雷厲風行地推行的日語，豈不是應該更為當時的台灣知識份子所接受？也更具備流通的價值？然而，在鄉土文學論戰中卻不曾出現如此高聲讚和日語（國語）的聲音。何故？因為語言的選擇絕不只是工具理性的考量而已，這種文化再生產的行為本身便包含著文化認同、歷史記憶、族群情感、社會身

---

16 例如：柳書琴，〈通俗作為一種位置：《三六九小報》與1930年代台灣的讀書市場〉，《中外文學》33：7，2004年12月。黃美娥，〈差異／交混、對話／對譯——日治時期台灣傳統文人的身體經驗與新國民想像（1895-1937）〉，收於梅家玲編，《文化啟蒙與知識生產：跨領域的視野》，台北：麥田，2006。

17 陳培豐，〈由敘事、對話的文體分裂現象來觀察鄉土文學——翻譯、文體與近代文學的自主性〉，收於陳芳明編，《台灣文學的東亞思考：台灣文學藝術與東亞現代性國際學術研討會論文集》，台北：文建會，2007，頁207。

分、教育背景等種種因素的總和，這也可以說明在1937年4月日本當局禁用漢文（更精確的說法是禁用報紙雜誌的「漢文欄」）之後，賴和與楊守愚等人寧可選擇使用古典漢語寫詩，也不願使用現代日語進行文學生產的行為，所展現出來的民族氣節了。因此，本書述及語言選擇的相關議題，依舊沿著語言民族主義的詮釋而行。

在學界，一直有股將台灣話文詮釋為三〇年代之「民族印刷語言」（national print-languages）的趨勢，因此，給予了台灣話文極高的評價。[18] 然而三〇年代的歷史果真如此發展？令人懷疑。由目前的史料來看，中國白話文派在鄉土文學論戰中後期取得了文學場域的主流地位，殆無疑義。例如1933年就已經出現了中國白話文派的氣勢壓倒台灣話文派的現象，中國白話文派的朱點人甚至指出：「……島聲不同了，時勢也不同了！以前反對鄉土文學的祇有我們幾個人，現在反對鄉土文學的叫聲，差不多要充滿了文壇，特急的風雲已經逼迫著鄉土文學非自決不可了！」[19] 可見台灣話文運動的形勢是險峻的。此外，賴和在1935底用台灣話文所創作的〈一個同志的批信〉，被多位文壇同志以看不懂為由大肆批評，此時卻不見台灣話文派聲援賴和的言論或舉動。它不但代表著台灣話文在文學場域內部權力競爭的大挫敗，也代表著殖民地台灣人民所使用的語言，在當時特殊的時空環境下遭到了極大的壓抑，也使得台灣話文在日治時期始終沒有成為台灣的「民族印刷語言」的機會與空間。

要理解台灣話文的價值與歷史定位，須從台灣話文的根本定義著手。本書將指出，台灣話文在三〇年代被定義為「用漢字取義寫台灣話，叫做台灣話文」、「用台灣話說不下去的不能說是台灣話文」[20]，台灣話文顯然有異於中國白話文之思考邏輯的語法，因此一般研究者誤

---

18 施淑，〈台灣話文論戰與中華文化意識〉，《八・一五：記憶和歷史》，2005年、秋。林淇瀁，〈民族想像與大眾路線的交軌〉，《台灣新文學發展重大事件論文集》，台南：國家台灣文學館，2004。

19 點人（朱點人），〈勸鄉土文學台灣話文早脫出文壇〉，《台灣新民報》996，1933年11月27日，收於中島利郎編，《彙編》，頁463。

20 負人（莊垂勝），〈台灣話文雜駁（三）〉，《南音》1：3，1932年2月1日，頁7、8。

以為在中國白話文中「點綴」台語詞彙的文體，便是台灣話文，這絕對有違歷史事實。更精確地說，在中國白話文中「點綴」台語詞彙的方式，只是落實了中國白話文提倡者所預設的「台二中八」[21] 的目標，這種形式的出現，不但不能意味著台灣話文的繁榮，反而相當殘酷地象徵著台灣話文被中國白話文納為己有的結果。理解了何謂台灣話文的真義，才能給予台灣話文更公允的定位。

---

21 語出林克夫，〈答李春霖先生〉，原文未見，轉引自負人（莊垂勝），〈台灣話文雜駁（四）〉，《南音》1：4，1932年2月22日，頁9。收於中島利郎編，《彙編》，頁212。

第一章 「大眾」的抬頭：
一九二〇年代中期以降「大眾化」的三條路徑

　　一九一〇年代末期歐戰結束，國際間思潮大變，加之以俄國十月革命成功，一時間弱小民族的解放、民主自由的追求、勞動階級的平權等呼聲甚囂塵上。在此大覺醒的時代中，受到現代思潮洗禮的台灣知識份子，也分別做出了反應，其中，比較明顯的是以下的三種思維：其一為右翼知識份子的文化思維，主要在灌輸、啟蒙人民自由平等的概念，並以「民族自決」作為民族運動的理念；其二為左翼知識份子的文化思維，將無產階級的革命視為人類歷史前進的必然動力，因此著手於強化工人與農民的無產階級意識，企圖以無產階級革命達到殖民地解放的目的；其三為新傳統主義者的維新思維，在西風東漸的時代氣氛中，傳統文人努力跟上時代，卻不盲從西風，因此主張維新不合時宜的傳統思想與文化，此外，他們更透過通俗化的文字與表達方式，爭取更多人民認同傳統思想與文化。這三股勢力的運作，造就了一九二〇年代台灣文化啟蒙運動的蓬勃，同時也使得知識、思想得以世俗化、平民化，過去總是處於被支配地位的人民，終於躍上了時代的舞台。

　　首先必須確認的原則是，在殖民地社會中，任何與殖民話語（colonial discourses）背道而馳的論述或文化實踐都必然有其抵殖民（decolonization）的意義，在以上三種思維的橫流、交互碰撞之下，往往將人民視為啟蒙的對象，灌輸以新知，欲使其振聾發瞶，本書一律將此思想世俗化的行為稱之「大眾化」，這樣的「人眾化」思維無疑與殖民統治下的殖民主義與同化主義的基調相違，因此，「大眾化」實踐也可被視為抵殖民行為的一個面向。

　　在三〇年代，文學運動的興起刺激了知識份子對文學的功能性展開深度思考，和政治運動一樣，「大眾」的群聚力量猶是作家覬覦、爭取的對象，而當時作家們對文學功能性的理解，可以說是透過「文藝大眾

化」此一政治正確的流行詞彙來進行協商、論辯,並且實踐。誠然,「文藝大眾化」原屬左翼文藝思想的話語,在俄國、日本、中國等無產階級文藝盛行之地,皆是如此。不過在台灣,由於缺乏有系統性的左翼思想的引進,「文藝大眾化」的意義並非由左翼知識份子所獨佔,而是如同所有的流行語一般,展現出各自表述的多元見解。可以發現,在三〇年代的文學場域中,不僅是左、右翼知識份子、甚至是新傳統主義者,也都理所當然地攫取了「文藝大眾化」的辭彙,並重新賦予其意義,所以台灣知識份子在探究文學路線的走向時,莫不由「文藝大眾化」作為其思考的起點。

第一節 「大眾」的三種解讀

「文藝大眾化」一詞,原出自列寧在〈黨的組織與黨的出版物〉中的名言「藝術是屬於人民的」。其原始涵義必須追溯到列寧的思想才能辨明。列寧〈關於民族問題的批評意見〉將「民族文化」劃分為兩個對立的文化:一種是民主主義的和社會主義的[1],另一種是資產階級的。前者屬於工人與農民階級,而列寧的名言「藝術是屬於人民的」中的「人民」,指的正是「千千萬萬勞動人民」,也就是無產階級。[2] 所以列寧所主張的「屬於人民的文學」既不是如日本近代盛行的民眾藝術,也不是中國五四運動所提倡的平民文學,而是日後掀起極大波瀾的無產階級文學(普羅文學)。因此,「文藝大眾化」就其辭源來說,左翼意味不證自明。

列寧本身並未使用「文藝大眾化」一詞,這個詞彙的推廣與論述,實有賴於日本與中國的左翼文學運動。1928年1月,日本左翼文藝理論

---

1 在共產黨尚未普遍成立之前,左翼政黨常自稱社會民主黨或民主社會黨,在於表現以民(無產階級)為主的社會主義思想內涵,因此列寧在此稱無產階級文化是「民主主義的和社會主義的」,不過自從1919年列寧成立「共產國際」(第三國際)之後,便以共產主義批判「第二國際」的社會民主主義的破產,自此「共產主義」成為共產黨的慣用語,「社會民主主義」則成為貶詞。

2 列寧,〈黨的組織和黨的出版物〉,《列寧選集一》,北京:人民,1998,頁666。亦可參見陳順馨,《社會主義現實主義在中國的接受與轉換》,安徽:安徽教育,2000年10月,頁58。

家藏原惟人首先提出了「藝術大眾化」的口號，指出「藝術大眾化」的任務在於「邁向大眾」（無產階級）並且與布爾喬亞藝術作鬥爭。此說成為2個月後在東京組成的全日本無產者藝術聯盟（簡稱「納普」）的理論基礎，「藝術大眾化」也成為「納普」所奉行的文學理念。儘管「藝術大眾化」的內涵受到質疑並產生論爭，不過「藝術大眾化」的名稱與方向卻未遭到反對，因此「藝術大眾化」一詞在日本文壇也就固著化了，日本文壇多次針對「藝術大眾化」的相關議題產生論戰，日本史家也都通稱為「藝術大眾化論爭」。[3] 對於左翼文藝思潮而言，由於藏原惟人的理論建設，「大眾」從作為 mass 之譯語的中性詞彙，轉而變成左翼意味甚濃的政治詞彙，並且常以「無產大眾」、「工農大眾」、「プロ大眾」（普羅大眾）的連用形式出現，以區別於右翼傾向之大眾文學所言之「讀者大眾」、「消費大眾」。「藝術大眾化」也就在藏原惟人的定義下，成為左翼陣營的專用語。

　　1930年3月，在中共的支持與指示之下，左翼作家的聯合陣線團體——中國左翼作家聯盟成立，簡稱「左聯」，並由馮乃超依據與日本「納普」的綱領起草「左聯」綱領，於是藏原惟人「藝術大眾化」的理念亦為左聯所承襲，只不過在文字上略有更動，改稱為「文藝大眾化」。在左聯的成立大會上通過了「文藝大眾化研究會」的議案，同時出版了《大眾文藝》期刊，作為「文藝大眾化」的討論平台，爾後左聯在三〇年代的一切文學實踐，都被後世史家名為「文藝大眾化運動」，明顯可見「文藝大眾化」一詞的左翼意味。[4]

　　「文藝大眾化」一詞雖然出自左翼思想界，不過傳至台灣社會卻發生了意義上的質變，因為立場的差異而產生了上述三種思維。日本近代社會所使用的「大眾」一詞是英文 mass 的譯語，「大量而無組織的人」的性質，也被定義為「對於特權階級抱有疏外感，並相對於這些特

---

3 栗原幸夫，《プロレタリア文学とその時代》，東京：平凡社，1971，頁60-62。

4 關於左聯及中國左翼文學的發展，請參見：廖超慧，《中國現代文學思潮論戰史》，湖北：武漢出版社，1997，頁454-456、950-967。以及錢理群、溫儒敏、吳福輝，《中國現代文學三十年》，北京：北京大學，2003，頁193-201。

權階級之大量人們的無組織總體」。「大眾」一詞的登場,雖在1920年時已有左翼知識份子使用「無產者大眾」來指涉無產階級,不過當時這樣的使用方式並不普遍,遲至1925年左右,日本社會對於「大眾」一詞才普遍接受,而且當時對「大眾」的理解才符合了上述定義。[5]

英國的大眾文化理論家雷蒙·威廉斯(Raymond Williams)可謂古往今來對mass一詞作出最大研究貢獻的學者,他曾梳理出mass的四大意涵:第一,表示描述一個民族大部分人的輕蔑語,在mass之前,諸如base(卑微的、低下的)、low(低下的)、mod(桀驁不馴的群眾)等皆是此義。第二,mass一詞從十五世紀開始廣泛使用,最初的意義有二:一是指沒有定型的、無法區分的東西;二是指濃密的集合體,這兩者意義都是中性的。第三,mass的現代意涵除了這種中性意義之外,出現了兩種對立的意義:一是貶義的,指「烏合之眾」,這是源於保守主義與精英主義者對大眾文化等同於無產階級文化所表現出的輕蔑態度。二是褒義的,指為了共同目標而聚集在一起,作為正面的社會推動力的民眾,這是啟蒙主義者針對民眾之概念對於推翻貴族政治所帶有的積極性所作出的肯定。第四,隨著工業化和都市化的趨勢所帶來的人口聚集,mass的大部分是由工人階級所構成,因此mass也往往成為工人階級的代名詞。[6]可見mass一詞在歐美社會以及英語的脈絡中,也是充滿著歧義性。因此,當mass被日本社會譯為「大眾」之後,這樣的歧義性並未消失,時處資本主義擴張階段的日本社會將之理解為「對於特權階級抱有疏外感,並相對於這些特權階級之大量人們的無組織總體」的中性意涵,以及左翼知識份子將之理解為無產階級,就是歧義性存在的證明,而這也正是日本學者尾崎秀樹所謂的「大眾的兩副面孔」[7]。

---

5 陳培豐,〈大眾的爭奪:〈送報伕〉·《國王》·《水滸傳》〉,「楊逵文學國際學術研討會」,國家台灣文學館主辦,2004年6月19日,頁6-7。

6 以上論述請見:劉進,《文學與「文化革命」:雷蒙德·威廉斯的文學批評研究》,成都:巴蜀書社,2007,頁73-78。

7 尾崎秀樹,《大眾文學》,東京:紀伊國屋書店,1994。

一、右翼知識份子的解讀：「大衆」等同於民衆、平民

「大衆」被台灣的右翼知識份子理解為民衆、平民，自然有其歷史背景，這樣的背景必須從歐洲啟蒙運動中對於「人」與「人民」之價值的發現談起。中世紀以前的歐洲是個神權大於君權的世界，宗教力量實質主宰了歐洲的精神文明以及價值體系。到了十七世紀，由於哥白尼、克普勒、伽利略等人所引發的科學革命，致使教會的神聖地位受到了挑戰，宗教才有了世俗化的走向，終於導致人類之理性主義與人文主義的勃興。這一思想潮流直接導致了十八世紀歐洲的啟蒙運動，世界不再被視為是上帝的造物，而是人類理性的設計，因此理性成了真理之源、價值之源，從而也成為現代性安身立命的主要工具。

談到現代性與理性，不得不談啟蒙，因為兩者本就是一體兩面的概念。理性創造出啟蒙運動的精神，同時啟蒙精神也哺育了現代性的產生，繼而再度強化了理性的思想價值。十八世紀德國啟蒙思想家康德就指出，啟蒙就是使人脫離不成熟狀態。在脫離不成熟狀態的努力中，人對於主體性以及自我意識，成為現代哲學所最為關注的命題。即使是對啟蒙運動持激烈批判態度的霍克海默與阿多諾，也承認歷來啟蒙的目的都是使人們脫離恐懼，成為主人。自歐洲啟蒙運動以來，宗教與貴族所代表的封建力量逐步瓦解，原本生活在神權與君權之下的「人」終於從桎梏中解放出來，從而使得「人」的價值獲得了突顯與肯定，這種價值即社會學家韋伯（Max Weber）所稱的「祛魅」（entzauberung）。至於何謂祛魅，致力於研究現代性的學者戴維・哈維（David Harvey）曾經如此註解：「啟蒙運動的思想接受了進步的概念，積極探尋現代性所擁護的打破歷史和傳統。首先，正是一場世俗的運動，追求知識和社會組織的非神秘化與非神聖化，以使把人類從自身的各種鎖鏈中解放出來。」[8] 簡言之，祛魅便是世俗化與非神聖化。

在十四世紀的法國，人民被分為三種階級，第一階級（the first class）是從事宗教工作的神職人員。第二階級（the second class）則是各

---

8 戴維・哈維著，閻嘉譯，《後現代的狀況：對文化變遷之緣起的探究》，北京：商務，2004，頁21。

級貴族，這兩個階級既不納稅，又享有封建特權，因此都屬於特權階級。第三階級（the third class）是指在三級議會中有自己議員的平民中的富商巨賈，也就是舊有的生產關係中的資產階級。不過到了十八世紀末，第三階級的意義逐漸擴大，已經包含了一切商人、手工業者、農民、新興的工商業資產階級和工人，佔全國人口的95%以上，可謂扣除了特權階級的一切國民的總稱，他們承擔了國家全部賦稅，因此有時也被稱作「納稅的第三階級」。第三階級雖然在內部也存在著各種矛盾，不過對於特權階級與封建制度的廢除，卻有著高度的共識。[9] 第三階級的概念，即作為現代國家之主體的multitude（民眾、平民），在近代日本社會被譯為「民眾」，它被定義為：「除了上層階級乃至貴族階級之外的，包含中產階級以下的所有一般民眾、屬於一般平民的階級。」[10] 所以「民眾」也就是平民。此等「民眾」概念當然同樣具備了高度的改革性格，「存在於世上的所謂民眾，是今日民主主義革命的主體。那不單單是從歷史的、思想的見地被觀察的人，而是作為現實的民主勢力的主體，他們是一股走在前頭要求樹立民主人民共和政府的勢力。」[11]

Multitude是近代日本民主政治的主體，在中國的五四運動中亦有此等思維，不過在中國並不將multitude稱為民眾，而是譯為平民。早在辛亥革命前的十年間，盧梭《民約論》中的民主政治思想，就透過革命青年的宣傳引入中國。

> 自平民政治主義一出，而政治界之蟊賊不存。於是一國之主權，
> 平民操之；萬般政治，輿論決之；政治之主人，則屬一國之平
> 民；政治之目的，則在平民大多數之幸福；政治之策略，則取平

---

9 請參照「第三等級」的辭條，中共中央編譯局世界社會主義研究所編，《新編世界社會主義辭典》，北京：中央編譯出版社、上海：上海辭書出版社，1996，頁1165-1166。

10 本間久雄，〈民眾藝術の意義及び價值〉，原文未見，轉引自葉渭渠《日本文學思潮史》，北京：經濟日報，1997，頁431。

11 原文未見，轉引自荒正人，〈民眾はどこにいる〉，《昭和文學全集‧第33卷》，東京：小學館，1992，頁942。

民之公意。國中有國民而無臣民，有主人而無奴隸。一國大多數
平民，莫不享有公權，法律之外，無論何人，均不得而剝奪之，
而人之天賦權能保全不失……君主、貴族，至此而成傀儡，除服
從公理，遵守法律之外，更無絲毫權能足以駕馭人民。[12]

　　文中屢屢述及的「平民」，正是上述具有非神聖化力量的multi-
tude。辛亥革命成功以後，民主政治思想進一步在中國社會受到強化，
當時在中國訪問的美國學者杜威（John Dewey）曾就「平民主義的精
義」為題發表演講，其內容為：「在貴族政治之下，一般平民，惟政府
之命是聽，純然處於被動之地位，毫無自動的精神。共和國則不然，平
民有自動的能力，與貴族政治大相逕庭。（中略）因共和國之精神，不
在貴族，而在平民竭力發展其自動之能力，使有道德與學識之士，出而
提倡之，各方面又從而附和之、贊助之，對於社會上應興應革之事，未
有不能成功者。」[13] 與此同時，名作家周作人亦將五四文學的精神定調
為「平民文學」，以強調五四文學與貴族文學相區隔的思想性與積極
性。[14] 1924年，孫中山在〈民權主義第四講〉中曾謂：「英國自復辟之
後，推翻了民權，便成貴族執政，只有貴族可以理國事，別界人都不能
講話；到了一千八百三十二年以後，在貴族之外，才准普通平民有選舉
權。」這些例子正足以說明「平民」成為中國知識份子普遍在指涉
multitude時的譯詞。
　　Multitude象徵著改革。在二〇年代的台灣社會，深受歐戰之後世
界自由思潮的影響，每每對台灣社會的封建與落後發出改革之聲，諸如
慈舟在《台灣民報》的〈創刊詞〉中指出：「歐洲戰後，思潮大變，世
界上人人都曉得求自由平等，唱人道主義，我們島內同胞，若沉醉不

---

12 漢駒，〈新政府之建議〉，1903。原文未見，轉引自林啟彥，《近代中國啟蒙思想研究》，南昌：百花
　　洲，2008，頁196。
13 杜威，〈平民主義的精義〉，袁剛、孫家祥、任丙強編，《民主政治與現代社會：杜威在華演講集》，北
　　京：北京大學，2004，頁24。
14 周作人，〈平民文學〉，胡適編，《中國新文學大系（一）建設理論集》，台北：業強，1990，頁210。

醒、深迷不悟，也恐怕將無顏面見世界上的文明人了。講到這裡，我們的先祖雖是來自中國，居在美島，然而我們現在的生活，實不能算做安定，社會的文化，還沒有普及，若不趕快想個法子，來啟發文化，來振起民氣，恐怕到了日暮徒窮的時候，不欲自認做劣敗者，也不可得，不願受人淘汰，也不可得了。」[15] 署名為炳的作者在〈社會改造和我們的使命〉一文中也說道：「凡具有新鮮的感觸和思想活潑的人，對於這次的歐洲大戰，必把他過去的信仰希望，起個新陳代謝。因為從來一切的偶像，都受這回歐戰破壞的緣故。憑他是怎樣傳統的權威，倘和民眾之生存上之自由不兩立，總免不了滅亡的命運。」[16] 新陳代謝的用意，無非是韋伯所謂的「除魅」，在打破傳統權威的呼聲中，「民眾」的價值清楚地被彰顯了。其中，黃呈聰與劍如的意見最具代表性。黃呈聰在〈論普及白話文的新使命〉中提及：

> 現代的政治是民眾的政治，不是像那封建時代的政治，權力是在一部分特權階級的社會所有的，專制趨使民眾做像他的奴隸。（中略）總是人民若沒有教育，文化程度很低的時候，就不能做一個輿論來移動政治的方針，他便要愚弄民眾做出許多的怪事了。[17]

黃呈聰的論述很快獲得了迴響，亦即劍如在〈文化運動——新舊思想的衝突〉一文對於民眾政治的提倡。

> 舊時代的精神，產出底是貴族、資本的文化，新時代的精神，產出底是民眾的文化。我們現在要普及的就是民眾的文化，不是特權階級的文化，從來特權階級的文化，是把民眾當作奴隸，圖自

---

15 慈舟，〈創刊詞〉，《台灣民報》1，1923年4月15日，頁1。
16 炳，〈社會改造和我們的使命〉，《台灣民報》4，1923年7月15日，頁2。
17 黃呈聰，〈論普及白話文的新使命〉，《台灣》4：1，1923年1月1日，收於李南衡編，《日據下台灣新文學文獻資料選集》（以下簡稱收於《文獻資料選集》），台北：明潭，1979，頁17-18。

己方便而已。（中略）所以新時代的精神，是要調和這兩階級使其平等，互相扶助實現共存共榮的真意，這是現代人的要求，必要提攜來努力了。[18]

此外，張我軍也說：「所謂改造社會，不外乎求**眾人**的自由和幸福。」[19] 以及《台灣民報》也以社論來表達其立場：「歐洲大戰後，是破壞了一切的偶像，如生起了世界的思想大革命，純潔的天性一切都萌芽起來，所以不論甚麼傳統的威權，若是與**民眾**之生存上之自由不兩立，都是要滅亡了。」[20] 這一連串的發言，將「民眾」推上了歷史的舞台，成為文化運動的主體。雖然，multitude 分別被日本與中國譯為民眾與平民，不過就意義上而言是一致的，所以台灣社會由於同時受到了日本與中國之現代思潮的影響，也發生兩者混用的情況，例如黃呈聰的「現代的政治是民眾的政治」[21] 與黃朝琴的「學問要平民主義」[22] 等論述，便是明證。

在二〇年代台灣文化協會推動文化啟蒙運動之際，台灣社會也開始接觸到了由日本傳入的「大眾」一詞，那麼，對台灣文化協會成員之大多數的右翼知識份子而言，自然而然將「大眾」理解為民眾或平民。到了1927年文協分裂之後，台灣左、右翼知識份子對「大眾」的解讀開始產生變化，然此時右翼知識份子還依舊將「大眾」解讀為民眾，具體的例證可見黃得時〈就大眾文學而言〉一文。

> 近來常常見「大眾文學」名詞，是名詞非出自古，是近世始有。茲將「大眾文學」性質及將來，說幾句做參考。蓋「大眾文學」就是「民眾文學」，觀過去文學界中，有一種文學只限於一種階

---

18 劍如，〈文化運動——新舊思想的衝突〉，《台灣民報》5，1923年8月1日，頁3-4。
19 張我軍，〈致台灣青年的一封信〉《台灣民報》2：7，1924年4月21日，頁10。
20 社說〈要至誠發露天性〉，《台灣民報》6，1923年8月15日，頁1。
21 黃呈聰，〈論普及白話文的新使命〉，收於《文獻資料選集》，頁17。
22 黃朝琴，〈漢文改革論〉，收於《文獻資料選集》，頁28。

級之人，始能味其內容，及含意，（中略）所以若無博通今古知識，就不能曉他旨趣及內容。[23]

可見即便到了黃得時發言的 1928 年，右翼知識份子還是秉持著二〇年代初期的認知，將「大眾」解讀為民眾，既非左翼知識份子所謂的無產階級，也非消費文化市場中的讀者群眾。當然，這樣的認知到了三〇年代亦未曾斷絕。

二、左翼知識份子的解讀：「大眾」等同於無產階級

十九世紀歐洲社會由於資本主義的擴張導致了平民階級內部的對立，原本有志一同地反對特權階級的「第三階級」，也逐漸發現「第三階級」內部充滿著許多矛盾，其中最大的矛盾當然是來自資產者與無產者之間的權力傾軋。「第三階級」內部的矛盾，終於迫使知識份子重新思考看待「人民」的方式，也改變了知識份子原有的、對資本主義世界所抱持的樂觀態度。最具代表性的思想家當然非馬克思（Karl Marx）莫屬。馬克思指出「至今一切社會的歷史都是階級鬥爭的歷史」[24]，主張將無產階級從被壓迫、被支配的底層解放出來，才能使社會有更加公平正義的可能，此外，馬克思更預言無產階級追求解放的力量，將成為歷史推進的動力，拆解損人利己的資本主義體制，建構互信互利的共產社會。

這種具有革命意義的無產階級（proletariat），後來被稱之為「第四階級」（the fourth class），這是由「第三階級」所衍生出來的政治概念。1789 年法國資產階級大革命期間，「第四階級」泛指第三階級中除了資產階級以外的一切人，主要是農民，有時也指短工、乞丐、貧困的殘疾人等。一般認為最早將「第四階級」這一術語專用於無產階級者，是法國無產階級革命家布朗基（Louis-Auguste Blanqui, 1805-1881）

---

23 黃得時，〈就大眾文學而言〉，《漢文台灣日日新報》，1928 年 2 月 23 日夕刊四版。
24 馬克思、恩格斯，《共產黨宣言》，收於《馬克思恩格斯選集（第一卷）》，北京：人民，1973，頁250。

和無政府主義者蒲魯東（Pierre Joseph Proudhon, 1809-1865）。由於第三階級內部存在著重大的矛盾與鬥爭，第四階級的提出有其積極意義。不過馬克思與恩格斯反對使用這個術語，認為此一概念籠統、模糊又不科學，將無產階級稱為第四階級是違背歷史的。[25] 雖然「第四階級」一詞在馬克思的時代沒有獲得承認，不過在1917年俄國革命成功之後情勢產生轉變，透過俄共所領導的共產國際所宣揚的列寧主義，使得「第四階級」終於獲得了全世界普遍的承認。

列寧的論述影響著二、三〇年代全世界普羅文學運動，在日本與中國相繼出現了類似的口號。在日本，1928年至1930年掀起了所謂「藝術大眾化」的論戰，聚焦於討論在左翼文學範疇下，「大眾」究竟是什麼。論戰分為貴司山治與德永直兩派，貴司認為「大眾」是大眾文學的讀者，也就是一般民眾（第三階級），而德永認為「大眾」是在勞動現場被榨取精力，而且認為小說除了娛樂之外別無意義的勞動者，指的就是無產階級（第四階級）。在中國，二〇年代早期中國共產黨人的文章中，常常提到「民眾」，此一「民眾」被明確指為「工人」或「農人」，1928年創造社和太陽社倡導「革命文學」（普羅文學）之後，「民眾」一詞漸漸被「大眾」所取代，而且前面常常多加了限制詞，稱為「農工大眾」。1928年郁達夫等人創刊《大眾文藝》雜誌，郭沫若就曾告誡郁達夫等人所編輯的《大眾文藝》的讀者對象應該是「無產大眾」、「工農大眾」，而非一般平民。中共文藝理論領導者瞿秋白更是把「大眾」具體定義為「無產階級和勞動民眾」，具體包括：手工工人、城市貧民和農民群眾。1931年，馮雪峰在為中國左翼作家聯盟（左聯）起草的〈中國無產階級革命文學的新任務〉中，也將「大眾」定義為「工農兵貧民」，左聯並以此對「大眾」的理解發起了「文藝大眾化運動」。自此，無論是中共或左聯，都將「大眾」理解為「工農大眾」，這在左翼思想界都被視為主流的解釋。[26]

---

25 參見「第四等級」的詞條，《新編世界社會主義辭典》，中共中央編譯局世界社會主義研究所編，北京：中央編譯出版社、上海：上海辭書出版社，1996年，頁1167。
26 林偉民，《中國左翼文學思潮》，上海：華東師範大學，2005年4月，頁154。

「第四階級」概念的出現,首當其衝的便是第三階級,也就是民眾。日本史家曾謂:「我在〈所謂的民眾是誰〉中想表達的是民眾與自己在文學上的關係。過去,普羅文學運動之中,認為勞動者、農民才是民眾,而小市民知識份子則是站在無產階級的觀點,努力將自己移往無產階級的身邊。這不是為了知識份子自身。而是為了無產階級、為了真理而被要求的犧牲。」[27] 認為無產階級才是真正的「民眾」,這是左翼知識份子獨有的世界觀,而當 1925 年「大眾」一詞在日本社會普遍被使用之際,左翼知識份子也很自然地將「大眾」解讀為無產階級,並企圖透過政治宣傳的手段,啟蒙這群仍是一盤散沙、無組織性的無產者成為革命運動的主力,灌輸以階級意識。對馬克思主義者來說,不具備充分階級意識的無產者,並不成為階級的一員,唯有具備充分的階級意識、對自己與階級的未來懷有共同體的想像,被動員與被組織起來的無產者大眾才可稱為無產階級。這是左翼知識份子將「大眾」解讀為無產階級的預期目標。

誠然,由於第四階級(無產階級)指涉著佔全體人民之 90% 以上的工人、農民、手工業者、小市民,與第三階級(民眾)的概念有很高的重疊性,因此兩個詞彙在二○年代的台灣社會,確實常常發生混用或互涉的現象。不過,這兩個詞彙混用的現象在 1927 年台灣文化協會分裂之後開始獲得了梳理。首先是原本文協的幹部派所組成的台灣民眾黨,不論是黨名使用「民眾」二字也好,或是以「全民運動」作為其政治路線的宗旨也好,都足以說明台灣民眾黨的「民眾」二字無疑是二○年代以來所提倡的 multitude 之概念的延續。至於被左翼知識份子所掌權的新文協,則是相繼發刊《台灣大眾時報》與《新台灣大眾時報》作為機關誌,誌名所使用的「大眾」一詞並不是籠統的「人民」之意,而是常以「無產大眾」的複合語之形式出現,其意專指無產階級。由此可見,左翼知識份子有意以「大眾」的術語區隔於右翼知識份子所使用的「民眾」一詞。自此,台灣社會對「大眾」一詞的理解開始有了差異,

---

27 荒正人,〈民眾はどこにいる〉,《昭和文學全集・第33卷》,東京:小學館,1992,頁942。

左翼知識份子使用「大眾」來指涉無產階級,但對右翼知識份子而言,「大眾」依然與民眾的概念無異。

　　另一個在名稱上容易造成的誤會,在於第三階級與第四階級的界線。在三〇年代的右翼知識份子如葉榮鐘與張深切等人,便曾先後給予普羅文學觀及其作品冠上「狹隘」、「偏頗」的負面評價,此一評價也依舊存在於現今的學界之中。[28] 要釐清這個問題,且以楊逵的解釋來試加說明。

> 「民眾包含國民的意思」,這個概念可以證明在法西斯主義抬頭時,再度有人開始使用「民眾」這個詞彙,而這也是強調兩國對立關係的國粹主義意識型態自古以來所用的辭彙,因為主要是小資產階級具有這種思想傾向,所以大多時候用來指他們。但是從國家主義者的用字的例子來看,勞工及農民也稱為民眾,所以絕對不能「專」指小資產階級。由於民眾是表示國粹主義的眾人,大眾則是表示國際主義的眾人。(中略)但是民眾是由國民的結構來看與統治階級對立的小資產階級、農民及勞工,而大眾則是指(若不加上「從國際的角度看與統治階級對立的」就不正確了)勞工、農民、小資產階級(前者以小資產階級居上,後者以勞工居上)。[29]

　　民眾(第三階級)與大眾(第四階級)雖然在組成份子方面是幾乎相同的,但是,右翼知識份子顯然是站在小資產階級的立場發言,而左翼知識份子則是站在勞工的立場發聲,因此,兩者的差異並非指涉範圍的大小之別,其關鍵點還是在於立場的差異。[30] 何況,若論及兩者文學

---

28 當今學界的相關論述如陳培豐比較左、右翼知識份子對於「大眾」的詮釋時,也不免有了「前者的範圍比較狹隘,後者則比較寬大」的判斷,見陳培豐,〈大眾的爭奪:〈送報伕〉‧《國王》‧《水滸傳》〉,「楊逵文學國際學術研討會」,國家台灣文學館主辦,2004年6月19日,頁7。

29 楊逵,〈有關大眾——張猛三先生的無知〉,收於彭小妍主編,《楊逵全集‧第九卷(詩文集上)》,台南:國立文化資產保存研究中心籌備處,1998,頁349-351。

30 許倍榕曾反駁陳培豐關於右翼「大眾」觀比較寬大而左翼「大眾」比較狹隘的論點,提出了「大眾」的定

觀的指涉範圍，恐怕不能像葉榮鐘與張深切給予如此武斷的判定。以中國新文學運動的事例來說，五四文學雖然美其名為平民文學，然究其實踐成果，往往陷入知識份子個人主義式的抒發，與人民的生活與情感相去甚遠。反之，作為五四平民文學之反動而起的普羅革命文學，則是力求貼近人民的生活，主張以集體主義取代五四的個人主義，讓文學真正為人民而服務。這樣看來，究竟左右兩翼文學觀何者狹隘、何者寬大，絕不該取決於觀念式的判斷。

三、新傳統主義者的解讀：「大眾」等同於眾人

「大眾」在台灣社會所產生的第三種解讀，便是新傳統主義者將之理解為眾人。在解釋為何新傳統主義者將「大眾」理解為眾人之前，有必要同時對「大眾」這個詞在跨語際（translingual）之間流動所造成的認知困擾作一說明。

對左、右翼知識份子來說，「大眾」是個全新的辭彙，所以他們順應著自身的政治／文學立場之所偏好，以無產階級或民眾的概念來填補「大眾」的意義。不過，對傳統文人而言，「大眾」的意義並不需要填補，因為傳統文人本來就對「大眾」一詞有了既定的詮釋，那便是眾人。根據筆者的考察，「大眾」一詞最早出現於春秋初期由管仲所撰之《管子》一書。至於「大眾」的含意，根據《漢語大辭典》可以歸納出四個解釋：一、古代對夫伕、軍卒人等的總稱。如《呂氏春秋·季夏》：「仲呂之月，無聚大眾，巡勸農事。」高誘注：「大眾，謂軍旅、工役也。」上述《管子·第85篇·輕重己》所言之「大眾」亦做此解。二、泛指民眾、群眾。如《東觀漢記·銚期傳》：「上驚去，吏民遮道不可行，期瞋目道左右，大呼曰：『蹕！』大眾批辟。」又如宋朝蘇軾〈王仲儀真贊〉：「至於緩急之際，決大策，安大眾，呼之則來，揮之則散，惟世臣巨室為能。」三、猶言眾人或大夥兒。如漢朝王

義與其說是「範圍」的差別，不如說是「誰是主體」的差別，更為恰當。見許倍榕，《30年代啟蒙「左翼」論述──以劉捷為觀察對象》，成功大學台灣文學所碩士論文，2005，頁7-8。

符《潛夫論・浮移》：「夫既其終用，重且萬斤，非大眾不能舉，非大車不能輓。」又如宋朝歐陽修〈謝氏詩序〉：「乃知景山，出於甌閩數千里之外，負其藝於大眾之中，一賈而售，遂以名之於人者，繫其母之賢也。」四、佛教對信徒的稱呼。如《大般涅槃經》卷十一：「我今背痛，汝等當為大眾說法。」又如唐玄奘《大唐西域記・摩揭陀國下》：「昔佛於此為諸大眾一宿說法。」[31] 值得注意的是，雖然在中國古籍中可見「大眾」有民眾之意，不過此民眾並非右翼知識份子所認知的、具有去神聖化意味的multitude，因此將中國古籍的「大眾」解釋為多數之眾（大夥兒）或是眾人才是更準確的說法。

若再將時序往近代推移至晚清的批判小說，「大眾」一詞依舊十分常見，諸如：「傳知各童生，大眾俱有憤憤之意。」（《文明小史・第二回》）、「我們要做一個頂天立地的人，總得自己有個主意，不能隨了大眾，與世浮沉」（《官場現形記・第二十回》）等，「大眾」在此依舊是眾人之意。觀諸晚清小說的書寫背景與台灣傳統文人的生長時代兩者約莫相符的條件，更可推知台灣傳統文人對於「大眾」的解讀，應是眾人無疑。

第二節 右翼知識份子的文化思維

一、「民眾」的文學

西方的啟蒙運動的「祛魅」（entzauberung）與世俗化（secularization）精神使得民眾的價值獲得了承認與確立，既然民眾理應成為文化的主體，那麼以民眾為中心的文學思想也就應運而生，最明顯的例子莫過於1916年日本民眾藝術論的提出以及1917年中國五四文學運動的展開。首先來談談日本民眾藝術論。1916年，本間久雄在《早稻田文學》上發表〈民眾藝術的意義及價值〉（〈民眾藝術の意義及び價值〉）一文，鼓吹「民眾藝術」的創作，此說被視為日本「民眾藝術

---

31 羅竹風主編，《漢語大辭典2》，上海：漢語大辭典出版社，1988，頁1377。

論」的開端。「民眾藝術論」的「民眾」被定義為「除了上層階級乃至貴族階級之外的，包含中產階級以下的所有一般民眾、屬於一般平民的階級。因此民眾藝術不外是平民藝術」。民眾藝術的意涵接著又被補充為「必須是具有真正成為人的、不愧為人的感情、思想、理性和生活的鬥爭藝術」，可以發現，民眾藝術論與西方啟蒙運動中對於「人」之價值的關懷，如出一轍。[32]

　　同時期的中國，也正在進行一場知識世俗化的革命，它對台灣的影響遠大於日本的民眾藝術運動，那便是五四文學運動。五四運動的本質是在除傳統的魅、除貴族的魅、除封建的魅，這樣的思維被知識青年所內化，成為文學運動的內在價值，也就是說，「民主」與「科學」建構了五四新文學的現代性。在文學的形式上，胡適與陳獨秀在語言革命上的努力，便力求打破舊文學的貴族傾向，以建立平民也得以閱讀與鑑賞的白話文學。胡適提出了「一時代有一時代之文學」的「歷史進化論」的觀點，更指出古今文學變遷的趨勢，無論在散文或韻文方面，都走向白話文學的大路，從而確立白話為中國文學的「正宗」。[33] 在文學的內容上，周作人所提出的「人的文學」與「平民文學」之論點足以概括了五四新文學的內容，也使「平民文學」的名稱與內涵就此定調。中國史家曾謂：「胡適的〈文學改良芻議〉奠定了新文學的形式，周作人的〈人的文學〉奠定了新文學的內容。」[34] 不難發現，五四新文學的性格便是平民文學的展現，在此，對於「民眾」、「人民」的關注與肯定，成為五四文學所展現出來的文學現代性的精神所在。

　　論者李歐梵曾經借用法國社會學家布爾迪厄（Pierre Bourdieu）的理論指出，五四運動是個文化霸權轉換的過程，以胡適為代表的五四知識精英，通常具有留學西方的經驗，他們在五四前後崛起，可以說是取

---

32 參見葉渭渠，《日本文學思潮史》，北京：經濟日報，1997，頁 431-433。尾崎秀樹，《大眾文學》，東京：紀伊國屋書店，1994，頁 115-132。

33 胡適，〈歷史的文學觀念論〉，1917 年 6 月，收於胡適編，《中國新文學大系（一）建設理論集》，台北：業強，1990，頁 57。

34 見徐酒翔、張晨輝主編，《文學詞典》，北京：學苑，2004，頁 264。

自西方文明的「文化資本」（cultural capital）之積累所致，傳統知識份子儘管自學外語，甚至翻譯西洋作品，但依舊不敵胡適等人具備「博士」學位的「文化資本」。[35] 這種文化資本的正當性，正是平民文學能擊倒貴族文學的原因。回過頭來看二〇年代台灣文化運動，一批具有中國經驗（居住、留學或只是單純考察）的知識精英，儘管不具備「博士」之尊，不過利用引進中國五四現代性之便，大大複製了新文學／新思想取代舊文學／舊思想成為社會改革之主導文化（dominate culture）的模式，成功使自己一面在抵禦舊文學的反撲之際，一面也佔據了新文化運動的領導地位，諸如黃呈聰擔任《台灣》雜誌的編輯，張我軍擔任《台灣民報》的編輯，都是中國五四現代性所轉化的「文化資本」在台灣文化場域中發酵的結果。此時，《台灣》雜誌為了推行中國白話文而改組為《台灣民報》[36]，就可以看出台灣文化場域結構的變遷。這種複製中國文學經驗的台灣新文學運動，因而被稱為五四運動的台灣版。[37]

　　值得注意的是，以追求民眾政治為出發點的台灣文化協會，在推動台灣新文學運動時，乃是以獨尊中國白話文作為基調，此一做法雖可排除殖民他性（日語），卻也同時排除了本土他性（台語）。[38] 姑且把時序拉回1920年，在歐戰過後「民族自決」思潮大行其道的影響之下，當時創刊的《台灣青年》上有一篇日本學者泉哲的祝賀文〈告台灣島民〉（〈台湾島民に告ぐ〉），文中提出「需自覺到台灣不是總督府的台灣，而是台灣島民的台灣」的理念；同時，蔡培火〈我島與我等〉亦言「台灣乃帝國之台灣，同時亦為我等台灣人之台灣」，這些言論最後都被《警察沿革誌》以「台灣非是台灣人的台灣不可」一句話作為總結，此為台灣民族主義萌芽的初始階段。[39] 曾幾何時，原本具有獨立自決的台灣意識，卻在引進中國五四文學經驗的同時也引進了中國民族主

35 李歐梵，《未完成的現代性》，北京：北京大學，2006，頁26。
36 楊肇嘉，〈台灣新民報小史〉，《楊肇嘉回憶錄》，台北：三民，1977，頁414-415。
37 葉榮鐘，〈台灣人的唯一喉舌——台灣民報〉，收於《文獻資料選集》，頁220。
38 游勝冠，《殖民主義與文化抗爭：日據時期臺灣解殖文學》，頁230。
39 吳叡人，〈台灣非是台灣人的台灣不可：反殖民鬥爭與台灣人民族國家的論述1919-1931〉，收於林佳龍、鄭永年編，《民族主義與兩岸關係：哈佛大學東西方學者的對話》，台北：新自然主義，2001，頁67。

義。所以就如早期中國白話文的倡導者黃呈聰所言：「中國就是我們的祖國，我們未歸日本以前是構成中國的一部分，和中國交通很密切，不論中國有甚麼事情很容易傳到台灣。若就文化而論，中國是母我們是子，母子生活的關係情濃不待我多說，大家的心理上已經明白了。」[40] 在同樣倡導白話文的陣營中，黃朝琴也同樣對中國懷抱著「本家的中國」[41] 的情感，張我軍甚至還提出了「台灣的文學乃是中國文學的一支流。本流發生了甚麼影響、變遷，則支流也自然而然的隨之而影響、變遷，這是必然的道理」[42] 的論述。可以發現，原本具有追求民主自由價值的「民眾」，此時已被台灣新文學的倡導者諸公一律整併入「中國民眾」的國族認同的框架之中。

論者吳叡人曾指出，1895 年乙未割台之後，台灣脫離中國統治，現代台灣民族主義與現代中國民族主義基本上孕育於不同的政治歷史情境，也就是說，現代台灣民族主義與現代中國民族主義，是從兩個完全不同的「政治場域」之中發生的兩個平行而各自存在的民族主義，其發展軌跡與關懷議題都大不相同，現代中國民族主義在長期戰亂中追求的目標，是一個足以恢復古老榮耀的強大的統一國家，而台灣民族主義最念茲在茲的問題，卻是如何逃離日本這個強大而中央集權的殖民母國的穩定控制，並且作為「弱小民族」所應該享有的集體的自治權。[43] 不過，二○年代台灣的政治民族主義（political nationalism）具有「台灣非是台灣人的台灣不可」的強烈自我意識，然而就文化民族主義（cultural nationalism）的層次而言，主導台灣新文學運動發展方向的台灣知識份子顯然並不樂見台灣與中國是兩個分割的個體。[44] 所謂的政治民族主義指的是通過代表自身共同體的國家的實現、以及對其成員市民權的確保，給自身的集合性經驗予以政治現實性的活動；文化民族主義則是指

---

40 黃呈聰，〈論普及白話文的新使命〉，收於《文獻資料選集》，頁11。

41 黃朝琴，〈漢文改革論〉，收於《文獻資料選集》，頁30。

42 張我軍，〈請合力拆下這座敗草欉中的破舊殿堂〉，收於《文獻資料選集》，頁81。

43 吳叡人，〈台灣非是台灣人的台灣不可：反殖民鬥爭與台灣人民族國家的論述1919-1931〉，收於林佳龍、鄭永年編，《民族主義與兩岸關係：哈佛大學東西方學者的對話》，頁49-50。

44 同上註，頁101。

民族的文化自我認同意識缺乏、不穩定，在受到威脅時，通過文化自我認同意識的創造、維持、強化，爭取民族共同體再生的活動，因此文化民族主義是把民族作為獨特的歷史與文化的產物以及以其為基礎的集合性連帶關係來把握的。[45] 因此吳叡人以為上述新文學倡導者所設想的共同體，顯然是一個將台灣包括在內的「中國白話文共同體」，這種共同體是否包括著一個政治的共同體我們不得而知，但它無疑是一個「文化中國」的概念。[46] 這也使得黃呈聰發出了「就我們的台灣雖是孤島，也有大陸的氣概了！」[47] 這樣壯闊的言論。

二、平民文學內涵的轉變之一：與普羅文學相區隔

在三〇年代，平民文學與普羅文學的關係基本上是對立的，由台灣文藝聯盟的分裂便可具體而微地觀察出這個現象。但是在二〇年代的台灣，兩者的關係並不如此緊張，普羅文學實乃包絡在平民文學之中。不論是日本的民眾藝術論還是中國的五四平民文學，都有部分更具有社會關懷意識的知識份子將「民眾」解讀為勞苦大眾，例如日本的大杉榮與中國的陳獨秀、鄭西諦等人便是如此，此一解讀也就成為普羅文學論的先驅。由於此時的平民文學向來主張對下層階級的生活表現出關懷、同情的態度，因此對「民眾」的不同解讀並未造成太大的裂痕。在台灣，台灣文化協會所推動的平民文學路線基本上對左翼思想也是兼容並蓄，所以列寧的「弱小民族解放論」與許乃昌諸多鼓吹無產階級運動的文章，都能在台灣文化協會的機關刊物《台灣》雜誌與《台灣民報》上發表，便是此理。

在二〇年代的平民文學作品中，約略可以看出四種類型。第一，個人自由的追求。此類型多與個人的戀愛主題相關，雖然具有追求戀愛自

---

45 此定義見：吉野耕作著，劉克申譯，《文化民族主義的社會學——現代日本自我認同意識的走向》，北京：商務，2004，頁11-12。

46 吳叡人，〈福爾摩沙意識型態：試論日本殖民統治下台灣民族運動「民族文化」論述的形成（1919-1937）〉，《新史學》17：2，2006，頁183。

47 黃呈聰，〈論普及白話文的新使命〉，收於《文獻資料選集》，頁15。

由、婚姻自由、身體自主、反抗封建媒妁之言的現代思維，但是行文中多半是思鄉與思人等小資產階級知識份子個人主義式情感抒發，與廣大人民的生活相去甚遠，代表作品如張我軍《亂都之戀》、〈買彩票〉，到了三〇年代，此類文學有轉化為純文學的傾向，從事此類文學創作者亦被譏嘲為「文學青年」。第二，民族大義的闡揚。此類型是民族主義文學化的最初嘗試，試圖灌輸人民反殖民意識，不過就如霍布斯邦（Eric J. Hobsbawm）所提醒：民族意識是有差異性的，不同的地區和不同的社會團體之間，就會出現不同程度的民族認同。[48] 此外，伯林（Isaiah Berlin）也曾表示：尤其是在知識份子與平民之間，對於民族意識的感受更是天差地遠，當民族形象受到忽視或侮辱，甚至會引起知識份子的仇恨，不過對於平民而言，這種感受極其模糊，甚至完全不存在。[49] 此類作品如無知〈神秘的自制島〉、施文杞〈台娘悲史〉、涵盧〈鄭秀才的客廳〉等，不過由於此時宣揚民族大義的作品多不能與人民的生活相結合，這樣的民族大義就與人民產生隔閡。第三，傳統封建思維的打破。此類型作品著重於啟蒙人民的文明思維，對於迷信、封建的舊有價值一律予以駁斥，代表作品如追風〈她往何處去〉、賴和〈蛇先生〉等，此類作品的精神到了三〇年代依舊為左、右翼知識份子所肯定與繼承，並成為新知識份子區別於傳統文人的精神標記。第四，人民困苦生活的再現。此類作品著重於描繪人民的生活樣態，對於人民所受到的不公不義的對待也最能忠實地揭露，儘管也存在著對殖民統治的不滿，不過與第二類直書民族大義的作品不同的是，它必然與人民的實際生活相結合，因此能獲得更大的共鳴，而且這些作品也更加地藝術化，因此更具文學性的價值。代表作品如賴和〈一桿「稱仔」〉、楊雲萍〈黃昏的蔗園〉、陳虛谷〈無處伸冤〉、楊守愚〈凶年不免於死亡〉等。

　　由此可見，二〇年代台灣平民文學顯然已經繼承了五四文學中最為

---

48 埃里克・霍布斯邦著，李金梅譯，《民族與民族主義》，上海：上海人民，2006，頁11。
49 以賽亞・伯林著，馮克利譯，《反潮流：觀念史論文集》，南京：譯林，2002，頁413。

珍貴的「為人生而文學」的價值。二〇年代的台灣作家,顯然也開始思考「人生究竟是什麼」這個嚴肅的議題,文學不僅是思想啟蒙運動的工具,文學也成為作家探討人生觀的場所,所以二〇年代的平民文學多能尖銳地提出他們所關注的各類社會問題,但是作家並不企望文學能給予多麼明確的答案。[50] 中國的文學研究會,從普遍地關心人生,進而關心到佔有人口絕大多數的農民的「人生」,文學研究會成員後來大多支持普羅文學,實有跡可循。當然,上述的第四類作品,最能貼近廣大農民的生活與情感,因此最為符合平民文學的真義,這種對廣大窮苦大眾的同情與悲憫,被三〇年代普羅文學所承繼,此處所言及之第四類作品更可說是三〇年代普羅文學的先驅。

　　二〇年代的平民文學包絡著普羅文學,然而,在二〇年代末期開始在全世界雷厲風行的普羅文學運動,也對既有的平民文學運動造成了威脅與衝擊。在三〇年代的台灣,可以發現右翼知識份子對普羅文學已一改原有的包容態度,轉為排斥的立場。1932年5月,葉榮鐘〈第三文學提唱〉首先發難,同時排拒貴族文學與普羅文學的立場,提倡建立一種「第三文學」的路線。貴族文學是平民文學的宿敵,此等批評可以理解。至於普羅文學,則因為「據說現代是無產者的世界,所以非『普羅』不是人,非『普羅文學』也不是文學了,這是『普羅階級』的金科玉律絕對不容擬議的,敢擬議,你就要蒙反動的罪名了」,由此可見普羅文學對平民文學論者所帶來的威脅與反感。接著,葉榮鐘更點出普羅文學的問題所在。

　　　　試問「吃阿爸的飯」、「開阿爸的錢」的,由幾卷小冊子搾出來
　　　　的就算「普羅文學」麼?排些列寧馬克斯的空架子,抄些經濟恐
　　　　慌資本主義第三期的新名詞也是「普羅文學」麼?那樣連讀都讀
　　　　不懂的,——其實作者自身亦未必一定就會了然,——「竹竿搵

50 關於文學研究會的主張,請見楊義,《中國現代小說史·第一冊》,北京:人民文學,2005,頁190-297。
　　錢理群、溫儒敏、吳福輝,《中國現代文學三十年》,北京:北京大學,2003,頁61-62。

屎長掛臭」的文字也說是「普羅文學」，則「普羅文學」就真要完了。

　　葉榮鐘所批判的並非廣義的普羅文學，而是盛行於三〇年代初期、作為政治宣傳品的「標語口號式」普羅文學，這類文學僅為革命目的服務，不僅文學價值不高，知識份子的語氣更是強烈，無怪乎葉榮鐘反問：「台灣的無產大眾到底有幾個能夠消納他們的作品呢？」於是，「普羅文學」的藝術水平成為葉榮鐘提倡「第三文學」的動機。所謂的「第三文學」，是要尋求台灣這個社會集團的「超越階級以外的存在」的特性，「是要立腳在這全集團的特性去描寫現在的台灣人全體共通的生活、感情、要求和解放的」，「非由台灣人的血和肉創作出來不可」，「台灣在做階級的一分子以前應先是台灣人全體的一分子。所以台灣人不能因他是無產階級就會喪失了台灣人的特性」[51]。此等超階級的「第三文學」，實則無異於民族文學，然而這樣的民族文學卻有別於二〇年代獨尊中國白話文的平民文學，而是以「台灣人全體」作為訴求對象，也就是說，一度被擴大詮釋為「中國民眾」的台灣人，到了葉榮鐘的論述時又回歸了歷史現實。[52]

　　延續著葉榮鐘的論點，作為台灣文藝聯盟負責人的張深切，也在〈對台灣新文學路線的一提案〉[53] 一文中，質疑普羅文學的價值觀：「我們不相信『仁者不富，富者不仁』，或『資本家便是惡人』的抽象的、觀念的語言」。不過與葉榮鐘發言的時代背景所不同的是，1934年的張深切所面對的不再是作為政治宣傳品的「普羅文學」，而是一種更貼近下層人民、更具有藝術性、足以感動人心之力量的普羅文學。此時台灣普羅文學的成就早已超出平民文學許多，連張深切也不得不感嘆

---

51 奇（葉榮鐘），〈第三文學提唱〉，《南音》1：8，1932年5月25日，卷頭言。另外，葉榮鐘接著發表了〈再論「第三文學」〉，《南音》1：9、10，1932年7月25日，卷頭言。

52 吳叡人，〈福爾摩沙意識型態：試論日本殖民統治下台灣民族運動「民族文化」論述的形成（1919-1937）〉，《新史學》17：2，2006年6月，頁187。

53 張深切，〈對台灣新文學路線的一提案〉，《台灣文藝》2：2，1935年2月1日，收於《文獻資料選集》，頁173-185。

在吳希聖〈豚〉、楊逵〈送報伕〉、呂赫若〈牛車〉等普羅文學發表之後，台灣新文學「似乎有一鳴驚人，一飛沖天的進步了」，所以張深切對普羅文學的措辭已經不像葉榮鐘那樣強硬。

　　張深切的發言，是為了避免台灣走入日本普羅文學的覆轍，因而未雨綢繆地主張台灣文學應該「不為先入主的思想所束縛，不為什麼不純的目的而偏袒，（中略）台灣文學自然在於沒有路線之間，而會築出一有正確的路線」，這一說法與葉榮鐘提倡第三文學時所謂「不事模仿，不赴流行，非由台灣人的血和肉創作出來不可」[54] 之論點相一致。礙於上述吳希聖、楊逵、呂赫若等人的文學成就，張深切此語表面上企圖以台灣文藝聯盟之負責人的高度，「吸納」普羅文學進入平民文學的路線中，然而實際上是對普羅文學路線的質疑，甚或否定。由此可見，三〇年代台灣平民文學路線對普羅文學的態度，已經由二〇年代時的包容，轉變為具有攻擊性了。

三、平民文學內涵的轉變之二：與中國民族主義相區隔

　　由「民眾」出發的平民文學，最後演變為民族文學，並不是一種特殊現象，早在五四文學初興之際，胡適便提出「國語的文學，文學的國語」的口號，陳獨秀也稱五四文學為「國民文學」，便可見五四文學本身所帶有的民族主義色彩。回顧中國的五四運動，除了有救亡圖存、改造國民性的用意，更重要的是對於民族國家的想像與建立，這是五四現代性最富積極意義的層面。關於民族國家的建立，在安德森《想像的共同體》以及柄谷行人《日本現代文學的起源》等著述都已經先後指出，「言文一致」的文學運動在文化的想像上以及現代民族國家的建立上扮演了關鍵的角色，因為唯有人民能相互溝通、聯絡感情，一個共同體的想像才有可能。在這個意義上，民族主義與文學運動是分不開的。[55] 1917年在中國所展開的文學革命運動，之所以能迅速流行絕不僅僅是

---

54 奇（葉榮鐘），〈第三文學提唱〉，《南音》1：8，1932年5月25日，卷頭言。
55 班納迪克‧安德森著，吳叡人譯，《想像的共同體：民族主義的起源與散布》，台北：時報，2003。柄谷行人，《日本現代文學的起源》，北京：生活‧讀書‧新知三聯書店，2003。

知識份子的功勞，極大程度必須歸功於民國政府的政策，早在1920年，民國政府就宣布白話為「國語」，通令國民學校採用。學者李歐梵曾經指出，胡適「國語的文學，文學的國語」之論述，恰逢其時地碰上了民國政府要統一語言的政策，因此可以說，五四運動和文學革命的大背景就是民族國家的建立，這個過程除了建立政府和行使主權之外，還必須包括制定教科書和語言的統一。[56]

　　受了中國五四運動的影響，台灣社會亦出現關於共同體的想像，《台灣民報》創刊號上的兩篇文章即可佐證。其一是劍如〈世界政治的新傾向〉指出：「調和共同生活體的各分子間之利益」[57]，其二是未曾署名作者的〈唱設白話文研究會〉中指出：「一家的人意氣既不能疏通，哪裡可以共同生活呢？」[58] 由於《台灣民報》的創設是以提倡中國白話文為目的，這篇沒有署名作者的文章很可能代表了《台灣民報》的立場。換言之，台灣的新文學運動同時也在進行民族主義的催發。

　　當代台灣學者一直不斷提醒：殖民地台灣社會的啟蒙運動及其對於現代性的追求，容易致使現代性與殖民主義掛勾形成「共謀關係」，繼而產生縱容西方帝國主義或日本殖民主義獲得遁逃的機會。[59] 印度的後殖民理論家查特吉（Partha Chatterjee）的論述則提供了另一個視野。查特吉曾以印度的獨立經驗為例，將殖民地民族主義的發展分為三個階段：一是分離期，著重於民族意識的萌發，使人民與統治者所建構的文化認同相分離，其代表人物是查托帕迪亞耶。二是策略期，著重於社會運動的組織戰，藉以譴責殖民統治，其代表人物是聖雄甘地。三是完成期，此時民族主義已經成為成熟的秩序和話語，殖民地各地區也因此被整合為一個整體，提供了左翼知識份子以革命的方式爭取民族的解放，其代表人物是尼赫魯。[60] 查特吉的理論被吳叡人所挪用後指出，1927年

56 李歐梵，《未完成的現代性》，頁27。

57 劍如，〈世界政治的新傾向〉，《台灣民報》1，1923年4月15日，頁10。

58 載於《台灣民報》1，1923年4月15日，頁29。

59 陳芳明，《殖民地摩登：現代性與台灣史觀》，台北：麥田，2004，頁31。游勝冠，《殖民主義與文化抗爭：日據時期臺灣解殖文學》，頁142-143。

60 帕爾塔‧查特吉著，范慕尤、楊曦譯，《民族主義思想與殖民地世界：一種衍生的話語？》，南京：譯

文協分裂以前，台灣民族運動者追求的自由之路，先是具有自主性的「個人」自由的形成，並以此作為日後台灣人全體解放的基礎，亦即在殖民支配的情境下，為了療治被殖民者受傷的尊嚴，提振被殖民者的權力意識，民族主義者不得不同時追求個人自決與群體自決。此時台灣民族運動的論述，屬於殖民地民族主義發展的前兩階段，即所謂 moment of departure 和 moment of maneuver 的論述，其目的在區隔他者（殖民者），以及動員自我（被殖民者）。[61] 因此，我們可以更客觀地說，要求啟蒙知識份子負擔起帶領台灣社會完成殖民地解放的任務，也許是緣木求魚的，不過啟蒙知識份子催發民族主義所做的貢獻，也應給予肯定。

　　至於二〇年代的啟蒙知識份子存在著依附性的中國民族意識的問題，到了三〇年代已經漸次獲得了改善，其間的關鍵人物依舊是葉榮鐘與張深切，以及文壇的後起之秀巫永福。此時的右翼知識份子，紛紛以法國學者泰納[62]（H. Taine，時譯為テーヌ或提輪）所提示的種族、環

林，2007。

61 吳叡人，〈自由的兩個概念：戰前台灣民族運動與戰後「自由中國」集團政治論述中關於「自由」之理念的初步比較〉，收於殷海光基金會編，《自由主義與新世紀台灣》，台北：允晨，2007，頁78-80。

62 泰納（H. Taine），文學史家，法國人。他在《英國文學史》序言中曾提出以種族、環境、時代作為觀察一個民族性格的三個要素，他指出種族包含了人的先天的、遺傳的因素，它是民族文化的內部主源。環境包含地理的因素，它是民族文化的外部壓力。時代包含文化因素，它是民族文化的後天動力。這三者之中，泰納最重視種族（race），認為其影響力遠大過其他兩者，泰納道：「我們所謂的種族，是指人出生時所帶來的那些固有的和遺傳的性質，而這些性質總是跟身體的氣質與結構中各種明顯的差別結合在一起。這種遺傳的性質都因民族的不同而各異。人和牛馬一樣，總有不同的天性，有的人勇敢而聰明，有的人膽小而有依賴性，有的人能有卓越的構思力與創造力，有的人只有粗淺的思想與創造力，有的人特別適宜於從事專門的工作，他們生來就有一種更為豐富的特殊才能，正如我們遇到比種狗更得寵的那些狗一樣——牠們有的會狩獵，有的會格鬥，有的會追擊，有的會看家或者牧羊。」（泰納，〈《英國文學史》序言〉，收於朱雯選編，《文學中的自然主義》，上海：上海文藝，1992，頁41。）泰納用了本質論（essentialism）的方法來討論民族性格或民族文化的形成。我們知道，泰納的理論形成於19世紀下半葉，正與帝國主義對外擴張的年代相符，無疑地，我們可以發現泰納的理論充斥著相當濃厚的歐洲中心主義色彩，對泰納來說，民族的智愚貴賤都是與生俱來的，這種將西方／東方本質化地加以對立的論述框架，已經在薩依德《東方主義》一書中獲得了體無完膚的批判，筆者在此無意再述贅詞。姑且不論歐洲中心主義的問題，泰納將一個由政治領域所保障的民族（nation）解釋成血源關係所組成的種族（race），恰恰違反了民族形成的常態，用「種族」概念來論述英國民族文學的形成，實有荒謬之處。在19世紀下半葉以迄20世紀初，人類學界曾就民族文化的形成展開討論，最後建構論（constructivism）戰勝了本質論，人類學者提出了「心性均一說」（theory of psychic unity），認為人類精神的素質，不論在任何一個民族或人種，在本質上都是同一的，文化的差異並非源於遺傳，而是發生於發展程度上的差異而已。見劉其偉編譯，《文化人類學》，台北：藝

境、時代等民族性格三要素，作為其民族文學論述的理論基礎。首先，葉榮鐘在〈第三文學提唱〉中清楚表示：「一個社會的集團，因其人種、歷史、風土、人情應會形成一種共通的特性，這樣的特性是超越階級以外的存在。所以台灣人在做階級的分子以前應先具有一種做台灣人應有的特性。第三文學是要立腳在這全集團的特性去描寫現代的台灣人全體共同的生活、感情、要求和解放的，所以第三文學須是腳立台灣的大地，頭頂台灣的蒼空，不事模仿，不赴流行，非由台灣人的血和肉創作出來不可。」[63] 此外，葉榮鐘〈再論「第三文學」〉繼而補充所謂台灣全集團的特性有二：特殊文化與社會境遇，因此，「台灣在做階級的一分子以前應先是台灣人全體的一分子。所以台灣人不能因他是無產階級就會喪失了台灣人的特性，然則無產者所過的生活當然也有著由台灣人的特性所派生出來的生活，這也不限於無產者就是有產者亦是如此。」[64] 接著是張深切，他在前述〈對台灣新文學路線的一提案〉一文也同樣指出：「台灣固自有台灣特殊的氣候、風土、生產、經濟、政治、民情、風俗、歷史等，深切地以科學的方法研究分析出來」，「科學分析是作家應要有的常識，而使用文學工具表現出來的是作家曾在腦裡整理過、解剖過、分析過、淨濾過、消化過，而以藝術性潤色過的東西，所以斷不會公式化、機械化、或墮於科學化」，「台灣文學不要築在於既成的任何路線之上，要築在於台灣的一切『真、實』（以科學分析）的路線之上，以不即不離，跟台灣的社會情勢進展而進展，跟歷史的演進而演進，就是。」又如巫永福在〈我們的創作問題〉中亦表示「我們是台灣人」，「也就是說，我們是一個人種」，「是我們的時代、環境和我們是台灣人等緣故，讓我們走到這種地步的。我們處在所有影響之中，我們要小心至上。我們的行為像台灣人，感覺像台灣人，這是很自然的。這是應該多加注意的事。如果把這個理論加以衍生，我

術家，1994。然而戰前台灣知識份子對泰納理論則是一概表現出心懾往之的態度，至於對Taine此人的譯名在當時並未統一，如劉捷譯為テーヌ，巫永福譯為テエヌ，吳逸生譯為提輪等，皆不相同。

63 奇（葉榮鐘），〈第三文學提唱〉，《南音》1：8，1932年5月25日，卷頭言。

64 奇（葉榮鐘），〈再論「第三文學」〉，《南音》1：9、10，1932年7月25日，卷頭言。

們就有我們的鄉土文學。」[65] 這一連串的發言，可以看到台灣右翼知識份子在泰納理論中找到了肯定台灣主體性的方法，也找到了建設台灣民族文學的自信，原本在二〇年代被獨尊為唯一的書寫語言的中國白話文，其領導地位也隨著中國民族主義在台灣社會的衰退而產生動搖。1934年台灣文藝聯盟成立時，只規定創作時「文體與文字宜用一般讀者容易理解程度」[66]，並未如二〇年代的新文學運動那般排斥日文與台灣話文的書寫，由此可見一個真正屬於台灣的種族、環境、時代的文學場域正在卓然成形。

在二〇年代深受中國影響的台灣文壇，到了三〇年代已經產生了變化，如楊逵所說：「現在，對我們台灣文壇而言，與日本文壇的關係要比與中國文壇的交流來得密切。要掌握我台灣文壇，首先得認識日本文壇，為了決定我們的出路，必須觀察日本文壇的動向。」[67] 又如張深切所言：「台灣的近代文學，似乎受中國的影響比較少，而受日本的影響和啟發比較多。」[68] 這兩名在三〇年代台灣文壇極具代表性的人物，雖因立場相左而時有爭端，但是此處對台灣文壇的觀察卻是難得一致。上述台灣知識份子引用泰納理論而成的相關發言，正是論者吳叡人所謂的右翼的民族文學論述。吳叡人以為葉榮鐘的論述是1927年蔣渭水提出的「全體台灣人之解放」的右翼台灣民族論在文學和文化領域的延伸，並肯定其為台灣文學與台灣文化的獨立宣言。而張深切所提議的台灣文學路線，則是一個和黃石輝的鄉土文學「異曲同工」的論述，不過是在「創造台灣」的方法論上不同而已。至於巫永福則更受到了高度的肯定，吳叡人以為巫氏將台灣人定義為一個人種，已經超越了台共1928年〈政治綱領〉的台灣民族論，以及葉榮鐘的台灣民族文學論，而是一

65 巫永福，〈我們的創作問題〉，《台灣文藝》1：1，1934年11月5日，收於黃英哲主編，《日治時期台灣文藝評論集（一）》，頁106-107。
66 賴明弘、林越峰、江賜金記錄，〈第一回台灣全島文藝大會記錄〉，《台灣文藝》2：1，1934年12月18日，頁7。
67 楊逵，〈藝術是大眾的〉，原載《台灣文藝》2：2，1935年2月1日，收於《楊逵全集・第九卷・詩文卷（上）》，頁139。
68 張深切，〈對台灣新文學路線的一提案〉，《台灣文藝》2：2，1935年2月1日，頁80。

種「脫漢」（de-sinicizing）的人種／民族形成論，成為台灣抗日民族運動史上最激進的主體性論述，以至於一年後巫永福在《台灣文藝》的「二言三言」欄上發出「我們非要有建設第二個愛爾蘭文學的意氣與抱負不可」的言論，也都在台灣人論的架構下不再只是一個比喻而已。[69]

不過，吳叡人所不曾關照到的層面是，在《台灣文藝》上所展演的右翼民族文學路線，不但不是台灣文學的獨立宣言或最激進的台灣人主體性的表達，反而成為日本同化政策的幫兇。且看《台灣文藝》在其後期究竟實踐了何等的文學路線。本書所觀察的標地，依舊是「二言三言」欄，這是前述巫永福發表「第二個愛爾蘭文學」相關言論之處。觀此「二言三言」欄，無異於《台灣文藝》領導中心對外發言的場所，例如針對與《台灣文藝》有競爭關係的《台灣新民報》加以調侃：「《台灣新民報》學藝欄越發寂寥。過去誇口為全島文藝的唯一舞台的榮譽，如今安在？」（二卷七號，1935.7）又如針對離開《台灣文藝》而另創《台灣新文學》的楊逵，也發出譴責式的指令：「現在也還不遲。速速歸建原隊，服從於軍旗之下。不用說，《台灣新文學》終將潰敗，何況大眾乎？」（三卷四、五號，1936.4）由此可見「二言三言」欄的調性。然而，必須指出，此一充分反映領導中心之意見的「二言三言」欄，竟出現認同日本同化政策的言論，這對於「自詡」為台灣民族文學堡壘的《台灣文藝》而言，實在極為諷刺。茲舉「二言三言」欄支持日本同化政策的言論作為討論。

> 要以日本語來寫文章。我體會出必須積極參與同化政策。（三卷四、五號，頁35）

> 看過朝鮮的雜誌就知道都是以朝鮮語書寫。朝鮮文壇也因而成立。台灣的雜誌上和文將要壓倒白話文。果真如此應如何是好？

---

69 吳叡人，〈福爾摩沙意識型態：試論日本殖民統治下台灣民族運動「民族文化」論述的形成（1919-1937）〉，《新史學》17：2，2006。

以筆者的見解來說，在台灣應該立即消滅白話文，變成只剩和文。倘若此事成真，成為日本的地方主義文學才應該是我們的目標。（三卷六號，頁70）

　　以上發言皆出現於1936年，也就是楊逵離開《台灣文藝》之後，這些言論正是筆者過去批判《台灣文藝》具有「消滅漢文」的企圖之理由。[70] 面對這種失卻台灣文化主體性的言論，作為台灣文藝聯盟負責人的張深切、《台灣文藝》總編輯張星建、以及《台灣文藝》最大稿源的東京支部健將劉捷、吳天賞等人，不但不加批判，甚至不吭一聲，就十分不合常理。一個可能的解釋是此一論述已經在《台灣文藝》內部形成共識。這樣看來，張深切過去的民族文學論，以及巫永福過去的台灣人種論，儘管立論時如何慷慨激昂，至此幾已成為虛言。這種認同日本殖民政策的主張，將把原本立場相近的葉榮鐘推向光譜的另一頭，使得葉榮鐘與左翼立場的楊逵在本土主義的共識下有了聯合陣線的可能，甚至還因此名列《台灣新文學》之編輯部成員。過去曾嚴詞批判普羅文學的葉榮鐘加入《台灣新文學》，或許顯得突兀，不過從右翼民族文學路線的質變來看，亦可謂有跡可循。

第三節　左翼知識份子的文化思維

一、「大眾」的文學

　　在左翼思潮中，對於「大眾」（無產階級）價值的確立，無疑是藉由俄國十月革命的成功而得到提示，並且經由共產國際的組成隨之形成一種國際主義的價值。1917年，日本早期的社會主義者大杉榮首先針對「民眾藝術論」展開議論，他認為「民眾藝術」應該是「為了新世界的新藝術」，「民眾藝術論的所謂提倡者，尚未真正地持有民眾精神，

---

70 趙勳達，〈第五章 抵殖民的編輯方針〉，《《台灣新文學》（1937 1937）定位及其抵殖民精神研究》，台南：台南市立圖書館，2006。

從而並未持有民眾對今日之藝術的憤懣」。繼之而起社會主義者如堺利彥、白柳秀湖等人延續了大杉榮的觀點，主張將民眾藝術規定為「勞動者的藝術」。接著，大杉榮又闡述民眾藝術是「為了平民勞動者意欲建設新世界而作的新藝術」，此一革命「不光是政治組織或經濟組織的革命」，更是社會生活的革命，自此，將「民眾藝術」的概念發展成「第四階級的文學」，這便是史家所稱之「第四階級文學論」。[71]

另一方面，在五四新文學運動的平民文學路線中，就有一批知識份子特別孺慕俄國十月革命的成功，並積極宣傳馬克思主義，他們是以李大釗、陳獨秀等人為主的中國最早的共產黨員。1922 年當五四新文學運動進入了低潮時期，文學創作出現了諸如題材狹隘、個人感情宣洩、逃避現實的不良傾向。此時中國早期的共產黨員不滿於當時的中國文壇現狀，加之以受到世界普羅文學運動風潮的感召，於是開始倡言革命文學。1921 年 7 月，鄭西諦就在〈評論之評論〉中提出，為了完成文學革命必須有革命文學的出現。1922 年，沈澤民在〈新俄藝術的趨勢〉中提到了無產階級藝術的概念，這是普羅文學在中國首次的萌芽，此後，中共以「革命文學」來指涉無產階級文學，認為：文學家必須深入實際革命運動才能寫出深刻的作品。此時文學的社會功利性特別獲得強調，文學的作用在於鼓吹革命，成為解決社會問題的工具和武器。同時期的中國作家也逐漸注目世界普羅文學運動的潮流，郁達夫、郭沫若、蔣光慈、茅盾等人都提出了自己對革命文學的見解，郁達夫的〈文學上的階級鬥爭〉（1923）、郭沫若的〈我們的文學新運動〉（1923）、〈革命與文學〉（1926）、蔣光慈的〈無產階級革命與文化〉（1924）、〈現代中國社會與革命文學〉（1925）、茅盾的〈論無產階級藝術〉（1925），都在提倡普羅文學與革命的必要性。「革命文學」的提倡，標誌著五四新文學運動的深入發展，它在馬克思主義思想的層面上表現出比五四新文學運動更突出的階級性，它延續著五四啟蒙民眾思想、改

---

71 參見葉渭渠《日本文學思潮史》，北京：經濟日報，1997，頁431。尾崎秀樹，《大眾文學》，東京：紀伊國屋書店，1994，頁115-132。

造社會的傳統，另一方面它注入了階級立場的文藝理論，讓五四新文學走向了普羅文學運動的路線。

1927年革命文學國際局在莫斯科成立之時，象徵著普羅文學運動的世界化。[72] 受此影響，從俄國留學歸國的「太陽社」成員蔣光慈，與留日歸國的「創造社」成員成仿吾、馮乃超等人，於1928年再度提出無產階級革命文學的口號，主張中國文學應從五四的「文學革命」的階段邁進無產階級的「革命文學」的階段，文學不該僅為「民眾」（第三階級）服務，更該為最受壓迫的「大眾」（第四階級）亦即無產階級服務，因此正如郭沫若所言：「我們現在所需要的文藝是站在第四階級說話的文藝，這種文藝在形式上是現實主義的，在內容上是社會主義的」[73]，成為當時極為響亮的呼聲。

在同時期的台灣，由於對中國現代性的仿擬，因此台灣的文學現代性也有著和中國相似、卻又延遲的發展軌跡。1930年黃石輝在〈怎麼不提倡鄉土文學〉一文中，嚴斥二〇年代平民文學所帶有的知識份子傾向，致使文學與大眾絕緣，主張文學應以無產大眾作為對象，這和1928年成仿吾批判五四文學的口氣全無二致。[74] 另一位左派知識份子郭秋生對於右翼平民文學的批判，也極具代表性。

> 打倒貴族文學，實現平民文學，在這個口號下的中國「五四」運動的文學革命，和第三階級的民主政治革命一樣已算達成了。可是以「大眾」之名而云云的民主議會政治，不！──平民文學，究竟所實現得到的平民，是平民到什麼程度呢？文學革命於今拾

---

72 由於世界性普羅文學運動的興起，由俄國「拉普」提議，經由共產國際批准，國際革命文學聯絡機構於1925年成立。1927年因為十月革命十週年，在莫斯科召開了各國無產階級革命作家第一次代表會議，成立了革命文學國際局，其後又改名為國際革命作家聯盟，出版了機關刊物《世界革命文學》。

73 郭沫若，〈文藝家的覺悟〉，收於張若英編，《中國新文學運動史資料》，上海：上海書店，1934，頁361-362。

74 陳淑容曾考察黃石輝與瞿秋白對於五四白話文的改革，指稱中國較之台灣「晚了近兩年」，不過這個說法有待商榷，因為陳淑容並未提及1927年成仿吾就已經對五四白話文發出了改革的第一聲。見陳淑容，《一九三〇年代鄉土文學／台灣話文論爭及其餘波》，台南：台南市立圖書館，2004，頁312。

數年了，為什麼還要嚷著「文藝大眾化」呢？實哉叫人摸不著頭緒，就算「實現平民文學」的口號不是像政治屋（按：政客）的朝三暮四，不是像軍閥的羊頭，也恐怕是一場的「烏托邦」了啊！[75]

平民文學雖以平民為對象，不過最終卻侷限於知識份子的小圈子中，這一點在中國文壇已經多有批判。在台灣文壇中，黃石輝與郭秋生是最早意識到平民文學只是一種「貴族式的新文言」、是一個遙不可及的「烏托邦」，因此才提出左翼立場的文學主張。自此，真正為無產大眾發聲的文學論述才在台灣文學場域登場。[76]

二、「弱小民族解放論」的大眾政治

馬克思對於民族之主體性的建立原無太大興趣，他所追求的是整體無產階級命運的解放。不過，當馬克思主義發展到了列寧及其所領導的共產國際時期，由於資本主義已經擴張到帝國主義的階段，帝國主義國家與被壓迫民族之間的對立日益擴大，因此列寧對於民族問題已有了和馬克思不同程度的關注。列寧〈馬克思主義與改良主義〉（1913）表示，「首先要維護民族平等和語言平等，不允許在這方面存在任何特權（同時維護民族自決權），其次要維護國際主義原則，毫不妥協地反對資產階級民族主義（哪怕是最精緻的）毒害無產階級」，並同時指出「改良主義是資產階級對工人的欺騙，只要存在著資本的統治，儘管有某些改善，工人總還是雇傭奴隸」[77]，列寧的以上主張，成為他日後所提出之「弱小民族解放論」（或曰「被壓迫民族解放論」）之基本精神。1916年，就在列寧建構其代表作《帝國主義是資本主義的最高階

---

75 芥舟（郭秋生），〈文藝大眾化〉，《台灣文藝》2：1，1934年12月18日，頁21。

76 無產階級文學思潮與「文藝大眾化」論述在當時日本、中國、台灣各地的發展情況，可參見徐秀慧，〈無產階級文學的理論旅行（1925-1937）——日本、中國大陸與台灣「文藝大眾化」的論述為例〉，《現代中文學刊》23，2013年3月，頁34-46。

77 列寧，〈馬克思主義與改良主義〉，《列寧選集（二）》，北京：人民，1998，頁327、340。

段》的同時，「弱小民族解放論」也正式在另一篇重要論文〈社會主義革命與民族自決權〉中提出。「弱小民族解放論」的論點有三：第一，在帝國主義的時代，民族分為壓迫民族和被壓迫民族；第二，無產階級應該要求其受壓迫的殖民地和民族有政治分離的自由；第三，被壓迫民族的解放必須以無產階級為中心，「因為被壓迫民族的資產階級經常把民族解放的口號變成欺騙工人的手段：在對內政策上，它利用這些口號去統治民族的資產階級達成反動的協議（如在奧地利和俄國的波蘭人同反動勢力勾結起來，壓迫猶太人和烏克蘭人）；在對外政策上，它竭力同相互對壘的帝國主義大國之一相勾結，來實現自己的掠奪目的（巴爾幹小國政策等等）」[78]。因此，資產階級的妥協性常常導致馬克思主義者的敵意，由台灣社會觀之，1927年文協的分裂、以及左翼知識份子對於議會路線的排斥，都可以在列寧學說中找到理論根源。

一戰過後，由於第二國際的破產，以列寧為首的俄共另組共產國際（第三國際），以取代第二國際及其所屬之各國社會民主黨的改良主義路線，此時共產國際的民族綱領，便是奉列寧「弱小民族解放論」為主臬。回顧列寧提出「弱小民族解放論」之動機，無疑是在帝國主義橫行的階段，欲以弱小民族的解放瓦解帝國主義的勢力，這是馬克思主義在面對歐戰（一次大戰）這個因為帝國主義之間的利益衝突所導致的戰爭時，所不得不做出的修正。雖然列寧「弱小民族解放論」所帶有的歐洲中心主義觀點已受到指摘，[79]不過俄共與共產國際的興起，無疑帶給了全世界無產階級極大的希望。正因如此，進入了二〇年代，世界各地掀起了一波波的無產階級運動。此時，日本成為俄國本土以外無產階級運動最為盛行的國家，而台灣，也透過日本間接接受了社會主義的現代性，自此，台灣人追求民族解放的路徑，也有了另一個選擇。

1923年6月，日共思想家佐野學在東京發行的《改造》雜誌上，發表〈弱小民族解放論──社會主義與民族運動〉一文，此文隨即被台灣

---

78 列寧，〈社會主義革命與民族自決權〉，《列寧選集（二）》，頁566。
79 以賽亞・伯林著，馮克利譯，《反潮流：觀念史論文集》，頁422。

文化協會轉譯為中文刊載在其機關刊物《台灣》雜誌上，這是列寧「弱小民族解放論」在台灣的首次登場[80]，而其後台灣本島對於社會主義思想的吸收，也多是經由翻譯日本現代性此一管道進入了台灣社會的知識領域。

　　當時由台灣文化協會所領導的民族解放運動，乃是遵奉美國總統威爾遜「民族自決」而實行的資產階級民族運動。在本質上，「弱小民族解放論」和「民族自決論」是對立的論述。台灣人吸收「弱小民族解放論」的同時，也正是挑戰文協既定路線的肇始，具體的例子是許乃昌在隔月（1923.7）的《台灣》以秀湖生為筆名所發表的〈台灣議會と無產階級解放〉（〈台灣議會與無產階級解放〉）一文。談到許乃昌，無異於談到俄國共產主義思想在台灣的最初傳播。1919年孫中山因為革命軍事行動的挫敗，列強中唯有俄國願意給予協助，因此中國國民黨採取了「聯俄容共」的政策，俄國代表鮑羅廷得以中國國民黨政治顧問的身分進入中國，並擔任中國共產黨的指導。1924年，為了培養中共未來的領導者，鮑羅廷遴選了150名左翼青年進入莫斯科中山大學，而當時在上海大學就學、因深受瞿秋白影響繼而領導台灣青年會的許乃昌，也名列其中。同年10月許乃昌進入蘇俄，隔年7月歸返北京，同時接受俄國的資助並被賦予指導台灣共產主義運動的使命。因此，許乃昌可謂台灣最早接受正統共產主義的代表人物。[81]

　　許乃昌在1923年7月著述之〈台灣議會與無產階級解放〉，是在他赴俄深造前的文章，當時許乃昌已經可以運用列寧的觀點，對文協的議會路線表達質疑。

> 不得不面對日本資本主義與新興的台灣資本主義的台灣議會，最

---

80 佐野學，〈弱小民族解放論——社會主義與民族運動〉，《台灣》，1923年6月7日，頁64-75。

81 王乃信等譯，《台灣社會運動史（1913-1936）・第一冊 文化運動）》（原《台灣總督府警察沿革誌 第二篇 領台以後的治安狀況（中卷）》），台北：海峽學術，2006，頁2-3。此外，吳叡人此文中關於列寧「弱小民族解放論」的見解也給予本文不小的啟發，在此一併致謝。請見吳叡人，〈台灣非是台灣人的台灣不可：反殖民鬥爭與台灣人民族國家的論述1919-1931〉，林佳龍、鄭永年編，《民族主義與兩岸關係：哈佛大學東西方學者的對話》，台北：新自然主義，2001，頁76。

58　　「文藝大眾化」的三線糾葛

後恐有失去民族解放的戰鬥力之虞，而且令人憂心將在此恐怖的
強權前屈膝降尊、而成為益發鞏固壓迫台灣無產階級的日本資本
主義與新興台灣資本主義此二強權的委員會。（頁45-46）

　　許乃昌的指摘並非無的放矢，1926年日本社會主義理論家山川均
〈弱少民族的悲哀〉便表示，作為弱小民族（日治時期慣用「弱少民
族」一詞）的台灣人，由於日本資本主義的引進，「僅就台灣島民而
論，在其內部，階級的分化作用已在進行。無論是都市或是農村，島民
中的資產家的一隅，已經正和內地人的資本的勢力遞漸結合。所以現
在，早已不能把島民看做一個全體來對待了。而且這種狀況，此後定將
益發急速地進展去」[82]，同時，山川均還指出日本資本主義與台灣資本
主義的同構性，「內地的資本的壓迫若愈成功，因此，即愈將促進台灣
民族自身的階級的分化作用。而且在這種作用的進行的一步一步間，台
灣民族的民族主義問題，同時將漸漸地帶階級的問題的性質」[83]。山川
均點明了台灣階級分化的傾向，並提示了以階級立場思考民族問題的視
野，可謂列寧「弱小民族解放論」的再度登場。許乃昌與山川均的論
文，或多或少成就了史學家史明的史觀，他在《台灣人四百年史》中曾
觀察：日本資本主義與帝國主義在一戰後取得獨佔地位，為籠絡台灣原
有的地主與資產階級，使兩者形成經濟利益上的同謀關係。此一懷柔政
策使得台灣資產階級從民族解放戰線上後退甚至逃脫，因而造成文協的
分裂，這也代表了資產階級及一部分小資產階級在推行反殖民鬥爭上終
不能超越的階級界線。[84]

　　在文協分裂之前，許乃昌已經嗅出議會路線的妥協性，因而批判議
會路線的追求「不是全台灣人的解放，而是特殊階級的解放」，並接著
指出「無產階級完全解放之日，才是全台灣人真正得以解放之日」，
「我們想聽到的、而且是必須聽到的，不是特殊階級的解放，而是全台

---

82 山川均，〈弱少民族的悲哀〉，《台灣民報》107，1926年5月13日，頁9。
83 山川均，〈弱少民族的悲哀〉，《台灣民報》115，1926年7月25日，頁9。
84 史明，《台灣人四百年史》，台北：蓬島文化，1980，頁522-523。

灣人的解放」（頁46）。許乃昌的發言，是台灣知識份子接受「弱小民族解放論」的明證，不過此時的台灣思想界普遍對於「弱小民族解放論」還是相當陌生。

自俄國學成歸來以後，許乃昌旋即帶著滿腹經綸潛入東京，開始對激進的台灣知識青年展開思想宣傳，此時正在日本留學的楊逵亦濡染其共產主義思想。[85] 在東京時期，許乃昌對於「弱小民族解放論」的宣揚，最顯著的例子便是他與陳逢源所進行的中國改造論爭。論爭的根本衝突誠如張炎憲所觀察：陳逢源代表保守的、資本主義的看法，認為封建社會不可能一下子發展到社會主義階段，其中需經過資本主義階段才能促進社會的進步；而許乃昌則認為中國資產階級只會妥協，只有無產階級革命能打破一切壓迫中國民眾的反動勢力，才能擔任改造中國的歷史使命。[86] 論者吳叡人在思考中國改造論爭時，更進一步提出了兩個新視角：第一，這場論戰中，中國並非純然只是用來影射台灣的一個隱喻（metaphor）而已，論者對中國改造確有其關心；第二，這場論爭中，列寧主義在許乃昌的文字間無所不在，許乃昌甚至據此迫使陳逢源修正最初以「商工階級」（亦即民族資產階級）為中心的民族解放視野，轉而提出「包含所有階級」的「國民主義」（nationalism）路線。[87] 中國是否是這場論戰中的一個隱喻，不是本文關注的焦點，重要的是吳叡人提到了列寧主義的作用，迫使陳逢源承認民族解放事業必須包含無產階級。陳逢源此時的主張，正預告了1927年台灣民眾黨成立之後，蔣渭水所提出的「全民運動」路線，同樣在追求全體台灣人民的解放。

1926年展開的中國改造論爭，歷來被視為1927年台灣文化協會分裂的前奏。[88] 其實，文協分裂所具有的深刻意義，在於「弱小民族解放

85 《台灣社會運動史（1913-1936）‧第三冊 共產主義運動》，台北：海峽學術，2006，頁3。

86 張炎憲，〈台灣文化協會的成立與分裂〉，收於張炎憲、李筱峰、戴寶村編，《台灣史論文精選（下）》，台北：玉山，1996，頁146-147。

87 吳叡人，〈台灣非是台灣人的台灣不可：反殖民鬥爭與台灣人民族國家的論述1919-1931〉，林佳龍、鄭永年編，《民族主義與兩岸關係：哈佛大學東西方學者的對話》，頁81-82。

88 張炎憲，〈台灣文化協會的成立與分裂〉，收於張炎憲、李筱峰、戴寶村編，《台灣史論文精選（下）》，台北：玉山，1996，頁146-147。吳叡人，〈台灣非是台灣人的台灣不可〉，收於林佳龍、鄭永年編，《民

論」的落實。誠如奪取文協領導權「居首功」的左翼青年連溫卿於1928年在回顧中國改造論爭時指出：「前者（陳逢源）的主張是因為以少數的利害關係為根本的要求，所以能和當局所標榜的『內地延長主義』一致，其限屆是以獲得政治上的獨立為止，換句話說，是以他們所主張的『台灣議會』為其極限，而後者（許乃昌）的主張是以大多數的台灣無產階級的解放為目的。」[89] 此外，在1930年提倡鄉土文學而在台灣文壇聲名大噪的黃石輝，亦於1928年以〈「改造」之改造〉一文指出：「我在前面已說過，主張階級鬥爭的不會反對弱小民族運動，就是這個意思。因為民族解放也是階級解放也，那末為什麼不主張民族運動而主張階級鬥爭呢？這是有很深的意義存在的。階級鬥爭的主張者的最後目的是在消滅階級。階級消滅了，還有被壓迫民族的存在嗎？若是單純求民族解放，假使成功了，他只是幾個人得到了權利，而這民族中的下層階級依然是在被壓迫的地位。不過被外人壓迫和被自族壓迫之差而已。對這一點，在主張階級鬥爭的人的眼光看起來，是太無意義了。」[90] 從文協的分裂來看，此時台灣無產階級也已經介入了的民族解放運動的洪流之中，民族解放運動不再是資產階級的專利品，這正是「弱小民族解放論」的成熟。

第四節 新傳統主義者的維新思維

一、兩種傳統文人：傳統主義者（traditionalist）與新傳統主義者（neo-traditionalist）

日治時期傳統文人面對現代思潮後所呈現的反應，恰如連橫所言：「唯我台灣當此新舊遞嬗之際，東西文明匯合若一，我台人當大其眼孔，……採彼之長，補我之短，以發皇固有之科學，或且凌過西人，

族主義與兩岸關係》，頁82。
89 連溫卿，〈台灣社會運動概觀〉，《台灣大眾時報》1，1928年5月7日，頁15。
90 黃石輝，〈「改造」之改造（二）〉，《台灣大眾時報》10，1928年7月9日，頁12-13。

……至於精神、物質兩方面，如車兩輪，不可偏廢。」[91] 依據連橫的觀點，台灣傳統文人對於東西文化的碰撞，採取了截長補短的開放態度。所以，傳統文人在新舊文化之間企圖尋找一個平衡點，企圖使自己不落伍於新思潮，也企圖像新知識份子一樣透過文學的力量去宣揚自己的價值觀，以便獲得更廣大的台灣人民的認同與迴響。誠然，此維新思維並非出於政治無意識，它最初也許只是單純地企圖在現代文明社會中尋找自我安身立命之道，不過在以張我軍為首的新知識份子屢屢斥為守舊者的壓力之下，傳統文人的思維也隨之改變，他們積極介入主要由新知識份子所把持的新文化場域，試圖藉由更具現代性的發言捍衛著自身原有的文化資本，以便迎合現代社會求新求變的風潮。另一方面，在「文藝大眾化」的時代命題之下，稍加改頭換面的而呈現更加通俗化面貌的傳統文化，也試圖在新的面貌之下與新知識份子的現代思維相抗衡，以爭奪文化場域的領導地位，以恢復過去的文化霸權，所以傳統文人介入「文藝大眾化」的詮釋一事，實可視之為文學場域的鬥爭。

在討論傳統文人介入「文藝大眾化」的詮釋權之爭以前，有必要先就兩種傳統文人的類型作一釐清。歷來學界對日治時期傳統文人的評價，總是有正反兩極的意見，持正面評價者如黃美娥，反之則是游勝冠。[92] 此二人針對傳統文人所做的觀察，分別在三個層面上產生極大的歧見：其一是接受現代文明的態度，其二是回應殖民統治的態度，其三是與本土文化的相對關係。首先，在接受現代文明的態度上，游勝冠認為傳統文人自我封閉在傳統文化的保護囊中，習於以傳統主義的立場，將歐美的現代文化與新知識份子的進化立場視為漢文化傳統存亡的最大威脅，至於面對推動殖民現代化改造的日本殖民者，則因為其與傳統文人共享了東亞傳統文化的道統，而使得其帝國主義壓迫的道德責任得以

---

91 連橫，〈東西科學考證〉，《連雅堂先生全集・雅堂文集》，南投：台灣省文獻委員會，1992，頁118-119。

92 黃美娥的論述請參見：黃美娥，《重層現代性鏡像：日治時代台灣傳統文人的文化視域與文學想像》（台北：麥田，2004）以及〈差異／交混、對話／對譯：日治時期台灣傳統文人的身體經驗與新國民想像（1895-1937）〉（收於梅家玲編，《文化啟蒙與知識生產：跨領域的視野》，台北：麥田，2006）。游勝冠的論述請見：游勝冠，《殖民主義與文化抗爭：日據時期臺灣解殖文學》，台北：群學，2012年4月。

卸除。另一方面，黃美娥則認為傳統文人面對現代文明並非無知無感，「時代的變動，其實大多數的傳統文人多能感受這股新舊衝撞、交迭的風潮，在時人的言論中，『追求文明』的維新話語幾乎成為時代主調。」[93]可見看法南轅北轍。

其次，在回應殖民統治的態度上，游勝冠指出因為傳統文人自我封閉於漢文化視野的前提之下，衍生出兩種立場，一種是就此自滿不過問殖民統治的現實問題，另一種則是主動表態認同殖民統治，在呼籲殖民主義日本與台灣具有同文同種共通性的論述下，積極維持知識份子傳承的漢文化傳統，以鞏固自前清以來就已樹立的文化霸權的地位。前者所表現出來的是殖民統治「不在場」的歷史錯置，後者所表現出來的則是欣然接受同化政策，以「奉正朔」、「易服色」等論述具體體現他們臣服於日本帝國的忠君思想。相較於游勝冠給予傳統文人「為殖民者執彎前驅」的惡評，黃美娥則是從後殖民理論的思考以及後結構主義的立場分析傳統文人對於日本文化霸權的移置與交混。黃美娥認為在殖民統治的絕對性權威之下，任何對殖民文化霸權的單一性進行交混、進行「眾聲喧嘩」的文化行為都有其反殖民的意義，因而援引霍米・巴巴（Homi Bhabha）的理論說明，殖民者與被殖民者在遭遇時會創造一個相互依存、相互影響的「第三空間」（the third space），作為被殖民者的傳統文人也可在交混的作用下發揮反殖民的能動性，探索反殖向量與可能的效度，以便以迂迴的方式創造屬於自我的漢文化空間。對於傳統文人回應殖民主義的態度與方式，一者嗤之為馬前卒，一者褒之為抗日鬥士，兩人的歧見越發深刻。

再者，論及傳統文人與本土文化的相對關係，游勝冠以為傳統文人在殖民統治的懷柔政策之下，理所當然地以教化者、文明開化者的位階處之，他們以「君子」自居，卻將在權力關係上相對於他們的台灣黎民百姓稱之為「小人」，此間文化等級的文／野分際已經十分清楚，在此

---

93 此缺點已由黃美娥所指出，見黃美娥，《重層現代性鏡像：日治時代台灣傳統文人的文化視域與文學想像》，台北：麥田，2004，頁33。

權力關係的俯視之下，傳統文人不僅與台灣人民相距甚遠，更加排除了以台灣人民為主體的台灣本土文化進入文化場域的可能性，因此本土文化對傳統文人而言僅是一種他性的存在罷了。然而，黃美娥不做此想，她認為傳統文人對於民間文學的蒐集工作，扮演了開創者的角色，他們一方面力圖保存這些作為「民族的詩」以及民族的記憶的文化資產，另一方面在鄉土文學論戰之際，他們也力挺具有本土文化表徵意義的台灣話文，而且漸次地在選錄詩歌作品的判準上加入了「表揚鄉土特色」此一條件，可見傳統文人的文學活動與台灣文化息息相關。二人的論述又再度形成各說各話的局面。

兩人的意見分疏，實則源於取樣的對象差異所致。游勝冠所徵引的史料，集中於《張純甫全集》與《崇文社文集》，其代表人物為張純甫、黃臥松、許子文，這些文人多傾向支持同化主義並擁護殖民統治者，他們與新知識思想幾乎無涉，當然對於新知識份子的所作所為亦是嗤之以鼻、不屑一顧。另一方面，黃美娥的取樣則多以魏清德、連橫、鄭坤五等人為主，但亦可擴其《三六九小報》與《風月報》的諸多成員，這類文人批判式地接受現代文明，對於新知識份子的政治運動與文化活動亦有涉入。質言之，台灣傳統文人並不具備鐵板一塊的同質性，因此適度的分類更能看出內部的差異；游勝冠所討論的是與新文學／現代文明「對立」的傳統文人，而黃美娥所討論的則是可與之「對話」的傳統文人。這兩種傳統文人，成為本書所論述的傳統文人的兩種類型。

不論是「對立型」或「對話型」的傳統文人，都可以在哈伯瑪斯〈現代性——未完成的工程〉一文中找到屬於他們的保守主義的位置。以哈伯瑪斯的論點來說，他將那些主張文化「重返現代性之前的立場」的人們稱之為「老保守派」，而將那些在對現代科學表示歡迎、但卻對現代性入侵文化道德領域持反對意見，因而倡議推行一種緩解現代性作為的人們稱之為「新保守派」。[94] 順此理路而行，「對立型」的傳統文

---

94 哈伯瑪斯，〈現代性——未完成的工程〉，收於汪民安、陳永國、張雲鵬編，《現代性基本讀本》，開封：河南大學，2005，頁118。

人應可視為「老保守派」，「對話型」的傳統文人則可視為「新保守派」。若借用中國學界探討傳統文人時所使用的學術名詞來稱呼的話，前者可謂因循守舊、食古不化的「傳統主義者」（traditionalist），後者則是在傳統主義的基礎上尋求改革的「新傳統主義者」（neo-traditionalist）。由於本書的架構著重於討論「新傳統主義者的維新思維」，因此傳統主義者的文化思維就不在討論之列。

二、「政治上的自由主義，文化上的保守主義」：穿梭於兩個場域之間的新傳統主義者

日治時期台灣新傳統主義者的維新思維，是為了適應當前現代社會所不得不然的妥協，相較於傳統主義者鄙西而揚東、貴古而賤今的保守思維，新傳統主義者則企圖跳脫此一成見。當然，這並不代表新傳統主義者就放棄了二元對立的價值判斷，他們依舊在「體與用」、「精神與物質」、「東與西」的二分法中尋求適應現代社會的模式，企圖以「採彼之長，補我之短」（連橫語）的方式融入現代社會，以及介入已經由新知識份子所展現的文化霸權及其象徵秩序（symbolic order）所主導的文化場域。

傳統與現代之關係，近年來中國學者做出了新的觀察與詮釋，例如白春超指出西風東漸造成中國傳統文人的焦慮，「現代化及其衍生的觀念在喚醒民眾皈依熱情的同時，也激發了民族的自尊心和屈辱感，並引發了民族文化的認同危機。文化上的啟蒙主義和守成主義是現代化進程在思想上的必然反應，在近現代的中國，這種反應的重要表現形式就是文學。」[95] 此外，楊聯芬也指出：「中國的現代性，是對西方近三百年（如從文藝復興時算起則更長）歷史進程中積澱的現代性文化資源進行整合和接受的結果，所以中國的現代性，本原在西方，而又與西方現代性不同。首先，『現代性』概念在西方『是一種直線前進、不可重複的歷史時間意識』，在中國，固然也代表著時間，卻更傾向於一種空間化

---

95 白春超，《再生與流變：中國現代文學的古典主義》，開封：河南大學，2006，頁59。

的時間意識，具體說，就是與中國傳統之『過去』沒有關聯的『西方』所代表的『現在』，從根本上說，就是一種文化空間的轉換。因此，在西方具有歷時性變化的現代性，在中國則呈現為『共時態』價值體系。」[96] 以上的論述都在反映一種觀點，那就是中國近代的現代性，並不是自發於內、與傳統相割裂的線性發展的結果，而是移植於外、與傳統具有共時性存在關係的文化論述，因此新知識份子與新傳統主義者兩者，其實是在同一個時空座標下，用不同的文化思維與文學形式來面對現代。

在傳統與現代的共時性關係上，中國是如此，台灣亦是如此。回想張我軍返台挑起新舊文學論戰之際，憑藉著受過中國五四現代性的洗禮，對著傳統文人炮火全開、咄咄逼人，全然不是以「異端」（heterodox）的角色進場向傳統文人爭取場域的主導權，而是以「正統」（orthdox）的高度自居，逼迫傳統文人從主導文化的位置上退位。值此歷史時刻，新知識份子與傳統文人互斥為「異端」並不是一個文學場域常態的現象，此即兩個自視為「正統」的知識結構在相互對決的結果，正好反應了傳統與現代不是歷時斷裂而是共時鬥爭的關係。話雖如此，台灣與中國的歷史情境又略有不同。中國的新傳統主義者（如學衡派或新儒家）雖然贊成物質現代性，不過仍不免被五四反傳統主義的新知識份子視為「抱殘守闕」的「歐化恐懼者」，因此即便是新傳統主義者，基本上也難以受到新知識份子的尊重。若用布爾迪厄的理論觀之，這群文化場域中的「保守知識份子」（conservative intellectuals），正面臨被雙重拋棄的危機，一方面是統治者認為他們太過「知識份子」了，另一方面是新進場的知識份子則覺得他們太順從「資產階級」秩序，因此使得「保守知識份子」裡外不是人。[97] 此即學衡派或新儒家在中國五四時期的寫照。然而，相較於中國新傳統主義者在文化場域中受到新知識份子的排擠與拒斥，台灣的新傳統主義者的境遇則是辯證的。

---

96 楊聯芬，《晚清至五四：中國文學現代性的發生》，北京：北京大學，2003，頁7。
97 布爾迪厄著、劉暉譯，《藝術的法則：文學場的生成和結構》，北京：中央編譯，2001，頁336。

必須指出，台灣的新傳統主義者並非在單一的場域中進行權力運作而已，他們同時穿梭於殖民主義所主導的權力場域以及新知識份子所主導的文化場域之中，因此相較於僅僅在新文化場域中力爭上游的中國新傳統主義者而言，台灣新傳統主義者在「場中有場」的權力關係中扮演了更複雜的角色。首先，在權力場域中，新傳統主義者一如游勝冠所言，是殖民者懷柔的對象。其次，在文化場域中，由於新傳統主義者所象徵的文化符碼（cultural codes）富含抵殖民意涵，與新知識份子所主導的、作為文化場域之主流價值相契合，這也使得新知識份子雖然在二〇年代文白相爭的新舊文學論戰中未曾對傳統文人釋出善意，但是在以抵殖民為中心思想的文化場域中，卻不能否認傳統文人的象徵價值。一個明顯的例子是1934年台灣文藝聯盟成立時，負責人張深切曾以「台灣客觀現階段之情勢，新文學家與漢詩人非由鬥爭能夠獲得進展，莫若與他們疏通意志，擴大文學陣線以期打開過渡時代中之一方面難關」為由，提議與傳統文人合作以推動文學運動。此一情事若與中國的五四新文學運動的反傳統主義立場相較，無疑是背道而馳的。[98] 由此可見台灣傳統文人在殖民地社會所帶有的文化符碼確實也令新知識份子不能漠視。朱點人小說〈秋信〉也是另一項證據，小說以一位前清老秀才作為主角，他在參觀了日本誇耀其統治台灣的現代性而舉辦的博覽會之後，憤而批判了殖民統治的欺悃性與掠奪本質，並深感故國黍離之悲，此小說也十分正面地回應了傳統文人抵殖民的象徵價值。[99] 當然，張深切提議與傳統文人聯合陣線一事後來在文藝大會上遭到了否決，理由不外乎傳統文人對於現代精神文明的拒絕，然而傳統文人在抵殖民的意義上獲得新知識份子的認可，卻是不爭的事實。[100]

---

98 其實，五四新知識份子與傳統文人合作的例子並非沒有，例如胡適在「整體國故」的工作上得到傳統文人的支持便是一例，不過胡適此舉並未得到大部分五四新知識份子的認同，如茅盾就批評此舉導致「舊勢力對新文學的反攻」。以上關於「整體國故」的說明，請見廖超慧，《中國現代文學思潮論爭史》，湖北：武漢出版社，1997，頁72-98。

99 相關論點請見張衡豪，〈麒麟兒的殘夢──朱點人及其小說〉，《台灣文藝》105。以及許俊雅，《日據時期台灣小說選讀》，台北：萬卷樓，1998。

100 關於張深切提議台灣文藝聯盟與漢詩人聯合陣線一事，請見賴明弘、林越峰、江賜金，〈第一回台灣全島

正如同布爾迪厄所示，文化場域包絡於權力場域之中，使得新傳統主義者得以在「場中有場」的情境中穿梭於兩個場域之間，以便獲得自身和群體的最大利益。雖然布爾迪厄對於「保守知識份子」的詮釋無法涵蓋台灣殖民地社會的複雜度，不過布爾迪厄指出「保守知識份子」為了擺脫雙重拒絕的困境，仍會利用與新進場的知識份子的密切關係，批評保守主義，以作為自我「革新」的一種表現，這就讓人很容易聯想到台灣的新傳統主義者了。[101] 正如新傳統主義者劉魯曾言：「革新二字，近人最為歡迎，若不革新，則目為頑固，便無飯可吃矣。」[102] 恰如其分地指出了「革新」二字對傳統文人的威脅，也透露出新傳統主義者走向「革新」之道是不得不然的結果。至於新傳統主義者是如何藉由「革新」穿梭於兩個場域之間？中國學者白春超給了我們些許暗示，他曾引用美國社會學家丹尼爾・貝爾在《資本主義文化矛盾》中所揭示的名言：「政治上的自由主義，文化上的保守主義」，來詮釋中國五四時期新傳統主義者（學衡派）的「審慎而穩健，具有某種前瞻性和未來意義」的文化思維。[103] 儘管白春超的結論仍有待商權，不過他以「政治上的自由主義，文化上的保守主義」作為觀察新傳統主義者之維新思維的思路，的確是一個創新的嘗試。

　　將場景拉回台灣，欲討論「政治上的自由主義，文化上的保守主義」之進路，無疑當從新傳統主義者的代表人物連橫談起。連橫的歷史評價，近年來屢有爭議，部分論者認為不宜將連橫視為「純粹」的傳統文人，原因在於連橫的現代性思維與作風，展現出台灣傳統文人轉向「現代」的態勢。[104] 然而，此一論點未能將連橫精確地定位在新傳統主義者的位置上，所以只能從「非新非舊」的角度質疑過去學界將連橫固著於傳統文人上的既定印象。因此欲討論連橫的文化思維，必須更細

　　文藝大會紀錄〉，《台灣文藝》2：1，1934年12月18日，頁7。

101 布爾迪厄著，劉暉譯，《藝術的法則：文學場的生成和結構》，頁336。

102 劉魯，〈改良先生〉，《三六九小報》150，1932年2月3日，頁4。

103 白春超，《再生與流變：中國現代文學的古典主義》，開封：河南大學，2006，頁65。

104 此論點見林民昌，〈文章幾輩論成敗——試論連橫在新舊文化之間的徘徊〉，收於《第一屆全國台灣文學研究生論文研討會論文集》，台南：國家台灣文學館籌備處，2004。

緻化地且脈絡化地檢視連橫的論述文字。

　　連橫在1928、1929年間，在《台灣民報》上陸續發表了〈思想解放論〉、〈思想自由論〉、〈思想創造論〉、〈思想統一論〉等一系列宣揚自由主義的文章，實為研究連橫思想的重要材料。平心而論，這幾篇宣揚自由理念的文章出自連橫之手，確實令人眼睛一亮。首先，〈思想解放論〉寫道：「從前台灣之思想，渾渾噩噩之思想耳，得過且過之思想耳。國家之治亂，民族之存亡，社會之興衰，文化之興替，漠然無動於心。（中略）大戰以後，思潮驟進，歐風美雨，相迫而來。於是有韋爾遜之民族自決，有俄羅斯之勞農專政。（中略）當此之時，而有明達之君子，審問之，慎思之，明辨之，篤行之，以求人生之真理，則台灣之思想必有一新。」[105] 由此觀之，連橫的態度與二〇年代初期新知識份子對於現代思潮的渴求確有其相似之處，這是連橫向新知識份子靠攏的一項證據。其次，在〈思想自由論〉中，更出現大膽批判殖民當局干預思想自由的文字：「余前論思想解放，而歸結於集會結社出版之自由，此自由者載在憲法，故國民應享之權利也。（中略）然而今日台灣之思想則如何？干涉之，阻抑之，禁止之，非所以應時勢之要求也，非所以求人生之真理也。」[106] 連橫對殖民政策的批判，將自己置於殖民者的對立面，當然也成功向新知識份子靠攏。再者，〈思想創造論〉論及新知識份子內部的左、右翼矛盾，連橫指出：「台灣今日之思想，非復舊時之思想也。然發生未久，勢衰力微，而為社會所注視者，一為民族運動，一為階級鬥爭，前者或謂之右派，後者或謂之左派。此後之運用如何，進行如何，余不具論。當此之時，或別有一派與之反對，或再出一派與之提攜，未可知也。唯欲創造思想，必須考既往之歷史，察現在之情形，探民族之特性，立遠大之規模，以求最大多數人之最大幸福，而後可得群眾之信仰也。」[107] 此時連橫試圖在台灣左右兩大思潮之間保持中立，到了〈思想統一論〉還是刻意維持此一論調。然其立場

105 連橫，〈思想解放論〉，《台灣民報》238，1928年12月9日，頁7。
106 連橫，〈思想自由論〉，《台灣民報》239，1928年12月16日，頁8。
107 連橫，〈思想創造論〉，《台灣民報》240，1928年12月23日，頁8。

模糊終究導致質疑，連橫也不得不表態說明：「鄙意我台今日之人士，欲為台灣謀解放，為台人求幸福，非全民運動不為功。」[108] 由於「全民運動」是蔣渭水及其領導之台灣民眾黨的中心思想，可見連橫在左右思潮之間已有了價值判斷。

不斷釋放自由主義思想的連橫，自然被右翼知識份子視為同類，成為屢屢能在台灣民眾黨所把持的《台灣民報》上暢所欲言的保證。當然，向右翼知識份子靠攏的連橫，在二〇年代末期左右陣營對峙之際，難免會受到左翼知識份子的攻擊，黃石輝便是其中一人，他如此批評：「原來他們所要統一的思想，是那些俯首貼耳、奴顏婢膝、阿權附勢，至說得去的亦只是做官發財這些思想，並不是要統一那些鬥爭、解放、自由、平等的思想。若說起『台灣諸思想團體』（官製的除外），這在他們的眼光看起來是比洪水猛獸更利害，他們是最害怕而兼痛恨的，他們恨不得給這等思想早早消滅的呢，還要使你『向同一的路進行』嗎？」[109] 作為左翼知識份子而言，黃石輝的觀察極其敏銳，不過黃石輝對連橫的批判並沒有造成連橫在聲譽上太大的傷害，他依舊被傳統文人譽為「在吾台古學者之中，而能不以骨董自許」[110] 者，也被新知識份子以「我們所珍重的台灣老文學家連雅棠先生」[111] 稱之敬之，可見連橫撰寫《台灣通史》而獲致之「通史先生」的美名，正隨其文化資本的積累而轉化成了「領袖光環」（charisma）。儘管連橫上述的發言擦槍走火地導致了在《台灣民報》上展開了一場規模不大的「思想統一論戰」，不過此論戰雖因連橫而起，其主角卻非連橫，而是左翼知識份子黃石輝與若干右翼知識份子針對「思想統一」與「聯合陣線」的異同產生意見上的爭執。至於連橫，由於「領袖光環」的威望以及一連串自由主義思想的文字表達，讓連橫得以進入文化場域之中，不為新知識份子

---

108 連橫，〈答小隱〈思想果能統一乎〉〉，《台灣民報》244，1929年1月20日，頁4。

109 瘦儂（黃石輝），〈思想的「統一」、「善導」與聯合戰線〉，《台灣民報》247，1929年2月10日，頁8。

110 語見：天南，〈敬告通史先生！〉，《台灣民報》303，1930年3月8日，頁7。

111 語見：KS生，〈文藝上的酥穢描寫〉，《南音》1：8，1932年5月25日，頁4。

所排斥。「政治上的自由主義」在此提供了傳統文人一種如布爾迪厄所謂的「配置」（disposition）的作用，也就是連橫等新傳統主義者的性情傾向，決定了他們在場域中的「位置」（position）所屬。[112]

　　對新傳統主義者而言，「政治上的自由主義」確保了他們進入新知識份子的文化場域，並與右翼知識份子達成了高度的結盟關係。不過必須理解的是，新傳統主義者在權力場域中已佔有（或被給予）具有特權的社會地位，這也使得他們為了持續保有其競爭優勢與權力位階，而在權力場域與文化場域之間所進行兩面討好的策略，總有衝突的一天。那一天就發生在1930年3月，由於「新阿片政策」所引發的連橫與台灣民眾黨之間的不快一事。事件起因於1929年10月19日台灣民眾黨上書予甫上任（7月30日上任）的台灣總督石塚英藏，提出十一點施政建議，其中第九點「阿片之嚴禁」明言：「在今日之文明國家已有禁酒的國家，日本統治台灣以來，已閱三十年，竟仍公然准許吸食比酒有數十百倍毒害之阿片，實為人道之重大問題，且為文明國之一大恥辱，是故由文明國之體面或出國民之保健上，均應速與禁絕。」[113] 不過，台灣民眾黨對於阿片（鴉片）政策的訴求沒有獲得正面回應，因而台灣民眾黨決定逕向國際聯盟告發，結果如願促使國際聯盟於1930年2月派遣「阿片調查委員」來台視察。值此之際，台灣總督府一方面在官方刊物《台灣日日新報》強烈地攻擊台灣民眾黨「挑弄」人民的反政府情緒，是「非國民」的叛逆罪行。另一方面，由於「阿片調查委員」的來訪，也迫使台灣總督府必須在政策上做出讓步，所謂的「新阿片政策」也就應運而生。「新阿片政策」是指台灣總督府原則上決定查禁鴉片，不過並不立即禁絕，而是採漸進的方式，仍「特許」二萬五千人吸食鴉片。這種妥協政策對堅持「禁絕」二字的民眾黨而言，顯然是不受歡迎的。於是民眾黨幹部林獻堂、蔡式穀、蔣渭水等三人與「阿片調查委員」會面時，當面表達了「禁絕」的訴求。[114]

---

112 布爾迪厄著，劉暉譯，《藝術的法則：文學場的生成和結構》，頁278-282。

113 〈台灣民眾黨が石塚總督に建議（四）〉，《台灣民報》282，1928年10月13日，頁12。

114 台灣民眾黨幹部面見「阿片調查委員」的過程及其訴求，請見以下兩則新聞報導：〈民眾黨幹部訪問國際

事件發展至今，看似與連橫毫無瓜葛，其實並非如此。原來在民眾黨被總督府扣上「非國民的行為」[115] 的大帽子的肅殺氣氛中，向來大力宣揚自由主義、被民眾黨視為盟友的連橫，竟在官報《台灣日日新報》發表立挺「新阿片政策」的〈台灣阿片特許問題〉一文，並且還被《台灣日日新報》冠上「台灣民眾黨的最高顧問」[116] 之頭銜高調刊載其論述，作為打壓台灣民眾黨言論的手段。此舉遭來台灣民眾黨口誅筆伐、群起攻之，並公開聲明「連雅堂氏不是民眾黨員」[117]。至於〈台灣阿片特許問題〉究竟有何論點，且看以下內容：

> 台灣人之吸食阿片，為勤勞也，非懶惰也，為進取也，非退守也，平心而論，我輩今日得享受土地物產之利者，非我先民開墾之功乎？而我先民之得盡力開墾、前茅後勁、再接再厲，以造成今日之基礎者，非受阿片之效乎？（中略）此次再請特許者二萬五千人，亦不過全人口二百分之一強爾，無大關係，亦不成大問題，又何事議論沸騰哉？[118]

向來被台灣民眾黨視為毒害台灣人民之禍源、欲除之而後快的鴉片，在連橫筆下竟成為勤勞進取的象徵；台灣民眾黨對新阿片政策的反對，在連橫眼中似乎也成為無理取鬧、無事生非的行為。連橫不但沒有支持台灣民眾黨的主張，反倒敦請總督府在政策上「將錯就錯」以示信於民：「今若遲疑不決、收回成命，則當局失信於保甲、保甲失信於人民，而政府之威嚴損矣。」觀此輸誠於總督府的言論，全島譁然且批評

聯盟阿片調查委員 會談一時四十分、雙方都甚滿足〉（《台灣民報》303，1930年3月8日，頁2）與〈民眾黨與委員會見 一日在鐵道旅館〉（《漢文台灣日日新報》，1930年3月3日）。

115 語見：〈台灣民眾黨不當的策動——再就阿片問題而言〉（〈台灣民眾黨の不當な策動－重ねて阿片問題に就て言ふ〉），《台灣日日新報》，1930年3月2日，頁2。

116 同上註。

117 〈連雅堂氏不是民眾黨員 民眾黨組織部主任陳其昌氏聲明〉，《台灣民報》303，1930年3月8日，頁7。

118 連橫，〈台灣阿片特許問題〉，《台灣日日新報》，1930年3月2日，頁4。

聲浪此起彼落，不但被諷為「御用文字」[119]、「有良心者不為也」[120]，更被非難為「晚節不修」的「新阿片政策謳歌論」[121]。

在當時對連橫之觀察最為深刻者，當屬陳鏡秋無疑。陳鏡秋在〈讀連雅堂氏台灣阿片特許問題〉一文中精闢地指出：「或曰連氏乃烟霞中之達人，故是篇乃欲保持自己特權，及出於同病相憐而作，蓋恐兔死狐悲、危延及己，而先出來未雨綢繆狡兔三窟之計云云，未審連氏以為然乎？」[122] 此處對於連橫「恐禍延及己」、「欲保持特權」的保守主義立場之指摘，可謂一語中的、鞭辟入裡。2月16日，中部著名詩社「櫟社」召開幹部會議，將連橫除名。《台灣民報》上隨即出現贊和之聲：「可見台灣的真正文士們對於正義的觀念尚且這樣分明，足使慣作模稜兩可的文人們為之心驚膽破呀！」[123] 事實上，「阿片」問題不容小覷。「阿片」是殖民關係的隱喻，「阿片」成為籠絡台灣知識份子以及安定地方的協力媒介，因此殖民當局不採取福澤諭吉所主張的「嚴禁」立場，而是採用「漸禁」的方式來消費「阿片」所帶來的經濟利益與權力關係。[124] 於是，連橫「恐禍延及己」、「欲保持特權」的保守主義思維便成為殖民當局所籠絡的對象，從而作為打壓台灣民眾黨禁絕阿片訴求的工具。在此不禁令人想起《風月報》上所載〈咏吸阿片〉的漢詩：

> 貪饞阿片自神仙
> 面目異常趣味偏
> 臥榻幾知香撲鼻
> 餂飴未就口流涎

---

119 語見：高雄 地北生，〈連雅堂氏豈學古之韓信歟？〉，《台灣民報》305，1930年3月22日，頁7。
120 米山生，〈與台灣通史著者先生書〉，《台灣民報》303，1930年3月8日，頁7。
121 天南，〈敬告通史先生！〉，《台灣民報》303，1930年3月8日，頁7。
122 陳鏡秋，〈讀連雅堂氏台灣阿片特許問題〉，《台灣民報》304，1930年3月15日，頁7。
123 〈小言〉，《台灣民報》305，1930年3月22日，頁2。
124 李敏忠，《日治初期殖民現代性研究──以《台灣日日新報》漢文報衛生論述（1898-1909）為主》，成功大學台灣文學研究所碩士論文，2004，頁54。

一枝竹管偷閒計
九轉金丹結靜緣
習與性成牢不破
多忘錮癖日纏綿[125]

　　正是這句「習與性成牢不破」，道盡了傳統文人的「性情傾向」
（disposition），也道盡了連橫在自身的特權地位即將不保之際所表現
出來的保守主義立場。在政治上，新傳統主義者可以大談自由主義，並
且設法與右翼知識份子結盟，以獲取自身最大的政治利益。然在文化
上，只要是威脅到自身文化傳統的命脈，新傳統主義者也會自然而然地
退守到保守主義的立場，以維護自身原有的社會地位。正是這種進可
攻、退可守的思考，體現了「政治上的自由主義，文化上的保守主義」
這句話的真諦。

三、維新是為了守成：將「大眾化」解讀為普及化

　　二○年代中國的鴛鴦蝴蝶派作家包天笑，曾自陳其文學理念「所持
的宗旨，是提倡新政治，保守舊道德」，這句話完全體現了「政治上的
自由主義，文化上的保守主義」的觀點。包天笑雖然在文學中試圖對傳
統道德禮教發出質疑，不過卻不能勇敢地衝破禮教的枷鎖，因而被當代
論者評為「僅是一種朦朧的覺醒。因為一到關鍵時刻，他們的主人公常
常『止乎禮』，而不敢徹底反叛了。」[126] 新傳統主義者的維新思維看
似較傳統主義者來得進步與開明，然而若以哈伯瑪斯的口吻來說，新傳
統主義者在文化上終究逃脫不了保守主義的立場，筆者將進一步論述：
維新是為了守成。

　　二○年代的新傳統主義者，在文化場域中尚能以自由主義的維度積
極介入右翼知識份子（如台灣民眾黨）的文化啟蒙事業中；不過在隸屬

---

125 張春亭，〈咏吸阿片〉，《風月報》121，1941年1月1日，頁28。
126 廖超慧，《中國現代文學思潮論爭史》，湖北：武漢出版社，1997，頁609。

於文化場域中的文學場域的部分，由於二〇年代中期爆發的新舊文學論戰所產生的裂痕與對立，導致新傳統主義者在新知識份子所主導的文學場域中苦無進場的機會，遑論合作的可能。但是到了三〇年代，外部條件的變化也開始導致文學場域內部結構的改變，因而造就了合作的契機。在三〇年代初期，漢學與傳統文化的衰微成為新舊知識份子普遍憂心的議題，因而在生產抵殖民意識型態的文學場域中，提供了新舊知識份子聯合陣線的機會，這樣的模式乃殖民地台灣社會進行抵殖民實踐時所不得不然的舉措。

（一）外部條件的變化：漢學式微的焦慮感

外部條件的變化，當從台灣總督府推動國語（日語）同化政策談起。1922年4月1日，台灣總督府頒布了極負盛名的「新台灣教育令」（又稱為「共學令」），宣布日、台學童共學制，也就是教學內容的一致化。此一促進內台融合的教育令，正是強化台灣人同化於日本民族的一種手段。[127] 目的在於讓台灣人「常用國語」，這是日本同化政策不變的方針，也可視為台灣總督府以「國語」（日語）作為同化工具的第一步，此後同化的工作便成為總督府的施政重點。

到了二〇年代末期，同化工程越演越烈。時任台灣總督的川村竹治發表聲明：台灣人要成為帝國臣民，「食、衣、住如日本人，像說母語一樣地說日本話，像出生在日本的日本人一樣地保衛我們的國民精神。」[128] 這是新台灣教育令之精神的延續，也是台灣總督府以日語作為同化工具的再次宣示，更重要的是，不只在語言上要求同化，台灣總督府更希望台灣人能在文化上成為完完全全的日本人，那麼，同化工程的積極化也就可以想見。

同化政策的實效，可由學校教育與社會教育兩個層面來觀察。在學

---

127 陳培豐著，王興安、鳳氣至純平編譯，《「同化」的同床異夢：日治時期台灣的語言政策、近代化與認同》，台北：麥田，2006，頁217。
128 川村竹治，《台灣の一年》，東京，1930，頁6。轉引自：派翠西亞・鶴見，《日治時期台灣教育史》，宜蘭：仰山文教基金會，1999，頁91。

校教育上，由於教授現代思想、利於推動同化政策的學校教育，與教授儒家思想、具有反同化色彩的書房教育在目的上相斥，因此觀察兩者的興衰就可以看出台灣人民所承受的被同化的焦慮感。

表一 日治時期台灣學校教育就學率

年度	男	女	合計
1907	—	—	4.50
1915	—	—	9.63
1920	39.11	9.36	25.11
1922	43.47	11.80	28.82
1925	44.26	13.25	29.51
1930	48.86	16.57	33.11
1931	49.55	17.95	34.20
1932	51.00	19.70	35.87
1933	52.83	21.17	37.44
1934	54.71	23.04	39.33
1935	56.83	25.13	41.47
1936	59.14	27.37	43.79
1937	62.04	30.38	46.69
1940	70.56	43.64	57.56
1942	73.55	48.66	61.56
1944	80.86	60.94	71.31

資料來源：轉引自：派翠西亞‧鶴見，《日治時期台灣教育史》（宜蘭：仰山文教基金會，1999），頁127-128（表13）。

表二 日治時期台灣書房教育發展概況

年度	書房數	教師數	學生數
1907	870	866	18,612
1915	599	609	18,000
1920	225	252	7,639
1922	94	118	3,664
1925	129	190	5,137
1930	164	236	5,968
1933	129	185	4,495
1937	33	62	1,808
1940	17	38	996

資料來源：依照派翠西亞‧鶴見，《日治時期台灣教育史》（宜蘭：仰山文教基金會，1999），頁209（表C.1）所改製。

從1920年到1930年間，學校教育的就學率從百分之25.11攀升至百分之33.11，漲幅約達百分之32。而同樣在1920年到1930年間，書房教育方面則是學生人數從7,639人減少至5,968人，跌幅約達百分之28。這樣的數字代表著二○年代的書房教育逐漸被學校教育所取代，無怪乎三○年代初期屢有知識份子對「漢學式微」的情況發出警語。然而，此一現象到了三○年代更是越演越烈。若以1937年這個既禁用漢文又發動盧溝橋事變的關鍵年份來加以考察，學校教育的就學率已較1920年時成長百分之86，而書房教育的學生數則是較1920年時衰退百分之76，足以看出三○年代學校教育與書房教育之間的替代關係。

學校教育是推動同化政策的場所，然其影響力只達學齡兒童而已，真正對社會大眾造成廣大影響力的，是以「國語講習所」為代表的社會教育。1928年台灣總督府決定出資補助國語普及運動，具體成果便是國語講習所的設置。[129] 在國語講習所創辦的時期，總督府整體預算恰逢九一八事變與世界性經濟大恐慌的雙重打擊而不得不加以限縮，然而總督府卻對市街庄等級的教育設施提供了補助，這是極少見的特例，因而得以窺見當局普及國語的決心。總督府推動國語普及運動的動機，肇因於昭和初期日本本土的社會主義運動、勞工運動、農民運動的盛行，所謂「思想問題」瀰漫整個社會，對外又有九一八事變的爆發；不僅如此，受到了經濟大恐慌的打擊使得日本全國上下籠罩在不安的氣氛中，對此，國民精神的強化因而受到重視。[130] 台灣總督府推行的國語普及運動，獲得了顯著的成效，其成效如下。

台灣人的日語理解率，指的是當年度公學校與國語傳習所（或之後的國語講習所）畢業生的總和。[131] 台灣人在1920年理解日語的比率達百分之2.86，到了1930年已達百分之8.47，隔年，卻暴增到百分之

---

129 國語講習所是以國語教育為中心的簡易國語教育設施，招收的對象是12至25歲無法入公學校就讀的青少年，利用非農忙期的夜間進行授課，講習所的講師皆由小學校或公學校的職員擔任。1930年代許多村莊果然主動倡導，成績優良的村莊會受到地方官員和中央主管單位的讚賞，最優秀者還能得到獎金和褒揚。由於主動倡導，總督府教育部門也將模範村莊的活動刊載在地方及全島性的報紙上，作為宣傳及表彰。

130 陳培豐，《「同化」的同床異夢：日治時期台灣的語言政策、近代化與認同》，頁391。

131 黃宣範，《語言、社會與族群意識：台灣語言社會學的研究》，文鶴，1993，頁93。

20.4，一年之間的成長幅度之大，令人咋舌。由於當時公學校的就學率維持穩定的成長（表三），因此1930年至1931年間台灣人日語理解率的大幅提升，勢必歸功於國語講習所。在國語教育的威脅程度從步步進逼轉變成大幅躍進之下，台灣人失去母語的焦慮感也就不言可喻，連橫在1929年便起而發出「整理台語」的呼聲，明言：「余懼夫台灣之語日就消滅，民族精神因之萎靡。」[132] 便已深刻認識到語言和民族精神之間互為依存的關聯性。此即進入三〇年代之際，台灣人民對同化政策所感受到的焦慮感，而這股焦慮感，也正是黃石輝、郭秋生等人在三〇年代之初提倡台灣話文的心理因素。正因為郭秋生同樣有著「言語不但是集團生活的反映，更就是民族精神的體現」[133] 的認知，承襲了連橫的邏輯，因而郭秋生憂心忡忡地指出殖民母國對於殖民地文化的「去勢化」暴力，他說：「用本國語代替殖民地原住民的固有言語；用本國字代替殖民地原住民的固有文字；用本國的生活樣式代替殖民地原住民固有的生活樣式，於是逐漸**去勢**殖民地原住民的固有精神、固有族性，而後便可以安然坐享殖民地的原住民萬年從順，對帝國絕對奉公。」[134] 為了與殖民母國施加於台灣人的同化暴力抗衡，郭秋生指出：「建設台灣話文的確是台灣人凡有解放的先行條件。」[135] 其言詞多麼堅定與響亮。可以發現，原本在二〇年代文學場域中老死不相往來的新傳統主義者與新知識份子，此時對於傳統文化的流逝都有著高度的危機意識，因而提供相互合作的契機，也促使三〇年代文學場域的結構產生改變。三〇年代新傳統主義者介入文學場域，始作俑者當推由連橫、趙雲石等人所創辦的《三六九小報》，該刊物運用資本主義體制的出版事業以推動漢學的普及化，這是新傳統主義者的創新之舉。然而若論及新傳統主義者與新知識份子的合作模式，最佳例證莫過於《南音》的發刊。

---

132 連雅堂，〈台語整理之頭緒〉，《台灣民報》288，1929年11月24日，頁8。
133 郭秋生，〈建設「台灣話文」一提案〉，收於中島利郎編，《1930年代台灣鄉土文學論戰資料彙編》（以下簡稱《彙編》），高雄：春暉，2003，頁12。
134 同上註，頁32。
135 郭秋生，〈再聽阮一回呼聲〉，收於中島利郎編，《彙編》，頁312。

表三 日治時期台灣人的日語理解率

年	台灣人總數 （未滿一萬人捨去）	日語理解者數	百分比
1905	309萬	11,270	0.38
1915	341萬	54,337	1.63
1920	353萬	99,065	2.86
1930	440萬	365,427	8.47
1931	437萬	893,519	20.4
1932	449萬	1,022,371	22.7
1933	461萬	1,127,509	24.5
1934	475萬	1,128,509	27.0
1935	488萬	1,451,340	29.7
1936	499萬	1,641,063	32.9
1937	510萬	1,934,000	37.8
1940	552萬	2,885,373	51.0
1941	568萬	3,239,962	57.0
1942	583萬	3,386,083	58.0

資料來源：轉引自：陳培豐，《「同化」の同床異夢》，頁259（表7）、藤井省三，《台灣文學這一百年》；台灣總督府，《台灣事情》，1944，頁113。

（二）内部結構的變化：《南音》的進場

　　《南音》是份新舊文學並陳的複合性文學刊物，不過過去的研究者卻通常視之為新文學陣營的文藝刊物，並未給予合理的定位。[136]《南音》在籌備階段時原命名為「雜菜麵」，其創刊目的在於「好古者自好古，好小說者作小說，提倡台灣話文以及讚用文言或白話者，各行其志，大冶一爐，以求個人最後之勝利，益我民生。」這是《南音》原名「雜菜麵」的理由，然此名過於滑稽，恐有遊戲文章之嫌，故易名「南音」。[137] 由此可知，《南音》在創刊之初就已經確立了新舊知識份子

---

136 代表性的學位論文如：張桂華，《苦悶時代下的文學──一九三二年《南音》的文學訴求》，成大歷史所碩士論文，2000 年 6 月。此外，翁聖峰認為《南音》的發行人黃春成是新知識份子的鴿派，而反對《南音》的賴明弘則可視為鷹派。這樣的觀點同樣將《南音》視為新文學刊物。本文將會指出，就思想層面而言，黃春成應視為新傳統主義者較為恰當。翁聖峰的論點見，翁聖峰，《日據時期台灣新舊文學論爭新探》，輔仁大學中文所博士論文，2002，頁152。

137 黃春成，〈本誌之沿起〉，《南音》1：2，1932年1月15日，頁27。

聯合陣線的方針。

　　《南音》雖然「好古」，卻非食古不化，而是具有新傳統主義者的維新思維。《南音》一卷五號的〈編輯後話〉曾言：「本期敬載幼春先生的舊詩；我知一方面必致誤會說：南音在來是排斥舊詩，怎樣這次又登舊詩麼？斯知南音所排斥的舊詩，是排斥無生命的詩，換句話說：就是不歡迎無病呻吟和那御馳走主義（案：機會主義）的詩，並不是排除可以激動情感的詩，如果新詩中，也有無內容的詩，南音當然也要摒棄！」[138] 此處的文字亦可見《南音》將自我定位於新傳統主義立場。當新傳統主義的立場與「文藝大眾化」的思維接觸之際，就產生了將「大眾化」理解為普及化的情況，這由《南音》負責人黃春成的態度就可以窺知一二。

> 吾台自入版圖，漢學日頹，沿至今日，已同殘喘，有心世道之士，觸目皆足興嗟！倘由此而不恢復，則式微之痛，可望目前，野人之譏，定難幸免！春成有志斯道久矣！顧於昭和二年春歸自北華，及與連氏合辦書局，以廣文運！兩載慘澹經營，而成績不過碌碌！蓋吾人久不讀漢文之故也！初成以為書價高，而購者少，嗣後獨營三春書局，廉價拍賣，而購讀之寡，由如往昔，況顧客所購之書，非三國演義之舊小說，即山醫命卜相之類，倘欲覓購大家之詩文集，或近世中外著名諸大作，則稀微如晨星。[139]

　　這段文字出自黃春成〈本誌之沿起〉一文，可見《南音》的發刊目的便是「以廣文運」，這是新傳統主義者追求漢學、漢詩文普及化的思維，這樣的思維造就了新傳統主義者對「文藝大眾化」的解讀和左、右翼知識份子有了極大的出入。雖說《南音》是新傳統主義者與新知識份子合作後的產物，絕不能僅僅以新文學刊物的角度視之。然就內部權力

---

138 〈編輯後話〉，《南音》1：5，1932年3月14日，頁41。
139 黃春成，〈本誌之沿起〉，《南音》1：2，1932年1月15日，頁26。

結構而言，兩者的關係並不對等，更精確地說，是新傳統主義者主導了《南音》的走向，而非新知識份子。這種情況可以由《南音》誌面上限制台灣話文討論欄一事獲得印證。

除了新傳統主義者之外，《南音》內部的另一派成員便是支持台灣話文的葉榮鐘、周定山、莊垂勝等右翼知識份子，此外，以推動台灣話文運動為職志的左翼知識份子郭秋生也名列其中，因此《南音》在當時便被視為台灣話文的大本營。[140] 台灣話文的推動可以說是《南音》的新知識份子對於「文藝大眾化」的實踐，而台灣話文在葉榮鐘提倡「第三文學」的論述框架中，更有成為「民族語言」的企圖與格局。然而，同時推動漢學普及化與台灣話文運動的《南音》，不久後就遭到左翼知識份子賴明弘嚴斥為「少爺階級的娛樂機關」[141]、「布爾文學僵了的死體」[142]。

賴明弘的論述，突顯出左翼知識份子在「文藝大眾化」的認知上與右翼知識份子或是新傳統主義者兩者皆有天壤之別。《南音》既存的新傳統主義文學路線與右翼文學路線，被賴明弘分別名為「御用文學」與「布爾文學」（ブル文學，即資產階級文學），也逼使《南音》在一面持續與賴明弘進行論辯之時，也不得不隨之進行誌面內容的調整。然而，《南音》的調整卻只片面地改革右翼文學路線，對新傳統主義文學路線卻依然故我，其證據便在《南音》一卷五號的〈編輯後話〉。文中寫道：「暫時限制台灣話文討論欄以及嘗試欄的頁數，使免一部分誤會『南音』專為提倡台灣話文或鄉土文學而成立，事雖出於不得已，但也不得不然！」[143] 雖然語氣委屈，不過此文卻表達了另一個訊息：「本期敬載幼春先生的舊詩」，可見右翼知識份子的文學主張被犧牲了，而新傳統主義者的文學主張及其文學生產則原封不動獲得保障，此即兩者

---

140 1933-1934年間，中國白話文支持者趙櫪馬、林克夫、邱春榮、廖毓文、朱點人等，都先後發表文章指摘當時已停刊的《南音》在1932年間所犯的種種錯誤，並且一致認為《南音》就是建設台灣話文的大本營。

141 原文未見，轉引自黃春成，〈宣告明弘君之認識不足〉，《南音》1：6，1932年4月2日，頁24。

142 賴明弘，〈對最近文壇上的感想〉，收於中島利郎編，《彙編》，頁319。

143 〈編輯後話〉，《南音》1：5，1932年3月14日，頁41。

的勢力在《南音》內部的權力結構中失衡的理由所在。

還記得《南音》的創刊目的是「好古者自好古，好小說者作小說，提倡台灣話文以及讚用文言或白話者，各行其志，大冶一爐，以求個人最後之勝利，益我民生」，然而當《南音》的內容與性質遭到質疑之際，作為主事者的處置卻是「好古者自好古」而提倡台灣話文者「暫時限制」，這是何等的厚此薄彼。比《南音》較晚發刊的《福爾摩沙》雜誌，也曾有一作者楊行東在誌面上批評《南音》是「腐心於花鳥風月的資產階級文學」[144]，並直言：

> 這些漢詩又多半是有閒階級玩賞風花雪月的風雅道具，二十八字的平仄，平添民眾敬而遠之的憾事。這就是它雖然有功，卻也讓人覺得有幾許悲哀的地方。執迷不悟的資產階級那種自我滿足，更是可笑至極的諷刺。[145]

顯而易見，楊行東所批判的「腐心於花鳥風月的資產階級文學」正是傳統漢詩文，也就是以黃春成為首的新傳統主義者。楊行東肯定他們對振興台灣文壇「雖然有功」，卻也同時將新傳統主義者的文學實踐評價為「可笑至極」的「平添民眾敬而遠之的憾事」，這就可以看出台灣文學場域內部對新傳統主義者的認識與評價。在此，楊行東敏銳的觀察點出了一個現象：新傳統主義者雖然具有維新的思維，可以跟新知識份子合作，也可以在抵殖民的文學訴求上獲得新知識份子某種程度的肯定，不過就「文藝大眾化」的認知與實踐上，新傳統主義者只能做到「以廣文運」的漢學普及化，卻無法將其文學實踐與文化視野跨出資產階級甚至是特權階級的界線，這也就使得其「以廣文運」的努力最終只能獲得了同時代的新知識份子的負面評價。

---

144 楊行東，〈對台灣文藝界的期望〉（〈台灣文藝界への待望〉），《福爾摩沙》1，1933年7月15日，頁19。
145 同上註，頁21。

結語

　　二〇年代躍然登於台灣社會的「大眾」一詞，是西方mass的譯語，mass在西方社會中本來就具有相當複雜的意義，這個詞彙雖經由日本轉譯至台灣，不過其意涵的複雜性與多元性並未損減，在台灣至少出現了以下三種解讀。其一，右翼知識份子將之理解為啟蒙運動意義上的民眾（multitude），因此將「大眾化」理解為世俗化、非神聖化，這樣的認知運用到文學運動的層次上，便將之理解為平民文學，這是一個與封建時期的貴族文學相區別的文學主張，主張文學必須為廣大人民服務。其二，左翼知識份子將「大眾」理解為無產階級（proletariat），他們認為無產階級推翻資本主義體制的革命行為是歷史發展的動力，他們雖然也如同右翼知識份子主張文學必須為廣大人民服務，不過他們更突出了人民的階級性，認為「大眾化」的文學就是必須為以無產階級為主體的人民服務，藉此使得文學真正貼近人民的生活與情感，而非如平民文學一般只是知識份子世界觀的產物。其三，具有維新思維的傳統文人，也就是本文所述之新傳統主義者，則是依其閱讀漢學典籍的習性，將「大眾」理解為眾人（the crowd）。

　　相較於左、右翼知識份子所理解的「大眾」都具有抵抗特權階級與貴族文化的進步性，新傳統主義者所理解的眾人則較缺乏此內涵，於是新傳統主義者所意識到的「大眾化」是「以廣文運」，也就是漢學的普及化。然而由於新傳統主義者具有「政治上的自由主義，文化上的保守主義」的思想進路，使得他們得以穿梭於文化場域與權力場域之間，一面與新知識份子在自由主義思想上尋求合作，另一方面又在權力場域上享有特權並且和殖民者產生共謀關係。當新知識份子的政治活動傾向於向殖民者爭權時，新傳統主義者便與之同一陣線，然當新知識份子的改革思維損及新傳統主義者的利益時，新傳統主義者則立即退守到保守主義的立場，變得和殖民者利益相一致了。新傳統主義者在政治上的投機性，在他們介入文學場域時亦然，他們以抵殖民意識堂而皇之進入文學場域，並以維新思維作為鬥爭策略（strategy of struggle），然而他們在

文學場域所再生產的信仰，仍然是與一般民眾無緣的漢學，儘管新傳統主義者盡力包裝，依舊被新知識份子認定為「平添民眾敬而遠之的憾事」。以上是二〇年代台灣社會對「大眾」的三種解讀，這三種解讀隨著三〇年代文學運動的進行，而造成以上三派知識份子之間的意見衝突，其詳細情形便是以下各章討論的重點。

第二章 「文藝大眾化」的左翼內部之爭

　　三〇年代台灣文學場域由於「文藝大眾化」而產生的意見衝突，約莫可區分為左翼內部之爭、左右之爭與新舊之爭等三個層面。本章所要討論的內容便是左翼陣營內部之爭。

　　所謂的左翼內部之爭，源自於兩支左翼文化理論流派之間的衝突，這兩派分別是主張台灣話文的左翼本土主義者，其代表人物為黃石輝、郭秋生；以及主張中國白話文的左翼漢族民族主義者，其代表人物為廖毓文、賴明弘。過去學界對於鄉土文學論戰內部的左翼知識份子，僅僅以文學語言的主張做為分類的標準，因此上述兩派只被認定為台灣話文派與中國白話文派，至於這兩派在左翼思想論述上所產生的差異，卻一直缺乏討論。本書的序論已略述左翼漢族民族主義者基本上是以國際主義（internationalism）的形式作為包裝，既而與左翼本土主義者對話。國際主義是馬克思主義的根本精神，它被認定為：

> 世界各國無產階級的國際團結的思想，在維護共同利益、反對共同敵人、實現共產主義共同目標的基礎上形成。是無產階級及其政黨認識和處理各國無產階級、各國共產黨、各個社會主義國家相互關係的基本原則。馬克思和恩格斯在《共產黨宣言》中提出的「全世界無產者，聯合起來！」的口號，列寧在十月革命後提出的「全世界無產者和被壓迫民族聯合起來！」的口號，是其精神的具體體現。[1]

此等思維原先並非文化論述，不過卻在1930年這個革命情勢高漲

---

1 中共中央編譯局世界社會主義研究所編，《新編世界社會主義辭典》，北京：中央編譯出版社、上海：上海辭書出版社，1996，頁/61。

的年份，被生硬地從政治運動的場域移植至文學場域。在文學上，本書所指涉的國際主義者則是指在上述原則下，主張文學應為全世界無產階級服務，這也正是賴明弘所謂「世界無產階級的要求是大同團結」[2]的理由。左翼漢族主義者普遍且主觀地認為普羅文學應為中國而非台灣的無產階級服務，在這樣的認知下，「國際主義」成為一個巧妙的「替身」，協助他們理直氣壯地批判台灣話文／本土主義的理論根源。至於本土主義（nativism），根據後殖民理論家博埃默（Elleke Boehmer）的解釋：

> 起初並沒有要推翻帝國的體系結構，只是要推翻帝國的價值觀念。（中略）他們所傳播的道理都是力圖維護本土文化，因為那是豐富、純潔而本真的（因此又被稱為「本土文化保護主義」）。其中的一個中心思想就是，一個民族儘管長期受到壓制，民族性仍然深深地埋在文化源頭中，其本來面貌可以原封不動地加以恢復，殖民主義的劫掠並不能使它變味走樣。就這樣，本土文化以歷史重述、宗教復興、輓歌和懷舊詩歌等形式，發展成為啟發民族主義情緒的重要前沿。[3]

本土主義的思維若與左翼立場結合，便使得知識份子在維護本土文化的前提之下，突顯出人民的階級性，因而發展出為本土無產階級服務的本土文化，這便是左翼本土主義。以「本土」人民為服務對象的左翼本土主義者，自然將意欲服務「本土以外」的人民的左翼漢族民族主義者視為「望洋失海的事大主義者」[4]，認為他們不了解台灣民眾的需求，致使文學與本土的「大眾」脫節。

---

2 原文未見，轉引自黃石輝，〈答負人〉，收於中島利郎編，《1930年代台灣鄉土文學論戰資料彙編》（以下簡稱《彙編》），高雄：春暉，2003，頁300。

3 艾勒克・博埃默著，盛寧、韓敏中譯，《殖民與後殖民文學》，瀋陽：遼寧教育出版社，1998，頁114。

4 郭秋生認為中國白話文只能為中國人服務，不能為台灣人服務，因此諷刺中國白話文派為「事大主義者」。見郭秋生，〈再聽阮一回呼聲〉，《南音》1：9、10，1932年7月25日，收於中島利郎編，《1930年代台灣鄉土文學論戰資料彙編》，高雄：春暉，2003，頁311。

在文學語言追求上的爭執原本無可厚非，因為這代表著兩種尋求殖民地台灣解放的途徑，不過，左翼漢族主義者援引國際主義作為理論武裝，屢屢以「正統」自居，批判左翼本土主義者背離馬克思主義之根本原則，使得左翼本土主義者飽受不平之冤。本章將試圖從過去學界欠缺的研究方法切入，採取列寧與史達林的左翼民族文化理論做為參照與佐證，討論國際主義與本土主義究竟何者才是當時國際左翼文化思潮的正統，也才能給予三〇年代「文藝大眾化」的左翼內部之爭一個更公允的歷史評價。

第一節　革命的1930年：國際主義大行其道的歷史背景

發生於1930年的鄉土文學論戰，最初由左翼作家黃石輝提出以「文藝大眾化」為原則、以台灣話文為工具，來書寫台灣的鄉土文學。雖然「文藝大眾化」的原則對左翼作家而言是個神聖不可侵犯的概念，不過台灣話文與鄉土文學的提倡卻讓廖毓文等左翼漢族民族主義者不敢苟同，論爭因而產生。如今，欲討論這兩者的意識型態對立之前，宜先釐清當時台灣左翼思想的時代氛圍與接受概況，才能理解這兩派作家產生衝突的思想背景。

談到1930年左翼思想的衝突，須上溯至1928年台灣共產黨（以下簡稱台共）的成立。在台共秘密成立之前，左翼陣營批判的對象若非殖民統治者，便是台灣本土的資產階級。不過到了台共崛起之後，台灣左翼陣營出現了極左化的傾向，打破了原本一致對外的態勢，致使無產階級運動內部亦開始出現了分裂，而且左翼陣營對內的鬥爭之烈，絕不亞於對外的鬥爭，此時左翼陣營內部鬥爭的代表性的實例，便是台共與新文協[5]對楊連一派（楊逵、連溫卿）的驅逐。其間緣由歷來已有許多解釋，其一為長期以來學界既定的詮釋，將之視為日共內部山川主義與福

5　新文協指的是1927年以後由左翼知識份子所掌權的台灣文化協會，此為學術指涉上的慣用語，下文使用時亦同，不再另行說明。

本主義之爭的延長；[6] 其二為陳芳明的詮釋，不從過去學界著重之思想衝突的角度切入，而是從左翼陣營內部爭奪勞工運動之領導權的對立來析論，說明領導權之爭才是連溫卿被排斥的主因；[7] 其三為吳叡人的詮釋，認為左翼陣營的內部衝突還是必須回到思想對立面來解釋，然台共派與連溫卿的對立就本質而言，並非山川主義與福本主義的衝突，而是共產國際、日共路線與山川主義——或者說是列寧主義與合法馬克思主義之間的思想衝突。[8]

　　筆者以為，二〇年代末期的左翼內部之爭是起於領導權之爭，但領導權之爭並不是偶然的、情緒性的行為，它背後必然隱含著思想價值對立的因素。其次，若談到思想衝突，吳叡人的論點顯然比起第一類詮釋令人滿意，吳叡人認為此時左翼內部之爭的關鍵在於共產國際（Communism International，簡稱Comintern）路線的接受與否（台共接受，連溫卿則否），這的確是精闢的見解。但是，吳叡人所認定的共產國際路線是〈二七年綱領〉，然筆者認為此時的共產國際路線並非〈二七年綱領〉，而是將〈二七年綱領〉取而代之的「資本主義第三期」理論。本書將試圖說明：「資本主義第三期」理論賦予了台共派「驅逐」楊連一派的正當性，此一正當性在〈二七年綱領〉中是完全不曾具備的。

一、〈二七年綱領〉的制定及其意義

　　談到〈二七年綱領〉到「資本主義第三期」理論之間的轉折，其實便是談到了共產國際內部關於布哈林（Nikolai Ivanovich Bukharin, 1888-

---

6 代表性的論述是史明的《台灣人四百年史》。山川主義由山川均所主張，認為必須以合法的「無產政黨」來結合廣泛的一般大眾而從事於反資本主義鬥爭，並以為盲從於共產國際是錯誤的，應該建立一個日本特有的革命路線。而福本主義則是由福本和夫所主張，認為「共產黨」應該是純粹的馬列主義者的黨，必須經過激烈的理論鬥爭先來清除（分離）不徹底馬列主義的動搖份子，然後把百分之百的馬列主義者結合起來（即所謂「分離．結合論」）。兩派最大的衝突在於，前者認為革命尚未成熟，且不必服膺於共產國際的指導，後者認為革命時機已成熟，必須在共產國際的指導下進行革命。見史明，《台灣人四百年史》，台北：蓬島文化出版社，1980，頁565-566。

7 陳芳明，〈連溫卿與抗日左翼的分裂——台灣反殖民史的一個考察〉，《殖民地摩登》，台北：麥田，2004。

8 吳叡人，〈誰是「台灣民族」？：連溫卿與台共的台灣解放論與台灣民族形成論之比較〉，發表於中研院台史所主辦「地方菁英與台灣農民運動國際學務研討會」，2005年7月13-14日，頁22。

1938）[9]與史達林（Joseph Vissarionovich Stalin, 1879-1953）之間對於共產國際之領導權的爭奪。在1924年2月列寧因腦溢血去世之後，由列寧（Vladimir Ilyich Lenin, 1870-1924）一手創立的共產國際便歷經了好幾年的領導權之爭。首先在1926年季諾維也夫（Grigory Zinovyev, 1883-1936）被撤去共產國際執委會主席職務後，布哈林便以共產國際政治書記處書記的身分，主持共產國際的工作。不過到了1928年史達林展現出奪權的野心，硬是逼使原先由布哈林提出的「資本主義第三期」理論，依照史達林的意思作修正，因此被修改得面目全非的「資本主義第三期」與其說是布哈林的理論，不如說是史達林的傑作。1929年4月，史達林在政局上形成多數，因而撤銷了布哈林作為共產國際政治書記處書記的職務，史達林也就正式執掌俄共以及共產國際。

在此之前，訂立於1927年的〈二七年綱領〉，依然是貨真價實地體現了布哈林的學說。所謂的〈二七年綱領〉（〈二七年テーゼ〉），是指在1927年共產國際為了解決日共內部的思想對立，所制定的決議。當時日共內部充斥著山川主義與福本主義彼此鬥爭的氣氛，最後導致日共的解散。1927年7月，共產國際召集日共領導人片山潛、渡邊政之輔等人到莫斯科召開會議，制定了由片山潛起草、布哈林修改，經共產國際常務委員會批准的〈關於日本問題的決議〉（〈日本に関する決議〉），簡稱〈二七年綱領〉，這是日共正式通過的第一個綱領，其內容如下：

---

9 布哈林是共產國際的創始人之一，從共產國際成立時起就參加了領導工作，是歷屆執行委員會委員，是包括《共產國際綱領》在內的一系列重要文件的起草人和報告人。1926年在季諾維也夫被解除共產國際主席職務之後，布哈林以共產國際執委會政治書記處書記的身分主持共產國際的工作。除此之外，布哈林還是俄共有名的經濟學家，在俄國十月革命前，我國馬克思主義者中只有兩人對帝國主義做過系統的研究，一個是列寧，另一個就是布哈林。列寧的《帝國主義是資本主義的最高階段》寫於1916年1-6月間，而布哈林《世界經濟和帝國主義》的成書時間比列寧的《帝國主義是資本主義的最高階段》早了半年多。可以說，布哈林是俄共黨內最早著手帝國主義研究的經濟學家。布哈林《世界經濟和帝國主義》將世界經濟同帝國主義聯繫起來考察，認為當前的世界經濟無非是資本主義發展的新階段，亦即帝國主義階段。列寧為此書寫了序言，給予極高的評價，認為此書的研究是對馬克思主義的重要貢獻，後來列寧在研究帝國主義時顯然吸取了布哈林的研究成果。因此，在列寧死後，布哈林理所當然地成為共產國際的經濟理論權威，他提出的「資本主義第三期」理論也是順理成章之事。以上關於布哈林的生平請參見：鄭異凡，《布哈林論稿》，北京：中央編譯，1997，頁5-29。

一、為反對帝國主義戰爭的威脅而戰！

二、反對介入中國革命！

三、擁護蘇維埃聯邦！

四、殖民地完全獨立！

五、解散國會！

六、廢除君主制度！

七、十八歲有普選權！

八、爭取集會、結社權！爭取言論、出版自由！

九、八小時勞動制！

十、失業保險！

十一、廢除壓制勞工的惡法！

十二、沒收天皇、地主、國家及寺廟等的財產！

十三、建立累進稅制度！[10]

　　〈二七年綱領〉的目的，在於批判山川均的右傾機會主義（山川主義）和福本和夫的「左」傾排外主義（福本主義）的雙重錯誤，並作為日共重建的基礎綱領。至於〈二七年綱領〉的主旨，則是認為日本資產階級的政治地位已加強，是亞洲最大的資本主義強國。日本政權的性質是以資產階級為主導，資產階級和地主的聯合專政。日本現狀還是處於絕對主義半封建的天皇制之下，並指出農村地區還保留著半封建的地主、佃農關係。在此狀況下，日本直接走向社會主義革命（第二階段革命）的機會尚未成熟，首先需要的是以工人和農民為中心來發起廢除天皇制並完成封建地主制的解體的資產階級民主主義革命（第一階段革命）。而後再迅速轉變為社會主義革命。〈二七年綱領〉還認為在日本實行資產階級民主主義革命的客觀條件已經具備，但主觀條件不具備。由於工人與農民尚未具備革命傳統和鬥爭經驗，且深受「愛國主義」的武士道精神之毒害，因此，日共的主要任務是加強黨的建設，努力使黨

---

10 〈二七年綱領〉的內容，轉引自盧修一，《日據時代台灣共產黨史》，台北：前衛，1992，頁76。

具有最大的群眾性，鞏固黨在工人階級中的領導地位。〈二七年綱領〉的制定，顯示出共產國際認為日本社會進行「兩階段革命論」是必須的。1928年日共依據〈二七年綱領〉而重建，並依據綱領第四條「殖民地完全獨立」所指示，將朝鮮與台灣的獨立運動，列為日共的重要使命，同年，台共亦在日共的協助下，於上海秘密成立。[11]

　　因此說台共奉行〈二七年綱領〉而成立並不為過。[12] 不過就在1928年間，史達林的勢力漸有壓過布哈林之勢，加上布哈林提出的「資本主義第三期」理論在二十餘處重點部分遭到了史達林一派要求修改，終使「資本主義第三期」理論成為史達林思想的體現，而布哈林在共產國際內部的影響力也就此名存實亡。於是，日共的立場就顯得尷尬萬分，因為共產國際的「朝令夕改」使其無所適從，迫使日共在遵守〈二七年綱領〉或「資本主義第三期」理論之間，作出選擇。這兩者最大的差異在於，前者認為革命時機尚未成熟，主張循序漸進的「兩階段革命論」，後者認為革命時機已然成熟，主張畢其功於一役的「一階段革命論」。最後，日共選擇效忠後者。1929年7月，共產國際執行委員會第十次全會召開，日本代表在對「資本主義第三期」理論發出了「第三期的基礎本質上的傾向也適用於日本」的意見，並具體指出：

> 從右翼乃至「左翼」的社會民主主義者，不只維護勞動者的利益，也維護資產階級的利益，因而對日共與共產國際有所爭執。因此，對他們社會民主主義者做全力的鬥爭，是黨的最重要的任務之一。
>
> 在日本的革命運動正顯不出上升的徵兆。我們能夠預見勞動者與

---

11 關於山川主義與福本主義的解釋以及〈二七年綱領〉的意義，除了史明的《台灣人四百年史》之外，尚可參考：葉渭渠，《日本文學思潮史》，北京：經濟日報，1997年3月，頁429-430。鶴見俊輔著，李永熾譯，《日本精神史》（1931-1945），學生書局，頁85-86。朱謙之，《日本哲學史》，北京：人民，2002年6月，頁423-427。曹天祿，《日本共產黨的「日本式社會主義」理論與實踐》，北京：中國社會科學，2004，頁48-49。

12 盧修一，《日據時代台灣共產黨史》，頁61。

支配階級的大衝突已近。日本的勞動者農民將參與革命運動，與西歐諸國站在同一陣線。日本的第三期的特徵是階級鬥爭的尖銳化與資本主義的種種對立。

這些論述，體現了作為日共重建基礎的〈二七年綱領〉已經動搖，到了1931年，日共已經將革命戰略訂定為「廣泛地包含資產階級民主主義革命的無產階級革命」，也就是明確接受「資本主義第三期」理論，採取了「一階段革命論」，結束了這段日共史上所謂的「戰略不確定時代」。[13]

二、「資本主義第三期」理論的內涵

釐清了日共對〈二七年綱領〉的接受與揚棄的過程，接下來就必須討論「資本主義第三期」理論的實質內涵。1928年是共產國際策略重新調整的階段。由於共產國際在中國所主導的「國共合作」政策在1927年遭遇失敗，為了記取教訓，在1928年7月17日到9月1日於莫斯科召開的共產國際第六次代表大會（以下簡稱六大）中就表達了以下的立場：東方國家的民族資產階級已經背叛革命，歸併入帝國主義陣營，因此與民族資產階級的聯盟政策必須拋棄。共產國際同時檢討了殖民地和半殖民地的革命運動，認為該地沒有真正的共產黨，導致共產國際的政令不行，因此，加強該地的共產主義活動，是共產國際最主要且迫切的任務之一。因此，此後數年內亞洲殖民地區共產主義趨於激進的理由，主要是企圖實現共產國際上述的方針。[14] 這便是共產國際的路線，同時也是台共所奉行的路線。

更具體而言，此時共產國際的路線便是「資本主義第三期」理論。此理論是共產國際領導人布哈林在六大上，代表共產國際起草的〈國際形勢與共產國際的任務〉提綱（以下簡稱〈共產國際綱領〉）中所提

---

13 以上關於日共對「資本主義第三期」理論之接受，請參見：栗原幸夫，《プロレタリア文学とその時代》，東京：平凡社，1971，頁88-95。
14 同上註，頁107。

出。受託起草〈共產國際綱領〉的布哈林將提綱草案交給俄共駐共產國際代表團審查，得到了以史達林為首的代表團「採納提綱。根據交換的意見進行修改」的決議。而所謂「交換的意見」，亦即針對布哈林提出的綱領草案進行二十多處的修改，最終完全採納了史達林的觀點。

1927年8月1日，史達林在題為〈國際情勢與保護蘇聯〉的演說中，首次提出「資本主義危機和資本主義滅亡的醞釀正從穩定中成熟起來」的見解。12月初，史達林在俄共第十五次代表大會上所做的政治報告中，根據各國的工人罷工鬥爭、殖民地反對宗主國的鬥爭以及帝國主義國家之間爭奪殖民地的鬥爭，進一步推斷說，資本主義的穩定發展時期已經結束，最尖銳、最深刻的世界資本主義危機正在產生，新的戰爭正在醞釀。史達林所謂的「新的戰爭」指的是西方帝國主義國家反對蘇聯的戰爭，這必然會招致各國人民的強烈反對，最終爆發推翻資本主義制度的無產階級革命，所以史達林斷言「歐洲顯然進入了新的革命高潮時期」。

布哈林原先的提綱草案內容，將一戰以後十幾年分為「尖銳的革命危機」、「資本主義生產力恢復」和「資本主義改造」三個時期，認為從歷史的角度看，現代資本主義已失去其進步作用，但資本主義的生產力仍在不斷地發展，當時沒有發生任何動搖資本主義穩定的新現象。他在六大上說：「實際上它（生產力）在發展，而且發展的相當快，甚至不排除在某些國家……資本主義生產力能夠異常迅速地發展。」布哈林看到科技飛快進步為資本主義的進一步發展提供了巨大的可能性，因此他並不認為目前正處於革命爆發的前夜。史達林對此觀點做了修正，認為「資本主義的穩定是不鞏固的，而且也不可能是鞏固的；由於世界資本主義危機的尖銳化，這種穩定正被事變的進程動搖著，而且以後還會被動搖」。因此史達林得出結論，「新的革命高潮」正在到來。

被史達林糾正的布哈林，被迫採取史達林的觀點修改〈共產國際綱領〉，綱領將1914-1928年劃分為三個時期，1914-1923年是第一個時期，即資本主義體系發生尖銳危機和無產階級進行直接革命進攻的時期；1924-1927年是第二個時期，即資本主義局部穩定和無產階級革命

進入低潮的時期；1928 年開始是第三個時期，即資本主義總危機急劇發展的時期。上述的觀點，即共產國際第六次大會中所被提出的「資本主義第三期」理論，簡言之，就是即將發生對抗帝國主義的民族解放戰爭和資本主義制度即將崩潰的理論。[15]

「資本主義第三期」理論原為揭示革命時機成熟的一項戰略，然而在實踐的戰術層面上，它便成為剷除異己的工具，特別是與史達林政治立場相左的「左翼社會民主主義者」。他在〈論聯共（布）黨內的右傾〉的演說中，就表達出他之所以修正布哈林〈共產國際綱領〉之原因及政治立場：

> 關於和社會民主黨作鬥爭的問題。在布哈林的題綱中說，和社會民主黨作鬥爭是共產國際各支部的基本任務之一。這當然是對的。但是這還不夠。為了勝利地進行反對社會民主黨的鬥爭，必須強調和社會民主黨的所謂「左」翼作鬥爭的問題，就是這個「左」翼玩弄「左的」詞句並以此巧妙地欺騙工人，從而阻礙工人群眾離開社會民主黨。很明顯，不粉碎「左」翼社會民主黨人就不可能戰勝整個社會民主黨。可是布哈林的提綱中，關於「左」翼社會民主黨的問題竟完全沒有談到。這當然是一個很大的缺點。因此，聯共（布）代表團不得不對布哈林的提綱提出相應的修正，這個修正後來被代表大會採納了。[16]

由此可知，對於社會民主主義者甚或是「左翼」社會民主主義者的鬥爭，其動機源於勞工運動的領導權之爭。職是之故，共產國際的綱領特別指出各國共產黨的任務，在於「要在各方面，無論是經濟方面或政

---

15 以上關於「資本主義第三期」的提出與內容，請參見：鄭異凡，《布哈林論稿》，北京：中央編譯，1997，頁360-365；黃宗良、林勛健主編，《共產黨和社會黨百年關係史》，北京：北京大學，2002，頁81-84。

16 史達林，〈論聯共（布）黨內的右傾〉，1929年4月22日，《斯大林全集（十二）》，北京：人民，1955，頁21。

治方面，同社會民主主義不斷進行鬥爭，要揭露資產階級和平主義，以便把工人階級的大多數爭取到共產主義方面來。」[17] 如今翻閱台共的文獻，可以發現當時台共對於「資本主義第三期」理論表現出如癡如醉的態度，並且徹底執行掃蕩「左翼社會民主主義者」的工作，而此時被台共稱之為「左翼社會民主主義者」，正是被驅逐的楊連一派。上述這些字眼與思維，當然都是〈二七年綱領〉所不曾出現過的。

「社會民主主義」一詞最早出現於1848年歐洲革命。馬克思、恩格斯最初也曾自稱社會民主黨人或社會民主主義者，表示要把民主革命進行到底並實現社會主義。不過由於德、法等國部分激進民主主義者和小資產階級社會主義者也自稱社會民主主義者，他們主張以民主的方式來改造社會，卻沒有明確表態支持共產主義，馬克思、恩格斯為了與他們區別，便棄用社會民主主義者的名稱，而自稱共產主義者，自此共產主義與社會民主主義有了初步的區分。

「第二國際」初期，各國社會民主黨都以社會民主主義作為黨的指導思想，社會民主主義因而盛極一時。不過隨著一次大戰的爆發，交戰國大多數社會民主黨背叛國際主義，轉而以「保護祖國」為由支持本國政府進行帝國主義戰爭，第二國際因此瓦解。隨後列寧於1919年3月重整原第二國際內的左派，成立了「第三國際」（共產國際），並對第二國際中盛行的社會民主主義提出批判，並規定各國的共產主義組織一律稱為共產黨，由共產國際統一指導。此後在共產國際及各國共產黨的文獻中，社會民主主義成為「社會主義工人國際」所屬各黨的理論和政策的**貶稱**，也成為右傾機會主義和修正主義的同義語，其涵義為：主張資本主義國家可以用和平的、漸進的方式過渡到社會主義階段，反對進行激烈的無產階級革命，提倡抽象民主或純粹民主，反對無產階級專政。

與以往的修正主義理論相比，「社會民主主義」強調了國家不再是階級專政的工具，而只是組織管理社會經濟事務的專門機構，是社會主義者可資利用的工具，從而在理論上完全否定了暴力革命的可能性。除

---

17 史達林，〈關於聯共（布）中央七月全會的總結〉，1928年7月13日，《斯大林全集（十一）》，頁175。

了社會民主主義的基本涵義與布爾什維主義對立之外，社會民主主義與布爾什維主義在關於建黨原則上也有很大的觀念衝突。社會民主主義堅決反對將黨建設為一個高度集中統一的組織，主張只有黨的鬆散、自由的狀態，才能充分地發揚黨內民主，為此，西歐社會民主黨人尖銳地批判了布爾什維克黨的民主集中制的建黨原則，認為這樣只會造成個人獨裁。社會民主主義者還認為：社會主義的實現應該建立在大多數民眾認可和主動參與的基礎上，黨在實現社會主義理想的過程中起到的應該是宣傳和鼓動的作用，社會主義只能是工人階級自發意識的結果。

俄共（布爾什維克）則認為：在資本主義社會中，工人階級自發意識的結果只能導致「工聯主義」（主張罷工卻不主張革命），不可能達到更高境界和層次。社會主義只能是社會主義政黨不斷地向無產階級進行社會主義理論「灌輸」的結果。無產階級政黨負有啟發和教育工人階級和其他勞動大眾的使命，有責任及義務與他們制定鬥爭目標和綱領，為他們提供正確的鬥爭策略，引導他們進行社會主義革命，因此建立一個紀律嚴明、具有高度理論素養的政黨是必要的。[18]

對共產國際而言，他們在創立初期就一直與「社會民主主義」作鬥爭，因為「社會民主主義」正是第二國際的路線。第二國際在一次大戰期間展現出捍衛本國利益的資產階級性格，因此導致列寧另組遵奉共產主義的共產國際，以取代宣告破產的第二國際。自此，「社會民主主義」即被共產國際及全世界共產黨視為具有資產階級性格且不支持積極革命的思想。這也正是蔣渭水與台灣民眾黨被台共・新文協大肆抨擊的原因所在。

然而，蔣渭水的思想內涵並非固著不變的。1930年以後，蔣渭水的左傾更加明顯。到了1930年，蔣渭水受到了1928年共產國際提出「資本主義第三期」理論的啟發，以及1929年世界性經濟大恐慌的刺激，轉而響應共產國際的號召，致力於推動無產階級革命運動。此時的

---

18 見中共中央編譯局世界社會主義研究所編，《新編社會主義辭典》，北京：中央編譯出版社，1996，頁649；黃楠森主編，《馬克思主義哲學史》，北京：高等教育出版社，1998，頁321-322；黃宗良、孔寒冰主編，《世界社會主義史論》，北京：北京大學出版社，2004，頁199-203。

蔣渭水，一面心儀蘇聯新經濟政策，主張孫文主義具有發展到無產階級專政之可能性，一面決定放棄合法改良主義路線而欲與台共・新文協合流，如此一來是否可以被視為孫中山的信徒？不無疑義。而且其死前遺言：「台灣社會運動已進入第三期，無產階級的勝利已迫在眉睫。凡我青年同志務須極力奮鬥，舊同志倍加團結，積極協助青年同志，盼望為解放同胞而努力。」也可視為對共產國際「資本主義第三期」理論的高度肯定。不過，蔣渭水的左傾並沒有獲得台共・新文協的歡迎，甚至直指蔣渭水為「偽」左派，企圖愚弄無產大眾；當1931年台灣民眾黨遭到總督府禁止結社之後，台共・新文協不但沒有兔死狐悲之感，反而有幸災樂禍、落井下石之舉。只能說雙方過去的隔閡甚深，一時間無法弭平。[19]

三、「多數者獲得」：「資本主義第三期」理論的戰術

當然，處理共產主義（台共）與右翼社會民主主義（台灣民眾黨）之間的對立，並非本書的重心，本書的問題意識仍是著重於解決台共與被稱為「左翼」社會民主主義者的楊連一派之間的矛盾。在共產國際提出「資本主義第三期」的理論之後，不認同激烈革命、主張成立合法左翼政黨的連溫卿隨即被視為「資產階級和平主義者」，而遭到新文協的排斥，並於1929年11月3日召開的第三次大會上遭到除名。此舉可視為新文協開除不服膺於共產國際指導的「不純份子」的一個舉動。當時新文協給予楊連一派的罪名有五：一、他們是托派（即托洛斯基主義者），忽視台灣的農民問題。二、否定中央集權。三、對中央幹部中傷謾罵。四、否定第三期。五、與浮動份子勾結。[20] 可見，不認同「資本主義第三期」理論是楊連一派受到排斥的重要理由。此外，新文協的

---

19 趙勳達，〈蔣渭水的左傾之道（1930-1931）：論共產國際「資本主義第三期」理論對蔣渭水的啟發〉，《台灣文學研究》4，2013年6月30日。

20 見王乃信等譯，《台灣社會運動史（1913-1936）・第四冊 無政府主義運動、民族革命運動、農民運動》（原《台灣總督府警察沿革誌 第二篇 領台以後的治安狀況（中卷）》），台北・海峽學術，2006，頁271。

相關文獻也指出，楊連一派被除名的理由在於「忽視決議，徒弄革命言辭，而其實行動卻違背」[21]、「企圖阻止無產階級的利益之實現」[22]。同樣的態度亦表現在新文協對日本社會民主主義政黨——日本大眾黨的抵制上，新文協稱其為「日本無產階級的死敵」、「欺弄日本無產兄弟的騙子」，並說明新文協對他們的批判是出於「站在國際無產階級的連帶責任上我們必須極力排斥並驅逐他們社會民主主義者的策動」[23] 的立場。如此看來，這樣的宣示的確帶有幾分史達林的口吻。

可以發現，台共、農組、新文協此時都已成為史達林主義以及共產國際路線的信徒，因此他們對於楊連一派的批判，都是從「左翼社會民主主義者」的角度切入，與山川主義或〈二七年綱領〉全然無涉。在此可以確定，否定「資本主義第三期」理論、拒絕參與暴力革命的行動，才是楊連一派在左翼思想上遭到驅逐的原因。

從〈二七年綱領〉到「資本主義第三期」，代表著布哈林原先堅持的「兩階段革命論」（先進行資產階級民主革命、再進行無產階級社會主義革命）已經鬆動，而「資本主義第三期」指示各國共產黨對於社會民主主義者、甚至是左翼社會民主主義者的進攻，已經全然導致各國共產黨失去了與資產階級或小資產階級知識份子之間的合作基礎，遑論統一戰線的資產階級民主革命之進行。回過頭來吟味黃石輝於 1928 年的發言：「若是單純求著民族解放，假使成功了，他只是幾個人得了權利，而這民族中的下層階級依然是在被壓迫的地位。**不過是被外人和被自族壓迫之差而已。**」[24] 可以發現黃石輝並不支持「兩階段革命論」，寧可畢其功於一役，達到無產階級專政的終極目標。雖然 1928 年共產

---

21 《台灣社會運動史（四）》，頁221。亦可參見台灣農民組合〈粉碎楊連一派的左翼社會民主主義者〉，《新台灣大眾時報》2：1，1931年3月15日，頁82-89。以及〈台灣民眾黨受禁止解散的意義及我們的對策〉，《新台灣大眾時報》2：2，1931年6月21日，頁63。

22 《台灣社會運動史（1913-1936）‧第四冊 無政府主義運動、民族革命運動、農民運動》，台北：海峽學術，2006，頁271。

23 《台灣社會運動史（1913-1936）‧第四冊 無政府主義運動、民族革命運動、農民運動》，台北：海峽學術，2006，頁208-209。

24 黃石輝，〈「改造」之改造（二）〉，《台灣大眾時報》10，1928年7月9日，頁11-12。

國際六大並未將「一階段革命論」的實質文字寫入「資本主義第三期」理論中，不過「一階段革命論」的精神卻在「資本主義第三期」理論中不斷被闡述。例如日本的藏原惟人，就將「資本主義第三期」解讀為「不可避免地將進入無產階級革命階段的資本主義穩定地衰弱時期。一言以蔽之，那是無產階級同資產階級鬥爭的前夜。」[25] 到了1931年7月，日共依據「資本主義第三期」理論的精神，制定了〈政治綱領〉，即一般所慣稱的〈三一年綱領〉，便已將日本革命的方向改弦易張為「廣泛地包含資產階級民主革命的無產階級革命」，白紙黑字地表達出「一階段革命論」的內容。[26]

　　吳叡人曾主張，支持社會主義革命（一次革命論）的連溫卿受到了台共的排斥，是由於台共奉行共產國際所主張之「兩階段革命論」路線的結果，這顯然是根據〈二七年綱領〉所作的觀察。[27] 然而兩者實際的主張恰恰相反。由於共產國際在1928年對於策略的調整，出現了「資本主義第三期」理論，使得台共所遵循之共產國際路線，實非〈二七年綱領〉，而是「資本主義第三期」，亦即此時台共已不再支持「兩階段革命論」，而是主張「一階段革命論」了。依據「資本主義第三期」理論來說，台灣應被歸類於「殖民地半殖民地國家」，由於資本主義並不發達，正可跳過資產階級民主革命（第一階段革命），直接朝向社會主義革命邁進（第二階段革命）。[28] 因此若以〈二七年綱領〉的精神來解讀楊逵與連溫卿被台共除名一事，似與歷史事實有所扞格。

　　1929年由美國首先爆發的經濟大恐慌，最後延燒至全世界的資本主義國家，這也使得1928年由共產國際提出的「資本主義第三期」理論獲得了印證，因而更加鼓舞全世界各地無產階級革命運動的進行。在台灣，台共亦是如此持續鼓動無產階級革命運動，最負盛名的事例便是1931年依據共產國際的指示，在8月1日的「赤色反戰日」，大規模地

---

25 此處藏原惟人的論點請見：飛鳥井 雅道，《日本プロレタリア文學史論》，八木書店，1982，頁121。
26 栗原幸夫，《プロレタリア文學とその時代》，東京：平凡社，1971，頁109-110。
27 吳叡人，〈誰是「台灣民族」？：連溫卿與台共的台灣解放論與台灣民族形成論之比較〉，頁12-13。
28 鄭異凡，《布哈林論稿》，頁360-365。

激發工廠、農場、農村、街頭的無產階級所展開的階級鬥爭，此外，同年5月的大湖竹南武裝暴動事件，亦是在台共的指導下進行。[29] 然而此時的連溫卿，卻也企圖領導勞工運動，因而與台共等左翼團體產生了領導權之爭，因而遭到排斥除名，這正是陳芳明的觀察。

由以上的討論來看，陳芳明所觀察的勞工運動領導權之爭，其實正是兩派左翼思想衝突表象化的結果，更明白地說，正是「多數者獲得」所引發的衝突，這無疑是受到共產國際路線的影響所致。我們再來細細吟味史達林在六大上的這一番話：「要在各方面，無論是經濟方面或政治方面，同社會民主主義不斷進行鬥爭，要揭露資產階級和平主義，以便把工人階級的大多數爭取到共產主義方面來。」[30] 此中，已經揭示了「多數者獲得」這個戰術的基本精神。1929年7月，在共產國際執行委員會第十次全會上，確定了「勞動者階級之多數者獲得」之戰術，要求各國共產黨務必將原先由社會民主主義者所掌握、指導的無產階級，搶到共產黨的指揮旗下來。[31]「資本主義第三期」的理論背景，以及「多數者獲得」的戰術制定，都在在構成了台共的行動方針，這才是楊連一派遭到排擠的主因。

平心而論，「資本主義第三期」在理論上過於粗糙、機械，在實踐方法上又走極左的激進路線，此乃不爭的事實，因此「資本主義第三期」後來被視為史達林的敗筆，於是並未大肆宣揚，致使許多人至今不知該理論為何物。[32] 然而，「資本主義第三期」在1928年預言資本主義即將崩解，加上1929年美國金融危機所引發的世界性經濟大恐慌，成為「資本主義第三期」最強而有力的註解，使得「資本主義第三期」具有不可侵犯的權威性，在1928至1935年[33] 間發揮了極大的影響力，

---

29 《台灣社會運動史（1913-1936）‧第三冊 共產主義運動》，台北：海峽學術，2006，頁232、278。

30 史達林，〈關於聯共（布）中央七月全會的總結〉，1928年7月13日，《斯大林全集（十一）》，頁175。

31 栗原幸夫，《プロレタリア文學とその時代》，頁88-95。

32 施用勤，〈譯者前言〉，托洛茨基著，施用勤譯，《托洛茨基論反法西斯鬥爭》，西安：陝西人民出版社，2012，頁3。

33 1935年，共產國際召開第七次代表大會，摒棄「資本主義第三期」理論，並修正過去「非友即敵」的極左

成為全世界左翼知識份子極為醉心的論述。

第二節　不充分的台灣左翼文化思想接受狀態

　　三〇年代初期的鄉土文學論戰，是由左翼知識份子彼此間的討論作
為肇始，在1930至1931年間這個左翼思潮最為蓬勃的時期，左翼知識
份子勇於發聲的情形並不讓人意外。令人納悶的是，在兩派爭執不下、
孰是孰非缺乏一個論定的標準之際，這兩派左翼知識份子竟然皆未援引
當時居於國際左翼思想之領導地位的共產國際之相關論述，以強化自身
見解，實在有違常理。合理的解釋便是台灣社會對於國際左翼思潮在接
受上的斷裂。

　　何故？照理說1927年以後新文協由左翼知識份子所把持，台共也
在次年成立，皆為台灣左翼思潮極度蓬勃的象徵，況且台共的成立也是
遵從共產國際的指示，這些例子似乎證實了台灣左翼思潮是趨近於共產
國際，而非遠離。那麼，所謂的接受上的斷裂又是如何產生？

　　首先，就思想的傳播面而言，社會主義的思想傳播較之於民族主義
而言有著先天上的弱勢。1927年，原於東京發行的《台灣民報》獲准
在台灣發行，這使得民族主義的宣傳在台灣島內有了重要的據點，此時
《台灣民報》已改為週刊，且發行量有一萬份之多，民族主義運動自然
獲得了穩健、紮實的根基。相較之下，社會主義的宣傳就艱辛得多，這
一點新文協從《台灣大眾時報》與《新台灣大眾時報》在台灣屢遭禁止
的發行狀況便可得知。[34]

　　左翼刊物在發行與流通上的處處碰壁，使得台灣左翼思想的根基尚
淺，這便是造成共產國際左翼思想接受上的斷裂之第二個原因。相較於

路線，改行人民陣線政策，此即一般所認知的統一戰線。人民陣線政策迄今仍受到肯定。而蔣渭水在創立
台灣民眾黨之初所提出的「全民運動」路線，其實近似於人民陣線政策（統一戰線），不過當時醉心於
「資本主義第三期」的台灣左翼陣營，卻對「全民運動」路線多有批判。

34 若林正丈，〈『台灣大眾時報』〉，原載《アジア経済月報》第17卷第　號，1995年1月，收於《台灣大
眾時報》，南天復刻。

日本與中國而言，台灣的左翼思想的起步已晚。1897年以前歐美的社
會主義就已經傳入日本，此時的左翼思想家有片山潛、幸德秋水、堺利
彥等人。[35] 在中國，起步雖稍遲於日本，不過在一九一〇年代末期，
也已經產生了以陳獨秀、李大釗為首的第一批左翼知識青年。到了一九
二〇年代，受到了國際左翼思潮的鼓舞，日本與中國同時將左翼思想推
到了空前的高峰，中共與日共的相繼成立便是明證。與無產階級運動幾
乎同時，無產階級文學的興起亦藉時勢所趨，大有「摶扶搖而直上」、
「其翼若垂天之雲」之勢，因此日本與中國先後出現了藏原惟人與瞿秋
白等具有俄國留學經驗、將俄國左翼文學觀引進本土的文藝理論家。相
較之下，台灣接受左翼思想的始點遲至二〇年代，雖然此時也有留俄的
左翼知識份子，如許乃昌、謝雪紅等人，不過這些人對於左翼思想的掌
握還在學習階段，不像日本的藏原惟人或中國的蔣光慈、瞿秋白等人一
樣具有翻譯俄國左翼思想的能力。等到1930年台灣左翼文學開始萌芽
之際，台灣左翼政治運動雖達頂峰，卻也遭到被剷除的命運。所以及至
三〇年代台灣左翼文學開始發展之際，實際上是一個沒有政治運動陪伴
與支撐的文學運動，此現象相較於日本與中國而言，都是特例。雖說此
特例可以避免文學淪為政治運動的宣傳品，不過相對要付出的代價，便
是文學運動對於左翼思想的理解，也可能會產生偏差，況且沒有共產黨
的組織就失去與共產國際接軌的機會，沒有足夠壯大的左翼文學組織就
無法參與國際革命作家同盟，這恐怕才是更現實的問題。這種特殊的情
境使得三〇年代台灣左翼文學的發展，是在一種相對封閉的狀態下產
生。

一、對列寧主義的掌握度不足：論台灣文藝協會對列寧主義的接
受

要解釋三〇年代台灣左翼思想界與國際左翼思想產生斷裂，以下關
於列寧主義的掌握度不足一事，是本文所提的第一項證據。

---

35 朱謙之，《日本哲學史》，北京：人民，2002，頁277。

三〇年代初期的鄉土文學論戰，除了 1932 年由《南音》所代表的右翼論述的介入之外，幾可說是左翼陣營內部的大辯論，雖然意見容或對立，然對於普羅文學與「文藝大眾化」的基本價值無疑是兩者共同的理念，因此提供了合作的基礎，於是造就了台灣文藝協會於 1933 年底的組成。此一聯合陣線的左翼文學團體的出現，象徵著鄉土文學論戰中對於語言選擇的爭議（如支持台灣話文的郭秋生與支持中國白話文的廖毓文）暫時被擱置，左翼作家捐棄成見共同朝向更有組織化的左翼文學運動邁進，這對台灣新文學運動的發展，無疑向前邁進了一大步。台灣文藝協會的機關誌為《先發部隊》，這是「先鋒隊」的日文詞彙，可見承襲著列寧的意志。[36] 值得注意的是，台灣文藝協會對於列寧主義的接受並不是直接的，而是間接地受到日本文藝理論家青野季吉的影響。在台灣文藝協會的成員中，最致力於引進青野季吉文學理論的人，莫過於郭秋生。郭秋生發表於《先發部隊》的〈宣言〉與〈解消發生期的觀念、行動的本格化建設化〉二文，皆可窺見端倪。

> 從散漫而集約，由自然發生期的行動而之本格的建設的一步前進，必是自然演進的行程，同時是台灣新文學所碰壁以教給我們轉向的示唆。[37]
> 台灣新文學的行動要轉向了，這轉向的意味，同時是躍進，放棄發生期的行動，而蕘進於第二期的建設的本格的行動，方才是台灣新文學全面的發展的行程，同時是現在台灣新文學的新的出發點，並就是不滿既成生活樣式而又不得不唯命是聽的台灣人全體的苦悶焦躁不安的呼吸了。[38]

---

36 列寧常說各國共產黨是「國際工人運動中覺悟的先鋒隊」，「其任務就是要善於引導廣大的群眾採取能夠保證先鋒隊取得革命勝利的新立場」。見列寧，〈共產主義運動中的「左派」幼稚病〉，1920 年 4-5 月，《列寧選集（四）》，北京：人民，1998，頁 201。

37 〈宣言〉，《先發部隊》，1934 年 7 月 15 日。

38 郭秋生，〈解消發生期的觀念、行動的本格化建設化〉，《先發部隊》，1934 年 7 月 15 日，頁 20。

對郭秋生而言，台灣新文學運動的碰壁，是由於「散漫」的、無組織的「自然發生期的行動」所致，所以要開拓新局，台灣新文學運動必須「轉向」，進行「第二期的建設的本格的行動」。此一論點已有論者指出，是青野季吉「自然成長與目的意識」理論的展現。[39] 說到青野季吉，在日本是和藏原惟人齊名的理論家，兩人的理論確立了日本普羅文學理論的基礎，而青野季吉最負盛名的理論，便是「目的意識論」。所謂的「目的意識論」是青野季吉在〈自然生長與目的意識〉（1926）與〈再論自然生長與目的意識〉（1927）二文中所提出的理論，主張普羅文學運動自然生長是第一義的職能，必須提高到目的意識這個第二義的職能上，即必須具有自覺的目的意識。

> 描寫無產階級的生活、謀求表現無產階級，那只是個人的滿足，不是自覺到無產階級鬥爭目的的完全的階級行為。自覺到無產階級鬥爭目的開始，才能成為為階級服務的藝術。（中略）普羅文學是自然發生、成長的。無法依據別的東西加以壓抑。再者，有了這個自然生長性，運動才接著成立，這是必然的。但是，原本是自然生長，為了達到目的意識的質的變化，就必須有股力量導引自然生長加以提升。這便是運動。這種情況，就是普羅文學運動。（中略）所謂的普羅文學運動，是自覺目的的普羅藝術家，即社會主義普羅藝術家，將自然生成的普羅藝術家提升到目的意識的層次、提升到社會主義意識層次的集團活動。（中略）如今，每個人都認為，普羅文學運動第二的鬥爭期確實正在到來。這時候最為重要的事，便是好好掌握運動的意義。[40]

所以，青野季吉所謂的「目的意識」就是自覺的無產階級鬥爭目的的意識，也是自覺的社會主義意識。青野季吉的理論隨即被日本左翼文

---

39 施淑，《兩岸文學論集》，台北：新地，1997，頁68。

40 青野季吉，〈自然生長與目的意識〉，井上靖等編，《昭和文學全集33（評論隨想集一）》，東京：小學館，1992，頁131。

壇所接受，1927年2月林房雄在《文藝戰線》的社論〈社會主義文藝運動〉中，進一步指出目的意識就是要把握真正的社會主義世界觀，即真正的無產階級世界觀。自此，青野季吉的「目的意識論」便成為日本左翼文壇的理論基礎，甚至還影響到了中國與台灣。

　　誠然，青野季吉所主張的具有「目的意識」的第二個鬥爭期，正是郭秋生所謂的「第二期的建設的本格的行動」的理論來源。不過，必須有所警覺的是，郭秋生對於青野季吉「目的意識論」並非全盤接受，他一面吸收「目的意識論」所提示的集體運動，一面又對「目的意識論」過度強調階級意識造成文學性不足的缺點有所警惕，這是過去論者都未曾注意的層面。郭秋生〈解消發生期的觀念、行動的本格化建設化〉表示近來台灣的寫實主義文學作品，「大抵不敢忘懷目的意識」，卻使文學性降低，如日刊《台灣新民報》上的作品，就比不上從前週刊《台灣新民報》上的作品，原因在於：

> 勿論露骨的目的意識，如商店的廣告文，或保險社會的營業案內式的文學行動，我也不敢贊同，其實文學也並不是可能如此的。分明的目的意識是傀儡的文學，其為文學的效果已不免同時喪失了。（頁28）

　　可見過度的「目的意識」將會使文學淪為宣傳品，失去了文學應有的藝術價值，因此，郭秋生提醒「能夠把目的意識沉於作品裡面，而又不至傷作品的自然性，方才是現代文學的」（頁28）。由此可見，對於階級意識與文學藝術性兩者兼具的要求，是郭秋生對「目的意識論」的反省與修正，這也足以代表台灣文藝協會的文學路線了。

　　如今，中國史學家看待青野季吉的「目的意識論」，其論點亦近似於郭秋生。青野季吉的「目的意識論」被認為只強調階級的美，而忽略了文學的自律性，這是由於「目的意識論」在文藝上生硬地套用了列寧〈怎麼辦〉一文中所闡述的自然成長性、目的意識性的政治理論，機械地將階級意識置於無產階級文學運動的中心位置，帶有觀念的、主觀的

偏激。[41] 雖說青野季吉將列寧主義由政治理論轉化為文學理論的過程中太過生硬，不過在二〇年代末期與三〇年代初期分別受到青野季吉影響的日本、中國、台灣三地的左翼文壇，卻還是在青野季吉的推動下認識了具有列寧主義色彩的文學理論。

間接地接受列寧主義，也正說明著台灣文藝協會對於列寧主義的理解並不深刻，同時也導致對列寧主義的接受有所偏差。在《先發部隊》與《第一線》中，不難發現台灣文藝協會習於引用國外知名哲學家與作家的語錄作為格言，分別有廚川白村、柏拉圖、王爾德、華茲華斯、沈雁冰（以上見於《先發部隊》）、和辻哲郎、郭沫若、波格丹諾夫、勃蘭特亞（以上見於《第一線》）等人。只要稍加列舉這些語錄的內容，就可以明白台灣文藝協會引用這些語錄的目的。

> 文藝不是俗眾的玩弄物，而是嚴肅的，沉痛的人間苦的象徵。
>
> ——廚川白村[42]

這種格言式的引用，可視為台灣文藝協會所追求的目標。當然，不只是廚川白村，台灣文藝協會面對其他八位外國思想家的態度也是如此。然而，這九位讓台灣文藝協會心嚮往之的外國思想家，卻不必然與列寧主義的精神相一致，甚至還出現了背道而馳的情況。這一位具有高度爭議性的人物便是波格丹諾夫（A. Bogdanov, 1873-1928），他被台灣文藝協會所引用的語錄如下：

> 我們的批評，應當時時使藝術家記得，他的做一個大集團的活力的組成者的責任的任務。[43]

乍看之下，這段文字相當符合左翼立場，理當無從置喙。然而，波

---

41 葉渭渠，《日本文學思潮史》，北京：經濟日報，1997，頁436。

42 〈揭示板〉，《先發部隊》，1934年7月15日，頁89。

43 〈告示板〉，《先發部隊》，1935年1月6日，頁127。

格丹諾夫這個令人陌生的名字，又為什麼會產生爭議性？那是因為波格丹諾夫正是列寧在左翼思想上的死對頭。1917年9月，俄國民間成立了一個名為「無產階級文化協會」的文化教育團體，初時聲勢不大，但在隔月的十月革命成功後迅速發展，成員遍及全俄。1920年成立了「無產階級文化協會國際局」，發展達到鼎盛。「無產階級文化協會」的成員被稱為「無產階級文化派」，其領袖正是波格丹諾夫，他在「無產階級文化協會國際局」成立之後，試圖以無產階級文化派取代俄共的領導，可謂直接挑戰列寧及俄共的威信。此外，波格丹諾夫提出一套「製作純粹的無產階級文化」的理論綱領，要點有三：第一，全盤否定民族優秀的文化傳統。他們公開宣布「無產階級的精神發展首先應當建築在同過去的一切精神決裂的基礎上」，「不需要繼承的聯繫」。他們又主張無產階級的「階級經驗」是同歷史上所有階級的經驗完全對立的，因此無產階級作家無須借助過去的遺產，只憑自己的「階級本質」書寫作品即可。既然不需要民族文化遺產的傳承，他們便主張在「實驗室」（其實就是「無產階級文化協會」）製造「純粹的無產階級文化」。第二，否定知識份子的作用，排斥作家藝術家。他們認為非無產階級出身的作家或知識份子，不足以理解無產階級的經驗，無法為「純粹的無產階級文化」盡力，真正的無產階級文學的作家，必須是無產者才行，完全否定了知識份子的積極作用，也沒考慮到並非所有無產者都有足夠覺悟、足以體現無產階級意識型態。第三，鼓吹「獨立」、「自治」，擺脫俄共的領導。「無產階級文化派」既然否定了知識份子的介入，自然就與俄共劃清界線，高喊「文化自由」，並強調只有協會才是「純無產階級性質」的組織，別的團體沒有資格來領導，因此與俄共及蘇維埃政權鬧分裂。

「無產階級文化派」的文化綱領以及美學觀點和列寧為首的俄共產生尖銳的對立，迫使列寧對「無產階級文化派」展開持續數年的思想鬥爭。在無產階級文化方面，列寧主張對傳統文化批判地繼承；在知識份子的角色方面，列寧繼承馬克思、恩格斯〈共產黨宣言〉對知識份子積極作用的肯定，認為具備無產階級意識的知識份子所組織的共產黨是喚

醒無產階級覺醒的關鍵；在「文化自由」方面，列寧亦是大表反對的，早在1905年的〈黨的組織與黨的出版品〉，列寧就確立了普羅文學的黨性原則，亦即普羅文學運動必須服從共產黨的領導，才能一同為無產階級革命服務。至此可以理解「無產階級文化派」的主張便是從「製造純粹的無產階級文化」出發，無疑是一廂情願的唯心論。眼見「無產階級文化派」所演出的鬧劇，列寧便提出他對「民族文化」的看法，亦即「兩種民族文化」的理論。列寧認為：「每個民族文化，都有一些民主主義的和社會主義的即使是不發達的文化成分，因為每個民族都有被剝削的勞動群眾，他們的生活條件必然會產生民主主義與社會主義的意識型態。但是每個民族也都有資產階級的文化，而且不僅表現為一些『成分』，而表現為佔統治地位的文化。」另外還指出：「每一個現代民族，都有兩個民族。每一種民族文化中，都有兩種民族文化。」這兩種民族文化，便是資產階級民族文化與無產階級民族文化，而無產階級與民族文化不是相斥的概念，是應該彼此調和的；無產階級「經驗」不是像「無產階級文化派」所說的那樣「純粹」，它與民族文化互為表裡，無產階級文化只能從民族文化遺產中剔蕪存菁、批判地繼承，不可能完全割裂與民族文化的關係。[44] 在列寧的鬥爭之下，「無產階級文化派」在二〇年代中期失勢，並於1932年正式宣告瓦解，不過，它所造成的不良影響卻依舊可以在日本與中國找到歷史痕跡。

對列寧來說，「無產階級文化派」犯了極左傾的「左派幼稚病」（急進主義），想要追求無產階級文化的「純粹」，終究無異於知識份子的「腦中實驗室」，只能是一種空想。列寧此一論述成為共產國際關於無產階級民族文化的基本精神。可是1934年的台灣文藝協會，竟然對一個被共產國際視為「理論破產」的波格丹諾夫，表達推崇備至的態度。這種天差地遠的理解，只有一種解釋，那就是台灣文藝協會對最正統的國際左翼文化理論的發展狀況並不熟悉。其實，並不僅僅是台灣文

---

44 以上關於無產階級文化派的主張及列寧的批評，參見王善忠主編，《馬克思主義美學思想史・卷二（20世紀上中葉的馬克思主義美學思想）》，北京：中央編譯，1999，頁153-161。

藝協會如此，在三○年代鄉土文學論戰中極為活躍的左翼知識青年賴明弘，為了反對郭秋生推行台灣話文，亦曾批評：「民間文學亦非現代需要，非大眾忠實的伴侶者的文學，乃是平凡的文學，民間文學會啟發現代大眾的文學欲求之理何在？陳腐如秋生先生，還是再到群眾之中，吸吸新鮮的空氣的好。」[45] 賴明弘的言論，清楚表達出鄙視民間文學的人民性、認為普羅文學必須「純粹」地生長於階級之中的觀點，恰恰符合「無產階級文化派」的理論，然這一點正是列寧所認定的「左派幼稚病」。由此現象亦可想見，台灣左翼知識份子對於共產國際路線的接受確實是斷裂的。畢竟連被視為是左翼文藝團體的台灣文藝協會，以及最活躍的左翼青年賴明弘，都會對錯誤的「偶像」進行「崇拜」，更別說是台灣一般僅粗具左翼思想接受背景的知識份子，會對左翼文學產生何等偏差的理解了。

二、對高爾基文學的掌握度不足：從《台灣新文學》的「懸賞原稿募集」談起

　　要解釋三○年代台灣左翼思想界與國際左翼思想產生斷裂，以下關於高爾基之文學成就的掌握度不足一事，是本文所提出的第二項證據。

（一）高爾基與三○年代台灣文壇

　　高爾基（Maxim Gorky, 1868-1936），原名阿列克謝・彼什科夫，馬克西姆・高爾基是他在1892年發表第一篇文學作品時為自己選擇的筆名，「高爾基」（Gorky）在俄文中的意思是「痛苦」，代表了高爾基以生存的「痛苦」為邏輯起點的美學。被視為二十世界最偉大的普羅小說家的高爾基，理應對盛行普羅文學的三○年代台灣文壇造成極大的影響，不過事實並非如此；高爾基在台灣文壇所造成的吸收與傳播，比起日本或者中國文壇，顯得極為單薄而零碎，相較於高爾基的世界性影響，這種現象發生在明顯左傾的三○年代台灣文壇的確不甚合理。

---

45 賴明弘，〈絕對反對建設台灣話文推翻一切邪說〉，收於中島利郎編，《彙編》，頁504。

關於高爾基對三〇年代台灣文壇的影響，目前的文獻史料並不豐富，而且大多僅集中於楊逵及《台灣新文學》（1935.12-1937.6）的同人身上。1936年6月18日，高爾基因病辭世，不但俄國國內舉國哀慟，就連全世界左翼知識份子也因為喪失了一位文壇巨星而傷痛不已。此時楊逵與《台灣新文學》同人馬上作出了反應，在一卷六號（1936.7.3）上的卷頭，便以〈憶高爾基〉（〈ゴリキーを偲ぶ〉）一詩，表達對高爾基的追思。

> 生於社會的底層
> 遭受暴風雨的侵襲錘鍊而成長
> 身為當今偉大的人類精神建設事業的總工程師
> 到了即將辭世的最後一天
> 還鞭打自己六十八歲的衰老軀體而活動
> 您走過的路
> 原封不動就是一部近代史
> 也是世界上勞動者們的借鏡
> ………（原文被刪）
> ………
> 我們要停止過分地悲傷啊
> ………（原文被刪）
> ………
> 您為我們留下了很好的路標。[46]

不僅於此，次期的《台灣新文學》（一卷七號，1936.8.5）〈編輯後記〉亦言：「在高爾基的死正被全世界的人們追悼，而且他的事蹟也從各方面正被紀念之時，在本雜誌上也訂立了相應的計劃，但是各種因素沒有確實實現，實在覺得可惜。我們希望在下個月號開始實現。」果

---

46 載於《台灣新文學》1：6，1936年7月3日，頁5。

然，一卷八號（1936.9.19）上便刊登了「高爾基特輯」，內容包括高爾基〈戲曲的創作方法〉（〈戲曲の創作方法〉）、安德列・紀德（Andre Gide）〈在高爾基死亡之際〉（〈ゴーリキイの死に際して〉）、健〈高爾基之道〉（〈ゴーリキイの道〉）、高野英亮〈高爾基的教訓〉（〈ゴーリキイの教訓〉）以及未署名作者的〈高爾基年譜〉，其中紀德〈在高爾基死亡之際〉一文，是1936年6月20日他在莫斯科赤色廣場舉行的高爾基追悼集會中所發表的演說[47]。而當期由王詩琅所撰〈編輯後記〉亦言：「如同前一期所預告的一樣，本期編輯了關於已逝的馬克西姆・高爾基這位令全世界進步的文學愛好者惋惜不已的作家的資料。收集了五篇資料，聊表我們對這位世界文學史上遺留巨大足跡的巨人的哀悼之意，以及由衷的紀念。乞請務必精讀。」

　　〈憶高爾基〉與《台灣新文學》一卷七號的〈編輯後記〉兩文的撰寫，以及一卷八號「高爾基特輯」的編輯，極有可能是出自楊逵之手。其後，楊逵與葉陶雙雙病倒，編輯事務轉移至以王詩琅、張維賢為首的台北支部，王詩琅也就執筆一卷八號的〈編輯後記〉。[48] 除了「高爾基特輯」外，《台灣新文學》亦刊登了日本那烏卡（ナウカ）社（發行《文學評論》的文藝團體）所出版的《高爾基文學論》與《高爾基文藝書簡集》的廣告[49]，此舉不僅可見《台灣新文學》對高爾基文學的重視，也可以看出台灣文壇以日本文壇為媒介而受到了高爾基的影響。

　　《台灣新文學》的同人除了王詩琅之外，漢文編輯部的實際負責人楊守愚[50]，也對高爾基推崇備致。楊守愚早在高爾基臥病垂危之際，就在日記中表現出憂心之意，「從生活日報看到大文豪高爾基患流行感冒，併發鼻膜炎之消息，且說是很重態。我不禁為之擔心，像這樣一個

---

47 見安德列・紀德〈在高爾基死亡之際〉一文中有段譯者的話，《台灣新文學》1：8，1936年9月19日，頁22。

48 見〈編輯後記〉，《台灣新文學》1：8，1936年9月19日。

49 見《台灣新文學》一卷七號的扉頁。

50 《台灣新文學》的漢文編輯工作，由賴和掛名，但由於賴和無暇編輯，故將實際的編輯工作交予同在彰化的編輯成員楊守愚負責，而楊守愚也確實執行編輯的工作，這從《楊守愚日記》（許俊雅、楊治人編，彰化：彰化縣立文化中心，1998）中可以得到很有力的證據。

大文豪，要是萬一死掉，真是世界文壇上的一大損失，我祝福他能夠再好起來。」[51] 不過，高爾基於6月18日回天乏術，楊守愚於隔日的日記便寫道：「高爾基，竟然於十八日午前三時逝世了，多麼可惜啊！」[52] 其後在8月21日的日記，楊守愚亦提及高爾基對他的啟發：「讀『高爾基的學習時代』，和『一幅肖像畫』。覺得像他那樣多方面的，豐富的經驗，加之他那正確而銳利的觀察，宜乎他僅僅讀了五個月的書，而能成為世界的大文豪啊！回顧吾台之文學青年，只憑著幾本死書，和身邊的些兒見聞——或者還是憑空想像，便貿然執起筆來。無怪乎，產生不出一篇好作品！」[53]

1937年4月，正當楊逵如火如荼地提倡報導文學之時，曾於〈何謂報導文學〉中提及：「高爾基曾經編有『世界的一日』，中國也曾編有『中國的一日』。在日本，《文學案內》同樣編過『東洋的一日』。這類編輯工作是我所了解的報導文學的集大成之作，是值得注目的。」[54] 高爾基對於報導文學的重視與實踐，顯然成為楊逵提倡報導文學時很重要的信心來源，在此亦可粗窺高爾基對楊逵的影響。

楊逵與《台灣新文學》同人對高爾基的崇仰無庸置疑，然而相較之下，同期的《台灣文藝》對於高爾基的死卻顯得異常沉默。高爾基死於1936年6月18日，若以日期推算，唯有三卷七、八合併號（1936年8月28日）的《台灣文藝》，才有刊載追悼高爾基之相關文章的可能，因為此後《台灣文藝》就停刊了。然而三卷七、八合併號竟無一字提及高爾基，令人相當納悶。何以當初以標榜「文藝大眾化」創刊的《台灣文藝》，到頭來竟對高爾基的死不聞不問？若以筆者過去的研究成果來說，「文藝大眾化」是三〇年代台灣文壇的主流價值，不過1935年12月《台灣新文學》創刊以後，文壇的形勢產生了改變，《台灣新文學》堅守了「文藝大眾化」的立場，而受到大多數文壇同好的支持，而原本

---

51 《楊守愚日記》，頁22。
52 《楊守愚日記》，頁32。
53 《楊守愚日記》，頁59。
54 楊逵，〈何謂報導文學〉，收於《楊逵全集·第九卷（詩文集上）》，頁504。

佔有文壇主導地位的《台灣文藝》，反而具有純文藝化的傾向，失去了「文藝大眾化」的初衷，最後也就在江河日下的窘境下黯然退下了台灣文壇的舞台。[55] 所以，《台灣文藝》對高爾基之死採取消極的態度，也就不難理解。

　　除了台灣文壇內的比較，《台灣新文學》與日本文壇的比較，也是必要的參照。當時日本兩大左翼文藝雜誌《文學評論》與《文學案內》也都於同年（1936年）8月推出紀念高爾基的特輯，而《文學案內》甚至還於次月再度推出「高爾基紀念第二輯」，明言「我們的這個大文豪的事，不論刊載幾回幾十回，都是刊載不完的。」[56] 對高爾基的不捨溢於言表。這兩個雜誌相繼推出紀念高爾基的特輯，也影響了《台灣新文學》日後在一卷八號（1936年9月19日）上推出了「高爾基特輯」的舉動。[57] 話說回來，《文學評論》與《文學案內》上所推出的高爾基的特輯，可以作為觀察日本左翼文壇對高爾基的接受程度。其中，《文學案內》的「高爾基紀念」特集，更是重要的史料，因為「高爾基紀念」特集內不但有蒐羅成名作家對高爾基的追思的專欄（「勝利して逝ける大作家ゴリキイへの寄せ書」），也有詢問年輕作家與讀者受了高爾基如何的影響的專欄（「日本の若き作家・勤勞者はいかにゴーリキイの影響を受けたか」），可助我們更透徹地理解高爾基對日本左翼文壇的影響程度。首先，日本的成名作家們方面，作為日本第一份左翼文學刊物《播種人》（《種蒔く人》）創辦人之一的葉山嘉樹，以「未知的吾師」為題寫道：「我的文學並不是學習日本的任何人的。如果要我舉出我的文學的導師的話，那首先便是高爾基。（中略）吾師高爾基啊。希望您知道，您這個三十年來在日本未知的弟子，對您的死由衷地哀悼著。」[58] 豐田三郎也寫道：「與想要自殺的日本文學者相比，他

---

55 趙勳達，《《台灣新文學》（1937-1937）定位及其抵殖民精神研究》，台南：台南市立圖書館，2006。

56 《文學案內》2：8，1936年8月1日，頁32。

57 《文學評論》推出的是「高爾基哀悼」特集，而《文學案內》推出的是「高爾基紀念」特集（マキシム・ゴーリキイの記念の為に）。葉石濤認為《台灣新文學》上的「高爾基特輯」是受了《文學評論》的影響，可說只說對了一半，見葉石濤，《走向台灣文學》，台北：自立晚報，1990，頁89。

58 《文學案內》2：8，1936年8月1日，頁20。以下引用《文學案內》推出的是「高爾基紀念」特集的文字，

（高爾基）以自身教導了我們文學的偉大勝利的可能性。」（頁22）此外，《文學案內》的負責人貴司山治也提到：「我們必須追隨高爾基。高爾基的道路，是即將勝利的文學之道。」（頁22）。至於年輕作家與讀者方面，大概都提到讀過高爾基的劇本〈底層〉、小說〈母親〉與文學論述《文學論》，甚至還看過以〈底層〉為腳本所演出的戲劇。在這些讀者群中，一位署名「崎玉 內山多田」的讀者的意見最具代表性，他說：「在那（按：指作品），我們可以發現高爾基作為無產階級之父的偉大。」（頁30）除了《文學案內》與《文學評論》推出了高爾基紀念特集，日本的演劇界也推出了「高爾基追悼公演」，演出的內容正是高爾基的劇本〈底層〉，可見日本文藝界對高爾基之死的哀悼態度。[59]

由日本文壇所採取的反應，與日本成名作家或一般讀者對高爾基的不捨來看，受高爾基影響之鉅不難想見，甚至有一說認為其影響高過日本文學，這從葉山嘉樹、豐田三郎、貴司山治等人的言論就可以得到印證。相較之下，台灣文壇對高爾基的死就顯得沉默許多。這樣的沉默，究竟是刻意漠視，還是基於其他的理由，則是下文繼續探討的重點。

（二）「懸賞原稿募集」與高爾基作品被剽竊的情事

高爾基的文名雖然響徹三〇年代台灣文壇，不過，台灣文壇似乎對高爾基的作品並不熟悉。具體的例證便是1936年一位新人作家太田孝的劇本〈黎明前〉[60]（〈夜明け前〉）顯然抄襲了高爾基的成名小說〈切爾卡什〉[61]的情節，卻未被台灣文壇所察覺。

只標頁數，不再重複標明出處。

59 此消息見：甘田是也，〈演據時評 評論村山的〈底層〉〉，《文學案內》2：11，1936年11月1日，頁68。

60 載於《台灣新文學》1：6，1936年7月7日。

61 〈切爾卡什〉是高爾基於1895年，在首都聖彼得堡的大型綜合雜誌《俄羅斯的財富》第6號上發表的作品，也是高爾基一鳴驚人的成名之作，因此使高爾基終於在文壇上建立了聲名。本文引用的版本收於許海燕譯，《高爾基短篇傑作選》，台北：志文，1999，頁127-178。之後再論及〈切爾卡什〉時，只標明頁數，不再註明出處。

太田孝在台灣文壇的登場，起因於1936年《台灣新文學》所舉辦的「懸賞原稿募集」的徵文活動。事實上，1936年《台灣新文學》曾舉辦四次大型計畫，分別為「台灣新文學賞」、「全島作家競作號」、「懸賞原稿募集」、「全島作家介紹號」。這四項計畫各有不同用意，如「台灣新文學賞」企圖蒐羅1936年最傑出的作品[62]；「全島作家競作號」期待台灣作家共同揮舞健筆，創造台灣文學的最高峰[63]；「懸賞原稿募集」則鼓勵新人創作[64]；「全島作家介紹號」意欲編輯一本作為認識台灣作家的讀本[65]。以上四項計畫除了「全島作家介紹號」之外，其他三項計畫都有一致的宗旨，便是鼓勵「描寫台灣現實及歷史的作品」[66]。然而遺憾的是，上述計畫最終只有「懸賞原稿募集」順利推出，其他皆胎死腹中。由以上的概述可知，「懸賞原稿募集」的基本要求有二，一是新人作家，二是書寫台灣。

「懸賞原稿募集」共徵募了24篇作品，日文作品與漢文作品各半。[67]其中選出七篇佳作，計有吳濁流〈泥沼中的金鯉魚〉（〈どぶの緋鯉〉）、英文夫〈生存〉（〈生きる〉）、陳華培〈王萬之妻〉（〈王萬の妻〉）、黃寶桃〈官有地〉、佐賀久男〈盲目〉等五篇小說，以及太田孝〈黎明前〉、獨孤〈模範壯丁〉等兩篇劇本。若以語言區分，只有獨孤〈模範壯丁〉是漢文作品，其餘六篇都是日文作品。爾後這七篇作品除了黃寶桃〈官有地〉被查禁外[68]，其餘都順利在《台灣

62 見「關於台灣新文學賞」（「台灣新文學賞について」），《台灣新文學》1：1，1935年12月28日，頁22。

63 「原稿募集截止日延期」（原名「原稿募集締切延期」），《台灣新文學》1：3，1936年4月1日，頁42。

64 見〈編輯後記〉，《台灣新文學》1：2，1936年3月3日，頁102。

65 見「近刊豫告：台灣作家介紹號」，《台灣新文學》1：5，1936年6月5日，頁42。

66 見「懸賞募集」（《台灣新文學》1：2，1936年3月3日，頁14）、「原稿募集截止日延期」（原名「原稿募集締切延期」，《台灣新文學》1：3，1936年4月1日，頁42）以及「近刊豫告：台灣作家介紹號」（《台灣新文學》1：5，1936年6月5日，頁42）等三則公告。

67 見「第一期懸賞原稿審查發表」，《台灣新文學》1：5，1936年6月5日，頁15。

68 《台灣新文學》一卷六號（1936.7）的〈編輯後記〉：「黃寶桃氏的『官有地』甚為可惜地沒有發表的自由。實在覺得相當遺憾。敬請見諒。」

新文學》上發表[69]，並取得稿酬[70]。

太田孝的〈黎明前〉獲得好評，然而不為人知的是，這篇作品抄襲了高爾基的小說〈切爾卡什〉。關於太田孝〈黎明前〉是如何抄襲高爾基的〈切爾卡什〉，從人物的塑造、情節與結構的安排等層面，最能觀察兩作品的同質性。

〈切爾卡什〉的舞台在奧泰薩港，切爾卡什因為老搭檔受傷，正在尋找行竊的夥伴。他物色了一名剛從農村出來、面似善良的農夫加弗里拉，以五盧布的工資雇用他一起「工作」。

那一夜，加弗里拉負責划船與把風，終於讓切爾卡什上船行竊得手，兩人安然歸來。膽小而又歇斯底里的加弗里拉在得手後突然大生貪念，認為有錢便擁有一切，也可以回農村當大爺，過著「自由」的生活。贓物換得了五百四十盧布，加弗里拉也意外分得四十盧布，卻仍跪求切爾卡什把錢全給他。愣住了的切爾卡什，懷著厭煩和憐憫的複雜心情，把錢悉數扔給加弗里拉。不料，加弗里拉竟坦言曾心生殺了切爾卡什這種無用流浪漢、將錢佔為己有的念頭。切爾卡什不由得怒火中燒，遂將錢奪回。而後，加弗里拉襲擊切爾卡什，切爾卡什應聲倒地。雖然加弗里拉心生歉意，但切爾卡什依舊對他厭惡至極，將鈔票扔給了加弗里拉。[71]

以上是〈切爾卡什〉的內容概要。以崇拜海洋、嚮往精神自由的切爾卡什和崇拜金錢、嚮往物質自由的加弗里拉兩位人物，揭露資本主義將人變成金錢奴隸的苛酷法則。切爾卡什之所以變成流浪漢，以及加弗

---

69 由於七篇作品依規定有兩篇能獲得獎金，台新社為求公平起見，乃在《台灣新文學》一卷五號（1936年6月）至一卷七號（1936年8月）上陸續刊載這七篇作品，希望參照讀者的普遍意見，然後由《台灣新文學》的編輯會議作出最後決定。見「第一期懸賞原稿審查發表」，《台灣新文學》1：5（1936年6月5日），頁15以及〈編輯後記〉，《台灣新文學》1：6（1936年7月7日），頁102。

70 《台灣新文學》一卷七號（1936.8）的〈編輯後記〉：「第一期懸賞原稿除了六、七、八月號上發表的六篇，加上不能發表的黃寶桃的〈官有地〉，共計有七篇候補作品，依照一般的言論及大多數編輯部成員的意見，足堪入選且全屬佳作，因而決定將預定的賞金（二十一圓）由此七位作家平分。」可見每人拿到了三圓的稿酬，這是很特殊的，因為是徵文活動的關係，所以才給稿酬，否則《台灣新文學》刊登的作品照例是不給稿酬的。

71 以上小說的內容概述，請見〈高爾基的生平和短篇小說藝術〉，許海燕譯，《高爾基短篇傑作選》（台北：志文，1999），頁20-22。

里拉之所以離開農村，都是資本主義所造成的結果。在此小說中，高爾基塑造了兩個衝突的人物性格。外表看似善良又穩重的農夫加弗里拉，認為只有富裕的人才是真正的人，才能享受真正的自由，為了這個目的，他願意被招贅，也願意以犯罪來達到目的，於是他變成金錢的奴隸。相反地，看似社會敗類的流浪漢切爾卡什，卻能從自己的慾望中解放出來，對一副小市民嘴臉、膽小如鼠卻貪婪至極的加弗里拉感到不齒。不過，切爾卡什雖然經由鄙視加弗里拉而獲得了英雄式的、精神上的自由，但是以加弗里拉所代表的小市民觀點來說，切爾卡什是個死不足惜的無用之人，因此切爾卡什是孤獨的，即使他自認為擁有自由，但在被資本主義價值觀到處滲透的社會上來說，切爾卡什的自由不過是反社會的、空想的自由。高爾基的〈切爾卡什〉揭露了資本主義社會的價值觀，以及英雄主義的孤獨悲劇。[72]

　　至於太田孝的〈黎明前〉，同樣塑造了小偷源造與農夫茂作此二人物。小說梗概如下：茂作原是個在日本內地被人詐奪土地的鄉下人，流落到台灣，在垂死的困境下被源造所救，並被要脅一同去行竊。茂作原不肯順從，但是龐大的金錢誘因使他屈服。事成後，茂作十分懊悔，堅持不拿不義之財，但在與源造爆發衝突而又幾經天人交戰之後，終於明白世上沒有乾淨的錢，太過老實只有吃虧的份。以人物的塑造來說，源造是海港周遭的小惡棍們眼中敬佩的人，精悍的手腕使他獲得威嚴，年值五十一歲。茂作是個在內地被人奪去田產，懷抱著中興事業的想法，南渡到台灣的農夫，個性愚鈍而質樸，年值二十四、五歲。源造象徵著反資本主義社會的流浪漢形象，茂作的農民身分則同樣象徵著資本主義下的受害者，這樣的人物塑造和〈切爾卡什〉基本上沒有兩樣。以情節與結構的安排來說，同樣是小偷拐騙農夫一同作案，同樣是農夫負責划船、把風，小偷負責上船行竊，同樣是在獲得贓款後兩人為了金錢一言不合、大打出手，甚至連最後農夫一時情急，從背後重擊小偷，小偷應聲倒地的情節也相當雷同。可以說，故事進行的梗概有著高度的一致

---

72 見〈高爾基的生平和短篇小說藝術〉，《高爾基短篇傑作選》，頁20-22。

性，可見〈黎明前〉抄襲〈切爾卡什〉的痕跡十分明顯。

　　不過，〈黎明前〉在情節的安排以及人物的塑造上還是略作修改。他特別強調茂作「不做不義之事，不取不義之財」，這一點和加弗里拉有所差異。從源造一開始必須威之以勢、訴之以理、誘之以利的煞費工夫的過程來看，茂作雖然和加弗里拉一樣膽小，但卻不敢作壞事，這一點在事成之後，加弗里拉答應再幹一票，而茂作堅決推辭也可以看得出來。此外，〈黎明前〉作了最大的修改，在於源造與茂作在事成後爭吵的原因。〈切爾卡什〉中表現了貪婪的加弗里拉央求把錢全數給他，因而引發了一陣打鬥，而〈黎明前〉則是茂作堅決不收贓款、但是源造極力勸說，而陷入了天人交戰。因為這樣情節的改變，不但使人物形象的塑造產生了改變，就連作品的意涵也跟著改變。

　　如前所述，〈切爾卡什〉的重點在於揭露資本主義把人變成金錢的奴隸的此等價值觀，而〈黎明前〉則是在於表現資本主義社會是個吃人的社會，正直的人活不下去的意涵。〈黎明前〉因此成為探討「盜亦有道」而「富人不仁」的劇本，文中塑造商人為「橫行霸道」、「使用暴利的、不法的斂財手段的人」（頁29），賦與其「無奸不商」的形象，因此竊取商人的錢財不算不義之行。同樣地，作者也不由負面的形象來塑造盜賊，反而讚許盜賊間異常地堅守道義信用之舉，顯然將富人與盜賊的性格做了對比。此外，〈黎明前〉還以茂作的覺醒來定義何謂不義之財，茂作因為他人的狡詐而被騙去了田產，他所採取的方法是打算腳踏實地賺錢致富，然而下場就是落魄至極，幾成餓殍。在和源造合作偷竊得手後，茂作面對竊盜所得的不義之財，卻陷入了取用與否的天人交戰中，源造開導他的一席話也就成為全篇的重點所在：「你先前說這是不乾淨的錢，但是，其實世上沒有乾淨的錢。（中略）你也要適可而止，不要這麼憨直。否則，在這日子難過的世間，你是活不下去的。」（頁35）這篇劇本，完全表現了在狡獪的資本主義社會中，過於正直的人沒有生存空間的社會樣態。

　　儘管〈黎明前〉透露出與〈切爾卡什〉不同的批判意涵，不過〈黎明前〉仍然洗刷不了抄襲的痕跡，這一點不但在〈黎明前〉發表後沒有

任何文壇人士出面檢舉，相反地卻頗受好評，如蘇宴仙認為：「〈黎明前〉誠實地寫出台灣的過去，是最早發表的戲曲作品。」[73] 不禁令人懷疑台灣文壇對於高爾基作品的熟悉度，並不深刻。

（三）三〇年代台灣文壇面對剽竊情事的態度

如此明顯的剽竊情事，難道三〇年代台灣文壇都習於置之不理？並非如此。就筆者所知，在〈黎明前〉發表的1936、37年間，台灣文壇就因為作品的原創性爭議而發生了兩件大事。首先是在1936年10月，李獻璋檢舉朱點人的事件。原來朱點人曾發表〈文壇的幸事〉一文，文中曾提及李獻璋老做過多揣測，習於批評別人的作品為剽竊之作，因此引來李獻璋以〈關於「文壇的幸事」〉一文加以回應。文中確實列舉了台灣文壇中各個剽竊、模仿、抄譯他人／他國作品的實例，不僅如此，李獻璋甚至點名朱點人的〈蟬〉模仿了張資平的〈三七晚上〉。面對如此嚴正的指控，朱點人立即公開回應，認為自己的作品純屬個人經驗，並無模仿之情事，文中並多次以「狐疑的獻璋君」相譏，以表達自己被控剽竊的不滿情緒。[74] 到了1937年1月，李獻璋又以〈麟兮麟兮何德之衰〉一文，諷刺有「麒麟兒」美名的朱點人剽竊了他的構想，因而寫成了〈秋信〉這篇小說。在這次事件中，一直處於客觀第三者立場的楊守愚，也在日記中表達了看法，認為李獻璋似乎太吹毛求疵，他認為不論是〈蟬〉或是〈秋信〉，儘管有小部分有他人的影子，卻是精采的力作，不能算是剽竊之作。雖然當時日記的內容並未公開，亦即楊守愚並未直接介入李獻璋與朱點人的紛爭之中，儘管如此，楊守愚卻將朱點人

---

73 蘇宴仙，〈新文學七月號試評〉，《台灣新文學》1：7，1936年8月5日，頁49。

74 關於事件的源起，楊守愚在日記中有清楚的記載，10月4日所記：「這一期東亞新報上，署名悾郎氏的關於『台灣文壇的幸事』一文，確是快作。要是他列舉的幾篇，果係仿效、剽竊，不知各篇的作者讀之，將作何感想？若想藉此賣賣名，出出風頭，固不足言，要是真心為台灣文學盡點力，我以為還是自重一點為是。」（頁76）10月5日又記：「詩琅來信。說『文壇的幸事』乃是點人對獻璋常說人家的作品是剽竊的不滿的爆發，『關於文壇的幸事』是獻璋的老脾氣的炸破。且說點人已再寫成一篇，要在東亞答應他。這場筆墨官司，預想將激烈地展開下去。那麼，作者剽竊呢？獻璋氏邪推呢？將于此清算！這叫我抱多大關心。」（頁76）至於李獻璋〈關於『文壇的幸事』〉，原文未見，此處的說法與朱點人的反駁皆出於朱點人〈關於剽竊問題──給獻璋君的一封公開信〉，《台灣新文學》1：9，1936年11月5日，頁75-77。

〈蟬〉選進了將由台灣新文學社出版的《台灣小說集》中，就可以發現楊守愚已對朱點人做出了公開的支持。由此大致可見李獻璋與朱點人之間的對錯。[75]

至於第二件大事，則是1937年1月，楊守愚檢舉吳鴻爐〔吳劍亭〕的事件。早在李獻璋檢舉朱點人時，楊守愚就認為李獻璋太過吹毛求疵，同時也強調「其實吾人所應加以痛擊的，即如吳鴻爐者流耳。」[76]至於痛擊吳鴻爐的原因，就在於吳鴻爐冒用他人的著作，以自己的名義發表。1月7日，楊守愚在日記中就記載：「抄了小說月報叢刊的『創作討論』在《台灣文藝》以自己的名義發表；經我發現，而經一吼在東亞鐵甲車暴露的抄字大仙吳鴻爐，今天又在新民報發表諺語的研究了。讀此文，不免又叫我起了疑心，隨手把小說月報叢刊底『諺語的研究』取下來一翻，又給我捉住了。像這樣一個欺世盜名的無恥漢，真是台灣文學界的一種害蟲，為肅清此種惡質的文賊，為向上創作精神起見，非再加以一大鐵錘不可。因此，我便將這報告給台新的編者王詩琅君。」[77] 文中稱吳鴻爐為「欺世盜名」的「抄字大仙」，可見吳鴻爐已是累犯，更何況又有周定山（一吼）的檢舉，足見吳鴻爐的犯行早為眾人所不齒。楊守愚隨後公開發表〈成名秘訣〉一文，點出吳鴻爐的〈誠實的自己的話〉等四篇文章，完全是竊用十多年前《小說月報叢

---

75 關於〈蟬〉的剽竊問題，楊守愚在11月5日的日記中記載：「台新十一月號，中有點人君呈給獻璋君的關於剽竊問題的一封公開信。引張資平『三七晚上』和他的『蟬』各一段以對照。讀後，覺得點人君因平時喜讀張氏作品，不知不覺間受其影響，其筆致有如張氏，這卻是事實。但，照蟬之主題、結構、技巧，那麼完整的一篇力作，即有一小部分是拾取張氏意，那也無傷於『蟬』之真價，何況是不太重要的部分，何況是拾其意而重新寫過呢？獻璋君也無乃太吹毛求疵了。其實吾人所應加以痛擊的，即如吳鴻爐者流耳。」（頁87-88）關於〈秋信〉的剽竊問題，楊守愚在1月11日的日記中載明：「點人君寄來秋信一篇，獻璋君作的麟兮麟兮何德之衰一篇，並由明弘君代轉到不平衡的偶力一冊，說要我判別『蟬是否模仿？秋信是否剽竊？』秋信說是剽竊獻璋君的結構、意圖，那也只有他們自己知道。但，這我不視為剽竊，因為拿個題材與朋友互相斟酌，乃是筆者的慎重，而作朋友的陳述點意見，也只是互為參考吧了，至高，也只能算是素材的提供，能成作一篇完整的小說麼？」（頁124）由此可見他支持朱點人。至於楊守愚將朱點人〈蟬〉選入《台灣文學集》，見楊守愚日記11月18日的部分：「關於台灣小說集預選，費了幾天檢討工夫，無如材料不備，只僅僅選得幾篇，如：懶雲之惹事、辱。我軍之買彩票。雲平之光臨。虛谷之榮歸。秋生之貓兒。點人之蟬。綿江之沒落。越峰之紅蘿蔔。我的決裂，或一個晚上，或誰害了他。」（頁92）可見楊守愚對朱點人〈蟬〉的評價之高。

76 《楊守愚日記》，頁88。

77 《楊守愚日記》，頁122-123。

刊》上的文章；楊守愚並提到台灣人不是文盲，吳鴻爐手上的《小說月報叢刊》也並非孤本，竟敢撒此漫天大謊。[78]

由以上兩個事件可以發現，當時台灣文壇全然無法容忍作者發生抄襲剽竊的情事，只要稍稍竊取他人的構思，或是作品出現些許雷同之處，也會引起一陣漣漪。然而，〈黎明前〉的剽竊情事卻不見有人檢舉，似乎有違常理。合理的解釋是當時台灣文壇對高爾基的作品並不熟悉。事實上，〈切爾卡什〉並不是一篇冷僻的作品，它是高爾基登上俄國文壇、甚至受到世界注目的成名之作，其知名度可見一斑。

然而，以當時台灣文壇的情況來看，不只一般文壇人士對高爾基的作品不熟悉，就連編輯了「高爾基特輯」的《台灣新文學》編輯委員群亦然，證據就在王詩琅身上。1936年在楊逵臥病之後，實際負責《台灣新文學》之編務的王詩琅，在文壇人士眼中，是個「對於外國文學的造詣很深，尤其是對於蘇俄文學。沒論是柴霍甫的作品，或屠介涅夫、陀斯妥夫斯基、托爾斯泰、**高爾基**諸人著作，大凡是傑出的作品，他大都讀過了」[79] 的飽學之士，然而對於俄國文學甚至是高爾基文學造詣很深的王詩琅，竟然對〈黎明前〉的剽竊情事全然不察，豈不矛盾？只能說三〇年代台灣文壇對於高爾基作品的熟悉度，遠比文壇人士所自認的程度粗淺得多，否則〈黎明前〉理應沒有在《台灣新文學》上發表的機會，更沒有獲得賞金的可能。如果說對於高爾基知之甚詳的楊逵、王詩琅尚且不察，那麼要期待其他文壇人士能夠察覺此事，無異於緣木求魚。

反觀在當時的日本文壇，倘若有人膽敢抄襲高爾基的〈切爾卡什〉，又膽敢投稿，而且雜誌社竟也予以刊登，甚至刊登後全然不見任何批評聲浪的情形，是不可思議的，原因就在於日本文壇對高爾基的

---

78 字麓（楊守愚），〈成名秘訣〉，《台灣新文學》2：2，1937年1月31日，頁71。吳鴻爐所剽竊的四篇文章，分別是〈誠實的自己的話〉（《台灣文藝》創刊號）、〈創作與哲學〉（《台灣文藝》2：1）、〈文藝的真實性〉（《台灣文藝》2：4、5）、〈諺語的研究〉（《台灣新民報》1月7日起連載），而四篇文章的原作者，分別是葉聖陶、瞿世英、佩弦與郭紹虞。

79 毓文（廖毓文），〈同好者的面影（二）〉，《台灣新文學》1：4，1936年5月4日，頁90。

〈切爾卡什〉相當熟悉。且看《文學案內》「高爾基紀念特集」內一位讀者的意見，便足以說明。

> 受到高爾基作品所感化的人無疑有幾千萬之多。我正是其中一
> 人。我最初讀到的作品是〈切爾卡什〉。對於作品將一個作為主
> 人公的小偷的人味豐富地描繪出來，我十分感動。對一個像惡鬼
> 一般的小偷來說，也有作為人的感情。高爾基並不厭於將作品中
> 的人物描繪為帶有感情的人。在那，我們可以發現高爾基作為無
> 產階級之父的偉大。我每一讀高爾基的作品之時，就會感受到作
> 者廣大的包容力。[80]

在日本，區區一名普通讀者都能對〈切爾卡什〉擁有如此深刻的認識，不難想見日本文壇對於高爾基文學的造詣之深。由此可見，台灣文壇對高爾基的認識遠遠不如日本文壇。對一位全世界最為馳名的普羅文學作家的成名之作尚且如此，也無怪乎台灣文壇整體對於左翼思想及文學的接受處於封閉且斷裂的情況了。

三、對史達林主義的掌握度不足：論左翼本土主義飽受批判的困境

要解釋三〇年代台灣左翼思想界與國際左翼思想產生斷裂，以下關於史達林主義的掌握度不足一事，是本文所提出的第三項證據。

話說台灣文藝協會組成的 1933 年秋天，此時正是鄉土文學論戰進入尾聲、台灣左翼作家亟欲進行整合的時期，不過此時的台灣左翼作家卻依舊對國際左翼思潮的理解不夠詳實，因此不難想見鄉土文學論戰這個主要由左翼知識份子挑起的論戰，是如何在雙方對左翼思想各自表述的狀態下，展開了一連串風馬牛不相及的對話。這種各自表述的現象，

---

80 署名「崎玉 內山多田」的讀者的意見，收錄於「高爾基紀念特集」專題之「日本の若き作家・勤勞者はいかにゴーリキイの影響を受けたか」的專欄，《文學案內》，1：9，1936 年 9 月 1 日，頁 30。

在鄉土文學論戰之初,亦即從黃石輝與廖毓文之間的論辯開始,就已經出現。

　　黃石輝在提倡鄉土文學時,主張「一地方有一地方的文學」[81],與此論相反,廖毓文則是主張「一時代有一時代的文學」,這顯然是胡適在提倡文學革命時的主張,胡適的此一說法也被張我軍詮釋為「文學是時代的反映」[82]。此二論點是兩個截然不同的概念,然此相斥的兩個概念卻並存於左翼知識份子的思維中,不免令人納悶。必須指出,從台灣文學在二○年代接受了文學現代性、繼而掀起台灣新文學運動以來,台灣新文學路線就是建築在一種只重視「時間」而不重視「空間」的論述邏輯之上,認為文學應該是時代/時間的反映,而不是鄉土/空間的反映,因此張我軍等知識份子才會汲汲於追求時代的進步性,以打破封建的舊文學,但是同時卻又排除台灣話文進入文學生產的場域,及其作為「鄉土文學」的可能。二○年代的進化史觀,恰與馬克思主義的經典涵義——亦即無產階級革命是推進歷史的動力,有其共通之處,因而使得廖毓文等左翼知識份子更加強調時間的重要性。

　　馬克思主義對「時間」的強調以及對「空間」的忽視,近來已經成為許多國外學者批判的對象。[83] 由二○年代中國五四新文學運動以及國際社會主義運動的雙重影響下,對「時間」價值的強化以及對「空間」價值的貶抑,的確起了極大的推波助瀾之效,因而造就了三○年代一批主張以中國白話文(中國五四新文學運動的影響)作為普羅文學(國際無產階級運動的影響)的書寫工具的左翼知識份子,此即本書所謂左翼漢族民族主義者,其代表人物便是廖毓文。由於自視其論述具有「正統」馬克思主義的正當性,廖毓文在批評黃石輝時,也顯得特別理

---

81 原文為:「因為文學是代表說話的,而一地方有一地方的話,所以要鄉土文學。」見黃石輝,〈再談鄉土文學〉,收於中島利郎編,《彙編》,頁54。

82 張我軍,〈請合力拆下這座敗草欉中的破舊殿堂〉,《台灣民報》3:1,1925年1月1日,收於李南衡編,《日據下台灣新文學文獻資料選集》(以下簡稱《文獻資料選集》),台北:明潭,1979,頁87。

83 相關論述請見:戴維・哈維,〈《共產黨宣言》地理學〉,《希望的空間》,南京:南京大學,2006。薩依德著,蔡源林譯,《文化與帝國主義》,台北:立緒,2001,頁103-121。又如馬歇爾・伯曼著,徐大建、張輯譯,《一切堅固的東西都煙消雲散了:現代性體驗》,北京:商務,2004,頁158-160。

直氣壯，「如果先生是普魯階級的真實伴侶，當然要著起來提倡普魯文學、推進普魯階級的文化運動才是對的，而不提倡普魯文學，倒來主張鄉土文學……」[84]、「為文學的大眾化就不該『閉門守戶』偏執台灣話的台灣文學了！」[85] 對廖毓文這群左翼漢族民族主義者來說，普羅文學的最大價值在於為最多數的普羅階級服務，因此中國白話文的價值自然遠高於台灣話文。

這樣的說法黃石輝又何嘗不知？那麼黃石輝何必固執於鄉土文學與台灣話文的鼓吹？必須理解，二〇年代以「時間」的進步性作為文學現代性的一個內涵，到了三〇年代這樣的思維開始被質疑，台灣知識份子發現在「時間」的進步性之外，「空間」亦具進步性，這是三〇年代台灣的文化民族主義（cultural nationalism）之所以蓬勃的基本條件。誠如當代學者吳叡人所指出，三〇年代台灣的右翼民族主義者，在理論上汲取了法國史學家泰納的民族文學三要素——人種、時代、環境的概念。[86] 若由本書的角度觀之，可以發現他們已經同時承認了「時間」與「空間」的進步性，這兩個概念在台灣知識份子追求民族主體的同時，成為了思考的基礎。

中國白話文派曾將黃石輝的鄉土文學視為是「沒有時代性，又沒有階級性」的資產階級藝術，顯然與黃石輝的原旨不符，鄉土文學分明具有歷史性（體驗共同時間）與階級性（為勞苦大眾而作），因此，吳叡人認為鄉土文學的反對者並未充分了解黃石輝的原意。[87] 吳叡人說得極是，但筆者並不認為這只是單純的誤讀而已。此時的反對者多帶有激進的左翼國際主義傾向，對他們而言，描繪鄉土之美證實了鄉土文學是「貴族文學」，使用偏狹的台灣話文書寫只造就了「排外主義的文學」

---

84 原文未見，引自黃石輝〈鄉土文學的檢討——再答毓文先生〉（發表處不明），收於中島利郎編，《彙編》，頁110。

85 毓文，〈鄉土文學的檢討——再給黃石輝先生〉，收於中島利郎編，《彙編》，頁101。

86 吳叡人，〈台灣非是台灣人的台灣不可：反殖民鬥爭與台灣人民族國家的論述1919-1931〉，林佳龍、鄭永年編，《民族主義與兩岸關係：哈佛大學東西方學者的對話》。

87 吳叡人，〈福爾摩沙意識態：試論日本殖民統治下台灣民族運動「民族文化」論述的形成（1919-1937）〉，《新史學》17：2，2006年6月，頁181。

（趙櫪馬語），因此反對者對鄉土文學予以徹底的駁斥。這樣的駁斥明顯是一種知識權力／暴力在運作，具有規訓（discipline）與排他（exclusion）的雙重作用。這種知識權力／暴力的生產，是左翼漢族民族主義者自認為優於一切的國際主義所帶給他們的自信，這是共產國際正在鼓動全世界無產階級革命運動的風氣讓他們自詡為最進步知識份子，因此，其他的知識與觀念都變成非我族類的、「舊」的他者。這也正是賴明弘直指鄉土文學是「非階級性的、非大眾的、非現代的」的理由。[88]

　　同樣地，台灣話文也在這種知識的象徵權力／暴力的運作下被貶抑，台灣話文被視為是「閉門守戶」（廖毓文語）、「非科學的、非現實的、非理想的」（賴明弘語）的文學主張，妨礙了國際主義的世界文學的可能。更重要的是，台灣話文和鄉土文學一樣被視為是粗鄙的前現代語言與文學產物，不具有成為現代的文學語言的資格。必須知道，雅／俗、貴／賤、美／醜都是象徵權力作用的結果，同時也是知識再生產的產物，這是布爾迪厄一再提醒我們的論點。就此角度觀之，中國白話文在二〇年代亦被舊文人視為「粗俗不文」的語言，當時中國白話文支持者便以「文字沒有雅俗，卻有死活可道」[89] 一語來加以反擊，並將文言文歸類為「死」的文字。其後的發展誠如眾所皆知，「粗俗不文」的中國白話文擊潰了「高貴雅正」的文言文，即代表著雅／俗、貴／賤、美／醜的定義不是本質的，而是象徵的。然而事過境遷，到了三〇年代，搖身一變為「雅正」語言的中國白話文，反倒批判起台灣話文具有的「粗鄙」的**本質性**，可見一切都是知識的象徵權力作用的結果。

　　歷史就是這麼不斷反覆上演著。對於知識的象徵權力作用，黃石輝的認識十分深刻，他亦曾言：「雅俗是在乎人們的認識而定的，那裡真有什麼雅俗的分別呢？」[90] 已經說明了知識的象徵權力作用。然而可惜的是，在左翼漢族民族主義者撲天蓋地的批評聲浪中，黃石輝的此一敏感度未被察覺、被肯定。更值得注意的是，黃石輝的論述雖然是站在

---

88 賴明弘，〈對鄉土文學台灣話文徹底的反對〉，收於中島利郎編，《彙編》，頁393。
89 前非，〈台灣民報怎麼樣不使用文言文呢？〉，《文獻資料選集》，頁61。
90 黃石輝，〈鄉土文學的再檢討給克夫先生的商量〉，收於中島利郎編，《彙編》，頁157。

左翼本土主義的立場發言，不過以台灣內部的左翼思想界的生態來說，卻恰恰處著非「左」又非右的位置，因而讓黃石輝陷入左右不是人的困境。以左派來說，廖毓文等人對黃石輝的批判已無須贅言；以右派來說，《南音》承認提倡台灣話文卻否認提倡鄉土文學一事，可以推測應該是對黃石輝之鄉土文學所帶有的普羅文學色彩有所質疑，欲與黃石輝做切割所致。黃石輝為何如此「左右不逢源」？這從他拋出「超階級」的說法就可以窺知一二。

> 我確認現在的問題是階級問題，斷然不是限定在某一階級的工作、要求，假使有人想要將鄉土文學台灣話文提做私伙，我總敢笑伊是憨大頭。（中略）**只是「超階級」這三字極明瞭的事實，若是尚有人非認，我亦無法度。**[91]

「超階級」一說問世，馬上引起了左右兩派陣營的撻伐，右派陣營如《南音》同人莊垂勝就質疑：「無產陣營的宿將，為大眾文化而首倡鄉土文學的普羅文學巨星可不可以說『現在談的是文學問題，不是階級問題』？（中略）改良主義者儘可以說現在所談的文學問題是超階級的，可是不改良主義者是否也可以這樣主張？」[92] 黃石輝確認了「文學問題是超階級」的主張，並私下與莊垂勝溝通意見[93]，因此「超階級」的議題並未在《南音》持續延燒。不過左翼漢族民族主義者賴明弘可沒如此客套，他嚴厲批判：「提倡無端取鬧的所謂鄉土文學的老學生黃石輝尚在寫什麼〈答負人〉的閒文字（中略）。但黃先生還沒了解去清算過去的謬誤，況且還在說什麼明弘說的『大同團結』是無視客觀情勢，鄉土文學確是超越階級的問題⋯⋯云云。」[94]

---

91 黃石輝，〈答負人〉，《南音》1：8，1932年6月13日，收於中島利郎編，《彙編》，頁300-301。
92 負人，〈台灣話文雜駁〉，《南音》1：7，1932年5月25日，收於中島利郎編，《彙編》，頁220。
93 見芥舟（郭秋生）〈南音〉中所言：「石輝先生信中說對於負人君的質問，以為無公開的必要，已有直接致書答復本人。」載於《南音》1：8，1932年5月25日，頁16。
94 賴明弘，〈對最近文壇上的感想〉，《新高新報》，337、340，1932年8月26日、9月16日，收於中島利郎編，《彙編》，頁319。

這段歷史並未被遺忘，但為何黃石輝會提出這等自相矛盾、有違「左翼」立場的言論，學界至今亦無合理的解釋，唯有林淇瀁曾以「語焉不詳」為由輕輕帶過。[95] 然而，黃石輝果真「語焉不詳」？其實並不盡然。事實上，黃石輝的論述突顯出一條路線，那便是「無產階級的民族文化」，不過黃石輝並沒有對民族與階級的辯證關係做出釐清，只是想當然爾地以民族文化作為普羅文學之目標而提出「超階級」的說法，因而造成左翼國際主義者的不諒解。然而正是這個不諒解，證明了台灣左翼知識份子對於史達林理論在接受上的貧乏。

　　在無產階級民族文化的議題上，共產國際的路線一直遵奉著史達林主義，其中心思想便是史達林所提出的「**內容是無產階級的，形式是民族的**」之理論。若以三〇年代台灣鄉土文學論戰的爭辯內容觀之，唯一符合史達林文化理論者便是左翼本土主義，因為作為民族形式的台灣話文與作為無產階級內容的普羅文學相結合，便是黃石輝所提倡的鄉土文學了。然而，右翼知識份子肯定鄉土文學的「民族形式」但反對其「階級內容」，反之，左翼漢族民族主義者則肯定其「階級內容」而反對（台灣的）「民族形式」，使得鄉土文學的論述在論戰中始終成為眾矢之的。由於右翼知識份子的知識養成並不在馬克思主義的思想結構中，因此他們對於民族文化的認知在此姑且不論。然而若是進一步論及左翼本土主義與左翼漢族民族主義之間的爭端，就可以發現一個極度不合理的現象，那便是史達林的民族文化理論的「不在場」。以左翼本土主義者來說，當鄉土文學的概念被左翼漢族民族主義者批評為「沒有時代性，又沒有階級性」[96] 的反動文學時，他們沒有適時提出史達林的民族文化理論作為反駁、繼而「教訓」他的左翼論敵，反而僅僅自嘆成為「眾矢之的」[97]，並對論敵發出「你若是輕視台灣話，以為這是你的認

95 林淇瀁，〈民族想像與大眾路線的交軌〉，《台灣新文學發展重大事件論文集》，台南：國家台灣文學館，2004，頁26。
96 語出毓文（廖毓文），〈給黃石輝先生——鄉土文學的吟味〉，《昭和新報》140、141，1931年8月1、8日，於於中島利郎編，《彙編》，頁66。
97 語見黃石輝，〈沒有批評的必要 先給大眾識字〉，《先發部隊》，1934年7月15日，頁1。

識不錯，亦請你行其所信就是了！」[98] 的消極言論。此等不合常理的行為，唯一的解釋便是這些左翼本土主義者對於史達林的民族文化理論，一無所知。換個立場來看，左翼漢族民族主義者每每以國際主義作為包裝、並以「正統」馬克思主義者自居，理直氣壯地指摘鄉土文學「沒有時代性，又沒有階級性」（廖毓文語），甚至如朱點人要求左翼本土主義者「自我了斷」的言論：「……島聲不同了，時勢也不同了！以前反對鄉土文學的祇有我們幾個人，現在反對鄉土文學的叫聲，差不多要充滿了文壇，特急的風雲已經逼迫著鄉土文學非自決不可了！」[99] 皆可見左翼漢族民族主義者對自己的主張不但高度自負，更透露出咄咄逼人的「正當性」。不過試問，如果廖毓文等人知道黃石輝的論點與史達林主義有著高度的相似性，其發言是否還藉人多勢眾而理直氣壯？恐怕不僅氣焰必將收斂許多，甚至可能還會羞愧得無地自容吧。如此一來不禁讓人懷疑，如果台灣島內能有那麼一兩個對史達林主義具有粗淺理解程度的左翼知識份子，上述的情形是否還會發生？就算會發生，廖毓文等人對黃石輝的批評理應也會客氣三分，而非咄咄逼人、厲言謾罵。顯然，台灣島內知識份子對史達林主義的幾近一無所知，此即本書所謂台灣島內在史達林民族文化理論的接受上的斷裂，因而使得鄉土文學論戰的文化論述形成和國際左翼思潮隔絕的特殊現象。

四、對島內文化場域的掌握度不足：吳坤煌與島外左翼文化論述的介入

如果說台灣左翼思想界對列寧、史達林與高爾基的理論建構或文學成就不夠熟悉，足以說明台灣左翼思想界處於閉門造車的情況的話，那麼島外左翼知識份子如吳坤煌等人，擁有汲取當時最正統、最前衛的左翼文化思潮的機會，理應對當時台灣文壇產生一定的作用。然而卻因為他們對於台灣島內文化脈絡的掌握度不足，致使失去同步提升台灣左翼

---

98 黃石輝，〈所謂「運動狂」的喊聲——給春榮克夫二先生〉，收於中島利郎編，《彙編》，頁411。
99 點人，〈勸鄉土文學台灣話文早脫出文壇〉，《台灣新民報》996，1933年11月27日，收於中島利郎編，《彙編》，頁463。

文化理論之高度的契機，也是台灣左翼思想界陷入閉門造車之境地的重要原因。

前述黃石輝對於無產階級民族文化的「語焉不詳」之處，有必要藉吳坤煌〈論台灣的鄉土文學〉（〈台湾の郷土文学を論ず〉）一文來說明。吳坤煌發表〈論台灣的鄉土文學〉時，身為東京台灣藝術研究會的一員，人在日本，對於列寧、史達林以及藏原惟人等人的論述，比起台灣島內的左翼知識份子顯得嫻熟許多，因此，〈論台灣的鄉土文學〉可以說是同時期台灣左翼文藝論述中最貼近共產國際之民族文化理論的一篇文章；換言之，〈論台灣的鄉土文學〉表現出當時台灣知識份子對於左翼的民族文化理論之理解的最高程度。作為第一篇援引列寧主義、史達林主義來探討台灣文學的論文，吳坤煌〈論台灣的鄉土文學〉受到當今學界的評價顯然並未名實相符。[100] 發表於1933年12月的此文，頗有為台灣的鄉土文學論戰做出是非判斷的意味，因此值得詳加討論。〈論台灣的鄉土文學〉一文的結構可分為兩部分，其一是對台灣鄉土文學的批評，其二是對共產國際民族文化理論的援引，為了行文之便，本文先就第二部分談起。由於第一部分抨擊了「鄉土文學」，因此第二部分的論述主軸便是指出，當時最該被提倡的文學，唯有普羅文學，原因在於「現在讓我們的社會順著歷史必然路線真正向前走的，只有宣告人類前史終結的無產階級而已」，無產階級的進步性，以及普羅文學的進步性，都在馬克思主義的歷史主義思維中獲得強調。不僅如此，〈論台灣的鄉土文學〉對於「鄉土文學」的檢討，以及無產階級新文化建設的相關論述，完全是遵循了列寧與史達林的「民族文化」論述的理論基礎，

---

100 學界對於此文著墨較多者應屬柳書琴、吳叡人、張文薰與陳芳明，柳書琴的觀點著重在解讀吳坤煌作為一個東京作家看待台灣鄉土的方式，並沒有論及此文的左翼思想價值；至於〈論台灣的鄉土文學〉的左翼思想內涵，吳叡人、張文薰與陳芳明皆淺嚐即止，也未嘗對吳坤煌的「民族文化」論點有所質疑或批判，這正是本文所欲補足的部分。相關論述請參見：柳書琴，《荊棘的道路：旅日青年的文學活動與文化抗爭——以《福爾摩沙》系統作家為中心》，清大中文所博士論文，2001年7月，頁195-199。吳叡人，〈福爾摩沙意識型態：試論日本殖民統治下台灣民族運動「民族文化」論述的形成（1919-1937）〉，《新史學》17：2，2006，頁193-194。張文薰，〈1930年代臺灣文藝界發言權的爭奪——《福爾摩沙》再定位〉，《台灣文學研究集刊》創刊號，2006，頁10-14。陳芳明，〈台灣文壇向左轉——楊逵與二○年代的文學批評〉，《台灣文學學報》7，2005年12月，頁118-119。

用以闡述無產階級應如何看待民族文化的資產，以及無產階級文化應如何與民族文化相結合的問題。

　　首先是列寧主義。〈論台灣的鄉土文學〉援引列寧的話指出：「如果無產階級文化只是對資產階級文化作機械式的否定，而不擷取其中的精華加以發展，就不能成為比資產階級文化更高層次的文化，更何況是成為未來全人類的文化基礎」，不過「對那些文化遺產有『加工、批判，在勞工運動上加以確認』的必要。如果無產階級喪失對舊文化遺產的批判，而無條件接受，不但不能建設新文化，反而會成為資產階級文化或封建文化的俘虜。」列寧認為，無產階級文化不是對資產階級文化的全盤否定，也不是全面接受，必須批判性地繼承，才能成為無產階級的「民族文化」，這正是前述列寧批判「無產階級文化派」時所留下的名言。吳坤煌接著引用藏原惟人的話說：「挾著馬克思‧列寧主義這項武器，我們用批判的態度擷取過去的文化遺產，也能夠用相同的武器建設我國的無產階級文化，而且非這麼做不可。」對於資產階級舊文化的批判性繼承的觀點，又再一次出現在吳坤煌的論述中。

　　建立一種無產階級的新文化還不夠，重點是方法，此時〈論台灣的鄉土文學〉援引的便是史達林主義。以列寧的理論來說，「無產階級的民族文化」是各國發展無產階級文化的目標，不過等到全世界普遍建立了社會主義政權之後，到時就要消除民族與國家的界線，一同為全世界的無產階級文化努力。列寧這方面的觀點並沒有獲得吳坤煌進一步的論述，其實吳坤煌並非避而不談，而是援引史達林主義來加以補充。

　　　　資產階級民族統治下的民族文化是什麼呢？這種文化有資產階級的內容，他們目的在於利用民族主義荼毒大眾，使資產階級的統治更加穩固。**無產階級統治下的民族文化是什麼？這種文化有共產主義的內容，有民族的形式**；它的目的是教育大眾國際主義的精神，以建立更緊實的共產主義社會。（中略）像我們這樣，相信民族文化在形式和內容上都融為一個統一的文化，**而且擁有一種共通語言的人**，在無產階級統治期的現在，卻同時又是鼓吹民

族文化之最高發展之人，這也許會令人覺得不可思議。其實沒什麼好奇怪的，為了創造被一個擁有共通語言的統一文化所統一的條件，民族文化在發展與進步的同時，也必須有機會顯示它的力量。[101]

顯然，高度的民族文化是邁入全世界無產階級文化的一個必要的「進程」，以歷史唯物論觀之，要提早實現全世界無產階級文化的產生，就必須高度發達無產階級的民族文化，誠如史達林所言，兩者並不衝突。為了建構無產階級民族文化，史達林提出了「內容是無產階級的，形式是民族的」之論述，此論述在二〇年代末及三〇年代，透過共產國際與國際革命作家同盟的宣傳，成為指導無產階級民族文化的基本精神。

吳坤煌的上述引言，顯然摘錄自史達林的名作〈論東方民族大學的政治任務（一九二五年五月十八日在東方勞動者共產主義大學學生大會上的演說）〉一文，由副標題可知，此文乃史達林在東方民族大學上的演講稿。東方民族大學，全名為史達林東方勞動者共產主義大學（KUTV），亦可簡稱為東方大學，是俄國專門培育全世界（尤其是亞洲）的共產黨幹部的學校；另一個類似的教育機構為孫逸仙大學（中山大學），其培育對象僅限中國國民黨的學生。史達林在東方民族大學上的演講，便是為了指導亞洲共產黨員所應當遵循的民族文化理論。〈論東方民族大學的政治任務〉一文除了提出「內容是無產階級的，形式是民族的」這個極具代表性的概念之外，還指出民族文化與全人類文化之間應有的相互關係：「全人類的無產階級文化不是排斥各民族的民族文化，而是以民族文化為前提並且滋養民族文化，正像各民族的民族文化不是取消而是充實和豐富全人類的無產階級文化一樣。」[102] 史達林在另一篇文章〈民族問題與列寧主義〉中對民族文化發展順序則有更為深

<hr>

101 吳坤煌，〈論台灣的鄉土文學〉，《福爾摩沙》2，1933年12月30日，收於黃英哲主編，《日治時期台灣文藝評論集（一）》，台南：國家台灣文學館籌備處，2006，頁85-86。
102 史達林，〈論東方民族大學的政治任務〉，《斯大林全集（七）》，北京：人民，1955，頁119。

刻的闡述：**先發展民族文化、再發展區域文化、最後發展世界文化**，這是有漸進關係的，此文化發展絕非強制性的，更非馬克思主義者所絕對反對的「同化政策」，而是為了「交際的便利」而自然發展出來的共同文化。[103] 這兩個概念，正是吳坤煌〈論台灣的鄉土文學〉全文的要旨。不過，吳坤煌卻沒有點出所謂的「形式是民族的」，很大的層面在於「共同語的使用」，也就是民族文化抑或是民族文學的建設，必須有賴於人民的語言；換言之，便是民族語言。

民族語言在三〇年代的文化語境中，當然是指台灣話文而非中國白話文。這使得我們理解了吳坤煌所引用的列寧主義與史達林主義之後，可以進一步對黃石輝「語焉不詳」的部分作一檢討。還記得黃石輝受到了「普羅文學的巨星，怎麼可以說文學是『超階級』？」的質疑時，黃石輝的回答確實是含糊籠統的，無怪乎林淇瀁認為黃石輝的說辭「語焉不詳」；不過如今我們對列寧與史達林對「民族文化」的論述有了基礎的理解之後，便可發現黃石輝的「超階級」其實與列寧、史達林的論述相一致。黃石輝說：「我確認現在的問題是階級問題，斷然不是限定在某一階級的工作、要求，假使有人想要將鄉土文學台灣話文提做私伙，我總敢笑伊是憨大頭。」這句話用廖毓文的左翼漢族民族主義思維來思考確實扞格不入，然若用史達林「內容是無產階級的，形式是民族的」的思維來詮釋，就很容易說得通了。黃石輝所要表達的「超階級」，無非是指鄉土文學與台灣話文都是「民族的形式」，不能與資產階級文化切割，唯一的做法便是保有「民族的形式」，並以無產階級的內容來加以填補，這正是黃石輝〈怎麼不提倡鄉土文學〉一文的後半部，傾力鼓吹文藝要能感動「廣大的勞動階級」的用意。平心而論，黃石輝在文字表達上的不夠精確，確實容易「以詞害意」、遭致誤會，諸如鄉土文學被誤解成德國的鄉土藝術是一例，在此處，「超階級」就是「民族的形式」的論點也未能明確說明，則又是一例。

前已述及台灣島內對於史達林民族文化理論的內容一無所知，造成

---

103 史達林，〈民族問題與列寧主義〉，《斯大林全集（十一）》，頁299-300。

鄉土文學論戰的是非曲直缺少了評判的標準。現在將場域拉至台灣島外，這群在日本接受了史達林民族文化理論的左翼知識份子，尤其是撰寫〈論台灣的鄉土文學〉的吳坤煌，總該為黃石輝說句公道話吧。沒有，從來沒有，不僅如此，吳坤煌反倒嚴斥黃石輝，其炮火甚至不亞於台灣島內的左翼漢族民族主義者。這些批判的文字，正是前文提到的〈論台灣的鄉土文學〉的第一部分。吳坤煌指出黃石輝「鄉土文學」有兩大錯誤：其一是鄉土文學的定義，其二是鄉土文學的內容。關於第一個錯誤，吳坤煌認為黃石輝「論旨太模糊、內容太雜亂」，「連一句也沒談到『什麼是鄉土文學』」，好像只把「鄉土文學」定義為「以台灣為舞台，表現台灣生活」。因此反問黃石輝：「請問過去在台灣發表的台灣人的文學作品中，哪一部不是取材於台灣？也就是說那些作品都是鄉土文學嗎？如果以整個台灣為舞台，描寫台灣人的生活，所寫出來的作品應該只有歷史小說或旅行風土記。這種作品能算是鄉土文學嗎？」這些問題似曾相識，沒錯，在鄉土文學論戰中，廖毓文也曾經提出過同樣的質疑。[104]

關於第二個錯誤，吳坤煌和廖毓文同樣從德國的「鄉土文學」出發，質疑黃石輝「鄉土文學」的內容，廖毓文曾經批判德國鄉土文學「沒有時代性，又沒有階級性」，因而反問黃石輝究竟主張的是哪一種「鄉土文學」？[105] 然而吳坤煌則是直接將黃石輝的「鄉土文學」等同於德國的「鄉土文學」，因此他對黃石輝的「鄉土文學」批判，顯得更為猛烈。

> 它的民族形式上的特色，被用來作為統治無產階級文化的古柯鹼！雖然經過新興資產階級的選擇取捨之後才被採用，但它的倫理觀和習慣的內容都脫離現實而失去價值，卻反而使它被否定、被埋沒。然而，封建思想內容濃厚的鄉土文學，如今正是處於帝

---

104 毓文（廖毓文），〈給黃石輝先生——鄉土文學的吟味〉，《昭和新報》140、141，1931年8月1、8日，收於中島利郎編，《彙編》，頁66。
105 同上註。

國主義現階段的他們的最佳文化武器，他們打算挖掘出來使用。當各個民族的根基要靠資產階級秩序的保護才能維繫的時候，鄉土文學就和封建時代一樣充滿了統治內容，這已經是證實過的不爭的事實了。

此處的批評，顯然與廖毓文「沒有時代性，又沒有階級性」的論調是一致的。吳坤煌接著提到「從無產階級文學的觀點勉強評定鄉土文學，它只不過是歷史所生產的過去的考古遺物，也就是舊文學傳統培養出來的文學罷了」，「這可不是他山之石，對提倡台灣鄉土文學的人們而言，他們是絕佳的參考資料」。「鄉土文學」在吳坤煌的眼中是「反動的」、「沒有未來性」、「腐蝕民眾的文化精神」的「法西斯主義文學」，因而提出必須以無產階級文學來抵制「鄉土文學」。吳坤煌對於德國「鄉土文學」的批判具有正確的左翼觀點，不容置疑，不過他將黃石輝的「鄉土文學」等同於德國「鄉土文學」而做出的評價與批判，就顯示出他對台灣文學場域的認識不足。歷史開了台灣文學一個大玩笑。倘若吳坤煌對於台灣文學場域的了解更深刻些，也許他會發現當時台灣左翼文學論述最接近史達林主義者，無疑是黃石輝。不過由於吳坤煌對於台灣文學場域的了解尚淺，致使他對黃石輝「鄉土文學」產生了曲解。

吳坤煌對台灣文學場域的認識不足，可由三個層面來談。其一，吳坤煌對於台灣鄉土文學論戰的觀察，僅止於《台灣新民報》而已。吳坤煌在〈論台灣的鄉土文學〉中所有針對鄉土文學論戰所作的評論，都是引據自《台灣新民報》，這對於鄉土文學論戰的認識而言，明顯不足。自黃石輝在《伍人報》上提倡「鄉土文學」之後，《昭和新報》、《台灣新民報》、《台灣新聞》等報紙，以及文學刊物《南音》，都先後成為鄉土文學論戰重要的論辯場域，所以吳坤煌獨閱《台灣新民報》，不但對鄉土文學論戰沒有歷史化、脈絡化的認識，就連在共時性的認識上也失之偏頗，無怪乎吳坤煌質疑黃石輝「很不可思議地連一句也沒談到『什麼是鄉土文學』」。事實上，如同眾所皆知，黃石輝早在1930年

發表於《伍人報》上的〈怎樣不提倡鄉土文學〉就談過了，不過，吳坤煌進場時間較晚，對於黃石輝過去的論述明顯沒有通盤的認識，致使對黃石輝的批評有所偏差。

其二，吳坤煌嚴詞批判黃石輝的「鄉土文學」論述是封建思想的遺毒，是「反芻過去的反動文學」，是腐蝕民眾文化精神的法西斯文學，不過，吳坤煌萬萬沒有想到，與吳坤煌批判的相反，黃石輝的「鄉土文學」不但不是資產階級的所有物，反而是左翼文藝思潮下的產物。前已述及，吳坤煌與廖毓文在批評鄉土文學「沒有時代性，也沒有階級性」這個論點上的雷同之處，然而廖毓文其實對黃石輝的論點有所誤解[106]，同理，吳坤煌也誤解了黃石輝。從黃石輝的背景來看，他與台共關係匪淺，曾擔任新文協屏東分部的負責人，甚至被文壇喚作「無產陣營的宿將」、「普羅文學的巨星」，可見黃石輝是台灣公認的左翼知識份子，他所倡導的「鄉土文學」也是主張以台灣話文書寫的普羅文學，基本上是為了台灣無產階級大眾服務的文學。甚言之，就是為了創造台灣無產階級民族文化的文學。因此，黃石輝及其「鄉土文學」的左翼傾向自不待言，不過，由於吳坤煌的認識不足，逕自視為「法西斯文學」、「反動文學」，他對黃石輝誤讀之深，其不證也自明。

其三，吳坤煌通篇未曾對台灣話文的可否作出判斷，亦令人不解。語言問題的討論在〈論台灣的鄉土文學〉中通篇闕如，這顯然與史達林對民族文化的看法大有出入，以下不妨一觀史達林〈論東方民族大學的政治任務〉的原文：

> 如果談到各民族參加無產階級文化，那麼這種參加一定會採取符合這些民族的語言和生活方式的形式，這一點也幾乎用不著懷疑。[107]

---

106 吳叡人，〈福爾摩沙意識型態：試論日本殖民統治下台灣民族運動「民族文化」論述的形成（1919-1937）〉，《新史學》17：2，2006，頁181。

107 史達林，〈論東方民族大學的政治任務〉，《斯大林全集（七）》，北京：人民，1955，頁117-118。

史達林認為語言是民族文化很重要的成分，排除了民族語言的民族文化是不存在的，甚言之，排除了民族語言的無產階級民族文化同樣是不存在的。回顧吳坤煌的引文，他只強調「內容是無產階級的，形式是民族的」這個概念，卻對上下文的脈絡中到處充斥的語言論述「視而不見」，不免有失邏輯。以殖民地台灣的歷史情境來說，雖然受到日本統治而被強迫學習日語，雖然受到祖國（中國）的新文學運動影響而引進中國白話文，不過台灣人的語言仍是台灣話，因此，若由史達林的觀點來看，要發展台灣無產階級的民族文化，台灣話文是勢在必行的走向。

然而，由於吳坤煌對台灣文學場域的認識不足，使得他對黃石輝採取了批判的態度，而又由於吳坤煌對於日語霸權的默認與接受，使得他迴避了台灣話文的建設問題。

第三節 誰是「正統」？：國際主義與本土主義的糾結

上述的討論，可以看出列寧・史達林的民族文化理論在台灣島內的缺席，以至於產生了許多積非成是的現象。因此，要進一步釐清三〇年代台灣左翼思想界的「正統」之爭的孰是孰非，唯有透過閱讀列寧・史達林主義的內涵才得以解決。

一、列寧的民族文化論述

列寧的民族文化論述，約可以1917年十月革命成功為界，分為前後兩期。前期，列寧對民族文化的見解偏向負面，而後期，他卻認為民族文化與無產階級是可以調和的。在1912年間，俄國的革命運動開始出現新的高峰，不過此時部分高加索社會民主黨人宣布各民族實行民族文化自治，造成革命運動的阻礙，有鑑於此，列寧認為共產黨應該比以前更重視民族問題，應該以堅定的國際主義和各民族的無產階級統一的精神，來加以解決。因此列寧在1913年深入鑽研民族問題，寫了一系列文章，其中最具代表性的便是〈關於民族問題的批評意見〉。文中指出每個民族文化都有「兩種」：無產階級文化與資產階級文化，不過前

者是不發達的，後者是佔統治地位的文化，「籠統說的『民族文化』就是地主、神父、資產階級的文化」，「誰擁有民族文化的口號，誰就只能與民族主義市儈為伍，而不能與馬克思主義者為伍」，「民族文化的口號是資產階級的騙局。我們的口號是民主主義和全世界工人運動的各民族共同的文化」。此說突顯了全世界無產階級文化的國際主義性格，以及無產階級與民族文化之不可調和的對立關係，此即列寧著名的「兩種民族文化理論」。[108] 不過必須強調的是，列寧這裡所言兩種民族文化，是就文化的階級內容來說的，不是指文化的民族形式。這個論點的實質精神，是要用無產階級的階級觀點和國際主義精神來觀察和處理資本主義社會的民族問題，取代資產階級的民族文化，因此列寧並不否定文化上的民族形式。

此外，列寧此文亦指出，在資本主義發展的過程中，民族問題上有兩種歷史趨勢：「民族生活和民族運動的覺醒，反對一切民族壓迫的鬥爭，民族國家的建立，這是其一。各民族彼此間各種交往的發展和日益頻繁，民族隔閡的消除，資本、一般經濟生活、政治、科學等等國際統一的形成，這是其二。」[109] 列寧表示第一個趨勢在資本主義初期是佔主導地位的，第二個趨勢則標誌著資本主義已經成熟，正在向社會主義社會轉化。因此，第一個趨勢是第二個趨勢的前提，列寧在1913年所撰之〈馬克思主義與改良主義〉便告誡馬克思主義者：「首先要維護民族平等和語言平等，不允許在這方面存在任何特權（同時維護民族自決權），其次要維護國際主義原則，毫不妥協地反對資產階級民族主義（哪怕是最精緻的）毒害無產階級」[110]。列寧提出這樣的民族論述，被各國共產黨奉為圭臬，台共關於台灣民族解放的論述，也是列寧路線的展現。

1916年列寧又完成另一名作〈社會主義革命和民族自決權〉，同樣主張透過民族解放來完成全世界民族融合的論調。文中指出：「社會

108 列寧，〈關於民族問題的批評意見〉，1913年10-12月，《列寧選集（二）》，頁335-337。
109 同上註，頁340。
110 列寧，〈馬克思主義與改良主義〉，《列寧選集（二）》，北京：人民，1998，頁327。

主義的目的不只是要消滅人類分為許多小國的現象，消滅一切民族隔絕狀態，不只要使各民族接近，而且要使各民族融合。（中略）正如人類只有經過被壓迫階級專政的過渡時期才能導致階級的消滅一樣，人類只有經過所有被壓迫民族完全解放的過渡時期，即他們有分離自由的過渡時期，才能導致各民族的必然融合。」[111] 在此可見列寧對馬克思主義的補充，過去馬克思、恩格斯《共產黨宣言》主張：「人對人的剝削一消滅，民族對民族的剝削也會隨之消滅。民族內部的階級對立一消失，民族之間的敵對關係就會隨之消失。」[112] 由於階級壓迫是一切壓迫最原始的形式，所以當以解消階級壓迫為首要之務，不過到了列寧的時代，由於帝國主義的猖獗，列寧認為被壓迫民族的解放亦有優先性，其順序並不亞於階級的解放，甚至還指出殖民地／被壓迫民族的解放可視為全世界無產階級革命運動的生力軍。此時，不同於馬克思的觀點，列寧表明民族運動的積極作用，不過，對於民族文化的理解，依舊視為與無產階級相敵對的資產階級產物，民族文化（尤其是民族形式）存在的必要性，還沒獲得列寧的關注。[113]

及至1917年十月革命成功，蘇聯成為全世界第一個社會主義國家，此時列寧在詮釋民族文化的問題時也有了不同的格局與視野。1920年，列寧在〈共產主義運動中的「左派」幼稚病〉中指出：「只要各民族和各國間的民族差別和國家差別還存在（**這些差別甚至在無產階級專政在全世界範圍內實現以後也還要保持很久很久**），那末各國共產黨工人運動的國際策略的統一所要求的**不是消除多樣性，不是消除民族差別**（這在目前是可笑的幻想），而是在運用共產主義基本原則（蘇維埃政權和無產階級專政）時，把這些原則在細節上加以正確地變更，使這些原則適應並且適用於民族的和民族國家的差別。」[114] 換言之，社會主

---

111 列寧，〈社會主義革命和民族自決權〉，1916年1-2月，《列寧選集（二）》，頁564-565。

112 馬克思、恩格斯，《共產黨宣言》，收於《馬克思恩格斯選集（一）》，北京：人民，1973，頁270。

113 以上關於列寧前期的民族文化論述，亦可參見：馬健行主編，《馬克思主義史（二）》，北京：人民，1995，頁196-206。

114 列寧，〈共產主義運動中的「左派」幼稚病〉，1920年4-5月，《列寧選集（四）》，頁200。

義僅僅在一個國家（俄國）內勝利的時候，民族差別的消滅與全世界民族的融合是不可能的，甚至是「可笑的幻想」，唯有在全世界範圍內都進入了社會主義勝利的時期，民族差別的消亡才有可能，而且，需要歷經很長時間的整合工作，全世界的民族融合才能完成。因此，在全世界無產階級專政尚未建立的「過渡階段」，民族差別的維持是必要的，其原因正如史達林解經式地詮釋列寧主義時說道：「企圖用從上面下命令的辦法，用強迫的辦法來實現各民族的融合，這就是幫助帝國主義者，斷送民族解放事業，葬送組織各民族互相合作和兄弟般團結的事業。這樣的政策無異於同化政策。」[115] 所以，基於對帝國主義的抗拒，列寧主張各國必須保持其民族差異，亦即維持其民族文化的特殊性，才能使未來的無產階級專政成為可能，此時的列寧初次解消了無產階級與民族文化之間的對立關係，認為兩者有調和的必要，不過實際的工作該如何進行，列寧沒有明說，只要求各國共產黨「使這些原則適應並且適用於民族的和民族國家的差別」，關於這方面的論述，就有待史達林來補充了。

二、史達林對列寧民族文化理論的深化

　　幾乎所有當代的民族主義學者都同意，史達林是最早完整詮釋「民族」概念的理論家，比起列寧（共產國際）抑或國際聯盟兩者都在「民族自決」的要求下將民族視為解放的範疇，卻未曾對「民族」的內涵有所著墨，相較之下，史達林的論述極具理論價值。[116]

> 民族是人們在歷史上形成的一個有共同語言、共同地域、共同經濟生活以及表現於共同文化上的共同心理素質的穩定的共同體。（中略）必須著重指出，把上述任何一個特徵單獨拿來作為民族

---

115 史達林，〈民族問題與列寧主義〉，1929 年 3 月 18 日，《斯大林全集（十一）》，北京：人民，1955，頁298。

116 吳叡人，〈誰是「台灣民族」？：連溫卿與台共的台灣解放論與台灣民族形成論之比較〉，發表於中研院台史所主辦「地方菁英與台灣農民運動國際學務研討會」，2005 年 7 月 13-14 日。

的定義都是不夠的。不僅如此，這些特徵只要缺少一個，民族就不成其為民族。[117]

　　史達林對民族的定義，成為俄共與共產國際公認的理論。[118] 必須指出，史達林上述的定義有兩個針對性。其一，史達林認為民族「這個共同體不是種族的，也不是部落的」（頁291），顯然是針對十九世紀由泰納所引領的民族論述之風潮所做的批判。其二，史達林反對當時部分理論家指出民族是「由一群現代人組成的，和『地域』無關的文化共同體」的定義，他強調民族必須有世代共同生活的地域以及共同的經濟生活，民族才能形成，史達林並以美國脫離英國獨立為例，說明「地域」對民族形成的重要性。不僅如此，史達林後來對於民族問題又有所補充。或有人認為民族的定義除了上述四個特徵之外還必須加上第五個特徵「民族國家」，史達林期期以為不可，因為如此一來，「一切不能成為國家的被壓迫民族，就只好從民族範疇中一筆勾銷，並且被壓迫民族反對民族壓迫的鬥爭，殖民地各民族反對帝國主義的鬥爭，也只好從『民族運動』、『民族解放運動』概念中取消了」[119]，這當然是不合理的。史達林將「民族國家」排除於民族的定義之外，可以窺見史達林所採取的「殖民地問題基本上是民族問題」[120] 的一貫立場。

　　理解了史達林對於「民族」的定義，接著有必要繼續討論史達林對列寧主義的深化。1925年，史達林基於列寧的論點，首次提出了「內容是無產階級的，形式是民族的」的文化論述，史達林首先指出全人類的文化便是無產階級的文化，並說明：「內容是無產階級的，形式是民族的，這就是社會主義所要達到的全人類的文化」，「無產階級並不取消民族文化，而是賦予它內容；反之，民族文化也不取消無產階級的文化，而是賦予它形式」。

---

117 史達林，〈馬克思主義和民族問題〉，1913年3-5月，《斯大林全集（二）》，頁294-295。
118 史達林，〈民族問題和列寧主義〉，1929年3月18日，《斯大林全集（十一）》，頁286。
119 同上註，頁287。
120 史達林，〈論共產國際綱領〉，1928年7月5日，《斯大林全集（十一）》，頁135。

與民族文化最息息相關的無疑是民族語言的問題。考茨基（Karl Johann Kautsky, 1854-1938）等人曾認為社會主義時期隨著一切語言的消亡會形成統一的全人類的語言，但史達林表示：「我不大相信這個無所不包的統一語言的理論」，因為實際的現實經驗指出，語言的數量在社會主義革命之下不減反增，因為「各民族參加發展無產階級文化，那末這種參加一定會採取符合這些民族的語言和生活方式的形式」。於是，史達林繼而指出，各民族發展具有自己民族形式的無產階級文化雖然是必然的，但是這種同化過程只能是對內的，而不能是對外的，亦即不允許強勢文化的帝國主義的產生，正因如此，「全人類的無產階級文化並不排斥各民族的民族文化，而是以民族文化為前提並且滋養民族文化的，正像各民族的民族文化不是取消而是充實和豐富全人類的無產階級文化一樣」。[121] 職是之故，史達林確立了民族文化與無產階級文化之間的相互關係。不過此時他並沒有明確指示各民族文化如何融合為全人類文化的問題。此一問題到了1929年撰寫〈民族問題與列寧主義〉時才獲得解決，至此史達林才完整呈現全世界無產階級文化的三階段論述。

> 如果認為全世界無產階級專政時期的第一個階段將是民族和民族語言消亡的開始，將是統一的共同語言形成的開始，那是錯誤的。相反地，在第一個階段民族壓迫將被徹底消滅，這個階段將是以前被壓迫的民族和民族語言發展和繁榮的階段，將是確立各民族平等權利的階段，將是消滅民族互相猜疑的階段，將是建立和鞏固各民族間國際聯繫的階段。
>
> 只有在全世界無產階級專政時期的第二個階段，隨著統一的世界社會主義經濟的逐漸形成而代替世界資本主義經濟，類似共同語言的東西才會開始形成，因為只有在這個階段，各民族才會感覺到除了自己的民族語言以外，還必須有民族間的一種共同語言，

---

121 史達林，〈論東方民族大學的政治任務〉，《斯大林全集（七）》，頁119。

這是為了交際的便利，為了經濟、文化和政治方面合作的便利。
總之，在這個階段民族語言和民族間共同的語言將平行地存在。
可能是這樣：最先形成的將不是一個一個一切民族共同的、具有
一種共同語言的世界經濟中心，而是幾個各自包括一批民族的、
具有這一批民族的共同語言的區域經濟中心，只有在這以後，這
些中心才會聯合為一個共同的、具有一切民族的一種共同語言的
世界社會主義經濟中心。

在全世界無產階級專政時期的後一個階段，當世界社會主義經濟
已經充分穩固，社會主義已經深入到各族人民的日常生活中，各
民族已經在實踐中深信共同語言優越於民族語言的時候，民族差
別和民族語言才開始消亡而讓位於一切人們共同的世界語言。[122]

以三階段論來說，其進程為先發達民族文化、再發達區域文化、最
終發達全世界文化。民族文化與無產階級的關係不是對立的，而是辯證
的。史達林從不諱言「殖民地問題基本上是民族問題」[123]，這是許多台
灣左翼知識份子（尤其是左翼漢族民族主義者）都忽視、甚至是拒絕承
認的觀點。

三、語言與大眾的「鍛冶場」

史達林的三階段論有助於判斷：在三〇年代初期的台灣鄉土文學論
戰，黃石輝主張的「以台灣話文為形式，以普羅文學為內容」的「鄉土
文學」，就是史達林所謂之「第一階段」的無產階級文化的正確道路。
而廖毓文、賴明弘等主張以作為「區域語言」的中國白話文為形式的普
羅文學，是「第二階段」時所應走的路線。至於連溫卿所主張的世界
語，則於「第三階段」再來提倡較為恰當。不過，在當時世界社會主義
運動的發展尚處於「第一階段」來看，廖毓文與連溫卿的主張無疑違背

---

122 史達林，〈民族問題與列寧主義〉，1929年3月18日，《斯大林全集（十一）》，頁299-300。
123 史達林，〈論共產國際綱領〉，1928年7月5日，《斯大林全集（十一）》，頁135。

了史達林主義，這使得三〇年代初期的台灣文學場域異常熱鬧，卻也異常紛雜。

此外，列寧與史達林都表現出對於強勢文化帝國主義的排拒，如列寧所言：「首先要維護民族平等和語言平等，不允許在這方面存在任何特權」[124]，又如史達林所言：「全人類的無產階級文化並不排斥各民族的民族文化，而是以民族文化為前提並且滋養民族文化的，正像各民族的民族文化不是取消而是充實和豐富全人類的無產階級文化一樣」。

民族文化是區域文化形成的基礎，然而區域文化的形成並不取消民族文化的存在。因此即便有一天亞洲無產階級文化達到了區域文化的階段，也不妨害台灣話文與台灣的鄉土文學存在的必然性。

1950年，史達林延續著他在二〇年代所提出的「內容是無產階級的，形式是民族的」之論述，完成了〈馬克思主義和語言學問題〉一文，繼續深化他的民族語言觀。文中主要分為四部分：一、否定了語言是經濟基礎上的上層建築；二、否定了語言是階級性的；三、闡明了語言的特徵；四、批判了馬爾的語言觀。此篇近兩萬字的長文，成為馬克思主義者思考語言問題的基點，對中國思想界更發生了極大的影響。[125]其中，此文的前兩部分更是簡中精華，尤其是第二點「否定了語言是階級性的」，足見史達林論述的一貫性，更可以用來論證本書討論的內容。

> 語言不是某一個階級所創造的，而是整個社會、社會各階級世世代代的努力所創造的。語言創造出來不是為了滿足某一階級的需要，而是為了滿足整個社會的需要，滿足社會各階級的需要。正因為如此，創造出來的語言是全民的語言，對社會是統一的，對社會全體成員是共同的。因此，作為人們交際工具的語言的服務作用，不是為一個階級服務，損害另一些階級，而是一視同仁地

---

124 列寧，〈馬克思主義與改良主義〉，《列寧選集（二）》，北京：人民，1998，頁327。
125 劉進才，《語言運動與中國現代文學》，北京：中華書局，2007，頁287。

為整個社會、為社會各階級服務。這也就說明，語言可以一視同仁地既為舊的衰亡的制度服務，也為新的上升的制度服務；既為舊基礎服務，也為新基礎服務；既為剝削者服務，也為被剝削者服務。[126]

　　史達林明示語言是超階級的，這是正統的馬克思主義的語言觀。筆者認為黃石輝意識到了語言的上述特性，才會發出語言「斷然不是限定在某一階級的工作、要求，假使有人想要將鄉土文學台灣話文提做私伙，我總敢笑伊是憨大頭」之語。只不過黃石輝的論述能力遠不及史達林，當他的論點被挑戰時，他只能支支吾吾、閃爍其詞，無法進一步深論自己的想法，當然更無法說服當時島內絕大多數已醉心於國際主義、甚至是將國際主義逕自等同於漢族民族主義的左翼知識份子。今日看來，黃石輝是委屈的，他所提出的**以超階級的台灣話文所書寫的鄉土文學**，完全契合於史達林的民族文化論述，因此，文學史的書寫應該還給黃石輝一個公道。

　　從列寧・史達林的民族文化理論可以看出台灣左翼漢族民族主義者的觀念太過急進、有所偏差。如果要討論中國白話文的問題，必須將中國左翼知識份子在普羅文學的發展過程上，對中國白話文的態度來加以釐清，才更有助於理解左翼文學理論的內涵。首先，在1928年，當時在中國第一位提倡革命文學（即普羅文學）的左翼知識份子成仿吾就曾說過：

> 我們遠落在時代的後面。我們在以一個將被「奧伏赫變」（按：aufheben，揚棄）的階級為主體，以它的「意德沃羅基」（按：意識型態）為內容，創造一種非驢非馬的「中間的」語體，發揮小資產階級的劣根的根性。
> 我們如果還挑起革命的「印貼利更追亞」（按：知識份子）的責

---

126 史達林，〈馬克思主義和語言學問題〉，《馬克思主義經典著作選讀》，北京：人民，1999，頁537。

任起來，我們還得再把自己否定一遍（否定的否定），我們要努力獲得階級意識，我們要使我們的媒質接近農工大眾的用語，我們要以農工大眾為我們的對象。[127]

　　五四文學運動以來所建設的白話文體，即台灣社會所稱之中國白話文，在成仿吾眼中成為要中不中、要西不西的「非驢非馬」的文體，成仿吾在文中更刻意多次使用歐化文字（如「意德沃羅基」）來嘲諷這種荒謬的現象，這種文字對於無產大眾而言無異於有字天書，因此成仿吾在提倡普羅文學之初就同時提倡必須改革五四白話文以建設一種「接近農工大眾的用語」。不只成仿吾如此，在1932年隨著文藝大眾化的討論越發熱烈，語言文字的問題又再度被提了出來。左聯作家周揚就指出：

　　文學大眾化首先就是要創造大眾看得懂的作品。在這裡，「文字」就成了先決問題。「之乎也者」的文言，「五四式」的白話，都不是勞苦大眾所看得懂的，因為前者是封建的殘骸，後者是民族資產階級的專利。在國際革命作家第二次國際會議的關於殖民地的普羅革命文學的決議上，有這樣的話：「在有些國家內必須創造革命文學的新的武器——新的文字，因為舊的文字不能成為廣大的全國的群眾的所有物，他一向成了統治階級以及服務於統治階級的知識份子和牧師的專利品。」所以創造新的文字是目前的迫切的任務。但是怎樣創造呢？這不是憑著Inspiration創造得出來的。只有從大眾生活的鍛冶場裡才能鍛冶出大眾所理解的文字；只有從鬥爭生活裡才能使文字無限地豐富起來。[128]

---

127 成仿吾，〈從文學革命到革命文學〉，《創造月刊》1：9，1928年2月1日，收於《中國新文學大系（1927-1937）・文學理論集二》，上海：上海文藝，1987，頁39。

128 起應（周揚），〈關於文學大眾化〉，《北斗》2：3、4，1932年7月20日，收於《中國新文學大系（1927-1937）・文學理論集二》，頁373。

國際革命作家同盟在大會上的決議，使得中國左翼知識份子對於普羅文學有著正確的認識，然而這一點卻是和國際左翼文化理論斷裂的台灣社會所無法得到的幸福。周揚的論述並不只代表個人，而是一個時代的呼聲，因為到了1934年，左聯內部就開始積極討論「接近農工大眾的用語」的「大眾語」的可能，並付諸實踐，史稱大眾語運動，足見中國左翼知識份子看待五四白話文的態度。

　　周揚強調無產階級文化必須從無產階級生活的「鍛冶場」中產生，不過台灣左翼漢族民族主義者卻全然不做此想，只考慮使用現成的、借來的文字，卻不考慮大眾是否接受的問題，反而只會迫使普羅文學與大眾脫節。誠然，強調以中國白話文建構區域文化的左翼漢族民族主義者，有著建構殖民地台灣的民族文化的進取精神，也有著抵抗殖民文化的積極用意，這是他們審時度勢之後所發出的理性論述；然而不可諱言的是，他們企圖在尚未建構出無產階級民族文化的物質基礎（base）上，就憑空創造一個未知的、縹緲的無產階級區域文化，這種實踐取向便有待商榷了。我們可以理解這種思維是殖民地情境下的產物，然而也不能就此排斥或消滅本地的無產階級民族文化的存在，這是列寧・史達林對左翼知識份子的示唆。一個沒有無產階級民族文化作為根基的無產階級區域文化，註定要成為台灣無產階級所高攀不起的空中樓閣。台灣的左翼本土主義者亦有此認識，如黃石輝所言：「明弘因為『大同團結』而反對鄉土文學，反對台灣話文，分明是無觀客觀情勢。」[129] 另一位左翼本土主義者郭秋生也說：「台灣話文是從台灣的實地自然發生的東西，斷不是從半空飛來的」[130]，因此對於中國白話文的使用，郭秋生強調：「沒有通用中國國語之必然性的台灣人，有什麼神通力可寫中國白話文呢？」[131] 一語道破中國白話文缺乏在台灣通行的物質基礎的致命傷。就連置身事外的劉捷也以評論者的姿態指出：「當鄉土文學甚囂塵上時，部分人士駁斥說，把那種近似法西斯主義的狹隘見識當作藝

---

129 黃石輝，〈答負人〉，收於中島利郎編，《彙編》，頁300。
130 郭秋生，〈還在絕對的主張提倡「台灣話文」〉，收於中島利郎編，《彙編》，頁460。
131 同上註，頁447。

術，太趕不上時代了；要有國際性的、共通性的才好！這未免把時機先後搞錯了。大家都知道，在藝術上，『表現』具有很重要的作用。不從自己身邊的生活開始表現，卻想一步登天，那是很困難的。更何況用台灣做主題的鄉土文學並不是老調重彈，而是一塊尚未開墾的處女地。」[132]劉捷以「時機先後搞錯」、「卻想一步登天」等詞語，指責台灣左翼漢族民族主義者眛於現實、不切實際的做法，如今當我們認識了史達林所謂的「三階段論」之後，就更能理解這些批判性話語的力道了。

四、論爭之後：左翼知識份子的聯合陣線

　　三〇年代初期的鄉土文學論戰，除了1932年由《南音》所代表的右翼論述的介入之外，幾可說是左翼陣營內部的大辯論，雖然黃石輝的「鄉土文學」概念具有爭議性，不過由「鄉土文學」所衍伸出來的普羅文學與「文藝大眾化」這兩個文學話語的價值的深化，卻是不曾在左翼陣營內部受到質疑，這樣的基點，也就成為這批左翼作家聯合陣線的合作基礎。因此，1932年秋《南音》的停刊，促成台灣左翼作家合作的契機，這群左翼作家試圖聯合陣線以壯大聲勢，以延續台灣新文學運動的命脈，並積極突破台灣文學「碰壁」的困境，努力在理論上尋求突破，使得左翼文學運動得以積極發展，這便是1933年台灣文藝協會組成的目的。台灣文藝協會組成的出現，代表著鄉土文學論戰中對於語言選擇的爭議暫時被擱置，左翼作家捐棄成見共同朝向更有組織化的左翼文學運動邁進，這對台灣新文學運動的發展，無疑更往前邁進了一大步。楊逵曾如此評論：「大約從這個團體出現時開始，派系文學運動就解體了，大家轉而關心進步作家的大團結，所以這個團體也具有這種大團結的姿態。所有的會員都站在進步的立場上，大多是有志於從事普羅文學，或是同情普羅文學。因此，在作品活動方面，也脫離了舊有的概念式寫法，開始關心表現的技巧。」[133]

---

132 劉捷，〈一九三三年的台灣文學界〉，《福爾摩沙》2，1933年12月30日，收於黃英哲主編，《日治時期台灣文藝評論集（一）》，頁100。
133 楊逵，〈台灣文學運動的現況〉，收於《楊逵全集‧第九卷（詩文集上）》，頁395。

台灣文藝協會得以結成，郭秋生與廖毓文的奔走居功厥偉。原本在鄉土文學論戰中立場相左的兩人，卻也因論戰而了解彼此、並惺惺相惜，因此造就了合作的基礎。1933年初秋，廖毓文造訪郭秋生，討論起《南音》停刊後的台灣新文學運動停滯之因，一致認為過去的台灣新文學運動缺乏一個健全而有力的組織為主體，以糾結全島的同志，採取集體的行動，來爭取民眾，鞏固文學運動的社會地盤。於是，兩人初步規劃以台北為基礎，建立一個文學團體，來號召全島的同志，這便催生了台灣文藝協會。[134] 自許為領頭羊的台灣文藝協會，其機關誌先後命名為《先發部隊》與《第一線》，便不難看出其用心。而《第一線》〈編輯後記〉亦言：「以示先發部隊的一過程，在論評、在創作，都自信有相當的躍進了」。可以說由台灣文藝協會出動的先發部隊，已經確實站在文藝建設的第一線上。

　　在鄉土文學論戰中造成最重大爭執的語言問題，在台灣文藝協會中卻被擱置不談，這樣的情況，無疑是兩派左翼作家為了串聯而彼此在意識型態上所作的讓步，其共同目標便是「本格化」的左翼文藝運動的進行。雖說《先發部隊》（1934.7）與《第一線》（1935.1）是以中國白話文為主體的刊物，十足體現了鄉土文學論戰後由中國白話文取得優勢地位的局面，不過，刊物中並不打壓台灣話文的存在，甚至於原本主張中國白話文的廖毓文、朱點人等人，也都間或嘗試了台灣話文文學的創作。

　　關於台灣話文的創作，廖毓文在《先發部隊》與《第一線》上，以「文瀾」的筆名共發表了〈意中人〉、〈夢醒孤單〉、〈夢裡情人〉、〈老公仔〉等四首詩歌，朱點人也發表〈南國的女兒〉這首詩歌，從詩句一律採取重複四疊的形式可以看出，廖毓文與朱點人所創作的，是類似當時大為風行的、由唱片公司所發行的「新歌」（台語流行歌曲），今日頗負盛名的陳君玉〈跳舞時代〉，便是當時「新歌」的一大代表，其他諸如現今仍被傳唱的〈雨夜愁〉、〈四季紅〉、〈望春風〉等台語

---

[134] 台灣文藝協會的創立過程請見：廖毓文，〈台灣文藝協會的回憶〉，收於《文獻資料選集》，頁362-372。

歌謠，亦都是當時膾炙人口的「新歌」。所謂「新歌」據廖毓文的解釋，便是擺脫舊歌「一行七字、四行一首」的固定形式，立在現代人立腳點創作的歌曲。[135] 由於「新歌」必須用台灣話來填詞，廖毓文還特別強調「台灣話雖然粗雜而多訛音，難以文字表示之，但是選擇適當的文字，以明這些難以文字表現的言語的概念，才是時代課題與新歌作家的任務。」所謂適當的文字，廖毓文舉例如下：「敢是註定無緣分」的「敢」應改為「豈」，「自己一個，坐塊桌子邊」的「塊」應改為「在」，「卜啥代」應改為「要甚事」。[136] 以上的例子顯示出廖毓文個人對於台語用字的堅持，不過更有趣的是，此時廖毓文搖身一變，竟成為台灣話文的「提倡者」，真是讓人始料未及。

同樣的情況亦見於郭秋生。眾所皆知，郭秋生是台灣話文運動的健將，一直到了1933年11月（台灣文藝協會成立的隔月），郭秋生都還在日刊《台灣新民報》上連載十二回、共用了半個月的時間，高調發表〈還在絕對的主張建設「台灣話文」〉一文，強烈表達持續提倡台灣話文的決心。不過我們可以看出郭秋生在台灣文藝協會成立後的轉變，在《先發部隊》與《第一線》上，郭秋生共發表了雜文兩篇（〈宣言〉與〈卷頭言 台灣新文學的出路〉）、新詩一首（〈先發部隊 序詩〉）、評論一篇（〈解消發生期的觀念、行動的本格化建設化〉）、小說一篇（〈王都鄉〉），各種文類齊備。然而無一以台灣話文寫成，這與郭秋生過去極力主張的台灣話文運動明顯背道而馳。

另外值得注意的是日文創作的出現。原本《先發部隊》的內容悉數以漢文書寫，不過到了《第一線》為了應日本當局的要求[137]，刊載了部分日文稿件，使得《第一線》上呈現中國白話文、台灣話文、日文三者並存的局面。《第一線》上刊載的日文作品，雜文方面有徐瓊二〈島都的近代風景〉（〈島都の近代風景〉），評論方面有陳茉莉〈關於民謠的管見〉（民謠に就いての管見〉）、安保田翻譯的〈蘇維埃藝術的眺

---

135 廖毓文，〈新歌的創作要明白時代的課題〉，《先發部隊》，1934年7月15日，頁15-16。
136 同上註，頁17。
137 廖毓文，〈台灣文藝協會的回憶〉，收於《文獻資料選集》，頁368。

望〉（〈ソビエットの藝術の眺望〉），詩歌方面有柳田生雄〈貧窮之歌〉（〈貧乏のうた〉）、新垣宏一〈似有喪禮的夜晚〉（〈葬式のあつたらしい夜〉）、HC生〈空虛〉等，數量頗為可觀。日文作品的出現固然代表著日語世代作家的崛起，不過日本當局的強勢干預，更能使台灣話文派與中國白話文派之間凝聚槍口向外的危機意識，這也是台灣文藝協會擱置語言爭議的重要因素。其實，從廖毓文、朱點人創作台灣話文文學以及郭秋生創作中國白話文作品的情形看來，左翼作家擱置的語言問題的爭議，反而使他們的創作更不受語言及其所衍生的意識型態干擾與限制，使得雙方的文學創作之路得以更為寬廣，對於抵禦日文作品的強勢侵襲，有其積極意義。這正是左翼作家擱置語言爭議的用意，台灣文藝協會也就是在此基礎上，才能同心協力向「本格化」的左翼文學運動邁進。這種聯合陣線的模式，將左翼知識份子的行動能量予以整合，這也使得1935年底楊逵在創辦《台灣新文學》雜誌之際，獲得了最有力的文藝組織，「同進同出」的台灣文藝協會日後合流成為「台灣新文學社」的台北支社，並且服膺於楊逵提倡之「殖民地文學」的路線之下，為建構無產階級民族文化而努力。可以看出鄉土文學論戰雖然由兩個派別不同的左翼知識份子所掀起，最後卻也造就了同盟的基礎，「大眾」的左翼內部之爭也因而於焉落幕。

結語

　　一九三〇年代之初，是個全世界面臨經濟大恐慌的時代，此時共產國際以「資本主義第三期」的理論，推動全世界共產黨進行無產階級革命，台灣左翼知識青年亦在此時懷著雄心壯志參與了這場盛會。在全世界無產階級相互扶攜、團結合作的革命思維下，作為馬克思主義中心思想的國際主義很容易就被突顯出來，這正是1930年台灣左翼國際主義大行其道的原因。不過，台灣的左翼漢族民族主義者卻理所當然地將政治領域中「政治正確」的國際主義生硬地轉化為文化上的國際主義，致使他們對於台灣的「民族文化」的存在與價值都有所誤解。

所謂的誤解，並非跟左翼漢族民族主義者的對立面——左翼本土主義者來做比較，而是跟領導共產國際的列寧‧史達林主義相較之下的結果。列寧‧史達林的民族文化論述一再地強調弱小民族的解放，有賴於堅實的無產階級民族文化的形成，無產階級民族文化穩固了弱小民族的解放事業之後，才能進行下一步的無產階級區域文化的整合，繼而進行無產階級世界文化的整合。但是這一切的文化整合動作，都必須是在自然而然的情況下進行，而且以不得排斥無產階級民族文化原有的性格為原則。然而我們所看到的台灣左翼漢族民族主義者所宣揚的「中國白話文」論述，明顯壓抑了作為無產階級民族文化之載體的「台灣話文」的存在。台灣左翼漢族民族主義者在國際主義的大方向下企圖進行無產階級區域文化的整合，卻不知此論述正與列寧‧史達林民族文化理論背道而馳。之所以會發生這種以「正統」馬克思主義者自居，實際上卻與正統馬克思主義思想大相逕庭的矛盾現象，乃是肇因於台灣左翼文化論述與共產國際路線上發生極大的斷裂。

　　與左翼漢族民族主義者相反，台灣的左翼本土主義者從人民的角度出發，企圖創造無產階級的民族文化，卻因此「出人意表」地與列寧‧史達林的民族文化理論相一致。然而由於當時台灣島內左翼知識份子對列寧‧史達林的民族文化理論一無所知，致使左翼本土主義者的「出人意表」始終不被大部分的左翼知識份子所理解，更別說推崇了。在鄉土文學論戰中，左翼漢族民族主義者的理直氣壯、咄咄逼人，以及左翼本土主義者的有理說不清、裡外不是人，都可以證明列寧‧史達林的民族文化理論在鄉土文學論戰中的缺席。倘若台灣左翼知識份子對列寧‧史達林的民族文化理論能有最低程度的粗淺理解的話，不僅是鄉土文學論戰的發展，就連整個三○年代台灣文學史也勢必全面改寫。

　　鄉土文學論戰之後，左翼漢族民族主義者與左翼本土主義者企圖消弭成見，以聯合陣線的方式推動左翼文學運動的進行，這便是台灣文藝協會結成的原因。這次的整合，提供了左翼知識份子在文學運動上的極高的能量，日後楊逵以左翼知識份子代表人物的身分登高一呼，創辦《台灣新文學》雜誌，前述的台灣文藝協會也悉數與楊逵合流，致使

《台灣新文學》成為三〇年代台灣文學史上最大型的左翼刊物。楊逵在《台灣新文學》所推動的左翼文學路線，是眾所皆知的「殖民地文學」路線，觀其內涵，其實便是黃石輝「鄉土文學」的演繹，更進一步說，便是史達林「內容是無產階級的，形式是民族的」之無產階級民族文化路線的具體體現。楊逵是否理解史達林的民族文化理論至今沒有史料可供佐證，不過楊逵帶領著台灣左翼文學朝向建構無產階級民族文化的正確道路，卻是不爭的事實。關於楊逵與「殖民地文學」路線的提出及其所象徵的價值，就留待下一章再做討論了。

第三章 「文藝大衆化」的左右之爭

　　所謂的左右之爭，肇因於左、右翼知識份子各自將「大衆」表述為無產階級與民衆之際，「大衆」的階級性與否的問題便成為衝突。三〇年代初期的鄉土文學論戰促使台灣文學場域重視鄉土色調的開發，也使得史達林所謂的「民族形式」得到了具體的發揚。在「民族形式」獲得左、右翼知識份子的高度共識的前提之下，民族文化的實質內容究竟應該是「無產階級內容」抑或是「民衆內容」，則成為左、右翼知識份子之間爭論不休的關鍵，這也正是本章討論「大衆」的左右之爭時，一個最基本的切入點。

第一節 左翼文學路線的擴張與深化：論楊逵的理論建設

　　二〇年代包絡於平民文學之中的普羅文學，到了三〇年代隨著全世界經濟大恐慌等外在條件的改變，因而越發盛行。提到台灣的普羅文學，不禁令人聯想到「普羅文學的元老」[1] 賴和或「普羅文學的巨星」[2] 黃石輝等人，然而若要指出台灣左翼文學理論的建構者，當推楊逵無疑。

一、「真實的寫實主義」的提出

　　1935年，楊逵提出「真實的寫實主義」作為左翼文學的創作態度，由於楊逵自述「深深感覺到人類言詞貧乏的悲哀」，認為與其用有語病、容易以詞害意的辭彙，不如選用「真實的寫實主義」（真実リア

---

1 語見楊逵，〈台灣文壇的明日旗手〉，收於《楊逵全集‧第九卷（詩文集上）》，頁461。
2 語見負人（莊垂勝），〈台灣話文雜駁〉，收於中島利郎編，《1930年代台灣鄉土文學論戰資料彙編》（以下簡稱《彙編》），高雄：春暉，2003，頁219。

リズム）這個質樸的用語。[3]「真實的寫實主義」的提出，主要是和當時文壇上存在的兩種寫實主義做理論上的鬥爭：其一是指描寫社會黑暗面、見樹不見林的文學，楊逵稱之為「自然主義的末流」；其二是墮落為公式主義、失去活力的普羅文學。楊逵將「自然主義的末流」與張深切的文學觀做出連結，並對兩者加以批判，這部分筆者已有些許研究成果，此處略過不表。[4] 至於楊逵所批判的普羅文學，則是專指在日本受挫的普羅文學運動，並非指台灣文壇本身。

日本的普羅文學路線是由藏原惟人所建立，他於1928年發表了〈邁向無產階級寫實主義之道〉（〈プロレタリア・リアリズムへの道〉），揭櫫了以無產階級意識型態作為「前衛的眼」，描寫社會上的不公不義，並將此寫實主義的手法名之為無產階級寫實主義。無產階級寫實主義源自於俄國普羅文學的理論，甫自俄國學成歸國後的藏原惟人，立刻將自己定位為理論傳播者，竭力引進俄國的左翼文學理論。此說一出，引起日本左翼文壇的廣泛討論，主要是針對普羅文學應該著重於藝術價值抑或政治價值的問題上展開激辯，後來，由於普羅文學的工具性目的，「政治優位性」也堂而皇之地成為必然的結果。1930年，藏原惟人又發表了〈「納普」藝術家的新任務——向確立共產主義藝術邁進〉（〈「ナップ」藝術家の新しい任務——共產主義藝術の確立へ〉），主張根據列寧所謂的「黨的組織與黨的出版物」之精神，提高普羅文學的「黨性」，以「確保、擴大黨的思想性政治性的影響」。當時正值共產國際提出「資本主義第三期」理論之際，國際上無產階級革命的硝煙四起，普羅文學的「政治優位性」更是因而堅定不移。與此同時，無產階級作家聯盟（「納普」）在大會上揭示了「文藝運動的布爾什維克化」的口號，主張全面以俄共為師，作為革命的普羅文學的目標，並且確定了以共產黨領導藝術運動的整體方針。[5] 之後，日本的普

---

3 楊逵，〈新文學管見〉，收於《楊逵全集·第九卷（詩文集上）》，頁318-319。

4 趙勳達，〈第一章 台灣文藝聯盟的分裂〉，《《台灣新文學》（1935-1937）定位及其抵殖民精神研究》，台南：台南市立圖書館，2006。

5 請見栗原幸夫，《プロレタリア文學とその時代》（東京：平凡社，1971）之第三章〈大眾化とは何か：

羅文學作為政治宣傳品的角色參與了革命，當然，在1932年日本法西斯主義開始壓制無產階級革命之際，普羅文學運動也同樣遭到毒手，四百餘名普羅文學作家也因此成為階下囚，而後才有1933年的「轉向風潮」。

由於為革命而服務的目的性過於激進，日本的普羅文學走進了教條化的死胡同裡，與此相較，台灣的普羅文學則顯得單純的多，這也使得楊逵的普羅文學觀比起日本而言來得更具彈性。1934、35這兩年間，是日本「文藝復興」的高峰，此時為了文學的自主性而提出了不少文藝理論，在這些對立於普羅文學理論的右派論述之中，又以行動主義與浪漫主義最受到楊逵的注目。1935年楊逵在〈新文學管見〉一文，提出以「真實的寫實主義」為名，提倡一種反公式的、有活力的、打破文壇小圈圈的普羅文學理論，而行動主義與浪漫主義皆被楊逵所考量，也成為楊逵修正教條化的普羅文學理論的養分。

日本三○年代的行動主義，主要由舟橋聖一、阿部知二創辦的《行動》（1930.10）雜誌所提倡，其目標在於追求精神上的自由主義，主張文學須有能動精神。1934年大森義太郎則針對具有右派傾向的「行動主義」發表一連串的批評。他主張法國行動主義具有反法西斯、而且明確朝向馬克思主義，以及決心與勞動階級共同行動的進步立場，但日本的行動主義卻完全不同，日本的行動主義是從知識份子出發而引出的文學態度，它只在口號上反法西斯，實際上是反馬克思主義的，存在著走向法西斯的可能性。[6] 不過，楊逵並不如此負面看待日本的行動主義，他認為業已陷入教條化、僵化困境的日本的普羅文學，恰可藉由行動主義的精神矯正缺失。

> 這個行動主義或文學的積極性，目前似乎遭到相當程度的反對，
> 左翼人士尤因其方向模糊而加以反對。不過，我認為這些反對並

藝術運動のボルシュヴィーキ化〉（何謂大眾化：藝術運動的布爾什維克化）。

6 葉渭渠、唐月梅，《日本文學史・現代卷》，北京：經濟日報，2000，頁303-304。

不恰當。（中略）我倒願意認為，主張行動主義或文學的積極性是好的傾向。（中略）藝術原本應該是主動性的，但是在反映社會現實的時候，顯然失去了它的活力和方向感。因此，藝術顯然失去了它本質上應有的能打動人心的特質和積極性，走入了錯誤的方向。[7]

　　楊逵表現出異於其他左翼人士的立場，對行動主義予以支持，這就可以看出楊逵在理論接受上的彈性。楊逵總是以普羅文學作為思考的基礎，但卻不以「政治優位性」作為唯一的考量，因此，具右翼傾向的文藝理論也可以成為楊逵豐富普羅文學理論的養分，致使楊逵的普羅文學觀更具生命力，其路徑也更為寬廣。

　　非難所有行動主義的人，就像過去以教條主義的普羅文學去批判所有的普羅文學一樣，自己陷入泥潭而不自覺，只因為有人站在泥潭的附近，就幸災樂禍地認為人家已經掉進泥潭中了。[8]

　　楊逵所言，清楚地表達了他反教條主義的立場，這樣的思考在當時台灣文壇可謂絕無僅有，如此一來，也落實了楊逵「注意日本文壇並非去盲目地跟隨日本文壇」的說法。
　　除了行動主義之外，另一個讓楊逵感到興趣的是浪漫精神。日本三〇年代的浪漫精神，是由保田與重郎、龜井勝一郎等人於1935年創刊的《日本浪漫派》雜誌所提倡，它反對文學只描寫社會的黑暗面，主張文學應該更具描繪人生希望的浪漫精神。
　　日本浪漫派的崛起肇因於人對於「近代」的不安與絕望，因此它也提出「一舉打倒馬克思主義，也打倒美國主義」的主張，於是會遭到左翼人士的反感也就可想而知。然而楊逵卻不做此想。針對龜井勝一郎的

---

7 原載《台灣文藝》2：3（1935年3月），收於《楊逵全集‧第九卷（詩文卷上）》，頁147。
8 收於《楊逵全集‧第九卷（詩文卷上）》，頁149。

看法，楊逵曾在公開肯定：「我認同您的高見：人是有夢想，是有幻想的」。楊逵所持的理由在於「現代多數的作品（普羅、資本皆如此）都沒有理想，沒有希望，缺乏魅力」，「現今許多寫實主義作家，並不是真正的寫實主義者，而只是自然主義的末流。（中略）自然主義只耽溺於人類社會的黑暗面、頹廢面，看不到理想，現今所謂的『寫實主義者』們也沒有脫離這種趨勢」，「真正的寫實主義是把人的夢想和理想都納入考慮的」[9]，楊逵希望文學注入理想與希望，是對「自然主義的末流」以及「教條化的普羅文學」的雙重否定，這是無庸置疑的。對於前者的否定不足為奇，因為藏原惟人在〈邁向無產階級寫實主義之道〉中就已經對自然主義及其所具備的資產階級個人主義的性格做出清理與批判，楊逵此舉不過是拾人牙慧的結果。然而值得注意的是，楊逵對「教條化的普羅文學」的持續修正，可以看出楊逵理論建設有逐漸脫離藏原惟人之影響的趨勢。

何以見得？原因就在於藏原惟人認為寫實主義是一種外在生活樣態的反映，不該涉及心理描寫，也不該追求唯心傾向甚濃的浪漫主義。藏原惟人只承認資產階級初期和無產階級藝術初期的浪漫主義「在歷史上起過一定的進步作用」，不過他又指出「當我國無產階級運動勇敢地清算『福本主義』之後，在唯物論的基礎上邁出新的現實性的第一步時，這種傾向已經成為反動的了。」當然，藏原惟人對寫實主義在認知上的錯誤，已有後世史家提出了批判。[10] 回過頭來看看楊逵所談的浪漫主義。楊逵在〈新文學管見〉略述了「理想」與「浪漫」的概念之後，他在〈台灣文壇近況〉一文，給了更清楚的闡釋。

　　我們並不要求台灣的文藝像自然主義那樣，從頭到尾都細膩地描寫黑暗面。「**追求光明的精神**」、「**喚起希望的力量**」才是最令

9　楊逵，〈新文學管見〉，《台灣新聞》（1935年7月29日至8月14日），收於《楊逵全集・第九卷（詩文卷上）》，頁313。

10　葉渭渠、唐月梅，《日本文學史・現代卷》，頁39。

人關切的，也是廣義的浪漫精神。[11]

在論述上，楊逵提倡文學中須具備理想與浪漫精神，而在文學表現上他亦謹守此宗旨。以楊逵戰前的小說表現來看，總是在結局預示了人類未來的希望，在其處女作〈自由勞動者的生活剖面〉中，原本飢餓與無助的無產者，因緣際會被灌輸了社會主義的思想，工人們才意識到資本主義邪惡的本質，終於體會「我彷彿現在才明白一切的詭計，我的眼睛熱了起來，我的心胸燃起熊熊的火」，楊逵用此表現無產階級意識的凝聚與抬頭，也預示了工人不再忍氣吞聲、決定爭取公義的行動。在楊逵的成名作〈送報伕〉中，台籍主人公在東京受盡派報所老闆（資本主義的象徵）的剝削，同時卻從日本人同伴獲得了溫暖的友情，因而意識到台灣的殖民地現實也是資本家欺壓無產者的模式，遂決定回到台灣。小說最後寫道：「我滿懷著確信，從巨船蓬萊丸底甲板上凝視著台灣底春天，那兒表面上雖然美麗肥滿，但只要插進一針，就會看到惡臭逼人的血膿底迸出。」可見主人公以社會主義啟蒙台灣無產者、改造台灣社會的決心與意志，無產者的覺醒與戰鬥，宣告了資本家／無產者的壓迫結構的崩解，這正是楊逵所揭示的具有希望的未來。至於楊逵的其他小說，如〈死〉、〈模範村〉等，也都採用同樣的手法，可謂楊逵小說的一大特色。

嚴格來說，若論就三〇年代台灣文學的風格，在文學中強烈灌注理想與浪漫精神的，恐怕只有楊逵一人。同時代的台灣的寫實主義小說家（甚至可稱為左翼小說家）筆下的作品，不但沒有表現出如楊逵這樣鮮明強烈的風格，反而大相逕庭地呈現出悲觀、絕望、死亡的負面色調，如賴和的〈一桿「稱仔」〉、〈豐作〉、楊守愚〈一群失業的人〉、〈赤土與鮮血〉、吳希聖的〈豚〉、呂赫若的〈牛車〉等作品，皆是如此。

雖然楊逵對浪漫主義的看法與藏原惟人相左，不過卻不代表楊逵的

---

11 楊逵，〈台灣文壇近況〉，收於《楊逵全集·第九卷（詩文集上）》，頁411-412。

「真實的寫實主義」論述走了偏鋒，反之，楊逵正朝著正確的寫實主義之道邁進，關於這一點，唯有考察俄國的寫實主義文學傳統才能理解這個問題。首先必須提到的是普列漢諾夫（Г. В. Плеханов, 1856-1918）。普列漢諾夫是俄國第一位運用馬克思主義來研究和解決美學與文藝問題的思想家，列寧也曾說過普列漢諾夫「在俄國第一個舉起了馬克思主義的旗幟」[12]，事實上，在左翼思想及其文藝理論上，普列漢諾夫一直都被視為列寧的導師。雖然在普列漢諾夫之前，德國左翼文藝理論家梅林就曾針對自然主義的缺失做出了相當的批判，不過到了普列漢諾夫，才真正將自然主義與寫實主義之間的模糊地帶作一釐清，也正是由普列漢諾夫開始，俄國的寫實主義文學批評走向了和西歐截然不同的道路。

　　普列漢諾夫的寫實主義思想，要求文藝作品與現實的生活貼近，他認為藝術作品要是歪曲了現實，就不是成功的作品。至於與現實貼近的概念，與自然主義是有大的區別的。自然主義最早的提倡者為左拉，他聲稱文學的創作方法應該是「實驗的方法」，作家應該像化學家那樣對待作品中的人物，「他只要說出他在人類的屍體裡發現了什麼就夠了」。普列漢諾夫認為，這種客觀性並不能達到寫實主義的真實性。他特別指出，左拉的「實驗方法」的世界觀基礎是所謂的「自然科學」的唯物主義，這種唯物主義沒有理解到：一個社會的人的行動、傾向、趣味和思想習慣，不可能藉由生理學或病理學中找到充分的說明，因為這是由社會關係所決定的。[13]

　　因此，普列漢諾夫提出了一個俄國寫實主義與法國寫實主義的區別問題。普列漢諾夫認為，自然主義由於作家世界觀的保守與反動，大大地縮小了自己的視野，使他們「充滿敵意地迴避當時偉大的解放運動」。自然主義作家常常由於沒有別的東西好寫，就只好一再敘述那種「酒商與小店老闆娘之間一見鍾情式的愛情」。俄國寫實主義則不同，它是一種充滿著感情，浸透著思想的寫實主義，因此普列漢諾夫特別強

---

12 轉引自許明，《（卷一）馬克思主義美學思想的起源與成熟》，王善忠主編，《馬克思主義美學思想史》，北京：中央編譯，1999，頁287。

13 同上註，頁280。

調俄國寫實主義文學是「寫實主義與理想主義的獨特的混合物」，就是這個道理。[14] 然而關於理想主義的論述，普列漢諾夫並沒有再做深論，這部分就有待高爾基（Maxim Gorky, 1868-1936）來填補了。

高爾基在當時就被視為二十世紀初期最偉大的普羅文學家，在俄國革命成功後，他也是俄國文學最活躍的文藝理論家。與普列漢諾夫略為不同的是，他以「浪漫主義」一詞代替「理想主義」，然此二詞彙的意涵以及在寫實主義中的效用並無太大差異，一樣是強調積極的、光明的、希望的一面，這從上述楊逵於〈新文學管見〉同時論述了「理想」與「浪漫」的情況可知。

高爾基文藝美學論述的代表作為〈談談我怎麼學習寫作〉一文，文中指出寫實主義與浪漫主義是文學上的兩大潮流，並強調兩者結合的重要性。高爾基認為：寫實主義的定義明確，所以較少誤會；而浪漫主義定義繁多，使得浪漫主義文學產生了不同的面向，甚至產生了兩個極端。消極的浪漫主義傾向與現實妥協，墮入自己內心的深淵；積極的浪漫主義則力圖加強人的生活意志，以喚醒人對現實和現實的一切壓迫的反抗，而高爾基所主張的浪漫主義就是積極的浪漫主義。他指出「在偉大的藝術家身上，寫實主義和浪漫主義好像永遠是結合在一起的。（中略）這種浪漫主義和寫實主義合流的情形是我國優秀的文學突出的特徵，它使得我們的文學具有那種日益明顯而深刻地影響著全世界文學的獨特力量。」[15]

在此不難發現兩項重要訊息，其一，高爾基所謂的「浪漫主義」和普列漢諾夫所謂的「理想主義」，都在肯定俄國文學中的積極精神，並認為它足以作為全世界左翼文學的美學判準，以這個層面來說，楊逵文學觀受到俄國文學以及文學理論的影響就有跡可循了。其二，高爾基所謂的積極的浪漫主義：力求加強人的生活意志以喚醒人對現實和現實的一切壓迫的反抗，其定義顯然比普列漢諾夫的「理想主義」較為清楚。

---

14 同上註，頁280-281。
15 高爾基，〈談談我怎麼學習寫作〉，戈寶權譯，《高爾基小說論文集》，頁164-165。

除此之外，高爾基在〈談談我怎麼學習寫作〉更深入地論及浪漫主義與普羅文學的結合是普羅文學家的重要工作。他如此寫道：

> 工人階級的文學家必須清楚地認識到：工人階級與資產階級之間的矛盾是不可能調和的，只有工人階級的完全勝利或資產階級的徹底滅亡才能解決這個矛盾。從這個悲劇性的矛盾中，從歷史無條件地賦予工人階級的困難的任務中，就應該產生出積極的「浪漫主義」、創造的熱情、勇敢的意志與理性，以及能充實俄國工人革命家的一切革命品質。[16]

俄國文學中的這種積極精神，雖然未被藏原惟人所繼承，不過卻在中國的左翼文壇生根。1928年當中國左翼文壇提出「革命文學」（即普羅文學）的呼聲時，從俄國留學返國的太陽社成員蔣光慈等人，便順應「革命文學」的提倡而提出「革命的浪漫締克」（革命的浪漫主義）的論述，無疑是師法俄國寫實主義文學精神的明證，正如馮乃超所言：「我們是懷著走向戰鬥、走向光明的滿腔熱血回國的。」[17]這種浪漫主義的精神成為二〇年代末期中國普羅文學的一個特點。

到了三〇年代，俄國寫實主義文學的浪漫精神依舊發揚，這便是眾所周知的「社會主義寫實主義」，而且文學理論的特點便是包含了俄國文學傳統中的浪漫主義，當時「社會主義寫實主義」的提倡者吉爾波丁就為「社會主義寫實主義」與浪漫主義的關係下了一個經典註解。

> 現實主義和浪漫主義，從來是被看成兩個絕對不能相容的要素的。文學史家——甚至進步的文學史家往往把現實主義看成文學上的唯物論，浪漫主義看成文學上的觀念論。但是這種分法是獨斷的。因為文學上的現實主義和浪漫主義並不是和哲學上的唯物

---

16 同上註，頁173。
17 原文未見，轉引自廖超慧，《中國現代文學思潮論爭史》，頁430。

論和觀念論一致的。[18]

　　承上所述，就浪漫主義與寫實主義的議題上來說，可以發現偏離正統左翼文學理論的不是楊逵，而是藏原惟人。同時亦可發現楊逵的「真實的寫實主義」與「社會主義寫實主義」有其共通之處，這一點在下文將做更深入的說明。再把時空拉回三〇年代的台灣文壇，此時「浪漫主義的寫實主義」的傳統一直未被繼承，如前所述，不論是賴和、楊守愚抑或呂赫若等左翼立場鮮明的作家，在文學作品中都未曾散發「浪漫主義的寫實主義」這種精神。唯有楊逵，將此精神視為寫實主義的正宗，名之為「真實的寫實主義」，並以文學創作來實踐。以目前的史料來看，楊逵明顯受到藏原惟人「無產階級寫實主義」之論述的影響，不過，卻沒有蛛絲馬跡可以證明楊逵受到了普列漢諾夫、高爾基抑或富含浪漫主義的俄國寫實主義文學傳統之影響，也沒有蛛絲馬跡可以作為提示楊逵乞靈於中國左翼文壇的證據。那麼，在台灣這個左翼思想閉門造車的環境中，楊逵對於左翼文學理論的建設還能夠超越藏原惟人，還能夠朝向正確的方向前進，著實有其見地。

二、左翼大眾文學的可能性

　　論者指出，楊逵與大眾文學的代表性刊物《國王》之間，對於人民的教化主導權曾有極激烈的競爭。論者肯定楊逵左翼思維的柔軟性與積極性，不過卻也認為「《台灣新文學》的停刊告訴了我們這場大眾爭奪戰的勝負」，以此宣告楊逵路線的失敗。[19] 歷史以成敗論英雄並無所謂對錯，不過筆者更重視的是楊逵對於閉門造車的台灣左翼思想界，究竟做了什麼貢獻，這些貢獻又具有怎樣的左翼思想特質？

---

18 周起應（周揚），〈關於「社會主義的現實主義與革命的浪漫主義」〉，收於《中國新文學大系1927-
　　1937・文學理論集一》，頁83。

19 陳培豐，〈大眾的爭奪：〈送報伕〉・《國王》・《水滸傳》〉，「楊逵文學國際學術研討會」，國家台
　　灣文學館主辦，2004年6月19日，頁30。

（一）大衆文學的意識型態

1916年本間久雄在《早稻田文學》上發表了〈民眾藝術的意義及價值〉（〈民眾藝術の意義及び價值〉）一文，鼓吹「民眾藝術」的創作，此說被視為日本「民眾藝術論」的開端。「民眾藝術論」的「民眾」被定義為「除了上層階級乃至貴族階級之外的，包含中產階級以下的所有一般民眾、屬於一般平民的階級。因此民眾藝術不外是平民藝術」。這種見解立刻引來日本早期的社會主義者大杉榮、堺利彥、白柳秀湖等人的批評（見第一章第三節）。到了二〇年代，由於資本主義的興盛，帶動出版品的榮景，民眾對於娛樂性刊物的需求也與日俱增，此時具有民眾藝術性質的講談文化，從過去宣揚自由民權思想的內容，轉變為投民眾之所好的輕鬆、休閒的非功利性文章。1925年之後，由講談文化轉變而來的「大眾文學」甚囂塵上，對等同於通俗文學的「大眾文學」來說，「大眾」二字是個無異於庶民的時髦用語。[20] 然而，左翼知識份子卻對「大眾文學」十分反感，認為唯有普羅文學才有資格稱為「大眾文學」，也唯有無產階級有資格被稱為「大眾」，自此為了便於區分，遂有「無產階級大眾文學」與「資產階級大眾文學」等名稱的出現，此即論者尾崎秀樹所言，「大眾」因而有了兩個面貌。[21] 1931年，左翼作家貴司山治發表了極為著名的〈大眾文學論〉一文，徹底批判了講談文化與大眾文學是資產階級文學，承載了資產階級的意識型態，可說是支配階級給予農民的鴉片。這便是著名的「大眾文學鴉片說」，現今被視為日本左翼文壇批判大眾文學的代表論述。[22]

馬克思曾說「宗教是鴉片」，因為宗教讓人安於被支配地位而不自知，所以馬克思對宗教的鬥爭態度始終十分果決且強烈。這時，貴司山治也闡述「大眾文學是鴉片」的道理，展現出與大眾文學勢不兩立的態勢。中國的左翼作家，幾乎與貴司山治同時對大眾文學發難的，是郭沫

---

20 尾崎秀樹，《大眾文學》，東京：紀伊國屋書店，1994，頁10-11。

21 尾崎秀樹，《大眾文學》，頁133-148。

22 關於「大眾文學鴉片說」，請見尾崎秀樹，《大眾文學》，頁145。佐藤卓己，《『キング』の時代──國民大眾雜誌の公共性》，東京：岩波，2002，頁81。

若及其〈新興大眾文藝的認識〉一文。郭沫若首先嚴斥「大眾文藝」所指涉的「大眾」為何物：「它的所謂『大眾』要是把無產階級除外了的大眾，是有產有閑的大眾，是紅男綠女的大眾。」這當然是相當左翼的思考。此外，郭沫若更是反對「大眾文藝」一詞，他寫道：「日本人最近新創大眾文藝的名詞，它的外貌雖很冠冕堂皇，然而內容卻是反動的勾當」，在大眾文藝的招牌下，內容卻是「在封建時代的遺臭中蒸發著的通俗小說」，「他們不甘於通俗，又不甘於沒有立場，所以才巧妙地想出這種『大眾文藝』的美名。」[23] 在此，郭沫若的論點和貴司山治如出一轍，亦即將大眾文學視為資產階級的產物。此一觀點無疑與日後霍克海默與阿多諾的《啟蒙辯證法》的中心論述相一致，後者乃法蘭克福學派批判「文化工業」的理論基礎，足見左翼知識份子對於大眾文學有其同樣的批判立場。

（二）台灣左翼知識份子對大眾文學的敵意

　　台灣文學史上最早提倡大眾文學的，應當是1932年葉榮鐘所發表的〈「大眾文藝」待望〉一文。葉榮鐘承襲了日本的「大眾文藝」觀，認為大眾文藝就是「寫給一般文化的教養較低的大眾去鑑賞的通俗文藝」[24]，這種實際上等同於通俗文學的大眾文學，表現出知識份子欲為平民大眾創造娛樂、提供消遣的企圖，然而此舉卻無法獲得左翼知識份子的認同。林克夫即言「普羅文學，才是真正的大眾文藝」，並指出右翼觀點的「大眾文藝」是封建思想的遺物，「那一班破廉恥的作家，也就把過去時代的遺物，**通俗化起來**，也要魚目混珠，叫什麼大眾文藝呢？像這樣的小說只好供給一部分資產階級與小資產階級作**消遣自慰的工具**呢。大多數的民眾所享的是些文藝圈外的殘滓，而且這些殘滓都滿藏著支配階級暗放和安排著的一些什麼怪東西。」因此林克夫認為「大眾不能永久受著欺騙」，「他們在文化方面也要求著自己的文化、自己

---

23 載於《大眾文藝》2：3（1930年3月1日），收於《中國新文學大系1927-1937・文學理論集二》，上海：上海文藝，1987。

24 奇（葉榮鐘），〈「大眾文藝」待望〉《南音》1：2，1936年1月6日，卷頭言。

的藝術、自己的文學」，這就是普羅文學被左翼知識份子視為真正的大眾文藝的原因所在。[25]

把普羅文學視為真正的大眾文學，在日本與中國左翼文壇亦行之有年。如日本左翼文壇習於在大眾文學之前冠上「無產階級」（プロレタリア），以區別於「資產階級」大眾文學（ブルジョア大衆文学）；在中國，左聯成員慣以「普洛大眾文藝」（即普羅大眾文藝）一詞，用以區別於等同於通俗文學的大眾文學。而台灣左翼知識份子對於大眾文學的排拒，無非是著眼於大眾文學滲入過多的統治階級的意識型態。因為這種美其名為資本主義社會的消費產業，其利益往往與統治者相結合，而非一般平民。就以日本最負盛名的大眾文學雜誌、有「位居煽動資本主義之雜誌中的王者」[26] 之稱的《國王》為例，其內容多半為「雜多而片段的遊戲性記事」、「以煽動宣傳封建性要素為主要內容的文章」、「通俗小說、偵探小說之類的文學」、「以宣傳煽動資本主義的成功法為內容的文章」等。1933年之後，由於「轉向」風潮與「文藝復興」運動的影響，日本文壇的右翼傾向更加強烈，此時被稱為「日本主義出版物之隆盛」的時期。《國王》也在此時趁機擴大其版圖，日本學者佐藤卓己就曾指出，原本就標榜著成功、繁榮、安定的《國王》雜誌，此時不變的姿態是對政權的支持，因此在標榜「雜誌報國」的《國王》之中，並不存在政治上的普遍的價值標準，它往往將讀者的關注焦點從思想上的主義主張的層面，導向實益娛樂的層面上。[27] 這樣的說法，為三〇年代日本左翼知識界所提出的「大眾文學鴉片說」下了最完美的註解。而對於軍國主義的讚揚及其審美化的行為，此即本雅明（Walter Benjamin）所謂的「政治美學化」（Aestheticisation of politics）。

呈現「政治美學化」的風格、附和統治意識型態甚或法西斯主義的

---

25 林克夫，〈清算過去的誤謬──確立大眾化的根本問題〉，《台灣文藝》2：1，1934年12月18日，頁18-20。

26 原文未見，轉引自佐藤卓己，《『キング』の時代──國民大眾雜誌の公共性》，東京：岩波，2002，頁74。

27 佐藤卓己，《『キング』の時代》，頁81-93。

刊物，自然得不到台灣左翼知識份子的支持。鹽分地帶作家林精鏐就曾指出：「⋯⋯通俗雜誌《國王》、《講談雜誌》，一九三六年的台灣的現實是不歡迎它們的。如果有一天，台灣的知識份子把那種庸俗的《國王》、《講談雜誌》提出來，諒必台灣已經變得無可救藥的，可憐的狀態了。」[28] 以此強烈表達對《國王》等大眾文學的不滿情緒。另一位鹽分地帶作家吳新榮，則是對台灣文學的重要刊物《台灣文藝》幾乎淪為《國王》等娛樂性刊物的現象，並對台灣文藝聯盟的幹部有所不滿：「他（吳天賞）是東京支部會員」，「他說只消發行《台文》（按：《台灣文藝》）就行。宛如《台文》的內容無關緊要」，「我們覺得：他不把《台文》看做台灣文學運動的機關雜誌，而把它僅僅看做娛樂機關似的。如果我們從他接受的這種印象正確，也許你去買《國王》總比《台文》好的。《台文》決不是要寫哥兒們會喜歡的文學，《台文》本身是有社會使命的。」[29]《台灣文藝》的社會使命，當然是站在平民大眾的立場對抗殖民政權及其法西斯主義，這與附和於法西斯主義的《國王》雜誌相比，其定位自然有天壤之別。

左翼知識份子以階級立場出發，試圖對抗統治政權的意識型態，所以無論在日本、中國或台灣，左翼知識份子對大眾文學皆懷有濃厚的敵意，此心態自然不難理解。以林克夫對大眾文學發出「清算」之聲作為肇始，三〇年代台灣左翼思想界就鮮少對大眾文學有過正面的、善意的評價，唯獨一人反其道而行，那就是楊逵。

（三）楊逵提倡大眾文學的理由

在台灣左翼思想界對大眾文學的一片討伐聲浪中，楊逵對於大眾文學的肯定確實是異數。不過，楊逵並非為大眾文學所含有的資產階級／

---

28 同上註，頁290。值得注意的是，引文中的《國王》原名《キング》，是當時日本發行量最大的通俗文化刊物，在台灣亦具極大市場。原譯文將《キング》誤譯為《オール》，筆者此處依日文原稿改正，以下亦同。

29 吳新榮，〈第二屆文藝大會的回憶──文聯的人們〉，原載《台灣文藝》3：6，1936年5月，收於呂興昌編，《吳新榮選集1》，頁391-392。

統治階級意識型態做辯護，而是著眼於大眾文學所具有的、且遠優於一般普羅文學的大眾性。

所謂的大眾性，若以毛澤東的話來說，便是人民「喜聞樂見」的形式。[30] 而這一點，卻往往是普羅文學最缺乏的要素。早在1932年，葉榮鐘就批評當時的台灣普羅文學：「試問『吃阿爸的飯』、『開阿爸的錢』的，由幾卷小冊子搾出來的就算『普羅文學』麼？排些列寧馬克思的空架子，抄些經濟恐慌資本主義第三期的新名詞也是『普羅文學』麼？那樣連讀都讀不懂的，——其實作者自身亦未必一定就會了然，——『竹竿搵屎長掛臭』的文字也說是『普羅文學』，則『普羅文學』就真要完了。」[31] 葉榮鐘一語道出了普羅文學太過精英主義、與大眾絕緣的弊病。到了四○年代毛澤東在〈在延安文藝座談會上的講話〉也批判普羅文學是「標語口號式」的文學，此一缺點肇因於作家的生活體驗與藝術表現能力之有限，所以毛澤東指出「大眾化」自然就是人民的生活方式和美學愛好密切聯繫的。[32]

在葉榮鐘批判普羅文學過於「標語口號式」之後，台灣的普羅文學創作實有長足的進步，吳希聖的〈豚〉、楊逵的〈送報伕〉、呂赫若的〈牛車〉相繼獲得台灣文壇普遍的好評，其中〈送報伕〉與〈牛車〉更是進入日本中央文壇的佳作。此時台灣的普羅文學業已擺脫「標語口號式」的政治侷限，成為具有藝術性的文學作品。不過，這時的普羅文學雖具藝術性，卻不具大眾性，這也成為促使楊逵自我反思的原因。楊逵在1936年曾指出：

> 藝術要表現對歷史的真實性、人生、社會的正確判斷，這點我不反對。不過，既然藝術不是作者一個人的，也不是作者的小團體的，那麼讓大眾理解、喜愛就是最重要不過的事了。這是無庸置

30 毛澤東，〈反對黨八股〉，1942年2月8日。

31 奇（葉榮鐘），〈第三文學提唱〉，《南音》1：8，1932年5月25日，卷頭言。

32 王瑤，〈〈在延安文藝座談會上的講話〉在現代文學史上的歷史意義〉，《中國文學：古代與現代》，頁61-62。

疑的，可是就在於努力的方向似乎並不正確。證據就是「普羅小
說沒意思」的聲音，以及路線應該是正確的普羅文學雜誌，發展
（讀者人數）卻意外地遲緩，這是最有力的證據。有人說，這些
雜誌幾乎不比所謂的文學青年高明多少，這是可悲的事實。我一
直在努力，想使這些進步的雜誌滲透到大眾和勞工之間，可是總
是一句沒意思，就被退回了，所以無論如何都非承認這個事實不
可。無法超越文學青年的範圍，這個事實在在證明了今天的新文
學、普羅文學沒有大眾性，它的存在就像一座象牙塔。[33]

　　這是繼葉榮鐘之後，三〇年代台灣文壇再度有人對普羅文學的精英
主義做出批評，不同於前次是由右翼知識份子來發聲，這次的批評者是
楊逵，他對普羅文學的批評也更顯沉痛與悲憤。楊逵此次發言的背景，
是日本東京的左翼刊物《文學評論》打算舉辦徵文活動，卻只將選稿標
準定為「表現真實」，楊逵知悉後深感不妥，因此寫信給《文學評論》
要求納入「抓住大眾」的這個要素，才能讓普羅文學的發展朝向正確的
道路。
　　從楊逵的建議可以看出，日本的普羅文學存在著大眾性不足的問
題，當然，這同時也是台灣文壇的問題。然而，日本左翼文壇不是沒有
推動普羅文學之大眾性的契機，只不過領導階層做出了錯誤的決定。在
1930年，貴司山治曾提出可以利用大眾文學的形式來創作普羅文學，
並提倡一種左翼的新講談文化。然而貴司山治的論述與藏原惟人相左，
引發激烈的對立，因而被史家視為「納普分裂的徵兆」。其後，貴司的
論述獲得了德永直的支持，與藏原的「無產階級寫實主義」的理論相抗
衡，不過到了1932年，極左化的日本無產階級作家同盟公開發表了
〈關於與右翼危險之鬥爭的決議〉（〈右翼の危險との鬥爭に關する決
議〉），不但批評貴司與德永的論述「背反了我等同盟的基本方針，是

---

33 楊逵，〈寫給「文評獎」評審委員諸君〉，《文學評論》3：3，1936年3月，收於《楊逵全集‧第九卷（詩
　文集上）》，頁444。

最重大的右翼危險的展現」，也同時徹底否定過去一切大眾文學的形式。到了1933年，日本文壇情勢丕變，左翼文學運動沒落，「轉向」風潮盛行，促使大眾文學更加蓬勃。1935年，雖然日本左翼文壇重新思考普羅文學之大眾性的必要性，而推出有「勞働者的《國王》」之稱的《勞働雜誌》，企圖分食大眾文學的讀書市場以拓展左翼文學的影響力，不過一來由於《勞働雜誌》的壽命不長（1935年4月至1936年12月），二來發行量至多也僅有八千部之譜，若和講談社文化的九份刊物合計有五百二十九萬部的總發行量相比，根本微不足道，完全無法撼動講談文化所主宰的大眾文學市場。於是在「大眾」的爭奪上，日本普羅文學可謂徹底地敗給了大眾文學。[34]

1932年的左聯也曾對普羅文學的大眾性有過討論，不過與日本左翼文壇相反的是，左聯並沒有將大眾文學既有的形式視為寇仇，反倒是提出接受大眾文學形式並加以改良的主張。最具代表性的論述莫過於錢杏邨所言：「一方面利用舊的，大眾所理解的形式，一方面不斷地發展代替它的新的形式，在新舊的各樣的形式之中，去描寫鬥爭的生活，發揚大眾的階級意識，喚醒他們起來革命。要利用一切他們所能理解的形式，去完成宣傳，鼓動，以及組織群眾的任務。」[35] 其他如周揚指出的「必須暫時利用這種大眾文學的舊形式，來創造革命的大眾文學」[36]，或是鄭伯奇所言之「普洛化的大眾文學，當然是很有力的武器」[37] 等，都表達了相同的立場。

台灣文壇最早將左翼化的大眾文學視為「很有力的武器」者，是郭秋生，他曾經指出：「『五四』以後的新文學，形式內容都簡直是一種『新文言』，還在過著中世紀的文化生活的一般大眾，是根本無緣接近的，然而還在為大眾的伴侶那些封建殘餘的舊形大眾文藝，卻只有毒害

34 佐藤卓己，《『キング』の時代──國民大眾雜誌の公共性》，頁76-93。

35 錢杏邨，〈大眾文藝與文藝大眾化〉，《中國新文學大系1927-1937‧文學理論集二》，上海：上海文藝，1987，頁303。

36 起應（周揚），〈關於文學大眾化〉，《中國新文學大系1927-1937‧文學理論集二》，頁375。

37 何大白（鄭伯奇），〈文學大眾化與大眾文學〉，《中國新文學大系1927-1937‧文學理論集二》，頁406。

大眾的效果以外什麼也沒有了，是故，作家應當轉換『五四』所走的路徑，去替大眾創造一些有利的讀物，即利用中國舊有的大眾文學形式──說書、演義、唱本、連環圖畫等，同時也努力創作各種新的形式，寫大眾有能力閱讀的東西，以教育大眾，而後再跟大眾一起提高文化的水準。」[38] 雖然郭秋生的論點極近似於瞿秋白，頗有拾人牙慧之嫌，不過在台灣左翼文壇普遍對大眾文學大加撻伐的氣氛中，郭秋生能有此等認識實屬難能可貴。然而，郭秋生對於「舊有的大眾文學形式」的提倡卻自此沒有下文，下一個接著提出支持大眾文學形式之論點的，便是楊逵了。

　　前已述及，楊逵在1936年認為「文藝大眾化」的重點不僅在「描寫真實」，更在「抓住大眾」，事實上這個想法成形於1935年。楊逵在〈新文學管見〉中，批評「描寫大眾便是大眾化的方向」這個觀點，並指出「從通俗小說中攝取能讓大眾認同的大眾化說法」，「能讓大眾理解、喜愛、信服的表現方式，**也就是大眾性的問題**，與描寫大眾是不一樣的。把真實的東西傳達給大眾是作家的目的，用可以讓大眾信服的表達方式則是其手段。」[39] 要讓大眾能「喜聞樂見」，楊逵開出的藥方就是以大眾文學、以《國王》為師，對於這些「現在發行幾十萬的大眾雜誌」，不能「只看到低俗的一面」，「卻忽略它們的大眾性」[40]。楊逵的論述，企圖將普羅文學從精英主義的位階拉至與大眾同等高度，這是普羅文學僅有的出路，正如楊逵所言：「如果普羅文學被安置在博物館中，那才真是前途無望。」可以看出楊逵比其他台灣的左翼知識份子更能意識到左翼文學的正確方向。

　　關於普羅文學的大眾性之實踐，楊逵在1935年已經初步提出「好的文學」可以透過朗讀的方式感動文盲的這個構想。[41] 這個構想並非紙

---

38 郭秋生，〈文藝大眾化〉，《台灣文藝》2：1，1934年12月18日，頁21。

39 楊逵，〈新文學管見〉，收於《楊逵全集・第九卷（詩文集上）》，頁322-323。

40 楊逵，〈寫給「文評獎」評審委員諸君〉，《文學評論》3：3，1936年3月，收於《楊逵全集・第九卷（詩文集上）》，頁445。

41 楊逵，〈台灣文壇近況〉，收於《楊逵全集・第九卷（詩文集上）》，頁415。

上談兵。楊逵在1935年曾自述，當他完成〈收穫〉這篇小說時，每每投稿卻屢屢碰壁，得到的理由不外乎「性質不合」，但楊逵卻採用「講古」這種傳統大眾文學的形式講給其他勞動者聽，「反應非常良好」，因而鼓舞著楊逵，直說：「〈收穫〉結果哪裡都不肯刊載。只是在勞動者間口傳，得到若干反應，雖然微不足道，但是至少令人欣慰，因為星星之火如果活躍地散播，也可以燎原的。」[42] 在此，可以發現楊逵對於「文藝大眾化」的實踐，已經不拘泥於文字的形式，甚至可以用講古、口傳的形式來進行文學的傳播，這是楊逵貼近「大眾性」的一個例證。另一個例證發生在1944年，楊逵在小說〈增產的背後〉，紀錄了他在創作時與普羅大眾互動的情形。

> 我告訴他，是情報課安排我來看看這所煤礦的，還必須寫成小說。張君聽罷，小孩一般地高興鼓掌起來了。他雖然是文盲，卻是我的小說的熱心讀者，**也是我的老師**。
> 老張是個傭工，居無定所，兩年前起在我的農園工作，幫了我的忙達一年多之久。斗大的字雖然一個不識，憑他的敏銳感性和豐富的經驗，常常提供我很多小說的題材。我這邊也每次寫了點什麼便唸給他聽聽，祇要他說一聲「沒趣味」，我便毫不吝惜地塞進灶孔裡。這人近半年以來不曉得跑到哪兒去了，因此我成了跛腳鴨。園裡雜草叢生，小說也沒有了鑑賞者，再也寫不下去了。[43]

由此可見，「以大眾為師」是楊逵的普羅文學能夠避免文壇化的一項重要因素。在「以大眾為師」的價值標準之下，無論是小說的題材或表現的方式，一切都取決於「大眾」的藝術品味，這一點和部分標榜「大眾化」卻不肯屈尊絳貴的文壇人士有著天壤之別。楊逵對於大眾文

---

42 楊逵，〈難產〉，收於《楊逵全集‧第四卷（小說卷一）》，頁259。
43 楊逵，〈增產的背後〉，收於《楊逵全集‧第八卷（小說卷五）》，頁53-54。

學之形式的讚揚，也是基於「大眾」的藝術品味的考量，這才是一種「向人民學習」（毛澤東語）的態度。其後，楊逵又從大眾文學的舊有形式中學習，重新翻譯《三國志》，作為大眾性之實踐，論者曾謂：「楊逵對於媒體生態變化的應對態度，其實比內地的左翼知識份子要更具積極性以及柔軟性」[44]。可以看出楊逵對於左翼文學理論的建構與實踐，一直在避免走向教條化的泥淖之中，其貢獻遠勝於同時代左翼知識份子的作為。

三、「鄉土文學」的演繹：「殖民地文學」路線的實踐

　　楊逵創辦《台灣新文學》之初，便極力提倡「殖民地文學」路線。本文在此將試圖說明，「殖民地文學」路線其實就是黃石輝所提倡之鄉土文學的演繹，兩者在本質上都是左翼的民族文學路線。不過，鄉土文學曾由於以詞害意，造成左翼漢族民族主義者的群起攻之，在這方面，「殖民地文學」根絕了名稱上的困擾，因而使得楊逵的《台灣新文學》獲得了絕大多數文壇人士的支持。

（一）具備「內容是無產階級的，形式是民族的」之精神的「殖民地文學」路線

　　《台灣新文學》創刊號上曾大陣仗地徵詢日本作家德永直、橋本英吉、葉山嘉樹等17位左翼作家關於「殖民地文學」的意見。其中，日本作家德永直與朝鮮作家張赫宙的看法最具代表性。首先是德永直說：

> 我們最感興趣的，是朝鮮和台灣之貧窮同胞的生活樣態。在當地的自然風土中，特殊的歷史狀況下，眾多的習慣裡，貧困的人們如何地生活著。而他們又是處於怎樣的社會氣氛之中呢。盼望能以小說的藝術力量，將以上所提的這些無止盡地表現出來。[45]

---

44 陳培豐，〈大眾的爭奪：《送報伕》・《國王》・《水滸傳》〉，「楊逵文學國際學術研討會」，國家台灣文學館主辦，2004年6月19日，頁30。

45 德永直，原文無標題，《台灣新文學》1：1，1935年12月28日，頁29。收於黃英哲主編，《日治時期台灣

德永直的意見顯然展現了史達林之「內容是無產階級的，形式是民族的」的論述邏輯，這正是左翼立場的殖民地文學所具備的內涵。不過，如同筆者過去曾經指出的，德永直對於殖民地台灣受到日本統治的命運，卻是隻字未提，他的論述中所滲入的帝國主義觀點，是再清晰不過的。[46] 作為一名左翼作家，德永直的發言是符合史達林主義的，然而作為一個殖民母國的作家，德永直確實未能深刻體會殖民地上橫流的權力關係。

　　德永直有著帝國主義意識型態的盲點，而同為殖民地作家的張赫宙，所表現出來的對「殖民地文學」的認知，顯然較符合楊逵或其他台灣左翼知識份子所期待。張赫宙提到「殖民地文學」一詞時，明確指出他不喜歡這樣的稱呼，雖然朝鮮確實是殖民地，不過「殖民地文學」一詞過於廣泛，容易混淆。張赫宙說：

> 朝鮮文學之中也有為資產階級代言的民族文學、有普羅文學，和其他國家的文學並無相異之處。朝鮮文學使用朝鮮文字，描寫朝鮮人的生活，並無任何不同。但是，如果是說到普羅文學這種特殊的文學上，就可以看到鮮明的特徵。普羅文學是以描寫朝鮮人社會中的普羅階級為中心。朝鮮的普羅階級被同是朝鮮人的資產階級壓迫，這與其他國家是相同的，但與此同時，…………（原文被刪）。這大概就是之所以其帶有殖民地文學特徵的原因吧。但是就像之前說過的，單只是這樣的意義上，作為「文學」尤其是文學形式上…………（原文被刪）和普羅文學是在同一軌道上並行的，並不是特殊的形式。因此，從今以後的應進道路也應該與其他的普羅文學配合步調，共同前進。[47]

文藝評論集（一）》，頁304。

46 見趙勳達，《《台灣新文學》（1935-1937）定位及其抵殖民精神研究》（台南：南市圖，2006）之〈第三章「殖民地文學」的提出與討論〉，對「殖民地文學」有著詳細的討論。

47 張赫宙，原文無標題，《台灣新文學》1：1，1935年12月28日，頁34。收於黃英哲主編，《日治時期台灣文藝評論集（一）》，頁308-309。

張赫宙不喜歡「殖民地文學」一詞的理由，在於殖民地亦包含「兩種文化」：無產階級文化與資產階級文化，這樣的認識基本上是與列寧主義一致的。再者，張赫宙這席話最能吸引住我們目光的，是那兩段被刪的文字，從他前後文的脈絡來看，張赫宙顯然意在表達朝鮮的普羅階級同時受到了朝鮮資產階級與日本殖民政權的支配（第一段被刪文字），因此在文學表現上，必須將抵抗資產階級支配的普羅文學與抵抗殖民政權支配的殖民地文學並置、合流，才能真正表現出朝鮮普羅階級所受到的雙重支配關係（第二段被刪文字）。這第二重的思維，正是作為殖民地作家的張赫宙特出之處，也是日本作家德永直等人所觀照不及的視野。顯然，以張赫宙的意思來看，「殖民地文學」除了必然表現出「使用朝鮮文字，描寫朝鮮人的生活」的「民族形式」之外，更重要的是表現在民族資產階級與殖民母國殖民統治雙重支配下的「無產階級的內容」，也因此，張赫宙不但內化了史達林的文化論述，更同時具備了殖民地作家對於殖民支配關係的敏銳度，在此，史達林的文化論述被張赫宙所深化，而這樣的見解，也就和楊逵提倡之左翼立場的「殖民地文學」路線相當一致了。

「殖民地文學」的內涵，和素有「普羅文學健將」稱號的楊逵原本抱持的階級立場文學觀之間，可謂大異其趣。筆者曾指出，楊逵在創辦《台灣新文學》前，其文學表現仍不脫階級立場的思考，亦即站在階級立場反抗資本主義的剝削，明顯可見受到馬克思主義啟發的效果；但是楊逵的文學觀與寫作風格到了《台灣新文學》時期也產生了質變，修正了過去只以資產階級／資本主義作為批判對象的階級立場，而是將殖民體制／殖民主義也視為批判的對象，而達到階級立場與民族立場的結合。[48]「殖民地文學」的概念就等於意識到台灣人受壓迫的事實，也等於意識到台灣人與日本人之間所存在的民族問題，因此楊逵的關懷視角隨著「殖民地文學」的提倡而擴大了，以馬克思主義來說，過去只注意

---

48 趙勳達，〈第四章第三節 「殖民地文學」與文學風格的轉變：以楊逵的作品為中心〉，《《台灣新文學》（1935-1937）定位及其抵殖民精神研究》，台南：台南市立圖書館，2006。

到台灣的階級問題的楊逵，在此時終於清楚體會到台灣人是「一切社會關係的總和」的事實與處境。

楊逵的殖民地文學觀，以〈談藝術之「台灣味」〉（〈藝術における〝台灣らしいもの〞について〉）一文中的論述最具代表性：「前一陣子討論的『殖民地文學』，我覺得是指描寫殖民地台灣的真實面貌。而藝術之『台灣味』的本質，也就是這樣透過台灣式的看法、想法，構思並徹底描寫台灣式的自然、台灣式的性格、台灣式的生活。（中略）無論選擇什麼表現形式，都必須能傳達台灣式的現實，給人台灣式的印象。其中，我們特別期待的是，為了台灣而團結世界友人、並且給台灣人生活力量的作品。這才是必然會帶來台灣的發展和進步的新興作品。」[49] 這番話可以明顯地看出，楊逵從過去堅守馬克思理論的普遍主義，轉而將視野凝視到台灣的現實上來，並視之為新興文學；也就是說楊逵過去的文學觀偏重討論階級之間普世存在的經濟問題，然而這時期的楊逵已經注意到了台灣特殊性的重要，也就是能正視台灣人民被殖民的苦難，楊逵所看到的已經不僅僅是經濟問題，而更進一步地看出了殖民地台灣的政治問題。

此外，面對著外界質疑殖民地文學的格局是否過於狹小、是否應該以進軍中國文壇或日本文壇為目標的種種聲浪，楊逵表示「我們之所以提倡殖民地文學，是因為我們要先寫我們所居住的這個台灣社會，絕非把自己封閉在台灣」[50]，在此，楊逵展現了立足台灣、書寫台灣的文學使命，和過去只書寫階級卻缺乏台灣風味（民族形式）的風格，已有了極大的改變。由此可以看出「殖民地文學」必定蘊含民族的形式，這與史達林所謂的「如果談到各民族參加無產階級文化，那麼這種參加一定會採取符合這些民族的語言和生活方式的形式，這一點也幾乎用不著懷

---

49 楊逵，〈談藝術之「台灣味」〉（〈藝術における〝台灣らしいもの〞について〉），原載《大阪朝日新聞》台灣版，1937年2月21日，收於《楊逵全集・第九卷（詩文卷上）》，頁476-477。

50 楊逵，〈談「報導文學」〉，原載《大阪朝日新聞》台灣版（1937年2月5日），收於《楊逵全集・第九卷（詩文卷上）》，頁470。

疑」[51]，是完全一致的。把梳了列寧與史達林關於民族文化論述之後，可以輕易地理解楊逵在 1935 年與張深切、劉捷的論戰中，始終反對的是資產階級內容的民族文化，而非民族形式。由於要發達無產階級文化必須同時發達民族形式，這是史達林給予全世界左翼知識份子的示唆。

以台灣人的民族形式而言，民間文學與鄉土色彩的積極作用已經無庸置疑，唯一有爭議的便是語言問題，這是從三〇年代初期鄉土文學論戰至此都沒有定論的爭議。楊逵所有關於文學語言的論述中，始終極力主張使用台灣話文作為民族語言，如稱中國白話文「像借來的衣服一樣，並不合身」（〈台灣的文學運動〉，1935），又直言：「既然對象是台灣大眾，結論當然是應該採用自己的語言」，「所以，贊成派現在正開始辛勤地建設台灣話文，蒐集與整理民謠、傳說、故事，是其中一個目標」（〈台灣文壇近況〉，1935），又指出想要豐富表現「台灣味」（鄉土色彩）的話，「如果用台灣話文表現的話還好，可是用日文抒發這種芳香和風味，我想可能非常困難」（〈談藝術之「台灣味」〉，1937）。[52] 對於台灣文學場域一直爭論不休的語言爭議，楊逵顯然主張為了台灣無產大眾的理解以及發揮台灣特殊的風味，唯有使用台灣話文才是正途，從中排除了中國白話文與日文作為民族形式的可能。

以殖民地台灣的情境來說，無產階級民族文化的建設，對外必須抵抗殖民文化的侵襲，對內必須對抗資產階級民族文化的支配，這是楊逵「殖民地文學」的建設所必然面對的兩大課題，不過楊逵同時以「文藝大眾化」作為策略加以對抗；他一方面以普羅文學建構無產階級的文化內容，另一方面又以民族形式標誌出台灣人與台灣文學的特出之處，在本土資產階級與日本殖民政權的雙重壓迫下努力建構台灣無產階級的民族文化。誠如史達林所言，殖民地的民族問題實質上便是農民問題，便是廣大無產大眾的問題。[53] 因此，楊逵的「殖民地文學」所具有的無產

---

51 史達林，〈論東方民族大學的政治任務〉，《斯大林全集（七）》，北京：人民，1955，頁117-118。
52 楊逵，〈談藝術之「台灣味」〉，收於《楊逵全集·第九卷（詩文卷上）》，頁476。
53 史達林，〈再論民族問題〉，《斯大林全集（七）》，頁184。

階級民族文化的實質意涵，才會為大多數文壇人士所支持。黃得時曾說：「《台灣新文學》比《台灣文藝》積極地把握台灣的現實，帶著較濃厚的寫實主義色彩，卻是事實的。」[54] 更可看出楊逵推動「殖民地文學」路線的具體成果。

不過必須指出的是，楊逵在「殖民地文學」的論述上是一回事，但實踐上卻又是另一回事。日文世代的楊逵，向來以日文作為文學語言的選擇，而非台灣話文。雖然他亦曾試圖以他不拿手的台灣話文創作小說，〈貧農的變死〉便是一例；不過理論與實踐上的乖離，也使得「殖民地文學」路線的建設大打折扣，亦是不爭的事實。

（二）區隔於「社會主義寫實主義」的「殖民地文學」路線

談到楊逵提倡「殖民地文學」，有必要將楊逵對「社會主義寫實主義」的批評一併討論。社會主義寫實主義的經典定義，始見1934年第一次蘇聯作家代表大會通過的「蘇聯作家協會章程」，它提出：

> 社會主義的寫實主義，作為蘇聯文學與蘇聯文學的批評的基本方法，要求藝術家從現實的革命發展中現實地、歷史地和具體地去描寫現實。同時，藝術描寫的真實性和歷史具體性必須用社會主義精神從思想上改造和教育勞動人民的任務結合起來。[55]

第一次蘇聯作家代表大會提出社會主義寫實主義的概念後，才由史達林大力提倡，並由高爾基作為指導。基本上，社會主義寫實主義的提出可以說是俄國革命後、社會主義社會成熟的一種展現，它要求俄國作家基於社會主義社會的物質基礎，必須以社會主義的理論武裝作為創作的基本路線，以俄國的社會條件來說，這是極其合理的。不過，社會主義寫實主義傳入了日本就發生了扞格，原因在於日本並非社會主義社

---

54 黃得時，〈台灣新文學運動概觀〉，《台北文物》4：2，1955年8月20日，收於李南衡編，《日據下台灣新文學文獻資料選集》（以下簡稱《文獻資料選集》），台北：明潭，1979，頁323。
55 洪子誠、孟繁華主編，《當代文學關鍵詞》，桂林：廣西師範大學，2001，頁8。

會，究竟是否適用社會主義寫實主義，不無疑慮。若將社會主義寫實主義與過去由藏原惟人引進的「無產階級寫實主義」相比，前者有更高的主觀去再現社會的現實生活中的各種關係，並且更明確地展示出其矛盾鬥爭的發展前景與解決途徑，這是兩者最大的區別。[56]

　　而楊逵又是為何「反對」社會主義寫實主義？這必須從兩方面來加以說明。其一，楊逵認為社會主義寫實主義的「名稱」不適用於台灣，其理由為「當地（按：蘇聯）所使用的所謂社會主義寫實主義這個詞，卻不像我們必須用註解來理解。因為在那裡，具體的社會主義建設之事實，比任何語言更正確而豐富地註解了這個詞。」[57]

　　第二個理由則是更重要的問題，涉及楊逵的聯合陣線的文學態度。楊逵表示：「我們不應該性急地強迫正義派作家接受現成的意識型態。我們了解意識型態是逐步發展的，從這點而言，或許應該把只會嚇唬凡夫俗子的社會主義寫實主義改成真正的寫實主義。」[58] 換言之，楊逵認為逼使非左翼立場的盟友去接受社會主義寫實主義，只是極端的排他主義罷了，實有害於台灣的普羅文學運動、甚至是文學運動。1935 年 12月，當楊逵選擇提倡「殖民地文學」，而非「社會主義寫實主義」，顯然已為左翼文學陣營及其同路人找到了信仰的最大公約數，由此更可見楊逵提倡殖民地文學的深意。

　　過去，論者往往根據楊逵「批判」社會主義寫實主義的諸多字眼，便判斷楊逵「否定」了社會主義寫實主義。[59] 然筆者以為，楊逵並沒有在思想上否定「社會主義寫實主義」的價值，而是為了避免如同「鄉土文學」一樣陷入以詞害意的漩渦之中，因而楊逵選擇了更「因地制宜」的名稱——殖民地文學。本文第一小節即已述及，強調寫實主義須與浪漫主義結合的「社會主義寫實主義」，其實與楊逵所提倡的「真實的寫

---

56 葉渭渠、唐月梅，《日本文學史·近代卷》，北京：經濟日報，2000，頁51-56。

57 楊逵，〈新文學管見〉，收於《楊逵全集·第九卷（詩文卷上）》，頁319。

58 同上註，頁324。

59 相關論點見：林淇瀁，〈擊向左外野：論日治時期楊逵的報導文學理論與實踐〉（發表於「楊逵文學國際學術研討會」，國家台灣文學館主辦，2004年6月19日，頁4-10），以及許倍榕，《30年代啟蒙「左翼」論述——以劉捷為觀察對象》（成功大學台灣文學所碩士論文，2005）。

實主義」有其共通之處，可見楊逵對於「社會主義寫實主義」的拒斥，純粹是避免「以詞害意」所做的考量。至於「真實的寫實主義」如何追求真實性，則必須由楊逵所提倡的「報導文學」來加以詮釋了。

（三）作為「殖民地文學」之表現手段的報導文學

論者指出，楊逵提倡的「報導文學」（原名「報告文學」）受了三〇年代中國文壇所興起的「報告文學」的影響，然楊逵不若中國的「報告文學」一樣將社會主義寫實主義視為信仰，反而認為社會主義寫實主義對台灣是不妥的，可見楊逵的文學觀超越了俄國的影響，反而更向上溯源地接近馬克思、恩格斯。[60] 這樣的推論或許有待商榷，上文已提及，**楊逵對於「社會主義寫實主義」的批判是名稱上的而非思想內涵上的**，至於楊逵對於「文藝大眾化」與浪漫主義的追求，都和社會主義寫實主義不謀而合。因此若細論楊逵文藝思想的傾向，理應更接近列寧、史達林，而非馬克思、恩格斯。

談到報導文學，必須和此前楊逵業已提倡的殖民地文學一同討論。在 1935 年 12 月楊逵大張旗鼓為「殖民地文學」造勢的《台灣新文學》創刊號上，亦曾刊載他的報導文學作品〈我的書齋〉，可謂為提倡報導文學做了暖身。及至《台灣新文學》一卷四號（1936.5），楊逵在〈編輯後記〉中指出報導文學是「作為今後偉大作品的前提，也是不可或缺的修練表現技術的舞台。日常生活的一個斷面、社會生活的一角的活潑描寫是為了寫作貼近土地的偉大作品的前提，而且是為了介紹**台灣的現實狀況**最好的舞台。」此外，楊逵第一篇提倡報導文學的文章〈談「報導文學」〉中更指出：「我們之所以提倡**殖民地文學**，是因為我們要先寫我們所居住成長的這個台灣社會，（中略）我們發現，憑我們的能力還不足以充分開拓這片處女地。（中略）基於這個理由，今後我們必須多為**報導文學**盡力。我們必須致力於報導文學。以作為將來大作品的基

---

60 林淇瀁，〈擊向左外野：論日治時期楊逵的報導文學理論與實踐〉，發表於「楊逵文學國際學術研討會」，國家台灣文學館主辦，2004 年 6 月 19 日，頁 4-10。

礎工程。」[61] 可以發現，楊逵對報導文學的重視和殖民地文學的提倡實乃互為表裡，報導文學被楊逵認為是書寫台灣現實的利器；換言之，報導文學是殖民地文學的表現手段。

作為無產階級民族文化的殖民地文學，所要滿足的是「無產階級的內容」與「民族的形式」這兩個必要的條件。「無產階級的內容」自不待言，但是對於內容的要求當然是「透過台灣式的看法、想法，構思並徹底描寫台灣式的自然、台灣式的性格、台灣式的生活」，而非文壇化的技巧與匠氣。因此楊逵指出：

> 文學的生命是內容，是思想。技巧將某種特定內容及思想，以更完美的形態呈現，是千變萬化的容器，絕非八股文章，千篇一律的泥偶。技巧方面的抽象思考，只會帶來表現的窒礙不通。要解放這種窒礙不通的技巧，以及訓練客觀呈現的技術，報導文學是必要的文類。[62]

既然報導文學具有匡正文壇風氣、提升殖民地文學的表現手法的用意，楊逵對於報導文學的創作方法也就特別講究。如同楊逵在提倡「真實的寫實主義」中提及：「所謂小說，本來目的是賦予某個主題生命，以幾個事件和各形各色的人物來組成，並不是一成不變按事實來寫。因此寫小說時，需要作者的想像力、關於現實社會的廣泛知識、以及不同個性人物的心理變化的知識。說難聽一點，就是需要**說謊的天才**。」這不是要求作家進行「無中生有」、「憑空虛構」的想像，而是要求作家將社會現狀加以分解、消化之後，再以文學的形式呈現。以楊逵提倡報導文學時的論述為例，便是「為求盡善盡美，報導文學雖然允許對事實作適度的處理與取捨，但絕不允許憑空虛構。報導文學也不能像新聞報

---

61 楊逵，〈談「報導文學」〉，原載《大阪朝日新聞》台灣版，1937年2月5日，收於《楊逵全集・第九卷（詩文卷上）》，頁470。

62 楊逵，〈報導文學問答〉，原載《台灣新文學》2：5，1937年6月，收於《楊逵全集・第九卷（詩文卷上）》，頁522。

導，不能以事實的羅列始終其事。因為缺乏作者感情的新聞報導，不算是文學；沒有讓讀者感受到作者的氣氛情感之作，絕非藝術。」[63]「我們為了表達我們的思想、理想，或者是觀念、感情，經常會將某種事實或事件在腦海裡加以想像、組合。這種作法乍看之下，似乎是任何小說共通的，但是，就像傳統小說只靠想像或是雕蟲小技所捏造出來的作品，大都缺乏真實性，或是流於空泛。不用大腦寫的東西往往變得生硬，就像是新聞報導或通訊文一樣，難以引人共鳴。（中略）我想，透過這種努力所寫出來的有深度的小說、充分發揮想像力的小說，才是我們期望的最好的文學。」[64] 小說需要虛構與想像才有生命力，這個論點就呼應了〈藝術是大眾的〉中「這種世界觀不是概念式的，而是充分地消化後，具體書寫於作品當中」的說法，而且楊逵還補充說明：「自然主義不看人和社會活生生的狀態，就像看照片一樣只看表面；極端的話，就把死屍當成真人了」[65]。理想的文學作品是對「現實狀況」的反映，而非僅止於「真實事件」的重現。楊逵的一連串發言，印證了他自1935年提倡「真實的寫實主義」以來，對於寫實主義的創作手法的論述從未改變；於是可以發現不論名為「真實的寫實主義」、「殖民地文學」或是「報導文學」，楊逵的寫實主義論述一以貫之，而且都能持續擴張、深化左翼文學理論，避免左翼文學路線出現窄化、教條化的現象。論者亦曾指出，楊逵在日治時期的左翼寫實主義文藝美學，雜揉了文學行動主義的能動性，用來對抗殖民主義論述，他所採取的正是「殖民地文學」這具有台灣性的文學立場，即便到了戰後，楊逵與不同的對象與政治語境進行對話，楊逵仍堅持台灣特殊性的根本立場。[66]

　　楊逵並不拘泥於馬克思主義的教條，反倒使得他的文藝理論更接近正統的馬克思主義，這　點可由盧卡奇對正統馬克思主義的見解，獲得

---

63 同上註，頁503。

64 同上註，頁526-527。

65 楊逵〈台灣文壇的近況〉（〈台灣文壇の近情〉），原載《文學評論》2：12（1935年10月，東京），收於《楊逵全集‧第九卷（詩文卷上）》，頁412。

66 陳建忠，〈行動主義、左翼美學與台灣性：戰後初期（1945-1949）楊逵的文學論述〉，發表於「楊逵文學國際學術研討會」，國家台灣文學館主辦，2004年6月19日，頁26。

解釋：「正統馬克思主義並不意味著無批評地接受馬克思研究的結果。它不是對這個或那個論點的『信仰』，也不是對某種『聖』書的注解。恰恰相反，馬克思主義問題中的正統僅僅是指方法。它是這樣的一種科學的信念，即辯證的馬克思主義是正確的研究方法，這種方法只能按其創始人奠定的方向發展、擴大和深化」，「馬克思主義正統決不是守護傳統的衛士，它是指明當前任務與歷史過程的總體的關係的永遠警覺的預言家」。[67] 於是，本書試圖呈現楊逵是如何以正確的方法，對普羅文藝理論進行擴充與深化的建設，唯有持續不斷地對既有的、教條化的左翼文學理論有所反思，楊逵才得以成為「警覺的預言家」，這是楊逵令人不得不佩服之處。

第二節　左右的齟齬之一：「標語口號」式的普羅文學

一、三〇年代初期之「標語口號」式的普羅文學路線

　　1928年，共產國際通過了「資本主義第三期」理論，認為無產階級革命的時機已經成熟。1929年，由於世界性經濟大恐慌的爆發，激化了各資本主義國家內部的階級矛盾，致使全世界無產階級革命運動達到高峰，此時，左翼文藝運動作為無產階級革命運動的宣傳功能亦獲得重視。在中國，1930年在中共所指示與扶持之下成立了中國左翼作家聯盟（左聯）。在日本，1930年日本普羅文學理論大師藏原惟人發表了〈「ナップ」藝術家の新しい任務──共產主義藝術の確立へ〉（〈「納普」藝術家的新任務──向確立共產主義藝術邁進〉），明確指出「要將我國無產階級及其黨現在所面對的課題，當作我們藝術活動的課題。」主張「納普」藝術家應該為無產階級革命盡一己之力，讓文學事業成為無產階級革命事業的一部分，並引用列寧名著〈黨的組織與黨的出版物〉的論述，呼籲文學成為黨（共產黨）的工具。[68] 隔年「納

---

67 盧卡奇，〈什麼是正統馬克思主義？〉，李鵬程編，《盧卡奇文集》，北京：人民，2008，頁2、25。
68 藏原惟人，〈「ナップ」藝術家の新しい任務──共產主義藝術の確立へ〉，井上靖等編，《昭和文學全集33（評論隨想集一）》，東京：小學館，1992，頁154-158。

普」改組為「克普」（日本無產階級文化聯盟），全力藉文學力量宣揚無產階級革命運動。在台灣，1930年瀰漫著同樣的氣氛，台共系統的《伍人報》、《台灣戰線》、《新台灣戰線》等刊物的發行就是源於這樣的目的。《警察沿革誌》中有以下的記載：

> 由於台灣共產主義運動的發展，世上對於包括無產階級文學、演劇等的無產階級文化運動的關心，逐漸高昂起來，他們跟昭和三年三月二十五日在東京成立的全日本無產者藝術聯盟（略稱「納普」）有連絡，而以此為根據，傾注主力宣傳、煽動共產主義文學運動的發展，而且更於昭和六年十一月二十七日，在日本共產黨指導下，成立日本普羅列塔利亞文化聯盟（略稱「克普」），企圖把文化鬥爭和政治鬥爭結合起來，把組織基礎放在工場農村，採取共產主義團體的組織原則，外表內容均為日本共產黨的外圍團體展開行動。[69]

1930年6月由台共黨員王萬得創刊的《伍人報》「計畫透過文藝雜誌的刊行，來進行宣傳煽動，以擴大黨的影響力」。同年8月亦由台共黨員楊克培等人創刊的《台灣戰線》也是明白宣示「欲以普羅文藝來謀求勞苦群眾的利益」，使《台灣戰線》「成為台灣解放運動上著先鞭的唯一的文戰機關及指南針」作為創刊宗旨。其後又有為了「把文藝奪回無產階級的手中，使其成為大眾的所有物，以促進文藝革命」[70] 而發刊的《台灣戰線》（1930.8），還有為了「提高無力的無產大眾的意識，促進造就大眾的藝術」[71] 而發刊的《洪水報》（1930.8），亦有為了「使人眾認識得自己的環境並力量」又促使作家「研究大眾文藝的技巧」[72] 而發刊的《赤道》（1930.10）等刊物相繼問世，都為鼓動無產

---

69 王詩琅譯註，《台灣社會運動史：文化運動》，台北：稻鄉，1995，頁505。
70 《台灣社會運動史（1913-1936）·第一冊 文化運動》，台北：海峽學術，2006，頁404。
71 本社同人，〈說幾句老婆子話（代為創刊詞）〉，《洪水報》創刊號，1930年8月21日，頁1。
72 〈創刊第一聲〉，《赤道》創刊號，1930年10月30日，頁2。

階級意識而努力。到了1931年6月「台灣文藝作家協會」結成，繼而於該年8月發刊自詡為「大眾雜誌」[73]的《台灣文學》，其最大特色在於成員皆以文學家而非社會運動者的身分，提倡普羅文學。

　　「台灣文藝作家協會」的創設是受到國際共產主義思想運動的勃興、無產階級文化運動的興盛，以及日本「納普」的機關報《戰旗》的影響之下，在台居住的日本左翼青年如井手勳（後改名為平山勳）、上清哉、藤原千三郎、別所孝二等人為了藉文學的力量以推動共產主義運動，擬組成類似日本「納普」的文藝團體，因而才結成「台灣文藝作家協會」，並吸引了王詩琅、張維賢、周和源等台灣左翼青年加入，此外，在鄉土文學論戰中極為活躍的賴明弘，也在《台灣文學》創刊後成為撰稿人。[74]「台灣文藝作家協會」由於秉持著左翼國際主義路線的立場，因此台、日籍左翼青年皆含括其內，成為台灣文學史上台、日籍左翼作家的第一次聯合陣線。

　　由於秉持著左翼國際主義的立場，「台灣文藝作家協會」在其〈創立主旨書〉中明言：「反過來看台灣的文藝理論與文藝運動時，在過去的日子裡它們是太過於排他主義了，也太過於主觀了。極端而言，它無異於在『自我陶醉』。」[75]基於這樣的理解，「台灣文藝作家協會」自創立之初就接受了日本「納普」的指導。在「台灣文藝作家協會」創立之時，東京的「J‧G‧B書記局」便捎來賀電，並對文藝團體的組織與對理論的理解上，給了許多意見。[76]而後協會成員林耕三祕密帶著〈我們的緊急諮詢〉、〈「台灣文藝作家協會」的歷史〉、〈我們和台灣文藝作家協會〉等三份文件赴日，準備向「克普」諮詢並報告協會的運作情形，以確立「台灣文藝作家協會」未來的方針。在這三份文件中，明顯可以看到「台灣文藝作家協會」對「J‧G‧B書記局」的正面回應以

73　〈卷頭言〉，《台灣文學》2：1，1932年2月1日，頁1。

74　《台灣社會運動史（1913-1936）‧第一冊 文化運動》，台北：海峽學術，2006，頁408-410。

75　同上註，頁409。

76　J‧G‧B書記局 小澤太郎，〈致台灣文藝作家協會創立大會的賀電〉，《台灣社會運動史（1913-1936）‧第一冊 文化運動》，台北：海峽學術，2006，頁413-416。

及馬首是瞻。[77]

《台灣文學》的編輯方針為利用文學作為階級鬥爭的武器，這種作為政治宣傳工具的普羅文學運動，容易打入知識份子階層，卻不易在未組織的無產者間獲得共鳴，儘管雜誌成員賴明弘提到「雜誌要以一般大眾作為標準」[78]，林原晉作則更進一步向編輯部提議「要將《台灣文學》打入大眾之中」，「所謂大眾不是意味著當然的勞動者農民，而應說是勤勞者大眾」，「《台灣文學》必須將主要的讀者對象認定為勤勞大眾」，而且還提到設置「台灣語欄」的必要性[79]，不過就整體的藝術水準而言，還是距離大眾甚遠。茲以李彬〈媽媽！！別吧〉一詩為例。

> 拭過淚後我向後面
> 媽媽呀！你知道我所做的工作
> 也曉得決不是壞的工作
> 但一世別離時候我的那樣姿態
> 那是給你感著何算的悲痛呢？
> 媽媽呀！但是現在這樣的社會存在著
> 散鄉人還在呻吟著
> 像我們這款人是會繼續出來的
> 而像我們這樣的悲慘是屢屢惹起的
> 像這樣社會還存在的期間
> 媽媽！！別吧
> 媽媽！你的那個眼睛那些淚
> 更給我一層的奮起、更給我添了新的勇氣啦
> 媽媽我決會踏越過你的身屍續戰去就是

---

77 〈我們的緊急諮詢〉、〈「台灣文藝作家協會」的歷史〉、〈我們和台灣文藝作家協會〉，《台灣社會運動史（1913-1936）‧第一冊 文化運動》，台北：海峽學術，2006，頁417-425。
78 明弘，〈俺達の文學ぼ誕生について——一つの提議〉，《台灣文學》2：1，1932年2月1日，頁2。
79 林原晉作，〈台灣文學を大眾の中へ——編輯部への一言する〉，《台灣文學》2：1，1932年2月1日，頁5-7。

媽媽呀！別吧！！[80]

　　這是一位社會運動者的自白，詩中充滿著知識份子理想性的口吻，卻不見感動無產階級的能量。社會運動者的慷慨赴義以及與母親的含淚揮別，是普羅文學常見的主題，這從被譽為二十世紀最偉大普羅小說家高爾基（Maxim Gorky, 1868-1936）的代表作《母親》就可以窺見其原型。然而，〈媽媽！！別吧〉與《母親》之間最大的差別還是在於藝術成就的高低。這種僅僅宣揚革命理念的普羅文學，政治性顯然高過藝術性，雖說稱之為「普羅文學」是個歷史現場的名詞，不過它卻與二〇年代既有的，由賴和、楊守愚等左翼作家所創作之藝術性高於革命煽動性的普羅文學大相逕庭。

　　這兩種普羅文學有何差異？且看藏原惟人在〈「納普」藝術家的新任務——向確立共產主義藝術邁進〉一文對普羅文學家的指示：「例如我們在描寫某起罷工時，對我們而言必要的是，不是單單針對罷工的外在事件做出報告。真正必要的是對外在事件的描寫中，客觀且具象地（藝術地）將這起罷工是根據什麼原則而又如何地被指導？它的指導部門與大眾有何關係？它的成功或失敗是因何而致？這場罷工在這個國家的革命運動中佔有如何的地位？等等事情描繪出來。」[81] 這種具備革命煽動性的普羅文學著重於革命理論的實踐、革命群眾的獲得、革命勝利的推展等，因此與其說這種普羅文學是在要求作家進行藝術活動，不如說它是在要求作家針對罷工事件做出全面的總括性的論文。當然，它不是單純的政治論文，作為一個左翼的文學作品，它的必要條件是具象地描寫，也就是要求對社會現實的客觀反映；然而藏原惟人在此之外，更要求從文學外部涉入政治思考，必須實現文學的階級性不可，這就使得原本客觀反映現實、客觀表現真理的藝術主張，被迫在受限的題材框架

---

80 李彬，〈媽媽！！別吧〉，《台灣文學》2：1，1932年2月1日，頁93。
81 藏原惟人，〈「ナップ」藝術家の新しい任務——共產主義藝術の確立へ〉（〈「納普」藝術家的新任務——向確立共產主義藝術邁進〉），收於井上靖等編，《昭和文學全集33（評論隨想集一）》，東京：小學館，1992，頁156。

下進行，因此日本史家就直言藏原惟人的論述「不能成其為藝術理論」。[82] 這種「不能成其為藝術理論」的普羅文學主張，當然與二〇年代由賴和與楊守愚等作家所創作的早期普羅文學相差甚遠。以二〇年代台灣普羅文學來說，在題材上多半在暴露下層民眾的悲慘生活而非罷工行為，在寫作技巧上顯得質樸自然、真情流露而非理論武裝。而這種由藏原惟人所定義的、政治性高於藝術性、而且是「無產階級革命事業的一部分」的普羅文學，後來由毛澤東給予了它一個適切的名稱：「標語口號」式的普羅文學。本書亦將沿用這個歷史現場的名詞，以便與由賴和、楊守愚、吳希聖、楊逵、呂赫若等左翼作家所先後傳承的普羅文學系譜相區隔。

二、來自右翼陣營的批判：葉榮鐘的「第三文學論」

在三〇年代台灣文學場域中，最早針對「標語口號」式的普羅文學作出批判的，是葉榮鐘的「第三文學論」。一直以來，「第三文學論」被視為右翼的台灣民族文學論述，且被視為對普羅文學路線的否定（見第一章第二節）。但是，筆者以為葉榮鐘所深惡痛絕的普羅文學，未必是賴和等人所建構的普羅文學路線，而應該是指涉當時聲勢浩大的「標語口號」式的普羅文學，似乎較為恰當。

要說明這個問題，有必要再次細讀葉榮鐘的「第三文學論」。葉榮鐘在〈第三文學提唱〉[83] 中開宗明義地說道：「據說現代是無產者的世界，所以非『普羅』不是人，非『普羅文學』也不是文學了，這是『普羅階級』的金科玉律絕對不容擬議的，敢擬議，你就要蒙反動的罪名了」。雖然如此，葉榮鐘表示他仍然必須秉筆直書，他最大的質疑是「自『普羅文學』的議論發生以來，我們台灣曾否有過真正的『普羅文學』麼？這是很疑問的。」之所以有此疑問，葉榮鐘接著進一步闡述其理由。

---

82 栗原幸大，《プロレタリア文學とその時代》，東京：平凡社，1971，頁169-170。
83 奇（葉榮鐘），〈第三文學提唱〉，《南音》1：8，1932年5月25日，卷頭言。

試問「吃阿爸的飯」、「開阿爸的錢」的，由幾卷小冊子搾出來的就算「普羅文學」麼？排些列寧馬克思的空架子，抄些經濟恐慌資本主義第三期的新名詞也是「普羅文學」麼？那樣連讀都讀不懂的，──其實作者自身亦未必一定就會了然，──「竹竿搵屎長掛臭」的文字也說是「普羅文學」，則「普羅文學」就真要完了。讓百步來講假使他們的作品便是「普羅文學」，然而台灣的無產大眾到底有幾個能夠消納他們的作品呢？

這是〈第三文學提唱〉批判普羅文學最烈的一段話。從中可知葉榮鐘之所以干犯眾怒、蒙反動之罪名，對普羅文學發出批判之聲，他所要批判的對象並不是作為普羅文學的階級立場的基本精神，而是淪為政治文宣品的普羅文學。這種文學是知識份子式的、與「大眾」無緣的，所以遭來葉榮鐘的無情抨擊。

葉榮鐘曾任資本家林獻堂的秘書，其資產階級傾向向來成為左翼知識份子攻擊的對象。早在1930年12月，左翼運動團體新文協的機關刊物《新台灣大眾時報》就曾出現批判葉榮鐘的文字：「葉榮鐘！台灣的現階級，就是像汝這樣的分子再退守霧峰，去當大地主林獻堂的忠實的守門犬。這對不對？若還不自己清算，恐怕會像申公豹，被左翼的眾仙拿去塞鹿港的海隈。」[84] 因此當1932年葉榮鐘復以〈第三文學提唱〉一文挑起兩造雙方的敏感神經，來自左翼陣營的反擊也就可想而知。反擊最力者當屬賴明弘。對賴明弘而言，第三文學、鄉土文學、台灣話文都是「布爾文學（資產階級文學）的道號」，因此賴明弘毫不客氣地指出：「《南音》是少爺階級的娛樂機關，和受什麼階級公然的援助」的「反動的雜誌」[85]。而後又批評《南音》「想要欺騙我們，說些厚顏無恥的話，在叛逆的招牌《南音》大吹而特吹，鼓吹擾亂大眾的心情的話，大膽敢再來騙我們無產大眾，這是何等可惡至極的呀！貧困的大眾

---

84 虹，〈流彈〉，《新台灣大眾時報》1：1，1930年12月1日，頁75。
85 賴明弘，原文未見，轉引自黃天南，〈宣告明弘君之認識不足〉，《南音》1：6，1932年4月2日，收於中島利郎編，《彙編》，頁291。

呀！我們切不可被這些欺詐師迷亂，我們應該把他們的黑幕暴露，用我們真正的理論來打倒吧！」[86] 可以發現，賴明弘刻意突顯《南音》的小資產階級傾向以便揭露《南音》與無產大眾相違背的立場。於是，葉榮鐘對於「標語口號」式的普羅文學的批評，對賴明弘而言甚是逆耳，絕非忠言。

　　賴明弘與《南音》的衝突加深了當今學界對於兩造階級立場差異的印象，也使得葉榮鐘對普羅文學路線的拒斥成為一種既定的詮釋。不過，事實並不盡然如此。從葉榮鐘在三〇年代的文學行為來看，他雖然在1932年以「第三文學論」批判了「標語口號」式的普羅文學，不過在1935年，當楊逵與台灣文藝聯盟的右派知識份子張深切、張星建、劉捷等人因為路線爭執而劃清界線、而另外創辦《台灣新文學》雜誌之際，葉榮鐘沒有選擇與這批右派同儕為伍，加入批判楊逵的行列，亦未理所當然地對楊逵及《台灣新文學》採取「漢賊不兩立」的抵制態度，反而參與了《台灣新文學》的編輯部，作為楊逵的盟友而活躍著。何以如此？其間有兩股力量同時在起作用：其一，是左翼文學及其路線的好的質變，其二則是右翼文學及其路線的壞的質變。

　　關於左翼文學及其路線的好的質變，可以由兩方面來討論。首先是左翼文學的藝術化程度，到了三〇年代中期已達前所未有的水準，這一點連張深切也不禁大為激賞。[87] 這個部分將在下一節專文處理。其次則是左翼文學路線的深化與擴張，在左翼陣營內部，對於「標語口號」式的普羅文學最具批判能力的，依舊是楊逵，這一點將於下一小節討論。前文討論楊逵的文學論述時，就已經對其在左翼文學路線的深化與擴張的貢獻上做過詳細的說明，楊逵對「教條化」普羅文學的反省能力以及對「殖民地文學」路線的堅持，都表現出楊逵能夠跳脫公式主義、以台灣文化主體作為思考基點的思想特質，這應該是提倡台灣民族文學的葉榮鐘願意與其聯合陣線、並且助其一臂之力的原因之一。必須知道，當

---

86 明弘，〈兩個駁論〉，《台灣文學》2：3，1932年6月25日，收於中島利郎編，《彙編》，頁304、306。
87 張深切，〈對台灣新文學路線的一提案〉，《台灣文藝》2：2，1935年2月1日，收於《文獻資料選集》，頁181。

楊逵離開文聯，繼而被文聯主事者張深切等人打上破壞文聯團結之背叛者的污名時，任何對楊逵伸出援手的舉動，不只是對楊逵及其文學路線給予了實質的支持，而同時更意味著對文聯本部的路線及其作為投下了不信任票。

　　至於右翼文學及其路線的壞的質變，則明顯表現在右翼文學路線的窄化、純文藝化的傾向上。以張深切〈對台灣新文學路線的一提案〉及其〈續篇〉所表現出來的內涵來說，可謂承繼著葉榮鐘的「第三文學論」而來的右翼民族文學路線（見第一章第二節）。但是此一右翼民族文學路線在《台灣文藝》上所實踐的成果，卻是不斷地窄化、純文藝化，連張深切都承認《台灣文藝》的編輯方針在時勢所趨之下，「不得不自動轉變，由民族性轉向政治性，再由政治性轉向純文藝性，初創的主旨逐漸無法維持下去了。」[88] 由此不難看出《台灣文藝》與右翼文學路線的質變。另一方面，論者葉石濤曾經指出：「楊逵一向是主張台灣新文學運動是寫實的，現實主義的文學運動，應該和窮苦大眾打成一片，推翻日本的殖民統治。他看不慣《台灣文藝》中有些風花雪月的遊戲文章。」[89] 這是楊逵離開文聯的理由，然而，當原來具有雄心壯志的右翼民族文學淪為風花雪月的純文學，這也同時成為葉榮鐘加入楊逵《台灣新文學》雜誌的理由。關於右翼文學的壞的質變，就留待本章第四節再做論述。

三、左翼陣營的自我反省：楊逵的論述

　　同樣在1932年，中國文壇也開始對「標語口號」式的普羅文學表示不滿，而且這股批判的聲音依舊來自左翼陣營，率先發難的是陽翰笙。他以〈文藝大眾化與大眾文藝〉一文，批判自1930年左聯成立以來的普羅文學，「誤解了『宣傳』的意義，已經有些人寫了不少『口號標語』」[90]，這是中國文壇最早以「口號標語」來指涉淪為政治宣傳品

---

88 張深切，《里程碑》，收於陳芳明等編，《張深切全集‧卷二》，台北：文經，1998，頁622。
89 葉石濤，〈楊逵的「台灣新文學」〉，《台灣文學的悲情》，高雄：派色文化，1990，頁79。
90 寒生（陽翰笙），〈文藝大眾化與大眾文藝〉，收於《中國新文學大系（1927-1937）‧文學理論集二》，

之普羅文學的論述。到了1942年，毛澤東〈在延安文藝座談會上的講話〉再度評價這種露骨表現政治理念的普羅文學為「『標語口號』式的普羅文學」，此後這個說法也就廣為中國左翼知識份子所認同。

「標語口號」式的普羅文學之所以盛行，已有中國史家指出肇因於作家的生活體驗以及藝術表現能力的缺乏所致。[91] 而不同於1932年時賴明弘對於「標語口號」式的普羅文學的維護，在1935年提倡「真實的寫實主義」的楊逵對於這種教條化、公式化的文學形式，則期期以為不可。

> 對於追求真理者而言，馬克思的著作是非常有價值的教科書。**但是這本教科書對於脫離實際社會者來說，大概只有類似聖經、佛典般的效用。**（中略）有一句話說：「讀論語卻不懂論語」。這種人大概也是「讀馬克思卻不懂馬克思」吧。[92]

對楊逵來說，馬克思主義是教科書，是作家之世界觀養成的寶典，然而馬克思主義卻不能替代作家對於現實社會的體驗與觀察。楊逵所發出的警語，正是針對教條化的普羅文學作家所缺乏的生活體驗而來。另一方面，「標語口號」式的普羅文學肇因於作家藝術表現能力的欠缺，所以不得不理論武裝，以填補藝術性的空白。關於這一點，楊逵指出：

> 抬出馬克思的剩餘價值論，描寫馬克思少年們高談闊論的場面，大眾當然會離去。可是如果描寫的是正在工廠上演的事實，例如再怎麼工作都吃不飽而且常常遭到種種慘劇的勞工；以及乘坐自用轎車到處跑，整天耗在茶室，而且不斷累積數萬、數十萬貫金

頁393。

91 王瑤，〈〈在延安文藝座談會上的講話〉在現代文學史上的歷史意義〉，《中國文學：古代與現代》，北京：北京大學，2008，頁61。

92 楊逵，〈新文學管見〉，原載《台灣新聞》，1935年7月29日至8月14日，收於《楊逵全集・第九卷（詩文卷上）》，頁320-321。

錢的資本家，勞工就一定不會離去，而且能夠漸漸了解馬克思思想。對了解勞工生活的人來說，這絕不是他人所說的單調乏味，也不是取材範圍狹隘。[93]

　　作家的生活體驗與藝術表現能力是普羅文學成功與否的關鍵。可惜的是，在三〇年代台灣普羅文學方興未艾之際，在生活體驗與藝術表現能力雙重欠缺的情形之下，走向了教條化、公式化的窄路，不僅遭來葉榮鐘的批評，而後又惹來楊逵的非議。此二人的立場不同，倒是對「標語口號」式的普羅文學的評價殊途同歸。[94] 此等共識提供了兩人日後合作的契機，從上述楊逵的努力可以發現，它使得普羅文學與葉榮鐘之間的衝突在日漸擴張的左翼文學路線之下獲得彌縫的機會。不過，當左翼文學路線與右翼文學路線各自發生了好壞不同的質變之後，左右的齟齬反倒更加擴大，益發無以復加。

第三節 左右的齟齬之二：認識世界與改變世界之別

一、盧納察爾斯基的文學理論：認識世界與改變世界之別

> 哲學家們只是用不同的方式解釋世界，而問題在於改變世界。[95]
> ——馬克思、恩格斯〈關於費爾巴哈的提綱〉

　　馬克思、恩格斯的這一段話，被後世學者解釋為「對馬克思自己來說，理論任務不僅是冥想的和沉思的，而且是有改革能力的、積極的，最終與集體主義鬥爭融為一體。批判性知識界不但要提供歷史分析，而

---

93 楊逵，〈摒棄高級的藝術觀〉，原載《文學評論》2：5，1935年5月，收於《楊逵全集·第九卷（詩文卷上）》，頁176。

94 此論點可見黃惠禎，《左翼批判精神的鍛接：四〇年代楊逵文學與思想的歷史研究》，政治大學中國文學所博士論文，2005，頁45-48。

95 馬克思、恩格斯，〈關於費爾巴哈的提綱〉，《馬克思恩格斯選集1》，北京：人民出版社，2001，頁61。

且還要提供一種想像力和變革策略。」[96] 因此，對馬克思主義者而言、或者更廣泛地對左翼知識份子來說，只從事解釋世界／歷史分析的研究工作，其價值與意義遠不及從事改變世界／變革策略的實踐工作。這是左翼知識份子的基本態度。

在進入討論文藝上的認識世界與改變世界之前，有必要先就「資產階級寫實主義」與「無產階級寫實主義」的關係做一釐清，才能理解認識世界與改變世界之別為什麼會成為左、右翼知識份子的齟齬。前已述及，藏原惟人在留俄返日之後，提出了「無產階級寫實主義」的論述，並對過去既有的「資產階級寫實主義」大加撻伐。較不為人知的一個事實是，藏原惟人的理論是源自於盧納察爾斯基。盧納察爾斯基（Anatoliy Vasilievich Lunacharsky, 1875-1933）曾任蘇聯中央執行委員學術委員會主席、俄羅斯文學研究院院長等重要職務，並於1933年在蘇聯作家協會籌備委員會第二次全體會議上以〈蘇聯戲劇創作的道路和任務〉為題做報告，此文後來改名為〈論社會主義寫實主義〉，因此盧納察爾斯基可以說是「社會主義寫實主義」最早的提倡者之一。如果說高爾基是當時蘇聯最優秀的文學家，那麼盧納察爾斯基便是最負盛名的文學理論家。本文稍後即將討論的資產階級寫實主義的三階段，便是根據盧納察爾斯基的論述而來。

盧納察爾斯基〈論社會主義寫實主義〉一文，曾細緻地討論「資產階級寫實主義」與「無產階級寫實主義」之間的關係。文中首先肯定資產階級寫實主義曾有過進步的歷史，他們最初以諷刺作家的角色嘲笑上層（貴族）階級，在作品中充斥著作為新「道德」的資產階級意識型態，並企圖將此一意識型態擴展、影響所有被壓迫階級，這是第一階段的資產階級寫實主義。到了第二階段，作家們不再只批評統治階級，他們開始觀察周圍事物，勾勒出鮮明的現實生活圖畫，這些圖畫生動有趣，極富表現力，代表作家是巴爾札克和狄更斯。雖然此時的作家還不太清楚要把社會帶向何處，也不清楚他們的敵人在何處，甚至連自己究

---

96 卡爾・博格斯著，李俊、蔡海榕譯，《知識份子與現代性的危機》，南京：江蘇人民，2005，頁51。

竟為誰而寫作也不甚了了。但是他們仍然認為自己服務於某種藝術真實，而且對周圍現實生活的描繪令人驚嘆不已，有時也能從中得到意義極為深遠的結論。盧納察爾斯基認為此一階段的資產階級寫實主義文學的受益者，是無產階級，因為無產階級很容易能從這些作品中獲得思想的養分。到了第三階段，資產階級寫實主義者對現實感到心灰意懶，他們覺得現實是醜惡的，因此發展出「悲觀寫實主義」，福樓拜就是其代表人物，這種寫實主義以自然主義的形式出現，什麼也不號召，什麼藥方也不開，對一切都極為淡漠，冷眼旁觀，盧納察爾斯基就指出：「這種文學描寫的全是貧困、疾病、愚昧、種種弊端，沒有任何出路，也沒有任何希望，完全不對工人的胃口。」於是對人民抑或無產階級而言反而成了反動的文學，反之，左翼作家則有更高的目標，「他不是在單純地認識世界，而是努力地改造世界。他認識世界就是為了進行各種改造，所以，在他的所有的畫面上有一種諸位一下子就能感覺到的獨特的烙印。」這個「獨特的烙印」正是無產階級寫實主義作家的特徵所在。[97]

　　理解了認識世界與改變世界的基本差別，接著即將論述對象轉移至台灣文學。從二〇年代台灣新文學運動萌芽開始，新文學就一直被賦予「反帝反封建」的歷史詮釋，因此文學不再只是文學，它有其社會功能與社會責任。一方面，新文學必須做到貴族文學所無法達到的普及化的效果，必須要成為平民的文學、甚至是大眾的文學，這是「文藝大眾化」的基本意涵；另一方面，新文學並不只要啟發人民的藝術趣味，更是具有思想性的實用文學，它對於思想內容的要求往往比形式技巧的藝術性表達來得更為重視，因此文學也成為知識份子教育人民、改造社會的一項工具，這是「文藝大眾化」的另一重意涵。以上兩點，皆為左、右翼知識份子所接受，揭櫫「文藝大眾化」的宗旨而組成的台灣文藝聯盟，就是在這種前提之下所誕生。然而必須指出，具有實用目的的新文

---

97 盧納察爾斯基著，郭家申譯，〈論社會主義寫實主義〉，《藝術及其最新形式：盧納察爾斯基美學論文選》，天津：百花，2002，頁589-592。

學在其表現風格上依舊有著左右之分，前者對於「改造社會」展現出無比的熱忱，因此在文學表現上也反映出此一意圖；而後者則多以冷眼旁觀的角度，觀察社會問題與現象，這種表現方式我們可以稱之為「認識世界」。「認識世界」是帶領人民看到自身的不幸，而「改造世界」則是企圖帶領人民理解、詮釋自身的不幸，甚至有意超脫此一不幸。以三〇年代台灣文學場域來說，「八面碰壁」是全體殖民地台灣知識份子共同的感受，「認識世界」的文學作品著重於暴露被殖民者「八面碰壁」的傷痛與焦慮，而「改造世界」的文學作品則進一步讓被殖民者理解自己的創傷來自何處，試圖找尋出路，找尋超越傷痛的可能。這兩種表現方式根本性地成為三〇年代台灣左、右翼寫實文學的分水嶺。

二、左翼文學的三個境界：認識世界、解釋世界與改變世界

（一）雷石榆的文學批評

　　盧納察爾斯基〈論社會主義寫實主義〉一文，是本文評論三〇年代台灣左翼文學的理論基礎。事實上在 1935 年，中國作家雷石榆曾於《台灣文藝》發表了一篇不甚為人所重視的文章〈我所切望的詩歌〉[98]，這是台灣文學史上最早使用盧納察爾斯基的理論進行文學批評的文章，雖然文中不曾出現「盧納察爾斯基」或「社會主義寫實主義」等關鍵性的字眼，不過就思想內涵來看，受到盧納察爾斯基影響的痕跡清晰可見。文中首先「照例」針對資產階級作家做出批判，認為資產階級作家「早已喪失了資本主義初期的活生生的魄力」，「或逃進現實或作長歔短歎的呻吟，或作『玩物喪志』以消遣無聊的什麼屁句」，接著更將炮火挪向台灣作家：「台灣的作家啊！詩人們啊，（中略）作為詩人的你們，為什麼仕無數的現實的題材的棚下隱著身低唱著時代無關痛癢的調子呢？」在批判台灣的資產階級寫實主義之後，接著雷石榆就提到何謂寫實主義的創作標準：

---

98 雷石榆，〈我所切望的詩歌〉，《台灣文藝》2：6，1935年6月10日，收於黃英哲主編，《日治時期台灣文藝評論集（一）》，台南：國家台灣文學館籌備處，2006，頁247-253。

　　　　那就是現實地寫，在大眾生活中擇出所要表現的主題，藝術上形
　　　　象化地，言語上簡明地，用鼓動的情熱，流貫於詩的字句之間。
　　　　對於社會發生的事象，要究明其所以發生的主因，並明示粉碎那
　　　　壞的結果的必然性。同樣對於和那事象相反的事象也要指示那事
　　　　象展開的動向，在這點上我們也可盡力點應用革命的浪漫主義的
　　　　表現的。當然寫詩是不能這麼機械地在理論的形式上去兜圈子。
　　　　因為藝術家依各自的才能、經驗、智識程度和各種特殊性的差
　　　　異……所表現主題的方法也各不相同的；但通過一致的世界觀，
　　　　產生出來的作品，都持有歷史的現實價值的。

　　這段文字可以看出寫實主義文學的三個境界：其一，「現實地
寫」，這是認識世界的層次。其二，「要究明其所以發生的主因」，這
是解釋世界的層次。其三，「明示粉碎那壞的結果的必然性」，這是改
變世界的層次。唯有到了第三個境界，才真正體現了馬克思、恩格斯
所謂的「哲學家們只是用不同的方式解釋世界，而問題在於改變世界」
此一話語的精髓。

　　在雷石榆發表〈我所切望的詩歌〉的同一期《台灣文藝》上，亦有
陳垂映發表〈隨感──給批評家及作家們〉一文，文中寫道：「在今
天，檢視在今日的文藝雜誌（或報紙）上，所顯現出的是專以謗人為樂
的沒有見識的小評論家。」[99] 透過此文，約莫可以了解當時台灣的文學
批評的程度。與此相較，雷石榆對於台灣文學批評史的貢獻並不僅止於
提出寫實主義的創作標準，而是他擅用文藝理論來評論文學作品的優
劣，這就與當時台灣文壇普遍地以「直觀式」、「印象式」進行文學評
論的方法要高明許多。接著且看雷石榆如何評論吳坤煌、楊守愚、楊華
的詩作，即可明白雷石榆的過人之處。

　　首先，雷石榆引用吳坤煌〈悼陳在葵君〉的詩句：「但你的聲音將

99　陳垂映，〈隨感──給批評家及作家們〉，《台灣文藝》2：6，1935年6月10日，收於黃英哲主編，《日
　　治時期台灣文藝評論集（一）》，頁244。

永遠沖擊島上激起波濤／就像定下明日之約的紀念碑那樣／我們絕不讓你的事業徒勞無功／和貧困、壓力與不安且戰且走／走向黎明的步伐絕不停止」，並做出了以下評論：「我們看了這首詩，罩著盈胸的陰慘，同時在這位詩人的筆尖下劃出給我們看的一線追求的光明。」因此，雷石榆給予〈悼陳在葵君〉一詩頗高的評價。可以說，吳坤煌的〈悼陳在葵君〉所展現出來的對未來抱持著改變的理想精神，是改變世界的代表作。其次是楊守愚的詩作〈農忙〉，雷石榆引用以下詩句：「『田租高，肥料重』／『唉！樂遂終身苦』／凶年呢？／『不免於死亡』（中略）／只有飽啄了稻粒的／那幾隻雞兒鴨兒／昂首闊步地在得意洋洋」，雷石榆評論道：「這首詩是敘述農民前後相反的生活，用簡樸的筆調，速寫地描出一個圖畫般的。但這僅是直寫，而且找不到展開的藝術力，觀察力也不夠，似乎很閒情地襲著舊的腔調作為主題的表現而哼了只令人悲傷的幾句。（中略）因而失卻了情感的反應，作者無同情地也無憎恨地悠然在旁觀著。剝削者的猙獰面目也給作者扮得滿面春風了。」因此雷石榆對此詩的評價就遠不如吳坤煌的〈悼陳在葵君〉。所以，表現出以「冷眼旁觀」的態度描繪現實狀況的〈農忙〉，可說是認識世界的代表作。最後，討論楊華的〈晨光集〉。詩是這樣寫的：

34
黃昏的燦爛的春霞
是愛情的象徵！

35
幸福——
是沉醉的春風
失望——
是瓶裡的殘花
（下略）

雷石榆肯定楊華的藝術水準「在這刊物（《台灣文藝》）中再也找不到相伯仲的自然主義詩。那清淡、瀟灑的詩句正如 HT 生所說是酷似冰心等的寫法」，但也提出批判：「可惜這樣的詩已不是時代的寶貴產物」。雷石榆所謂的不合時宜，用雷石榆另一篇文章〈詩的創作問題〉來解釋就很明白了，他說：「詩人不是上帝的靈魂，也不是殿堂的佛公。自然的素描，象牙塔裡的幻夢抒情，也是詩史上的陳跡了。」[100] 楊華的創作已被雷石榆歸為「自然的素描，象牙塔裡的幻夢抒情」的作品，與現實生活缺乏聯繫，因此就寫實主義的標準而言，比起楊守愚的〈農忙〉更是等而下之了。

雷石榆的文學批評，在〈我所切望的詩歌〉與〈詩的創作問題〉二文中表現地至為深刻，大大超越了同時代台灣評論家的水準，唯一可以和雷石榆相提並論者，應非楊逵莫屬；不過，比起同樣不遺餘力於提倡寫實主義的楊逵來說，雷石榆對於文學作品的解讀與鑑賞能力恐怕還在楊逵之上。雷石榆的成就在現今的學界並沒有受到應有的關注，不過這並不代表雷石榆的文學批評是孤獨的，早在三〇年代，知名的左翼作家呂赫若就曾公開感謝「偉大的詩人雷石榆特地撥冗指導我們」[101]，以表達他對雷石榆上述詩論的敬意，並因而體悟出「真正的寫實主義詩人，正想要只站在對現實有正確認識的立場上，用詩一般的真實表現自己真實的感情。」[102] 可以發現雷石榆的文學批評已經在台灣文學場域獲得了初步的成效。

（二）左翼小說的三個境界

雷石榆用寫實主義的文學批評來討論新詩，他偏好此文類之因乃由於他認為「詩是藝術的起源」[103]。不過在三〇年代台灣新文學中，作為

---

100 雷石榆，〈詩的創作問題〉，《台灣文藝》2：8、9，1935年8月4日，頁118。

101 呂赫若，〈「詩」的感想〉，收於黃英哲主編，《日治時期台灣文藝評論集（一）》，頁380。原譯文之語意與原文略有出入，此處依原文改正，以下同。

102 同上註，頁380-381。

103 雷石榆，〈詩的創作問題〉，《台灣文藝》2：8、9，1935年8月4日，頁117。

主流的文類卻不是詩，而是小說，在左翼文學的範疇裡亦是如此。三〇年代的台灣左翼小說，依舊可以發現認識世界、解釋世界、改變世界這三種層次，其代表性作家分別是楊守愚、呂赫若與楊逵，至於這三位作家的藝術表現，就是接下來要討論的內容。

1. 楊守愚的文學：「左死右死，晚上就索性凍死在這裡」

楊守愚的小說，多著墨於小佃農與失業工人的生計問題，這兩個題材分別以〈凶年不免於死亡〉與〈一群失業的人〉最具代表性。此二小說的結局有個共通點，就是皆以絕望與死亡收場，〈一群失業的人〉中的「左死右死，晚上就索性凍死在這裡」[104] 這句話，最足以反映楊守愚文學表現的特色。楊守愚的詩如同雷石榆所批評，有著「僅是直寫，而且找不到展開的藝術力，觀察力也不夠」的缺點，是屬於認識世界的層次。楊守愚的小說，其藝術成就倒是比詩作高明許多，雖然「直寫」的技巧依舊，然小說的戲劇張力卻顯得強烈不少。楊守愚擅長於發掘問題，〈一群失業的人〉劈頭就問：「大家總誇說台灣可以三年沒收成，也不至於鬧飢荒，哼！現在呢？飢荒雖不至，但，飯倒沒得吃了呢。」又問：「老輩們每說什麼大富由天，小富由勤儉，唉！現在的世界，要待做工都找不到缺，怎去勤怎去儉？」（頁39）這是楊守愚慣用的對比方式，描繪過去的美好以突顯今日的悲慘，或描繪資本家的豐衣足食以對比無產者的三餐不繼，不只〈凶年不免於死亡〉和〈一群失業的人〉是如此，其他如〈瑞生〉、〈升租〉、〈赤土與鮮血〉、〈斷水之後〉、〈鴛鴦〉等小說皆然。待兩者的衝突發展至極致時，也是小說最具張力的時刻，此時最讓讀者感同身受甚或義憤填膺，而後的情節往往急轉直下，只能以主人公的絕望與死亡來化解這股張力，卻不能將這股張力導向另一個出口，這是楊守愚在結局安排上的一項特色，而同時，卻也是一項缺失。

論者葉石濤曾如此評價楊守愚的文學：「楊守愚的小說，還未能深

---

104 楊守愚，〈一群失業的人〉，葉石濤、鍾肇政編，《一群失業的人》，台北：遠景，1997，頁51。本處所引楊守愚小說皆出於《一群失業的人》，以下僅標明頁數，不再說明。

入描寫帝國主義統治下的窮苦台灣民眾，如何從被壓迫到覺醒，以至於把抗議付之於實踐的重要流程，只管描寫台灣人民受壓迫、受剝削的痛苦層面，使得作品缺少某種鼓舞的力量。」[105] 這樣的觀察可謂一語中的，這就如同盧納察爾斯基對「認識世界」的文學表現所作的批評：「還不太清楚要把社會帶向何處，也不清楚他們的敵人在何處」，楊守愚不提供解釋、更不提供解決之道，只能感嘆「生目睭不曾看見這款歹景氣」（〈斷水之後〉），繼而走上「左死右死，晚上就索性凍死在這裡」（〈一群失業的人〉）的絕路。

楊守愚的小說對於無產者的描繪雖是「旁觀的」，卻不是「冷眼的」，他不僅僅是在描繪一幅悲慘世界的畫像，而是試圖在描繪現實中實踐寫實主義的真諦。只不過世界觀使然，楊守愚描繪現實的手法只能提供讀者認識世界，這種表現方式通常是左翼作家表現人道關懷的最初形式。

2. 呂赫若的文學：「混蛋機器，是我們的強敵」

楊守愚只能感嘆失業如洪水般襲來，卻不能解釋失業問題何以至此，在這部分，呂赫若對於社會的觀察就顯得敏銳且深刻許多，其小說〈牛車〉堪為代表。和楊守愚一樣，呂赫若也從今昔對比入手，描繪無產者的不幸。主人公楊添丁掌握了牛車作為生產工具，卻有感於過去「口袋裡總是不缺錢的。就是閒散地坐在家裡，四五天前就會有人爭著來預定他的牛車去運米和山竿」[106]，而如今，「比從前要認真一百倍，整天都沒有偷懶過」（頁10），卻依舊沒有生意上門。小說進行至此，和楊守愚一樣帶領著讀者認識世界，但是呂赫若的功力不僅於此，他更敏銳地感受到這是時代的變遷，這是現代化所帶來的後果。小說中便描繪了一個清晰的現代化圖像：

> 道路中央四周，不准牛車通過。因為用小石頭鋪得平坦的道路中

---

105 葉石濤，《台灣文學史綱》，高雄：春暉，1993，頁44。
106 呂赫若，〈牛車〉，葉石濤、鍾肇政編，《牛車》，台北：遠景，1997，頁9-10。本處所引呂赫若小說皆出於《牛車》，以下僅標明頁數，不再說明。

心是汽車走的。（中略）這樣，道路中心漸漸地變好，路旁的牛車道都通行困難起來了。黃色的地面被車輪輾成了溝，顯出了很大的凸凹。因此，車輪夾在溝裡面，不容易前進，非常吃力。雖然這樣，卻一向沒有修理，更加成了險阻的山和谷。（頁22-23）

「我也繳稅的啊！」（頁22），充分表現出這群牛車夫的憤怒，而呂赫若的文字，帶領著讀者看到的不僅僅是無產者的憤怒、怨天尤人，他還帶領我們了解無產者被邊緣化的困境。正如陳芳明對此現代化的圖像所做的評論指出：「現代化全然沒有改善台灣人的生活環境，農民的求生條件越來越惡化。拓寬馬路不是為了使農民營生條件更加有利，反而是資本主義逼迫農民淪於生死邊緣的利器。『隨著道路中央越來越好，路旁的牛車道卻通行困難』。這種客觀的形容，準確地描繪了中心與邊緣的不平等關係。現代化從來就是以日本人的利益為中心，資本主義不斷擴張，台灣人就不斷被邊緣化。」[107] 呂赫若對於資本主義的侵襲有了如此深刻的認識，也才促使他藉無產者之口發出「混蛋機器，是我們的強敵」（頁23）的怒吼，精準地將楊守愚遍尋不著的敵人指向了資本主義。至此，呂赫若對於世界的解釋也就宣告完成。

當然，提到解釋世界的作品不能遺忘「台灣新文學之父」賴和，他在〈一桿「稱仔」〉與〈豐作〉中都揭露了以下的問題：象徵公平的磅秤卻都已不再客觀與公正。[108] 賴和並不僅止於挖掘問題，他更在兩篇小說中分別發出「做官的就可任意凌辱人民嗎？」與「伊娘咧，會社搶人」[109] 的控訴，以寫實主義的標準來看，可說為無產者的不幸找出了源頭、找出了「敵人」，亦即官廳（殖民者／殖民主義）與會社（資產者／資本主義）兩者的剝削與欺壓，更有甚者，賴和小說暴露出殖民地台灣的法制已經向殖民者與資產者傾斜，成為剝削台灣人／無產者的共

107 陳芳明，《殖民地摩登：現代性與台灣史觀》，台北：麥田，2004，頁66。
108 林瑞明，《台灣文學與時代精神：賴和研究論集》，台北：允晨，1993，頁332。
109 賴和，〈豐作〉，葉石濤、鍾肇政編，《一桿秤仔》，頁112。

謀體制下的工具，這是賴和對於世界的解釋，同時也提供了讀者一個明確的控訴對象。

這種解釋世界的表現方式，不只讓無產者或台灣人民發現自己的傷痛，更讓他們理解自己是為何受傷、為誰所傷，對於凝聚無產階級意識或者被殖民者的抵殖民意識，才有其功效。這是左翼文學的第二個境界。

3. 楊逵的文學：「太陽從山後出現，一道道靈光透過窗口射了進來」

解釋了無產者／被殖民者的傷痛與不幸之後，接下來更重要的是要帶領他們找到出路與希望，這是左翼文學的最高境界，同時也是楊逵文學最迷人的特點。此一特點並不是楊逵經由長期文學實踐或理論吸收後的結果，其小說處女作〈自由勞動者的生活剖面——怎麼辦才不會餓死呢？〉（1927）就已經將「改變世界」的想法表現出來，即使我們不看小說的內容，從小說的副標題亦可清楚感受到楊逵尋找出路的企圖。〈自由勞動者的生活剖面〉描繪一群勞動者遭到雇主剝削而掙扎於瀕死邊緣的困境，自此小說仍僅處於「認識世界」的層次，與楊守愚無異。不過接下來的敘事，勞動者開始意識到資本家的財富乃肇因於「多半揩了我們好幾成的工資」、「賺的都是我們的血汗錢」[110]，雖然楊逵沒有明說，但是這個觀點顯然出自馬克思主義的「剩餘價值論」，這是楊逵對於勞動者的悲慘生活的解釋。雖然如此，作為處女作的〈自由勞動者的生活剖面〉，其藝術表現能力畢竟不足，儘管具有「解釋世界」的企圖，但只能生硬地搬弄馬克思主義的思想作為解釋的工具，無法更細緻地描繪每項工作所面臨的不同的勞動壓力，也無法像呂赫若那般以象徵的手法表現資本主義的席捲而來、台灣社會所被迫面臨的種種變化。然而，楊逵文學可貴之處，就在於他「改變世界」的企圖，小說最終以勞動者已有「多集合同志！然後要拼命去戰鬥！」的體悟作為結尾，暗示

---

110 楊逵，〈自由勞動者的生活剖面——怎麼辦才不會餓死呢？〉，收於《楊逵全集・第四卷（小說卷一）》，頁17。

著無產階級運動勢在必行的未來，提供了受剝削的無產者一線曙光。

在〈自由勞動者的生活剖面〉之後，三〇年代楊逵的文學日漸成熟，其代表作便是〈送報伕〉與〈模範村〉。不同於〈自由勞動者的生活剖面〉僅書寫資產階級與無產階級之間的權力關係，〈送報伕〉與〈模範村〉則是將殖民者與被殖民者之間的權力關係也表露無遺。這樣一來，楊逵筆下的人物就從「階級的人」提升到了「社會的人」的層次，也才能將無產大眾所感受到的各種權力傾軋的形式都血淋淋地表現出來。這也使得楊逵在「認識世界」甚至是「解釋世界」的層次上，都有了更深刻的觀察。當然，楊逵作品的價值是在於「改變世界」這個更高的層次，從〈送報伕〉中，主人公一直有著一個目標：「不能夠設法為悲慘的村子出力就不回去」[111]，這和〈死〉這篇小說之主人公所表達的「我已有點決心，要往東京去苦學，粉身碎骨，期望穿錦衣還鄉，來救農民們」[112] 的態度完全一致，這個「啟蒙者」的角色也成為在小說進行至最高張力的時刻，一個釋放張力的出口。不同於楊守愚以死亡象徵絕望（〈凶年不免於死亡〉、〈一群失業的人〉），也不同於呂赫若以主人公竊盜被捕象徵著無產者的無力回天（〈牛車〉），楊逵文學總是化被動為主動，他筆下的「啟蒙者」的角色及其為人民尋求出路的積極態度，令人印象深刻，這也可以說是楊逵文學的一種典型。[113]

〈送報伕〉的結尾，主人公楊君在東京進行罷工活動成功，送報伕的待遇獲得改善，不再處於無力反擊且被剝削、被支配的被動地位，他也滿心期待地要將此成功經驗移植到台灣島上，「我滿懷著確信，從巨船蓬萊丸底甲板上凝視著台灣底春天，那兒表面上雖然美麗肥滿，但只要插進一針，就會看到惡臭逼人的血膿底迸出。」（頁 101）這種帶有革命的浪漫主義色彩的文字，是楊逵文學的註冊商標，在〈模範村〉的

---

111 楊逵，〈送報伕〉，收於《楊逵全集・第四卷（小說卷一）》，頁95。

112 楊逵，〈死〉，收於《楊逵全集・第四卷（小說卷一）》，台北：文化資產保存研究中心籌備處，1998，頁315。

113 趙勳達，〈第四章 抵殖民的文學現象〉，《《台灣新文學》（1935-1937）定位及其抵殖民精神研究》，台南：台南市立圖書館，2006。此外，論者吳素芬亦贊同並援引了筆者此一論述來討論楊逵的文學作品，見吳素芬，《楊逵及其小說作品研究》，台南：南縣府，2005，頁109。

最後亦是以「太陽從山後出現，一道道靈光透過窗口射了進來」[114] 這一句話，讓未來不再成為死亡與無力回天的代名詞。以上是楊逵文學「改變世界」的表現方式。

三、熱腸與冷眼：「認識世界」的左右之別

在三○年代台灣左翼文學的表現上，可以發現認識世界、解釋世界與改變世界的三個境界，這是左翼文學對於「文藝大眾化」的社會功能所做出的回應。那麼，三○年代台灣的右翼文學又是如何表現，又是如何回應「文藝大眾化」的社會功能？則是本文要接著討論的內容。

（一）僅止於認識世界的右翼寫實文學

還記得盧納察爾斯基批評右翼寫實文學走進了自然主義的胡同，「什麼也不號召，什麼藥方也不開，對一切都極為淡漠，冷眼旁觀」，「這種文學描寫的全是貧困、疾病、愚昧、種種弊端，沒有任何出路，也沒有任何希望，完全不對工人的胃口。」這是左翼知識份子批判自然主義文學的一個典型。在台灣，對自然主義的推崇與否，也就成為右翼與左翼知識份子之間明顯的界線。

三○年代台灣文學場域最推崇自然主義的人，莫過於張深切。他曾經指出：「台灣文學不要築在於任何既成的路線上，要築在於台灣的一切『真、實』（以科學分析）的路線之上，以不即不離，跟台灣的社會情勢進展而進展，跟歷史的演進而演進，便是。」[115] 這句話說得漂亮，但是仔細推敲的話，如果台灣新文學的路線果真如此，不免讓人憂心。強調「真實」、「科學分析」是自然主義的基本精神，這原本無可厚非，以三○年代的文學觀而言，「為人生而藝術」是個具有共識的美學判準，因此文學能夠反映現實，已經具有好的文學的初步條件。不過

---

114 楊逵，〈模範村〉，收於《楊逵全集・第五卷（小說卷二）》，台北：文化資產保存研究中心籌備處，1998，頁144。

115 張深切，〈對台灣新文學路線的一提案〉，《台灣文藝》2：2，收於李南衡編《日據下台灣新文學文獻資料選集》，頁185。

作為台灣新文學之路線，若只是「跟台灣的社會情勢進展而進展，跟歷史的演進而演進」，則顯然將文學侷限於社會現象的「真實」反映，對於文學是否具有啟迪民智、開風氣之先、提供未來的出路等等社會責任，則不是張深切所考慮的。

　　楊逵曾說：「新文學是叛逆的，要投身文學的人，應該要先自問有沒有這一點心理準備。」[116] 就已經將台灣新文學應有之「逆勢而為」的性格交代得一清二楚；和主張「順勢而為」的張深切相較，兩人對新文學的願景有著極大的差距，這正是左右之別。「逆勢而為」與「順勢而為」的差異，決定了楊逵與張深切兩人推展文學運動的積極度，筆者過去曾經指出楊逵編輯《台灣新文學》雜誌期間，屢屢在干犯殖民者忌憚的情形下，進行抵殖民的文學活動，諸如漢文創作的提倡、民間文學的重視、鄉土色彩的發揚、藝術大眾化的實踐等四大編輯方針，都可以看出楊逵逆勢而為的苦心；反之，張深切對於其所負責的《台灣文藝》則是採取放任的態度，他說：「《台文》為順應時勢，不得不轉變為純文藝雜誌，從而文稿也由中文中心移轉為中日文並重，再由中日文並重變為日文中心，這是勢所使然，絕不是編輯人有所偏愛的。」[117] 總之，一切都是時勢所趨，編輯者也沒有「逆勢而為」的壯志，這樣的《台灣文藝》當然只有落得草草落幕的結局。[118] 右翼與左翼文學態度的冷熱之別，由此可窺知一二。

　　由於文學觀的衝突，楊逵理所當然地成為三〇年代台灣文學場域中批判自然主義之最力者。但在1935年楊逵批判自然主義之前，台灣知識份子就已經朝向自然主義點燃了零星的砲火。1934年，黃得時曾在〈「科學上的真」與「藝術上的真」〉一文中做出以下評論。

　　　創作力和個性，是藝術家唯一的生命。有經創作力和個性濾過的

---

116 楊逵，〈台灣文壇近況〉，收於《楊逵全集・第九卷（詩文集上）》，頁413。
117 張深切，《里程碑》，收於陳芳明等編，《張深切全集・卷二》，台北：文經，1998，頁622。
118 趙勳達，〈第五章 抵殖民的編輯方針〉，《《台灣新文學》（1935-1937）定位及其抵殖民精神研究》，台南：台南市立圖書館，2006。

作品，纔能說是「活的」，沒有經創作力和個性蒸餾過的作品是「死的」。例如「寫真」，與其對象，絲毫沒有差異，終亦是「寫真」而已。因「寫真」是藉機械攝影的，機械是沒有生命的東西，其所產的作品當然是沒有創作力和個性的表現了。所以這種作品，就是死的，反之，「繪圖」怎樣呢？作品上的人物風景，雖沒有像「寫真」與其對象那樣的相似，終亦不失為「表現真」的藝術作品。本來，繪圖與其對象不相似之點，正正是創作力和個性流動之處。是以這種作品，當然叫做「活的」。[119]

黃得時雖然沒有明言「死的」藝術作品是自然主義文學，不過從「科學」、「寫真」（照片）、「無個性」（無主觀）等字眼來看，黃得時對自然主義的批判已是無庸置疑。相同的論點亦如朱點人所提出：「沒論思想怎樣豐富，題材如何清新，若沒有描寫的手段，結局無異一篇記事的文字，或是一篇報告，所以記事的文字，是類於地圖式的文字，要是繪圖的文字，才是文學的作品。」[120] 也同樣否定了自然主義文學的創作手法，並將其文學作品貶低到了僅具有「一篇記事的文字，或是一篇報告」的價值。

到了1935年，楊逵更是正面抨擊自然主義文學觀，並一一點明其中的種種弊病。首先，楊逵認同用科學的方法觀察現實具備有效性，不過一進入創作的階段，「就曝露了自己科學判斷能力的薄弱，作品裡的人物死氣沉沉，事件和場景給人虛構的感覺」[121]，這是作家觀察力不足所致，因而使得「自然主義不看人和社會活生生的狀態，就像看照片一樣只看表面；極端的話，就把死屍當成真人了」[122]。不錯，自然主義文學也是在幫助讀者「認識世界」，不過它所認識的世界是某個事件或某個場景的真相，而非整體社會百態的真貌，因此楊逵以「見樹不見林」

---

119 黃得時，〈「科學上的真」與「藝術上的真」〉，《先發部隊》，1934年7月15日，頁30。
120 朱點人，〈偏於外面的描寫應注意的要點〉，《先發部隊》，1934年7月15日，頁9。
121 楊逵，〈文藝批評的基準〉，收於《楊逵全集·第九卷（詩文集上）》，頁168。
122 楊逵，〈台灣文學近況〉，收於《楊逵全集·第九卷（詩文集上）》，頁412。

一詞鄙視之，甚至嚴斥「他們所擁抱的其實並非寫實主義，而是扭曲了的抽象觀念」[123]。至於何謂好的寫實主義，這當然就是上一節所曾經討論的「真實的寫實主義」，我們再回顧楊逵提倡「真實的寫實主義」時所言：「所謂小說，本來目的是賦予某個主題生命，以幾個事件和各形各色的人物來組成，並不是一成不變按事實來寫。因此寫小說時，需要作者的想像力、關於現實社會的廣泛知識、以及不同個性人物的心理變化的知識。說難聽一點，就是需要說謊的天才。」[124]「說謊的天才」並非楊逵所獨有的想法，在楊逵之前，郭秋生就已經提出「勿論文藝作品的創造同時假構，可是假構而不終於假構其處，方才有需作者的創作技術」，「一篇作品，有一箇主題，為使主題的活現而迫真的必要上，作者盡可憑他的構想力創造出洽切的表現材料來」[125]。因此，郭秋生同樣主張寫實主義必須以「虛構」來突顯主題的鮮明性，以達到寫實文學暴露問題的目的。

　　楊逵在1935年的主張，同時也為三〇年代各種批判自然主義文學的論述做了總結。楊逵清楚地表示，「真實的寫實主義」是對走入了寫實主義的偏鋒的自然主義之反動。當然，此一論點並非楊逵獨有，自俄國普列漢諾夫批判自然主義以降，俄國的列寧、盧納察爾斯基，日本的藏原惟人，中國的魯迅、瞿秋白等多位具有代表性的左翼評論家都傳承了此一觀點，所以對於自然主義文學的批判就成為左翼文學觀的一個鮮明的標誌。

（二）右翼寫實文學的特徵：「一成不變」的描寫

　　若要討論什麼是黃得時、朱點人、楊逵等人所謂的「沒有創造力」、「無異一篇記事的文字」、「就像照片一樣只看表面」的自然主義文學，張深切的〈鴨母〉應是一個適當的例證。話說張深切寫作〈鴨

---

123 楊逵，〈新文學管見〉，收於《楊逵全集·第九卷（詩文集上）》，頁314-315。
124 楊逵，〈文藝批評的標準〉，收於《楊逵全集·第九卷（詩文集上）》，頁168。
125 郭秋生，〈解消發生期的觀念、行動的本格化建設化〉，《先發部隊》，1934年7月15日，頁29。

母〉的動機，是為了實踐其「心理描寫不要論」的主張[126]，並將真人實事的社會事件當作〈鴨母〉的題材[127]。〈鴨母〉在敘述地方士紳（簡明華）欺凌下層人民（阿應），誣陷對方盜取鴨母，在事情查明後，又勾結律師為自己所犯之名譽毀損與恐嚇罪之罪名脫罪。這樣的題材原本足以成為極佳的認識世界的作品，無奈張深切小說的描寫力不足，大大減損了小說的說服力。何故？首先，張深切的描寫方式太迫於近似相片般的「真實」。在〈鴨母〉中，可以發現張深切似乎是以寫劇本的形式來寫小說。雖然〈鴨母〉被張深切裁切成好幾個段落分別敘述，以小說的書寫形式來說原本並無不妥，不過，張深切卻往往在每個段落的開頭，都勢必將「人事時地物」等舞台要素敘述完備，便淪為冗贅。

第二號
場所在簡明華的大廳，秋風微起，太陽西照的時候。賴區長坐在中央，簡先生坐於左側，其他一大群穿靴袜的──黃庄長、何組合長、林前庄長、賴保正等都環繞而坐。（頁46）

第五號
場所仍是簡先生的大廳，日上三竿。廳內的空氣異常緊張。人物裡頭最惹人注目的是抱膝蹲在廳角的的楊仔三，他的俗名人家叫他賊仔三──因為他是很出名偷雞賊……（頁47）

張深切對於演劇的熱忱我們瞭然於胸，[128]不過將短篇小說等同於劇本的書寫形式，則失去了短篇小說應有的流暢性與精練度。署名為「HC生」的評論者在《第一線》上批評〈鴨母〉有著「描寫的直截粗

---

126 張深切，〈鴨母〉，《台灣文藝》1：1，1934年11月5日，頁44。
127 此說法由楊逵提出，見楊逵，〈台灣文壇的明日旗手〉，收於《楊逵全集・第九卷（詩文集上）》，頁463。
128 張深切曾在台灣文藝聯盟成立大會上，提出「提倡演劇案」的提案，以落實「文藝大眾化」的目標，見賴明弘、林越峰、江賜金記錄，〈第一回台灣全島文藝大會記錄〉，《台灣文藝》2：1，1934年12月18日，頁5-6。

暴」的缺點[129]，不是沒有道理。HC生在點明「描寫的直截粗暴」的缺點之後，接著便指出「結果不能使讀者感覺充分的逼真力而已」[130]，這句話不禁讓人想起楊逵對自然主義文學所做出的「作品裡的人物死氣沉沉，事件和場景給人虛構的感覺」之評價。小說的創作不需要「一成不變」地描寫，這種相片般的「真實」並非寫實主義所訴求的寫實。

　　由於「一成不變」的描寫，也使得張深切對於整個事件的處理缺乏裁剪的功夫。何故？〈鴨母〉進行到結尾，原本正氣凜然、直言「我們是擁護法律的人，看到有不平的事，是不得不替人出力的」的甲鶴律師，卻因接受招待，轉而向養鴨戶阿應謊稱勝訴無望。小說最後一段寫道：「他（阿應）萬萬想不到他還有應得的三十塊錢——曾給薛辯護士的前金由簡先生另在之前的分額——和二十塊錢的講茶錢（講和的酒錢）那晚都被柚仔皮和他的同事在一個酒樓花費掉了。他更不知道甲鶴先生賺四百塊錢，竟將他的事件變賣了。」（頁53）這個結局的交代，張深切用了五十行句子細細說明，不過描寫流於粗暴而且冗贅，完全沒有給與讀者任何的想像空間，也減損文學所應具備的精煉度。同樣是對於結局的交代，且看賴和〈一桿「稱仔」〉的描寫，就可以分出高下。

　　　他已懷抱著最後的覺悟。
　　　元旦，參的家裡，忽譁然發生一陣叫喊、哀鳴、啼哭。隨後又聽
　　　著說：「什麼都沒有嗎？」「只『銀紙』（冥鏹）備辦在，別的
　　　什麼都沒有。」
　　　同時，市上亦盛傳著，一個夜巡的警吏，被殺在道上。

　　就這麼短短數行，道盡了主人公秦得參殺警的決心，繼而付諸行動，最後自殺的結局。不需要展現秦得參憤恨不平的情緒，不需要殺警

---

129 HC生，〈文藝時評〉，《第一線》1935年1月6日，頁56。
130 同上註。

的場面，也不需要家屬發現秦得參自殺身亡的情節。在讀者還在為秦得參冤枉入獄感到忿忿不平之際，小說話鋒急轉直下、嘎然而止，留給讀者相當戲劇化的震撼，久久不能平息。這便是小說的藝術性。多麼地含蓄，多麼地洗鍊、不拖泥帶水，卻又多麼地寫實，將下層民眾的悲憤表露無遺。相較之下，〈鴨母〉的累篇冗句不但沒有為「描繪現實」加分，反而使讀者生厭，失卻了藝術效果，這篇不成功的作品，也只能算是朱點人所謂的「無異一篇記事的文字」。談到這裡，郭秋生的論述極具參考價值，他說：「作家表現於文藝的形態，雖是取於某一起的事實，也常是不能和該事實的人物事件背景運行一致的，**文藝是表現不是記述，而文藝的表現法，又常常要有極端的省略，也常要有極端的美化與醜化。**」[131] 這段話雖然不是針對張深切，不過卻可以作為我們評價張深切時的一個相當有效的標準。

從以上的論證可以看出，〈鴨母〉企圖完整說明整個事件的來龍去脈，卻因為「一成不變」的描寫使得小說的進行顯得生硬、不自然，甚至顯得虛構。郭秋生所發出的「文藝是表現不是記述」之語，可以說明張深切小說中缺點實乃誤解寫實主義的真諦所致。

第四節 左右的齟齬之三：純文藝文風的興起與《台灣文藝》的純文學化

一、對政治冷感的純文學

在三〇年代普遍地以「文藝大眾化」作為文學現代性的思考基點之時，並非所有文學主張或文學流派都服膺於這個具有時代性的普世價值，其中最為明顯的就是「為藝術而藝術」（art for art's sake）的純文學（pure literature）。三〇年代台灣的純文學路線，可以風車詩社以及吳天賞等旅日青年作家這兩個團體作為代表。

首先有必要就純文學的既定評價作一釐清。以「為藝術而藝術」這

---

131 郭秋生，〈解消發生期的觀念、行動的本格化建設化〉，《先發部隊》，1934年7月15日，頁24。

個詞彙初次登場於法國文學場域的語境來說，它所表達的是對實用文學（useful literature，如1848年革命後所出現的無產階級文學）與消費文學的雙重決裂（double rupture）的意涵，所以它本身是去政治化且去市場化的。[132]「為藝術而藝術」的美學先鋒派（avant-garde）的正面價值即在於此，而且它的價值在越是遠離「大眾」的地方越是彰顯。不過，在三〇年代台灣文學場域中，「為藝術而藝術」的純文學所離棄的「大眾」，正是實用文學（主要指普羅文學與民族文學，即台灣新文學的主要內涵）與消費文學所共同力圖爭取的對象，姑且不論兩者對「大眾」的認知是否相同，不過正是對於「大眾」價值的肯定，造就了三〇年代文學現代性的基點。然而，很顯然地，「為藝術而藝術」的純文學並不在這個基點之上，也就注定受到同時代作家貶之為象牙塔文學的惡評。

有意識地背離「大眾」在風格上的期望的「藝術先鋒派」，便與試圖透過各種形式的宣傳爭取「大眾」的「政治先鋒派」形成強烈的對比，而後者主要指的是列寧及其後的馬克思主義者。在波特萊爾的時代，純文學代表創新、自由、不受擺布、價值自主、規則自律，因而它拒絕政治與經濟力量的制約，其激進性格自不待言。卡林內斯庫因此對於「為藝術而藝術」的藝術先鋒派給予極大的肯定，並且對政治先鋒派將文學等同於政治的主張，期期以為不可。[133] 學者劉紀蕙亦借用卡林內斯庫的觀點指出，日治時期風車詩社的孤獨，正是寫實主義文學壓抑著「為藝術而藝術」的現代主義文學（純文學）之正常發展所致。[134]但是從中國文壇的發展可以看出，二、三〇年代標榜「為藝術而藝術」的鴛鴦蝴蝶派與新感覺派，顯然選擇性地往經濟力量靠攏，卻在當時呼籲「救亡圖存」的五四新文化運動中選擇旁觀與缺席。這樣的缺席，也

---

132 布爾迪厄著，劉暉譯，《藝術的法則：文學場的生成和結構》，北京：中央編譯，2001，頁93。

133 馬泰‧卡林內斯庫著，顧愛彬、李瑞華譯，《現代性的五副面孔：現代主義、先鋒派、頹廢、媚俗藝術、後現代主義》，北京：商務，2004，頁121-122。

134 劉紀蕙，〈變異之惡的必要——楊熾昌「異常為」書寫〉，《孤兒‧女神‧負面書寫：文化符號的徵狀式閱讀》，台北：立緒文化，2000。亦可見劉紀蕙，〈前衛的推離與淨化——論林亨泰與楊熾昌的前衛詩論及其被遮蓋的際遇〉，收於周英雄、劉紀蕙編，《書寫台灣：文學史、後殖民與後現代》，台北：麥田，2000。

許並不為法農所樂見，作為一名殖民地的知識份子，法農在《全世界受苦的人》（*The Wretched of the Earth*）表示：

> 文學號召所有人民為民族生存而鬥爭。因為戰鬥文學告知民族意識，所以它賦予民族意識形式和輪廓，並為民族意識開闢了新的和無限的前景。因為它擔負責任，因為它是**等待時機的意願**，所以它是戰鬥文學。[135]

也許在一個正常的國家，或一個正常的文學場域裡，追求「消極自由」（作家個人的文學自主）是值得高度肯定的，不過在殖民地的情境中，「積極自由」（民族解放）顯然必須更被重視，因為它必須「擔負責任」，擔負民族解放的重責大任，也許民族解放不具立竿見影的成效，不過如同法農所說，戰鬥文學的可貴正在於「等待時機的意願」，唯有努力不懈地催發人民的民族意識，才能確保未來民族解放的實現。前已述及，標榜著「雜誌報國」為出版理念的大眾文學刊物《國王》，就是在大眾文化產業的糖衣下包藏著為帝國主義宣傳的禍心。三〇年代台灣文學場域的兩條純文學路徑──風車詩社與吳天賞等人雖然不至於此，不過別忘了後殖民文學理論家博埃默提醒我們：「一部藝術作品，即使它對帝國表現出一種無所謂的態度，然而這一種冷漠，與其說是它因為遠離了帝國而無法參與，毋寧說它對帝國有一種默認和接受。」[136]在殖民地情境中，帝國主義的意識型態無所不在地壓抑著本土知識份子對文化主體的追索與形構，然而當純文學路線開始與實用文學（普羅文學與民族文學）互相角力之際，也就在有意無意間助長了帝國主義的運作。

---

135 法農著，萬冰譯，《全世界受苦的人》，南京：譯林，2005，頁168。
136 艾勒克・博埃默，《殖民與後殖民文學》，頁26。

二、與純文學之間的角力：作為三○年代台灣文學場域之主流價值的「為人生而文學」論述

三○年代，「為人生而藝術」的文學風氣也在台灣開始發酵，然而和中國文學情況不同的是，台灣文學標榜「為藝術而藝術」的團體並沒有向市場靠攏，因此他們都在嚴肅文學的領域中與實用文學競爭文學正當性（literary legitimacy）。也由於純文學與實用文學同屬嚴肅文學的範疇，兩者的衝突可謂從未斷絕，從現有的史料就可以發現這兩種文學風氣（即呂赫若所謂的「兩種空氣」）的衝突之事例，俯拾即是。第一個例子發生在1931年標榜「文藝大眾化」而創刊的左翼刊物《台灣文學》上，林原晉為了讓《台灣文學》成為真正的無產大眾雜誌，給了編輯部十一點建議，其中第一點便是：「被『鉛字的魅力』迷住而從事文學活動，就好比把文學活動當作一種手淫，像這類廣義的藝術至上主義的詩人、小說家、評論家的作品與論文，原則上不予採用。」[137]

第二個例子，發生在1934年台灣文藝聯盟的成立大會（亦即全島文藝大會）上，會中通過了「文藝大眾化」一案，此案由賴明弘下了一個註腳，稱台灣文藝聯盟「不是為藝術至上主義而從事文學，而是為人生的藝術而從事文學的」[138]。從賴明弘的言論可見，標榜「文藝大眾化」而創立的台灣文藝聯盟，本身就是「為人生而藝術」之價值的體現，它在創立之初就已經透過宣言和「為藝術而藝術」做了完美的切割。

第三個例子發生在楊逵身上。三○年代台灣文學中，楊逵對於「文藝大眾化」的提倡與論述可謂最是不遺餘力，他在〈台灣文壇近況〉中如是說：「在台灣幾乎沒有為藝術而藝術的文學青年。在台灣，有志從事文學工作的大多數青年，與其說是以文學為生活的重心，倒不如說把文學當成表現生活的手段。很多人認為不應為文學而文學，要為人生而

---

137 林原晉，〈把《台灣文學》帶進大眾之中──給編輯部的一句話〉，《台灣文學》2：1，1932年2月1日，收於黃英哲主編，《日治時期台灣文藝評論集（一）》，頁20-21。

138 同上註，頁386。

文學。」[139] 這一番話道盡了台灣文壇普遍存在的「為人生而藝術」的
氣氛，這樣的氣氛正是「為人生而藝術」與「為藝術而藝術」兩造在面
臨理念衝突時，前者總是表現出理直氣壯、咄咄逼人之姿態的緣故。

　　第四個例子發生在台灣文藝聯盟負責人張深切身上。約莫在1934、
35年間，台灣文藝聯盟佳里支部召開了一場座談會，這場座談會上，
主張「為藝術而藝術」的林茂生和主張「為人生而藝術」的張深切展開
激辯，最後林茂生落居下風、知難而退。張深切回憶這起事件，便指
出：「當時的青年不滿現實，所以多不歡迎他（林茂生）的純粹藝術
論。」[140] 可以窺見當時多數的知識青年對於「為人生而藝術」的文學
觀的認同。

　　最後一個例子是鹽分地帶作家吳新榮對在台日人作家新垣宏一的批
評。原來新垣宏一主張：「文學是大眾的東西，荒唐之言也，其實文學
是少數人的佔有物。」吳新榮聞後駁斥「為藝術而藝術」的主張無非是
「膚淺的逃避性囈語」，並蔑稱新垣宏一為「象牙塔之鬼」，以諷刺其
與大眾脫節的文學觀。[141]

　　以上的例子，說明了「為人生而藝術」成為三〇年代台灣文學場域
的主導文化（dominate culture），由此主導文化所形成的象徵秩序
（symbolic order）則促使大部分台灣知識份子向「為藝術而藝術」的純
文學宣戰。這樣的價值最後促成台灣文藝聯盟的結成。不過，台灣文藝
聯盟並不是一個價值取向全然一致的同人團體，各派別的台灣作家為了
「文藝大眾化」而共同奮鬥，表面上風平浪靜，實際上卻是暗潮洶湧。
最後，《台灣文藝》內部大吹純文藝風，致使楊逵離開台灣文藝聯盟，
也導致左、右翼文學路線再生齟齬。

---

139 楊逵，〈台灣文壇近況〉，收於《楊逵全集・第九卷（詩文集上）》，頁413。
140 張深切，《里程碑》，收於陳芳明等編，《張深切全集・卷二》，頁619。
141 吳新榮，〈象牙塔之鬼──主駁新垣氏〉，《台灣新聞》，1935年，月日不詳，收於呂興昌編，《吳新榮
　　選集（一）》，台南：南縣文化，2001，頁404-408。

三、兩條純文學路徑的出現

（一）風車詩社與吳天賞等旅日青年作家的登場

　　雖然風車詩社與吳天賞等人都是三〇年代台灣純文學路線的代表，不過究其文學本質與發展軌跡（trajectory）卻有顯著的差異。風車詩社標榜「小眾」，詩刊名為《LE MOULIN》，是風車的法文，既富異國情調，亦可見知識精英的思維。而刊物的流通方面，由於是鋼板刻印，每期（共四期）只出刊75份的限定本，是份不接受外稿的「小眾」同人刊物，除作同人之間的流通，且寄贈一本予台北帝國大學圖書館，其餘分贈文學同好，例如同在台南的鹽分地帶詩人郭水潭便得以獲贈。相較之下，三〇年代的文藝刊物的發行量約在一千份之譜，且有專門合作的印刷廠負責印刷出版，在全台也都設有取扱所（分售點），因此以上情形大致可以說明《LE MOULIN》的流通及其文壇影響力十分有限。[142]

　　相較之下，以吳天賞為首的這批旅日青年作家則有著更高的能見度。說到吳天賞等旅日青年作家在台灣文壇的崛起，有必要一提東京台灣藝術研究會。台灣藝術研究會在籌備創立之時，標榜著合法組織的名義而成立，也使得原有的左翼成員所帶有的左翼色彩淡化不少。[143] 其創立的〈檄文〉如此寫道：

> 我們是一群想重新創造「台灣人的文藝」的人，絕不被偏狹的政
> 治、經濟思想所困縛。擬於高瞻遠矚的見地，觀察廣泛的問題，
> 從事創作，冀望藉以提倡台灣人的文化生活。[144]

---

142 黃建銘，《日治時期楊熾昌及其文學研究》，頁45。

143 關於「台灣藝術研究會」成立的經緯，《警察沿革誌》是最為詳盡的史料，請參見：《台灣社會運動史（1913-1936）‧第一冊 文化運動》，台北：海峽學術，2006，頁61-71。此外，下村作次郎的研究亦有可觀之處，參見：下村作次郎，〈台湾芸術研究会の結成－『フォルモサ』の創刊まで〉，《左連研究》5，左連研究刊行會，1999年10月，頁31-46。以下關於「台灣藝術研究會」的成立經緯，皆參考自上述資料，不另加作註。

144 同上註。

在此可以發現，「台灣藝術研究會」刻意與馬克思主義作切割，以確保機關誌《福爾摩沙》合法發行的機會。論者認為此舉「既可掩飾自己的政治信仰，同時也可容納不同意識型態的作家同仁」[145]，因而體現了聯合陣線的精神。顯然，由於合法路線的方向與聯合陣線的合作模式，使得「台灣藝術研究會」的左翼激進色彩較其前身「台灣文化同好會」收斂不少，這是「台灣藝術研究會」成立初期所選擇的路線。〈檄文〉中另外提到：「同仁等集合於茲，自許為先驅者，在消極方面，則把我們向來微弱的文藝作品，以及膾炙人口的歌謠傳說等鄉土藝術，加以整理研究；在積極方面，則決心用我們的全副精神，重新創造真實的台灣純文藝。」[146] 值得注意，此處雖言「純文藝」，不過由於《福爾摩沙》亦重視鄉土藝術的開發，質言之，台灣藝術研究會的文學路線應該定位為**右翼寫實文學**較為恰當。《福爾摩沙》對於民間文學的整理，在誌面上並無成績，只留下蘇維熊〈對台灣歌謠一試論〉（〈台湾歌謠に対する一試論〉）這篇評論，文中轉引醒民（黃周）〈整理歌謠的一個提議〉一文，重申歌謠具備「民族的詩」的價值與意義，並且唯恐台灣歌謠日就消滅，所以有不得不提倡整理的急迫性。《福爾摩沙》對於台灣歌謠的提倡，上承了《台灣新民報》的本土主義的路線，在動機上，《福爾摩沙》甚為可取，因為在左翼知識界中，《福爾摩沙》此舉無疑具備了先驅的角色，由於當時台灣左翼知識份子熱中於鄉土文學的討論，尚無心思顧及民間文學的提倡，直到1933年底由左翼作家在台北組成「台灣文藝協會」，台灣島內左翼知識份子才開始意識到民間文學的重要性，在其機關誌《第一線》中就特別收錄了十餘篇民間故事，但是，那已是遲至1935年1月的事了。

原本遵循右翼寫實文學路線的台灣藝術研究會，到了1934年起漸次受到了日本「文藝復興」運動的影響，成員之一的劉捷便主張必須「跟著內地（指日本）『文藝復興』的呼聲或『純文學』的拍子一起努

---

145 陳芳明，《台灣新文學史》，台北：聯經，2011，頁114。
146 〈同志諸君‼（檄文）〉，《台灣社會運動史（1913-1936）‧第一冊 文化運動》，台北：海峽學術，2006，頁70。

力」[147]。自此，部分原台灣藝術研究會的成員在文學創作與文學態度的表現上開始出現了對於政治的逃避與冷感，繼而從台灣藝術研究會的右翼寫實文學路線中脫離，逕自發展出純文學路線，其代表人物正是吳天賞。

（二）吳天賞的純文藝觀及其所受到的批判

就新文學運動而言，風車詩社自我封閉、不合流於台灣文藝聯盟，而且在文學路線上不更弦易張，所以在場域中的位置（position）與軌跡（trajectory）顯得單純得多。當然，左翼知識份子並不認同這種文學理念，鹽分地帶作家郭水潭就將風車詩社視為「薔薇詩人」。

> 啊，美麗的薔薇詩人，偏愛附庸風雅的感想文作家，在你們一窩蜂推崇的那些詩的境界裡，壓根兒品嚐不出時代心聲與心靈的悸動，只能予人以一種詞藻的堆砌，幻想美學的裝潢而已。換言之，沒有落實的時代背景，就是遠離這個活生生的現實。究竟，詩就是應該這樣的嗎？[148]

詩不該這樣，至少就三〇年代台灣左翼文學的語境而言是如此。三〇年代頗有代表性的作家呂赫若亦對當時虛無的詩風感到反感，並且多次公開讚揚鹽分地帶的寫實詩風「超越群倫，妙筆生花」[149]、「極為甜美，值得期待」，真可謂「文藝大眾化」的典範[150]。但是由於風車詩社「其聲不大」，所以它並沒有受到全島性的注目，對於台灣新文學運動甚至是「文藝大眾化」的追求並不構成太多影響，因此左翼知識份子的批評亦只有點到為止，郭水潭的上述言論可能是現有的史料中，由左翼

---

147 劉捷，〈一九三三年的台灣文學界〉，收於黃英哲主編，《日治時期台灣文藝評論集（一）》，頁99。
148 郭水潭，〈寫在牆上〉，《台灣新聞》，1934年4月21日，收於羊子喬編，《郭水潭集》，台南：南縣文化，2001，頁160。
149 呂赫若，〈關於詩的感想〉，《台灣文藝》3：2，1936年1月，收於《呂赫若小說全集》，頁551。
150 呂赫若，〈兩種空氣〉，《台灣文藝》3：6，1936年6月，收於《呂赫若小說全集》，頁554。

文學陣營所做出的唯一評價。

　　相較於風車詩社的沒沒無聞，另一批以吳天賞為首的作家則是相當活躍於文壇。有感於這股純文藝文風的興起，使得左翼知識份子無法坐視不管。左翼知識份子對純文藝風氣的批判，其用意正如呂赫若所言，「『兩種空氣』才能早一點變成『一種空氣』」[151]，這不僅僅是意氣之爭，更是「文藝大眾化」與否之間的較量。純文藝文風成為左翼知識份子批判的對象，最具代表性與象徵性的例子無疑是吳新榮對吳天賞的一連串批評。第一篇批評的文章，是〈第二屆文藝大會的回憶——文聯的人們〉一文，這篇文章是吳新榮對1935年8月10日由文聯所召開的第二次全島文藝大會過程所作的回憶，文中憶及吳天賞代表東京支部所做的工作報告，有了以下的描述。

> 　　吳天賞君報告的許多地方，讓人怎麼也無法理解。他是東京支部的會員，說自己不常出席卻盡報告著自己的事情。他說只消發行《台文》就行。宛如《台文》的內容無關緊要，支部和本部的活動怎麼樣都沒有關係一樣的語調。我們覺得：他不把《台文》看作台灣文學運動的機關雜誌，*而把它僅僅當作娛樂機關似的*。如果我們從他接受的這種印象正確，也許你去買《國王》總比《台文》好的。《台文》絕不是要寫哥兒們會喜歡的文學，《台文》本身是有社會使命的。[152]

　　吳天賞似乎把《台灣文藝》視作無關緊要的娛樂刊物，忘卻了《台灣文藝》的社會使命，這是吳新榮最無法忍受的一點。不僅僅是吳新榮對這種現象頗有微詞，1935年初與張深切因為路線之爭而陷入論戰的楊逵，也是基於同樣的不滿。

　　除了文藝大會上的工作報告之外，吳天賞曾以純文藝理論評價翁鬧

---

151 呂赫若，〈兩種空氣〉，《台灣文藝》3：6，1936年6月，收於林至潔譯，《呂赫若小說全集》，頁554。
152 吳新榮，〈第二屆文藝大會的回憶——文聯的人們〉，呂興昌編，《吳新榮選集（一）》，頁392-393。

小說〈憨伯仔〉一事，也成為眾矢之的。首先發難的依舊是吳新榮，他在〈致吳天賞〉一文中，先是大讚翁鬧為「值得尊敬的有能作家」，並盛譽〈憨伯仔〉是「真正的農民文學」、「的確發揮了寫實主義的本領」。在高度評價翁鬧及其作品之後，吳新榮話鋒一轉，對吳天賞的文藝觀全然不敢苟同。

> **然而吳天賞卻強調了他自己的無思想乃至非社會性。**除非吳氏是性惡論的虛無主義者，否則便告白了他自身的無知。患了慢性結膜炎的憨伯仔，苦於瘧疾脾腫的貫世，甚至與大蛇雜居、不勞動便沒飯吃的這一家人，吳氏竟把他們看成甘美的天國的樣子，未免是個太過好奇的樂天家。（中略）總之，吳氏的鑑賞力把翁氏的作品意思扭曲至多。請他再三讀之，倘仍不得其解，則最好退下去寫些「咖啡店之花」那樣的作品吧。[153]

一篇描寫農民生活困苦的寫實主義文學佳作，竟被吳天賞扭曲成具有浪漫情調的作品，因而使得吳新榮大大質疑起吳天賞的藝術鑑賞力，認為吳天賞只能寫些風花雪月的文章，沒有參與評論寫實主義文學的資格。

論戰還沒結束，吳天賞亦反駁道：「我們沒有必要說文學上的社會性與階級性如何又如何。這是次要的問題，即使不存在於文學中亦可。」[154]然而此言一出卻激怒了呂赫若，因而公開批評此言「像是理論完全落後的台灣所說的話。他屬於意識上樂天派喝倒彩所說的話」，「這種說法矯枉過正時，就會轉化成藝術要超社會性、超××（階級）性的主張」，同時並重話抨擊吳天賞不僅僅是「樂天派」，更是「虛無主義者」。[155]對於一連串的惡評，吳天賞似乎摸不著頭緒。

---

153 吳新榮，〈致吳天賞〉，《吳新榮選集1》，頁402-403。
154 原文未見，轉引自呂赫若，〈舊又新的事物〉，《台灣文藝》3：7、8，1936年8月28日，收於《呂赫若小說全集》，頁555。
155 呂赫若，〈舊又新的事物〉，《台灣文藝》3：7、8，1936年8月28日，收於《呂赫若小說全集》，頁555-

1936年，吳天賞接獲鹽分地帶作家群寄去他日本住所的賀年卡，喜出望外地在《台灣文藝》上發表〈寄語鹽分地帶之春〉，以向鹽分地帶作家致意，文末的一段文字，同樣暗示著吳天賞的純文藝美學。

> 鹽分地帶天天都聽的到海濤聲吧。海風吹送海洋的氣息，拂過女孩們的臉頰哪。如果不是西洋帆船，而是燃燒汽油的小蒸汽船，也就可以聽到汽笛聲悠閒地響遍各個角落，迴盪在每一個港口吧。[156]

吳天賞對於鹽分地帶的浪漫想像於此甚明。不過，在鹽分地帶作家眼中，鹽分地帶沒有浪漫可言，只有農民的悲情存在；鹽分地帶也沒有悠閒的汽笛聲，只有農民無法飽食的喟然長嘆，這在吳新榮的詩作〈農民之歌〉中已經表露無遺。吳天賞對於鹽分地帶的浪漫投射，顯然與鹽分地帶的寫實主義文學觀大相逕庭；其藝術傾向與台灣土地之疏離，與台灣人民生活之脫節，至此已經清晰可辨，新興的純文藝化傾向在吳天賞身上就可以找到代表性的例證。

隨著日本「文藝復興」之純文藝風的強化，以及旅日作家的日文書寫能力明顯優於島內作家，因此他們的稿件反倒大量刊載於《台灣文藝》，形成將日本純文藝風「輸入」台灣本島的媒介。為此，文聯負責人張深切也曾回憶指出《台灣文藝》陷入純文藝性的現象。[157] 此等現象自然為「看不慣《台灣文藝》中有些風花雪月的遊戲文章」[158] 的楊逵所不能接受，因而成為台灣文藝聯盟分裂的導火線。最後也導致楊逵在1935年底離開文聯，另外創辦《台灣新文學》。其後，《台灣文藝》又被文壇人士陳頓也批評其沒有社會性也沒有時代感，直言《台灣

557。

156 吳天賞，〈寄語鹽分地帶之春〉，《台灣文藝》3：2，1936年1月28日，收於黃英哲主編，《日治時期台灣文藝評論集（一）》，頁378。

157 張深切，《里程碑》，收於陳芳明等編，《張深切全集・卷二》，台北：文經，1998，頁622。

158 葉石濤，〈楊逵的「台灣新文學」〉，《台灣文學的悲情》，高雄：派色文化，1990年1月，頁79。

文藝》沒有存在的價值[159]。令人唏噓的是，原本大力推動「文藝大眾化」並與「為藝術而藝術的」純文學劃清界線的台灣文藝聯盟，竟不能維持初衷，只能黯然停刊了。[160]

結語

　　本章主要針對三〇年代台灣文學場域內部進行「文藝大眾化」的追求時，左、右派文學實踐所產生的諸多糾葛做出脈絡式的釐清與評價。針對這個問題，本章以三個角度來加以說明。第一，本文接著指出楊逵對於左翼文學路線的擴張與深化，在這個議題上分三個部分來討論，其一是楊逵對教條化普羅文學的反思而提出「真實的寫實主義」；其二是以楊逵與同時期台灣左翼作家大不相同的是，提倡以「大眾文學」（通俗文學）的形式來書寫普羅文學，以增強文學的「大眾性」，這樣才能有效提升普羅文學在無產階級之間的流通性，這種左翼的大眾文學觀是本文論述楊逵超越同時期台灣左翼知識份子的重要根據；其三是楊逵提倡以階級立場書寫民族命運的「殖民地文學」，此路線在精神上可以遠紹史達林的「內容是無產階級的，形式是民族的」的民族文化理論，而在台灣文學場域中，此路線上承黃石輝的「鄉土文學」，不過就字義而言，「殖民地文學」比「鄉土文學」更加準確，所以在少了以詞害意的干擾之下，楊逵的「殖民地文學」路線理所當然地受到了左翼知識份子的認同，就連右翼知識份子（如葉榮鐘）亦是如此。以上三點便是楊逵對於三〇年代台灣左翼文學路線的擴張與深化，不走極左的偏鋒，讓文學在正確的左翼的基礎上吸引右翼知識份子的認同，是楊逵的特出之處，尤其在三〇年代台灣文學場域對於國際左翼文化思潮的理解簡直是知之甚微，楊逵能在封閉的左翼思想環境中突破，著實令人佩服。

---

159 陳鈍也，〈與文學界為「敵」〉（〈文學界の「敵」として立つ〉），《台灣文藝》3：7、8，1936年8月28日，頁61-63。

160 陳鈍也，〈與文學界為「敵」〉（〈文學界の「敵」として立つ〉），發表於《台灣文藝》三卷7、8合併號，為《台灣文藝》最後一期。

在釐清左右的界線以及指出楊逵不走極左偏鋒、往中間靠攏之後，本文接著討論三〇年代台灣左、右翼文學在實踐「文藝大眾化」的三個齟齬之處。第一是關於「標語口號」式的普羅文學。論者恆謂，葉榮鐘的「第三文學」是對普羅文學的排拒，對此，本文指出葉榮鐘所批判的對象並非普羅文學的階級立場，而是淪為政治宣傳品的「標語口號」式的普羅文學。「標語口號」式的普羅文學不但在台灣文壇遭到批判，就連在中國文壇亦是如此。到了1935年，楊逵也開始批判「標語口號」式的普羅文學缺乏藝術性，再加上楊逵對於左翼文學路線的擴張，終於促使葉榮鐘認同其文學主張，因此，兩人可以說是在寫實主義與民族文學的方向上取得了共識。原本缺乏藝術性的「標語口號」式的普羅文學，在賴和、楊守愚、吳希聖、楊逵、呂赫若等作家的努力之下成績斐然，終於擺脫掉政治性高於藝術性的惡名，而且發展出認識世界、解釋世界與改變世界三種不同境界，將左翼文學的成就推向高峰。反觀右翼寫實文學指僅止於認識世界的層次，不能為殖民地台灣人民解釋其不幸的命運，更不能帶給他們出路與希望。加之右翼寫實文學往往以自然主義的表現方法呈現，追求精確但卻冷眼旁觀的態度，更使得作品主題雖在表現無產者的悲慘生活，卻往往只像一則記事般乏味，無法讓讀者更加感受到無產者的吶喊與悲憤。這是左、右翼文學的第二個齟齬之處。

左、右翼文學的第三個齟齬之處，則表現在右翼寫實文學窄化為純文學路線的議題上。本文主要討論「為藝術而藝術」的純文學路線如何在台灣文學場域成為一個「貶詞」，繼而遭到左翼知識份子的群起攻之。在吳天賞等旅日青年作家的影響之下，《台灣文藝》也走入純文藝化的境地，一來造成了左翼知識份子楊逵的出走，削弱了台灣文藝聯盟的實力，二來更致使《台灣文藝》的右傾更是無以復加，最終導致《台灣文藝》江河日下、草草收場的命運。

第四章 「文藝大眾化」的新舊之爭

　　本書將傳統文人區分為傳統主義者（traditionalist）與新傳統主義者（neo-traditionalist）兩類，此處所謂的「新舊之爭」的「舊」，並非泛指所有傳統文人而言，而是專指在「文藝大眾化」的議題上與新知識份子有所對話、並且試圖實踐「文藝大眾化」的新傳統主義者，這些文人的文化思維便是具有「據於『舊』卻同時不斷朝向『新知』、『新形式』演化裂變的努力」[1]的特質。更具體地說，本章所要探討的新傳統主義者，便是以連橫為首的《三六九小報》集團及繼之而起的《風月》雜誌集團。

　　關於新傳統主義者的文化思維的相關研究，首推黃美娥的《重層現代性鏡像：日治時代台灣傳統文人的文化視域與文學想像》[2]，此書主要指出傳統文人不只守舊，兼也維新，因此他認為不宜將傳統文人視為時代之逆流抑或保守主義者。此外，中國學者趙孝萱的《『鴛鴦蝴蝶派』新論》一書亦有參考價值。[3]趙孝萱指出「鴛鴦蝴蝶派」傳統文人的文學活動也有著明顯的「現代性」特徵（頁7），他們「似乎不是死守傳統、故步自封的舊文人」（頁14），展現出強烈為「鴛鴦蝴蝶派」傳統文人辯護的企圖。目前台灣學界對於傳統文人的評價多採取「非新即舊」的二元對立邏輯的模式，當此一詮釋框架遇上了具有「既新且舊」之特質的傳統文人，論者往往以他們是「具有現代性的傳統文人」為論點質疑先行研究對這批文人的負面評價，卻無法進一步剖析這類傳統文人的習性（habitus）與文化思維。

---

1 柳書琴，〈通俗作為一種位置：《三六九小報》與1930年代台灣的讀書市場〉，收於《中外文學》33：7，2004年12月，頁29。

2 黃美娥，《重層現代性鏡像：日治時代台灣傳統文人的文化視域與文學想像》，台北：麥田，2004。此書為黃美娥教授的代表性著作，其他各篇研究傳統文人的學術成果，亦為本章撰寫時的重要參考資料，在此一併致謝。

3 趙孝萱，《『鴛鴦蝴蝶派』新論》，蘭州：蘭州大學，2004年1月。

筆者認為，「新傳統主義者」（neo-traditionalist）的概念是個絕佳的切入點，有助於釐清傳統文人內部糾結不清、撲朔迷離的差異。

第一節　通俗抑或自封

一、標榜通俗娛樂的《三六九小報》

　　《三六九小報》標榜通俗、娛樂、詼諧而創刊，從其創刊號上的發言如「讀我消閑文字，為君破睡工夫」[4]、「特以小標榜，而致力托意乎詼諧語中，諷刺于荒唐言外」[5] 等，都可以看出雜誌的風格。論者毛文芳曾以「情慾、瑣屑與詼諧」為主旨，指出「《三六九小報》創造了詼諧話語的公共空間，注入情慾感官的享樂窺探，以瑣屑用物拼湊台灣都會的日常生活版圖，崇仰、質疑、靠攏與砸碎傳統主流的言說，如此歪打正著地見證了台灣1930年代的現代性。」[6] 此一詮釋獲得了學界普遍的認同，成為後繼論者必然參考的先行研究。[7]

　　既然將《三六九小報》定義為「情慾、瑣屑與詼諧」，毛文芳以為《三六九小報》「彷彿是晚清以來整理傳統（舊）、面對世變（新）的時代書寫之持續擴展，也像是晚清通俗文藝爆炸現象的投影」，因而得出了「處在1930年代的《三六九小報》，還繼承著晚清以來那新舊雜陳、多聲複義的樣式，看起來像是一份傳統懷舊、停滯不前的落伍刊物」的結論（頁165-166）。這樣的立論基礎無疑是乞靈於王德威向來所持之「沒有晚清，何來『五四』？」的論點，然而兩者論點的最大不同就在於王德威所辯護的晚清文學現代性，歷來被五四新文學陣營將之

4　刀水（洪鐵濤），〈發刊小言〉，《三六九小報》1，頁1。

5　幸盦（王開運），〈釋三六九小報〉，《三六九小報》1，頁1。

6　毛文芳，〈情慾、瑣屑與詼諧——《三六九小報》的書寫視界〉，《中央研究院近代史研究所集刊》46，2004年12月，頁160。

7　例如柳書琴，〈通俗作為一種位置：《三六九小報》與1930年代台灣的讀書市場〉（收於《中外文學》33：7，2004年12月）以及黃美娥，〈差異／交混、對話／對譯：日治時期台灣傳統文人的身體經驗與新國民想像（1895-1937）〉（收於梅家玲編，《文化啟蒙與知識生產：跨領域的視野》，台北：麥田，2006年8月），都是在毛文芳論文的基礎上再加以析論。

污名化為守舊的象徵，王氏為之平反，認為早於五四文學現代性之前就存在的晚清文學現代性，才是中國文學現代性的起點，這是對於現代性的一種歷時性發展的理解；反觀《三六九小報》是存在於與新文學並存的文學場域中，也就是呈現出傳統與現代兩者共時性並存的狀態。因此，當毛文芳欲以現代性的一種歷時性發展的理解來詮釋三〇年代現代性的共時性並存的現象，其間的扞格也就不在話下。

近代中國「小報」的出現最早可以上溯至晚清時期的《遊戲報》（1897），及至民國時期其勢益大，以「消閑」、「娛樂」、「趣味」為格調，此一派別的許多刊物在名稱上就表現出此種傾向，如《快活》、《遊戲世界》、《消閑鐘》、《消閑月刊》、《滑稽畫報》、《笑報》、《笑雜誌》、《荒唐世界》等，皆是如此。[8]《三六九小報》發刊便是受此風潮影響，觀諸中國讀者所捎來的賀詞如「以燦爛之文字，為詼諧之雜誌」[9]、「詼諧百戲如俳優，通俗兒童及老婦」[10]、「妙趣橫生四海春，詼諧述作百般陳」[11]，便可看出《三六九小報》的文化屬性。

除此之外，還有兩個值得觀察之處。首先是關於《三六九小報》的創刊宗旨。雖然《三六九小報》以標榜通俗、娛樂、詼諧而創刊，不過仍自許具有微言大義的作用。例如鯤南隱士〈祝三六九小報週年辭〉所言：「試觀三六九報，名雖稱小，而意實深。譏諷詼諧，儘有機致，嘻笑怒罵，皆成文章。（中略）夫報無大小，文化賴其維持，筆效春秋，頹風賴以挽正。」（108：2）又如KA生〈讀民報文藝時評書後〉亦言《三六九小報》「寓微旨於滑稽遊戲之中，闡揚鄉土文學於小言隨筆之內」的用意（182：4）。可見「譏諷詼諧」但「筆效春秋」的企圖正是 | 名雖稱小，而意實深」的具體呈現。當然，除了「譏諷詼諧」但「筆

---

8 以上關於近代中國「小報」的歷史背景，請見江昆峰，《《三六九小報》之研究》，銘傳大學應用中文研究所碩士論文，2004，頁24-49。
9 暨陽 王亞南，〈祝台南三六九小報發刊〉，《三六九小報》1，頁1。
10 江西 劉復，〈祝三六九小報發刊〉，《三六九小報》1，頁1。
11 澄江 祝廷華，〈祝三六九小報發刊〉，《三六九小報》1，頁1。

效春秋」之外，《三六九小報》還具有「闡揚鄉土文學於小言隨筆之內」、「文化賴其維持」的深意，這顯然具備抵殖民的企圖，此部分於下文再述。回到春秋筆法的議題上來。事實上，效春秋之筆闡微言大義的策略並非《三六九小報》首開先河，在中國「小報」的刊物上早已行之多年。如《眉語寅言》中表示：「錦心繡口，句香意雅，雖曰遊戲文章，荒唐演述，然譎諫微諷，潛移默化於消閑之餘，亦未始無感化之功也。」又如《遊戲雜誌》中所言：「當今之世，忠言逆耳，各論良箴，束諸高閣，惟此譎諫引詞，聽者能受盡言。故本雜誌搜集眾長，獨標一格，冀藉淳于微諷，呼醒當世。故此雖各屬遊戲，豈得以遊戲目之哉。」[12] 都足以呈現出以遊戲文章包裝譎諫微諷、微言大義的策略。

　　《三六九小報》的發刊主旨近似於清末民初的這些小型刊物，目前已有學位論文提出說明。[13] 不過只從遊戲消遣、隱寓勸懲的角度頌揚其志，卻淡化了《三六九小報》所具有的艷情書寫、情慾消費的固有性格，實有待商榷。這個部分，可從《三六九小報》的插圖談起。在中國，曾有新知識份子如此批評通俗刊物的「惡趣味」：「試看《星期》的插圖，他們所印上的是什麼東西？卻原來是加以題咏的妓女相片呀？」[14] 在刊物中附上妓女的相片，是艷情書寫、情慾消費的特徵，那麼《三六九小報》對於這樣的「惡趣味」又是如何呈現？《三六九小報》上的首張插圖雖遲至第七號才出現，卻果然是「加以題咏的妓女相片」，其題咏內容如下：「雲英校書，樹幟崁南，天然秀麗，不喜修飾，大有却嫌脂粉污顏色之概。（中略）昨于友處，得其玉照，因繫以詩。詩曰：揚州一覺夢猶新，慘綠愁紅迹已陳，老我情場君莫笑，傷心人對畫中人。」[15] 從此之後，「加以題咏的妓女相片」便成為《三六九小報》上的慣例。據統計，《三六九小報》內共刊登了224位娼妓的生

---

12 以上兩段文字皆轉引自廖超慧，《中國現代文學思潮論爭史》，頁611。
13 江昆峰，《《三六九小報》之研究》，銘傳大學應用中文研究所碩士論文，2004。
14 C. P.，〈白話文與惡作者〉，原文未見，轉引自廖超慧，《中國現代文學思潮論爭史》，頁619。
15 花仙，〈花叢小記〉，《三六九小報》7，頁4。

平，也都附上了「加以題咏的妓女相片」。[16]

　　此外值得注意的是，近來對《三六九小報》的研究多從通俗、娛樂的層面加以肯定，[17] 亦有從「文以載道」的角度給予掌聲，[18] 此二層面固然符合《三六九小報》自許「名雖稱小，而意實深。譏諷詼諧，儘有機致，嘻笑怒罵，皆成文章。（中略）夫報無大小，文化賴其維持，筆效春秋，頹風賴以挽正」的雙重用意；然而這兩項受到當今學界讚賞的優點，卻是「小報」在二、三〇年代中國文壇上受到最多責難之處。代表性的論述如左翼作家沈雁冰（茅盾）指摘中國舊式小說的兩大缺點：「一是『文以載道』的觀念，一是『遊戲』的觀念。中了前一個毒的中國小說家，拋棄真正的人生不去觀察不去描寫，只知把聖經賢傳上朽腐的格言作為全篇『柱意』，憑空去想像出些人事，來附會他，『因文以見道』的大作。中了後一個毒的小說家本著他們的『吟風弄月文人風流』的素志，遊戲起筆墨來，結果也拋棄了真實的人生不察不寫，只寫些佯啼假笑的不自然的惡札；其甚者，竟空撰男女淫欲之事，創為『黑幕小說』，以自快為『文字上的手淫』。所以現代章回體小說，在思想方面說來，毫無價值。」[19] 由此可見「小報」的文學風格在左翼作家的筆下被批評得體無完膚。不僅左翼作家如此，右翼作家亦然。周作人就曾謂：

　　　　（舊小說）作者對於小說，不是當他作閒書，便當作教訓諷刺的
　　　　器具，報私怨的傢伙。至於對著人生這個問題，大抵毫無意見，

---

16 林弘勳，〈日據時期台灣煙花史話〉，《思與言》33：3，1995年9月，頁124-128。亦可見江昆峰，《《三六九小報》之研究》，銘傳大學應用中文研究所碩士論文，2004，頁198-202。

17 例如：許俊雅，《日據時期台灣小說研究》，台北：文史哲，1999，頁75-78。毛文芳，〈情慾、瑣屑與詼諧——《三六九小報》的書寫視界〉，《中央研究院近代史研究所集刊》46，2004年12月。柳書琴，〈通俗作為一種位置：《三六九小報》與1930年代台灣的讀書市場〉，《中外文學》33：7，2004年12月。黃美娥，〈差異／交混、對話／對譯——日治時期台灣傳統文人的身體經驗與新國民想像（1895-1937）〉，收於梅家玲編，《文化啟蒙與知識生產：跨領域的視野》，台北：麥田，2006。

18 例如翁聖峰，《日據時期台灣新舊文學論爭新探》，輔仁大學中文所博士論文，2002，頁145。柯喬文，《《三六九小報》古典小說研究》，南華大學文學所碩士論文，2003，頁89-90。

19 沈雁冰，〈自然主義與中國現代小說〉，原文未見，轉引自廖超慧，《中國現代文學思潮論爭史》，頁594。

或未曾想到。所以做來做去，仍在這舊圈子裡轉；好的學了點
　　《儒林外史》；壞的就像了《野叟曝言》。[20]

　　周作人所提倡「人的文學」與「平民文學」的概念，是五四新文學
的基本精神。於是，周作人對於「遊戲文章」與「文以載道」十分不以
為然，認為其脫離了「為人生而文學」的這個誠摯而自然的文學目標。
然而，被二、三〇年代中國左、右翼作家所普遍責難的「小報」，為何
在台灣化身為《三六九小報》之後反倒得到當今學界普遍的掌聲，則是
本文接下來要處理的議題。

二、通俗的狂歡效果？

　　在中國文壇中不分左、右翼的知識份子，都對「小報」的遊戲文章
不敢苟同，認為他們失去了「為人生而文學」的基本關懷。在同時期的
台灣文學場域，卻不盡然如此，例如1932年4月「KS生」就曾在《台
灣民報》上指出《三六九小報》「其內容雖曰與我們人生鮮有寄與，但
卻也不失為比較無害的娛樂」[21]，此番著重娛樂性的言論卻也被《三六
九小報》同人視為「明晰高見」[22]。質言之，當時新知識份子對《三六
九小報》的批評甚少，然此等現象或許肇因於新知識份子不把《三六九
小報》視為同一文化場域內部的競爭對手所致。因此反觀新知識份子面
對《南音》，其態度顯得強硬許多，例如左翼作家賴明弘諷之為「少爺
階級的娛樂機關」[23]，《福爾摩沙》同人楊行東也嗤之為「腐心於花鳥
風月的資產階級文學」[24]，都是明證。如果連嚴肅文藝刊物自居的《南
音》都獲得此等評價，不難想像自甘於通俗、荒唐、淫猥的《三六九小
報》，將會獲得比「少爺階級的娛樂機關」、「腐心於花鳥風月的資產

---

20 周作人，〈日本近30年小說之發達〉，原文未見，轉引自廖超慧，《中國現代文學思潮論爭史》，頁578。
21 此乃KS生所言，轉引自KA生，〈讀民報文藝時評書後〉，《三六九小報》182，頁4。
22 KA生，〈讀民報文藝時評書後〉，《三六九小報》182，頁4。
23 原文未見，轉引自黃春成，〈宣告明弘君之認識不足〉，《南音》1：6，1932年4月2日，頁24。
24 楊行東，〈對台灣文藝界的期望〉（〈台灣文藝界への待望〉），《福爾摩沙》1，1933年7月15日，頁
　19。

階級文學」更等而下之的評價。

在論者毛文芳將《三六九小報》的書寫視界定義為「情慾、瑣屑與該諧」之後，黃美娥就在此基礎上提出一個新的論述：傳統文人為了在殖民統治下與殖民主義霸權文化周旋，發展出一種如霍米・巴巴（Homi Bhabha）所言之「交混」（hybridity）策略，其中，標榜荒唐、遊戲的《三六九小報》最具代表性，黃美娥認為這種該諧與「狂歡」的效果足以挑戰官方一本正經的現代性的理性秩序以及官方正統、高貴的「國語」的權威地位，並更進一步構成「妨礙、顛覆與消解作用。」[25]

筆者同意傳統文人對於現代性並非「無知無感」，這是本書稱連橫與《三六九小報》為新傳統主義者的理由；但是挪用了霍米・巴巴所謂的「戲謔」（mockery）的概念是否能夠詮釋傳統文人文化實踐的抵殖民效果，則有待商榷。在談論霍米・巴巴之前，必須知道「戲謔」（mockery）一詞，和「矛盾心理」（ambivalence）、「仿擬」（mimicry）、「交混」（hybridity）等概念一樣，在霍米・巴巴的論述中都是不可分割的，也有其循序漸進的程序。就霍米・巴巴的論述來說，首先必須理解 ambivalence 這個詞彙，它既表示被殖民者對於殖民文化總是有著一種愛恨交織、欲拒還迎的「矛盾心理」，亦表示被殖民者接收殖民文化時所展現的不穩定的文化主體的「矛盾狀態」。因此，從 ambivalence 出發、對殖民文化所作的仿擬（mimicry），也就必然是矛盾且不穩定的。然而，霍米・巴巴所謂的殖民仿擬（colonial mimicry）並不是全然的複製（copy），霍米・巴巴對於仿擬（mimicry）的定義一直是出自於「不全」這個概念上，以霍米・巴巴的話說便是「幾乎一樣卻未盡相同」[26]（almost the same, not quite）。「幾乎一樣卻未盡相同」的面貌，是「文化差異」（cultural difference）所造成，使得「仿擬」永遠未竟全功，它讓被殖民者陷入更深的愛恨交織的「矛盾心理」之中，以這種心理的悲愴作為基礎，霍米・巴巴更進一步指出：「這種矛盾的認同

25 黃美娥，〈差異／交混、對話／對譯——日治時期台灣傳統文人的身體經驗與新國民想像（1895-1937）〉，收於梅家玲編，《文化啟蒙與知識生產：跨領域的視野》，頁305-312。

26 Homi Bhabha, *The Location Of Culture*, New York: Routledge, 1994, p. 86.

——黑皮膚，白面具——我認為有可能把文化交混的悲愴性轉換成一種政治顛覆的策略。」[27] 為了使「交混」達到顛覆殖民話語的功效，霍米‧巴巴借用拉康（Lacan）的話來說，「仿擬就像一種偽裝（camouflage）」（頁90），因為既然「仿擬」只能做到「幾乎一樣卻未盡相同」的程度，也就是一種「拙劣的模仿」（mockery），那麼「幾乎一樣卻未盡相同」的「仿擬」將具有「戲謔」（mockery）的效果。在此可以發現，和ambivalence一樣，mockery在霍米‧巴巴的論述中也是複義的，它既同時意味著未盡相同的「拙劣可笑的模仿」，因而也就從這「可笑」的元素中衍生出對原本的模仿對象的「戲謔」的意義。正因為「仿擬」帶有「戲謔」的意味，因而成為一種被殖民者可以加以利用的抵抗策略。以霍米‧巴巴的話來說：「為了達到有效，仿擬必須不斷地產生滑脫、過剩與差異。我稱之為仿擬的這種殖民話語的權威因此受到不確定的打擊」（頁86），最後「仿擬不僅僅通過差異和欲望的重複滑落破壞了自戀式的權威，它是一種殖民性的定位過程，是一種在被阻斷的話語中跨類別的和差異性的知識」（頁90），自此「仿擬」才具備了「交混性」（hybridity），才對殖民話語與殖民文化主體的自戀式的（narcissistic）穩定性產生了威脅。[28]

關於傳統文人的「交混性」及其「戲謔」效果，黃美娥認為傳統文人從改隸之際的無奈自棄、消極逃避，到二〇年代開始接受日本文明思想並加以再生產，安於斷髮、放棄纏足、學習國語，以作為日本新國民而努力，然而在此過程中，傳統文人有其「說服自己迎向文明，成為維新之人的理由」，這和殖民話語的支配權力並不相涉，因而便是一種「交混」的文化情境，涵括了台人對自我主體想像的參與與重構（頁286），並鬆動了殖民話語「單一性構成」的權威，而產生了一種顛覆和干預主宰話語的力量（頁279）。然而必須指出的是，上述的現象所

---

27 霍米‧巴巴，〈紀念法儂：自我、心理和殖民條件〉，羅鋼、劉象愚主編，《後殖民主義文化理論》，北京：中國社會科學出版社，1999，頁214。

28 有關霍米‧巴巴的理論，請參見：生安鋒，《霍米巴巴》，台北：生智，2005。趙稀方，〈霍米巴巴及其批評〉。

產生的文化交混，恐怕是屬於霍米・巴巴所謂的「文化多樣性」（cultural diversity）的層次，而非霍米・巴巴念茲在茲的「文化差異」（cultural difference）的層次。所謂的「文化多樣性」，以霍米・巴巴的話來說，是「一個比較倫理學、美學或人種學的範疇」，也就是殖民地多元文化主義與文化交流的一種表述。然而，霍米・巴巴更指出要表現殖民文化與殖民話語的矛盾的過程，非藉由「文化差異」（cultural difference）不可，唯有如此，才能表現出被殖民者極力模仿殖民者卻又不可得的挫折感與焦慮感，也才能從「黑皮膚，白面具」的深刻體驗中理解「幾乎一樣卻未盡相同」的絕望。讓我們試著思考，傳統文人對於日本殖民文化的「仿擬」究竟是徒具形式、淺嚐即止，抑或到達了「幾乎一樣卻未盡相同」的程度？答案顯然是前者。我們不能否認傳統文人的「仿擬」或許有其抵殖民的意義，不過就霍米・巴巴論述來考慮，傳統文人的「仿擬」恐怕稱不上「拙劣可笑的模仿」，也稱不上是一種「偽裝」，最後當然無法得到霍米・巴巴論述中所謂的「戲謔」的效果。

事實上，《三六九小報》的抵殖民意義主要並非取決於「狂歡」這個「文化多樣性」的層次上，而是建立在漢學、漢詩文此等具備「文化差異」的他者符碼之上。正因如此，論者柳書琴觀察出《三六九小報》同人表面上自甘荒唐、寫作遊戲文章，實際上是為了保存傳統漢學這個文化符碼而努力，而發展出來的「以無用為有用」的自覺意識，可謂高見。[29]

此外，柳書琴亦引用布爾迪厄的理論，而將《三六九小報》的「通俗」視為一種位置（position），用以詮釋《三六九小報》在文化場域中特殊的角色與性格，亦有其見地。沒錯，通俗可以是一種位置。布爾迪厄曾將清楚地描繪出十九世紀下半葉的法國文學場域的圖像，其中以「大眾讀者群」（mass audience）作為受眾的工業化藝術（industrial

29 柳書琴，〈通俗作為一種位置：《三八九小報》與1930年代台灣的讀書市場〉，《中外文學》33：7，2004年12月，頁41。

art）的這一極，正是通俗文化的範疇，亦即法蘭克福學派所謂的「文化工業」（culture industry）。[30] 通俗之所以通俗，必須依賴具有龐大數量的「大眾讀者群」（mass audience）群體，不過據統計，《三六九小報》的訂戶人數僅310人，而且因為採取會員制，完全取消零售的行銷策略，[31] 因此可以推測《三六九小報》每期發行量應該便是310部而已。這與三〇年代的新文學雜誌（如《台灣文藝》與《台灣新文學》）的發行量都可達千部之譜來相較，顯然遜色許多。這樣看來，失去通俗色彩的《三六九小報》，自然無法在場域內部獲得它應有的位置。職是之故，筆者更傾向於將「通俗」視為《三六九小報》進入文學場域的「策略」（strategy）或「佔位」（position-taking）。[32] 原因就在於荒誕不經的「通俗」，是被《三六九小報》同人讚譽為「『以無用為有用』的長生不老的秘訣」[33]，這句話本身就具有相當濃厚的「策略」的意味。「策略」可以是一成不變的，但是「位置」卻是不斷變動的，它可能往權力中心挪移，也有可能遭到場域規則的否定而走向邊緣化的命運，儘管如此，再怎麼被邊緣化的位置永遠都有鹹魚翻身的機會，成敗與否完全取決於場域秩序的運作。至於《三六九小報》的「佔位」，是在文學場域中經營傳統漢學的讀書市場，這和《南音》以「以廣文運」（見第一章）作為「佔位」的實踐是一致的，然而不同的是，《三六九小報》清楚意識到「設若改做類似《南音》一樣的刊物，不一定立刻就要停版，若果停版無論內容怎樣豐富新穎，對於社會有什麼效力呢？」[34] 因此，《三六九小報》放棄《南音》式的嚴肅策略，改以更詼諧、更荒誕不經的方式進行傳統漢學的保存，以鬆懈殖民當局的注意。

---

30 布爾迪厄所繪製的圖表請見：Bourdieu, *The Field of Cultural Production*, Polity Press, 1993, p. 49.

31 柯喬文，《《三六九小報》古典小說研究》，南華大學文學所碩士論文，2003，頁58-59。

32 就布爾迪厄的理論來說，「策略」指的是進場時對自身的文化生產品的風格或路線的選擇，因此必定具有差異性，用以標示自我，以便在場域中突顯自己、力爭上游；「佔位」則是指根據文化生產者的「性情傾向」（disposition）或進場之「策略」的特殊性，將會引導文化生產者去佔據某一個適合他們的場域位置，這個佔據位置的過程及其策略的運用，都可稱之為「佔位」。本文所引用之布爾迪厄理論，就教於張頌聖與蘇碩斌兩位先生之處頗多，在此致謝。

33 新竹 頑固生，〈黃得時的一九三二年台灣文藝檢討的檢討（二）〉，《三六九小報》259，頁2。

34 同上註。

於是，《三六九小報》與《南音》雖然有著相似的「佔位」，最後卻因為「策略」不同，導致兩者的「位置」也就大相逕庭，這從《三六九小報》延續了五年的壽命而《南音》不到一年就夭折的情況相較，就可以得到明確的佐證。

三、通俗抑或自封

　　通俗二字，廣義言之即 popular，是為「通行於俗民大眾之間」之意，然而《三六九小報》的「通俗」並不具備此意。那是因為《三六九小報》的「通俗」，其作者未必為市井小民，而是傳統文人，顯然不符「通俗」之意，但是就其內容確實又是講究趣味的通俗文學，因此可以視為一種特殊的形式。[35]《三六九小報》的「通俗」之所以被視為「一種特殊的形式」，乃因《三六九小報》所言之「通俗」並非真正的通俗，所言之「大眾」並非真正的大眾使然。在第一章，已對傳統文人所認知「大眾」二字做出討論，指出此「大眾」既非右翼知識份子所認知的「民眾」（multitude），亦非左翼知識份子所認知的「無產階級」（proletariat），而是眾人（the crowd），是一個數量的集合體罷了。與此同時，傳統文人追求的「文藝大眾化」，實為漢文的普及化、通俗化，也就是「以廣文運」，然而由於階級地位的限制，「以廣文運」並不能將維持與普及漢文的工作拓展到傳統士紳的範圍之外，因此「以廣文運」最後只造就了「平添民眾敬而遠之的憾事」。延續此論點，本文將繼續主張，《三六九小報》的「通俗」亦僅是「平添民眾敬而遠之的憾事」而已。

　　雖說，通俗化古典文學意在「通俗」、「滿足社會各階層」，不過由於消費題材（藝旦）的經濟限制，《三六九小報》與《風月》必然導向一個以男性、資產階級為主、具備古典漢文閱讀能力的消費族群。[36]例如，《風月》的最初資助者吳子瑜為了讓「逛藝旦間」的行為可以名

---

35 許俊雅，《日據時期台灣小說研究》，台北：文史哲，1999，頁77-78。
36 張志樺，《情慾消費於日本殖民體制下所呈現之文化與社會意涵──以《三六九小報》及《風月》為探討文本》，成功大學台灣文學所碩士論文，2006，頁97。

正言順，便組成「風月俱樂部」，並出資三千元創刊《風月》，促使關於藝旦的詩詞創作有發表之處。以當時的物價水準而言，是足以購買數棟樓房的鉅款。藝旦消費的特徵在於「她既無用，又花錢，所以她的價值就在於證明你的財力雄厚」，這樣的炫耀式休閒（conspicuous leisure）使得《三六九小報》與《風月》的受眾十分明確。[37] 當然，一點也不通俗。

幾乎所有研究消費文化的學者都同意，消費文化的生產就是在創造一種社會身分，而消費者則是在消費這種社會身分。[38] 此一觀念套用在《三六九小報》與《風月》身上更是無懈可擊，前述《三六九小報》的「花叢小記」一欄中屢屢出現「加以題咏的妓女相片」，其中的提咏之詩便是明證：

> 揚州一覺夢猶新，慘綠愁紅迹已陳，老我情場君莫笑，傷心人對畫中人。（7：4，「花叢小記」／花仙）

> 烟花靡麗鬥宜春，別有溫柔屬可人，慧質天生原不俗，法華經誦悟前因。（15：4，「花叢小記」／花道人）

> 小閣冰姿愛玉梅，宜春樓上月徘徊，詩人風雅饒清福，青鳥殷勤報早開。（15：4，「花叢小記」／花道人）

> 冰肌玉骨襯宮妝，艷麗花容凜若霜，一串歌喉工宛轉，銷魂惱殺幾周郎。（448：4，「花叢小記」／花仙）

除此「銷魂惱殺幾周郎」的恣意快活、尋芳獻媚之作，亦有書寫縱

---

37 同上註，頁97-98。此觀點亦可見江昆峰，《《三六九小報》之研究》，銘傳大學應用中文研究所碩士論文，2004，頁81。

38 約翰・費斯克，〈大眾經濟〉，《文化研究讀本》，頁230。卡林內斯庫，《現代性的五副面孔》，頁244、261、271。Don Slater，林祐聖、葉欣怡譯，《消費文化與現代性》，台北：弘智，2003，頁49。

情仙窟而窮愁潦倒的詩句：「事到如今願已違，冬裘典盡又春衣，私心唯恨多情誤，懶向人間惹是非。」（336：4，「花叢小記」／軟紅塵客）。此間縱情仙窟的樂事與憾事，唯有透過相當高程度的漢文理解能力，才能進入士紳階級所建構的文化空間（cultural space），也唯有如士紳階級般雄厚的財力才足以介入這種炫耀式休閒的階級生活。這種以文化空間作為社會身分的區別（distinction），以布爾迪厄的論述來說，正是「品味」（taste）的分疏所致。品味的消費，首先必須經由英國理論家霍爾（Stuart Hall）所謂的「編碼、解碼」（encoding, decoding）的過程才得以進行，布爾迪厄將霍爾的理論導入了藝術鑑賞的層次，指出：「去看便是一種知識的作用」（to see is a function of knowledge），藝術作品的解讀邏輯，便是一種破譯（deciphering）與解碼（decoding）的活動，一件藝術作品只對能夠勝任文化感受過程的人產生意義與趣味，也就是說，這種人擁有這種作品編成的編碼。這種藝術的移情作用作為解碼者的快感所在，預設了認知的活動、解碼的過程，也意味著對認知習得的方式（implementation of a cognitive acquire-ment），一種文化編碼在起作用。[39] 因此，藝術鑑賞不僅僅是美學的範疇，更是知識權力橫流的場所。不過，布爾迪厄對「品味」的見解不僅如此，他更真知灼見地指出，對藝術作品的鑑賞能力所形構的「品味」，正在使場域加以結構化，因為「品味分類，也使分類者分類」（Taste classifies, and it classifies the classifier），這樣的「分類」亦可理解為「區別化」，經由品味（價值觀）的建立去區分社會上的美與醜、傑出與庸俗，以便區別自身。[40] 在消費文化中，由於消費者／品味的區別化，導致消費商品亦隨之被區別化，因此，消費文化並不是同質的，有較低等／價廉的媚俗藝術，同時也有富人專有的高等／豪華的媚俗藝術。[41]

---

39 Pierre Bourdieu, "Introduction," *Distinction: a social critique of the judgement of taste*, Harvard College, 1984, p. 2.

40 同上註，頁6。

41 馬泰‧卡林內斯庫著，顧愛彬、李瑞華譯，《現代性的五副面孔：現代主義、先鋒派、頹廢、媚俗藝術、後現代主義》，北京：商務，2004，頁261。

相對於士紳階級的高等／豪華的炫耀式消費，台灣一般大眾大多所選擇的是作為低等／價廉（一本二錢）的媚俗藝術的歌仔冊。對一般台灣大眾而言，台語流行歌扮演著「發洩青年男女的感情，是一種『幻想』」[42] 的功能，歌仔冊亦具同樣功能：「一冊僅兩錢，是民眾的、貧苦階級的唯一慰安，加以方便默讀，民眾珍惜短暫的空閒，解放生活的苦惱，夢見無法追求的世界。」[43] 這些都是區別出社會身分的選擇。於是，消費文化在販賣符合社會身分的品味，同時，也在提供各種社會身分一種夢想。由於消費文化具有明顯的「可預期性」（predictabi-lity），因此它擁有既定規則，也同時擁有可預期的受眾、可預期的效果、可預期的回報。[44]

　　再回過頭來談談《三六九小報》的階級「品味」。《三六九小報》曾以「寓微旨於滑稽遊戲之中，闡揚鄉土文學於小言隨筆之內」（182：4）一言，說明自己提倡鄉土文學的立場，論者亦讚許《三六九小報》「受到台灣話文與鄉土文學運動的刺激，遂巧妙結合了台灣文化的鄉土性，摻雜市井俚語，散發獨具魅力的民間氣息」。[45] 然而此處所言之鄉土文學所散發的「民間氣息」，恐怕與人民真正的生活與情感還是有段落差，以下即就鄭坤五的文學行為做一說明。鄭坤五是《三六九小報》的同人，曾在1927年起於《台灣藝苑》連載「台灣國風」，創文藝雜誌登載民謠的先例，其成就曾被三○年代提倡鄉土文學的黃石輝以及編撰《台灣民間文學集》的李獻璋大加讚揚。[46] 那麼，鄭坤五的文學行為又有何可議之處？問題就出在鄭坤五搜羅於《三六九小報》上的民謠已染上詼諧遊戲與情慾消費之風。

42 語見《Viva Tonal 跳舞時代（電影版）》，簡偉斯、郭珍弟導演，台北：台灣聯通。
43 稻田尹，〈台灣の歌謠に就て〉，《台灣時報》，1941年1月，頁88。
44 馬泰・卡林內斯庫，《現代性的五副面孔：現代主義、先鋒派、頹廢、媚俗藝術、後現代主義》，頁272。
45 黃美娥，〈差異／交混、對話／對譯──日治時期台灣傳統文人的身體經驗與新國民想像（1895-1937）〉，收於梅家玲編，《文化啟蒙與知識生產：跨領域的視野》，頁305-312。
46 黃石輝，〈怎樣不提倡鄉土文學〉，收於中島利郎編，《1930年代台灣鄉土文學論戰資料彙編》（以下簡稱《彙編》），高雄：春暉，2003，頁6。李獻璋，〈自序〉，《台灣民間文學集》，台中：台灣新文學社，1936，頁2-3。

草地趁錢是較有，人客攏是老紳士，嫁伊做某驚無久，有人講做是新婦。（196：2，「消夏小唱」／古圓偶編、坤五戲評）

廿九暗來帶一暝，天光算來是隔年，小娘不知感謝汝，實在躲避人討錢。（196：2，「消夏小唱」／古圓偶編、坤五戲評）

契兄不來攏無來，有時總來歹安排，不敢請煙真屬害，一人心事眾人知。（197：2，「消夏小唱」／古圓偶編、坤五戲評）

因為食著尾枝煙，小娘心內較有君，別個阿君著議論，一矸醋做一嘴吞。（197：2，「消夏小唱」／古圓偶編、坤五戲評）

趁食查某親像狗，一日食飽顧門頭，看見人客一下到，走到鼻水雙管流。（283：4，「迎春小唱」／古圓編、坤五評）

　　此類風格的「民間歌謠」在《三六九小報》十分常見，只是評點人若非鄭坤五，此處暫且不錄。這些「民間歌謠」曾被論者視為具有鄉土文學意義的作品，其價值可比擬鄭坤五的〈台灣國風〉。[47] 此外，或有論者指出鄭坤五的〈台灣國風〉影響了日後蕭永東（即「消夏小唱」的編者古圓）、洪鐵濤（懺紅）在《三六九小報》上所進行的民間歌謠的採錄工作，「這些採集來的台灣民間歌謠，既屬口語，又具通俗色彩，與人民極為親近，恰恰符合新文學家對白話詩的要求；不過這些歌謠的語言是台灣話式的，與張我軍所倡北京白話文又有所不同，如此更能體現台灣人的固有文化與精神，又能兼顧舊文人向來所強調的『傳統性』。」[48] 對於民間歌謠的採錄，筆者亦肯定鄭坤五與蕭永東的用心與成就，然而必須進一步指出這些所謂的「民間歌謠」是否真的名實相

---

47 柯喬文，《《三六九小報》古典小說研究》，南華大學文學所碩士論文，2003，頁246。
48 黃美娥，《重層現代性鏡像：日治時代台灣傳統文人的文化視域與文學想像》，台北：麥田，2004，頁108。

符？答案是否定的，其落差便表現在這些作品多在描述士紳階級之尋芳問柳、縱情仙窟的樂事，並時而表現出對妓女的逢迎多情感到怨懟、憤恨，和一般人民真實的生活經驗抑或「品味」實有其分殊。不可否認，蕭永東、洪鐵濤等人所蒐集的民間歌謠亦多有描寫民間生活者，如「正月初一是新年，囝仔歡喜卜討錢，父母那是分有平，兄弟勿免起相爭。」（385：4，「迎秋小唱」）又如「五月初五擺龍船，查甫查某結歸群，擺了輸贏尚未準，人聲鑼鼓亂紛紛。」（386：4，「迎秋小唱」），但是這些民間歌謠只粗略地描寫人民的生活習慣，全無人民真摯情感的表達，彷彿只是個局外人的觀點。試看染上情慾消費之風的「民間歌謠」，同樣是描寫新年卻有不同的情緒，除了前引之「廿九暗來帶一暝，天光算來是隔年，小娘不知感謝汝，實在躲避人討錢。」又有「正月正頭著歡喜，不可歹嘴卜相罵，咱是為著求財利，不是卜來買胭脂。」（197：2，「消夏小唱」／古圓偶編、坤五戲評）前者描寫尋芳客在仙窟過年的原委，後者則描寫煙花女子和氣生財的態度，鄭坤五更戲評為「忍氣求財活畫一個女道學家的口吻」（197：2）。綜觀這些民間歌謠，於描寫娼妓的情緒處可謂活靈活現、生動活潑，由於涉及士紳階級的生活情感與生活經驗，因此顯得入木三分，然而在描寫黎民百姓的生活時則格外表象、粗淺、有距離感，遑論人民情感的投射。這些歌謠若說「與人民極為親近」，似乎有些牽強。

　　1936 年由新知識份子李獻璋所編著的《台灣民間文學集》[49]，提供了一個絕佳的參照對象。同樣在描寫「趁食查某」（賣淫婦）的生活樣態，《台灣民間文學集》所呈現出來的筆調與立場就與新傳統主義者大異其趣。

　　　　暗頭就叫哭五更，想著歹命淚淋漓，大家刁致欲起䖆，講著趁食苦傷悲。（頁7-8）

---

49 李獻璋編著，《台灣民間文學集》，台北：台灣文藝協會，1936年6月。

想屈歹命喉就淀，暗頭坐屈二三更，若欲賢家睏三醒，**做屈趁食不值錢**。（頁8）

牽牛花開早起時，**做婊趁錢真艱難**，一冥不睏聊聊動，雙腳雙手著攬人。（頁9）

咱娘生做有偌美，來落煙花較吃虧，看人成雙又成對，**自恨歹命無所歸**。（頁10）

　　這些歌謠，與賣淫婦站在同一陣線，為她們的不幸抱不平，筆調中充滿著惋惜、同情與感嘆。這是人民的聲音。然而，新傳統主義者卻偏向以「趁食查某親像狗，一日食飽顧門頭」此等文字，對賣淫婦投以鄙夷的眼光，全無新知識份子那種關懷弱勢的精神。兩種不同的立場，造就了兩種不同的品味，當然就搜羅了兩種不同角度的民謠。

　　如今來看這些新傳統主義者所搜集的「民間歌謠」，形式上雖然是鄉土的，不過內容上卻是貴族／士紳的，僅僅再現了士紳階級社會身分的「炫耀式消費」罷了，這樣的「民間歌謠」是否足以再現台灣文化的「傳統性」，抑或再現台灣一般大眾的生活體驗、宣洩了台灣一般大眾的情緒情感？顯然都有商榷的空間。此等文學作品無疑依然在士紳階級的限閾（threshold）之內，因為漢文理解能力與情慾消費能力／取向的雙重「品味」的限制，造成了「平添民眾敬而遠之的憾事」，至於將之定義為民間歌謠或者通俗作品，恐怕都是不夠精確的。

第二節　人眾化抑或化大眾

　　「通俗」作為《三六九小報》的特色，被視為是「文藝大眾化」的實踐，不過，從《三六九小報》所宣揚的思想，名為維新，實則守舊，因此不論其思想表述或文學表現，都在實踐「文以載道」的傳統思維。這樣的思維介入台灣文學場域之後，試圖藉由「通俗」的力量，包裝

「文以載道」的思維以成為啟迪民智的新形式。透過這種新形式，新傳統主義者試圖與新知識份子在啟迪民智、社會改造的層面上相互競爭，以便爭取他們缺席已久的發言權／詮釋權，並繼而試圖打破新知識份子的話語權威，以顛覆二〇年代以降就被新知識份子所掌握的象徵秩序（symbolic order）。

一、新傳統主義者的文心之一：對西方文學的態度

所謂「文心」，是中國明清之際小說評點學的重要概念，它包含兩重基本涵義：為文者之心（意圖動機）與文本之心（文學特性）。[50] 理解了作者與文本的文心，就能在五光十色、光怪陸離的文學表現形式中，歸納出作者真正要表達的用意。儘管《三六九小報》標榜詼諧娛樂、甚至是情慾荒唐，不過《三六九小報》真正的用意無非是「夫報無大小，文化賴其維持，筆效春秋，頹風賴以挽正」（108：2）的入世精神。因此，微言大義以及維持漢學才是《三六九小報》真正的目的，這是傳統儒家精神的投射。簡言之，便是在進行「文以載道」的工作。本文討論台灣新傳統主義者的文心，試圖以四個層面來談：對西方文學的態度、偵探小說的書寫、志怪小說的書寫以及緩解現代思想。

若要深究新傳統主義者對西方文學的態度，林佛國與連橫的論述不可不提。林佛國曾於1924年《台灣詩報》創刊號上發表以下論述，表現出其面對西方文學的態度。

> 近世歐美詩人則反是，其文藝之醇者，一本於哲學，凡所賦詩，不寫國家之政策，則描寫民族之心理，如俄之託爾斯泰（案：托爾斯泰）、印之泰古俞（案：泰戈爾）者，使人誦其詩，讀其說，可以察其社會千變萬幻之情狀矣，蓋其學不離乎社會，而措辭命意，又務以指導人心，改造時勢，此詩人之偉大，所以能後杜少陵，而為詩聖也。……諸君子誠權其輕重，別其小大，以通

---

50 胡翠娥，《文學翻譯與文化參與：晚清小說翻譯的文化研究》，上海：上海外語教育，2007，頁55。

聲息，以刊詩文，則《台灣詩報》之有補於學界，有造於社會者，又豈淺少也哉？[51]

其後，連橫也在《台灣詩薈》發表了相關論述，亦將中西文學的成就做一比較。

> 少陵之詩，人世之詩也；太白之詩，靈界之詩也。故少陵為入世詩人，而太白為出世詩人。吾友蘇曼殊嘗謂拜輪（案：拜倫）足以貫靈均、太白，而沙士比（案：莎士比亞）、彌爾頓、田尼孫（案：丁尼生）諸子，只可與少陵爭高下，此其所以為國家詩人，非所以語於靈界詩翁也。烏呼！英國有一沙士比，足以驕人，而中國有一靈均，又一太白，……而今之崇拜西洋文學者，不知曾讀靈均、太白之詩而研究之歟？唯我台灣今當文運衰頹之時，欲求一入世詩人渺不可得，遑論出世？然而以台灣山川奇秀氣豪雄偉，必有詩豪誕生其中間，以與中原爭長也。[52]

論者黃美娥指出此二論述「同樣從世界文學家身上找尋提升台灣詩壇的刺激動力」，然而前者意在消融東西文化彼此本有的扞格，以建構一種理所當然的新秩序；後者則對當時崇拜西洋文學者頗不以為然，隱含有將世界文學視為競爭對象的意識。儘管有此差異，黃美娥更準確地意識到：「他們對外國文豪及其作品雖有一定程度的認識，或有所肯定，不過內心深處終究視之為外來之物，大抵存有自己的文化立場；換言之，諸人與世界文學的互動，是為了更鞏固台灣文學（尤其是詩歌）的發展與表現，並非全盤的服從與接受，乃是經由自己的文化／文學經驗去吸收與面對。」[53] 吸收西方文學的優點來改造傳統漢文學的衰頹，

---

51 林石崖，〈台灣詩報序〉，《台灣詩報》創刊號，1924年2月6日。
52 連橫，《台灣詩薈（上）》6，《連雅堂先生全集·附錄三》，南投：台灣省文獻委員會，1992，頁366。
53 黃美娥，《重層現代性鏡像：日治時代台灣傳統文人的文化視域與文學想像》，台北：麥田，2004，頁304-307。

這便是新傳統主義者的「文心」，同時也符合本文所述「維新是為了守舊」的論述邏輯。

談到新傳統主義者對西方文學的態度，最負盛名者莫過於晚清以翻譯西方小說聞名於世的林紓，他被視為「後『五四』時代新傳統主義者的前驅」[54]。林紓（1852-1924），即林琴南，是以古文翻譯西方小說的名家，本人不諳西文，卻藉由助手的口譯再以古文的形式書寫，所以林譯小說常與原作有所出入，但林紓認為如此更能領會原作的文筆。林紓的「文心」，就在其譯後感中表露無遺。

> 余譯既，嘆曰：西人文體，何乃甚類我史遷也！……必描寫洛巴革為全篇之樞紐，此即史遷聯絡法也。文心蕭閒，不敢張皇無挫，斯真能為文章矣。（〈《斐洲烟水愁城錄》序〉，1905年）今此書寫葳晴在島之娛樂，其勢萬不能歸法，忽插入祖姑一筆，則彼此之關竅已通，用意同於左氏。可知天下文人腦力，雖歐亞之隔，亦未有不同者。（〈《離恨天》譯餘剩語〉，1905年）[55]

林紓的「可知天下文人腦力，雖歐亞之隔，亦未有不同者」一語，道盡了自命為桐城古文之傳人的「文心」。在那個西風東漸、中國人民族自信心喪失殆盡的年代，林紓將西方小說的創作手法與司馬遷、班固相比擬，頗有為中國古典文學出一口氣的意味，後來新知識份子鄭振鐸就點出了林紓「文心」的重點：中國儘管百般不如人，但是「中國文學卻是世界上最高最美麗的，絕沒有什麼西洋的作品，可以及得上我們的太史公、李白、杜甫」[56]。這樣的思維十分熟悉，沒錯，前述林佛國與連橫對西方文學的態度，正是基於這個邏輯。借用胡適所說，林紓替中

---

54 語見史書美著，和恬譯，《現代的誘惑：書寫半殖民地中國的現代主義（1917-1937）》，南京：江蘇人民，2007，頁182。

55 轉引自胡翠娥，《文學翻譯與文化參與：晚清小說翻譯的文化研究》，上海：上海外語教育，2007，頁55-56。

56 鄭振鐸，〈林琴南先生〉，轉引自胡翠娥，《文學翻譯與文化參與：晚清小說翻譯的文化研究》，頁59。

國古文「開闢了一個新殖民地」，想要藉由「他心目中較通俗、較隨便、富於彈性的文言」所翻譯的西方小說，來爭取人民對古文的重視。又例如三〇年代初，錢鍾書與林紓的老友、也就是桐城散文大家陳衍見面，陳聽錢說是讀了林譯小說而萌發學習外國文學的興趣，大感不解地說：「這事做顛倒了。琴南如果知道，未必高興。你讀了他的翻譯，應該進而學他的古文，怎反而嚮往外國了？琴南豈不是『為淵驅魚』麼？」[57] 可以發現，不論是中國的林紓，或是台灣的林佛國與連橫，都是將西方文學視為拯救漢學衰微地位的工具，這便是新傳統主義者的文心。

二、新傳統主義者的文心之二：偵探小說的書寫

新傳統主義者在偵探小說的書寫及其認知上，如何展演「以新固舊」的策略，是本節的重點。在此議題上，論者黃美娥著力甚深，提出傳統文人比新知識份子更早接受了文學現代性，最明顯的事例便是傳統文人對西方偵探小說形式的移植。[58] 傳統文人對西方偵探小說的翻譯與摹寫，便是一種演示現代性的行為，它確實達到了理性、科學、除魅的效果，也是一種對法律、正義、社會秩序的宣揚，以及都市現代化的想像與消費。[59] 此等觀察確有其見地，在此論述的基礎之上，本文將試圖以一種辯證式的討論，以理解新傳統主義者書寫偵探小說、崇尚科學的態度，究竟應當視之為現代性的接受，還是有其他的意涵存在。

1923年，胡適曾以〈科學與人生觀序〉一文，闡述「科學」概念在中國無往不利的原因，其內容如下：

> 這三十年來，有一個名詞在國內幾乎做到了無上尊嚴的地位；無

---

57 以上事例請見：楊聯芬，《晚清至五四：中國文學現代性的發生》，北京：北京大學，2003，頁90、113-114。

58 黃美娥，《重層現代化鏡象》，頁307-308。本小節引用黃美娥的論述皆出自此書，以下僅標明頁數，不再另行作註。

59 呂淳鈺，〈第五章 消費現代性：偵探敘事生成的文化圖景〉，《日治時期台灣偵探敘事的發生與形成》，政大中文系碩士論文，2004。

論懂與不懂的人，無論守舊和維新的人，都不敢公然對他表示輕
蔑或戲侮的態度，那個名詞就是「科學」。這樣幾乎全國一致的
崇信，究竟有無價值，那是另一問題。我們至少可以說，自從中
國講變法維新以來，沒有一個自命為新人物的人敢公然毀謗「科
學」的。[60]

　　胡適的此一觀察，不僅適用於中國，也適用於台灣。況且胡適這個
說法，也可呼應哈伯瑪斯的論述，同樣指出了崇尚科學的人並非只有新
知識份子，傳統文人亦多有之。本書第一章曾引用哈伯瑪斯的觀點指
出，那些主張文化「重返現代性之前的立場」的人們應稱為「老保守
派」，而那些在對現代科學表示歡迎、但卻對現代性入侵文化道德領域
持反對意見，因而倡議推行一種緩解現代性作為的人們應稱為「新保守
派」。[61] 而後者在本書幾乎得由「新傳統主義者」所取代。
　　五四時期的中國文壇曾對新傳統主義者如此評價：「現在是偵探小
說最時髦，他們就成了偵探小說家；現在是哀情小說時髦，他們就成了
哀情小說家」[62]，用以批評其人沒有中心思想。這種觀察雖然無誤，不
過只是一種表象的觀察，尚未觸及新傳統主義者的「文心」。談到新傳
統主義者看待偵探小說的態度，當時中國最具知名度的偵探小說作家程
小青的一句名言，極具參考價值：「我相信偵探小說是一種化妝的通俗
科學教科書。」後世學者在評論程小青及其偵探小說的創作時，就肯定
「程小青在並不否定偵探小說具有『消遣』功能的同時，已經明確地認
識到創作偵探小說，可以改善國民素質，從而影響到民族命運的發展前
途，儘管還不能盡脫『科學救國』式的思維模式，但在關心祖國前途命

---

60 胡適，〈科學與人生觀序〉，原文未見，轉引自郭穎頤，（雷頤譯），《中國現代思想中的唯科學主義
　　（1900-1950）》，南京：江蘇人民，2005，頁9。
61 哈伯瑪斯，〈現代性──未完成的工程〉，收於汪民安、陳永國、張雲鵬編，《現代性基本讀本》，開
　　封：河南大學，2005，頁118。
62 佩韋，〈現在文學家的責任是什麼？〉，原文未見，轉引自廖超慧，《中國現代文學思潮論爭史》，頁
　　588。

運的這一點上，與『五四』新文學的創作宗旨已經很接近了。」[63] 由此可知，中國偵探小說和五四新文學一樣具有涵養中國國民性以及教化人民現代思想的作用，這點不可不察。

那麼，當時由台灣新傳統主義者所創作的偵探小說，是否也具備同樣的目的與功能呢？答案既不盡是，也不盡非。因為台灣新傳統主義者所創作的偵探小說雖然具備「教化」的功能，然而其宣傳的意旨並非現代思想，而是「文以載道」的傳統思維。談到創作偵探小說的台灣新傳統主義者，代表人物可推魏清德。黃美娥曾指出新傳統主義者對西方偵探小說的翻譯與摹寫時，往往偏離原著的思想，而將「教化目的」的意識形態表露無遺。（頁320-321）其中，魏清德的〈齒痕〉（1918）與〈百年夫婦〉（1925）特別明顯。以這兩篇小說來說，前者模仿盧布朗（Maurice Leblanc, 1864-1941）的亞森羅蘋故事《虎牙》而成，後者則是改寫自笛福（Daniel Defoe, 1660-1731）的《魯濱遜漂流記》。關於〈齒痕〉與〈百年夫婦〉，黃美娥分別如此評論：「《虎牙》於人情上，突出了妒忌之恨的可怕性，〈齒痕〉則更強調『凡貞潔婦女，金玉不足以動其心，才貌不足以移其行，父母不足以回其志』。標榜女性貞潔的重要性。」（頁326）、「魏氏此文綜合了魯濱遜漂流孤島，以及發財致富的情節，不過小說中少了經濟分工與勞動神聖概念的突顯，其對小說人物何以造就財富的原因，只能以奇異機緣解釋，以及文末王某在官積德所致，小說焦點遂形成傳統果報觀的宣揚，減損了援引魯濱遜冒險敘事的意義。」（頁331-332）由此可見，魏清德的書寫行為不僅僅是文化翻譯，更是有其教化目的，用以宣揚傳統道德與傳統思想的價值。因此，科學主義不是魏清德創作小說的核心價值，它只是一種「化妝」、一種「宣傳」，用以包覆傳統思想；質言之，這是一個以「科學」之名、行「文以載道」之實的最佳例證。

「文以載道」的負面意義，在胡適、陳獨秀推廣文學革命之際已多有闡述，此處毋須贅言。黃美娥在評論魏清德的創作時，亦指出「或許

---

63 劉為民，《科學與現代中國文學》，合肥：安徽教育，2000，頁141、147。

是傳統文人的身分，遂使『傳統道德』的框架，隱約被挪移到異國的偵探文本中了」（頁326），可見魏清德作品的「文以載道」訴求。

綜觀以上所論，新傳統主義者創作偵探小說一事，不能單從「趕時髦」的角度來推敲，也不能純以崇尚科學來定義，而必須從其「文心」來理解。新傳統主義者的所作所為，無非是捍衛自身的文化道德，並試圖將之以「大眾化」的形式加以包裝，以便擴大其影響力。這顯然是一種欲與新知識份子的文化立場相抗衡、相競逐的媒體策略，然而這樣的做法成效如何，且看下文析論。

三、新傳統主義者的文心之三：志怪小說的書寫
（一）是迷信？還是文以載道？

在偵探小說的書寫行為上，似乎可見新傳統主義者對科學的推崇。然而由於新傳統主義者同時受制於「子不語怪力亂神」的儒學觀念以及普遍崇信科學的現代價值，因此對於破除迷信也採取支持的立場。在《三六九小報》上，就可以發現如此言論：「世人之於迷信，誠有損而無益，不但損財，且有時因之而傷命，故不可以不破除也。……若七月之普渡，各處之迎神賽會，皆在可廢之列。」[64] 這般言論，看似與新知識份子／文化啟蒙運動的看法相一致。1925年6月11日，《台灣民報》的社論〈宜速破除迷信的陋風〉便指出「教育發達的國家，一定會減少迷信」，「迷信的消長與民智成反比例」，展現了台灣文化協會的反迷信立場。1927年台灣文化協會分裂，繼起之台灣民眾黨對於打破迷信的態度依舊十分堅定。如1928年民眾黨〈第二次大會宣言〉表明：「迷信根深迎神建醮的浪費、冠婚葬祭的奢侈、阿片的中毒」等，皆在應革除之列。[65] 其後，「打破迷信、解除陋習」這一條也明定在台灣民眾黨黨則之中，[66] 至於台灣民眾黨打破迷信的具體行動，則是反映

---

64 庸，〈人世百面觀（一二）〉，《三六九小報》169，1932年4月6日，頁2。
65 蔣渭水，〈台灣民眾黨的指導原理與工作（上）〉，《台灣民報》225，1928年9月9日，頁8。亦可見簡炯仁，《台灣民眾黨》，台北：稻鄉，1991，頁97。
66 〈黨則修改案要項〉，簡炯仁，《台灣民眾黨》，頁274。

在眾所皆知的「反對普渡」一事上。[67] 以上這些事例都可以看出科學主義與二○年代新知識份子的文化啟蒙運動之間的深厚關係。尤有甚者，在一九二○年代中期的新舊文學論戰中，新文學陣營的張梗〈討論舊小說的改革問題〉一文，揭櫫舊文學的六大改革方針，其中第五項便是「倡科學的態度」。張梗認為舊文學多出自作者個人的空思幻想，因此才有《封神演義》、《西遊記》的神魔亂舞，以及《紅樓夢》中的警幻仙境，此乃現代小說所不當為；張梗指出文學創作須具備左拉（Émile Zola）自然主義的科學精神，「非真不寫，排去一切邪推臆測」，「小說家須以科學的態度為經，寫實筆法為緯，持真劍（認真）的態度以付之」。[68] 張梗此文，大概是台灣新文學運動批判舊文學的迷信思想的最早文獻，不過由於新舊文學論戰中所突顯的是語文改革的問題，迷信思想的破除與否在當時並沒有獲得討論交辯的機會。

必須指出，新傳統主義者與新知識份子之間對科學主義的態度，差異頗大。偵探小說的書寫以及破除迷信的論述，仍不足以說明科學主義成為新傳統主義者的中心思想，原因就在於新傳統主義者對於志怪小說的書寫與迷戀，使得他們接受科學的態度呈現出「進一步、退兩步」的尷尬局面。據統計，《三六九小報》內的小說總篇數為314篇，其中志怪小說有77篇，約佔四分之一。[69] 可見《三六九小報》「好鬼」的程度。這種「好鬼」的習性（habitus）顯然與儒家傳統思想之「子不語怪力亂神」的立場相違背。那麼，又該如何看待《三六九小報》的「好鬼」？以及該如何將此「好鬼」的習性與「文以載道」的文心相結合？

《三六九小報》的「好鬼」蔚為風潮，絕非偶然。洪鐵濤（刀水）

---

67 民眾黨「反對普渡」的原因有三：耗費金錢、有害衛生、阻害社會進化。其實，這三點原是台灣文化協會的主張（見〈打破迷信的聲浪〉，《台灣民報》119，1926.8.22，頁6），民眾黨繼承了這個理念，從〈迷信的熱鬧還不見改〉（《台灣民報》215，1928.7.1，頁2）、〈廢普渡以防時疫〉（《台灣民報》223，1928.8.26，頁2）、〈反對普度宣言〉（《台灣民報》273，1929.8.11，頁2）、〈迎神的弊風還不速改？〉（《台灣民報》323，1930.7.26，頁6）、〈利用迷信浪費金錢〉（《台灣民報》327，1930.8.23，頁8）等文章中都可以看出這樣的價值觀。

68 張梗，〈討論舊小說的改革問題〉，《台灣民報》2：22、2：23，1924年9月11、21日。

69 見柯喬文所製「《二六九小報》小說總表」與「《三六九小報》志怪小說分表暨故事大要」，柯喬文《《三六九小報》古典小說研究》，南華大學文學所碩士論文，2003，頁203-214、229-235。

在《三六九小報》創刊號上發表的〈發刊小言〉，就已經設定了該刊物具有「好鬼」的傾向：「更有燈前說鬼，紙上談兵，妄言妄聽，禪不碍乎野狐，大收廣收，骨定多夫駿馬。」（1：2）其後，《三六九小報》的「好鬼」之風大行其道，在發行滿兩週年時，一段祝賀的文字更是透露出這道訊息。

> 所有言論，詳慎精微。公理正義，無偏無私。拾古之香，補史之遺。雅言漫筆，麗句清辭。詩壇嚴整，說海新奇。聲律翻新，字義質疑。唱堪消夏，記更合時。文苑開心，食譜解頤。諷俗警世，惡俗可移。談神說鬼，變幻隱離。莊諧盡致，沁人心脾。文壇健將，報界白眉。漢學不廢，端賴於斯。以此為祝，誰曰不宜。[70]

這段文字，盡數《三六九小報》的優點，「談神說鬼，變幻隱離」也名列其中，並且大拍胸脯保證「誰曰不宜」，可見《三六九小報》的「好鬼」不僅是其特色，更被視為該刊物的長處而加以歌誦，這點恐怕就與之前所述及的、新傳統主義者的反迷信之形象大相逕庭。

《三六九小報》中好鬼的作者，一方面受制於現代科學觀，一方面受制於傳統儒家思想的「子不語怪力亂神」的立場，致使他們在創作「談神說鬼」的文字時，必須先為自己辯護，才能「心安理得」。例如「固非欲長迷信之風，實愛其情節離奇」（216：3），又如「以廣見聞，非好作鬼神怪異之談也」（314：3），再如「迷信之說，識者不談。顧事有奇特不可思議者雖欲不信，亦不可得。（中略）惟有瞠目結舌，歎為莫名其妙而已。不取復假科學以斥之矣」（479：3），這些都是在科學昌明的現代社會而欲撰述鬼怪故事時，所不得不表明的立場。此外，亦有云：「中國自子不語怪力亂神之語一出，鬼神之事，已付諸莫須有視之矣。然東西學者，猶對此靈魂學、妖怪學，鑽研不輟。若我

---

70 愛讀者，〈祝三六九小報發刊滿兩週年〉，《三六九小報》215，頁2。

國之故文學博士井上圓了其人者，一生涯消磨於諸妖怪趣味，遂贏得妖怪博士之號云。」（263：4）相似的觀點亦如「余束髮，即受孔氏書怪力亂神，子所不語。亦以荒唐怪□，往往越出情理之外，而以不可思議一語了之。不謂碌碌半生，竟遇怪異者三。茶熟燈寒，泚筆記之，亦可證東坡喜人說鬼，未必不神遊於飛頭之國也。」（317：3）上述言論，都在突顯古今名人對於鬼怪故事的迷戀，以淡釋由「子不語怪力亂神」一語對自身的制約所帶來的壓力與不安。然而，儘管科學主義抑或「子不語」之思維為上述作者帶來不安，但他們依然故我地「談神說鬼」，科學主義與「子不語」的制約在他們馳騁於「飛頭之國」時早已拋諸腦後。

論者指出，《三六九小報》的談神說鬼其實有其深意，「聊齋」系列小說的作者洪鐵濤（野狐禪室主）的背景機運，與《聊齋誌異》的作者蒲松齡頗有暗合之處，尤其蒲松齡遭遇異族統治（清朝）、仕途不順，無可宣洩，僅成《聊齋誌異》這本孤憤之書，因而洪鐵濤的台灣鬼話亦有無法用世的寄遇。[71]

此一詮釋著重於文人遭遇異族統治的悲憤與出世之意，藉以定義文人的情操，這確實是一種「文以載道」的文心，同時也是傳統文人的習性。不過《三六九小報》的「談神說鬼」的文心不僅止於此，與其說「談神說鬼」與傳統儒家思維相違背，不如說「談神說鬼」正是傳統儒家思維的再現。何故？儒家思想中最受推崇者，是名為「十三經」[72]的經典著作，《左傳》即名列其中。《左傳》自古以鬼神祥異之事聞名，如東漢王充《論衡‧案書》中稱之「言多怪，頗與孔子不語怪力相違反也。」唐柳宗元稱之「左氏惑於巫而尤神怪之。」范甯〈春秋穀梁傳序〉批評「左氏艷而富，其失也巫。」皆可見《左傳》的特色。[73]雖然

---

71 柯喬文，《《三六九小報》古典小說研究》，南華大學文學所碩士論文，2003，頁107-108。

72 所謂十三經，是指《詩》、《書》、《易》、三禮《周禮》、《儀禮》、《禮記》、三傳《公羊》、《穀梁》、《左傳》、《論語》、《孝經》、《爾雅》、《孟子》。

73 以上關於《左傳》的評價請參見張瑞穗，《左傳思想探微》，台北：學海，1987，頁11。亦可參見黃雅苧，〈夢裡乾坤──論《左傳》夢徵之蘊含〉，《國立楊梅高中學報》1，2007年5月。

《左傳》「言多怪」、「其失也巫」，不過它卻依然是儒家思想的經典。關於《左傳》為何多有鬼神之說，一個合理的詮釋指稱《左傳》「是在于申天命之所在、明鬼神之意以揚善抑惡，戒勸世人，行明君聖人之道，也就是《周易・觀象》所說：『聖人以神道設教，而天下服矣。』」[74] 是故，將善惡禍福的原因歸之於鬼神祥異的超自然力量，以達到「教化」人民的目的，這便是所謂的「行明君聖人之道」，與此相較，「子不語怪力亂神」的要求，也就遭到淡釋。1926年《台灣日日新報》上有〈無鬼論〉一文，就明確表明了「談神說鬼」的積極意義。

> 歐風東漸。新學昌明。一緞人趨新若驚。棄舊如遺。群以鬼神為虛無。以因果為空談。於是人心日墜。奢淫大張。**反不如講假鬼神。談假因果。尚能繩人心於無形。杜姦惡於未來也。**[75]

因此，在道德淪喪之際，以「談神說鬼」行「明君聖人之道」，正是一種「文以載道」的實踐，這是傳統文人的文心。五四時期，胡適稱為「儒家的宗教」，此為五四時期以科學主義打倒「孔家店」時所給予的貶詞。胡適曾列舉出「儒家的宗教」的要點有三：

一、一個有意志知覺，能賞善罰惡的天帝；
二、崇拜自然界種種質力的迷信如祭天地日月山川之類；
三、鬼神的迷信，以為人死有知，能作禍福，故必須祭祀供養他們。[76]

封建的儒家思想與鬼神迷信沆瀣一氣，不但成為中國五四新文學陣營蓄意批判的對象，同時也是台灣新文學陣營所決意根除的「惡傳統」。因此，當《三六九小報》出現了「余流覽短篇說部，獨於《聊齋誌異》一書，有偏嗜焉。觀其寫神怪滑稽悲歡離合，神情迫肖，墨汁淋

---

74 傅正谷，〈論《左傳》記夢〉，《晉陽學刊》5，1988，頁106。
75 〈無鬼論〉，《台灣日日新報》，1926年1月4日，頁4。
76 原文未見，轉引自劉為民，《科學與現代中國文學》，頁237。

漓，未嘗不掩卷低徊，而嘆古人天份之高學問之邃也」（277：4）之言論，從「儒家的宗教」以及對《聊齋誌異》的迷戀程度觀之，可見迷信的思維已為新傳統主義者所內化，甚至是審美化，正是這個審美品味（taste）的分疏，決定了蒲松齡與洪鐵濤在文學態度上的相近，同時也決定了新、舊文人的隔閡。

這些志怪小說自然不足取，那麼《三六九小報》中最具代表性的小說〈小封神〉又是如何呢？這是一個更重要的問題。〈小封神〉之作者許丙丁曾自豪地稱自己是「鄉土觀念最深的人，也是可以說我最愛的是鄉土」[77]。檢視〈小封神〉的內容，既有上帝，也有在人間受供奉的諸神（如媽祖、孔子、關聖帝君），還有山川萬物幻化的諸仙（如金魚大仙、鹿角大先），神鬼並列，相互鬥法，無止無休。或有論者認為〈小封神〉是部反迷信的小說，其理由在於〈小封神〉突顯出神仙們好賭、諉過、遷怒等人性弱點，消除其神聖的光環。[78] 這是有待商榷的觀點，僅僅觀其形而未能察其意。〈小封神〉的結局，是在神魔亂鬥之後，由代表天界最高權力者李老君（太上老君，即老子李耳）重新封神，以辨明神仙良莠，終於結束亂局。重新封神的結果，原本無辜遭厄的魁星被封為「文學界取締大天尊」，自幼平妖遭遇不測的臨水夫人被封為註生娘娘，見義勇為、和解盡瘁的土地公被封為福德正神，皆有因果循環、獎善懲惡的寓意。由此可見，〈小封神〉之敘事結構的背後有其承載儒家傳統思維的義理結構，兩者相互對話；神魔亂鬥意味著世間倫常蕩然無存，而眾神歸位則顯示作者亟欲建構的道德秩序。[79] 清代鴻儒錢大昕在〈正俗〉即云：「古有儒、釋、道三教，自明以來又多一教，曰小說。小說演義之書也，未嘗自以為教也；而士大夫、農工商賈無不習聞之，以至兒童、婦女、不識字者，亦皆聞而如見之，是其較儒、釋、道

---

[77] 原文未見，轉引自柯喬文，《《三六九小報》古典小說研究》，南華大學文學所碩士論文，2003年6月，頁159。

[78] 江昆峰，《《三六九小報》之研究》，銘傳大學應用中文研究所碩士論文，2004，頁341-342。

[79] 此論點乞靈於李豐楙論文之處甚多，見李豐楙，〈從哪吒太子到中壇元帥：「中央－四方」思維下的護境象徵〉，《中央文哲研究通訊》19：2，2009年6月。

而更廣也。」[80] 小說有其教化的職能，論者李豐楙就認為，應持「文學作為宗教」（literature as religion）的視野，才能理解宗教文學教化人心的寓意。[81] 就此理路而行，儘管〈小封神〉表現出神的「人性」，卻不曾質疑神魔的存在，反而是透過太上老君的重新封神，更加鞏固了神魔信仰的價值與守常的秩序，儼然完成了小說之教的作用。

〈小封神〉就和新傳統主義者的文學思維一般，對於舊有的封建體制有所批判，甚至是不留戀的，不過由於長期受到封建文化思想的薰陶與影響，形成了循規蹈矩的個性，因而沒有衝破封建桎梏的勇氣，因此新傳統主義者的作品雖有反封建的特質，卻又明顯暴露出他們受制於封建意識與道德秩序的沉重陰影，中國學者廖超慧便評之為「僅是一種朦朧的覺醒。因為一到關鍵時刻，他們的主人公常常『止乎禮』，而不敢徹底反叛了。」[82] 不敢徹底反叛的〈小封神〉，便非許丙丁所自稱的「滑稽童話」，而是一個包裝著迷信思想、意欲教化人民的「儒家的宗教」的再現。當然，這種「儒家的宗教」是「文以載道」的工具，為求「聖人以神道設教，而天下服矣」的功效，它是新傳統主義者的文心，但是它依然是一種迷信的象徵。

（二）新知識份子的反迷信書寫

> 拒絕與科學和哲學結伴的文學是一種毀滅性的而且是自我毀滅的文學，人們明白這一點的日子已為期不遠了。[83]
>
> ——波特萊爾

科學是新時代的思想靈魂，具有革新除舊的職能，因而科學主義在

---

80 錢大昕，〈正俗〉，《潛研堂文集》卷 17。

81 李豐楙，〈出身與修行——明末清初「小說之教」的非常性格〉，收於王璦玲主編，《明清文學與思想中之主體意識與社會‧文學篇》，台北：中央研究院中國文哲研究所，2004，頁 278。

82 廖超慧，《中國現代文學思潮論爭史》，湖北：武漢出版社，1997，頁 609。

83 波特萊爾，《作品集》，第二卷，頁 424。轉引自瓦爾特‧本雅明著，王才勇譯，《發達資本主義時代的抒情詩人》，南京：江蘇人民，2006，頁 40。

中國的五四時期被新知識份子所高舉，「民主」與「科學」名正言順地成為五四運動的口號。五四時期對「民主」與「科學」的推崇，在文學上亦是如此，周作人的〈平民文學〉一文道出「民主」的價值，而五四時期就發展出來的「科普文藝」更是以文學提倡科學的最佳證據。

「科普文藝」是中國二、三〇年代特有的一種新興文類，用意即在推廣科學的普及，最早的代表者便是茅盾及其創作的「科普散文」。茅盾認為：「我們翻開文類文明史一看，應該見得夾行裡有無形的字，便是『科學發達』。一部人類文明史，便滿畫著科學發達的痕跡。」[84] 這樣的說法恰好呼應了馬克思所指出：「宗教的批判是其他一切批判的前提。」[85] 茅盾創作於1919年至1920年間的「科普散文」就是處處迴蕩著「科學發達」的思想主旋律，並被視為「科普文藝」的先驅。真正有規模的「科普文藝」到了二〇年代末期才萌生，於三〇年代逐步形成氣候，並多樣化地展開。1935年時，「科普文藝」已經可以細分為16項，其中：科學小說、科學歌謠、科學戲法、科學趣談、工藝、史傳等為重點項目，由此可見科學主義已經成為文學創作時的重要價值。[86]

三〇年代的台灣文壇，亦尚科學主義，且有必要一提《反普特刊》以及《革新》這兩份刊物。《反普特刊》（1930.9，全一期）由赤崁勞働青年會所發行，封面上即載明「絕對地反對普渡」、「打倒一切的迷信」，可見其創刊宗旨。其內容多為反對普渡、提倡反迷信的論述，共有林秋梧〈我們為什麼要參加勞青的反普運動〉、林鐵濤〈打倒迷信的根本方法〉……等十篇文章，其餘亦有若干創作，其中以文苗（朱點人）的〈城隍爺要惱了〉與毓文（廖毓文）〈一種的榨取〉兩篇較具代表性，作者也較具文名。不過，此時的反迷信文學顯然欠缺藝術性，就像同時期的「標語口號式」的普羅文學一樣，此時台灣的反迷信文學也僅僅是「標語口號式」的。雖然如此，這種集體以反迷信為主題作為創

---

84 《茅盾全集》，第14卷，頁491。轉引自劉為民，《科學與現代中國文學》，頁153。

85 馬克思，〈《黑格爾法哲學批判》導言〉，《馬克思恩格斯選集（一）》，頁1。

86 關於中國的「科普文藝」，請參見：劉為民，《科學與現代中國文學》。本文引用部分為頁179-180。

刊宗旨的文學實踐，在台灣文學史上倒是空前的壯舉。[87]

《反普特刊》開反迷信刊物之先，到了1934年《革新》創刊，亦延續此科學主義。《革新》（1934.10，全一期）是由大溪革新會所發行，李獻璋任編輯人、廖毓文任發行人，其餘的撰稿人有賴和、楊守愚、林越峰、林克夫、朱點人、王詩琅、陳君玉、楊逵、賴慶……等人，其陣容與台灣文藝協會（發行《先發部隊》與《第一線》）大致雷同，所以儘管《革新》這份刊物如今沒有受到學界太多重視，不過它在當

時卻被視為「眾口皆碑」[88] 的力作，再加上刊物的筆陣「幾乎網羅了代表性的台灣作家」，因此也被視為「意義非凡」[89]。這可以說明，不分立場的左右、不分地域的南北，文學上的科學主義是台灣新文學家的共識。

《革新》雜誌顧名思義，便是企圖「革故鼎新」，此外，雜誌扉頁有幅有趣的插畫（見上圖），寓意更是深遠。其一，「二十世紀光明之路」的核心價值有三：最優先者為「破除迷信」，其次為「婦女解放」，再次為「婚姻自由」。這是新知識份子的中心思想，同時也是《革新》的創刊宗旨。其二，一名現代的、西服筆挺的青年知識份子正在向一名腦後蓄辮、身著碗帽長衫的年老士紳，指引這條「二十世紀光

---

87 關於三〇年代台灣科普文學的盛行，亦可參見王美惠，《1930年代台灣新文學作家的民間文學理念與實踐——以《台灣民間文學集》為考察中心》，成功大學歷史研究所博士論文，2008，頁158-166。

88 HT生，〈文藝時評〉，《第一線》，1935年1月6日，頁53。

89 楊逵，〈靈籤與迷信——《革新》雜誌上的楊逵與賴慶〉，收於彭小妍主編，《楊逵全集‧第九卷（詩文集上）》，台南：國立文化資產保存研究中心籌備處，1998，頁92。

明之路」，充分表達出「革新」的自信與意圖。這正是本章所謂的「新舊之爭」，顯現出新知識份子與傳統文人在文化思維上的對抗心理，不同於包含新傳統主義者在內的傳統文人們喜好「談神說鬼」，或將鬼神信仰視作教化人心的利器，新知識份子面對迷信等舊思維的態度則是一律禁絕、絕不寬貸。的確，誌面上所刊載的文章亦呼應此立場，跟「破除迷信」相關的文章就佔了十之八九。除了有由賴和、楊守愚所撰之〈就迷信而言〉等約十篇雜文，更重要的是還包括廖毓文〈神筶〉、朱點人〈故事〉、〈新進道士〉、陳君玉〈疑心生暗鬼〉、楊逵〈靈籤〉、賴慶〈迷信〉等六篇標榜「破除迷信」的創作，在質量上都勝於《反普特刊》。

其中最受注目的是楊逵〈靈籤〉與賴慶〈迷信〉這兩篇小說。〈靈籤〉描述一名婦人在一年內夭折三子的故事，雖說籤詩上透露「時來海底取明珠」的吉兆，無奈家計困難，孩子缺乏營養與完善的照顧，終於相繼夭折，最後對靈籤的信仰因而破滅。〈迷信〉則是在描寫三位知識青年，三人反迷信的態度各異，一者「我」最為積極，主張強制禁止。二者「景春」雖同意打破迷信，但認為迷信是從小教育的結果，一旦強制禁止，儘管表面上服從，內心必然絕對不安，因此主張打破迷信須從下一代的教育著手。三者「枝旺」較無主見，傾向於認同「景春」的意見。〈迷信〉安排了「枝旺」的弟弟久患腎臟病及其表弟阿谷走失等兩個事件，「景春」一律建議求助於神明，雖然「我」極力阻止，但是「枝旺」還是聽從「景春」的建議，結果弟弟因服食不明丹藥而隨即死亡，表弟則是在神明指示之相反方向被尋獲，以此說明迷信的破產。

兩篇小說相較，前者主題明顯，藝術成就不俗，[90] 而後者的結構鬆散，方向不明，在提倡反迷信的同時，卻造成鼓吹迷信的反效果，這一點在當時文壇就已受到注意。[91] 三〇年代的反迷信書寫還不僅止於此。首先來看郭秋生的〈鬼〉，此小說描述主人公李四某天走暗路歸家，因

---

90 此評論見楊逵，〈靈籤與迷信──《革新》雜誌上的楊逵與賴慶〉，收於《楊逵全集・第九卷（詩文集下）》，頁93。
91 此評論見HT生，〈文藝時評〉，《第一線》，1935年1月6日，頁53。

為「疑心生暗鬼」而驚嚇身亡。鄉人以為冤靈索命，遂為冤靈撿骨建祠。此陰廟偶然間讓某人發財，因此香火鼎盛，不過卻也危害地方治安。最後當地警察下令禁祠，發現陰廟供奉的枯骨竟是豬骨，才結束了這場鬧劇。〈鬼〉被楊逵評為郭秋生的代表作，當然，「立志打破迷信」被楊逵認定為〈鬼〉的價值所在。[92] 除了郭秋生的〈鬼〉之外，楊守愚的〈移溪〉是另一篇反迷信小說。〈移溪〉描寫某農村受到水災摧殘，財物損失甚鉅，農民因此想藉「王爺公」之神力將溪流移至別處，不料移溪當日出了差錯，不但王爺公的神輿落水，許多農民也喪身溪底。當時便有評論者指出：「因為要靠神明把溪移，而犧牲了生命，也正謂愚蠢的很，這有改破了素來的陋習和一般迷信的價值。」[93] 可以發現，科學主義成為三〇年代台灣新文學的精神之一，更重要的是，科學主義的文學批評也隨著反迷信文學風潮的興起而興起，由於文學批評牽涉到文學作品的審美標準，因此更足以證明科學主義成為三〇年代台灣新文學界的共識。

　　反迷信文學除了小說的文類之外，在新詩與戲劇上亦有所成。新詩方面，最具代表性的莫過於鹽分地帶詩人林精鏐（即林芳年）。林精鏐有二詩〈王爺公敗北了〉與〈街上的童乩餓死了〉，皆具「破除迷信」的用意。

　　　啊 打破傳統
　　　不能燒金銀紙
　　　也不能燃放鞭炮
　　　不久王爺公的座像破壞
　　　古廟會打成碎磚變成鋼骨水泥的原料吧[94]

　　　　　　　　　　　　　　　　　　　（〈王爺公敗北了〉）

---

92 楊逵，〈台灣文壇的明日旗手〉，收於《楊逵全集·第九卷（詩文集上）》，頁462。
93 陳夢痕，〈台新六月號小感〉，《台灣新文學》1：7，1936年8月5日，頁85。
94 林精鏐，〈王爺公敗北了〉，葉笛譯，《曠野裡看得見煙囪：林芳年日文作品選譯集》，台南：台南縣政府，2006，頁110-111。

到處揚起打破陋習的聲音

民眾覺醒的鐘聲噹噹響

童乩因貧病殘喘著

……

聰明的童乩不信現代醫學

童乩不知是否喝了過多的香灰

身體眼看著胖嘟嘟起來

發黃的身體軟綿綿地

橫臥在病床上[95]

（〈街上的童乩餓死了〉）

此二詩的意旨相同，藉由王爺信仰的沒落以及乩童生計的難以維持，點出了「破除迷信」的時代氛圍。此外，這兩首詩都採用了象徵的寫作技巧，「王爺公」、「古廟」以及「乩童」、「香灰」正是傳統迷信陋俗的象徵，其共同命運就是被「鋼骨水泥」、「現代醫學」這些現代的、科學的概念所取代，於是，過去保鄉祐民的王爺公如今自身難保，過去「聰明的」乩童如今反被聰明誤，自食其果致死。

在戲劇方面，以巫永福〈紅綠賊〉與張深切〈落陰〉這兩部劇本最具代表性。〈紅綠賊〉描寫兩名竊賊打扮成閻羅王之索命鬼差——赤鬼、青鬼的模樣，在夜裡行竊，由於善用台灣人民懼怕鬼神的心理，因此無往不利，即便失風也能順利逃脫，不料這場騙局卻被一名沒有鬼神信仰的小女孩所拆穿，終於被捕。巫永福在文末強調：「我以作者身分說一句話。我給予小娘以無神論者的位置。打算諷刺台灣的迷信。當然不妨將此劇當作喜劇來看。」這一番話便清楚表達了反迷信的創作意圖。〈落陰〉則是描寫少女青薇欲見死去的老母一面，因而進行「觀落陰」的法事，但最後回魂不成，昏迷不醒。張深切於文末指出「是曝露扛落陰的秘密及扱破迷信；所以排演要認明用意，纔有效果」，這種反

---

95 林精鏐，〈街上的童乩餓死了〉，葉笛譯，《曠野裡看得見煙囪：林芳年日文作品選譯集》，頁135。

迷信的文學主張和巫永福並無二致。

綜觀以上所論，各個文類都呈現出反迷信的風貌，而且在文學批評上亦相當有意識地標舉「科學主義」在新文學作品中的價值。這種科學主義後來也成為劉捷批判舊文學與大眾文學的基準，劉捷表示：

> 台灣民間閱讀的大眾文學的作品群之中，……一般都有很多缺乏時代精神，趣味至上的怪誕、變幻、非現實的章節。……各種演義故事的荒唐無稽和神仙小說的神秘，是現代人的頭腦所無法正確理解的性質。……台灣的漢文讀者，多半都是這種大眾文學的書迷，因此它的舊勢力相當龐大。……本島的大眾文學之中也有許多藝術價值高的作品，不能都看得一樣低俗。優秀的台灣文學作品應該多多從這些大眾文學中，適度地評論、擷取精華。唯一遺憾的是，這些大眾小說的內容幾乎都是鬼怪神仙之類，透過戲曲和講古深植在沒有科學知識的民眾的腦中，助長了本來就很迷信的島民的迷信傾向。關於這一點，從文學的寫實面或社會的教化面來看，都有必要精密調查現在流傳的大眾文學的內容，考慮它們所造成的影響，並加以改革，另一方面也要擷取適合新時代的文學思想。[96]

這種由漢文書寫的、充滿神仙鬼怪故事的大眾文學（通俗文學），雖然劉捷沒有點名批判，然可想而知《三六九小報》必在此列，這正是新舊文化思維碰撞的結果。新知識份子意欲以科學主義教化人民、啟迪民智；然而新傳統主義者的「談神說鬼」，一方面是延續向來習慣的文學品味，另一方面卻是為了「文以載道」，倡導儒家傳統思想的道德秩序。因此，儘管新傳統主義者的「談神說鬼」有其失意出世的寓意，不過助長迷信思想大行其道亦難辭其咎，就算用以「教化」人民，亦是新

---

96 劉捷，〈台灣文學的史學考察（一）〉，《台灣時報》198，1936年5月1日，收於黃英哲主編，《日治時期台灣文藝評論集（二）》，台南：國家台灣文學館籌備處，2006，頁8-9、13。

知識份子所不願為。更何況,新傳統主義者教化人民的思想內容,不是能啟迪民智、使文化向上的新知與文明,而是封建思想的復辟。那麼,新傳統主義者與新知識份子彼此之間的文化思維的差異,也就十分明朗了。

四、新傳統主義者的文心之四:緩解現代思想

　　文學上的科學主義之具備與否,成為新、舊知識份子角力的焦點,然而不僅僅是科學主義而已,新傳統主義者「文以載道」的文心,更表現在對於新知識份子的「二十世紀光明之路」的駁斥上,這個部分便是下文要討論的內容。如同哈伯瑪斯所稱,新傳統主義者的文化思維便是「倡議推行一種緩解現代性的作為」,因此以下論及新傳統主義者對現代思想的緩解與再詮釋,便是從此理路入手。

(一)詆毀現代思想

　　除了對迷信的內化以及審美化之外,《三六九小報》對於「文明」、「現代」的定義與認知,也迥異於新知識份子。例如劉魯曾言:「革新二字,近人最為歡迎,若不革新,則目為頑固,便無飯可吃矣。」[97] 便一言道盡了「革新」二字對傳統文人造成的壓迫,因此,傳統文人屢屢試圖為「革新」二字重下定義,不讓「革新」的詮釋權盡為新知識份子所掌握。《三六九小報》上的一首〈感革歌〉,是一個對「革新」表達不滿的例證。

　　一
　　拾他人牙慧,到處詡新聞,不知是糟粕,當作革命軍。
　　二
　　四千年漢文,可憐被斥呵,那知改革者,全仗舊文多。

---

97 劉魯,〈改良先生〉,《三六九小報》150,1932年2月3日,頁4。

三

最憐糟膏文，偏出革新子，一樣豬仔大，不視豬哥矣。

四

豬仔既飼大，不肯認豬哥，赤狗雖斬尾，可能假鹿麼？（349：
4，〈感革歌〉／莫晦生）

　　把西方思想視為「糟粕」，數落現代青年拾西方之牙慧、逞起革命
而數典忘祖，詩中透露出濃厚的父權思想，此立場完全反對革新，對現
代思想表現出純然拒絕的態度。這是傳統文人普遍的心聲，不過新傳統
主義者對於「革新」二字不會用斷然拒絕的立場，他們會用更迂迴的方
式去解構「革新」。由「庸」所執筆而連載於《三六九小報》的〈人世
百面觀〉，可以視為爭取「革新」之詮釋權的代表性言論。文中曾言：
「守舊者未必非，趨新者未必是，要以是非論新舊，不是以新舊定是
非。」（155：2）亦言：「吾台習慣之陋，于今猶然。頑固者，恆守舊
慣，不肯稍事革新。而自命維新者，一舉一動，往往效法歐米，雖不適
用，亦相效之。以為非如此，不足以革新。而自炫其為新時代之文明先
進者，因而矯枉過正之誚，在所不免。然能取其善者而效之，舍其不善
而去之，未使不無小補。而頑固者，亦當少（稍）事改良，存其善而去
其惡，庶免墨守之譏。若然，則新舊各得其宜，而無所偏倚，又何不平
之可慮哉？」（168：2）從剛開始打破新／舊等同於是／非、善／惡的
二分審美標準，繼而批判新知識份子「矯枉過正」，相對地只提醒傳統
文人必須「少（稍）事改良」，其厚此薄彼的心態十分明顯。到了後
來，「庸」更讚賞能揉合古法時宜的人為「識時務者」。當然，這批
「識時務者」所指涉的正是「庸」也身在其中的《三六九小報》同人，
亦即本書所謂的新傳統主義者。

　　《三六九小報》以「識時務者」自居，同時否定了傳統主義者與新
知識份子的文化思維。相較於傳統主義者而言，新傳統主義者擺脫了傳
統主義者閉鎖在自我的文化空間、對外批判新知識份子「不學無術」的
習慣，轉而主動在現代文明的文化空間，與新知識份子一較高下，並自

視有過之而無不及。這種競逐的能量比起過去被視為對現代文明「無知無感」的傳統主義者而言，實有天壤之別。另一方面，相較於新知識份子而言，新傳統主義者自信兼具傳統之美以及現代之長，因此他們正在以一種全新的形式與面貌來詮釋「現代」，以便爭取「大眾」的認同，這種揉合新／舊、現代／傳統的文化思維，是相當高明的進場策略，畢竟當新知識份子努力追求現代性卻無異於落入「殖民進步主義」[98] 的陷阱之時，他們也必須思索如何將現代性回溯至台灣的傳統性、本土性，以生產一種符合本土思考與本土特色的現代性。現代與傳統的雜揉將產生一種新的樣貌，若以印度的後殖民理論大師查特吉（Partha Chatterjee）的話來說，這種現代化的本土性「並非只是前現代過去的遺物：它們是與現代性遭遇後的新產物」[99]，這種新產物足以作為標示自我的符號，同時也作為抵殖民的精神象徵。所以當新知識份子回首追尋傳統性、本土性時，新傳統主義者卻已早就行之有年，操作著「現代化的本土性」（如台灣話文、鄉土文學等）的文化資本，例如民間文學的採集以及台語的整理與提倡便是明證，如此一來，由於新傳統主義者的介入，使得新／舊、現代／傳統的界線也就模糊了起來，新知識份子與新傳統主義者之間的角力抑或協力，也就越形複雜。

　　新知識份子在「現代化的本土性」上與新傳統主義者的對話與競逐，乃是後話，此處著重於討論新傳統主義者所跨出的第一步，亦即詆毀現代思想。雖然新傳統主義者同時要求傳統主義者「少（稍）事改良」以及批判新知識份子「矯枉過正」，但是實際上《三六九小報》內對傳統道德文化「少（稍）事改良」的作為並不積極，僅僅在婚喪習俗、迷信風俗（反對普渡）、鴉片賭博等「違背時宜亦難圖存」的表面上的陋習有所檢討，[100] 並未真正觸及儒家文化傳統的思想內涵。反觀新傳統主義者對於現代文明「矯枉過正」的批判卻是大鳴大放，而事實

---

98 此概念見游勝冠，《殖民進步主義與日據時代台灣文學的文化抗爭》，清大中文所博士論文，2000。
99 帕爾塔‧查特吉著，田立年譯，《被治理者的政治：思索大部分世界的大眾政治》，桂林：廣西師範大學，2007，頁9。
100 江昆峰，《《三六九小報》之研究》，銘傳大學應用中文研究所碩士論文，2004，頁334-347。

上他們所大力批判的焦點正是自由、平等等現代思想之核心價值，可謂招招盡是直搗黃龍的殺著。

> 青年男女，以自由戀愛平等為口頭禪，自謂新時代之金聲玉律。不知自由太過，則蕩檢逾閑。戀愛過度，則觸情妄動。平等無倫，則尊卑失序。吾以為自由者，自尤也。戀愛者，亂愛也。平等者，並等也。（156：2，〈人世百面觀（二）／庸〉）

自由、戀愛、平等這些現代普世價值，在新傳統主義者的口中僅具備了「蕩檢逾閑」、「觸情妄動」、「尊卑失序」的負面意義；更有甚者，利用具有本土性的台語，將此三個概念再度扭曲為「自尤」、「亂愛」、「並等」，一方面試圖模糊自由、戀愛、平等原本的涵義，另一方面則是重申傳統三綱五常的重要性，因此，無疑是一種「文以載道」的實踐。職是之故，新傳統主義者對於現代知識青年的評價並不客觀，反而多帶有嘲諷與詆毀的意味。且看《三六九小報》如何為「文明先生」作傳。

> 先生，籍隸東方，服膺西化，身衣洋衣，頭冠洋冠，足革履，手木杖，其裝束也，儼然西方之俊少。驟睹其外觀，饒有洋味，**若探其內裡，惟餘草包，些味全無。知之者號先生為文盲，不知者譽先生為文明。先生色然喜，亦以文明自居，而無愧色，蓋不知盲明之異字同音也。（中略）蓋所學不能有所用也，知之者竊笑先生不才，不能為世用，不知者即憐先生無運，不得為世用。先生**不自羞，詡詡然仍以文明自居，甘受文盲之誚。後益狂蕩不羈，藉重交遊，實行其出社會之明證。與往來者，大都腹內空洞，點滴全無，號稱新時代之俊者。一輩真才實學之士，與先生攀談，均遭白眼相向，蓋所答而非所問，瞳目直視，不能致一辭。（中略）有某女士者，迎合新潮流之摩登女也。稍得文明之學，喜拜自由之神。形骸放浪，善與人交。人譏浪漫之女，自謂

交際之花。猝然與先生遇，學業平等，品性平等，自由平等，翕
然而合。遂由相戀姘識，而作至愛結合，取之而歸。**知之者嗤為
一雙壞貨，不知者羨為一對璧人。**（457：2，〈文明先生傳〉／
贅仙）

　　此處對於現代思想的緩解，可說發揮到了極致。批評「文明」之士
為「文盲」，再批評現代思想不過是「草包」、「不能為世用」，又批
評自由戀愛的青年男女為「一雙壞貨」，其論點與另一作者「庸」是完
全相同的。前已述及，新傳統主義者極為重視儒家的倫常觀念與尊卑秩
序，這種「父權」的思維就表現在對「女權」的箝制。女權的解放向來
是新知識份子吸收現代性時所念茲在茲的議題，在「二十世紀光明之
路」那幅圖畫中，「婦女解放」與「婚姻自由」更是僅次於「破除迷
信」，成為現代思想的核心價值（見上一小節）。因此，新傳統主義
者與新知識份子不僅對於「破除迷信」的認知上有所出入，對於「女權」
解放的認知更有天壤之別。

（二）對女性身體解放的抑制

　　新傳統主義者對女權的抑制主要表現在兩個層面，其一為對女性身
體解放的抑制，其二為對戀愛自由／婚姻自由的抑制，而對這二者的抑
制都反映出傳統文化的男性沙文主義與父權思想的視角，因為自由一詞
損及尊卑秩序，危及家父制的權威地位。這種心態，從古圓（蕭永東）
所說的「男女自由平等日，爹娘古董已無權」（112：2）這句話，就表
露無遺。為了鞏固父權的權威地位，新傳統主義者便針對已經脫序，甚
至失序的女性形象著手。如《三六九小報》所稱「輓近維新士夫，三行
未修，六順竟去，六大之恩已漠置諸九霄。三黨之親，不待疏於六等。
女士則昧三從之義，失六儀之禮。戀愛直等於三飯，自由豈止夫六合。
襲新學之皮毛，自視九苞六么之鳳。效曲線以示美，顯炫三頭六臂之
妖。」（217：2，〈祝三六九小報二週年〉／蕉麓）這都是對現代思想
的一種詆毀。其中，更是對女性「襲新學之皮毛，自視九苞六么之鳳」

這種「麻雀變鳳凰」的心態相當不滿。文中的「九苞」是指九皇大帝，是中國傳統信仰最崇高的天神[101]；「六么」則是唐代軟舞的一種，亦稱「綠腰」，優美柔婉是其特色，白居易〈琵琶行〉中「輕攏慢撚抹復挑，初為霓裳後綠腰」一句，就是在形容此舞蹈之美感。因此批判現代女性自視為「九苞六么之鳳」，也就是批判其自比出身高貴、身段柔美的千金閨秀。新傳統主義者的詆毀之因無他，因為這種現代文明的價值無疑侵犯了封建文化所建構的等級秩序。此外，「效曲線以示美，顯炫三頭六臂之妖」一句更是對女性身體的解放無法苟同，並加以妖魔化。此類觀點在《三六九小報》中俯拾即是，茲錄一詩以作說明。

> 蓬蓬短鬢賣風騷，忍把烏雲付剪刀。後殼真如鴨屁股，頂平恰似雞頭毛。有時梳個三分破，變相粧成現代髦。倘向高唐遊夢後，起來散髮等妖魔。（95：2，〈毛斷女〉／花道人）

將現代女性（毛斷女）的髮型喻為「鴨屁股」、「雞頭毛」，果然一絕。自然，這種披頭散髮的妖魔豈能位登「九苞六么之鳳」，是新傳統主義者堅定不移的觀點。這是新傳統主義者再一次捍衛封建文化之等級秩序的明證。那麼，女性在新傳統主義者的眼中，應該具有什麼形象呢？且看以下文字：「夫查某者，萬人之玩物。開錢者，一時之嫖客。而嬲暢若夢，為淫幾何。（中略）開銀票以探花，攜織手而賞月。不有艷作，何伸春懷。如開不成，罰伊批頬無數。」（94：4，〈開查某會序〉／迂儒）將女性視為當然的玩物，如若不從，即施以批頬（打耳光）之罰，除了男性沙文主義的再現之外，同時也展現出金權的傲慢。換言之，此文不僅再現了男尊／女卑的傳統倫常觀念，更透露出富貴／貧賤的等級秩序，而這兩者，便是新傳統主義者所同時捍衛的價值。女性必須順從，這是新傳統主義者的堅持，女性的身體形象有其服膺於傳

---

101 九皇大帝是指與玉帝同一品位的先天大神「勾陳天皇大帝」、「北極紫微大帝」以及北斗七星的貪狼、巨門、祿存、文曲、廉貞、武曲、破軍。

統美學的秩序，對新傳統主義者而言更是不辯自明的道理。再來看「毛斷」示人的現代女性，顯然不符合上述的審美標準，也難怪新傳統主義者視之為「鴨屁股」、「雞頭毛」了。女性身體的解放，是一種外在的現代性（物質現代性），卻已經對新傳統主義者造成莫大的權力等級秩序失衡的焦慮，欲除之而後快。至於戀愛自由／婚姻自由等精神層面的現代性，對新傳統主義者的刺激與衝擊可想而知，而新傳統主義者的反撲亦火力全開。

（三）對戀愛自由／婚姻自由的抑制

前述新傳統者主義者將自由戀愛而結合的現代男女嗤之為「一對壞貨」，就可以明白新傳統主義者抑制戀愛自由／婚姻自由的基本思維。然而，新傳統主義者面對戀愛自由／婚姻自由的態度與其說是一成不變的，不如說是辯證的。1912年，《台灣日日新報》上的一篇小說〈情死〉，就對婚姻不自由的現象發出不平之鳴，「支那兒女婚姻。素受家庭專制。朱陳強合流弊滋多。或願阻三生。或悲與怨偶。以致情天莫補。恨海難填。良可慨也。」小說描述一對男女因為家長反對，無法因愛而結合，最後雙雙殉情，然死後家長仍不願兩人合葬。小說最後以「然觀彼痴男怨女。皆不幸而鬱抑以死。婚姻不自由之惡果，亦可鑒矣」[102] 這幾句話，道出無限唏噓。這是一種意欲打破「惡傳統」的思維，然此思維在二〇年代台灣社會極力追求西化的風潮中，也產生了質變。

二〇年代末期在《台灣日日新報》上所生產的〈李淑蘭〉（1927）、〈邵稼農〉（1929）、〈泡影婚姻〉（1929）、〈離合婚姻〉（1929）等小說，正好提供了觀察台灣新傳統主義者思維質變的一個方式。〈李淑蘭〉的主角李淑蘭，「是個出洋女學生」，「既醉心歐化，素尊崇自由戀愛主義」的現代女性，然她卻以自由戀愛之名，結識有婦之夫王建文，迫其離妻棄子，兩人才得以結婚。但李淑蘭婚後亦不安於

---

102 〈情死〉，《台灣日日新報》，1912年4月]27日，頁5。

室，離家出走，淪為娼妓，小說文末如此批評：「新女稍不自慎。末路往往如斯。若淑蘭者。是其龜鑑。」[103] 且不論李女淪為娼妓的情節是否合理，此作可見此時台灣傳統文人的視角，已經從同情婚姻不自由的立場，轉而批判自由戀愛了。相似的思維也出現在〈邵稼農〉，小說描述邵稼農是個「戀愛崇拜者」，因此與「時髦女子」龔芳瑛一拍即合，在家長的同意下完成了訂婚，卻遲遲未完婚。其間，龔女向邵稼農索求鉅款，邵雖知龔女情意轉淡，亦從之。最後，龔女以「戀愛自由」為由要求解除婚約，邵一氣之下刺死龔女，後自刎而亡。[104] 此等敘事結構就和〈李淑蘭〉相仿，意在突顯戀愛自由／婚姻自由之「惡」，其惡果必自嚐。另兩篇小說〈泡影婚姻〉與〈離合婚姻〉的意旨則極為相似，都是指摘現代男女視離婚為兒戲的輕率態度，正如〈離合婚姻〉所言：「即就離婚一事言。朝為琴瑟。暮作路人。乖舛倫常」[105]，也都在批判婚姻自由所造成的道德淪喪。

到了三〇年代，新傳統主義者的思維又有些變化，這從《三六九小報》中的小說〈新舊兩女〉可以看出端倪。小說設定兩位主角，一為「從日本留學畢業回來」的新女性歐跨亞，一為「純粹支那式」的傳統女性溫淑貞，歐跨亞慫恿溫淑貞追求真愛，私定終身，不料溫淑貞隨即翻臉。歐跨亞搖頭嘆息：「可憐可憐。這野蠻女子。執迷不悟。總是受孔子的毒。」另一方面，溫淑貞亦私下評論：「可惜可惜。好好一個歐小姐，念了幾年洋書，竟吃了洋人的迷藥咧。」這種敘事結構將新舊兩女都各打五十大板，似乎站在一種超然的位置，這種位置正是自命為「識時務者」的新傳統主義者的思維態度。然而，看似超然中庸的立場並非毫無偏頗，從兩位人物的名字來看，歐跨亞意味著「西風東漸」，是個中性之詞，不過，溫淑貞就意味著「溫良、賢淑、貞潔」，富含褒揚之意。換言之，新傳統主義者雖然試圖在現代性與傳統性之間保持中立的立場，然其思維卻往往偏向傳統性一側，則是不爭的事實。這樣的

---

103 〈李淑蘭〉，《台灣日日新報》，1927年11月27日，頁4。
104 〈邵稼農〉，《台灣日日新報》，1929年12月16日，頁4。
105 〈離合婚姻〉，《台灣日日新報》，1929年3月15日，頁4。

文化思維，在以下的文字中表現地最為透徹。

> 蓋新例未必皆良，舊慣未必皆陋，要擇其善者而從之，其不善者
> 而改之，暫暫改良，必能達維新之目的，又何必過於急急也。況
> 父母死後，凡事皆可任意改易，暢所欲為，以實行新家庭之組
> 織，亦未為晚。惟此後妻子之自由，恐比爾更甚焉，彼時之苦
> 味，自能親嘗也。（262：2，〈加減講〉／醉話）

此處所述，可謂呼應自由即「自尤」的刻板印象。文中的論述表面
上是站在「新例未必皆良，舊慣未必皆陋」的中庸立場，表明「擇其善
者而從之，其不善者而改之」的態度，不過從呼籲新知識份子「暫暫改
良」（漸漸改良）、「何必過於急急」之語可以看出，正是哈伯瑪斯所
謂的「倡議推行一種緩解現代性的作為」。「緩解」（remission）並不
意味著根除與禁絕，而是意味著緩和、抑制與延遲。由於自知現代思想
是時勢所趨，「違背時宜亦難圖存」，所以自命為「識時務者」的新傳
統主義者並不奢望禁絕現代思想的入侵、根除現代思想的影響，反而是
採取吸納現代思想並從中解構其價值的策略，只要使現代思想在台灣的
傳播與接受產生抑制與延遲的效果，就已經達成其目的，這便是新傳統
主義者之文化思維的特色。

論述至此可以清楚看出，新傳統主義者自許為「識時務者」，可以
接受現代科學文明的洗禮，可以接受西風東漸的事實，但是他們卻完全
不能接受現代思想侵入傳統道德文化的精神層面，因而導致新傳統主義
者所傳播的「維新」思想，不過是一種假象，其真正的用意仍然是為了
「守舊」而已。因此，在面對西方文學的態度上，他們將西方文學視為
拯救漢學衰微地位的工具。在偵探小說的書寫上，他們利用科學的修
辭、通俗的形式，試圖包裝傳統道德思想。在志怪小說的書寫上，他們
利用人民的迷信與鬼神信仰，欲行「聖人以神道設教，而天下服矣」的
文化事業。最後，他們也在「倡議推行一種緩解現代性的作為」，這無
非是一種「文以載道」的行為，這是新傳統主義者的文心，同時當然也

是他們所捍衛的價值與秩序。

　　從這樣的文心來看，新傳統主義者雖然欲在「新思想」的文化空間與新知識份子競逐，不過他們所倡導的維新思維與其說是為了啟迪民智、教化人民文化向上，不如說是為了自身階級的既得利益，欲爭取更多人民的認同，至於人民真正的需求並非優先考量。所以，他們所宣揚的「以廣文運」最後只造成「平添民眾敬而遠之的憾事」，他們的筆下沒有人民的生活經驗與情感，也較為缺乏向人民學習的謙卑態度。因此，《三六九小報》抑或新傳統主義者雖然是以一種貌似「大眾化」（通俗）的媒體策略來進行文化宣傳，然究其實質內容，應稱之為「化大眾」（文以載道）或許更為貼切。

第三節　台灣認同抑或中國想像

　　傳統文化的本土性，是新傳統主義者厚實的文化資本（cultural capital）。論者指出傳統文人對於新知識份子所發起的鄉土文學運動亦積極參與，並與新知識份子保有協力的關係，[106] 其實正是雙方在本土性上找到了合作的基礎。但是，必須指出，新舊知識份子的這種合作關係實際上是建立在兩種不同的思維基礎之上：當新知識份子從二〇年代孺慕中國五四文學現代性的情緒中脫出、轉而進行台灣主體文化的建構時，新傳統主義者則是選擇以回歸中國文化的「雅」性，以抵制台灣新文學的「俗」性。因此，新舊知識份子對於何謂「鄉土」的認知就產生了根本性的斷裂。

一、擺盪於台灣認同與中國想像之間：新舊文學的軌跡

　　二〇年代的新文學倡導者有著極為強烈的「祖國情結」，從黃呈聰所言：「中國就是我們的祖國……。若就文化而論，中國是母我們是

---

106 黃美娥，《重層現代性鏡像：日治時代台灣傳統文人的文化視域與文學想像》，台北：麥田，2004，頁106-113。

子，母子生活的關係情濃不待我多說。」[107] 以及張我軍指出「台灣的文學乃是中國文學的一支流。本流發生了甚麼影響、變遷，則支流也自然而然的隨之而影響、變遷，這是必然的道理」[108] 這些論述都在形構台灣新文學運動必然中國化的象徵秩序。然而到了三〇年代，隨著台灣文化民族主義的興起，台灣文學場域的秩序與結構也開始產生轉變。從新文學的領域來說，二〇年代的文學運動是以提倡白話文的書寫與閱讀的《台灣民報》為其中心。然而若仔細觀察《台灣民報》的內容，就可以發現《台灣民報》的編輯方針到了三〇年代有了顯著的調整，那便是中國作品比例的大幅下降。

眾所皆知，《台灣民報》上由張我軍掀起了新舊文學論戰，力倡台灣的新文學運動，不過此時台灣新文學尚處搖籃時期，新文學作品之質量自然未達水準。此時《台灣民報》的文藝欄不得不大量轉載中國的新文學作品，以提台人觀摩、學習之用，因此在中國文壇發行的《民鐘》、《國聞週報》、《現代評論》、《泰東月刊》等刊物之作品，便躍然登上台灣文學的舞台。[109] 就提倡白話文而言，轉載中國文學作品的立意雖佳，不過看似精采的《台灣民報》文藝欄實則成為中國文學作品的展演舞台，卻是不爭的事實。此情形可由下頁簡表說明。

中國文學作品所佔的比例，《台灣民報》在1929年達百分之72，1930年亦有百分之59之多，這使得號稱「台灣人唯一喉舌」的《台灣民報》，似乎在文學作品方面名實不符。反觀到了《台灣新民報》時期，雖然在1930年仍保有百分之49的比例，不過台灣文學作品與中國文學作品的比例已經約略相當，可以看出台灣文學作品數量上升的趨勢，到了1931年，中國文學作品比例驟降至百分之13，1932年甚至降到零，至此中國文學作品充斥台灣文壇的現象已不復見，此現象象徵著《台灣新民報》文藝欄成為真正屬於台灣文學的園地。造成此一現象之

---

107 黃呈聰，〈論普及白話文的新使命〉，收於李南衡編，《日據下台灣新文學文獻資料選集》（以下簡稱收於《文獻資料選集》），台北：明潭，1979，頁11。
108 張我軍，〈請合力拆下這座敗草叢中的破舊殿堂〉，收於《文獻資料選集》，頁81。
109 黃得時，〈台灣新文學運動概觀〉，收於《文獻資料選集》，頁290。

《台灣民報》與《台灣新民報》上中國小說比例相較一覽表

	年度	小說總篇數	中國小說篇數	比例（％）
台灣民報	1929	74	53	72
	1930 （至3月22日止）	17	10	59
台灣新民報	1930 （自3月29日起）	65	32	49
	1931	92	12	13
	1932 （至4月9日止）	22	0	0

註：小說篇數皆以刊載回數計算，亦即同一小說連載五回即算五篇，如此較能呈現篇幅的比例。

因，一方面此時受到了政治運動轉進文學運動的影響，另一方面鄉土文學論戰的爆發，「台灣作家第一次把文學當作嚴肅的議題相互交換意見」[110]，因此也促進了台灣作家創作意願的提升，使得原本《台灣民報》文藝欄的創作群幾乎僅限於彰化作家賴和、楊守愚、陳虛谷的窘況，1931年後加入郭秋生、蔡秋桐、夢華、林克夫、朱點人等創作量豐富的生力軍，台灣文壇也終於呈現出脫離中國文學作品宰制的局面。這對於台灣的文化民族主義的發展，極具指標意義。

鄉土文學論戰的過程，對於台灣話文的討論之比重似乎高過鄉土文學，在當時就已被認為有牛頭不對馬嘴之嫌。[111] 不過撇開這些鄉土文學論戰所製造出來的迷霧不談，鄉土文學論戰對於台灣的文化民族主義的建構，有其實質貢獻。以《台灣新民報》來說，在第二版一直常設有專以分析國際情勢（尤其是中國情勢）與審度台灣殖民政策利弊的「社說」（即社論），在1931年8月1日史無前例地刊出〈台灣文學的整理

---

110 陳芳明，《台灣新文學史》，台北：聯經，2011，頁98。

111 張深切曾在鄉土文學論戰後期指出：「台灣鄉土文學與台灣話文，原來是截然兩件問題，為什麼偏要掛上鄉土文學的招牌，而打著台灣話文的混仗？真要令人摸不著頭顱！」而且又說：「賴明弘氏主張階級鬥爭的文學，那是再好的沒有，可是他駁擊郭秋生氏的理論和嘗試集，這有點牛頭不對馬嘴。」張深切，〈觀台灣鄉土文學戰後的雜感〉，《台灣新民報》972，1933年11月3日，收於中島利郎編，《彙編》，頁417-418。

與開拓〉這篇社論，指出「一個地方有一個地方的特色，這裡就有地方文學的存在」，肯定了台灣文學存在的必然，更重要的是此論述顯示出與中國文學區隔的用意：「徵之本報之文藝欄，以前皆由中國輸載，不勝遺憾，近年來作家日多，幾全自己開拓。這點很可表現出台灣文學界的可喜。」此番說法可謂對上述台灣文壇脫離中國文學作品宰制的現象，作了最好的註腳。

不過，這篇社論的價值還不僅止於此。文中所提及的「舊的果須整理，新的更要開拓」、「整理舊的目的，亦則為備創新的基礎」這種概念，是三〇年代文化民族主義較諸二〇年代更為進步之處。何故？因為二〇年代文化民族主義出於對中國五四現代性的仿擬，因此複製了「貴今賤古」的邏輯，「新」的概念就在台灣人追求現代化的洪流中，成為承載高度文化資本的修辭，因此，二〇年代的文學運動是以破舊（打倒舊文學）立新（建立新文學）作為基調，相對於「新」的「舊」以及相對於「現代」的「傳統」，都摒除在文化啟蒙運動的理性思維中。不過到了三〇年代，新／舊、現代／傳統的界線已經模糊許多，這不但是查特吉（Partha Chatterjee）所謂的「現代化的本土性」，同時也是西方民族主義研究者所指出的，在民族主義的建構中，當傳統被賦予新的元素，就開始具備了現代的意涵。[112] 霍布斯邦也一再提醒我們，民族主義的發展不可能是永遠直線前進、追求創新，它必然依賴一個「被發明的傳統」（invented tradition），來創造民族的歷史記憶以及關於祖先的共同神話。[113] 三〇年代對於民間文學的重視，正可說是此一思維的印證。

三〇年代整理民間文學的熱潮，可上溯二〇年代末期。1927年6月，鄭坤五在《台灣藝苑》上連載「台灣國風」，開文藝雜誌登載民謠的先例。1930年9月創刊的《三六九小報》也接著在「黛山樵唱」一欄

---

112 吉爾・德拉諾瓦著，鄭文彬等譯，《民族與民族主義：理論基礎與歷史經驗》，北京：生活・讀書・新之三聯書店，2005，頁106。
113 霍布斯邦，〈第一章 導論：發明傳統〉，E・霍布斯邦、T・蘭格著，顧杭、龐冠群譯，《傳統的發明》，南京：譯林，2004。

先後刊載百餘首歌謠，其次，《三六九小報》上亦有「史遺」專欄，搜羅台灣的軼聞軼事。1931年1月醒民（黃周）〈整理「歌謠」的一個提議〉[114] 一文，首次意識到台灣歌謠就是「民族的詩」，極具保存與研究的必要，隨即獲得賴和的支持[115]，《台灣新民報》也因而成為收集、整理台灣歌謠最有成績的刊物。1934年夏，李獻璋更在《台灣新民報》上主持「謎語纂錄」，收集台灣歌謠形式的謎語，受到好評。1935年1月《第一線》推出「台灣民間故事特輯」，使得民間故事也得到普遍的重視，「台灣文藝協會」也滿懷自信地稱為「空前的壯舉」[116]。1936年6月，李獻璋所編著的《台灣民間文學集》也在「台灣新文學社」的協助下出版，內容包含歌謠與故事，無論質量都更勝以往，可謂三〇年代民間文學收集的集大成。[117]

　　回顧醒民（黃周）〈整理「歌謠」的一個提議〉提倡整理民謠的動機，是在於驚覺台灣兒童已不習台灣歌謠，淨唱日語歌謠，在漢語與台灣舊有文化消失的危機感下，因而以「日就廢頹的固有文化的保存尚不可不作的目的在焉」作為號召，提醒台灣知識份子重視民謠與民間文學日益消失的嚴重性，「怕再幾年，較有年歲的人死盡了，就無從調查」，點出了整理民謠的迫切性。文中更徵引義大利的衛太爾的話指出：「根據在這些歌謠之上，根據在人民的真感情之上，一種新的『民族的詩』也許能產生出來。」由「民族的詩」的建構來說，《台灣新民報》在三〇年代初期的文學場域形成過程中，就萌生了「台灣民族文學」的概念，致使二〇年代依附中國意識而產生的台灣文化民族主義，有了更明確的內涵。[118]

---

114 載於《台灣新民報》345，1931年1月1日，頁18。

115 從醒民（黃周）〈整理「歌謠」的一個提議〉文中引用賴和回覆的書信可知，賴和對於整理歌謠的提議大表贊成，《台灣新民報》345，1931年1月1日，頁18。

116 見《第一線》的編輯後記，1935年1月6日。

117 以上民間文學輯錄的情形可參見李獻璋，〈自序〉，《台灣民間文學集》，頁2-3。

118 黃周的〈整理「歌謠」的一個提議〉一文許多論述乃轉引自中國北大歌謠研究會之機關誌《歌謠周刊》的〈創刊詞〉，詳細情形可參見楊麗祝，《歌謠與生活──日治時期台灣的歌謠采集及其時代意義》，台北：稻鄉，2003，頁107-108。

新知識份子與新傳統主義者在民間文學與鄉土文學的提倡上獲得合作的機會，不過並不代表兩者的文化思維完全一致。在新文學的表現上，不只是數量上明顯壓倒同時刊載於《台灣民報》與《台灣新民報》上的中國文學作品，在內容上，台灣新文學作品往往以台灣作為書寫的對象，所以當黃石輝提倡書寫台灣的事情景物的鄉土文學時，廖毓文立即反問台灣文學「哪一種沒有染筆於鄉土的事情？沒有染筆於鄉土的景物呢？」[119] 由此可見，台灣的新知識份子對於台灣文學表現鄉土一事，有著極高的自信。但若觀察新傳統主義者的文學作品，情況就兩樣了。詳細情形請見以下簡表。

《三六九小報》之中國題材小說比例一覽表

	島內型	大陸型	其他	總數	島內型比率（％）	大陸型比率（％）
志人小說	48	64	0	112	43	57
志怪小說	13	18	15	46	28	39
全部小說	51	82	181	314	16	26

＊ 資料來源：依柯喬文，《《三六九小報》古典小說研究》（南華大學文學所碩士論文，2003）頁203-235之附表所製。

　　此處所謂的「島內型」與「大陸型」，正是書寫台灣與書寫中國的差異。可以發現，雖然新傳統主義者對於鄉土文學的實踐獲得了學界普遍的掌聲，不過數據指出，《三六九小報》的文學作品不論是志人小說還是志怪小說，書寫中國的比例都明顯高於書寫台灣的作品。那麼，當《三六九小報》成為中國人物、甚至是鬼魅躍然而上的舞台時，它所展演的鄉土空間究竟是中國還是台灣，抑或兼而有之，就十分值得吟味了。特別值得一提的是鄭坤五。他在鄉土文學論戰中，曾以〈就鄉土文學說幾句〉一文指出：「現在咱台灣表面上，雖也有白話文，但不過是襲用中國人的口腔，你們、我們、那末、這般等等各地的混合口調而

---

119 毓文，〈給黃石輝先生——鄉土文學的吟味〉，收於中島利郎編，《彙編》，頁66。

已，不得叫做台灣話文了。說來也好笑，連我也是這樣濫製的南北交加畸形式的台灣白話文，所以要鼓吹真正台灣鄉土文，實在刻不容緩的，台灣音字的創造（即輔助字）和台灣鄉土文學有連帶的關係。」[120] 此論點被視為新舊知識份子在鄉土文學運動的平台上相互協力的一項有力證據，[121] 也被視為將鄉土文學等同於「國學」的民族主義論述，[122] 在現今學界享有盛譽。與此同時，《三六九小報》也因為「受到台灣話文與鄉土文學運動的刺激，遂巧妙結合了台灣文化的鄉土性，摻雜市井俚語，散發獨具魅力的民間氣息」，亦獲得好評。[123] 那麼，當鄭坤五遇上《三六九小報》，理應激盪出更多具有鄉土色彩的火花，但是，實際情形卻恰恰相反。

鄭坤五在《三六九小報》上最具份量的創作，是名為〈大陸英雌〉的現代長篇小說，全篇用近似中國白話文的語言寫成。此小說連載188回，約費時兩年，不僅是鄭坤五個人最為長篇的作品，對總期數479期（五年）的《三六九小報》而言，也是刊物上刊行最久、篇幅最長的鉅作，因此不能等閒視之。此一鉅作理應符合鄉土文學的要求，不過實際情況卻相差甚遠。首先，由小說篇名可知，描寫的是中國某英勇的女性，其展演的空間不是台灣。其次，全文使用近似中國白話文創作，之所以強調「近似」二字，是因為小說使用「文白夾雜」的語言。雖然此「文白夾雜」的語言並不能稱之為純粹的中國白話文，[124] 不過它卻明顯刻劃出傳統文人習作中國白話文的企圖與痕跡，這才是更值得注意的

---

120 坤五，〈就鄉土文學說幾句〉，收於中島利郎編，《彙編》，頁230。

121 黃美娥，《重層現代性鏡像：日治時代台灣傳統文人的文化視域與文學想像》，台北：麥田，2004，頁108-110。

122 吳叡人，〈福爾摩沙意識型態：試論日本殖民統治下台灣民族運動「民族文化」論述的形成（1919-1937）〉，《新史學》17：2，2006，頁167。

123 黃美娥，〈差異／交混、對話／對譯：日治時期台灣傳統文人的身體經驗與新國民想像（1895-1937）〉，收於梅家玲編，《文化啟蒙與知識生產：跨領域的視野》，台北：麥田，2006，頁307。

124 論者許俊雅曾將〈大陸英雌〉列為文言小說，柯喬文則改列為白話小說，可見〈大陸英雌〉所使用的「文白夾雜」的語言確實造成研究者在判讀時的困擾。事實上，〈大陸英雌〉的「文白夾雜」是新傳統主義者適應現代的一種痕跡，因此應列為白話小說較為合理。許俊雅與柯喬文的說法請分別見：許俊雅，《日據時期台灣小說選讀》，台北：萬卷樓，1998，頁748。柯喬文，《《三六九小報》古典小說研究》，南華大學文學所碩士論文，2003，頁205。

地方。如此一來，一個顯而易見的矛盾便產生了。鄭坤五與《三六九小報》豈非台灣話文與鄉土文學的支持者？為何刊行最久、篇幅最長的代表作，竟無關乎台灣話文，也無關乎鄉土文學，而是以中國白話文來展演中國的人物事蹟？那麼，又該如何看待鄭坤五與《三六九小報》所展演的鄉土性，成為下文緊接著要追問的問題。

二、新傳統主義者的族裔意識

台灣認同的表徵往往被認為是台灣話文與鄉土文學的實踐，在這其中，台語[125] 的存在佔有很重要的地位，也因此，操持甚或提倡台語的行為往往被輕易地等同於台灣認同的再現，其代表人物便是連橫。[126]論者王德威在談傳統文人的文化思維時，曾經點出他們的**遺民意識**，認為他們身上仍有很強烈的「故國黍離之思」。[127] 毛文芳援引王德威的觀點接著指出，以連橫為代表的傳統文人，在其熟悉的傳統漢學基礎上背負使命感，不僅作史乘，留存詩史詩家，為整理台灣的語言近推漳泉、遠溯中國，確係遺民心意。[128] 因此我們可以推知，儘管連橫作《台灣通史》，賦予了台灣人的空間意識與時間意識，又力倡鄉土文學，謂：「凡一民族之生存。必有其獨立之文化。而語言文字藝術風格。則文化之要素也。」[129] 強調了台灣獨立文化之重要性，不過由於遺民意識使然，連橫等人所具有的台灣意識，恐怕也僅只是包覆在漢民族意識之下的族裔意識（ethnic consciousness），這也正是論者吳叡人亦將連橫等傳統文人的文化認同定義為「非中國的漢族民族主義」（non-Chinese Han nationalism）的理由。這樣的台灣意識，和蔣渭水在1923

---

125 此處的「台語」專指福佬話，並非泛指所有的台灣本土語言，然因日治時期台灣社會習慣以「台語」來指涉福佬話，因此本文襲用此一歷史現場的名詞。

126 黃美娥，《重層現代性鏡像：日治時代台灣傳統文人的文化視域與文學想像》，台北：麥田，2004，頁111-112。

127 此言出自王德威「台灣文學與世界文學的關係」之演講活動，原文未見，轉引自毛文芳，〈情慾、瑣屑與詼諧──《三六九小報》的書寫視界〉，《中央研究院近代史研究所集刊》46，2004年12月，頁164。

128 毛文芳，〈情慾、瑣屑與詼諧──《三六九小報》的書寫視界〉，《中央研究院近代史研究所集刊》46，2004年12月，頁164。

129 連橫，〈雅言（一）〉，《三六九小報》新年增刊號，1932年1月3日，頁1。

年治警事件中接受審問時所答：「台灣人是中華民族即漢民族」的邏輯基本是一致的。此一族裔意識發酵之後，便將身分的認屬脫離政治的範疇，而轉向文化的領域，這也就是吳叡人在分析二〇年代台灣民族主義運動時所使用的「華人」（ethnic Chinese）認同的概念。[130] 可以發現，廖毓文、賴明弘等支持中國白話文的左翼知識份子，其實與連橫等支持台灣話文的新傳統主義者有著類似的族裔意識，兩者皆可視為「漢族民族主義者」。所不同的是，前者認同的是新中國之現代性，後者則對舊中國的傳統性有著深度的緬懷。職是之故，新傳統主義者支持台灣話文的立場，就與黃石輝、郭秋生等左翼本土主義者欲以「民族語言」的框架定義台灣話文的思維大相逕庭。一個值得討論的案例便是連橫在整理台語上所發出的相關言論。

> 夫台灣之語傳自漳泉，而漳泉之語傳自中國。其源既長，其流又長。張皇幽渺，墜緒微茫。……乃知台灣之語，高尚優雅。有非庸俗之所能知。且有出於周秦之際，又非今日儒者之所能明。**余深自喜**。試舉其例。汩也潘也，名自禮記。台之婦孺能言之，而中國之士夫不能言。……余懼夫台灣之語日就消滅，民族精神因之萎靡，則余之責乃婁大矣。[131]

連橫將台語定義為「高尚優雅，有非庸俗之所能知」的語言，其對話之對象是二〇年代提倡「雅正」的中國白話文、拒斥「低俗」的台灣話文的張我軍。[132] 論者吳叡人認為連橫是第一個提出以歷史語言學為基礎的「台語有音有字論」，並暗示了一個「以漢字表記台語」的途徑，不但為來年台灣話文爭議提供解決之道，也將台語的層級拉高到勝

---

130 吳叡人，〈台灣非是台灣人的台灣不可：反殖民鬥爭與台灣人民族國家的論述1919-1931〉，林佳龍、鄭永年編，《民族主義與兩岸關係：哈佛大學東西方學者的對話》，台北：新自然主義，2001，頁66、72。

131 雅堂，〈台語整理之頭緒〉，《台灣民報》288，1929年11月24日，頁8。

132 此看法可見：黃美娥，《重層現代性鏡像：日治時代台灣傳統文人的文化視域與文學想像》，台北：麥田，2004，頁112。以及可見：吳叡人，〈福爾摩沙意識型態：試論日本殖民統治下台灣民族運動「民族文化」論述的形成（1919-1937）〉，《新史學》17：2，2006年6月，頁169。

過當代中國國語的「真正漢民族的民族語」的高度。吳叡人更將此論與連橫《台灣通史》的台灣史論述相提並論，認為此論與連橫《台灣通史》的「海外扶餘國」的觀點遙相呼應，都在建構一個中國本土以外的「（漢族裔）屯墾移民的民族主義」的想像。[133]

吳叡人使用族裔（ethnic group）概念而給予連橫的民族主義想像極度好評。然而本文卻有另一番詮釋。根據日本學者吉野耕作的研究指出，日語中的「民族」一詞，包含了英語中ethnic group（族裔）、ethnicity（族裔性）、nation（民族）等概念，前兩者指的是在人種、語言、文化、宗教等方面具有眾多共同點的社會集團，而後者指的是共有領土、經濟、命運、構成國家形式的社會集團、國民。因此ethnic group的文化意味較重，nation的政治意涵較濃，兩者間的區別亦決定於政治上的自覺度、覺醒度的程度差別，不過，其界限並不明確。[134] 由日語中對於「民族」一詞的含混性再來觀察殖民地台灣社會對於「民族」的認知，就可以發現「民族」亦含有ethnic group與nation的雙重意涵。何謂ethnic group？它被認為是「還沒有充分認識到自己的民族」，通常指涉兩種民族集團：第一，表示少數民族或移民／移居集團；第二，表示現代民族形成以前業已存在的某個社群，也就是意味著現代民族的原型。[135] 殖民地台灣社會可說兼具了上述二者。

理解了族裔（ethnic group）之後，有必要再來檢視連橫上述的論述，耐人尋味之處有二。第一，連橫亟欲「發現」台語與中國文化之間的聯繫，因此作《台語考釋》一書以「循墜緒之茫茫」，建立台灣文化與中國文化之間的「道統」，彷彿遠紹唐朝之韓愈以古文運動欲循儒家思想之墜緒、重建儒家道統之精神。第二，連橫對台語的肯定，原因在於台語傳承自中國周秦時期的用語，而非有音無字的土語，可謂援用中

---

133 吳叡人，〈福爾摩沙意識型態：試論日本殖民統治下台灣民族運動「民族文化」論述的形成（1919-1937）〉，《新史學》17：2，2006年6月，頁169。

134 吉野耕作著，劉克申譯，《文化民族主義的社會學——現代日本自我認同意識的走向》，北京：商務，2004，頁18-21。

135 同上註。

國文化的價值來定義並提升台灣文化的價值,這一點就和黃石輝、郭秋生等台灣話文提倡者有著顯著的不同。伯林(Isaiah Berlin)曾指出民族主義的定義在於「堅信我們自己的價值,僅僅因為它是我們的」[136],這正是黃石輝、郭秋生等人提倡台灣話文的理由。如果說台灣文化的價值不由台灣內部的自律來決定、並加以肯定,而必須取決於外部的他律的話,那麼,台灣文化的主體性是否存在實則不無疑問。所以,連橫所謂的台灣文化的價值,顯然著重於與中國文化傳統相聯繫的「工具性」,以維繫民族精神之不墜,至於連橫所謂的「民族精神」,除了帶有部分的台灣意識之外,恐怕絕大部分是漢民族(漢族裔)意識的表徵。研究閃族語的權威學者雷南(Ernest Renan)曾說:「誤讀歷史,是民族建立的必經過程」[137]。相關例子在台灣也可以找到佐證,如台共在其追求台灣獨立的書面宣言〈政治大綱〉中,就描述了一個被中國拋棄,繼而建立了台灣民主國,而後又受到日本帝國主義壓迫,在孤立無援下長期從事自求解放運動的台灣社會。台共的〈政治大綱〉顯示,台共「預設」了之前已經有「台灣民族」的存在,〈政治大綱〉的意義不在於史實的書寫,而在於創造從歷史中演化出來的民族主體的歷史敘事,這可謂為台灣「發明」了一個「國家的傳統」。[138] 這種對於傳統的「發明」,正是「誤讀歷史」所致。然而,在傳統文人的身上找不到對於民族建構之歷史的誤讀,取而代之的是「循墜緒之茫茫」,欲尋找並聯繫台灣民族與中華民族之間無法切割的「史實」。所以,就傳統的發明而言,傳統文人的「發明」奠基在台灣文化與漢民族文化的維繫之上,具有獨立性的台灣文化傳統的建構不在他們的文化思維之中,當然,台灣民族的主體建構也不是他們所著重的課題。此等文化思維,由連橫在

---

136 伯林指出,有別於民族意識的民族主義具有四大特徵:一、堅信歸屬一個民族是壓倒一切的需要;二、堅信在構成一個民族的所有要素之間存在著一種有機關係;三、堅信我們自己的價值,僅僅因為它是我們的;四、在面對爭奪權威和忠誠的對手時,相信自己的民族的權利至高無上。見以賽亞·伯林著,馮克利譯,《反潮流:觀念史論文集》,南京:譯林,2002,頁406-412。

137 埃里克·霍布斯邦著,李金梅譯,《民族與民族主義》,上海:上海人民,2006,頁11。

138 吳叡人,〈台灣非是台灣人的台灣不可:反殖民鬥爭與台灣人民族國家的論述1919-1931〉,林佳龍、鄭永年編,《民族主義與兩岸關係》,頁97。

《三六九小報》上所撰述的〈雅言〉觀之，更具決定性的意義。

> 比年以來，我台人輒唱鄉土文學，且有台灣語改造之議。（中
> 略）夫欲提唱鄉土文學，必先整理鄉土語言。（中略）不特可以
> 保存台灣語，而於鄉土文學亦不無少補也。凡一民族之生存，必
> 有其獨立之文化，而語言文字藝術風俗，則文化之要素也。是故
> 文化而在，則民族之精神不泯。[139]

〈雅言〉一向被視為連橫支持鄉土文學的證據。[140] 確實，上述文
字明白表現出支持鄉土文學的態度，而且對於台灣性的訴求甚為明顯，
那麼此論述究竟有何值得再商榷之處？且見〈雅言〉中的另一段文字。

> 台灣之語，無一語無字，則無一字無來歷。其有用之不同，不與
> 諸夏共通者，則方言也。方言之用，自古已然。詩經為六藝之
> 一，細讀國風，方言雜出。同一助辭，曰兮曰且曰只曰忌曰乎，
> 而諸夏之間猶有歧異。然被之管絃，終能協律。**此則鄉土文學之
> 特色也**。是故左傳既載楚語，公羊又述齊言。同一諸夏，而語言
> 各殊。執筆者且引用之，以為解經作傳之具。**方言之有繫於文學
> 也大矣**。[141]

當新知識份子將台灣話文視為台灣人自身的民族語言而提倡鄉土文
學之時，連橫則將台灣話文視為諸夏（中國）的方言，而鄉土文學則是
方言的必然產物。從這句「同一諸夏，而語言各殊」可知，全然從漢族
裔的立場思考台灣話文、鄉土文學的格局，而非從台灣文化主體的角度
出發。因此，連橫所謂的「文化而在，則民族之精神不泯」，其實正是

139 連雅堂，〈雅言（一）〉，《三六九小報》142新年增刊號，1932年1月3日，頁1。
140 代表性論述如黃美娥，《重層現代性鏡像：日治時代台灣傳統文人的文化視域與文學想像》，台北：麥
　　田，2004，頁111。
141 連雅堂，〈雅言（二）〉，《三六九小報》143，1932年1月9日，頁3。

表達出諸夏（中國）的族裔認同罷了。和連橫有相似之看法的是《三六九小報》的另一名健將劉魯。劉魯曾言：「人而不欲保持民□（族）之性則已。如欲保持其性，舍漢文莫與歸也。康南海曾謂漢文為我民□（族）之精神命脈。漢文亡則□□（民族）可隨之而亡。」（322：2）此處可以清楚看出，文中與康南海（即康有為）同執一詞的「我民族」絕非指涉台灣人（nation），而是明白指向漢民族（ethnic group）。此絕非筆者的妄言揣測，試看劉魯在鄉土文學論戰中的發言：「**我的鄉土外還有大鄉土**，這鄉土話，聯絡得來方有用處，聯絡不來便算不得鄉土文藝，只好叫做家裡文藝。」[142] 此段文字明顯暗示個人的中國想像大於台灣認同，因此在當時便已備受新知識份子的責難[143]。

　　一言以蔽之，新傳統主義者展演中國的鄉土情事多於台灣，其文化視域也以中國為依歸，而非台灣，這都是源自於遺民意識亦即族裔意識所致。從這種文化思維出發的「文藝大眾化」之文學實踐，雖然有「以廣文運」的企圖，最終仍不免走向「平添民眾敬而遠之的憾事」的結果，這是觀察新傳統主義者的文化思維時，所不得不注意的面向。

第四節　1937年之後：《風月報》作為新舊文學相互競爭的場所

　　1937年中日戰爭前夕，《台灣新文學》雜誌停刊，象徵著自從二〇年代以來的台灣新文學運動之命脈的中輟，不論是以漢文抑或日文做為創作語言的台灣作家，都直接或間接被迫暫時擱筆。直到1941年《文藝台灣》與《台灣文學》兩雜誌相繼發刊後，其身影才逐漸活躍。陳芳明曾指出，從1937年至1945年的戰爭期間，文學發展可以1941年為界分為兩個階段，第一階段是台灣作家不能發聲的時期，第二階段是台灣作家不能沉默的時期。[144] 此文學史書寫著眼於第二階段台灣作家

---

142 劉魯，〈幾句鄉土話〉，《彙編》，頁188。
143 負人（莊垂勝），〈台灣話文雜駁〉，《彙編》，頁200。
144 陳芳明，《台灣新文學史》，台北：聯經，2011，頁158。

不能沉默的時期，詳述了以張文環為首的《台灣文學》集團如何在逆境中抵抗殖民論述與文藝政策，不過，對於第一階段的敘述則付之闕如。然而台灣新文學的活動在第一階段並未完全止息，此時新知識份子在《風月報》（1937.7.20~1941.6.15）上企圖振作，成為無法忽視的存在。

　　另一方面，三〇年代代表著傳統文人（尤其是新傳統主義者）的文化品味的《三六九小報》與《風月》的相繼停刊，無疑也是新傳統主義者的維新路線的一大挫折。盧溝橋事變後不久，《風月》雜誌敗部復活，以《風月報》的名稱重新問世（1937.7.20），成為戰爭期間唯一獲得總督府許可的漢文刊物。《風月報》獲准發行的原因不明，據論者柳書琴推測「或許與其堅決不涉及政治的立場有關」[145]。察覽《風月報》乃以「蓬島唯一的文藝」[146] 自居，欲提供不解國語（日語）者了解世界潮流、國內動靜、朝野狀態的管道[147]，並明言「風月報，刊載詩文、及小說、講談雜錄，務選思想端正，詞旨佳妙，有益於世道人心可資會員研究者。若批評時事，議論政治，超越文學範圍者概不揭載，原稿廢棄。」[148] 除了正面呼應了柳書琴的觀察，也透露出陳芳明所謂的「台灣作家不能發聲」的政治意涵。《風月報》發刊後，秉持著《三六九小報》與《風月》的既定立場，對於維持漢學不遺餘力，同人所謂「可供同人，咸扶文學」[149] 之語，正是此意。不過，此時的《風月報》並不同於過去的《風月》抑或《三六九小報》，只是新傳統主義者的專屬品，它更進一步成為新舊文學兼容並蓄的園地。此等改變源於《風月報》發刊後銷路不佳，發行人簡荷生遂延攬徐坤泉擔任編輯，並依照徐坤泉「附帶改革內容」的條件進行《風月報》的整頓。[150] 日後徐坤泉

---

145 柳書琴，《戰爭與文壇——日據末期台灣的文學活動（1937.7~1945.8）》，台灣大學歷史所碩士論文，1993，頁19。

146 語見〈卷頭語〉，《風月報》104，1939年3月4日。

147 〈新年詞——上會員諸君子〉，《風月報》77，1939年1月1日，頁3。

148 〈風月俱樂部新章程〉，《風月報》45，1937年7月20日，頁2。

149 唐急就，〈風月報序〉，《風月報》50，1937年10月16日，頁2。

150 此經過可參見郭怡君，《《風月報》與《南方》通俗性之研究》，靜宜大學中國文學系碩士論文，2000，頁23-24。

雖然因為個人因素遠赴中國而短暫卸下編輯一職，然其理念悉為繼位者吳漫沙、林荊南等人所承繼，因此《風月報》就在上述主編者的努力之下逐步增加新文學作品的比例，並且對於「不合時宜」的傳統思想進行挑戰與排除，這便是新舊之爭。

三〇年代台灣新舊文學之間的關係，從1937年以前的各行其道到《風月報》上的攜手並進，可謂雙方在抵殖民的實踐上找到了合作的基礎。然而，這並不代表「文藝大眾化」的新舊之爭便從此平息，反而因為新舊文學在同一表現舞台上展演，而引發了更多碰撞與對話的機會。《風月報》更名為《南方》的前夕，一名新傳統主義者元園客因受到新文學與現代思想的影響，以〈台灣詩人的毛病〉一文勇於反省台灣漢詩毫無生命力等「七大毛病」，並痛心地名之為「舊文學之疝」[151]，最終引來舊文學陣營內部正反兩派的意見對立，以及若干新知識份子加入為元園客助拳[152]。元園客之批評漢詩專事模仿、無時代感、更無法反映人民心聲一事，其實便是批評舊文學在「文藝大眾化」的實踐上毫無作為。且看當時代表漢詩陣營發言的鄭坤五曾謂：「對於舊詩，似當尚有一線香火因緣，在此舊詩氣息奄奄之秋，縱不分鳥屋之愛，亦何忍厭惡和尚，連袈裟亦刺目也，惜哉！」[153] 可見鄭坤五已經退守到將舊文學視為維繫民族性的底線，至於文學作品是否符合「文藝大眾化」的價值取向，似已非關注的重點。

一、印刷成本暴漲導致增加篇幅勢不可行

《風月報》發刊之初，是份以通俗、情慾作為內容取向、以傳統漢詩文作為表現形式的文藝刊物，其風格幾乎全然無異於《風月》或《三六九小報》。不過在徐坤泉執掌編輯大權之後，原本「可供同人，咸扶文學」的「文學」這個概念，也不專指傳統漢詩文，而逐漸擴大為「新

---

151 元園客，〈台灣詩人的毛病〉，《風月報》131，1941年6月1日，頁8。
152 詳細情形可參見：翁聖峰，《日據時期台灣新舊文學論爭新探》，輔仁大學中文所博士論文，2002年7月。
153 坤五，〈對台灣詩人七大毛病再診〉，《南方》137，1941年9月1日，頁18。

舊文學」了，這從《風月報》上可見「『風月報』是新舊文學純文藝之刊物」[154]，又如「爰創此純粹之文藝雜誌，俾共切磋。以研究舊文學，旁習新文學，亦自信有所補益也」[155]、「風月報宗旨，在維持舊文學，擴張新藝術」[156] 等說法，就可以窺知一二。《風月報》被設定為新舊文學並存的刊物，不過從「研究舊文學，旁習新文學」可知《風月報》維持著舊文學為主、新文學為從的立場。可是，這樣的局面並非固定不變，隨著編輯者的影響，新舊文學作品的比例也在《風月報》上有所消長。

正如《風月報》以「蓬島唯一的文藝」自居，因而值此新舊文學並立之際，《風月報》這個唯一的表現舞台，便成為新舊文學兩派人馬無不競逐的場所。《風月報》發刊一週年時，這種現象就已經浮現。且看《風月報》編輯者所言：

> 在這一年間，可說芝蘭共臭，無偏無黨，惟求編幅之充實、論理之真確。但可惜，每期的編輯，都尚不能滿足大家的所求。**因為好讀新文學的人，大嫌小說、小品之過少；好讀舊文學的人，亦大非難詩壇編幅的不夠。**如此真是左右為難，不能盡善盡美，希望諸多會員原諒。[157]

針對此一爭端，通常最容易的解決方式就是擴充刊物的版面，以滿足兩派的需求。不過這個方法卻完全不可行。如同《風月報》所聲明：「本報篇幅有限，值此非常時局，紙價暴騰，印費驟漲，欲擴張紙面，悉數收容，實有不能，為此不得不嚴加制限」[158]，可見當時印刷成本飆漲，致使原本就缺乏經濟來源的《風月報》，根本無力負擔額外的經營

---

154 〈請看！『風月報』〉，《風月報》54，1937年12月1日，頁29。
155 〈新年詞——上會員諸君子〉，《風月報》77，1939年1月1日，頁3。
156 林階堂，〈祝刊行滿一百期〉，《風月報》100，1940年1月1日，頁10。
157 〈卷頭語 一週年紀念〉，《風月報》68，1938年7月15日，頁2。
158 〈卷頭語〉，《風月報》87，1939年6月1日，頁2。

成本。《風月報》在經營上的困境，讓人聯想到1937年在中日大戰前夕停刊的《台灣新文學》雜誌。在《台灣新文學》的〈編輯後記〉，便屢屢透露出物價飆漲造成經營上的困難。

> 紙價與印刷費暴漲，希望大家明察我們對於要出這份小雜誌所必須付出的苦心。因此同人費用和雜誌費用未繳納者，希望能在此際一點一點也好地送來。（二卷四號，1937.5）

> 紙價與其他各項經費暴漲，……集資的效率無法提昇，因而我們處於相當困難無可奈何的經營情況。為了維持雜誌，以至於陷入不得不減少大部分頁數的命運，但是，這當然非我等所願。（二卷五號，1937.6）

《台灣新文學》對於印刷成本提高的莫可奈何、不得不對刊物版面加以限縮，以及對於未納同人費用的催繳，也同時表現出《風月報》在經營上的困境。可見，從1937年初起，印刷成本的飆漲就開始衝擊著雜誌的經營。事實上，不僅是印刷成本，當時的經濟狀況可謂百物齊漲，從《台灣日日新報》以下的報導就能夠理解。1937年1月1日，《台灣日日新報》登出〈物價一齊飆高　金屬品幾乎悉數狂漲〉（〈物價一齊高　金物は殆ど狂騰〉）這則新聞，反映出了「物價一齊飆高」的情況，其後在4月7日的〈伴隨著龐大預算的實施　對物價上漲的對策〉（〈尨大豫算の實施と伴ひ　物價騰貴にの對策〉）、4月11日的〈物價上漲的風暴　食料品的買法〉（〈物價騰貴の嵐　食料品の買ひ方〉）、4月23日的〈米價漲到最高終究無可避免〉（〈最高米價は結局引上げ不可避〉），以及6月16日的〈無法北送　白米價急漲〉（〈北送不能で飯米急騰〉）、〈生豬也漲價〉（〈生豚も騰貴〉）等等時而可見的經濟新聞，都反映出台灣社會物價全面上漲的現象。

除此之外，更該注意物價上漲不僅僅是台灣的問題，更是全日本、甚至全世界的問題。1937年7、8月，在日本東京發行的刊物《中央公

論》連續兩期刊出關於物價上漲的評論文章，分別是豬俁津南雄的〈此次物價上漲在本質上的各項特徵〉（〈この物價騰貴の本質的諸特徵〉）以及河上丈太郎〈物價上漲與預算〉（〈物價騰貴と豫算〉）。其中，〈此次物價上漲在本質上的各項特徵〉特別針對三〇年代這一波物價上漲的特徵以及前因後果做了解釋，文中提出：「本年四月的物價和昭和六年（1931年）相較之下，英國上漲三成二，美國上漲三成四，但是日本上漲了七成二。其間有驚人的差距。甚至說最近幾個月間物價上漲的腳步，日本也比英美強烈。去年十月到今年四月的六個月當中，相對於美國物價上漲百分之十三、英國百分之十五，日本的物價上漲到了百分之二十。」（頁97）而此一物價上漲的原因，正是「準戰時經濟」的影響。

二、編輯者掌握新舊文學篇幅消長的生殺大權

印刷成本暴漲，對雜誌的存續帶來危機，然此危機卻順勢成為擴大新文學勢力的契機。話說徐坤泉接掌《風月報》的編輯大權以後（1937.10.16），為增加新文學作品的發表舞台，《風月報》的版面從約25頁之譜擴充到35頁，卻還是供不應求。然而，由於增加支出（版面擴充）卻又沒有同步增加收入（會員費用），對於咬牙苦撐的《風月報》而言，全無增添版面的可能。既然如此，《風月報》所採取的辦法全權託付編輯，進行存良去莠的品質控管。「隨紙張之廣狹，急其所急，緩其所緩，先其所先，後其所後，又視其所作如何，有所棄取，有所刪訂，**蓋權在編輯也**。丁此時局，不便暢所欲言也。」[159] 這是《風月報》87期〈卷頭言〉上的聲明。

存良去莠的想法看似公正無私，不過真正受到衝擊的卻獨獨舊文學一方，畢竟掌握篇幅增刪之生殺大權的編輯者，不論是徐坤泉、吳漫沙或林荊南，都是新文學陣營的人物。《風月報》87期〈卷頭言〉曾如此批判舊詩：「常見一人所作，數變姓名，多至數十首。又有託為唱

---

159 〈卷頭語〉，《風月報》87，1939年6月1日，頁2。

和，以一名為唱，即以數十名為和，連篇累牘，索索然無生氣。」[160]
到了 90 期（1939.7.24），更將原本《風月報》封面上所載明的「**是茶餘飯後的消遣品、是文人墨客的遊戲場**」這兩大宗旨，徹底改為「**開拓純粹的藝術園地、提倡現代的文學創作**」，足見編輯取向已經偏向新文學。108 期（1940.5.5）〈編輯後記〉亦指出：「本報欲舉『提高現代的文學創作』的實績，此後逐漸革新編幅，使其面目一新，以酬讀者諸位顧愛之雅意。希望投稿者諸位同心戮力提高本島文藝創作的水準。能夠在世界文壇上站一角，那是編者的野心。」顯然，編輯者將台灣文學登上世界文壇的野心，完全寄託於新文學，這也使得新文學在「革新編幅」之後漸次取得優勢。此處透露出一道訊息：《風月報》一面減少舊文學的篇幅，另一面又積極地提高新文學作品的質量，兩者同時進行；若再加上《風月報》刊出〈投稿簡章〉，明言「本報除詩詞以外佳作者蓋有稿料」[161]，可以解讀為提倡新文學的創作的具體行動，更顯見編輯者揚新抑舊的用意。

三、大力改革引發殖民當局的忌憚

其間，徐坤泉曾赴中國遊歷，負責主持編輯事務的是吳漫沙、林荊南等人。到了 1940 年 9 月，徐坤泉在脫隊近兩年後重回編輯崗位，更加大刀闊斧地進行改革。在《風月報》121 號（1941.1.1）的卷頭言〈去舊迎新〉，便明言「這些陳舊的、衰弱的，把它當做最後的送別品吧」，「新的設計圖已經在園丁的手中繪畫了，今後的步驟，是要遵著途中的線紋履行，希望諸位用新的眼光，用新的精神來督促，來指導！」文中一語雙關地藉由除舊佈新的新年新氣象，同時也宣告了新舊文學權力關係的遞嬗。果不其然，次期的《風月報》122 號（1941.1.19）便推出「新詩特輯號」，徐坤泉直言「這是新的年頭，我們要把新的精神，來培植這新的文學，拉攏全島的文藝家，建設孤島的新文

---

160 同上註。
161 〈投稿簡章〉，《風月報》109、110 合併號，1940 年 6 月 1 日，頁 32。

學，這是編者唯一的希望。」[162] 而此「新詩特輯號」便展現了徐坤泉的雄心壯志。接著，又連續在123號（1941.2.1）、124號（1941.2.15）、125號（1941.3.3）上分別推出「小品文特輯號」、「創作特輯號」、「女子作品特輯號」，都可以看出編輯者徐坤泉的努力，以及新文學的欣欣向榮。

從以上字面上的陳述也許還不足以說明新舊文學勢力的消長，接著且看下列簡表，更能看出新舊文學作品比例的變化。

《風月報》發刊的前四期，誌面上全由舊文學所壟斷，此時若稱《風月報》是純粹的舊文學刊物亦不為過，這種情況直到50期徐坤泉任編輯後開始有所改變。在編輯者的努力之下，一面以稿酬利誘新文學

期數	日期	舊文學作品頁數	新文學作品頁數	舊文學作品比例	新文學作品比例	備註
45	1937.7.20	24	0	100	0	《風月報》發刊
50	1937.10.16	20	12	62	38	徐坤泉任編輯
87	1939.6.1	18	18	50	50	〈卷頭言〉云篇幅增刪「蓋權在編輯也」
90	1939.7.24	14	21	40	60	封面載明「開拓純粹的藝術園地、提倡現代的文學創作」
108	1940.5.5	15	21	42	58	〈編輯後記〉言明「提倡現代的文學創作」
109、110	1940.6.1	12	22	35	65	〈編輯後記〉言明減少漢詩數量
111	1940.6.15	13	31	30	70	〈投稿簡章〉言明「本報除詩詞以外佳作者蓋有稿料」
116	1940.9.1	8	24	25	75	徐坤泉重回編輯崗位
122	1941.1.19	16	14	53	47	新詩特輯號
123	1941.2.1	14	18	44	56	小品文特輯號
124	1941.2.15	15	17	47	53	創作特輯號
125	1941.3.3	13	21	38	62	女子作品特輯號
132	1941.6.15	21	10	68	32	《風月報》最終期

---

162 〈關於文藝論戰的話〉，《風月報》122，1941年1月19日，卷頭言。

的創作，另一方面又限縮漢詩的篇幅與數量，因此使得新舊文學之間的競爭雖然偶有消長，不過新文學再也不是處於「研究舊文學，旁習新文學」那樣的從屬地位；更有甚者，「開拓純粹的藝術園地、提倡現代的文學創作」這個口號的提出，以及「新詩特輯號」、「小品文特輯號」、「創作特輯號」、「女子作品特輯號」等專號的相繼問世，都使得新文學作品足以與舊文學互別苗頭。正因為舊文學的「索索然無生氣」，造就了新文學在《風月報》上萌芽的契機。編輯者吳漫沙曾言：「一個刊物要給多人歡喜去閱讀，不是一件容易的事。它要有充實的內容，每一篇的文字，都要適合大眾的心理和社會的需求」[163]，就表明了新知識份子對於「文藝大眾化」的思維與內涵，這也正是徐坤泉革新《風月報》的理念。《風月報》113 期（1940.7.15）上的徵稿公告，將原本規定「小品文以**滑稽有趣味者**為合格」的條件，改變為「小品文字以有**鄉土色彩**為合格」（頁33），頗有革除遊戲文章的意味。次期（114期，1940.8.1），吳漫沙更在〈卷頭語〉指出：「現在本島寫文章，是很無聊的，多數把文學當作消遣，沒有把它當文學看待。」其意旨再明顯不過了。

此外更加值得注意的是，上述徐坤泉提出了「小品文字以有**鄉土色彩**為合格」條件，可謂繼承了三〇年代鄉土文學運動的遺緒。鄉土文學所帶有的「民族形式」，在黃石輝提倡「鄉土文學」與楊逵提倡「殖民地文學」就已經獲得了表達與認可。徐坤泉此時以「鄉土色彩」替代了「滑稽有趣味者」作為審稿標準，也等於宣示了《風月報》的「文藝大眾化」走向，乃承襲新文學運動的「民族性」與「人民性」的訴求，而非新傳統主義者向來所強調的「通俗性」。《風月報》原本是份通俗性質強烈的綜合性刊物，不過正當徐坤泉、吳漫沙等人極力改革誌面之時，卻也遭來了殖民當局的取締，最後有賴《風月報》發行人簡荷生四處奔走請命才倖免於難。[164] 可見殖民當局並不樂見具有「文藝大眾化」

---

163 漫沙，〈卷頭言〉，《風月報》62，1938年4月15日，頁2。
164 此情形見吳漫沙，〈沉痛的回憶〉，《台灣文藝》24革新號，1982年10月，頁298。亦可見郭怡君，
　　《《風月報》與《南方》通俗性之研究》，靜宜大學中國文學系碩士論文，2000，頁32-33。

之價值取向的新文學作品出現。在殖民當局的認可與不認可之間，可以看出新舊文學對殖民體制所造成的忌憚與否，同時也可以說明新文學陣營仍對「文藝大眾化」的價值取向存有著最後一絲的堅持。

結語

在「文藝大眾化」的新舊之爭的議題上，本文著重在三個層面。首先，新傳統主義者的「通俗」的形式有二，其一是文體風格的改變，也就是淺白漢文的使用；其二則是書寫內容的艷情化、娛樂化，這是承繼了中國鴛鴦蝴蝶派的作風。在這兩種形式之下，新傳統主義者的「通俗」並非如論者所謂「與人民極為親近」，而是一種不脫於士紳階級的限閾（threshold）之外的「炫耀式休閒」，這也使得新傳統主義者的「通俗」並不真的通俗（popular）。其次，本文以「文心」的概念討論新傳統主義者的「大眾化」的文化思維，然而不論從對西方文學的態度、偵探小說的書寫、志怪小說的書寫以及緩解現代思想等層面觀之，都可以發現新傳統主義者並不同於新知識份子以現代思維來教育人民的作法，而是以包裝著傳統文化道德價值的維新思想的策略，遂行教化人民、保有自身既有社會地位的目的。可以看出，新傳統主義者的文心便是「文以載道」，他們一切「大眾化」的行銷策略，無非是為了「化大眾」的目的。再次，本文討論了新傳統主義者的認同問題，指出以連橫為首的新傳統主義者心目中所謂的「民族」並非台灣（nation），而是漢民族（ethnic group），這種具有族裔意識的身分認同，使得新傳統主義者在文學實踐時，雖然口呼鄉土文學的提倡，卻依舊進行中國白話文、中國人物事蹟、中國鄉土空間的展演，其程度之烈明顯甚於台灣鄉土文學的具體實踐。總之，從新傳統主義者的文化思維可見，他們雖然都有「以廣文運」的企圖，然而宥於士紳階級的限閾，他們的文化思維普遍不能行之人民，也就是造成了「平添民眾敬而遠之的憾事」，這是本章所不斷標舉的重點。

最後，本文討論了1937年7月創刊的《風月報》，作為新舊之爭的

總結。《風月報》是戰時台灣唯一的漢文刊物，它的存在使得原本在三〇年代各自發展的新舊文學，被迫在《風月報》上展現聯合陣線的態勢。新舊文學雖然並存，其間的競爭卻未間斷。就在《風月報》先後任命新文學作家如徐坤泉、吳漫沙、林荊南等人擔任編輯之後，大力改革誌面，企圖振興新文學以取代「索索然無生氣」的舊文學，不過卻因此遭來殖民當局的取締，使得改革無以為繼，也為「文藝大眾化」的新舊之爭劃下了句點。

第五章 「文藝大眾化」的語言政治

> 熟練地掌握一門語言，就是實行一種招魂的巫術。[1]
>
> ——波特萊爾

> 講一種語言是自覺地接受一個世界，一種文化。[2]
>
> ——法農

> 任何人都不應該忘記，最好的溝通關係，也就是語言交換活動，
> 其本身也是象徵權力的關係；說話者之間的權力關係或者跟他們
> 相關的群體之間的權力關係，就是在這種語言交換活動中實踐
> 的。[3]
>
> ——布爾迪厄

　　語言的選擇與使用，取決於使用者自身語言資本的積累持有的程度。過去結構主義的語言學家（如索緒爾）認為，語言是一種溝通的手段，語言在共時性且約定俗成的脈絡中呈現出穩定的狀態，不過法國社會學家布爾迪厄（Pierre Bourdieu）卻對此提出徹底的批判，他認為語言一旦被使用，一旦同特定的目的、社會情勢、特定的社會關係、社會力量對比、各種具有特定背景的歷史事件和各種處於特定脈絡的社會活動相結合，不同的語言運用者依據上述語言使用的背景和條件所發出的語言訊號和進行的實際對話，就變成了這些語言使用者及其背後的整個

---

1 轉引自：布爾迪厄著，劉暉譯，《藝術的法則：文學場的生成和結構》，北京：中央編譯，2001年3月，頁124。
2 法農著，萬冰譯，《黑皮膚，白面具》，南京：譯林，2005，頁25。
3 轉引自：高宣揚，《布迪厄的社會理論》，上海：同濟大學，2004，頁166。

社會勢力和社會關係的力量對比和權力競爭過程。[4] 布爾迪厄在《語言和象徵權力》（*Language and Symbolic Power*）提出一個替代的模式，將語言看作權力關係的一種工具或媒介，而不僅僅是溝通的一種手段，因此必須在生產與流通語言的互動情境和結構環境中研究它，作為以交換、溝通為本質的語言市場（language market）來說，它絕不是靜態的、約定俗成的、共有習慣的場域，在其內部實際上充滿了競爭的張力，每一次的語言表達都是一次的權力行為，而這種權力行為的意義就在於鞏固既有的語言象徵秩序，或是相反地去顛覆秩序。[5]

　　語言問題不僅在三〇年代台灣文學場域成為話題，現今學界對此議題的討論也由來已久，大抵著重於語言民族主義。[6] 論者陳培豐近來試圖以語言的社會功能性作為討論重點，強調中國白話文比起台灣話文更適合負擔啟迪民智的任務，並進而提出台灣話文是反現代性之語言的論述。[7] 然而，若只強調語言的社會功能性而不考慮語言民族主義的情結，那麼身處於日本殖民地的台灣社會，將完全沒有拒絕國語（日語）的理由。正因為日治時期大部分台灣的知識份子都對日語持有主觀的排斥心理，就連「挪用」日語作為書寫語言的楊逵亦是如此，這也使得擺盪於身分認同與實用功能之間的語言抉擇，才會這麼讓殖民地知識份子感到苦惱。

　　撇開實行難易度不談的話，台灣話文往往被視為最具備「文藝大眾化」之資格的語言，因為相較於中國白話文或古典漢文，台灣話文顯然

4 高宣揚，《布迪厄的社會理論》，頁167。

5 布爾迪厄、華康德著，李猛、李康譯，《實踐與反思：反思社會學導引》，北京：中央編譯，2004，頁186-187。

6 以語言作為身分認同的象徵之論述，不勝枚舉。認為台灣話文涉及中國認同的代表性論述為呂正惠，〈日據時代「台灣話文」運動平議〉，收於龔鵬程編，《台灣的社會與文學》，台北：東大，1995。至於將台灣話文視為台灣民族認同之最完整論述，則是吳叡人，〈福爾摩沙意識型態：試論日本殖民統治下台灣民族運動「民族文化」論述的形成（1919-1937）〉，《新史學》17：2，2006年6月。

7 陳培豐的論點請見：陳培豐，〈識字‧書寫‧閱讀與認同──重新審視1930年代鄉土文學論戰的意義〉，邱貴芬、柳書琴編，《台灣文學與跨文化流動：東亞現代中文文學國際學報 台灣號2007》，台北：文建會，2007年4月。以及陳培豐，〈由敘事、對話的文體分裂現象來觀察鄉土文學──翻譯、文體與近代文學的自主性〉，收於陳芳明編，《台灣文學的東亞思考：台灣文學藝術與東亞現代性國際學術研討會論文集》，台北：文建會，2007年7月。

具有相對優勢的大眾性與民族性。不過，此一優勢並不保證台灣話文在三〇年代台灣文學場域佔有主流文化的地位，因為台灣話文在實踐上所面臨的難題將決定它的地位，亦即它在場域中的位置。究竟台灣話文在三〇年代台灣文學場域扮演何等角色？是如肯定論論者所詮釋的那般具備「民族印刷語言」的社會條件，還是如否定論論者所指出的那樣成為台灣社會追求文明進化的絆腳石？都有待一一釐清。

第一節 撥開鄉土文學論戰的迷霧：何謂台灣話文？

要談論台灣話文的定義，有必要先理解「語言規劃」（language planning）的概念。語言規劃就是政府或社會團體為了解決在語言交際中出現的問題，有計畫且有組織地對語言文字進行各種工作和活動的統稱。[8]「語言規劃」又可以分為兩個層面，其一是語言文字的地位規劃（language positional planning），其二是語言文字的本體規劃（language noumenal planning）。前者是決定某種語言或文字在社會交際中的地位，後者則是語言或文字的規範化與標準化。[9] 其實，二〇年代的新舊文學論戰，便是一場因為「語言文字的地位規劃」（以下簡稱「地位規劃」）所引發的論戰，當時以新知識份子為主體的台灣文化協會欲以中國白話文取代古典漢文，成為台灣社會之書面交際的主要語言，就是一個極具代表性的例子。不過，二〇年代的中國白話文運動處處以中國經驗為尊，這個運動的本質是移植，而非創造，因此在「語言文字的本體規劃」（以下簡稱「本體規劃」）的層次上就幾乎毫無作為。若將時序拉到三〇年代，可以發現台灣話文運動也是一項「語言規劃」的工作，在「地位規劃」上，它欲取代中國白話文成為台灣社會的書面交際語言，在「本體規劃」上則是在文字與語法的制度化建構上有所成。當然，本文欲檢討台灣話文的定義，因此將著重於討論台灣話文運動在

---

8 此定義見：馮志偉，〈論語言文字的地位規劃和本體規劃〉，收於趙蓉暉編，《社會語言學》，上海：上海外語教育，2005，頁261。

9 同上註，頁264。

「本體規劃」上所做的努力，至於台灣話文運動的「地位規劃」，由於牽涉到台灣話文所具備「民族印刷語言」的社會條件成熟與否的問題，將留待下文再述。

說到台灣話文的定義，可先從現今學界的理解著手。許俊雅的《日據時期台灣小說研究》（台北：文史哲，1999）一書，全面而廣泛地探討了日治時期小說的面貌，其中，關於語言使用的討論亦有相當篇幅，其中又以賴和的〈鬥鬧熱〉為例，列舉「台灣話文」及其涵義與出處來加以說明。

> 1、鬥鬧熱：湊熱鬧或熱鬧。（小說篇名）
> 2、電柱：電線桿（店鋪簷前的天燈，和電柱上路燈，通溶化在月光裡）
> 3、亭仔腳：騎樓下。（這邊門口幾人，那邊亭仔腳幾人，團團地坐著，不知談論些什麼）
> （下略）10

許俊雅直言他所論述的對象便是「小說中的閩南方言詞彙」（頁497），亦可推論「台灣話文」便是**使用閩南方言詞彙的中文**。此一說法並未受到挑戰，因為這是學界的共識，或許更精確地說，此一說法是學界共識之下的產物。然而，此說法似乎與三〇年代台灣話文的真正定義有所出入。

一、台灣話文的「本體規劃」（noumenal planning）

在1930年的鄉土文學論戰爆發之前，台灣社會便已經出現推動台灣話文的聲音，那便是葉榮鐘〈關於羅馬字運動〉一文。此文於1929年5月共分三回連載於《台灣民報》11，可以清楚看出葉榮鐘思考「台

---

10 許俊雅，《日據時期台灣小說研究》，台北：文史哲，1999，頁498。
11 葉榮鐘的〈關於羅馬字運動〉共分三回，分別載於：《台灣民報》260，1929年5月12日，頁8；《台灣民報》261，1929年5月19日，頁8；《台灣民報》262，1929年5月26日，頁8。以下所引用的文句出處亦

語白話文學」的理路。第一回，葉榮鐘表示支持蔡培火的羅馬字運動「欲使多數文盲的大眾，在最短時間中能夠習得汲收智識和表現意思的工具」。第二回，葉榮鐘話鋒一轉，表示羅馬字運動立意雖佳，不過最大的障礙還是「台灣話的標準語的問題」，「所以現在的台灣話非經一番大大的補充是不足以寫成文章來表現的，勿論從來的台灣話就已經有許多不能寫成文章的」，已經意識到了「三十年來殆沒有進化台灣話」若成為文學語言，必經一番重大的改革。第三回，葉榮鐘力陳「整理台語」的重要性，並指出語言的生命力必須藉由文學作品的成就才能有效展現。於是，葉榮鐘透露出兩項思考，一是借用中國白話文的問題，二是以創作「台灣白話文學」的目標。這種對於台灣話的文字化以及標準化的籲求，無疑是「本體規劃」的思考。葉榮鐘又寫道：

> 多都採用台灣話來做詩、做文、寫小說、編劇本，一來可使台灣話成為完全正確的言語，來解決這個全島的重大問題，二來也可以在這沙漠似的台灣，種些樹木、栽些花草、湛著清泉、吹著涼風來潤潤大家乾燥無味的生活。

　創作「台灣白話文學」以取代中國白話文，這是「地位規劃」層次的論述，此處先略過不表。由此可以清楚發現，「多都採用台灣話來做詩、做文、寫小說、編劇本」的要求，在二〇年代末期就已經出現，這也證明1930年所掀起的鄉土文學‧台灣話文運動，絕非偶然。

　雖然葉榮鐘的發言早於黃石輝，不過葉榮鐘的論述並沒有形成輿論，更沒有付諸實踐，因此只能說是「語言規劃」的初步構想。將此構想繼續延伸的便是黃石輝。眾所皆知，當1930年黃石輝開始提倡鄉土文學時，便已限制了鄉土文學所使用的語言，以黃石輝的原話來說，「便是用台灣話做文、用台灣話做詩、用台灣話做小說、用台灣話做歌

同，不再另外註明。

曲、描寫台灣的事物。」[12] 這句話頗有葉榮鐘的口氣，至於具體的辦法，黃石輝表示：

> 所謂用台灣話寫成的意思，（一）排除那些用台灣話說不出來的，或台灣沒有用著的話，改用台灣的口音。例如：「拍馬屁」，我們應該換寫成「扶生泡」；「好笑得很！」，我們應該換寫「極好笑！」；「那末」，台灣話是沒有的，應該找出另外轉接詞來用。（二）增加台灣特有的土話。例如：「我們」這個字在台灣有二種用法──有時用做「咱」，有時用做「阮」──所以用台灣話的時候，就該分別清楚來才行。[13]

上述的論述，可以看出台灣話文運動的「本體規劃」也已經獲得粗略的表達。不過，以上的發言同時也透露出一道重要的訊息：黃石輝雖然在「地位規劃」的工作上踏出了第一步，不過對於「本體規劃」也就是台灣話文的具體內涵卻相當抽象而不明確，台灣話文究竟應該屈文就話抑或屈話就文？「所謂用台灣話寫成的意思」，是不是僅止於黃石輝所舉例的那樣（同時也是現今學界所認定的那樣），只是詞彙上的轉換而已？這些問題在〈怎樣不提倡鄉土文學〉通篇未曾交代。台灣話文的「本體規劃」必須等到1931年7月郭秋生發表〈建設「台灣話文」一提案〉才漸次獲得補充。

以現有的史料來看，黃石輝提倡鄉土文學之後，過了近一年後（1931年7月）台灣文壇才有郭秋生繼而以〈建設「台灣話文」一提案〉回應並支持了黃石輝「用台灣話做文學」的主張。然而黃石輝提倡鄉土文學如此鏗鏘有力，而且《伍人報》的發行量也有三千份之多[14]，黃石輝的主張竟在一年後才在台灣文學場域引起迴響，實在有些不可思

---

12 黃石輝，〈怎樣不提倡鄉土文學〉，收於中島利郎編，《1930年代台灣鄉土文學論戰資料彙編》（以下簡稱《彙編》），高雄：春暉，2003，頁1。
13 同上註，頁5。
14 見《台灣社會運動史 第一卷 文化運動》，台北：海峽學術，2006，頁403。

議。事實上,在郭秋生提倡台灣話文之前,鄉土文學的主張確實曾引發討論,黃石輝曾自述:「我昨年在伍人報發表一篇〈怎樣不提倡鄉土文學〉,雖然沒有全文刊完,卻亦曾引起許多人的注意。許多有心人寫信來追問詳細,尚且亦有幾個人來和我當面討論,可見這個問題是個有討論價值的問題了。」[15] 除了黃石輝的說法之外,廖毓文與林克夫在1931年8月所各自發表的相關文字也足供佐證,廖毓文提到:「去年先生(指黃石輝)於伍人報上發表了宏論——〈怎樣不提倡鄉土文學〉,我就覺得有討論的價值。利用工作的餘暇,湊了一些管見,寄給伍人報社,意想把它發表以叩先生的高教。沒奈言論被封,伍人報連續遭了發禁,終於休刊了。因此,我也失去了發表的機會。」[16] 林克夫也提到:「去年我在讀《伍人報》的時候,也曾讀過黃石輝先生所提倡的『鄉土文學』,(中略)當時在《伍人報》上對其意見的贊否兩論屢見疊出,現出一番的激論,後來因為《伍人報》被當局禁止,這個問題的討論也迫隨它而終,沒有達到完全的結果。」[17] 由此可知,若非總督府的阻撓,鄉土文學論戰應該更加完整且精彩,不過從現有的史料亦可以發現,黃石輝的言論所產生的迴響遠大於葉榮鐘,這也使得台灣話文的「語言規劃」在黃石輝的論述中正式揭開了序幕。同時,這一連串的討論也刺激了郭秋生的登場。

嚴格來說,首次提出「台灣話文」一詞的是郭秋生,台灣話文的意涵也在他〈建設「台灣話文」一提案〉一文中初次獲得界定。何謂台灣話文?以郭秋生的話來說便是「台灣語的文字化」、「所說的話會得和所寫的字一致」[18]。不過這樣的說法還是不夠明確,和黃石輝所言「用台灣話寫成」並無二致,所幸郭秋生接著補充道:「作文的時候,只將自己要說的話一五一十寫落紙面,也不用苦苦思索什麼適合的字句。」

15 黃石輝,〈再談鄉土文學〉,《台灣新聞》,1931年7月24日,收於中島利郎編,《彙編》,頁53。
16 毓文,〈給黃石輝先生——鄉土文學的吟味〉,《昭和新報》140、141,1931年8月1、8日,收於中島利郎編,《彙編》,頁65。
17 克夫,〈鄉土文學的檢討——讀黃石輝先生的高論〉,《台灣新民報》377,1931年8月15日,收於中島利郎編,《彙編》,頁75。
18 郭秋生,〈建設「台灣話文」一提案〉,收於中島利郎編,《彙編》,頁47。

（頁47）如此看來，郭秋生的論述和胡適所謂之「我手寫我口」的要求相一致，亦即屈文就話的邏輯，這也是現代語言的「本體規劃」的最初步的形式。為了怕讀者誤會原意，郭秋生特別舉出當時台灣社會極為盛傳的民歌，作為範本。

> 唱出一歌分恁聽，雪文做人真端正，
> 堅心為夫守清節，人流傳好名聲。
> 勸恁列位注意聽，著學雪文這路行，
> 不通學人討契兄，無尪婿生子呆名聲。
> 正月算來人迎尪，滿街人馬鬧匆匆，
> 前街熱鬧透後巷，人娶人看迎尪。
> ——下略——（頁95）

範本／樣板的出現，有助於「本體規劃」的制度化與標準化的形成。為了不假他人之手，郭秋生也開始試著以台灣話文做文章，例如：「四百外萬的兄弟姊妹！過再細詳聽阮一回呼聲！『建設台灣話文的確是台灣人凡有解放的先行條件』，無解開掩滯目睭的手巾，什麼光明都是黑暗，同樣無基礎滯台灣話文的一切解放運動，都盡是無根的花欉。」[19] 此即郭秋生所謂的台灣話文，具有我手寫我口、言文一致、屈文就話的性質，同時，也是台灣話文制度化與標準化的開始。郭秋生提倡台灣話文之後，不久就與《南音》結盟，使得《南音》成為提倡台灣話文的大本營，同時也是實踐台灣話文創作的舞台。《南音》的同人中，與郭秋生見解最為契合的是筆名「負人」的莊垂勝，他在〈台灣話文雜駁〉一文更清楚地將台灣話文定義為「用漢字取義寫台灣話，叫做台灣話文」、「用台灣話說不下去的不能說是台灣話文」[20]。莊垂勝的論述引發台灣話文提倡者注意到兩個關鍵的議題，一是台灣話的語法規

---

19 郭秋生，〈再聽阮一回呼聲〉，收於中島利郎編，《彙編》，頁312。
20 負人（莊垂勝），〈台灣話文雜駁（三）〉，《南音》1：3，1932年2月1日，頁7、8。收於中島利郎編，《彙編》，頁209、210。

則建構的問題，二是用現成漢字取義抑或另造新字的問題。這兩點的提出，將台灣話文的「本體規劃」帶向了更進一步的階段。

　　一般來說，「本體規劃」主要包括三個層面的內容：一、共同語的推廣與規範化；二、文字規範與標準的制定；三、科學技術術語的標準化。[21] 莊垂勝所注意到的兩個關鍵的議題，正是「本體規劃」的前兩個層面的內容。至於「科學技術術語的標準化」，一來由於往往是在「本體規劃」極為成熟的階段時才較為人所注目，二來在當時台灣社會中，這方面的困擾也可以透過日文與中文詞彙的攝取來獲得解決，因此在台灣話文運動中便不曾形成議題。職是之故，要討論台灣話文的「本體規劃」，下文將著重在「共同語的推廣與規範化」與「文字規範與標準的制定」這兩個層面來加以說明。

二、共同語的推廣與規範化：台灣話文對古典漢文與中國白話文之文法的雙重排除

　　關於「共同語的推廣與規範化」，這是郭秋生首先意識到的工作，〈建設「台灣話文」一提案〉就表達出此一企圖，他說：「過去的歌謠及現行的民謠整理，不但為新打建的**普遍化**『**功效第一**』，做台灣話文的基礎也頂確實沒有！」「歌謠的產生，自然是各地方都有的，也自然是本各地方**現行的言語**以表現生活的。」「所以若把各地方所存在的歌謠網羅起來，即可發現共通語是什麼？若把歌謠裡的**共通語**來做台灣話，打算不至什麼錯誤才是。」[22] 可以發現，郭秋生將台灣話文的「本體規劃」的規劃寄託於人民「現行的言語」，而非知識份子的強勢主導，這種思維便與英國著名的民族主義哲學家蓋爾納（Ernest Gellner）所提出的「高層次文化」（high culture）的概念不謀而合，此一概念將留待本章第三節再述，此處略過不表。

　　將共同語的規劃化寄託於人民使用的語言，遭來了黃純青的反對。

---

21 馮志偉，〈論語言文字的地位規劃和本體規劃〉，收於趙蓉暉編，《社會語言學》，頁273。
22 郭秋生，〈建設「台灣話文」一提案〉，收於中島利郎編，《彙編》，頁94。

黃純青〈台灣話改造論〉（1931.10）一文指出，台灣社會常有「文有定則，語無成規」的現象，所以他主張台灣話需要改造，具體辦法便是：「文法就是語法，語法就是文法。總而言之，有照一定兮語法講出來兮語，句句分明、有條有段，所以語法兮講求不可看做無要緊。」[23]然而，此一論述卻顯示黃純青對於俗民文化／人民語言的不信任，因此「屈話就文」的主張並不受到台灣話文支持者的歡迎，如黃石輝便以「有名無實的言文一致」[24]為由對黃純青的主張展開批判。

別忘了郭秋生所提供的範本，就是一種「屈文就話」的形式。由於「屈話就文」的書寫形式一直是殖民地台灣知識份子的困擾，這在日語與中國白話文的文字表現上皆然。職是之故，黃石輝、郭秋生等人才意欲提倡「屈文就話」的台灣話文以取代「屈話就文」的中國白話文。然而，黃純青所提議的是走回頭路的「屈話就文」的想法，台灣話文陣營自然表現出難以接受的態度。尤有甚者，黃純青所認定的書面語，其實是主張以古典漢文的文法涉入台灣話文運動，這一點更使得台灣話文陣營深感萬萬不可。正如郭秋生所言：

> 言語自然有語法的，但語法畢竟是言語的慣行而已，**既成文章的文法也不外是古代言語的慣行而已**。言文的乖離，未必即是意味語法失調的「語無成規」。所謂「**規**」也者，似乎不宜立腳於既成文章的文法也。（中略）其實言語自身決不會沒有一定的規律，果無一定的規律，便交通不得。既有交通之可能，亦同時存在整然的語法了。[25]

語法的討論，點出了台灣話文具有階級性、甚至是人民性的特性。具有傳統文人身分的黃純青，欲以古典漢語改造台灣話，只會將台灣話所具備的階級性與人民性悉數排除，這正是郭秋生大力反對之處。同時

---

23 黃純青，〈台灣話改造論〉，收於中島利郎編，《彙編》，頁135。
24 語見黃石輝，〈對「台灣話改造論」的一商榷〉，收於中島利郎編，《彙編》，頁150。
25 郭秋生，〈讀黃純青先生的「台灣話改造論」〉，收於中島利郎編，《彙編》，頁163。

亦可驗證台灣話文提倡者對古典漢文文法的排除。

長期以來，學界總是認定新傳統主義者在民間文學的採集工作上與新知識份子所推行的台灣話文運動十分契合，甚至指出連橫在二〇年代末期整理台語以及撰寫《台灣語典》一事，為三〇年代初期的台灣話文運動起了鋪路的作用[26]，因而認定連橫與部分新傳統主義者亦為台灣話文的支持者[27]。若就「廣義的」也就是學界所認定的「台灣話文」而言，上述的判斷極其合哩，不過若就郭秋生對台灣話文的定義的話，上述的陳述就與歷史事實有所出入。且看郭秋生的發言：

> 親像連氏（案：連橫）考據出來那樣的台灣語本來的面目，可即時適用於現在的台灣語寫成的台灣話文嗎？這大大有商量的必要了。因為當該可變部分的台灣語，本來是為了實際的周圍情勢的推移所變遷，所以到現在來，即使考據得真銘正傳的當該言語本來的面目，也未必然會和現行慣行的語態一致。（中略）現在通行的既成漢字全部是在意字的範圍內繁殖勢力，而這勢力的根深礎固到今日既不容有動一動的企圖了。所以考據出來的字句，若是和通行的語言有不和，便即時暴露出言文的乖離。即使將該字音來屈就言語的音韻，若沒有過去的慣行力，又要在別句裡發生唐突。[28]

由此可見，連橫所支持的台灣話文，又是一個「屈（現代）話就（古典）文」的形式，因此遭到郭秋生的反對。回顧第四章曾論及連橫考證台語，是為了連結出台語的「其源既長，其流又長」的中國性以及「出於周秦之際」的古典性，這種方向與黃石輝、郭秋生等人追求當下

---

26 吳叡人，〈福爾摩沙意識型態：試論日本殖民統治下台灣民族運動「民族文化」論述的形成（1919-1937）〉，《新史學》17：2，2006年6月，頁169。

27 黃美娥，《重層現代性鏡像：日治時代台灣傳統文人的文化視域與文學想像》，台北：麥田，2004，頁111-113。

28 郭秋生，〈建設「台灣話文」一提案〉，收於中島利郎編，《彙編》，頁49。

的（現代性）、台灣一般人民（本土性）所能理解的台灣話文全然不同。在追求古典漢文的文法之下展現出「屈話就文」的目的，使得連橫整理台語的工作最終將落得「暴露出言文的乖離」的結局，即便連橫整理出台語所有詞彙的出處，因為「沒有過去的慣行力」，於是無法為台灣人民所用，更無法為台灣話文的書寫所用。以上所述，正是台灣話文運動在「本體規劃」的過程中對古典漢文文法的排除。

在台灣話文的「本體規劃」中，「交際目的性」[29] 一直是台灣話文提倡者最為重視的課題，一旦失去了俗民之間互相流通的可能性，台灣話文也就失去了意義，這是郭秋生的論述所表達的意涵。除了對古典漢文文法的排除之外，台灣話文提倡者對中國白話文文法的態度亦然。再來回顧莊垂勝的這一番話：「用漢字取義寫台灣話，叫做台灣話文」、「用台灣話說不下去的不能說是台灣話文」，這是莊垂勝對中國白話文支持者朱點人〈台灣話改造問題奉答李春霖先生〉一文，所做出的回應。在此之前，黃石輝亦對中國白話文支持者林克夫表示：「我們目下所需要的是可以用台灣話**直讀**的文字。」[30] 顯然，台灣話文提倡者對於台灣話文的認知，並非在中國白話文的書寫中嵌入台灣話的語彙，而是完完全全以台灣話的語法寫成的文字。正如黃石輝所說：「我們做文做詩，都是要給台灣人看的，尤其是要給廣大的勞苦群眾看的。」[31] 又說：「台灣人的日常生活上所需要的只是台灣話，而不是中國話，所以要使台灣人個個去學那不關於日常生活的中國話，確實比登天還難。因此，在『言文一致』的觀點上，我們是絕對需要台灣話的文學。」[32] 這就是人民性以及「交際目的性」的考量，同時也是台灣話文提倡排除中國白話文文法的論述。

---

29 在「語言規劃」的過程中，往往具有社會性、權威性、交際目的性、長期性、實踐性等特質。其中，三〇年代台灣話文運動尤其著重於交際目的性，至於權威性、長期性、實踐性等層面則略顯不足。以上五項性質的定義可見：馮志偉，〈論語言文字的地位規劃和本體規劃〉，收於趙蓉暉編，《社會語言學》，頁262-263。

30 黃石輝，〈鄉土文學的再檢討給克夫先生的商量〉，收於中島利郎編，《彙編》，頁157。

31 黃石輝，〈怎樣不提倡鄉土文學〉，收於中島利郎編，《彙編》，頁2。

32 黃石輝，〈鄉土文學的再檢討給克夫先生的商量〉，收於中島利郎編，《彙編》，頁155。

然而，中國白話文支持者卻不做此想。他們在肯定台灣話文能夠表現台灣的本土性的前提之下，提出了「中國白話文為主，台灣話文為從」的意見，最具代表性的論述便是林克夫所提出的「台二中八」[33]的主張。不過，由於中國白話文與台灣話文之間的界線撲朔迷離，卻使得當代論者誤將帶有台語詞彙的中國白話文，視為台灣話文，這無疑是對台灣話文的誤解。

三、文字規範與標準的制定：台灣話文對拼音符號的排除

　　幾乎所有的台灣話文支持者都同意，以現成漢字取義為主，另造新字為輔，作為台灣話文標準化的原則。[34]因此1932年的《南音》，便在進行台灣話文在文字上的制度化建構，從郭秋生〈說幾條台灣話文的基礎工作給大家參考〉（一卷一號）、賴和、郭秋生〈台灣話文的新字問題〉（一卷三號）、郭秋生〈台灣話文的新字問題──給賴和先生〉（一卷四號）、黃石輝〈新字問題〉（一卷四號）、李獻璋、黃純青〈新字問題〉（一卷五號）、黃純青、李獻璋〈新字問題〉（一卷六號）、黃石輝〈言文一致的零星問題〉（一卷六號）等文章都可以看出，《南音》對於台灣話文在文字上的規範化與標準化所做的努力。這一點業已為論者所察。[35]台灣話文運動對於漢字的執著的態度，也就同時表現在對拼音符號採取了拒絕的立場上。這一點可以從貂山子（本名何春喜）所挑起的第二期鄉土文學論戰（1933-1934）來觀察。

　　原本鄉土文學論戰在《南音》停刊後，雙方偃旗息鼓約一年之久，不過到了1933年8月，支持鄉土文學的貂山子陸續發表〈對建設台灣鄉土文學的形式的芻議〉與〈就鄉土文學問題答越峰先生的異議〉二文，因而重啟爭端。雖然貂山子同意黃石輝提倡鄉土文學的論述，不過他所

---

33 語出林克夫，〈答李春霖先生〉，原文未見，轉引自負人（莊垂勝），〈台灣話文雜駁（四）〉，《南音》1：4，1932年2月22日，頁9。收於中島利郎編，《彙編》，頁212。

34 代表性的論述是：郭秋生，〈建設「台灣話文」一提案〉，收於中島利郎編，《彙編》，頁50-51。黃石輝，〈新字問題〉，收於中島利郎編，《彙編》，頁269。

35 陳淑容，《一九三〇年代鄉土文學／台灣話文論爭及其餘波》，頁150-151。

主張的語言卻非黃石輝與郭秋生所提倡的台灣話文，而是另外主張採用中國的註音母（即今通稱的注音符號）取代漢字，作為拼寫台灣話的工具。[36] 貂山子的思維顯然異於台灣話文提倡者的主張，甚言之，可謂揉合了黃石輝的台灣話文與蔡培火的羅馬字運動兩者的精神。由於貂山子並未明確命名台灣話的拼寫文字為何物，當時文壇指涉此概念的名稱也莫衷一是，為了指稱上的統一性，本文以郭秋生所使用的「中國注音字母台灣話文」[37] 一詞加以統稱。

如果說黃石輝當初是以挑戰中國白話文的權威作為論述策略而進場的話，那麼貂山子此時則是以挑戰漢字的權威作為進場策略，後者無疑帶有更大的批判性與顛覆性。貂山子的立論邏輯甚明，他除了接受了黃石輝對中國白話文是「貴族式」書寫工具的批判，他甚至認為漢字台灣話文也是「貴族式」的，因為漢文、漢字對無產大眾來說都是無緣的。這是一種另類的台灣話文的「本體規劃」的嘗試。此等想法還等不及黃石輝、郭秋生等人出面討論，中國白話文派便已拔劍而起，搶先展開了批判。首先出面反駁的是林越峰，他認為「中國注音字母台灣話文」雖然易學，不過只能表音，不能表義，在台灣這種鄉腔各異的情況下，「中國注音字母台灣話文」只會造成閱讀上的障礙，反而不利於流通，遑論適於大眾閱讀，與其如此，不如提倡中國白話文。[38]。除了林越峰之外，富有戰鬥性格的賴明弘此時依舊火力四射，批判貂山子的論點是「僵了的死體」、「逆子的招牌」的機上理論（即紙上談兵的理論，意指不切實際）。[39] 可以發現，中國白話文派對貂山子的批判是口徑一致的。

---

36 貂山子，〈對建設台灣鄉土文學的形式的芻議〉，《台灣新民報》906，1933年8月29日，原文未見，轉引自越峰，〈對「建設台灣鄉土文學的形式的芻議」的異議〉，《台灣新民報》914，1933年9月5日，收於中島利郎編，《彙編》，頁333-334。

37 語見郭秋生，〈還在絕對的主張建設「台灣話文」〉，《台灣新民報》974，1933年11月11日，收於中島利郎編，《彙編》，頁438。

38 越峰，〈對「建設台灣鄉土文學的形式的芻議」的異議〉，《台灣新民報》914，1933年9月5日，收於中島利郎編，《彙編》，頁335。

39 弘，〈文藝春秋〉，《新高新報》391、392，1933年9月15、22日，收於中島利郎編，《彙編》，頁337。

「中國注音字母台灣話文」被中國白話文派定了調，認為它比黃石輝的台灣話文更不切實際，更等而下之，因而其後又有趙櫪馬、吳逸生、林克夫、邱春榮、廖毓文、陳臥薪等人相繼反對，其勢之大，恐怕超出了貂山子的預期，貂山子因而「見壞就收」，退出論戰。那麼，台灣話文派又是如何看待「中國注音字母台灣話文」呢？黃石輝首先表示：「這回鄉土文學的論戰，算是發端於貂山子的音字問題。事實，音字的採用（不是利用來註音之說），我輩亦是早就反對了」[40] 清楚地表達了反對的立場。而以筆者所知，黃石輝最早反對採用音字的言論，是在1928年。當時蔡培火先於《台灣民報》上發表〈台灣社會改造管見〉一文，用以提倡羅馬字運動，黃石輝當時即表示反對：「他要用羅馬字來普及民眾的智識，早已大錯而特錯了。」[41] 黃石輝原欲於文中詳述此一觀點，不過全文並未刊完，不能窺知黃石輝的原意，幸而黃石輝在1931年發表的〈再談鄉土文學〉，再度提及羅馬字運動，文中指出：「如果要把自己的門關起來不和中國人交通，我們儘可採用羅馬字來寫台灣白話文，亦就不必嚕嚕囌囌地鬧著鄉土文學了。」[42] 由此可見，黃石輝所提倡的台灣話文是漢字台灣話文，也就排除了拼音符號介入的可能性。

　　談到了「漢字台灣話文」，不得不提郭秋生。他曾指出：「羅馬字台灣話文、白話字台灣話文、中國注音字母台灣話文，台灣話文的建議好多種了，然而以上的建議與我們的提案無同問題，我們所主張的台灣話文是用在來的漢字寫，在來的字義說的這點能有所區別，而不至弄成黑白無分便算可以。」[43] 事實上，和黃石輝一樣，早在貂山子提倡「中國注音字母台灣話文」之前，郭秋生就已經表示對此作法的拒斥。在郭秋生首篇提倡台灣話文的大作〈建設「台灣話文」一提案〉便闡明：「最近又聽說蔡培火氏更努力以拼音字要做記號台灣語的使用，然而羅

---

40 黃石輝，〈所謂「運動狂」的喊聲〉，收於中島利郎編，《彙編》，頁403-404。
41 黃石輝，〈「改造」之改造〉，《台灣大眾時報》9，1928年7月2日，頁14。
42 黃石輝，〈再談鄉土文學〉，收於中島利郎編，《彙編》，頁58。
43 郭秋生，〈還在絕對的主張建設「台灣話文」〉，收於中島利郎編，《彙編》，頁438。

馬字的台灣話文化，或者他種拼音字的台灣話文化，這種無普遍的可能性總大有斟酌的地方了。因為台灣既然有固有的漢字，而這漢字任是什麼樣沒有氣息，也依舊是漢民族性的定型，也依舊是漢民族言語的記號，所以理論上或可以簡便易寫的拼音字替代難解難寫的漢字，但實際上這恐怕不是容易的工作，所以我要主張台灣人使不得放棄固有文字的漢字，又不可不將固有的漢字來記號台灣語寫成台灣話文。」[44] 郭秋生在甫提倡台灣話文之際，就已經認定了以漢字表記「台灣話文」的必然性，並且十分清楚地與羅馬字台灣話文、拼音字台灣話文劃清界線。自此，台灣話文在「本體規劃」後也就有了明確的意涵。

第二節 「民族印刷語言」的潛能與資格

　　討論完台灣話文的「本體規劃」之後，接下來要討論台灣話文的「地位規劃」，亦即討論台灣話文是否取代中國白話文，成為台灣社會主流的書面語言的問題。這個議題，學界歷來的討論不少，多半乞靈於班納迪克·安德森（Benedict Anderson）「想像的共同體」（imagined communities）的概念，因而將台灣話文視為「民族印刷語言」，同時亦形構出台灣話文獲得普遍勝利的印象。然而，事實果真如此？

一、台灣話文作爲「民族印刷語言」的潛能

　　所謂「民族印刷語言」（national print-languages），即於小說與報紙等印刷品上共同使用的書面語言，它能提供不同空間之間的人民一種同時性（simulataneity）的存在感，並誘發出共同體的想像；安德森認為，民族的想像是經由語言，而非血緣所構建的，沒有任何其他事物能夠像語言一樣在情感上聯繫並承載了整個共同體的歷史宿命，這一點在班納迪克·安德森分析印尼脫離殖民統治的過程中可以獲得證明，這就

---

44 郭秋生，〈建設「台灣話文」一提案〉，收於中島利郎編，《彙編》，頁48。

是「民族印刷語言」的作用。[45]

　　曾翻譯安德森《想像的共同體》一書的吳叡人，首先意識到鄉土文學論戰與「想像的共同體」的直接關係。吳叡人指出黃石輝所撰之「你是台灣人，你頭戴台灣天，腳踏台灣地……」這段名句，可以看出台灣人擁有共同存在的空間性（spatiality），也擁有共同經驗的時間性（temporality），這正是安德森所定義的「穿越同質而空洞的時間的社會學有機體」，也就是我們所熟知的民族（nation）這個「想像的共同體」。因此，吳叡人繼而認定黃石輝與郭秋生所提倡的台灣話文實質上是一種台灣語言民族主義的主張。[46] 值得注意的是，吳叡人並不使用「民族印刷語言」一詞來界定台灣話文，而是以語言民族主義來指涉進行中的台灣話文運動，這是一個明智且保險的做法。畢竟貿然地宣稱台灣話文已具有「民族印刷語言」的事實，對於當時仍處於發展階段的台灣話文而言，以及對於身處殖民地、不具有自我主權的台灣社會而言，可能都是過於大膽的詮釋。

　　何以台灣話文會被視為「民族印刷語言」？不消說，當黃石輝提倡以「台灣話做文」來書寫「台灣的文學」時，他們所現出來的正是在政治上區隔於日本、在文化上區隔於中國的自我身分認同。這種對於民族的初步想像，使得黃石輝所提倡的鄉土文學與台灣話文都被當代論者分別視為「民族文學」與「民族印刷語言」而獲得極大肯定。例如林淇瀁認為台灣話在此意義上能成為具有「印刷語言」之形式的「台灣文」，「台灣想像」也能因而被創造：台灣（土地）這個想像共同體的母體，台灣人（人民）、台灣話（語言），則是此一台灣想像的兩翼。[47] 接著林淇瀁又指出：「台灣話文運動（鄉土文學）的目的在創造適於台灣的『文學的台灣話』和『台灣話的文學』自無不當。廖、朱、林三人的反

45 班納迪克‧安德森著，吳叡人譯，《想像的共同體：民族主義的起源與散布》，台北：時報，1999，頁26-30、52-56、157-158。
46 吳叡人，〈福爾摩沙意識型態：試論日本殖民統治下台灣民族運動「民族文化」論述的形成（1919-1937）〉，《新史學》17：2，2006年6月，頁177、180。
47 林淇瀁，〈民族想像與大眾路線的交軌〉，《台灣新文學發展重大事件論文集》，台南：國家台灣文學館，2004，頁25。

對論實際上無法撼動台灣話文作為台灣文學改革的正當性。」（頁32）這便是將台灣話文視為「民族印刷語言」的典型詮釋。另一論者施淑也表達了類似的觀點：「由語言媒介的角度來看，台灣話文的提倡及其在論戰文章中由初露頭角到逐漸被普遍地使用，應具有安德森所說的形成民族想像胚胎的『印刷語言』的潛能」，「假以時日，脫胎於漢文體系的台灣話文將可邁向『民族印刷語言』的崇高地位，成為共同體的語言表現形式，完成安德森所說的『舊語言，新模型』的民族主義及民族國家的建構工程。」[48] 顯而易見，被視為「民族印刷語言」的台灣話文，由此在學界獲得了許多掌聲。

　　另一名從班納迪克‧安德森的論述汲取養分的論者是李育霖。他從「言文一致」的角度出發，認為台灣話文從口說語到文字化的過程，正是在尋求一個民族語言（national language）的建立，而且在一定程度上啟蒙了台灣的「國家」意識；儘管台灣方言從未形成一個政治上的「國家」語言，然而「言文一致」運動堅持使用台灣方言及其書寫系統，事實上更涉及了一特定「民族／國家文學」（national literature）的創建與構成。[49] 與林淇瀁與施淑不同的是，李育霖除了乞靈於班納迪克‧安德森之外，更借用日本學者柄谷行人《日本現代文學的起源》一書的概念，說明「言文一致」運動與現代主體性建構之間的關係，並指出「台灣話文書寫正逐步地建構它自身的文學典範」，「『言文一致』的書寫才真正造就了現代台灣文學的起源。」而且，「『言文一致』所倡導的台灣口語，也已被視為台灣民族的表徵，它的命運更肩負了民族永續發展的歷史任務。」[50] 在此，班納迪克‧安德森的「想像的共同體」與柄谷行人的「現代文學的起源」此二概念，被李育霖巧妙地運用以詮釋鄉土文學／台灣話文運動，不論是「民族文學」抑或「民族語言」，都成為李育霖肯定鄉土文學／台灣話文運動之處。

---

48 施淑，〈台灣話文論戰與中華文化意識〉，《八‧一五：記憶和歷史》，2005年秋，頁10。
49 李育霖，〈翻譯（番易）現代──論「言文一致」運動與台灣的殖民現代性〉，《台灣文學評論》5：1，2005年1月，頁102。
50 同上註，頁99-101。

可以發現，以上三位論者所做的詮釋，乃奠基於兩個必然的前提之上：一、台灣話文具有正當性，二、樂觀地評估台灣話文派取得優勢，因而對於台灣話文作為「印刷語言」的潛能表達了充分的肯定。職是之故，不論是林淇瀁所呈現的中國白話文派「無法撼動台灣話文作為台灣文學改革的正當性」，還是施淑所描述的台灣話文「逐漸被普遍地使用」，抑或是李育霖所描述的台灣話文「逐步地建構它自身的文學典範」，都在呈現台灣話文在台灣社會的正當性與普遍性。然而，潛能不代表資格，正當性也不等於普遍性。若不對三〇年代的文化語境做出系統性的梳理，上述的論點便恐流於樂觀的期待甚或主觀的詮釋。論及三〇年代的文化語境，一個必要的切入點是台灣話文與中國白話文在三〇年代台灣社會的流通狀況。事實上，台灣話文前景並未如上述論者所料想的那樣樂觀。台灣話文運動之聲勢的頂點，是在1932年作為「台灣話文大本營」的《南音》存在所維繫，當時確實瀰漫著昂揚樂觀的氣氛，不過隨著《南音》停刊，台灣話文運動中輟，到了1933年，文學場域再度為中國白話文派所領導，此時的台灣話文被認為不切實際，因而成為被「圍剿」、被清算的對象。以此局勢觀之，台灣話文在台灣文學場域內部的存在條件已經岌岌可危，遑論成為台灣文學、甚至是作為民族想像的「民族印刷語言」。那麼，台灣話文運動究竟遇上了什麼困境，竟會使得當時的客觀形勢與論者的主觀認定產生了極大的落差？

二、台灣話文不符「民族印刷語言」的資格

相較於台灣話文運動對「交際目的性」的標舉，獲得了當代學者的普遍掌聲，不過台灣話文運動在「權威性」上的缺乏，卻屢屢不被正視。「權威性」意指「語言規劃」在政治層面或者學術層面所享有的權威，這方面，往往需要借助國家機器的力量，或者需要強而有力的社會團體的支撐。回過頭來看看台灣話文運動的形勢。如班納迪克·安德森所言，成熟的「印刷語言」取決於報紙與小說的表現形式，因此施淑指出，在鄉土文學論戰中，《台灣新聞》、《昭和新報》、《台灣新民報》、《新高新報》、《南音》等報紙、刊物成為論戰進行的場域，逐

漸被廣泛使用的台灣話文「應具有安德森所說的形成民族想像胚胎的『印刷語言』的潛能」。不過如果仔細觀察，可以發現上述報紙與刊物，都只提供部分版面或專欄供鄉土文學／台灣話文論戰的「討論」來使用，並非供作「創作」的園地，更何況，在鄉土文學論戰的過程中，全無以台灣話文來印刷出版的專門刊物，台灣話文的出現只能在中文、日文雜誌的夾縫中求生存。就連「台灣話文的大本營」《南音》，也是使用中國白話文來進行台灣話文的討論，因此，台灣話文根本未曾有過作為「印刷語言」存在過的事實，遑論能負擔起「印刷語言」所具備的「創造了統一的交流與傳播的場域」的功能。換言之，儘管報紙成為台灣話文論戰討論的平台，不過因為沒有任一報紙徹頭徹尾使用台灣話文加以印刷、甚至加以發行，因此台灣話文根本不具「印刷語言」的資格。

缺乏「權威性」成為台灣話文的致命傷，因此，也成為中國白話文派予以痛擊的著力點。早在二〇年代，黃呈聰就曾表示：「我們台灣不是一個獨立的國家，背後沒有一個大勢力的文字來幫我們保存我們的文字。（中略）所以不如再加多少的工夫，研究中國的白話文。」[51] 可以看出當時中國白話文提倡者已經意識到，「語言規劃」必須依賴國家機器的「權威性」，加上他們對「文化中國」之共同體的想像[52]，也使得他們將台灣社會的「語言規劃」寄託於中國國家機器的支撐。

三〇年代的中國白話文支持者，也普遍有著和黃呈聰同樣的思考。吳逸生就曾說：「中國白話文能夠那樣普遍實行，**是依藉政府的力量，才能成功**，以現時的台灣和中國比起來，適成相反。想要靠台灣當局來替你提倡鄉土文學，這是萬萬不可能的。」[53] 廖毓文也接著說：「**要借用政府的威權來促進這種運動（案：台灣話文運動）的困難固不待言**，就是要整理現行的蕪雜的台灣話的困難，與創造新字普及新字的困難，

---

51 黃呈聰，〈論普及白話文的新使命〉，收於《文獻資料選集》，頁15。
52 「文化中國」之共同體的想像，此論點可見吳叡人，〈福爾摩沙意識型態：試論日本殖民統治下台灣民族運動「民族文化」論述的形成（1919-1937）〉，《新史學》17：2，2006年6月，頁183。
53 逸生，〈對鄉土文學來說幾句〉，收於中島利郎編，《彙編》，頁363。

也大有考慮的必要的。所以愚意以為我們若要把寶貴的精神時間消耗於這種不知能否成功的建設工作，還不如繼續我們從來的活動，普及中國白話文，或添削中國白話文以適於台灣人的應用。」[54] 另一個發表相似觀點的是朱點人，他亦曾屬言批評：「鄉土文學會走到自訣的地步，完全是他們的提倡者，無視了台灣的客觀的情勢。（中略）他們只知道日本的制作新字，和中國文學革命後的新字，而忘記了他們是一個國家了。**他們已然是一個國家，自然有他們的教育機關，有他們的普及能力啦**。鄉土文學的工作是否能夠實現？姑且勿論，但台灣已然在日本的統治下，在客觀的情勢的觀點上，斷然是沒有成功的可能嘞！」[55]

　　研究語言政策與民族主義之關係的權威學者蓋爾納就曾指出，唯有國家能夠支承語言政策所必須付出的財務負擔，同時也只有國家有足夠的實力控制如此重要和關鍵的職能。[56] 所以，中國白話文支持者的此等觀點極其合理。比起他們過去批判台灣話文只是「閉門造車」、讓中國人看不懂的語言之相關論點而言，他們此刻針對台灣話文缺乏「權威性」的批評更是鞭辟入裡、一針見血。不過，蓋爾納的論點是一把雙面刃，它可以用來批判台灣話文，同時亦可劍指中國白話文派的論述。因為，中國白話文雖有賴中國政府的「權威性」加以創造與維持，然而，中國政府的「權威性」卻無法觸及台灣；換言之，必須由國家所維持的財力與權威，對台灣的中國白話文運動而言仍然只能望洋興嘆。然而必須指出，雖然台灣話文與中國白話文在此看似站在同一立足點上競爭，不過中國白話文擁有著早已在二○年代文學場域建構主流文化體系的優勢，使得三○年代進場的台灣話文在「正統」的中國白話文所把持的台灣文學場域內部，被視為「異端」而存在。

　　同樣成為致命傷的是台灣話文運動的實踐成效。原本作為「台灣話文的大本營」的《南音》在短短不到一年的時間便以停刊收場，郭秋生頓失集體力量的支持，致使台灣話文運動的提倡流於單打獨鬥的形式，

54 毓文，〈鄉土文學雜駁〉，收於中島利郎編，《彙編》，頁401。
55 點人，〈勸鄉土文學台灣話文早脫出文壇〉，收於中島利郎編，《彙編》，頁464。
56 厄內斯特‧蓋爾納著，韓紅譯，《民族與民族主義》，北京：中央編譯，2002，頁50。

台灣話文運動原本一息尚存的「權威性」也就消失殆盡。要理解台灣話文是否具有「民族印刷語言」的事實，有必要借用班納迪克・安德森所提示的「盜版」（piration）這個概念。安德森認為「盜版」是種自覺的模仿，同時也展現了「印刷語言」的共通性，藉由「盜版」的產生，「印刷語言」得到鞏固。[57] 有「盜版」的出現，必有「範本」（prototype）的存在。「範本」雖然未必是經得起時間考驗的「經典」（canon），但它在所處的時空背景中所受到的肯定卻是無庸置疑的。在三〇年代，台灣作家模仿名家著作的事例並不少見，例如吳濁流以貓作為敘事者的小說〈歸兮自然〉，顯然模仿了夏目漱石的代表作《我是貓》，因此，《我是貓》可說是台灣作家日文書寫的一個「範本」。此外，又如楊華的詩作〈晨光集〉在語句上有郭沫若〈星空〉與冰心〈繁星〉的影子，[58] 或者又如朱點人的小說〈蟬〉在筆致上神似張資平〈三七晚上〉，[59] 都可以發現台灣作家以中國白話文書寫時，往往有其心儀的「範本」。

在台灣文學場域內部，「範本」也日漸成形。被楊逵推薦到日本中央文壇的賴和小說〈豐作〉，便是中國白話文的範本。同樣可以被視為中國白話文的範本還有楊華的〈薄命〉，它被中國作家胡風選入《山靈——朝鮮台灣短篇集》，作為台灣的代表性小說而被加以肯定。至於另外入選《山靈——朝鮮台灣短篇集》的兩篇日文小說：楊逵〈送報伕〉與呂赫若〈牛車〉，則無疑是當時台灣日文書寫的「範本」。值得注意的是，上述的「範本」與「盜版」的出現，都只存在於中國白話文與日

---

57 班納迪克・安德森，《想像的共同體》，頁79。

58 毓文，〈就暗合和剽竊說幾句〉，《台灣文藝》2：7，1935年7月1日，頁199。

59 1936年，李獻璋在〈台灣文壇的幸事〉一文中批判多位台灣作家的作品事涉抄襲，朱點人的〈蟬〉也名列其中。不久，朱點人發表〈關於剽竊問題——給獻璋君的一封公開信〉（《台灣新文學》1：9，1936.11.5，頁75-77）一文為自己辯護。此時，楊守愚在11月5日的日記中記載：「台新十一月號，中有點人君呈給獻璋君的關於剽竊問題的一封公開信。引張資平『三七晚上』和他的〈蟬〉各一段以對照。讀後，覺得點人君因平時喜讀張氏作品，不知不覺間受其影響，其筆致有如張氏，這卻是事實。但，照蟬之主題、結構、技巧，那麼完整的一篇力作，即有一小部分是拾取張氏意，那也無傷於『蟬』之真價，何況是不太重要的部分，何況是拾其意而重新寫過呢？獻璋君也無乃太吹毛求疵了。其實吾人所應加以痛擊的，即如吳鴻爐者流耳。」見許俊雅、楊洽人編，《楊守愚日記》，彰化：彰化縣立文化中心，1998，頁87-88。

文書寫的領域，至於台灣話文的書寫則是付之闕如。

　　1936年出版的《台灣民間文學集》往往被視為台灣話文書寫的一個里程碑。[60] 不過遺憾的是，民間文學這種口傳文學（oral literature）的形式並不具備「印刷語言」的條件，更何況著重在整理民間文學的台灣話文運動，在新文學作品的創作成績上確實不夠顯著。曾因長篇小說〈女性的悲曲〉連載於《台灣新民報》而聲名大噪的作家賴慶，就曾對台灣話文的創作作出評價：「由我們所看，完全的台灣話文是沒有存在的，可是在台灣文藝界上是不可蔑視台灣話的。」[61] 也許賴慶所做的「完全的台灣話文是沒有存在的」這種判斷過於武斷，不過這也可以證明對台灣知名作家而言，台灣話文壓根兒不是作家們習慣使用的書面語言，也可以推測台灣話文在台灣社會的流通十分有限。如此一來，代表著台灣話文運動的「地位規劃」並沒能讓自己成功取代中國白話文成為台灣知識份子主流的書寫語言，更別說「民族印刷語言」了。

　　在學界普遍視台灣話文為「民族印刷語言」的聲浪中，陳淑容與陳培豐兩位論者先後提出台灣話文運動業已挫敗的論點，特別值得注意。要觀察這個現象，有必要聚焦於黃石輝〈以其自殺，不如殺敵〉與賴和〈一個同志的批信〉這兩份關鍵性的台灣話文文本。首先來討論黃石輝，他在掀起鄉土文學論戰之後有四篇新文學的創作：詩作〈呈台灣文藝大會〉、寓言小說〈蠅族的總動員豫備〉、民間故事〈林大乾兄妹〉以及小說〈以其自殺，不如殺敵〉。其中只有〈呈台灣文藝大會〉與〈以其自殺，不如殺敵〉是純粹的台灣話文創作，而前者又流於口號的呼喊，因此真正具有藝術價值的台灣話文作品，僅有〈以其自殺，不如殺敵〉一篇。於是，黃石輝對於台灣話文之理論建設而言，是個不折不扣的健將，然卻不是個成功的創作者。[62]

---

60 陳淑容，《一九三〇年代鄉土文學／台灣話文論爭及其餘波》，台南：台南市立圖書館，2004，頁307-308。

61 賴慶，〈文藝的大眾化怎樣保障文藝家的生活〉，《先發部隊》，1934年7月15日，頁7。

62 陳淑容，《一九三〇年代鄉土文學／台灣話文論爭及其餘波》，台南：台南市立圖書館，2004，頁253-271。

〈以其自殺，不如殺敵〉這篇小說因為遭到賴和的修改而使得當代學者對這篇小說產生了不同的解讀。賴和對〈以其自殺，不如殺敵〉的修改主要表現在將台語詞彙改為中國白話文的語氣上，以下的文字可供參考。

> 阿變來到這間醫生館，漸漸就看透愛銀的甕底豆菜，因為這一夫多妻的制度，自然是靠金錢的魔力來籠絡女性，蹂躪女權，所以這些新入來的美人，起初自然是得著愛銀先生的寵愛，到尾總是塞壁角。以前娶入來的——第一第二第三——都〔攏〕是散鄉〔凶〕人查某子，被他〔伊〕用金錢的勢力買來的，起初攏吃〔食〕好穿好，卻也歡歡喜喜，到今來，卻是只得空房飲泣，怨身切〔感〕命了。第四個叫做劍紅，也有讀書，她〔伊〕亦入高女，讀三學年的時，因為她〔伊〕的父親生理失敗，到到就墜落煙花，愛銀先生買她〔伊〕來做細姨了，起初實在是愛到〔甲〕像寶貝一樣，總是這種採花蜂的愛，怎樣會得有久長呢？免二年，她〔伊〕亦是守生寡了。總是劍紅卻沒比得別人，她〔伊〕在這寂寞無聊之中，得到同窗友一封信〔批〕，叫她〔伊〕要〔愛〕明白社會的種種惡濁，著要研究社會科學……所以她〔伊〕真正去買了許多〔真濟〕本社會科學的書來，深閨自守，閉門潛修，到阿變來做小使的時，她〔伊〕已經研究年外久了；她〔伊〕的人生觀已經和〔佮〕其他的貴夫人大不相同了。[63]

敘事正文的文字是賴和所修改過的，〔〕內的文字則是黃石輝原來使用的。論者陳培豐以為〈以其自殺，不如殺敵〉由台灣話文的語氣改為中國白話文的語氣，可以印證台灣話文運動在實踐上的挫敗。[64] 不

---

63 黃石輝原著、呂興昌校註，〈以其自殺，不如殺敵〉，資料來源：「台灣文學研究工作室」網站http://ws.twl.ncku.edu.tw/chhut-thou/sat-tek.htm。

64 陳培豐，〈由敘事、對話的文體分裂現象來觀察鄉土文學——翻譯、文體與近代文學的自主性〉，收於陳芳明編，《台灣文學的東亞思考：台灣文學藝術與東亞現代性國際學術研討會論文集》，台北：文建會，

過，這樣的判斷恐怕有待商榷，因為這段文字儘管部分被改為中國白話文的辭彙，不過依據台灣話文的「用台灣話說不下去的不能說是台灣話文」此一定義而言，這段文字依舊可以用台灣話唸出來，因此應該仍可視為一篇不折不扣的台灣話文創作。既然如此，又該如何理解賴和的修改行為呢？其實這便是一項「本體規劃」的工作，黃石輝曾表示：「在可能的範圍內，會得將既成的文字拿來用較好。而中國的白話文中所採用的新代字，咱在可能的範圍內亦是應該盡量採用才好。」因而論者陳淑容援引此說並進而指出：「〈以其自殺，不如殺敵〉的台灣話文之書寫法，宛若是黃石輝對台灣話表記問題之看法的具體呈現。」[65] 陳淑容的觀察有其見地，順此理路延伸，可以發現賴和對〈以其自殺，不如殺敵〉的修改，其實也是賴和「對台灣話表記問題之看法的具體呈現」。這樣一來便可理解，賴和對〈以其自殺，不如殺敵〉的修改，無疑是一種書寫文字的標準化與制度化的行為，亦即「本體規劃」的工作。因此，賴和對〈以其自殺，不如殺敵〉的修改，與台灣話文實踐的挫敗與否實無相涉。

討論完〈以其自殺，不如殺敵〉，接下來要討論的便是賴和〈一個同志的批信〉。在鄉土文學論戰期間，賴和曾發言支持台灣話文，論者陳淑容曾以「無聲卻震耳欲聾的」[66] 一詞，評價「台灣新文學之父」賴和提倡並實踐台灣話文的歷史意義。不過，相對於賴和在1935年以台灣話文創作了〈一個同志的批信〉，卻因為「難讀」遭來文壇一致的惡評，而不再創作台灣話文作品。此舉有其象徵意義，代表賴和的台灣話文書寫在文字的使用上受到了質疑，例如曾提倡「中國注音字母台灣話文」的貂山子，便曾做出以下評論：「以漢字寫台灣白話，以謀大眾化，他的立場確實可敬，可是使用許多新造的台灣白話漢字反見得為諸

2007，頁194-196。
65 陳淑容，《一九三〇年代鄉土文學／台灣話文論爭及其餘波》，台南：台南市立圖書館，2004，頁260-261。
66 同上註，頁214。

篇中最難讀的一篇。」[67] 貂山子所商榷的不是對漢字台灣話文的反對，而是賴和在文字上的自創，這樣的自創使得貂山子也無法讀懂賴和的台灣話文。換言之，台灣話文運動就連必須做到書寫標準化、制度化的「本體規劃」，亦未達成共識。這是台灣話文運動最根本性的挫敗，不過卻不曾為學界所正視。由於「本體規劃」是「地位規劃」的基礎，如果台灣話文連在「本體規劃」的層面上都沒有取得共識，那麼企求它在「地位規劃」的成功簡直是緣木求魚了。

三、在國語政策面前雙雙敗北的台灣話文與中國白話文

殖民地的「民族印刷語言」，其挑戰的對象理應是官方的「印刷語言」，也就是國語。然而，在三〇年代台灣鄉土文學論戰中，始終不見台灣話文抑或中國白話文挑戰日語的權威，反而呈現互爭主導地位的內耗現象。

猶記得二〇年代中國白話文運動盛行之際，其提倡者就大力排斥台灣話文的書寫。黃呈聰以台灣話文「使用的區域太少，只有台灣和廈門、泉州、漳州附近的地方而已」作為反駁的理由，因而排除了台灣話文作為新文學運動之文學語言的一個選項[68]。此外，張我軍對台灣話文的貶抑更是明顯，他對台灣話文的使用提出三個質問：「台灣話有沒有文字來表現？台灣話有文學的價值沒有？台灣話合不合理？」張我軍的答案當然悉數否定：「實在，我們的日常用語，十分差不多占九分是沒有相當的文字。那是因為我們的話是土話，是沒有文字的下級話，是大多數占了不合理的話啦。所以沒有文學的價值，已是無可疑的了。所以我們的新文學運動有帶著改造台灣言語的使命。我們欲把我們的土話改成合乎文字的合理的語言。我們欲依傍中國的國語來改造台灣的土語。」[69] 在二〇年代，台灣話文因而被排除在新文學運動之外。不僅台灣話文的書寫如此，就連中國白話文中夾雜台語詞彙的書寫形式，亦不

---

67 貂山子，〈讀過『台灣新文學』創刊號的感想〉，《新文學月報》2，1936年3月，頁12。
68 黃呈聰，〈論普及白話文的新使命〉，收於《文獻資料選集》，頁15。
69 張我軍，〈新文學運動的意義〉，收於《文獻資料選集》，頁102。

被允許。例如施文杞曾以〈對於台灣人做的台灣文的我見〉一文,批判台灣人所做的白話文是「變態的白話文」,理由是文中不僅常見「開催」、「都合」等日本語的名詞,更大的問題是常見「鳥仔」、「狗仔」、「咱」等泉漳的方言,因而勸告台灣作者「要是以自己地方的方言,寫做白話,也想做篇文章來出出風頭,那不獨是沒風頭出的,是反會鬧出笑話來呀!」[70] 可見此時中國白話文運動所要求的是「精純的」中國白話文,不容許摻進任何一點雜質,儘管這些雜質甚或象徵著台灣性。

　　到了三〇年代,隨著台灣意識的逐漸抬頭,以及鄉土文學論戰的展開,台灣社會瀰漫著如葉榮鐘所謂「中國人自有中國人的風俗習慣,台灣人有台灣人的風俗習慣」[71] 的空氣,儘管是中國白話文支持者,也不免像林克夫一樣,對台灣話文表達出「沒有絕對反對」的立場[72]。這是否意味著中國白話文勢力的萎縮?非也。事實上,中國白話文對於主導地位的維繫正悄悄地以另一種形式進行著,那便是將台灣話文納為己有的策略。

　　最早針對這個議題發表意見的是林克夫。他曾表示:「並不是贊成台灣白話文學,總是沒有絕對反對台灣白話文學」,他所主張的,是一種「中國白話文為主,台灣話文為從」的「台二中八」的白話文[73]。林克夫並不孤獨,因為其他的中國白話文支持者亦做此想。廖毓文也認為當前台灣新文學運動的工作,便是「普及中國白話文,或添削中國白話文以適於台灣人的應用。」[74] 林越峰同樣表示:「我想與其要普及這種超越現實的表現工具(案:指台灣話文),就不如去普及中國白話文較為妥當吧!中國白話文雖然不是台灣言文一致的文學,但我卻敢相信是和台灣話最接近的文學。尤其是由我們台灣人的手裡出來的作品,在可

70 施文杞,〈對於台灣人做的台灣文的我見〉,收於《文獻資料選集》,頁53-54。

71 葉榮鐘,〈關於羅馬字運動(二)〉,《台灣民報》261,1929年5月19日,頁8。

72 克夫,〈鄉土文學的檢討——讀黃石輝先生的高論〉,《台灣新民報》377,1931年8月15日,收於中島利郎編,《彙編》,頁212。

73 語出林克夫,〈答李春霖先生〉,原文未見,轉引自負人(莊垂勝),〈台灣話文雜駁(四)〉,《南音》1:4,1932年2月22日,頁9。收於中島利郎編,《彙編》,頁212。

74 毓文,〈鄉土文學雜駁〉,收於中島利郎編,《彙編》,頁401。

能的範圍內，還得使其比中國人的作品更接近於台灣化。」[75] 這些論述，都在表達「中國白話文為主，台灣話文為從」的立場，全然與林克夫無異。

另一位中國白話文支持者張深切的論點，亦值得重視。張深切在鄉土文學論戰中曾表示：「以台灣話文當作台灣文學的主體則不可，若以中國白話文為主體文，在對白之間而穿插台灣話文，以靈活描寫上的實情，則亦無不可也。」[76] 同樣表達了「中國白話文為主，台灣話文為從」的立場。不過值得注意的是，此時（1933年11月）的張深切在文壇還不具影響力，他的意見只能當做一般中國白話文派的主張。然而，在1934年張深切擔任台灣文藝聯盟的負責人之後，復以〈「台灣文藝」的使命〉一文，表達了「正文用比較淺白而美麗的普通白話文，會話在於可能範圍努力使用台灣話文」[77] 的主張。此時貴為台灣文藝聯盟之負責人的張深切，把「中國白話文為主，台灣話文為從」的主張視為《台灣文藝》的使命，可以想見中國白話文派的思維與企圖。

論者陳培豐曾指出日治時期台灣文學常出現敘事、對話兩者文體分離的表現方式，這是很銳利的觀察。陳培豐更進一步指出不僅台灣話文創作如此，就連中國白話文創作亦是如此。[78] 事實上，陳培豐所觀察到的現象，正是張深切所言「正文用比較淺白而美麗的普通白話文，會話在於可能範圍努力使用台灣話文」的主張，同時亦體現了中國白話文將台灣話文納為己有的結果。至於陳培豐認為台灣話文創作亦產生了敘事、對話兩者文體分離的現象，其實或許是陳培豐誤解了台灣話文的定義所致。因為在敘事上使用中國白話文的台灣話文創作，在邏輯上是根本不存在的。

---

75 越峰，〈對「建設台灣鄉土文學的形式的芻議」的異議〉，《台灣新民報》914，1933年9月5日，收於中島利郎編，《彙編》，頁335。

76 張深切，〈觀台灣鄉土文學戰後的雜感〉，收於中島利郎編，《彙編》，頁418。

77 張深切，〈「台灣文藝」的使命〉，收於《文獻資料選集》，頁197。

78 陳培豐，〈由敘事、對話的文體分裂現象來觀察鄉土文學——翻譯、文體與近代文學的自主性〉，收於陳芳明編，《台灣文學的東亞思考：台灣文學藝術與東亞現代性國際學術研討會論文集》，台北：文建會，2007年7月。

從以上的論述可以發現，台灣話文派將取代中國白話文的工作視為「地位規劃」的終極目標，而中國白話文將台灣話文納為己有的策略視為維繫自身主導地位的不二法門。兩者相互內耗的結果，便是將彼此視為寇仇，原本理應攜手並進、抵禦日語文化霸權的聯合陣線，也在內耗之中潰敗。必須知道，鄉土文學論戰的兩派往往惡言相向，不過其矛頭卻不曾共同指向日語的文化霸權，甚至連一句批判殖民地國語政策的重話都不曾出現，因此可以想見，鄉土文學論戰的兩派都相當忌憚台灣總督府這個「隱性讀者」的存在。由於對於三〇年代初期台灣左翼思想界遭到台灣總督府的肅清心有餘悸，鄉土文學論戰的兩派對於殖民政策與同化主義多採取噤聲的態度，也是可以想見。

　　除此之外，時代正在改變。鄉土文學論戰展開的1930年，台灣人的日語理解率只達百分之8.47，此時台灣新文學運動者未將日文書寫納入考量，尚在情理之中；但到了1940年，此數值已飆升至百分之51，呈現出驚人的成長幅度，台灣的漢文教育環境與漢文書寫場域也就受到了極大的威脅。[79] 例如《楊守愚日記》中就針對漢學書房被官方查緝的情形做了以下的記載：「報導高雄書房教師林瑾堂因受當局兩次取締，一家八口，生活上受到重大打擊，悲憤之餘，縊死壽山。子曰店老板的末路，可哀也已！」[80] 台灣總督府扼殺漢文傳統教育的態度可見一斑，同樣地，扼殺漢文創作的情況也是如此。台灣文藝協會的機關誌《先發部隊》原為純漢文刊物，但在1935年初發行第二期（改名為《第一線》）時，被迫在總督府的要求之下，刊登部分日文稿件。自此，台灣文學場域的純文藝刊物不論是《台灣文藝》或是《台灣新文學》，都被迫以中、日文合刊的形式出現。這一方面當然肇因於日文世代作家的出現，使得日文創作嶄露頭角，例如《台灣文藝》二卷二號（1935年2月）的〈文聯啟事〉中就呼籲：「白話文稿件，常比和文缺少而稍有遜色，確實遺憾，咱們何不更奮發努力一點呢？」（頁128）又如《台灣

---

79 此數值請參見第一章第四節的製表與說明。

80 見楊守愚1937年1月10日所寫的日記，許俊雅、楊洽人編，《楊守愚日記》，彰化：彰化縣立文化中心，1998，頁124。

文藝》二卷四號（1935年4月）的〈編輯後記〉中解釋道：「我們雖然受到斥責說：白話文作品稀少，是由於我們對原稿設限，但是絕無此事。我們不但沒有設限，而且還大大歡迎諸位儘管投稿。」（頁135）都可以顯示日文創作的數量已經凌駕白話文作品（漢文作品）的現象。因此，宮安中就認為台灣文學場域「和文作家，隨即邁出了堂堂的步伐。（中略）但是，可憐得很，我們竟於漢文文壇上，連一點些微的振盪，也不易找得。」[81] 王詩琅一樣也如此觀察道：「和文的昌盛，固然是極可喜的現象。我們還希望它能夠在中央文壇揚眉吐氣。雖然這麼說，卻不願漢文之衰頹。」[82] 這都是台灣作家對時代的觀察。另一方面，殖民當局介入文學場域、壓制漢文創作也是原因之一。1936年底，《台灣新文學》一卷十號企圖推出「漢文創作特輯」以刺激瀕臨垂死邊緣的漢文創作，不過卻被殖民當局以「內容不妥當，全體空氣不好」為由禁止發行，顯然觸犯了日語文化霸權的禁忌。[83] 這樣的時代氣氛，何春喜在1935年曾有感而發地說：「台灣與其說是處在當局政策上不允許助長漢文的狀態，還不如說是處在禁用、亦即不得使用漢文的狀態。」[84] 楊守愚也稱1936年的台灣文壇是「處在禁止漢文這一個大統治方針之下」[85]。這也使得台灣話文與中國白話文之間的內部鬥爭及其勝敗，完全無法撼動國家機器與日語文化霸權的權威。

在日文作品質量提升與殖民當局推波助瀾的雙重效應之下，1936年以後《台灣文藝》內部也就出現了「消滅漢文」的主流聲音。[86] 既然連台灣新文學運動最重要的文學刊物都已經有了「棄守漢文」的念頭，漢文書寫的日暮西山也就可以預見。到了戰爭期（1937-1945）由於禁

---

81 宮安中，〈開刀〉，《台灣新文學》1：4，1936年5月4日，頁91。
82 王詩琅，〈一個試評──以「台灣新文學」為中心〉，《台灣新文學》1：4，1936年5月4日，頁95。
83 關於《台灣新文學》一卷十號「漢文創作特輯」的籌畫與被禁的經過及原因，可參見趙勳達，〈禁用漢文的前奏曲──談《台灣新文學》一卷十號被禁的「漢文創作特輯」〉，《文學台灣》41，2002年1月15日。
84 此乃何春喜在「反省與志向」專題中的看法，《台灣新文學》1：1，1935年12月28日，頁50。
85 見楊守愚1936年6月9日所寫的日記，《楊守愚日記》，頁28。
86 參見趙勳達，〈第五章 抵殖民的編輯方針〉，《《台灣新文學》（1935-1937）定位及其抵殖民精神研究》，台南：台南市立圖書館，2006年12月。

用漢文的政策，不僅台灣話文沒有成為「印刷語言」的可能，就連原本在漢文書寫中處於優勢的中國白話文亦是如此。這兩種在三〇年代初期相互競爭「印刷語言」之主導地位的書面語言，不管在論戰中孰勝孰敗，最後在國語政策的高壓強制之下，也雙雙難逃敗北的命運。

第三節 現代與本土的交會：另類現代性的出現

釐清了台灣話文不具備「民族印刷語言」的資格之後，接下來所要進行的討論，便是關於台灣話文的現代性與否。本文一再強調，「文藝大眾化」作為三〇年代最進步的文學話語而活躍著，它成為台灣知識份子之間相互競逐的關鍵。因此，在「文藝大眾化」的原則之下，以台灣人民為對象而設計的台灣話文，理應符合「文藝大眾化」的價值。不過，近年來論者陳培豐推翻了這個說法，認為台灣話文運動過度追求「過去」與「純粹」的實踐走向，挑戰了台灣作為一個混雜社會的事實，同時也使得台灣話文運動落入了反現代的境地。[87] 此一論述給予了台灣話文「反現代」的評價，在當今學界是個創見，但其實早在三〇年代，那些曾批判台灣話文「沒有時代性，又沒有階級性」的聲音，就已經做出了示範。

一、台灣話文的純與不純

陳培豐指出台灣話文運動過度向「過去」尋找「純粹」的實踐走向，大異於標榜打破封建，強調啟蒙、科學並以此為運動的精神核心之中國白話文運動。並指出台灣話文使用「純粹化」、「過去化」的語言來進行書寫時，將使知識份子產生一種恐慌，那便是台灣話文如果要完成拯救文盲的目標，那麼「粗俗的台灣話」將變成「文學的台灣話」，台灣文學也必須付出犧牲文學品質作為代價。[88] 由於文明／野蠻、雅正

---

87 陳培豐，〈識字・書寫・閱讀與認同——重新審視1930年代鄉土文學論戰的意義〉，收於邱貴芬、柳書琴編，《台灣文學與跨文化流動：東亞現代中文文學國際學報 台灣號2007》，台北：文建會，2007年4月。
88 同上註，頁104-105。

／粗俗的界線是一種人為的、被刻板化、被知識化的結果，並不是一種本質的存在，這樣的論述邏輯在薩依德（Edward Said）《東方主義》就已經獲得充分的表述，因此面對台灣話文之「粗俗」印記的形成，本文在此沒有高談闊論的意願。此處要討論的是關於台灣話文的「過去化」、「純粹化」是否就該被認定為「低俗化」？

前已述及，二〇年代曾經被傳統文人認為「粗俗不文」的中國白話文，其支持者便曾以「文字沒有雅俗，卻有死活可道」[89] 一語來加以反擊；不過到了三〇年代，中國白話文派卻反倒以「粗俗不文」為由攻擊台灣話文，可見立場的逆轉。當時黃石輝便以「雅俗是在乎人們的認識而定的，那裡真有什麼雅俗的分別呢？」[90] 加以回應，可惜以雅正自居的中國白話文派對此言論完全不屑一顧。在三〇年代，首先為台灣話文「粗俗」印記翻案的是連橫。連橫早在1929年發表的〈台語整理之頭緒〉一文，便曾言：

> 夫台灣之語傳自漳泉，而漳泉之語傳自中國。其源既長，其流又長。張皇幽渺，墜緒微茫。……乃知台灣之語，高尚優雅。有非庸俗之所能知。且有出於周秦之際，又非今日儒者之所能明。余深自喜。試舉其例。汩也潘也，名自禮記。台之婦孺能言之，而中國之士夫不能言。……余懼夫台灣之語日就消滅，民族精神因之萎靡，則余之責乃婁大矣。[91]

連橫雖將台語的「純粹」寄託於古典漢語的「過去」，不過卻是為了「發明」台語「雅正」的傳統，而非「低俗」。到了1930年，連橫便在此基礎之上，於《三六九小報》上連載了107回的「台灣語講座」專欄，共收錄了三百餘條的台語詞彙。[92] 此舉意欲解決台語「有音無

---

89 前非，〈台灣民報怎麼樣不使用文言文呢？〉，收於《文獻資料選集》，頁61。

90 黃石輝，〈鄉土文學的再檢討給克夫先生的商量〉，收於中島利郎編，《彙編》，頁157。

91 雅堂，〈台語整理之頭緒〉，《台灣民報》288，1929年11月24日，頁8。

92 「台灣語講座」連載於《三六九小報》之35-40、42-142回，共107回；每回固定收錄3條台語詞彙，但亦偶

字」的困擾，既而從《說文解字》、《爾雅》及諸史書考據出台語詞彙的原字。

> 查甫
>
> 男子曰查甫。呼甫為晡。說文甫為男子之美稱。如孔子之稱尼甫。錢大昕二十二史考異謂古無輕唇音。讀甫為圃。詩車攻東有甫草。鄭箋甫草甫田也。則圃田。如福建之甫田縣。呼為蒲田。廣州之十八甫。呼為十八鋪。是甫之為鋪。鋪之為晡。古音之轉耳。查為這字之轉音。這個即此個。是查甫二字猶言此人也。

> 查某
>
> 女子曰查某。古者女子有氏而無名。故曰某。如曰某人之女某。某人之妻某。查某猶言此女。如詩召南之稱之子也。

> 公媽
>
> 祖父曰公。祖母曰媽。皆尊稱之辭。[93]

　　連橫所要證明的，是台語有音亦有字，同時絕非粗俗之語，故連橫在《三六九小報》上連載〈雅言〉一欄，就是為了展現台語的雅正[94]。〈雅言〉開宗明義寫道：「台灣文學傳自中國，而語言則多沿漳泉。顧其中既多古義，又有古音有正音有變音有轉音。昧者不察，以為台灣語有音無字，此則淺薄之見耳。夫所謂有音無字者，或為轉接語，或為外來語，不過百分之一二耳。以百分之一二，而為台灣語有音無字，何其償耶。」[95] 這是連橫整埋台語工作的開端，此一想法與當時正推動台灣

　　有收錄5條之情況，因此共收三百餘條。統計資料見江昆峰，〈附錄五 《三六九小報》篇名筆劃索引〉，《《三六九小報》之研究》，銘傳大學應用中文研究所碩士論文，2004年7月，頁625。

93 雅堂，〈台灣語講座〉，《三六九小報》35，頁2。

94 黃美娥，《重層現代性鏡像：日治時代台灣傳統文人的文化視域與文學想像》，台北：麥田，2004，頁112。

95 連雅堂，〈雅言（一）〉，《三六九小報》142新年增刊號，頁1。

話文運動的新知識份子相當契合，例如黃石輝就曾表示：「事實，真正無字的話是很少，若去字書裡找，常常會找著適合咱的白話咱不知可用的字，所以我很相信，必要的補充文字是很有限。」[96] 因此考據台語的既成漢字，成為台灣話文之「本體規劃」的重要工作。

對連橫的台語訓詁工作做出最中肯之批評者，是同樣提倡台灣話文、努力搜羅民間文學的李獻璋。李獻璋指出：

> 這種考據，固然也有它一定範圍之用處。但細想來，得以溯源到古籍記載之詞彙，各地方言都存在著，單就具有特別身分之少數貴族詞彙，去稽考其始祖，並沒有一定可以說明它所以形成的直接來歷。而且，任意擇出的非代表性語詞，拿它孤立的追究下去，結果也必難於發現這方言的普遍性。所以除起誇示考證者個人之博識外，在學問上是解決不了許多問題的。[97]

這一席話道盡了連橫的台語訓詁工作的貴族性、非普遍性，而且無法解決台灣話文在「本體規劃」所面臨的難題，因為一味地遵奉古典與「純粹」，便可能出現以今人之口操古人之語的荒謬現象。例如另一個新傳統主義者黃純青就曾經主張，以適合文法改造台灣話，同時亦須改造台灣話中錯誤的言語。所謂「錯誤的言語」，黃純青這麼說：「又『零星』誤做『闌珊』，『油炙粿』誤做『油車粿』，這又錯了。又生番話死亡叫做『馬歹』，結婚叫做『牽手』，吾人不知本來ㄍ語意已經錯用了。又『烏魯木齊』是在新疆迪化縣，分分明明是地號名，吾人認做虛偽ㄍ語意，這又錯用了。」[98] 黃純青的發言，顯示出他追求台語詞彙字上的原初與「純粹」，不過這種不合時宜的「純粹」卻遭來黃石輝的批評：「我怕不但不能把台灣話改造得好，反會把台灣話弄得不完

---

96 黃石輝，〈言文一致的零星問題〉，收於中島利郎編，《彙編》，頁284。

97 李獻璋，〈福佬話詞彙緒言〉，原文未見，轉引自鄭喜夫編撰，《連雅堂先生年譜》，南投：台灣省文獻委員會，1992，頁164-165。

98 黃純青，〈台灣話改造論〉，收於中島利郎編，《彙編》，頁137。

全，做成了有名無實的言文一致呢！」[99] 之所以「有名無實」，是因為新傳統主義者一味地向「過去」尋找「純粹」，只會擾亂了現存的、由台灣人民所慣用的台灣話，這對台灣話文運動反倒造成了干擾與妨礙。

可以發現，習慣向「過去」尋找「純粹」的台灣話文支持者，是新傳統主義者的思路，而非新知識份子。在第一節已經論述了新知識份子主導的台灣話文運動排除了新傳統主義者的介入與干擾；換言之，作為台灣話文的「本體規劃」，新傳統主義者的相關意見並不被採納。因此，向「過去」尋找「純粹」的實踐走向，只是部分台灣話文支持者的主觀意願，並不能代表台灣話文運動的主流路線。這從黃石輝的反對就可以清楚證實。

那麼，除了黃石輝之外，郭秋生是否也反對「過去」與「純粹」？要討論這個問題，有必要先仔細推敲郭秋生的這一席話。

> 台灣話文之基礎建設上所產的新字，其實與其說是「新字的創造」，寧若說是「舊字的發現，補足」。因為台灣話文的前身——台灣民間文學——這在不脫口碑文學之域，尤不可不先把這些口碑文學成立文字的，（中略）所以對於化石，硬化的語言，都莫不忠實地保存著。[100]

這是郭秋生在提倡台灣話文運動時的一段論述，旨在闡明「創造新字」的原則，這個原則和黃石輝基本上是一致的。陳培豐將這段話理解為郭秋生強調傳統文化，向過去的台灣尋找「純粹」的化石。然而，這種藉助既成漢字作為表記系統的策略是否應該被理解為「純粹化」，是個值得商榷的議題。就語言學而言，語言的變化（即語言變異，language variation）乃是語言適應不同地區或與時俱進的必然結果，而在語言的變化後產生了新的語言慣用規則就稱為「語言調節」（regulation

99 黃石輝，〈對「台灣話改造論」的一商榷〉，收於中島利郎編，《彙編》，頁150。
100 郭秋生，〈新字問題〉，收於中島利郎編，《彙編》，頁295。

of language）。「語言調節」又可區分為自調節與他調節：前者為根據人民使用習慣而約定俗成的結果，後者為根據人為的選擇、改動與規定，如國家機器的強制或者知識份子群體的調整。當然，當代語言學家亦指出，「自調節」體現出俗民文化的內涵，應予以尊重，即便是「他調節」的工作，也應建立在「自調節」所完成的基礎之上。[101] 從郭秋生的原意來看，郭秋生主張與其廣製新字，不如沿用既成漢字；他有感於台灣社會普遍認為台語有音無字，便提出到民間文學中「找字」的想法，民間文學就在此原則下成為郭秋生尋找既成漢字的資源。然而必須特別注意的是，所謂的「化石」、「硬化的語言」，並非「語言變異」前的原貌，而是語言「自調節」之後的新面貌。因為民間文學本來就是一個體現了「語言變異」的場所，郭秋生所要找的字，其實便是台灣話「自調節」後所約定俗成的表記方式，而不宜視為「語言變異」前的原初與「純粹」。

不消說，由知識份子領導、將台灣話的書寫予以制度化的台灣話文運動，本質就是一種「他調節」工作，而且，以既成漢字所代表的表記系統為基礎的台灣話文運動，便是「他調節」依據「自調節」為基礎的最佳範例。誠如前述，郭秋生將台灣話文作為共同語的規劃化寄託於人民現行的語言，他說：「過去的歌謠及現行的民謠整理，不但為新打建的**普遍化**『功效第一』，做台灣話文的基礎也頂確實沒有！」「歌謠的產生，自然是各地方都有的，也自然是本各地方**現行的言語**以表現生活的。」「所以若把各地方所存在的歌謠網羅起來，即可發現共通語是什麼？若把歌謠裡的**共通語**來做台灣話，打算不至什麼錯誤才是。」「台灣語的現在，既不是純然一族系的固有言語，可是一種**混化著的台灣語**，將來也是要再**混化攝取**的台灣語啦」[102] 由此可見，郭秋生所尋求的並非「過去」與「純粹」，而是「現在」與「交混」（hybridity）。反之，欲尋求語言的「純粹」與「原初」，無視於「語言變異」與「語

---

101 以上關於「語言調節」的理論，請見施春宏，〈語言調節與語言變異〉，收於趙蓉暉編，《社會語言學》，上海：上海外語教育，2005。
102 郭秋生，〈建設「台灣話文」一提案〉，收於中島利郎編，《彙編》，頁94。

言自調節」的必然傾向，而欲以「他調節」作為「改造台灣話」的唯一準則，這種屬於黃純青等新傳統主義者的文化思維，顯然與人民脫節。

另一方面，除了黃純青、連橫等新傳統主義者尋求「純粹」的實踐策略之外，其實中國白話文派亦是如此。前已述及，二○年代台灣的中國白話文運動標榜「精純」、「純粹」，不容許台灣話文介入台灣新文學運動的行列。換言之，二○年代的中國白話文派完全無視台灣話「自調節」的結果，而強勢地以中國現行的「他調節」的白話文加諸台灣社會，便根本性地違逆了「語言調節」的原則。此時在台灣追求「純粹」的中國白話文運動，其實踐走向當然不是回到「過去」，而是面向「現代」的新中國。到了三○年代，眼見台灣話文之勢銳不可擋，中國白話文派採取了「納為己有」的策略以維持主導地位，此時，中國白話文才因為吸納了台灣話文的元素而顯得「駁雜」。這種「駁雜」的表現形式卻陰錯陽差地被認為真正符合台灣作為一個混雜社會的事實，因而給予極高評價。[103] 然而，不論從台灣話文發展的軌跡來看，或是從台灣話文與中國白話文的相互關係來看，以郭秋生為例批判台灣話文運動向「過去」尋找「純粹」的相關論述，似乎都不盡合理。

二、兩種傳統／過去、兩種民族文化

承上所述，論者批判了台灣話文運動向「過去」尋找「純粹」之外，又延伸討論了兩個論點：其一，台灣話文運動所寄託的民間文學，不能激發新知識份子對新思想的追求，也不能滿足生活的進行改造；其二，中國的白話文運動並沒有復古的傾向，而是以啟蒙、科學、反封建作為核心價值，以此突顯台灣話文運動作為時代之逆流的事實。[104] 此二論點原是一體兩面，可以一併討論。

首先必須指出，列寧在〈關於民族問題的批評意見〉提出了「兩種民族文化」的主張，他認為每個民族文化都有「兩種」：無產階級文化

---

103 陳培豐，〈識字・書寫・閱讀與認同──重新審視1930年代鄉土文學論戰的意義〉，邱貴芬、柳書琴編，《台灣文學與跨文化流動：東亞現代中文文學國際學報 台灣號2007》，頁108-109。
104 同上註，頁103-106。

與資產階級文化，不過前者是不發達的，後者是佔統治地位的文化。[105]
這個概念提醒著我們，討論傳統與過去，必須意識到精英文化與俗民文化的差別。其實，將五四新文學運動詮釋為一種純然的反封建、反傳統的思潮，並不符合歷史事實。蜚聲國際而被中外學者譽為「中國民俗學之父」的鍾敬文，曾如此評價五四運動與俗民大眾的關係：「『五四』時期，那些從事新文化活動的學者們，大都是具有愛國思想和受過近代西洋文化洗禮的；同時他們又是比較熟悉傳統文化的。他們覺得要振興中國，必須改造人民的素質和傳統文化，而傳統文化中最要不得的是上層社會的那些文化。至於中、下層文化，雖然也有壞的部分，但卻有許多可取的部分，甚至是極寶貴的遺產（這主要是從民主主義角度觀察的結果，同時還有西洋近代學術理論的借鑑作用）。儘管在他們中間，由於教養等不同，在對個別的問題上，彼此的看法有參差的地方，不過在主要的問題上是一致的。這就形成他們在對待傳統裡中、下層文化的共同態度和活動。」[106] 也就是說，即使是標榜反傳統、反封建的五四啟蒙知識份子，一樣清楚地意識到如列寧所謂的「兩種民族文化」的存在，他們所反對的，始終是上層社會的傳統。

　　中國學者戶曉輝在看待這個問題時，也開啟了一個嶄新的視野。他認為在二〇年代早期，中國的「民」及其文化充當了孔教和西化之外的第三種選擇。更具體地說，在五四啟蒙運動「整體性的反傳統主義」的過程或意識型態中，民間文學充當了一種有力的資源和「武器」。此處所謂的「整體性」並不意味著反對傳統的整體，而是說五四啟蒙論者先將傳統看作分層的整體，即分為上層文化／貴族文學與下層文化／平民文學，然後再對這個被分化的整體施以價值的和態度的判斷。[107] 所以他們對俗民文化／下層文化的吸收與學習，與他們強烈批判孔教／上層文化的態度截然不同。職是之故，將五四啟蒙運動視為一場純然的反傳

---

105 列寧，〈關於民族問題的批評意見〉，1913年10-12月，《列寧選集（二）》，頁335-337。
106 鍾敬文，〈「五四」時期民俗文學的興起──呈獻於顧頡剛、董作賓諸故人之靈〉，收於《鍾敬文文集·民俗學卷》，合肥：安徽教育，2002，頁107。
107 戶曉輝，《現代性與民間文學》，北京：社會科學文獻，2004，頁120、143-145。

328　　「文藝大眾化」的三線糾葛

統主義運動的相關看法，並非合乎歷史事實的詮釋。

在中國現代史上，魯迅是第一位提倡搜集和研究民間文學的人，早在1913年魯迅就曾表示：「當立國民文術研究會，以理各地歌謠，俚諺，傳說，童話等；詳其意誼，辨其特性，又發揮而光大之，並輔翼教育。」同年9月，周作人亦撰文主張引進西方民俗學觀點探討童話的本源。1918年，劉半農將上述意見付諸實踐，在北大大力推動採集歌謠的工作，成為中國採集歌謠的第一人。這個活動在北大一直持續到1926年才結束。所以，從個別知識份子的提倡，到具有全國學術領導地位的北京大學亦認同民間文學的價值，五四啟蒙運動對民間文學的肯定態度可見一斑。[108] 在這個過程中，兩位知識份子的思路值得我們注意，一位是知名作家周作人，另一位是在當時仍為年輕學者、後來以殷墟考古權威揚名海外的董作賓。1923年，周作人在〈中國民歌的價值〉中指出：「『民間』這意義，本是指多數不文的民眾；民歌中的情緒與事實，也便是這民眾所感的情緒與所知的事實，無非經少數人拈出，大家鑑定頒行罷了。所以民歌的特質，並不偏重在有精彩的技巧與思想，只要能真實表現民間的心情，便是純粹的民歌。民歌在一方面原是民族的文學的根基，倘使技巧與思想上有精彩的所在，原是極好的事；**但若生成是拙笨的措詞，粗俗的意思，也就無可奈何。**」[109] 此外，董作賓在1927年的《民間文藝》雜誌上則表示：「民間文藝，是平民文化的結晶品；我們要了解我們中國的民眾心理、生活、語言、思想、風俗、習慣等等，不能不研究民間文藝；我們要欣賞活潑潑赤裸裸有生命的文學，不能不研究民間文藝；我們要改良社會，糾正民眾的謬誤的觀念，指導民眾以行為的標準，不能不研究民間文藝。」[110] 可以發現，民間文學被五四知識份子視為「民族的文學的根基」，亦視為

---

108 此過程請參見：戶曉輝，《現代性與民間文學》，北京：社會科學文獻，2004，頁117-129。

109 周作人，〈中國民歌的價值〉，《歌謠周刊》6，1923年1月21日。原文未見，轉引自戶曉輝，《現代性與民間文學》，頁123。

110 董作賓，〈為《民間文藝》敬告讀者〉，《民間文藝》1，1927年11月1日。原文未見，轉引自戶曉輝，《現代性與民間文學》，頁128-129。

「改良社會」的利器。所以，當論者以為民間文學不能激發新知識份子對新思想的追求，也不能滿足生活的進行改造，同時又認為中國五四運動對民間文學不屑一顧時，歷史的走向卻恰恰反其道而行。

　　談到將民間文學視為「民族的文學的根基」，則不得不談《歌謠周刊》這份刊物。這份於 1922 年由北大歌謠研究會發行的學術性刊物，在其〈創刊詞〉就明確表示，本會搜集歌謠的目的有二：一是輯錄作為專門研究的資料，二是用文藝批評的眼光，從中加以選擇，「編成一部國民心聲的選集」，文中並引義大利的衛太爾的話說：「根據在這些歌謠之上，根據在人民的真感情之上，一種新的『民族的詩』也許能產生出來。」[111] 這段話似曾相識，沒錯， 1931 年 1 月醒民（黃周）在《台灣新民報》上發表〈整理「歌謠」的一個提議〉[112] 一文，便是轉引自《歌謠周刊》之〈創刊詞〉。[113] 在黃周之前，1930 年 8 月的《台灣新民報》上亦有〈民眾文藝的歌謠〉一文，同樣說明了歌謠乃至於民眾文藝（即民間文學）足以表達出人民真實情感的價值，文中也對周作人與衛太爾的論述表達了高度的認同。從這兩個例子來看，足見中國搜集歌謠的運動對台灣文壇的影響。

　　此時台灣文學場域除了左翼漢族民族主義者之外，大抵支持民間文學的整理工作。因此，論者引用賴明弘在批判鄉土文學以及民間文學時所使用「未能激發我們新思想的追究之心」，不能滿足生活的「進化改革」之語，企圖證明中國白話文派對台灣話文追求「過去」的排斥；[114] 不過，賴明弘並不是一個很具代表性的例子，因為他能代表左翼漢族民族主義者，卻不能代表中國白話文派的主流意見。畢竟當《台灣新民報》發出提倡民間文學的聲音時，其實也代表著這個傾向支持中國白話文的刊物的立場。若讓歷史繼續往下走，可以發現左翼漢族民族主義者

---

111 原文未見，轉引自戶曉輝，《現代性與民間文學》，頁 123。
112 載於《台灣新民報》345，1931 年 1 月 1 日，頁 18。
113 楊麗祝，《歌謠與生活──日治時期台灣的歌謠采集及其時代意義》，台北：稻鄉，2003，頁 107-108。
114 陳培豐，〈識字·書寫．閱讀與認同──重新審視 1930 年代鄉土文學論戰的意義〉，邱貴芬、柳書琴編，《台灣文學與跨文化流動：東亞現代中文文學國際學報 台灣號 2007》，頁 107。

對民間文學的排斥其實只是一個很短暫的現象。第二章就已經提及，1933年底在台北結成的「台灣文藝協會」，就象徵著左翼漢族民族主義者與左翼本土主義者的結盟。這個左翼文學組織史無前例地在機關刊物《第一線》中刊載了「台灣民間故事特輯」，其中廖毓文、朱點人與林克夫這三位在鄉土文學論戰中相當活躍的左翼漢族民族主義者，亦加入編寫民間故事的行列，為台灣民間文學的搜集活動作出了具體的貢獻[115]。可見此時的左翼漢族民族主義者已經不再敵視民間文學、將之視為「進化改革」的阻礙，而是肯定民間文學的民族性與大眾性，至此，民間文學所展現出來的「文藝大眾化」的價值也就更加獲得彰顯。

歷史是不斷前進的。曾經反對鄉土文學與民間文學的左翼漢族民族主義者，在「台灣文藝協會」成立之後已經選擇了一條向左翼本土主義靠攏的路線（見第二章）。論述至此，無非在表達四個觀點：其一，面對傳統／過去，唯有抱持著「兩種民族文化」的視野，才能理解二十世紀初期的知識份子所批判的是屬於上層階級的傳統／過去，並同時從下層階級的傳統／過去中尋找資源、獲得養分。其二，由於下層文化具備大眾性與人民性，中國的五四運動非但不貶抑民間文學的價值，反而極力主張保存民間文學作為「民族文學」的基礎。其三，受到了中國五四運動的影響，台灣的新文學運動亦提倡民間文學的搜集。其四，被當代論者認為否定民間文學的三〇年代台灣左翼漢族民族主義者，其實後來在思想上已經作出了修正，轉而肯定民間文學的價值。從這四個觀點可以說明，傳統／過去不但並非十惡不赦，反而成為新知識份子所肯定、所擁抱的文化資產。職是之故，不論是以民間文學／俗民文化所象徵的「過去」來批判台灣話文運動的復古傾向，或者以中國白話文運動的反傳統主義作為參照系以批判台灣話文運動為時代的逆流，都無法給予歷史一個比較可靠的詮釋。

---

115 三人的文章分別是：廖毓文的民間故事〈頂下郊拼——稻江霞海城隍廟由來〉、朱點人（描文）的民間故事〈賊頭兒曾切〉以及林克夫（HT生）的論文〈傳說的取材及其描寫的諸問題〉。

三、反現代抑或追求現代

台灣話文運動所重視的俗民文化的傳統／過去的價值，受到當時新知識份子的肯定。不過，論者提出台灣話文具有反現代性之性格的論點，並認為實踐台灣話文運動「明顯會讓台灣社會的近代化演進速度緩慢、停滯，甚至可能使得整個文學創作活動產生斷裂、或讓意思溝通以及資訊傳播的效率受到損害」[116]。這是兩種完全相反的價值取向，台灣話文運動究竟如當代論者所言是反現代的，抑或有不同解讀的可能，則成為本文持續追問的議題。

現代往往意味著在時序上與過去切割的分界，現代性也就被視為一種有別於過去的、適應現代生活的思維與態度。[117] 然而這種將現代與過去一刀兩斷的邏輯觀念，近年來已陸續受到當代東方學者的質疑，指出此一思維模式是西方的、歐洲中心主義的，現代性在東方的發展軌跡實有異於西方的經驗與面貌。關於此，可以從中國學者楊聯芬詮釋中國文學現代性發生的相關論述中找到答案。

> 「現代性」概念在西方「是一種直線向前、不可重複的歷史時間意識」，在中國，固然也代表著時間，卻更傾向於一種空間化的時間意識，具體說，就是與中國傳統之「過去」沒有關聯的「西方」所代表的「現在」，從根本上說，就是一種文化空間的轉換。因此，在西方具有歷時性變化的現代性，在中國則呈現為「共時態」的價值體系。這種共時態，將原本矛盾的「兩種現代性」（社會現代性與哲學、倫理及審美現代性）整合為一體，這樣，工業化、市場化的「效益」，與倫理的「公正」、「公平」一同被擺上現代性的平台。[118]

---

116 陳培豐，〈識字・書寫・閱讀與認同──重新審視1930年代鄉土文學論戰的意義〉，邱貴芬、柳書琴編，《台灣文學與跨文化流動：東亞現代中文文學國際學報 台灣號2007》，頁107。

117 馬泰・卡林內斯庫，〈現代性，現代主義，現代化──現代主題的變奏曲〉，顧愛彬、李瑞華譯，《現代性的五副面孔：現代主義、先鋒派、頹廢、媚俗藝術、後現代主義》，北京：商務，2004。

118 楊聯芬，《晚清至五四：中國文學現代性的發生》，北京：北京大學，2003，頁7-8。

此等論點出於對西方的單一現代性（singular modernity）的質疑與顛覆，而呈現出另類現代性（alternative modernity）的文化語境。在中國，現代與過去被當代學者認為共存於同一平台，而不是誰取代誰這種簡單的文化霸權更迭的情況而已。此一論點開啟了我們重新思考現代與傳統之間的辯證關係。

不僅如此，在現代與傳統的辯證關係上，印度學者查特吉（Partha Chatterjee）的論述似乎走得更遠。作為殖民地民族主義與後殖民理論的權威，查特吉提出一項很重要的概念，他認為本土性「並非只是前現代過去的遺物：它們是與現代性遭遇後的新產物」，這句話意味著本土性與現代性交會之後，將有一種新型態、新樣貌的產物出現。查特吉接著更明確地說：「我們可以看到，工業資本家會推遲完成一項交易，因為他們尚未聽到他們各自星相學家的意見，或者工人會拒絕碰新機器，直到機器被以適當的宗教儀式祭奠過，或者選民會縱火自焚，以哀悼他們熱愛的領袖的失敗，或者部長會公開吹噓為自己部族的人謀求更多的工作而將其他人排擠在外。將這些稱為幾個時間——現代的時間和前現代的時間——的共一存在，只是在迎合西方現代性的烏托邦主義。」[119]這是一種更強烈的批判，批判現代性所隱含的歐洲中心主義與帝國主義的價值取向。查特吉借用霍米・巴巴（Homi Bhabha）的「交混」（hybridity）的概念指出，在東方或殖民地的現場，現代與傳統並非各行其道、平行且並置的存在，而是以「互為彼此」的交混形式出現。因此，遭遇到現代性之後的本土性，才會以「新產物」的型態出現。

台灣話文亦是如此。台灣話文正是代表著現代性的中國白話文與代表著本土性的台語交會之後的「新產物」，因此它不但不能被視為一種傳統性的型態，反而必須以現代性的概念來加以理解；換言之，這是一種新形式的「另類現代性」。以班納迪克・安德森的論述來說，印刷語言是建構現代民族／國家認同的基礎，因此，語言的書面化及其制度化

---

119 帕爾塔・查特吉著，田立年譯，《被治理者的政治：思索大部分世界的大眾政治》，桂林：廣西師範大學，2007，頁9。

就是一種現代性的形式。在班納迪克‧安德森之前，民族主義的權威學者蓋爾納就已經提出高層次文化（high culture）的概念，指的是一種「標準化的、以識字和教育為基礎的交流體系」，在民族主義的發展過程中，唯有「當總的社會條件有利於那種統一的、相似的、集中維持的高層次文化時，當這種條件遍及到全社會的人口而不僅僅遍及到為數很少的精英份子時」，「民族主義的時代」才真正來臨。[120] 關於戰前台灣的高層次文化的誕生，目前已有吳叡人的研究指出，台灣話文運動以及民間文學的整體，便是符合蓋爾納與霍布斯邦（Eric Hobsbawm）所謂的民族主義者假借下層文化來加工、「發明」（invent）民族的高層次文化。[121]

對殖民地民族主義來說，由於失去自主性，其民族意識的凝聚總是被動的，它是對外來殖民者的統治所表現的一種不滿情緒。因此，若欲論及殖民地的高層次文化，必須更認真考慮蓋爾納所指出，殖民地的兩種高層次文化的形式：一種是由殖民者所帶來的、用來教育被殖民者的官方文化，此稱之為「外來的高層次文化」，日治時期的同化政策與國語政策皆屬此類；另一種是非官方的、由殖民地知識份子發起，假借下層文化來加工、焠煉的「民族高層次文化」（national high culture），日治時期的台灣話文運動或文化民族主義即屬此類。關於這兩種高層次文化的關係，蓋爾納如是說：

> （殖民地）民族主義通常是以某種假定存在的**民間文化**的名義進行征服的。民族主義的象徵來自農民、民眾那種健康、純樸、充滿活力的生活。當民眾受制於另一種外來的高層次文化的官員的時候，民族主義的自我呈現裡便有了一定的真理成分。要抵抗這種高層次文化中的官員實施的壓迫，首先必須實現文化的復興和重新確認，最終需要進行民族解放戰爭。如果民族主義昌盛了，

---

120 厄內斯特‧蓋爾納著，韓紅譯，《民族與民族主義》，北京：中央編譯，2002，頁72-73。
121 吳叡人，〈福爾摩沙意識型態：試論日本殖民統治下台灣民族運動「民族文化」論述的形成（1919-1937）〉，《新史學》17：2，2006年6月，頁167。

就會消滅外來的高層次文化，但它不會用舊的地方低俗文化來取
而代之；它會復興或者創造一種（由專家傳播的有文字的）本地
自己的高層次文化，雖然必須承認這種文化仍然與以前的地方民
間風格和方言有某種聯繫。[122]

　　在殖民地的情境中，用民族高層次文化來抵禦外來的高層次文化的
侵略，當然是不折不扣的抵殖民實踐。此外，有兩點值得注意的地方，
其一，民族高層次文化並不是單純地以傳統性或本土性作為表現形式，
而是利用傳統性或本土性來加以「復興或者創造」一種新的文化形式，
這種形式當然符合查特吉所謂的「新產物」的意涵。其二，民族高層次
文化的形成不僅有賴於人民的語言，也有賴於人民的文化，亦即「民間
文化」的展現。也就是說，當郭秋生等人企圖從民間文學裡尋求台灣話
文的資源時，這個動作並非向「過去」尋求「純粹」的價值取向，而是
一種放眼於當下的高層次文化的建構。甚言之，郭秋生等人的台灣話文
運動，十足地體現了民族高層次文化誕生的典型。借用另一位民族主義
學者德拉諾瓦（Gil Delannoi）的話說：「民族主義者宣稱保存過去，
實際上卻是要進行變革。他們實施現代化卻不予承認。」[123] 這句話十
分準確地定義了台灣話文兼具現代與傳統的關係，也同時迫使我們面對
台灣話文時不能單純地將之指為傳統性的表徵。

　　回顧論者對於台灣話文運動的批判：「明顯會讓台灣社會的近代化
演進速度緩慢、停滯，甚至可能使得整個文學創作活動產生斷裂、或讓
意思溝通以及資訊傳播的效率受到損害」。如果台灣新文學的存在只是
為了台灣社會的現代化目的，那麼，借用一個由國家機器所保障的「外
來的高層次文化」（日語）豈不更加省事與便利？然而，台灣知識份子
為何執著於「民族高層次文化」（台灣話文）的建構，無非是在抵殖民
的實踐中以尋找並開發俗民文化的可能，這才是「文藝大眾化」的思

---

122 厄內斯特‧蓋爾納，《民族與民族主義》，頁76。
123 吉爾‧德拉諾瓦著，鄭文彬等譯，《民族與民族主義：理論基礎與歷史經驗》，北京：生活‧讀書‧新之
　　三聯書店，2005，頁106。

考，而非陷入「殖民進步主義」[124] 的知識精英的思維邏輯。

結語

台灣話文的定義是一個未曾被正視的問題。台灣話文並不是在行文中摻入台語詞彙即可，它必須符合「用漢字取義寫台灣話，叫做台灣話文」、「用台灣話說不下去的不能說是台灣話文」的定義。在此定義之下，台灣話文有其不同於中國白話文的文字與語法，而且語法的差異更是決定了台灣話文的獨立存在。然而，現存的許多所謂的「台灣話文文本」，其實只是在中國白話文的文法之中摻入若干台語詞彙，或是在對話的部分使用台灣話文的文體（style），這種書寫不但不能說是台灣話文，其實只能視為台灣話文被中國白話文納為己有的結果，因為它充分體現了中國白話文派所提出的「中國白話文為主，台灣話文為從」的「台二中八」的論述。台灣話文必須是屬於人民的，它一面抵制中國白話文之文法的介入，同時亦抵制古典漢文之文法的滲透。前者屬於部分新知識份子的精英思維，後者則屬於新傳統主義者的精英思維，因而兩者都是黃石輝、郭秋生等台灣話文提倡者所極不以為然的。

作為符合「文藝大眾化」之價值取向的台灣話文運動，往往同時被當代學者視為「民族印刷語言」。不過若我們檢視台灣話文運動在三〇年代的發展，可以輕易得知台灣話文的本質雖然具備「民族印刷語言」的潛能，但是就歷史的發展而言，台灣話文從未具備「印刷語言」的資格。只能以早夭的「民族印刷語言」視之。一個具有代表性的例子是台灣新文學之父賴和以台灣話文所創作之〈一個同志的批信〉，在發表之後旋即遭到島內文學同好以「看不懂」為由無情抨擊，可見台灣話文的創作並不成熟。這個事件不但意味著台灣話文沒有取得「印刷語言」的資格，同時可以發現，台灣話文在文字化與制度化（即「本體規劃」）

---

124 「殖民進步主義」為論者游勝冠所創用的學術名詞，指的是一種服從於殖民者所建構的進步主義的態度與價值取向，相關論述請見游勝冠，《殖民進步主義與日據時代台灣文學的文化抗爭》，清大中文所博士論文，2000。

上也沒有取得共識，最後以失敗做終。台灣話文運動的失敗之因可以從許多層面加以探討，缺乏政府的支持當然是個很有詮釋力的觀察，中國白話文與台灣話文儘管內鬥甚烈，不過卻抵不過殖民體制的彈壓，終於在1937年「漢文欄廢止」的政策之下逐漸劃下了句點。

接著要提到台灣話文的現代性。或有論者批判台灣話文向「過去」尋求「純粹」，不僅無視於台灣社會具有「交混性」的事實，而且還成為台灣社會進步與現代化的阻力。關於此，本文提出不同的見解。首先，本文證明了台灣話文運動並不面向「過去」，也不尋求「純粹」，台灣話文提倡者如郭秋生傾向於從各地台灣人民「現行」所使用的「交混」的台灣話，歸納並建構出一種「共同語」的存在。從語言學來說，這是尊重俗民文化的「語言調節」的工作，而不是採取知識份子自以為是的傲慢態度，因此十分值得嘉許。其次，論者以為中國白話文強調啟蒙與反傳統主義，然而台灣話文運動卻具有從民間文學尋找資源的復古傾向，因此視台灣話文運動為時代的逆流。然而事實並非如此。五四新文學運動其實相當清楚地意識到兩種傳統／過去的存在，他們所反對的傳統是屬於貴族的、上層文化的傳統；反之，對於屬於人民的、下層文化的傳統，中國五四新知識份子則表達了相當敬愛的態度。所以，將五四新文學運動表述為一種純然的反傳統主義是違背歷史事實的詮釋。在五四新文學運動的刺激下，台灣的中國白話文運動亦重視民間文化的保存與發揚。換言之，台灣的中國白話文運動亦清楚意識到兩種傳統／過去的存在。因此，將台灣話文運動表述為面向「過去」的價值取向，或者以中國白話文的反傳統主義要來印證台灣話文是時代的逆流，都是不符事實的歷史詮釋。最後，關於台灣話文的現代性與否。本文指出現代與傳統之間的關係是辯證的，在現代與傳統相遇之際，一種純然的現代或傳統的面貌便不復存在，而是以「交混」著兩者的「新產物」形式出現，這是後殖民理論權威查特吉給予我們的示唆。同時，民族主義權威學者蓋爾納也指出「民族高層次文化」（national high culture）會借用民間文化與人民的語言，創造一種「標準化的、以識字和教育為基礎的交流體系」，以抵抗殖民文化與國語政策的入侵。從查特吉與蓋爾納的

理論來看，台灣話文正是以這種雜揉了現代與傳統的「民族高層次文化」的「新產物」的形式出現，可謂新形式的「另類現代性」。此時，台灣話文再也不能被表述為傳統性的表徵，而是不折不扣地成為了現代性的表現形式。

第六章 結論

　　本書提出了若干新論點，為了陳述上的方便，以下將依各章的順序逐一說明。

　　第一章〈「大眾」的抬頭〉。本章首先論述左、右翼知識份子與新傳統主義者等三種立場看待、理解「大眾」的方式。「大眾」作為英文mass的譯語，當它在二〇年代初期的日本社會登場時，「大眾」本身的意涵也因為mass所帶有的歧義性而導致各種解讀，這種現象也就直接影響了台灣社會。右翼知識份子將「大眾」解讀為「民眾」（multitude），此概念帶有顛覆傳統封建體制的積極意義；左翼知識份子將「大眾」解讀為「無產階級」（proletariat），此概念帶有顛覆資本主義體制的積極意義；新傳統主義者則是依照傳統中國典籍的解釋，將「大眾」解讀為眾人（the crowd），此乃僅具數量集合的概念。雖然「眾人」與「民眾」（multitude）這兩種解讀在字面上有其相似性，然而「眾人」相較於「民眾」而言，其積極意義卻稀薄許多。由這三種對於「大眾」的不同解讀出發，也就導致了三種對於「文藝大眾化」的不同認知的出現。因此，右翼知識份子所認定的平民文學、左翼知識份子所主張的普羅文學、以及新傳統主義者為適應新時代而調整的通俗化傳統文學，就是源於「文藝大眾化」的不同認知而各自主張的文學路線。理解了三種對於「大眾」的不同解讀導致了三種對於「文藝大眾化」的不同認知之後，接下來本文就在各章分別處理三種「文藝大眾化」的不同認知所帶來的象徵論爭，第二、三、四章所討論的「文藝大眾化」的左翼內部之爭、左右之爭、新舊之爭也就應運而生。

　　第二章〈「文藝大眾化」的左翼內部之爭〉。本章討論「文藝大眾化」的左翼內部之爭，乃聚焦於鄉土文學論戰期間「左翼本土主義者」與「左翼漢族民族主義者」之間的意見衝突。本章首先指出，三〇年代初期台灣島內具備國際主義的共產主義思想大行其道的原因，是因為

1928年共產國際制定了「資本主義第三期」的理論，宣稱革命的時機已經成熟，因此帶動了國際主義思維的普遍化。不過，台灣的左翼漢族民族主義者卻理所當然地將政治領域中「政治正確」的國際主義生硬地轉化為文化上的國際主義，致使他們對於「民族文化」的存在與價值都有所誤解。他們認為在國際主義的精神下，「民族」的價值是有限的，同時，「民族文化」的價值亦是有限的，所以他們所推崇的是具有國際主義色彩的「區域文化」。簡言之，他們所主張的文學路線便是以中國為區域、以中國白話文為書寫語言的普羅文學。另一方面，黃石輝、郭秋生等「左翼本土主義者」認為普羅文學必須紮根於本土，才能書寫人民的情感，召喚人民的集體意識，屬於台灣的「民族文化」也才得以建立。鄉土文學論戰的展開，大抵就是這兩種左翼思維互相碰撞的結果。

在此過程中，「左翼漢族民族主義者」屢屢表現出「政治正確」的正統與自信，因而對「左翼本土主義者」的論述多有打壓，並視其為左翼的叛徒。然而當時共產國際的民族文化理論並非如此生硬地採用國際主義精神。本文援引了列寧‧史達林的民族文化理論作為參照，可以發現兩人皆主張建構「無產階級民族文化」，這顯然與台灣這批「左翼漢族民族主義者」的思維大相逕庭；反之，「左翼本土主義者」的想法則與列寧‧史達林意外地契合。此外，史達林還指出文化上的國際主義有其進展的階段性，必須先發展民族文化，而後整合為區域文化，最後才整合為世界文化。特別是這種整合的過程一定是要在無人為強制性的指導下進行，而且更必須以堅實的「無產階級民族文化」作為基礎。可以發現，「左翼漢族民族主義者」所主張的以中國白話文書寫的普羅文學，其實便是處於建構區域文化的階段，不過，他們的主張並不以建構堅實的台灣無產階級民族文化作為基礎工作，那麼他們對於共產國際之民族文化理論的理解也就產生了極大的偏差，也使得他們的主張終究只成為知識份子「腦中實驗室」的產物，完全與人民的生活脫節。反觀在論戰中飽受批評的「左翼本土主義者」，在理論內涵上卻與列寧‧史達林的民族文化理論不謀而合。

第三章〈「文藝大眾化」的左右之爭〉。首先討論的是楊逵的理論

建設。楊逵提出了「真實的寫實主義」的理論，用以反思當時在日本文壇業已僵化、文壇化、教條化、陷入死胡同的普羅文學路線，取而代之的必須是以人民、以普羅大眾之生活情感為依歸的普羅文學，這種文學才有其存在與延續的價值。其次，楊逵為強化普羅文學的大眾性，主張必須從「通俗文學」內部吸收大眾性的優點，這在台灣當時左翼思想界而言是相當另類卻十分前衛的論述。再者，楊逵在創辦《台灣新文學》之後，主張以「殖民地文學」路線作為《台灣新文學》乃至於台灣左翼文學的發展方向。其實，「殖民地文學」的精神幾乎無異於黃石輝的「鄉土文學」，不過避免了「鄉土文學」這般以詞害意的干擾之後，「殖民地文學」路線受到了台灣左翼知識份子普遍的支持，後出轉精的《台灣新文學》因此超越了《台灣文藝》成為台灣知識份子普遍支持的標地，而後者乃是原為台灣文壇之精神堡壘「台灣文藝聯盟」所發行的機關刊物。另外必須指出的是，不論是「鄉土文學」抑或「殖民地文學」的概念，其實都相當明確地體現了史達林對於民族文化所做出的「內容是無產階級的，形式是民族的」之要求。楊逵能在閉門造車的台灣左翼思想界中一再突破，屢屢與正統的左翼文學理論相契合，這是楊逵令人佩服的地方。

　　「文藝大眾化」的左右之爭還不僅於此，另有三項齟齬。其一，關於「標語口號式」的普羅文學的批判。右翼知識份子葉榮鐘批評三○年代初期的普羅文學只是「標語口號式」的普羅文學，和人民的生活情感全然無涉，背離了「文藝大眾化」的價值取向。論者咸引用此一論述佐證三○年代左右翼知識份子之間的價值對立。事實上，「標語口號式」的普羅文學是該受到批判的，不僅葉榮鐘如此，中國左翼文壇此時亦出現了反省的聲浪，就連楊逵也在1935年開始屬言批判「標語口號式」的普羅文學。因為所謂「標語口號式」的普羅文學，正是前述業已僵化、文壇化、教條化、陷入死胡同的普羅文學路線，同時也正是楊逵在1935年提出「真實的寫實主義」之論述時，所首先批判的對象。可以發現，楊逵與葉榮鐘兩人的見解殊途同歸，不僅如此，當楊逵擴張且深化了左翼文學路線之後，他所採取的「殖民地文學」路線不但受到左翼

知識份子的支持，連右翼本土主義者葉榮鐘也受到楊逵的號召，投身於《台灣新文學》的陣列，由此可見楊逵所持之正確的文化思維所帶有的吸引力。

其二，關於左、右翼寫實文學的差別。本文指出，三〇年代台灣左翼寫實文學具有認識世界、解釋世界、改變世界這三個境界，楊守愚、呂赫若、楊逵的三位作家的文學作品可以作為代表。「認識世界」是帶領讀者發現世間的不公不義與苦難。「解釋世界」則是進而剖析世間苦難的構成及其原因，當然答案往往指向殖民體制／資本主義體制所帶有的權力。「改變世界」則是在理解了世間的苦難與創傷之後，再給予希望與活路，以超越現時的悲慘生活。「改變世界」是左翼寫實文學的最高境界，同時也是馬克思在〈關於費爾巴哈的提綱〉中「哲學家們只是用不同的方式解釋世界，而問題在於改變世界」這句話最深沉的意指。相較之下，三〇年代右翼寫實文學只停留在「認識世界」的階段；不僅如此，相對於「認識世界」的左翼寫實文學所展現出來的古道熱腸，「認識世界」的右翼寫實文學卻是表現出冷眼旁觀的態度。左翼知識份子因而屢以主題積極性的闕如、作者熱情的不足、一成不變的描寫、見樹不見林的觀察視野等角度，批判「認識世界」的右翼寫實文學。換言之，左翼知識份子認為右翼寫實文學其實只是自然主義文學，「無異一篇記事的文字，或是一篇報告」。這就是左、右翼寫實文學最大的差異所在。

其三，關於右翼文學的純文學化。儘管右翼寫實文學僅止於「認識世界」的階段，然就「文藝大眾化」的意義而言，亦有存在的價值。然而，右翼文學的純文學化卻使得右翼文學與「文藝大眾化」的價值取向漸行漸遠。本章主要討論「為藝術而藝術」的純文學路線如何在台灣文學場域成為一個「貶詞」，繼而遭到左翼知識份子的群起攻之。在吳天賞等旅日青年作家的影響之下，《台灣文藝》也走入純文藝化的境地，一來造成了左翼知識份子楊逵的出走，削弱了台灣文藝聯盟的實力，二來致使《台灣文藝》的右傾更是無以復加，最終導致《台灣文藝》江河日下、草草收場的命運。從以上左、右翼文學的三個齟齬之處可以看

出，左翼文學在堅守階級立場的前提下一直朝向藝術性的提升進行努力，反之，右翼文學則是逐步失卻台灣新文學萌芽以來即十分重視的「為人生而藝術」訴求，轉而經營象牙塔式的、小眾式的純文學，這與三〇年代台灣新文學所標榜的「文藝大眾化」精神可謂背道而馳。這一連串的效應，導致了楊逵的不滿與離去，最後在楊逵另創《台灣新文學》並標舉「殖民地文學」路線之後，楊逵因而獲得了多數文壇同好的支持，當然，這些文壇不全都是左翼知識份子，前述的葉榮鐘的鼎力支持便是一例。反觀台灣文藝聯盟與《台灣文藝》，由於背離了「文藝大眾化」的價值取向，其影響力江河日下，最終黯然落幕。從左、右翼知識份子的文學表現與實踐活動來看，最終決定了兩者文化思維符合「文藝大眾化」之精神的程度。三〇年代「文藝大眾化」的左右之爭自此也就有了結局。

　　第四章〈「文藝大眾化」的新舊之爭〉。本章以四個角度討論新舊之爭，分別是通俗抑或自封、大眾化抑或化大眾、台灣認同抑或中國想像，以及最後以《風月報》作為舞台討論新舊文化思維的競爭。第一，在「通俗抑或自封」的議題上，本文指出新傳統主義者使用「通俗」的形式有二，其一是文體風格的改變，也就是淺白漢文的使用；其二則是書寫內容的艷情化、娛樂化，這是承繼了中國鴛鴦蝴蝶派的作風。這兩種形式都將文化生產者及其讀者限定在士紳階級的限閾（threshold）之內，因此，「平添民眾敬而遠之的憾事」，也就是一點也不通俗（popular）。第二，在「大眾化抑或化大眾」的議題上，本文以「文心」的概念詮釋新傳統主義者的文化思維，並指出新傳統主義者的思考邏輯都是以「文以載道」的文心出發，企圖維護傳統道德文化的價值。即便他們可能推崇科學主義，但卻可能同時鼓吹迷信，這些其實都是為了達到「教化」人民的工作，這便是本文所謂的「化大眾」。所以，雖然新傳統主義者發行《三六九小報》的媒體策略是以「大眾化」為號召，不過實際上所進行的工作卻是可以保有自身利益的「文以載道」的「化大眾」。第三，在「台灣認同抑或中國想像」的議題上，本文質疑了過去部分論者所提出之新傳統主義者富含本土性、民族性的論點。本

文以為新傳統主義者的「民族」並非台灣民族（nation），而是漢民族（ethnic group），這種具有族裔意識的身分認同，使得新傳統主義者在文學實踐時，雖然口呼鄉土文學的提倡，卻依舊進行中國白話文、中國人物事蹟、中國鄉土空間的展演，顯然脫離了台灣這個土地與人民所承載的文化語境。這便是新傳統主義者在「文藝大眾化」的實踐上偏離了「台灣大眾」的一種現象。反觀同樣支持鄉土文學與台灣話文的新知識份子如黃石輝、郭秋生等人，把台灣人當成「民族」，把台灣話文視為「民族語言」，竭盡所能地肯定本土性的價值，僅僅因為它是屬於台灣的，這一點就相當符合當代西方學者對民族主義的定義：「堅信我們自己的價值，僅僅因為它是我們的。」[1] 這也使得新、舊知識份子在台灣認同的議題上有了最根本性的差異。可以發現，上述三點都呈現出新傳統主義者所持之「以廣文運」的文化思維，不過受到了保守立場的干擾，又宥於士紳階級的限閾，終使新傳統主義者的文學實踐「平添民眾敬而遠之的憾事」。

最後，本章以《風月報》（1937.7.20～1941.6.15）的討論作為「文藝大眾化」的新舊之爭的總結。原本在三〇年代各自發展的新舊文學，被迫在《風月報》上展現聯合陣線的態勢。然而，新舊文學雖然並存，其間的競爭並未間斷。就在《風月報》先後任命新文學作家如徐坤泉、吳漫沙、林荊南等人擔任編輯之後，這些編輯者無不大力改革誌面，企圖振興新文學以取代「索索然無生氣」的舊文學，不過卻因此遭來殖民當局的取締，使得改革無以為繼。

第五章〈「文藝大眾化」的語言政治〉。學界普遍認為，在三〇年代台灣文學場域內部，和「文藝大眾化」之價值取向所連結的書寫語言無疑是台灣話文。但是台灣話文究竟是什麼？具體內涵為何？卻鮮少獲得討論。過去，學界對台灣話文亦有正反兩面的評價，不過在實際進入

---

1 伯林指出，有別於民族意識的民族主義具有四大特徵：一、堅信歸屬一個民族是壓倒一切的需要；二、堅信在構成一個民族的所有要素之間存在著一種有機關係；三、堅信我們自己的價值，僅僅因為它是我們的；第四，在面對爭奪權威和忠誠的對手時，相信自己的民族的權利至高無上。見以賽亞·伯林著，馮克利譯，《反潮流：觀念史論文集》，南京：譯林，2002，頁406-412。

台灣話文的評價之商榷的層次之前，本論文認為有必要先就台灣話文的定義做一釐清。三〇年代對台灣話文其實有著明確的定義，台灣話文並不是在行文中摻入台語詞彙即可，它必須符合「用漢字取義寫台灣話，叫做台灣話文」、「用台灣話說不下去的不能說是台灣話文」的定義。也就是說，台灣話文有其不同於中國白話文的文字與語法，而且語法的差異更是決定了台灣話文的獨立存在。然而，現存的許多所謂的「台灣話文文本」，其實只是在中國白話文的文法之中摻入若干台語詞彙，或是在對話的部分使用台灣話文的文體（style），這種書寫不但不能說是台灣話文，其實只能視為台灣話文被諸國白話文納為己有的結果，因為它充分體現了中國白話文派所提出的「中國白話文為主，台灣話文為從」的「台二中八」的論述。台灣話文必須是屬於人民的，它一面抵制中國白話文之文法的介入，同時亦抵制古典漢文之文法的滲透。前者屬於部分新知識份子的精英思維，後者則屬於新傳統主義者的精英思維，因而皆為黃石輝、郭秋生等台灣話文提倡者所不敢苟同。

釐清了台灣話文的定義之後，本文便著手進行台灣話文之既有評價的商榷。首先針對台灣話文是「民族印刷語言」這個議題來討論。富含民族性的台灣話文，往往被論者視為「民族印刷語言」，這樣的論述確實有理論作為基礎。不過此類論者所忽視的是三〇年代台灣文學場域所發生過的具體現實。一個具有代表性的例子是台灣新文學之父賴和以台灣話文所創作之〈一個同志的批信〉，在發表之後旋即遭到島內文學同好以「看不懂」為由無情抨擊。這個事件意味著台灣話文在文字化與制度化（即「本體規劃」）上也沒有取得共識，最後以失敗做終。這兩種在三〇年代初期相互競爭「印刷語言」之主導地位的書面語言，不管在論戰中孰勝孰敗，最後在國語政策的高壓強制之下，也雙雙難逃敗北的命運。

至於負面評價呢？論者指出台灣話文具有反現代性的傾向，並批判台灣話文向「過去」尋求「純粹」，不僅無視於台灣社會具有「交混性」的事實，而且還成為台灣社會進步與現代化的阻力。然而事實上，台灣話文提倡者如郭秋生傾向於從各地台灣人民「現行」所使用的「交

混」的台灣話，歸納並建構出一種「共同語」的存在。從語言學來說，這是相當尊重俗民文化的「語言調節」的工作，而不是採取知識份子自以為是的傲慢態度，值得嘉許。其次，論者以為中國白話文強調啟蒙與反傳統主義，然而台灣話文運動卻具有從民間文學尋找資源的復古傾向，因此視台灣話文運動為時代的逆流。然而事實亦非如此。由五四新文學運動其實相當清楚地意識到兩種傳統／過去的存在，他們所反對的傳統是屬於貴族的、上層文化的傳統，反之，對於屬於人民的、下層文化的傳統，中國五四新知識份子則是帶著相當敬愛的態度。所以，將五四新文學運動表述為一種純然的反傳統主義並不恰當。在五四新文學運動的刺激下，台灣的中國白話文運動亦重視民間文化的保存與發揚。也就是說，台灣的中國白話文運動亦清楚意識到兩種傳統／過去的存在。因此，將台灣話文運動表述為面向「過去」的價值取向，或者以中國白話文的反傳統主義要來印證台灣話文是時代的逆流，都有再商榷的空間。

在殖民地的情境中，傳統與現代，並不是兩種一刀兩斷的文化思維與文化現象，這兩種的關係往往是辯證的，而非改朝換代式的取而代之。在現代與傳統相遇之際，一種純然的現代或傳統的面貌便不復存在，而是以「交混」著兩者「新產物」的形式出現，這是後殖民理論權威查特吉（Partha Chatterjee）給予我們的示唆。同時，民族主義權威學者蓋爾納（Ernest Gellner）也指出「民族高層次文化」（national high culture）會借用民間文化與人民的語言，創造一種「標準化的、以識字和教育為基礎的交流體系」，以抵抗殖民文化與國語政策的入侵。因此，台灣話文的現代性以及本土性就同時鎔鑄於「民族高層次文化」的意義之中，以查特吉所謂的「新產物」的形式出現，這是一種另類現代性（alternative modernity）的形式，具備消解殖民話語之單一現代性（singular modernity）的權力。

行文至此，無非為了表達一個貫穿全書的觀點：「文藝大眾化」的價值取向，正是另類現代性（alternative modernity）的展現，它從被殖民話語貶抑的台灣人民與傳統文化身上汲取資源，並轉化成抵抗殖民話

語的論述與文學實踐。這樣的工作，是三〇年代台灣知識份子所普遍追尋的價值。上述三類知識份子如何從「文藝大眾化」的價值取向去體現人民的生活情感、去建構民族認同、去凝聚反支配的能量，是本書陳述的重心。

年表

年份	台灣文壇相關紀事	台灣社會相關紀事	國際社會相關紀事
1930	8.16 黃石輝在《伍人報》上發表〈怎樣不提倡鄉土文學〉，因而引發鄉土文學論戰。 9月 《三六九小報》創刊。 11.11 陳奇雲日文詩集《熱流》，由南溟藝園社出版。	2月 國際聯盟派遣「阿片調查委員」來台視察。 8.17 台灣地方自治聯盟成立，出席盟員227人。 10.23 台北、東京無線電話初試通話成功。	3月 中國左翼作家聯盟成立。
1931	1.3 連橫發表〈台灣語講座〉於《三六九小報》，凡一年之久。 6.31 「台灣文藝作家協會」成立，別所孝二、井手勳主持，台人王詩琅、張維賢亦加入其中。 7.7 郭秋生〈建設「台灣話文」一提案〉，《台灣新聞》33回連載。	5月 台共發動大湖竹南武裝暴動事件。	
	8月 廖毓文、朱點人、林克夫相繼加入鄉土文學論戰。	8.5 蔣渭水卒。 9.18 台灣律師成立大會於台北。	9.18 「滿州事變」（九一八事變）爆發。

1932	1.1 《南音》創刊，陳逢源、黃春成主持。	1.1 《台灣新民報》發刊。	1.28 中、日於上海發生激戰，此即一二八事變。
	3.20 留日學生吳坤煌、張文環、蘇維熊、王白淵等組織「台灣藝術研究會」。	3月 南弘任台灣總督。	
		5.26 台共四十五人被捕。	5.26 日本法西斯軍人發動政變，首相犬養毅遭暗殺，進入軍國主義時代。
	9.1 張文環於東京參加反帝示威被捕入獄。		
	12.3 《三六九小報》因財務問題第一次休刊。（一個月後復刊）		
1933		3.1 實施台日人通婚法。	3月 日本退出國際聯盟。
		4.22 答馬烏社被日本征服，此為最後降日之台灣原住民。	
		6.14 日拓務省開重要會議否決台民所提之台灣地方自治案，中川台督主張漸行主義，並對台民所提之台灣議會設置案，表示堅決反對。	
	7.15 《福爾摩沙》創刊於東京。		
	8.29 貂山子（何春喜）提出以中國拼音字母標寫台灣話文的主張，再度掀起鄉土文學論戰。		
		11.1 總督府訂立「全台灣山胞集團移住十年計畫」。	

1934		1.1 「票據法」施行。 1.30 台灣民眾千餘人再聯合簽字籲請設置台灣議會。	
			2月 日本無產階級文學運動及其統一戰線遭到鎮壓，全日本無產階級聯盟（コップ）、日本無產階級作家聯盟（ナルプ）等團體都被迫瓦解。
		3.20 《台灣新民報》夕刊發行。	3.1 滿州國實施帝政，溥儀為皇帝。
			3.30 公佈臨時米移入調節法施於日本，為此台灣遭受巨虧。
		4.15 《高雄新報》發刊。	
	5.6 由賴明弘、張深切發起的全島文藝大會於台中召開，會中決議成立「台灣文藝聯盟」，張深切仕委員長。	5.30 林獻堂、羅萬俥連袂訪總督府平塚總務長，力陳漢文教育之必要。	5.19 日本海軍大將東鄉平八郎卒於東京，享壽八十八歲。
	7.15 《先發部隊》發刊，台灣文藝協會創刊、廖毓文任編輯。	7.3 辜顯榮任日本貴族院議員，為台人首例。	
		8.26 江亢虎博士來台，鼓吹東洋文化，台灣文協在江山樓舉行歡迎會，後不歡而散。29日，江氏在彰化中華會館以「文藝復興」為題演講。	
		8.31 東亞共榮協會機關誌《台中新報》發行許可。	

		9月 日政府召林獻堂等三十餘人於台中會談，諭決停止自大正10年（1921年）以降歷時十五年間鬥爭史之籲請設置台灣議會之運動。	9月 中國文學研究會結成。
	10月 楊逵小說〈送報伕〉刊於《文學評論》，獲二獎（首獎從缺），但當月號在台禁止販售。		
	11.5《台灣文藝》創刊號發行，由張星建擔任發行人兼編輯。	11.3 飛行士楊清溪於環島一週飛行途中墜機，身亡。	
	12.23 台灣文藝聯盟北部同好座談會召開，與會人士有黃純青、黃得時、吳希聖、朱點人、林克夫、王詩琅、劉捷、張深切、張星建等26人。		
1935	1月 文聯東京支部成立。張文環〈父の面〉入選《中央公論》小說徵文第四名。	1.23 日本內閣提出米穀統制案於國會，台灣產米輸出量將減少近半，受影響最鉅之地主階級在台中市召開「台灣米擁護大會」，林獻堂任主席。	
	1.6《第一線》發行（原名《先發部隊》），台灣文藝協會發行，廖漢臣編，全一號。其中「台灣民間故事特輯」中刊載了十五篇民間故事。		
	2.5 文聯東京支部於新宿舉辦第一回文藝座談會，吳坤煌、吳天賞、賴富貴、顏水龍、賴明弘等人參加。		
	3月 廖毓文、陳君玉等組織「台灣歌人協會」。		3.16 德國撕毀凡爾賽條約。

4月 楊逵〈送報伕〉中譯文刊於上海《世界知識》。	4.1 台灣總督府公佈自治律令，修正台灣州市街庄制。 4.21 台灣中部地區大地震，死亡三千人，倒塌房屋12500間。	
5月 文聯內部宗派論論爭開始在《台灣新聞》上展開。		
6月 風車詩社成立，發行《風車詩刊》。水蔭萍編，共四期。	6.17 日本領台四十週年。 6.20 台灣自治協會開創立委員會。	6月 日本的法蘭西共產黨、社會黨等結成反法西斯人民戰線。 7月 貴司山治創刊《文學案內》，東京（至1937年4月停刊）。
8.11 台灣文藝聯盟大會上午10時於台中市民館召開、第二回全島文藝大會於下午2時同地點召開。	8.17 台灣地方自治聯盟第三回大會於台中，議決提出新地方制議員候補者公認案，被當局駁下並禁止討論。	
9.6 《三六九小報》廢刊（創刊於1930年9月）。 9.24 《台灣文藝》2：10出刊後即進入歇版狀態，至12月《台灣文藝》3：1發刊為止。		9月 日本文壇創設芥川賞、直木賞，首次得獎者為石川達三〈蒼氓〉、川口松八郎〈鶴八鶴次郎〉。
10.27 台北「天籟吟社」為始政四十週年紀念，召開全島臨時聯吟會。	10.1 台灣市制、街庄制實施。 10.10 台北舉辦「台灣始政四十週年紀念博覽會」開幕（11月28日結束），其間參觀人數共278895人（當時台灣人口約521萬）。	
11月 楊逵發表〈台灣新文學社創立宣言〉，決定另創「台灣新文學社」，並退出《台灣文藝》的編輯行列。台灣文藝聯盟宣告分裂。	11.22 台灣地方自治制實施後第一次選舉投票。	11.8 國際聯盟對義舉行經濟制裁，但重要國家均不遵行。

	12.8 《台灣新文學》創刊號發行。	12.31 總督府公佈台灣人口數為531萬5642人。	
1936	1月 楊逵將賴和〈豐作〉譯為日文刊於《文學案內》二卷一號「朝鮮台灣中國新銳作家集」。	1.1 《台大文學》出版，台北帝大文科，安藤正次編。	1月 遠地輝武編輯、文學案內社發行《詩人》創刊，東京（同年10月停刊）。 1月 林房雄、青野季吉、江口渙等結成獨立作家俱樂部。
	2月 阿Q之弟（徐坤泉）《可愛的仇人》，台灣新民報社發行。		2.26 （日本）二二六事件爆發。 3月 《人民文庫》創刊，東京，武田麟太郎等編，至1938年1月停刊。
	4月 楊逵〈送報伕〉、呂赫若〈牛車〉、楊華〈薄命〉收於上海文化出版社之朝鮮台灣短篇小說集《山靈》。		
	4.27 「南社」社長趙雲石卒，享年七十四歲。		
	5.30 楊華自殺去世。		
	6月 莊松林、趙櫪馬（啟明）等人組織「台南市藝術俱樂部」，分文藝戲劇兩部門。 6.2-14 文聯因兩週年紀念音樂會之故，邀請朝鮮舞蹈家崔承喜來台表演。 6.13 李獻璋編《台灣民間文學集》出版，台灣新文學社負責銷售。 6.18 連橫逝於上海，享年五十九。	6.3 台灣拓殖株式會社法公佈。 6.17 三月林獻堂隨台灣新民報考察團遊歷華南各地，在上海歡迎會上致詞有「林某歸還祖國」之語。五月，「台灣日日新報」揭發其事，對林氏大張撻伐，日台灣軍部荻州立兵參謀長嗾使日本流氓賣間，於六月十七日台中公園始政紀念日慶祝會上殿辱林氏，是謂「祖國事件」。	6月 中國左翼作家聯盟解散。 6.18 俄國大文豪高爾基去世。

		6.17 台灣始政四十週年紀念日慶祝會於台中召開。	
		6.23 日政府積極獎勵來台移民，將人口過剩的負擔嫁責殖民地，於沙山成立秋津移民村。	
	8.16 台中演劇俱樂部成立（成立大會由楊逵主持）。	8.27 公佈台灣都市計劃會。	
	9月 張文環因與日共份子淺野次郎來往而被捕入獄三個月，劉捷亦牽涉其中，次年年初獲釋。	9.2 日海軍大將小林躋造繼中川健藏任台灣總督，台灣重回武官統治。	
		9.20 實施「米糧自治管理法」。	
		10月 清水人蔡淑悔以中國國民黨員身分在台組織眾友會，倡民族主義，秘密活動，為日警檢舉。	10.19 中國大文豪魯迅去世，享年五十五歲。
		11.20 選舉第一屆州議員。	
	12月 《台灣新文學》一卷十號推出「漢文創作特輯」，卻被以「內容不妥當，全體空氣不好」為由禁止發行。		12.12 西安事變，12月26日蔣介石歸還南京。
	12.22 中國作家郁達夫應台灣日日新報之邀來台，受到國賓般的待遇，23日於鐵道旅館演講。同月30日離台。		
1937	1月 台灣新文學社在台北開設事務所，由張維賢擔任負責人。		
		4月 漢文書房被強制廢止。	
		4.1 台灣日日新報、台灣新聞、台南新報三報停止漢文版。台灣新民報漢文版則減縮一半，並限於六月一日全部廢止。	

6月 葉榮鐘任《台灣新民報》通信部長。黃得時進入《台灣新民報》主編副刊。		
6.15 《台灣新文學》二卷五號發刊。之後即告停刊。		
7.20 《風月報》發行，由簡荷生編、風月俱樂部發行，是日本政府禁用漢文後唯一的漢文誌。	7.7 因盧溝橋事變爆發，台灣軍司令部發表強硬聲明，並對台民發出警告，禁止所謂「非國民之言動」。	7.7 盧溝橋事變爆發，中日戰爭開始。
	7.11-15 台灣總督府發表關於中日事變之文告，並開臨時部局首長會議，議決設臨時情報委員會。同時下令解散台灣地方自治聯盟。	7.17 松本孝、林房雄、中河與一、佐藤春夫等結成「新日本文化會」。
	7.27 由日督授意，於台北新公園舉行全台民眾大會，攻擊中國之排日行動。	

參考書目

專書

丁易編，《大眾文藝論集》，北京：北京師範大學，1951年7月再版。

史明，《台灣人四百年史》，台北：蓬島文化，1980。

葉石濤，《沒有土地，哪有文學》，台北：遠景，1985年6月初版。

葉石濤，《台灣文學的悲情》，高雄：派色文化，1990年1月初版。

葉石濤，《走向台灣文學》，台北：自立晚報，1990年9月初版。

葉石濤，《台灣文學的困境》，高雄：派色文化，1992年7月初版。

葉石濤，《台灣文學入門》，高雄：春暉，1999年10月初版二刷。

王詩琅，《日本殖民體制下的台灣》，台北：眾文，1980年12月初版。

王曉波，《被顛倒的台灣歷史》，台北：帕米爾，1986年11月初版。

葉榮鐘等，《台灣民族運動史》，台北：自立晚報，1987。

楊碧川，《日據時代台灣人反抗史》，台北：稻鄉，1988。

陳芳明編，《楊逵的文學生涯：先驅先覺的台灣良心》，台北：前衛，1988
年9月初版。

連溫卿，《台灣政治運動史》，台北：稻鄉，1988年10月初版。

台灣文學研究會，《先人之血，土地之花》，台北：前衛，1989年8月初
版。

尾崎秀樹，《近代文學の傷痕：舊植民地文學論》，東京：岩波，1991年5
月初版。

尾崎秀樹，《大眾文學》，東京：紀伊國屋書店，1994年1月。

尾崎秀樹著，陸平周、間ふさ子譯，《舊殖民地文學的研究》，台北：人
間，2004年11月。

簡炯仁，《台灣民眾黨》，台北：稻鄉，1991年12月。

翁佳音譯註，《台灣社會運動史：勞工運動、右派運動》，台北：稻鄉，
1992年2月初版。

盧修一，《日據時代台灣共產黨史》，台北：前衛，1992。

王詩琅譯註，《台灣社會運動史：文化運動》，台北：稻鄉，1995年11月
初版。

林瑞明，《台灣文學與時代精神：賴和研究論集》，台北：允晨，1993年8

月初版。

林瑞明，《台灣文學的歷史考察》，台北：允晨，1996年7月初版。

林瑞明，《台灣文學的本土觀察》，台北：允晨，1996年7月初版。

劉捷著，林曙光譯註，《台灣文化展望》，高雄：春暉，1994年1月初版。

黃惠禎，《楊逵及其作品研究》，台北：麥田，1994年7月初版。

楊渡，《日據時期台灣新劇運動（一九二三～一九三六）》，台北：時報文化，1994年8月初版。

高天生，《台灣小說與小說家》，台北：前衛，1994年12月初版。

黃武忠，《親近台灣文學》，台北：九歌，1995年3月初版。

中島利郎編，《日據時期台灣文學雜誌總目、人名索引》，台北：前衛，1995年3月初版。

葉笛，《台灣文學巡禮》，台南：南市文化，1995年4月初版。

梁景峰，《鄉土與現代：台灣文學的片段》，台中：中縣文化，1995年6月初版。

下村作次郎、中島利郎、藤井省三、黃英哲編，《よみがえる台灣文學：日本統治期の作家と作品》，東京：東方書店，1995年10月初版。

梁明雄，《日據時期台灣新文學運動研究》，台北：文史哲，1996年2月初版。

梁明雄，《張深切與《台灣文藝》研究》，台北：文經社，2002年1月初版。

呂紹理，《水螺響起：日治時期台灣社會的生活作息》，台北：遠流，1998年3月初版。

呂紹理，《展示台灣：權力、空間與殖民統治的形象表述》，台北：麥田，2005年10月。

林載爵，《台灣文學的兩種精神》，台南：南市文化，1996年5月初版。

張炎憲、李筱峰、戴寶村編，《台灣史論文精選（上、下）》，台北：玉山，1996年9月。

黃昭堂，《台灣淪陷區論文集》，台北：現代學術研究基金會，1996年11月初版。

黃昭堂著，黃英哲譯，《台灣總督府》，台北：前衛，1999年2月新版四刷。

下村作次郎著，邱振瑞譯，《從文學讀台灣》，台北：前衛，1997年2月初版。

許俊雅，《台灣文學論叢：從現代到當代》，台北：師大書苑，1997年3月初版。

許俊雅，《日據時期台灣小說研究》，台北：文史哲，1999年9月初版二刷。

施淑，《兩岸文學論集》，台北：新地，1997年6月初版。

河原功，《台灣新文學運動の展開——日本文學との接點》，東京：研文，1997年11月初版。

河原功，《『台灣出版警察報』解說、發禁圖書新聞リスト》，東京：不二出版，2001年2月初版。

河原功著，莫素微譯，《台灣新文學運動的展開——與日本文學的接點》，台北：全華，2004年3月初版。

垂水千惠著，涂翠花譯，《台灣的日本語文學》，台北：前衛，1998年2月初版。

陳芳明，《左翼台灣：殖民地文學運動史論》，台北：麥田，1998年10月初版。

陳芳明，《殖民地台灣：左翼政治運動史論》，台北：麥田，1998年11月初版。

陳芳明，《後殖民台灣：文學史論及其周邊》，台北：麥田，2002年4月初版。

陳芳明，《殖民地摩登：現代性與台灣史觀》，台北：麥田，2004年6月初版。

王德威，《如何現代，怎樣文學？：十九、二十世紀中文小說新論》，台北：麥田，1998年10月。

劉紀蕙，《孤兒‧女神‧負面書寫：文化符號的徵狀式閱讀》，台北：立緒文化，2000。

劉紀蕙，《心的變異：現代性的精神形式》，台北：麥田，2004年9月。

周英雄，劉紀蕙編，《書寫台灣：文學史、後殖民與後現代》，台北：麥田，2000年4月。

中島利郎編，《台灣新文學與魯迅》，台北：前衛，2000年5月初版。

中島利郎編，《1930年代台灣鄉土文學論戰資料彙編》，高雄：春暉，2003年3月。

張明雄，《台灣現代小說的誕生》，台北：前衛，2000年9月初版。

林茂生著，林詠梅譯，《日本統治下台灣的學校教育：其發展及有關文化之

歷史分析與探討》，台北：新自然主義，2000年12月。

林淇瀁，《書寫與拼圖：台灣文學傳播現象研究》，台北：麥田，2001年10月。

陳培豐，《「同化」の同床異夢：日本統治下台灣の國語教育史再考》，東京：三元社，2001年。

陳培豐著，王興安、鳳氣至純平編譯，《「同化」的同床異夢：日治時期台灣的語言政策、近代化與認同》，台北：麥田，2006年11月。

王曉波編，《台灣的殖民地傷痕新編》，台北：海峽學術，2002年8月。

王建國，《呂赫若小說研究與詮釋》，台南：南市圖，2002年12月。

楊麗祝，《歌謠與生活──日治時期台灣的歌謠采集及其時代意義》，台北：稻鄉，2003年4月再版。

盧建榮，《台灣後殖民國族認同1950-2000》，台北：麥田，2003年8月。

矢內原忠雄著，林明德譯，《日本帝國主義下的台灣》，台北：吳三連史料基金會，2004年2月。

陳建忠，《日據時期台灣作家論：現代性、本土性、殖民性》，台北：五南，2004年8月。

黃美娥，《重層現代性鏡像：日治時代台灣傳統文人的文化視域與文學想像》，台北：麥田，2004年12月。

陳淑容，《一九三○年代鄉土文學／台灣話文論爭及其餘波》，台南：台南市立圖書館，2004年12月。

吳素芬，《楊逵及其小說作品研究》，台南：南縣府，2005年12月。

梅家玲編，《文化啟蒙與知識生產：跨領域的視野》，台北：麥田，2006年8月。

趙勳達，《《台灣新文學》（1937-1937）定位及其抵殖民精神研究》，台南：台南市立圖書館，2006年12月。

趙勳達，《狂飆時刻──日治時代台灣新文學的高峰期（1930-1937）》，台南：國立台灣文學館，2011年12月。

柳書琴，《荊棘之道：台灣旅日青年的文學活動與文化抗爭》，台北：聯經，2009年5月初版。

朱惠足，《「現代」的移植與翻譯：日治時期台灣小說的後殖民思考》，台北：麥田，2009年8月初版。

蕭蕭、陳憲仁編，《翁鬧的世界》，台中：晨星，2009年12月。

王志松主編，《20世紀日本馬克思主義文藝理論研究》，北京：北京大學，

2012年1月。

童慶炳主編，《20世紀中國馬克思主義文藝理論研究》，北京：北京大學，
　　2012年1月。

程正民、邱運華、王志耕、張冰，《20世紀俄國馬克思主義文藝理論研
　　究》，北京：北京大學，2012年1月。

游勝冠，《殖民主義與文化抗爭：日據時期臺灣解殖文學》，台北：群學，
　　2012年4月。

博碩士論文

廖祺正，《三十年代台灣鄉土話文運動》，成功大學史語所碩士論文，1990
　　年6月。

葉瓊霞，《王詩琅研究》，成功大學史語所碩士論文，1991年6月。

柳書琴，《戰爭與文壇——日據末期台灣的文學活動（1937.7~1945.8）》，
　　台灣大學歷史所碩士論文，1993年6月。

黃琪椿，《日治時期台灣新文學運動與社會主義思潮之關係初探（1927-
　　1937）》，清華大學文學所碩士論文，1994年7月。

林慧姃，《吳新榮研究——一個台灣知識分子的精神歷程》，東海大學歷史
　　所碩士論文，1995年6月。

洪儀真，《三〇年代和七〇年代台灣鄉土文學論戰中的左翼思想及其背景之
　　比較》，台大社會學所碩士論文，1997年6月。

宋宜靜《日治時期台灣鄉土文學論爭之研究》，日本岐阜聖德學園大學國際
　　文化研究科修士論文，2000年2月。

游勝冠，《殖民進步主義與日據時代台灣文學的文化抗爭》，清大中文所博
　　士論文，2000年6月。

張桂華，《苦悶時代下的文學——一九三二年《南音》的文學訴求》，成大
　　歷史所碩士論文，2000年6月。

郭怡君，《《風月報》與《南方》通俗性之研究》，靜宜大學中國文學系碩
　　士論文，2000年7月。

陳建忠，《書寫台灣·台灣書寫：賴和的文學與思想研究》，清華大學中文
　　所博士論文，2001年1月。

陳淑容，《一九三〇年代鄉土文學、台灣話文論爭及其餘波》，台南師範學
　　院鄉土文化所碩士論文，2001年6月。

黃文車，《黃石輝研究》，中正大學中文所碩士論文，2001年6月。

程佳惠，《1935年臺灣博覽會之研究》，中央大學歷史研究所碩士論文，2001年6月。

張季琳，《台灣プロレタリア文學の誕生——楊逵と「大日本帝國」》，東京人文社會系研究科，2001年7月。

柳書琴，《荊棘的道路：旅日青年的文學活動與文化抗爭——以《福爾摩沙》系統作家為中心》，清大中文所博士論文，2001年7月。

黃建銘，《日治時期楊熾昌及其文學研究》，成功大學歷史所碩士論文，2002年6月。

陳韻如，《郭秋生文學歷程研究（1929-1937）》，東吳大學中文所碩士論文，2002年6月。

翁聖峰，《日據時期台灣新舊文學論爭新探》，輔仁大學中文所博士論文，2002年7月。

陳晨，《「大眾」的崛起——對30年代左翼文學創作的反思》，（中國）陝西師範大學中國現當代文學碩士論文，2003年5月。

趙勳達，《《台灣新文學》（1935-1937）的定位及其抵殖民精神研究》，成功大學台灣文學研究所碩士論文，2003年6月。

柯喬文，《《三六九小報》古典小說研究》，南華大學文學所碩士論文，2003年6月。

陳秋櫻，《民族主義的性別意涵——以日據時代的台灣島內民族主義為例》，中山大學政治所碩士論文，2003年7月。

崔末順，《現代性與台灣文學的發展（1920-1949）》，政治大學中文所博士論文，2004年1月。

李敏忠，《日治初期殖民現代性研究——以《台灣日日新報》漢文報衛生論述（1898-1909）為主》，成功大學台灣文學研究所碩士論文，2004年6月。

呂淳鈺，《日治時期台灣偵探敘事的發生與形成：一個通俗文學新文類的考察》，政治大學中文系碩士論文，2004年7月。

江昆峰，《《三六九小報》之研究》，銘傳大學應用中文研究所碩士論文，2004年7月。

葉品言，《馬克思主義與民族問題》，政治大學勞工研究所碩士論文，2004年7月。

黃惠禎，《左翼批判精神的鍛接：四〇年代楊逵文學與思想的歷史研究》，政治大學中國文學所博士論文，2005年。

許倍榕，《30年代啟蒙「左翼」論述──以劉捷為觀察對象》，成功大學台灣文學所碩士論文，2005年7月。

徐俊益，《楊逵普羅小說研究──以日據時期為範疇(1927-1945)》，靜宜大學中國文學所碩士論文，2005年7月。

鄧慧恩，《日劇時期外來思潮的譯介研究：以賴和、楊逵、張我軍為中心》，清華大學台灣文學所碩士論文，2006年。

林佳惠，《台灣鄉土文學論戰的癥狀結構》，南華大學文學系碩士論文，2006年6月。

張安琪，《日治時期台灣白話漢文的形成與發展》，清華大學台灣文學研究所碩士論文，2006年7月。

蔡佩均，《想像大眾讀者：《風月報》、《南方》中的白話小說與大眾文化建構》，清華大學台灣文學研究所碩士論文，2006年7月。

張志樺，《情慾消費於日本殖民體制下所呈現之文化與社會意涵──以《三六九小報》及《風月》為探討文本》，成功大學台灣文學所碩士論文，2006年7月。

張雅惠，《賴明弘及其作品研究》，國立臺灣師範大學臺灣文化及語言文學研究所碩士論文，2007年6月。

王美惠，《1930年代台灣新文學作家的民間文學理念與實踐──以《台灣民間文學集》為考察中心》，成功大學歷史研究所博士論文，2008年1月。

單篇論文

黃得時，〈台灣新文學運動概觀〉，《台北文物》3：2、3：3、4：2，1954年8月、12月、1955年8月。

吳濁流，〈『泥沼中的金鯉魚』自序〉，張良澤編，《台灣文藝與我》，台北：遠景，1980年2月再版，頁201-202。

松永正義著，葉笛譯，〈關於鄉土文學論爭（1930-32年）〉，《台灣學術研究會誌》4，1989年12月。

河原功著，葉石濤譯，〈台灣新文學運動的展開（上、中、下）〉，《文學台灣》1-3，1991年12月、1992年3月、6月。

林弘勳，〈日據時期台灣煙花史話〉，《思與言》33：3，1995年9月。

呂正惠，〈日據時代「台灣話文」運動平議〉，收於龔鵬程編，《台灣的社會與文學》，台北：東大，1995年11月初版。

黃惠禎，〈楊逵小說中的土地與生活〉，江寶釵、施懿琳、曾珍珍編，《台

灣的文學與環境》，嘉義：中正大學，1996年6月。

下村作次郎，〈台湾芸術研究会の結成－『フォルモサ』の創刊まで〉，《左連研究》5，左連研究刊行會，1999年10月，頁31-46。

陳芳明，〈台灣新文學史〉第一章～第六章，《聯合文學》178-180、183-185，1999年8-10月，2000年1-3月。

陳芳明，〈現代性與殖民性的矛盾〉，江自得編，《殖民地經驗與台灣文學》，台北：遠流，2001年2月1日初版。

陳芳明，〈台灣文壇向左轉——楊逵與三〇年代的文學批評〉，《台灣文學學報》7，2005年12月。

施懿琳，〈論日治時期楊守愚的新舊體詩〉，江自得編，《殖民地經驗與台灣文學》，台北：遠流，2001年2月1日初版。

游勝冠，〈啊！時代的進步與人們的幸福原來是兩回事——賴和面對殖民現代化的態度初探〉，江自得編，《殖民地經驗與台灣文學》，台北：遠流，2001年2月1日初版。

陳培豐，〈重新解析殖民地台灣的國語「同化」教育政策——以日本的近代思想史為座標〉，《台灣史研究》7：2，台北：中央研究院台灣史研究所籌備處，2001。

陳培豐，〈大眾的爭奪：〈送報伕〉‧《國王》‧《水滸傳》〉，「楊逵文學國際學術研討會」，國家台灣文學館主辦，2004年6月19日。

陳培豐，〈識字‧書寫‧閱讀與認同——重新審視1930年代鄉土文學論戰的意義〉，邱貴芬、柳書琴編，《台灣文學與跨文化流動：東亞現代中文文學國際學報 台灣號2007》，台北：文建會，2007年4月。

陳培豐，〈由敘事、對話的文體分裂現象來觀察鄉土文學——翻譯、文體與近代文學的自主性〉，收於陳芳明編，《台灣文學的東亞思考：台灣文學藝術與東亞現代性國際學術研討會論文集》，台北：文建會，2007年7月。

吳叡人，〈台灣非是台灣人的台灣不可：反殖民鬥爭與台灣人民族國家的論述1919-1931〉，林佳龍、鄭永年編，《民族主義與兩岸關係：哈佛大學東西方學者的對話》，台北：新自然主義，2001年4月。

吳叡人，〈誰是「台灣民族」？：連溫卿與台共的台灣解放論與台灣民族形成論之比較〉，發表於中研院台史所主辦「地方菁英與台灣農民運動國際學務研討會」，2005年7月13-14日。

吳叡人，〈福爾摩沙意識型態：試論日本殖民統治下台灣民族運動「民族文

化」論述的形成（1919-1937）〉，《新史學》17：2，2006年6月。

趙勳達，〈禁用漢文的前奏曲——談《台灣新文學》一卷十號被禁的「漢文創作特輯」〉，《文學台灣》41，2002年1月15日。

趙勳達，〈1937年「漢文欄廢止」與《台灣新文學》的停刊〉，賴和文學研究論文獎博士班組佳作，2004年6月。

趙勳達，〈楊逵的文藝美學觀及其思想受容〉，賴和文學研究論文獎博士班組第三名，2004年6月。

趙勳達，〈大東亞戰爭陰影下的「糞寫實主義」論爭——以西川滿與楊逵為中心〉，「楊逵文學國際學術研討會」，國家台灣文學館主辦，2004年6月19日。

趙勳達，〈「文藝大眾化」的共識與歧見——尋找三〇年代台灣文學研究的新詮釋框架〉，第三回東亞近代史青年研究者交流會議（日本札幌：北海道大學），2005年8月1日。

趙勳達，〈孫中山「大亞洲主義」在台灣的興起與發展概況（1924-1937）〉，《國家發展研究》十卷二號，2011年6月。

趙勳達，〈普羅文學的美學實驗：以巫永福〈昏昏欲睡的春杏〉與藍紅綠〈邁向紳士之道〉為中心〉，靜宜大學台灣文學系編《巫永福文學創作國際學術研討會論文集》，台北：巫永福文化基金會，2012年5月。

徐秀慧，〈無產階級文學的理論旅行（1925-1937）——日本、中國大陸與台灣「文藝大眾化」的論述為例〉，《現代中文學刊》23，2013年3月，頁34-46。

趙勳達，〈反教條主義的旗手：楊逵對台灣普羅文學的反思〉，黎活仁、林金龍、楊宗翰主編，《閱讀楊逵》，台北：秀威科技，2013年3月。

趙勳達，〈蔣渭水的左傾之道（1930-1931）：論共產國際「資本主義第三期」理論對蔣渭水的啟發〉，《台灣文學研究》，2013年6月。

陳明台，〈論戰前台灣新文學現代化的諸問題〉，《文學台灣》43，2002年7月15日。

謝肇禎，〈放屎百姓放屎命——論蔡秋桐作品的反殖民精神〉，《文學台灣》43，2002年7月15日。

河原功著，松尾直太譯，〈1937年台灣文化、台灣新文學狀況——圍繞著廢止漢文欄與禁止中文創作的諸問題〉，發表於成大台灣文學系舉辦的台灣文學史書寫國際研討會，2002年11月22-24日。

中島利郎著，彭宣譯，〈日治時期台灣研究的問題點——根據台灣總督府的

漢文禁止以及日本統治末期的台語禁止為例〉，《文學台灣》46，2003年
4月。

魏貽君，〈日治時期楊逵的文學批評理論初探〉，「楊逵文學國際學術研討
會」，國家台灣文學館主辦，2004年6月19日。

陳建忠，〈行動主義、左翼美學與台灣性：戰後初期（1945-1949）楊逵的文
學論述〉，「楊逵文學國際學術研討會」，國家台灣文學館主辦，2004年
6月19日。

林淇瀁，〈擊向左外野：論日治時期楊逵的報導文學理論與實踐〉「楊逵文
學國際學術研討會」，國家台灣文學館主辦，2004年6月19日。

林淇瀁，〈民族想像與大眾路線的交軌〉，《台灣新文學發展重大事件論文
集》，台南：國家台灣文學館，2004年12月。

李豐楙，〈出身與修行——明末清初「小說之教」的非常性格〉，收於王璦
玲主編，《明清文學與思想中之主體意識與社會·文學篇》，台北：中央
研究院中國文哲研究所，2004年。

李豐楙，〈從哪吒太子到中壇元帥：「中央－四方」思維下的護境象徵〉，
《中央文哲研究通訊》19：2，2009年6月。

垂水千惠，〈台灣新文學中的日本普羅文學理論受容：從藝術大眾化到社會
主義Realism〉，「正典的生成：台灣文學國際研討會」，2004年7月15、
16日。

垂水千惠，〈為了台灣普羅大眾文學的確立：楊逵的一個嘗試〉，柳書琴、
邱貴芬編，《後殖民的東亞在地化思考：台灣文學場域》，台南：國家台
灣文學館，2006年4月。

毛文芳，〈情慾、瑣屑與詼諧——《三六九小報》的書寫視界〉，《中央研
究院近代史研究所集刊》46，2004年12月。

柳書琴，〈通俗作為一種位置：《三六九小報》與1930年代台灣的讀書市
場〉，《中外文學》33：7，2004年12月。

柳書琴，〈臺灣文學的邊緣戰鬥：跨域左翼文學運動中的左翼作家〉，《台
灣文學研究集刊》7，2007年5月。

崔末順，〈日據時期台灣左翼文學運動的形成與發展〉，《台灣文學學報》
7，2005年12月。

施淑，〈台灣話文論戰與中華文化意識〉，《八·一五：記憶和歷史》，
2005年、秋。

張文薰，〈1930年代臺灣文藝界發言權的爭奪——《福爾摩沙》再定位〉，

《台灣文學研究集刊》創刊號，2006年2月。

黃美娥，〈差異／交混、對話／對譯：日治時期台灣傳統文人的身體經驗與新國民想像（1895-1937）〉，收於梅家玲編，《文化啟蒙與知識生產：跨領域的視野》，台北：麥田，2006年8月。

研討會論文集

林亨泰編，《新生代台灣文學研究的面向論文集》，彰化：彰化縣立文化中心，1995年10月初版。

江自得主編，《殖民地經驗與台灣文學》，第一屆台杏台灣文學學術研討會論文集，台北：遠流，2000年2月初版。

若林正丈、吳密察編，《台灣重層近代化論文集》，台北：新自然主義，2000年8月。

林佳龍、鄭永年編，《民族主義與兩岸關係：哈佛大學東西方學者的對話》，台北：新自然主義，2001年4月。

鄭炯明編，《越浪前行的一代：葉石濤及其同時代作家文學國際學術研討會論文集》，高雄：春暉，2002年2月。

聯合報副刊編輯，《台灣新文學發展重大事件論文集》，台南：國家台灣文學館，2004年。

若林正丈、吳密察編，《跨界的台灣史研究：與東亞史的交錯》，台北：播種者，2004年4月。

成功大學台文系編輯，《跨領域的台灣文學研究學術論文研討會論文集》，台南：國家台灣文學館，2006年3月。

柳書琴、邱貴芬編，《後殖民的東亞在地化思考：台灣文學場域》，台南：國家台灣文學館，2006年4月。

邱貴芬、柳書琴編，《台灣文學與跨文化流動：東亞現代中文文學國際學報台灣號2007》，台北：文建會，2007年4月。

陳芳明編，《台灣文學的東亞思考：台灣文學藝術與東亞現代性國際學術研討會論文集》，台北：文建會，2007年7月。

殷海光基金會編，《自由主義與新世紀台灣》，台北：允晨，2007年7月。

國家圖書館出版品預行編目（CIP）資料

「文藝大眾化」的三線糾葛：臺灣知識份子的文化思
維及其角力（1930-1937）/ 趙勳達著. -- 初版 . -- 桃園
市：中央大學出版中心；臺北市：遠流，2015.12
　　面；　公分
　　ISBN 978-986-5659-09-7（平裝）

1. 臺灣文學史　2. 日據時期

863.09　　　　　　　　　　　104025104

「文藝大眾化」的三線糾葛：
台灣知識份子的文化思維及其角力（1930-1937）

著者：趙勳達
執行編輯：許家泰
編輯協力：簡玉欣

出版單位：國立中央大學出版中心
　　　　　　桃園市中壢區中大路 300 號 國鼎圖書資料館 3 樓

　　　　　遠流出版事業股份有限公司
　　　　　台北市南昌路二段 81 號 6 樓

發行單位／展售處：遠流出版事業股份有限公司
地址：台北市南昌路二段 81 號 6 樓
電話：(02) 23926899　傳真：(02) 23926658
劃撥帳號：0189456-1

著作權顧問：蕭雄淋律師
2015 年 12 月 初版一刷
售價：新台幣 450 元

如有缺頁或破損，請寄回更換
有著作權・侵害必究 Printed in Taiwan
ISBN 978-986-5659-09-7（平裝）
GPN 1010402680
YLib─遠流博識網 http://www.ylib.com E-mail: ylib@ylib.com